VdN

Flügelschlag der Zeiten

Erzählungen
zwischen Romantik
und Realismus

Einleitung und Erläuterungen
von Fritz Böttger

VERLAG DER NATION

Mit Illustrationen von Prof. Werner Klemke

ISBN 3-373-00240-0

2., veränd. Auflage 1988

Lizenz-Nr. 400/28/88
LSV 7101
Einband: Werner Klemke
Schrift: Garamond
Gesamtherstellung: Offizin Andersen Nexö,
Graphischer Großbetrieb, Leipzig III/18/38
Best.-Nr. 696 826 0
01800

Einleitung

Im Mai 1821 erschien in der Berliner belletristischen Zeitschrift «Der Gesellschafter» ein Gedicht von Heinrich Heine mit dem Titel «Gespräch auf der Paderborner Heide», das die Widersprüche zwischen romantischer Traumpoesie und prosaischer Wirklichkeit hervorhebt. Wo der Romantiker von Geigenklängen schwärmt, vermag der Realist nur das Grunzen der Schweine zu vernehmen, und wo der eine von der idealen Idylle mit empfindsamen Schäfern, frommen Lämmern, Waldhorn- und Schalmeienklang träumt, entdeckt der andere nur einen Sauhirten, der seine Säue heimwärts treibt. Die romantische Weltsicht, ihre Ästhetik und Klischees wurden angesichts einer Wirklichkeit, in der «nicht das mindeste Gefühl für Poesie zu finden ist», wie der junge Heine an Christian Sethe schrieb, zum unerträglichen Kitsch und forderten eine Literatur, die auf die veränderten Verhältnisse reagierte.

In dieser Romanze kündigte sich gleichsam die große Wende in der Literatur der zwanziger Jahre des vorigen Jahrhunderts an, die dann in den dreißiger Jahren zum Sieg eines neuen Prosastils führte. Während Fouqué noch immer «von der Herzogin bis zur Wäscherin mit gleicher Lust gelesen wurde und als die Sonne der Leihbibliotheken strahlte», wie Heine schrieb, wandte sich eine junge Schriftstellergeneration und eine Jugend, die sich zunehmend an den Naturwissenschaften orientierte, von der Erbaulichkeit einer nun als überholt empfundenen Romantik mehr und mehr ab und suchte das wirkliche Leben. Friedrich Creuzer, der Mythenforscher der Romantik, äußerte sich 1822 gereizt über die Ansprüche, mit denen die neue Naturwissenschaft der alten romantischen Naturphilosophie gegenübertrat. Aus Heidelberg schrieb er an Sulpiz Boisserée: «Die Physikanten dahier meinen, sie wären die Regenten der Welt.» Schon 1815 beobachtete Wilhelm von Humboldt, daß sich eine neue Art von Menschen auspräge, die weit mehr an die Wirklichkeit gebunden seien als seine Generation.

Nichts ist so symptomatisch für den Umschwung zum Anti-Illusionismus wie die Tatsache, daß sich eine Reihe von Schriftstellern, die die romantische Literaturbewegung mit getragen hatten, Gegenständen zuwandten, die durch Beobachtung und rationales Durchdringen erschließbar waren. Die bürgerliche Gegenwartsgesellschaft wurde mit topographischer Genauigkeit und Lokalkolorit dargestellt, allen voran bei Ludwig Tieck, aber auch in E.T.A. Hoffmanns Berliner Genrebild «Des Vetters Eckfenster» (1822). Nur sollte man über dem Bruch mit der Tradition nicht die Kontinuität, das Gleichbleibende vergessen! Daß individuelle Besonderheiten unaussprechlich sind und daß jede menschliche Ausdruckserscheinung vieldeutig ist und über das Wesen eines Menschen nur Vermutungen angestellt werden können – diese romantische Überzeugung wird bei Hoffmann zum rational begreifbaren Urphänomen. Das «Wunderbare» sucht Tieck nun nicht mehr in der Wunderwelt des Märchens, sondern in der Einzigartigkeit eines Charakters, einer Situation oder Konstellation im sozialen Alltagsleben seiner Gegenwart. Der Fälscher Eulenböck in der Novelle «Die Gemälde» (1821) oder die seltsame Florentine in der Novelle «Die wilde Engländerin» (1829) sind solche einmaligen Sonderlinge.

Daß die romantische Literaturrichtung nun nicht mehr

zeitgemäß und die Produktion ihrer späten Adepten und Mitläufer inzwischen weitgehend verkommen war, hat keiner so genau gewußt wie Tieck. Er sagte darüber kritisch, gleichsam in eigener Sache: «In Kunst, Poesie und Geschichte wollte man mit Willkür alte Zeiten wiederholen, und ein Mittelalter, wie es nie war, wurde geschildert und als Muster empfohlen, Ritterromane, kindischer als jene veralteten, drängten sich mit treuherziger Eilfertigkeit hervor, predigten süßlich ein falschpoetisches Christentum und lehrten mit dem steifsten Ernst eine Rittertugend und Vasallenpflicht, Ergebenheit unter Herrschern und Herzogen, Minne und Treue, in Ton und Gesinnung so über allen Spaß des Don Quixote hinaus, daß Scherz und Satire eben deshalb keine Handhabe an diesen Dingen fanden, um sie von den Tischen der Modegöttin herabzuwerfen. Die alte, erst verkannte und geschmähte Kunst galt nun für die einzige, das Zufällige, Ungeschickte an ihr für die höchste Vollendung. Die erneute religiöse Gesinnung artete bald in Sektengeist und Verfolgung aus, und Lehrer der Wissenschaft glaubten nur fromm sein zu können, wenn sie die Wissenschaft zu vernichten suchten, so wie sich Künstler fanden, die nur begeistert zu sein vermochten, wenn sie sich von der Schönheit und von den Göttergebilden der Griechen mit einem heiligen Grauen abwendeten.»

Solche Äußerungen haben damals viele von Tiecks Bewunderern irritiert und setzten ihn dem Vorwurf aus, daß er ein ewiger Mitläufer sei. Dabei richteten sich seine Worte nicht gegen die Anfänge und die Blütezeit der Romantik, sondern gegen ihren Verfall, gegen das Süßliche, Fade, Monotone, Langweilige, gegen das ewig sich Wiederholende einer längst fragwürdig gewordenen Ästhetik und Schreibweise. Tieck wußte, daß die Romantik, ein immer schon recht nebulöser und niemals eindeutiger Begriff, an ihrer hochgelegenen Quelle etwas ganz anderes war als in den Niederungen des spätromantischen Epigonentums. Daher klammerte er das Fruchtbare aus seinen romantischen Jugendjahren nicht aus, sondern bewahrte es als Fixpunkt und transformierte es in einen neuen Stil. Was Dichter wie Tieck, aber auch junge Schriftsteller wie Hauff, Mörike und nicht zuletzt Heinrich Heine seit Anfang der zwanziger Jahre versuchten, war ein Umbau romantischer Ästhetik im Geiste bürgerlichen Denkens und eine Reaktion auf das gestiegene Informationsbedürfnis breiter Schichten.

Was sich in den zwanziger Jahren vorbereitet hatte, kam dann unmittelbar nach der französischen Julirevolution von 1830 zum Durchbruch. Freilich hat sich die damals einsetzende Politisierung der Literatur durch Börne, Heine und die Schriftsteller des Jungen Deutschlands mehr in der Publizistik und im Feuilleton als in der traditionellen strengen Erzählform der Novelle ausgewirkt. Die gesellschaftlichen Verhältnisse zur Zeit der großen Volkskundgebung des Hambacher Festes waren noch so wenig entwickelt, daß eine politisch engagierte Novelle wie später Gottfried Kellers «Fähnlein der sieben Aufrechten» nicht entstehen konnte. Eine Auswirkung der demokratischen Bewegung des Vormärz auf die Erzählung der kleinen Form kann man darin sehen, daß mehr und mehr einfache Menschen aus dem Volk zu Mittelpunktfiguren wurden. Im Jahre 1813 schrieb Wilhelm von Humboldt in einem Brief: «Glaube mir, es gibt nur zwei gute und wohltätige Tendenzen in der Welt: Gott und das Volk. Was in der Mitte liegt, taugt reinweg nichts, und wir selbst nur insofern, als wir uns dem Volke nahestellen.» Diese «patriarchalische» Auffassung von Demokratie breitete sich vor allem aus, als nach den Befreiungskriegen die Aristokratie wieder mächtig wurde und der Hochmut des Adels vor allem auch im täglichen Umgang fühlbarer denn je war.

Zum Volk zählten alle, die sich in antifeudaler Opposition befanden: Bürger und Kleinbürger, Handwerker und Handwerksgesellen, Bauern und Dienstmädchen, alle die dreißigtausend, die zum Beispiel am 26. Mai 1832 auf der Ruine des Hambacher Schlosses bei Neustadt an der Hardt aus ganz Deutschland zusammengeströmt waren, um ihren Kampfwillen für Freiheit und Einheit kundzutun. Und

Volk waren auch jene, an die sich 1834 Büchners Flugschrift der «Hessische Landbote» wandte, alle, die «wie Dünger auf dem Acker» liegen. Nicht dazu gehörten die adligen Großgrundbesitzer, die feudale Bürokratie, die Hofbankiers und Hoflieferanten, alle jene, die das monarchische und feudale Regime stützten. In diesem Sinne sind die zentralen Figuren der kleinen Erzählprosa der dreißiger und vierziger Jahre volksverbundene Gestalten, seien das nun der Büdnerssohn Friedrich Mergel in der Erzählung «Die Judenbuche» der Annette von Droste-Hülshoff, der Bettelmusikant in Grillparzers Novelle «Der arme Spielmann», der deklassierte Kleinbürger in Hebbels Humoreske «Herr Haidvogel und seine Familie» oder der dem Wahnsinn verfallende Dichter Lenz in Büchners gleichnamiger Novelle. Zwar hatten schon einige Dichter der Spätromantik ihrem Glauben an die Kraft und Menschlichkeit des einfachen Volkes Ausdruck gegeben. Nicht zufällig zitierte Ferdinand Freiligrath in seiner Gedichtsammlung «Ein Glaubensbekenntnis» Brentanos «Geschichte vom braven Kasperl und schönen Annerl» mit den Versen:

> Der wußt es wohl, wie niedre Herzen klopfen
> Und wie so heiß des Volkes Pulse fliegen!
> Der warf zuerst aus grauer Bücherwolke
> Den prächt'gen Blitz: die *Leidenschaft* im Volke.

All diese Gestalten wandelten in einer Aura des Unbestimmten, des «Romantischen», des «Wunderbaren». Doch nun wurden ihre Charaktere streng individualisiert, aus ihrer sozialen Lage abgeleitet, als von der Umwelt vielseitig determiniert gezeigt, oft mit fast naturwissenschaftlicher Exaktheit.

Mit der Verschärfung der Gegensätze in der Zeit der Restauration und Reaktion mußten sich alle Dichter dieser Jahrzehnte auseinandersetzen, waren sie nun demokratisch, liberal oder mehr konservativ eingestellt. Auch Grillparzer, der wünschte, «stehenzubleiben, wo Schiller und Goethe stand», hatte dieser Zeit seinen Tribut zu entrichten; selbst bis in die verborgensten Winkel drang der Schall der aufgeregten Gegenwart mit ihren neuen Ansprüchen und geheimen Überzeugungen.

In den vierziger Jahren erregte in der Berliner Kunstausstellung ein Gemälde besonderes Aufsehen. Es stellte einen Wilddieb dar, der mit einer tödlichen Wunde in der Brust in die nahe Hütte flüchtet, eine für unser heutiges Empfinden etwas melodramatische Szene aus dem Volksleben. Vor diesem Bild blieben die Besucher stehen, stießen sich an und flüsterten. Aus dem Sujet sprach die Stimme der Zeit, die jeder verstand: Sympathie mit dem sozialen Opfer, die Abscheu vor der schon sprichwörtlich gewordenen Adelswillkür. Von solchem indirekten Bezug zu aktuellen Fragen ist manches in die Erzählkunst jener Jahre eingeflossen. Durch die Schilderung der Jagd- und Holzfrevel, die den gesellschaftlichen Hintergrund der Erzählung «Die Judenbuche» markieren, weht der Flügelschlag der Zeit. Wir wissen aus einem Artikel des jungen Karl Marx zu den Debatten über das Holzdiebstahlsgesetz im Rheinischen Landtag, wie sehr die Behandlung dieser Delikte die Öffentlichkeit bewegte. In Mörikes Novelle «Lucie Gelmeroth» stehen die anklagenden Sätze: «Der Bettler, der für Hungersterben sich an dem Eigentum des reichen Nachbars vergreift – o freilich ja, der ist euch verfallen: doch wenn ein Bösewicht in seinem Übermut ein edles, himmlisches Gemüt, nachdem er es durch jeden Schwur an sich gefesselt, am Ende hintergeht, mit kaltem Blut mißhandelt und schmachvoll in den Boden tritt, das geht euch wenig, geht euch gar nichts an!» Mit deutlich vernehmbarer Stimme spricht die Zeitatmosphäre aus Eichendorffs Novelle «Das Schloß Dürande» und aus seinem Revolutionsmärchen «Libertas und ihr Freier».

Nach unten zu den sozialen Opfern muß man blicken lernen, nicht nach oben – das war eine Losung jener Jahre, und in solchem Licht ist Büchners gescheiterter, der geistigen Umnachtung verfallender Dichter Lenz eine Zeitgestalt. In der Novelle «Der arme Spielmann» gibt Grillparzer seine Überzeugung kund: «Man kann die Berühmten nicht verstehen, wenn man die Obskuren nicht durchgefühlt hat.» Wie leicht die zeitgenössischen Probleme auch im historischen Gewand verstanden wurden, beweist der stürmische Erfolg, den Gutzkows «Uriel Acosta», die Dramatisierung der Novelle «Der Sadduzäer von Amsterdam», auf den deutschen Bühnen errang.

Eine Epoche, die man sich durch das Schlagwort «Biedermeier» geruhsam und still vorzustellen gewohnt ist, wurde nicht nur durch eine sich allmählich formierende liberale und demokratische Opposition aufgestört, sondern auch durch viele Erfindungen und Entdeckungen, die in das gesellschaftliche Leben hineinwirkten. Voran stehen die Wandlungen im Verkehrswesen: der Bau der ersten Lokomotive, die Erfindung der Dampfbremse, die Verwendung eiserner Schienen. In Deutschland wurde 1835 die erste Eisenbahnlinie zwischen Nürnberg und Fürth eröffnet, 1837 folgte die 116 Kilometer lange Strecke von Leipzig nach Dresden. Und 1845 betrug die Länge des deutschen Eisenbahnnetzes bereits 2143 Kilometer. Carl Gustav Carus, der Dresdner Arzt und Maler, schrieb in seinen Lebenserinnerungen: «Die jüngere Welt wird es bald vergessen haben, wie sonderbar fremdartig und geradezu dämonisch dieses große Verkehrsmittel damals ins Leben trat.» In dieser angeblich treuherzig-philiströsen; «guten alten Zeit» erfand man auch den Telegraphen. Im Jahre 1833 legten Gauß und Weber in Göttingen die erste deutsche Telegraphenverbindung. 1835 konstruierte Morse den Schreibtelegraphen. Der jungdeutsche Schriftsteller Karl Gutzkow, einer der besten Journalisten, die seit der Julirevolution hervortraten, nannte sein seit 1837 bei Julius Campe in Hamburg erscheinendes Literaturblatt: «Der Telegraph für Deutschland».

In einer Zeit, wo Technik und Naturwissenschaft das Lebensgefühl der Menschen zu bestimmen begannen, konnte die Schilderung einer Ballonfahrt wie in Stifters novellistischer Studie «Der Kondor» nur mit Enthusiasmus aufgenommen werden. Levin Schücking, der Freund der Droste-Hülshoff, schrieb in der Münchner «Allgemeinen Zeitung» über Stifters Schilderung der Luftfahrt: «Wir fliegen mit empor, wir staunen, wir fühlen uns erschüttert, überwältigt – ja es schwindelt uns wirklich, und wir wagen nicht, neben uns nieder auf den Boden zu blicken, von der fabelhaften Höhe aus, in die uns der Dichter getragen hat. Eine solche Macht der Schilderung, eine solche Lebendigkeit in der Darstellung einer Szene, welche der Verfasser selbst wahrscheinlich nie sah und vor der wir anderen weniger mit Phantasie und Intuition begabten Menschen kaum mehr zu sagen wüßten, als daß man nichts mehr sieht – findet schwerlich irgendwo ihresgleichen.» In Gutzkows «Telegraph» bewunderte man an Stifter, daß er ausgerüstet sei «mit einem Schatz moderner Kenntnisse, namentlich naturwissenschaftlicher Art, einem ungewöhnlich ruhigen Forscherblick und einem glücklichen Kombinationstalent».

Alle diese Dichtungen haben insofern eine «Tendenz», als die romantischen «Spielwelten» mehr und mehr verpönt werden. Tieck, der anerkannte Novellendichter jener Zeit, der von 1820 bis 1840 vierzig Novellen veröffentlichte, bekämpft in seinen kleinen Zeitgemälden Heuchelei und Frömmelei, Mystizismus und Aberglauben, die deutschtümelnden Maler und die faden ästhetischen Schöngeister, die Anmaßung der Adelswelt, aber auch den Radikalismus der Jungdeutschen. «Tendenz» findet sich bei Adalbert Stifter ebenso wie in Heines «Schnabelewopski» mit der Zerstörung bürgerlich-empfindsamer Illusionen und der Satire auf die Hamburger Kapitalswelt. Büchner wendet sich im Mittelteil von «Lenz» mit den Erörterungen über ästhetische Maßstäbe gegen die «Idealkunst», die Kunstlehre des deutschen Idealismus. Mag dieser subjektiv-pädagogische Zug auch nur vordergründig in Erscheinung treten, sich oft wenig vertieft, bei Tieck manchmal sogar leer zeigen, so prägte er doch die Erzählung jener nachromantisch-vorrevolutionären Übergangszeit entscheidend mit.

In Hinsicht der künstlerischen Mittel standen alle diese

Meister der Erzählung auf dem Boden der literarischen Tradition der klassischen und romantischen Periode. Die Theorie der Novelle dieser nachromantischen Zeit faßte Tieck zusammen. Anknüpfend an Bemerkungen Goethes äußerte er, daß eine solche Erzählung einen kleinen oder großen Vorfall ins hellste Licht stellt, «der – so leicht er sich ereignen kann – doch wunderbar, vielleicht einzig ist. Diese Wendung der Geschichte, dieser Punkt, von welchem aus sie sich völlig unerwartet umkehrt und doch natürlich, dem Charakter und den Umständen angemessen, die Folge entwickelt, wird sich der Phantasie des Lesers um so fester einprägen, als die Sache, selbst im Wunderbaren, unter anderen Umständen wieder alltäglich sein könnte.» Im übrigen dürfe sie bizarr, eigensinnig, phantastisch, leicht witzig, geschwätzig sein und sich auch in Darstellung von Nebensachen verlieren. «Die Novelle läßt alle Farben und Charaktere zu, nur wird sie immer jenen auffallenden Wendepunkt haben.» Damit war ein Rahmen geschaffen, innerhalb dessen sich novellistische Gestaltungsfreude mit relativ wenig Beschränkung bewegen und auch Elemente aus der Kunst- und Weltanschauung der Romantik einverleiben konnte.

Den angesprochenen «Wendepunkt» haben diese Erzählungen alle, sei es nun die unfreiwillige Entkleidungsszene in der Emanzipationsnovelle «Die wilde Engländerin», die Verfluchung Acostas durch die jüdische Orthodoxie im Hause Vanderstratens in Gutzkows «Sadduzäer von Amsterdam» oder die Ermordung des Juden Aaron in der «Judenbuche». Hebbels «Herr Haidvogel» ist ganz auf unerwartete Wendungen hin komponiert. Und selbst in der psychologischen Studie «Lenz» spielt der Wendepunkt, als der Dichter die Vogesenhütte mit ihren mystischen und ekstatischen Schwärmern besucht, eine Rolle. Nur Heines «Schnabelewopski» ist nicht an der Kunstform der Novelle orientiert, sondern an dem von ihm geschaffenen «Reisebild»-Genre.

Daneben machen sich auf Schritt und Tritt Einwirkungen

der romantischen Novellenpraxis bemerkbar, wenn sie auch nicht immer so leicht nachweisbar sind wie bei Stifters «Kondor» mit der Erfindung des romantischen Katers und der dem «Kater Murr» nachgebildeten Mondscheinszene. Wenn Heine in den «Schnabelewopski» das Lied vom Helden Vonved aus den «Altdänischen Heldenliedern, Balladen und Märchen» von Wilhelm Grimm und die Schiffersage vom «Fliegenden Holländer» als kontrapunktische Effekte einfügte, dann folgte er romantischen Erzählpraktiken.

Eine Sonderstellung nimmt Eichendorffs Erzählung «Libertas und ihr Freier» ein. Während es im romantischen Märchen darum ging, eine nicht an die Bedingungen des wirklichen Lebens geknüpfte wunderbare Geschichte zu erzählen, sind bei Eichendorff auch die Märchenfiguren weitgehend Geschichtssubjekte geworden. Das Ereignis der bürgerlichen Revolution von 1848 und ihr Scheitern, das den Dichter übermächtig beschäftigte, stellt er von seinem Standpunkt aus dar. Gleichsam aus der Vogelschau des Märchens sucht Eichendorff das Geschehen und seine Akteure zu überblicken. Aber dieses Märchen ist trotz aller Kapriolen kein heiteres Phantasiespiel, es wandelt sich zum satirischen Possenstück. Statt Menschen oder Märchenfiguren gibt es Typen, statt individualisiert gestaltete Figuren agieren Karikaturen. Mit den Mitteln romantischer Ironie gelang es dem Dichter in der Tat, einige Züge der Revolution sichtbar zu machen. Doch trägt diese Erzählung ein seltsam vorwärts und rückwärts gewendetes Janusgesicht. Wenn sich der Dichter auch mit der Revolution auseinandersetzte, so geschah es von einem konservativen Standpunkt aus und mit den Mitteln romantischer Märchentechnik, was nicht dazu beitrug, dem Leser zu einer tieferen Erkenntnis des kritisierten Gegenstandes zu verhelfen. Die kritisch-realistische Novelle, wie sie sich nach 1848 bei Keller, Storm, Raabe, Heyse und C. F. Meyer herausbildete, konnte an solches Verfahren nicht mehr anknüpfen. Der Geist und Gehalt dieses Waldmärchens führte die «mondbeglänzte Zaubernacht» Tieckscher Observanz endgültig ad absurdum. Wenn Romantik vielerorts durch die Erzählkunst dieser vorrevolutionären Übergangszeit geistert, so wurde hier bewiesen, daß ihre Requisitenkammer in der Zukunft nicht mehr brauchbar war.

Wie haben sich die Zeiten gewandelt, seit Novalis die Romantisierung der Welt und das Märchenhaft-Wunderbare als das der Darstellung Angemessene pries! Nicht mehr «gute deutsche Kaiser», «tapfere deutsche Ritter», heilige Klosterbrüder, von Jenseitsphantomen erfüllte Poeten, sondern der Büdnerssohn, der Bettelmusikant, der gescheiterte, der geistigen Umnachtung entgegengehende Dichter werden in ihrer Menschlichkeit gezeigt und bestätigen das Heraufziehen neuer Normen. Von Stifters Fesselballon aus ist der König nicht mehr als der Bettler. Was zuvor schon das demokratische Volksmärchen und nicht viel anders das Volkslied angedeutet hatten, daß es keine bevorzugte «Königsebene» gibt, das demonstrieren nun eindeutig Erzählung und Novelle, und zwar in Gestalten, die aus dem tatsächlichen Material der Wirklichkeit herausgemeißelt wurden. Der Leser spürt, wie der Erzähler seinen Gegenstand wirklich beherrscht, wenn er das Gewimmel vor des «Vetters Eckfenster» beschreibt oder den Flug des «Kondors», die Waldfrevel im westfälischen Forst der «Judenbuche», den Umnachtungsprozeß des Dichters Lenz. In dem Anspruch, wie eine gute Geschichte dargeboten werden sollte, haben sich die Akzente merklich verschoben. Sie soll nun realistisch genau und dennoch poetisch überhöht sein. So vereinigt sich in der Erzählung der Droste-Hülshoff der schlichte Tatbericht mit dem «Geheimnis» der Judenbuche. So ist in Büchners «Lenz» der genaue Ablauf der Vorgänge in die poetische Realität der Vogesenlandschaft eingehüllt. So verbinden sich in Stifters «Kondor» die Darstellung naturwissenschaftlicher Vorgänge mit dem Phantasieerlebnis. Man befindet sich auf dem Wege zu jenem «poetischen» Realismus, der dann mit zunehmend kritischem Gehalt bei dem Novellistenquintett Keller, Storm, Raabe, Heyse und C. F. Meyer seine Vollendung und seinen Abschluß fand.

In den Prosaerzählungen, die in diesem Band versammelt sind, spannt sich der Bogen vom Berliner Gendarmenmarkt bis zur Wiener Brigittenau, von Polen bis nach Amsterdam und in entlegene Vogesendörfer. Sie bieten das Raumerlebnis der Zeit aus dem Bauernhaus als auch aus dem Großstadteckfenster und im Ausnahmefall sogar aus dem Fesselballon. Das Zeiterlebnis spiegelt sich von der Generation der Befreiungskriege in Hoffmanns Genrebild «Des Vetters Eckfenster» bis zum Versuch Eichendorffs in «Libertas und ihr Freier», die Revolution von 1848 zu erfassen. Ein Totalbild des historisch-gesellschaftlichen Lebens jener Jahrzehnte entsteht freilich nicht. Wirklichkeitsscherben und Episoden vermitteln Ausschnitte des Ganzen. Die Dichter nehmen gleichsam an einigen Punkten Tiefenlotungen vor und kommen zu Ergebnissen, die weit über das hinausgehen, was ein Soziologe oder Historiker ermitteln könnte. Was sonst niemand analysierend berührte, das bieten sie in poetischer Chiffre und Logik. Angesichts einer großen literarischen Vergangenheit, die sie alle noch irgendwie unmittelbar miterlebt hatten, gaben sich fast alle diese Poeten bescheiden. Sie suchten das ihnen überkommene Erbe den neuen Verhältnissen entsprechend zu nutzen und neue Fäden in die Gegenwart hineinzuknüpfen. Sie haben bei diesem Bemühen das damals oft schwer ausdeutbare Gegenwärtige mit einem sicheren Gefühl für die Wirklichkeit, mit oft erstaunlicher Beobachtungsgabe und in großer Sympathie mit allem Lebenden in poetische Bilder gefaßt, die uns heute schon wie Legenden aus mythischen Fernen leuchten. Wir dürfen ohne Übertreibung sagen, daß Dichter wie E. T. A. Hoffmann und Büchner, Stifter, die Droste und Grillparzer damals Dauerndes in den Strom der Zeit gestellt haben.

E.T.A.
Hoffmann
Des
Vetters
Eckfenster

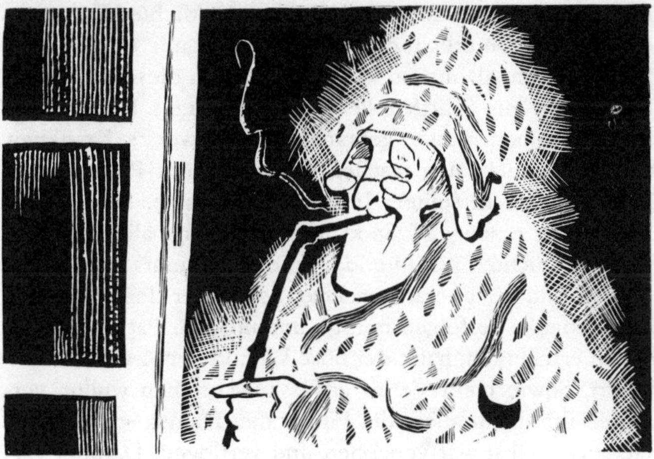

MEINEN ARMEN VETTER TRIFFT GLEICHES SCHICKSAL mit dem bekannten Scarron. So wie dieser hat mein Vetter durch eine hartnäckige Krankheit den Gebrauch seiner Füße gänzlich verloren, und es tut not, daß er sich, mit Hilfe standhafter Krücken und des nervichten Arms eines grämlichen Invaliden, der nach Belieben den Krankenwärter macht, aus dem Bette in den mit Kissen bepackten Lehnstuhl und aus dem Lehnstuhl in das Bette schrotet. Aber noch eine Ähnlichkeit trägt mein Vetter mit jenem Franzosen, den eine besondere, aus dem gewöhnlichen Gleise des französischen Witzes ausweichende Art des Humors trotz der Sparsamkeit seiner Erzeugnisse in der französischen Literatur feststellte. So wie Scarron schriftstellert mein Vetter; so wie Scarron ist er mit besonderer lebendiger Laune begabt und treibt wunderlichen humoristischen Scherz auf seine eigene Weise. Doch zum Ruhme des deutschen Schriftstellers sei es bemerkt, daß er niemals für nötig achtete, seine kleinen pikanten Schüsseln mit Asa foetida zu würzen, um die Gaumen seiner deutschen Leser, die dergleichen nicht wohl vertragen, zu kitzeln. Es genügt ihm das edle Gewürz, welches, indem es reizt, auch stärkt. Die Leute lesen gerne, was er schreibt; es soll gut sein und ergötzlich; ich verstehe mich nicht darauf. Mich erlabte sonst des Vetters Unterhaltung, und es schien mir gemütlicher, ihn zu hören, als ihn zu lesen. Doch eben dieser unbesiegbare Hang zur Schriftstellerei hat schwarzes Unheil über meinen armen Vetter gebracht; die schwerste Krankheit vermochte nicht den raschen Rädergang der Phantasie zu hemmen, der in seinem Innern fortarbeitete, stets Neues und Neues erzeugend. So kam es, daß er mir allerlei anmutige Geschichten erzählte, die er, des mannigfachen Wehs, das er duldete, unerachtet, ersonnen. Aber den Weg, den der Gedanke verfolgen mußte, um auf dem Papiere gestaltet zu erscheinen, hatte der böse Dämon der Krankheit versperrt. Sowie mein Vetter etwas aufschreiben wollte, versagten ihm nicht allein die Finger den Dienst, sondern der Gedanke selbst war verstoben und verflogen. Darüber verfiel mein Vetter in die schwärzeste Melancholie. «Vetter!» sprach er eines Tages zu mir, mit einem Ton, der mich erschreckte, «Vetter, mit mir ist es aus! Ich komme mir vor wie jener alte, vom Wahnsinn zerrüttete Maler, der tagelang vor einer in den Rahmen gespannten grundierten Leinewand saß und allen, die zu ihm kamen, die mannigfachen Schönheiten des reichen, herrlichen Gemäldes anpries, das er soeben vollendet; – ich geb's auf, das wirkende, schaffende Leben, welches, zur äußeren Form gestaltet, aus mir selbst hinaustritt, sich mit der Welt befreundend! Mein Geist zieht sich in seine Klause zurück!» Seit der Zeit ließ sich mein Vetter weder vor mir noch vor irgendeinem andern Menschen sehen. Der alte grämliche Invalide wies uns murrend und keifend von der Türe weg wie ein beißiger Haushund.

Es ist nötig zu sagen, daß mein Vetter ziemlich hoch in kleinen niedrigen Zimmern wohnt. Das ist nun Schriftsteller- und Dichtersitte. Was tut die niedrige Stubendecke? Die Phantasie fliegt empor und baut sich ein hohes, lustiges Gewölbe bis in den blauen glänzenden Himmel hinein. So ist des Dichters enges Gemach wie jener zwischen vier Mauern eingeschlossene, zehn Fuß ins Gevierte große Garten zwar nicht breit und lang, hat aber stets eine schöne Höhe. Dabei liegt aber meines Vetters Logis in dem schönsten Teile der Hauptstadt, nämlich auf dem großen Markte, der von Prachtgebäuden umschlossen ist und in dessen Mitte das kolossal und genial gedachte Theatergebäude prangt. Es ist ein Eckhaus, was mein Vetter bewohnt, und aus dem Fenster eines kleinen Kabinetts übersieht er mit einem Blick das ganze Panorama des grandiosen Platzes.

Es war gerade Markttag, als ich, mich durch das Volksgewühl durchdrängend, die Straße hinab kam, wo man schon aus weiter Ferne meines Vetters Eckfenster erblickt. Nicht wenig erstaunte ich, als mir aus diesem Fenster das wohlbekannte rote Mützchen entgegenleuchtete, welches mein Vetter in guten Tagen zu tragen pflegte. Noch mehr! Als ich näher kam, gewahrte ich, daß mein Vetter seinen stattlichen Warschauer Schlafrock angelegt und aus der türkischen Sonntagspfeife Tabak rauchte. Ich winkte ihm zu, ich wehte mit dem Schnupftuch hinauf; es gelang mir, seine Aufmerksamkeit auf mich zu ziehen, er nickte freundlich. Was für Hoffnungen! Mit Blitzesschnelle eilte ich die Treppe hinauf. Der Invalide öffnete die Türe; sein Gesicht, das sonst, runzlicht und faltig, einem naß gewordenen Handschuh glich, hatte wirklich einiger Sonnenschein zur passabeln Fratze ausgeglättet. Er meinte, der Herr säße im Lehnstuhl und sei zu sprechen. Das Zimmer war rein gemacht und an dem Bettschirm ein Bogen Papier befestigt, auf dem mit großen Buchstaben die Worte standen:

Et si male nunc, non olim sic erit.

Alles deutete auf wiedergekehrte Hoffnung, auf neuerweckte Lebenskraft. – «Ei», rief mir der Vetter entgegen, als ich in das Kabinett trat, «ei, kommst du endlich, Vetter; weißt du wohl, daß ich rechte Sehnsucht nach dir empfunden? Denn unerachtet du den Henker was nach meinen unsterblichen Werken frägst, so habe ich dich doch lieb, weil du ein munterer Geist bist und amüsable, wenn auch gerade nicht amüsant.»

Ich fühlte, daß mir bei dem Kompliment meines aufrichtigen Vetters das Blut ins Gesicht stieg.

«Du glaubst», fuhr der Vetter fort, ohne auf meine Bewegung zu achten, «du glaubst mich gewiß in voller Besserung oder gar von meinem Übel hergestellt. Dem ist beileibe nicht so. Meine Beine sind durchaus ungetreue Vasallen, die dem Haupt des Herrschers abtrünnig geworden und mit meinem übrigen werten Leichnam nichts mehr zu schaffen haben wollen. Das heißt, ich kann mich nicht aus der Stelle rühren und karre mich in diesem Räderstuhl hin und her auf anmutige Weise, wozu mein alter Invalide die melodiösesten Märsche aus seinen Kriegsjahren pfeift. Aber dies Fenster ist mein Trost, hier ist mir das bunte Leben aufs neue aufgegangen, und ich fühle mich befreundet mit seinem niemals rastenden Treiben. Komm, Vetter, schau hinaus!»

Ich setzte mich, dem Vetter gegenüber, auf ein kleines Taburett, das gerade noch im Fensterraum Platz hatte. Der Anblick war in der Tat seltsam und überraschend. Der ganze Markt schien eine einzige, dicht zusammengedrängte Volksmasse, so daß man glauben mußte, ein dazwischengeworfener Apfel könne niemals zur Erde gelangen. Die verschiedensten Farben glänzten im Sonnenschein, und zwar in ganz kleinen Flecken, auf mich machte dies den Eindruck eines großen, vom Winde bewegten, hin und her wogenden Tulpenbeets, und ich mußte mir gestehen, daß der Anblick zwar recht artig, aber auf die Länge ermüdend sei, ja wohl gar aufgereizten Personen einen kleinen Schwindel verursachen könne, der dem nicht unangenehmen Delirieren des nahenden Traums gliche; darin suchte ich das Vergnügen, das das Eckfenster dem Vetter gewähre, und äußerte ihm dieses ganz unverhohlen.

Der Vetter schlug aber die Hände über den Kopf zusammen, und es entspann sich zwischen uns folgendes Gespräch.

Der Vetter: Vetter, Vetter! nun sehe ich wohl, daß auch nicht das kleinste Fünkchen von Schriftstellertalent in dir glüht. Das erste Erfordernis fehlt dir dazu, um jemals in die Fußstapfen deines würdigen lahmen Vetters zu treten; nämlich ein Auge, welches wirklich schaut. Jener Markt bietet dir nichts dar als den Anblick eines scheckichten, sinnverwirrenden Gewühls des in bedeutungsloser Tätigkeit bewegten Volks. Hoho, mein Freund, mir entwickelt sich daraus die mannigfachste Szenerie des bürgerlichen Lebens, und mein Geist, ein wackerer Callot oder moderner Chodowiecki, entwirft eine Skizze nach der andern, deren Umrisse oft keck genug sind. Auf, Vetter! ich will sehen, ob ich dir nicht wenigstens die Primizien der Kunst zu schauen beibringen kann. Sieh einmal gerade vor dich herab in die Straße; hier hast du mein Glas, bemerkst du wohl die etwas fremdartig gekleidete Person mit dem großen Marktkorbe am Arm, die, mit einem Bürstenbinder in tiefem Gespräch begriffen, ganz geschwinde andere Domestika abzumachen scheint, als die des Leibes Nahrung betreffen?

Ich: Ich habe sie gefaßt. Sie hat ein grell zitronenfarbiges Tuch nach französischer Art turbanähnlich um den Kopf gewunden, und ihr Gesicht sowie ihr ganzes Wesen zeigt deutlich die Französin. Wahrscheinlich eine Restantin aus dem letzten Kriege, die ihr Schäfchen hier ins trockne gebracht.

Der Vetter: Nicht übel geraten. Ich wette, der Mann verdankt irgendeinem Zweige französischer Industrie ein hübsches Auskommen, so daß seine Frau ihren Marktkorb mit ganz guten Dingen reichlich füllen kann. Jetzt stürzt sie sich ins Gewühl. Versuche, Vetter, ob du ihren Lauf in den verschiedensten Krümmungen verfolgen kannst, ohne sie aus dem Auge zu verlieren; das gelbe Tuch leuchtet dir vor.

Ich: Ei, wie der brennende gelbe Punkt die Masse durchschneidet. Jetzt ist sie schon der Kirche nah – jetzt feilscht sie um etwas bei den Buden – jetzt ist sie fort – o weh! ich habe sie verloren – nein, dort am Ende duckt sie wieder auf – dort bei dem Geflügel – sie ergreift eine gerupfte Gans – sie betastet sie mit kennerischen Fingern.

Der Vetter: Gut, Vetter, das Fixieren des Blicks erzeugt das deutliche Schauen. Doch statt dich auf langweilige Weise in einer Kunst unterrichten zu wollen, die kaum zu erlernen, laß mich lieber dich auf allerlei Ergötzliches aufmerksam machen, welches sich vor unsern Augen auftut. Bemerkst du wohl jenes Frauenzimmer, die sich an der Ecke dort, unerachtet das Gedränge gar nicht zu groß, mit beiden spitzen Ellenbogen Platz macht?

Ich: Was für eine tolle Figur – ein seidner Hut, der in kapriziöser Formlosigkeit stets jeder Mode Trotz geboten, mit bunten, in den Lüften wehenden Federn – ein kurzer seidner Überwurf, dessen Farbe in das ursprüngliche Nichts zurückgekehrt – darüber ein ziemlich honetter Shawl – der Florbesatz des gelbkattunenen Kleides reicht bis an die Knöchel – blaugraue Strümpfe – Schnürstiefeln – hinter ihr eine stattliche Magd mit zwei Marktkörben, einem Fischnetz, einem Mehlsack – Gott sei bei uns! was die seidene Person für wütende Blicke um sich wirft, mit welcher Wut sie eindringt in die dicksten Haufen – wie sie alles angreift, Gemüse, Obst, Fleisch usw.; wie sie alles beäugelt, betastet, um alles feilscht und nichts erhandelt.

Der Vetter: Ich nenne diese Person, die keinen Markttag fehlt, die rabiate Hausfrau. Es kommt mir vor, als müsse sie die Tochter eines reichen Bürgers, vielleicht eines wohlhabenden Seifensieders sein, deren Hand nebst annexis ein kleiner Geheimsekretär nicht ohne Anstrengung erworben. Mit Schönheit und Grazie hat sie der Himmel nicht ausgestattet, dagegen galt sie bei allen Nachbaren für das häuslichste, wirtschaftlichste Mädchen, und in der Tat, sie ist auch so wirtschaftlich und wirtschaftet jeden Tag vom Morgen bis in den Abend auf solche entsetzliche Weise, daß dem armen Geheimsekretär darüber Hören und Sehen vergeht und er sich dorthin wünscht, wo der Pfeffer wächst. Stets sind alle Pauken- und Trompetenregister der Einkäufe, der Bestellungen, des Kleinhandels und der mannigfachen Bedürfnisse des Hauswesens gezogen, und so gleicht des Geheimsekretärs Wirtschaft einem Gehäuse, in dem ein aufgezogenes Uhrwerk ewig eine tolle Sinfonie, die der Teufel selbst komponiert hat, fortspielt; ungefähr jeden vierten Markttag wird sie von einer andern Magd begleitet.

Sapienti sat! – Bemerkst du wohl – doch nein, nein, diese Gruppe, die soeben sich bildet, wäre würdig, von dem Krayon eines Hogarths verewigt zu werden. Schau doch nur hin, Vetter, in die dritte Türöffnung des Theaters!

Ich: Ein paar alte Weiber, auf niedrigen Stühlen sitzend – ihr ganzer Kram in einem mäßigen Korbe vor sich ausgebreitet – die eine hält bunte Tücher feil, sogenannte Vexierware, auf den Effekt für blöde Augen berechnet – die andere hält eine Niederlage von blauen und grauen Strümpfen, Strickwolle usw. Sie haben sich zueinander gebeugt – sie zischeln sich in die Ohren – die eine genießt ein Schälchen Kaffee; die andere scheint, ganz hingerissen von dem Stoff der Unterhaltung, das Schnäpschen zu vergessen, das sie eben hinabgleiten lassen wollte; in der Tat ein paar auffallende Physiognomien! Welches dämonische Lächeln – welche Gestikulation mit den dürren Knochenärmen! –

Der Vetter: Diese beiden Weiber sitzen beständig zusammen, und unerachtet die Verschiedenheit ihres Handels keine Kollision und also keinen eigentlichen Brotneid zuläßt, so haben sie sich doch bis heute stets mit feindseligen Blicken angeschielt und sich, darf ich meiner geübten Physiognomik trauen, diverse höhnische Redensarten zugeworfen. Oh, sieh, sieh, Vetter, immer mehr werden sie ein Herz und eine Seele. Die Tuchverkäuferin teilt der Strumpfhändlerin ein Schälchen Kaffee mit. Was hat das zu bedeuten? Ich weiß es! Vor wenigen Minuten trat ein junges Mädchen von höchstens sechzehn Jahren, hübsch wie der Tag, deren ganzem Äußern, deren ganzem Betragen man Sitte und verschämte Dürftigkeit ansah, angelockt von der Vexierware, an den Korb. Ihr Sinn war auf ein weißes Tuch mit bunter Borte gerichtet, dessen sie vielleicht eben sehr bedurfte. Sie feilschte darum, die Alte wandte alle

Künste merkantilischer Schlauheit an, indem sie das Tuch ausbreitete und die grellen Farben im Sonnenschein schimmern ließ. Sie wurden handelseinig. Als nun aber die Arme aus dem Schnupftuchzipfel die kleine Kasse entwickelte, reichte die Barschaft nicht hin zu solcher Ausgabe. Mit hochglühenden Wangen, helle Tränen in den Augen, entfernte sich das Mädchen, so schnell sie konnte, während die Alte, höhnisch auflachend, das Tuch zusammenfaltete und in den Korb zurückwarf. Artige Redensarten mag es dabei gegeben haben. Aber nun kennt der andere Satan die Kleine und weiß die traurige Geschichte einer verarmten Familie aufzutischen als eine skandalöse Chronik von Leichtsinn und vielleicht gar Verbrechen, zur Gemütsergötzlichkeit der getäuschten Krämerin. Mit der Tasse Kaffee wurde gewiß eine derbe, faustdicke Verleumdung belohnt.

Ich: Von allem, was du da herauskombinierst, lieber Vetter, mag kein Wörtchen wahr sein, aber indem ich die Weiber anschaue, ist mir, Dank sei es deiner lebendigen Darstellung, alles so plausibel, daß ich daran glauben muß, ich mag wollen oder nicht.

Der Vetter: Ehe wir uns von der Theaterwand abwenden, laß uns noch einen Blick auf die dicke gemütliche Frau mit vor Gesundheit strotzenden Wangen werfen, die in stoischer Ruhe und Gelassenheit, die Hände unter die weiße Schürze gesteckt, auf einem Rohrstuhle sitzt und vor sich einen reichen Kram von hellpolierten Löffeln, Messern und Gabeln, Fayence, porzellanenen Tellern und Terrinen von verjährter Form, Teetassen, Kaffeekannen, Strumpfware und was weiß ich sonst auf weißen Tüchern ausgebreitet hat, so daß ihr Vorrat, wahrscheinlich aus kleinen Auktionen zusammengestümpert, einen wahren Orbis pictus bildet. Ohne sonderlich eine Miene zu verziehen, hört sie das Gebot des Feilschenden, sorglos, ob aus dem Handel was wird oder nicht; schlägt zu, streckt die eine Hand unter der Schürze hervor, um eben nur das Geld vom Käufer zu empfangen, den sie die erkaufte Ware selbst fortnehmen läßt. Das ist eine ruhige, besonnene Handelsfrau, die was vor sich bringen wird. Vor vier Wochen bestand ihr ganzer Kram in ungefähr einem halben Dutzend feiner baumwollener Strümpfe und ebensoviel Trinkgläsern. Ihr Handel steigt mit jedem Markt, und da sie keinen bessern Stuhl mitbringt, die Hände auch noch ebenso unter die Schürze steckt wie sonst, so zeigt das, daß sie Gleichmut des Geistes besitzt und sich durch das Glück nicht zu Stolz und Übermut verleiten läßt. Wie kommt mir doch plötzlich die skurrile Idee zu Sinn! Ich denke mir in diesem Augenblick ein ganz kleines schadenfrohes Teufelchen, das, wie auf jenem Hogarthischen Blatt unter den Stuhl der Betschwester, hier unter den Sessel der Krämerfrau gekrochen ist und, neidisch auf ihr Glück, heimtückischerweise die Stuhlbeine wegsägt. Plump! fällt sie in ihr Glas und Porzellan, und mit dem ganzen Handel ist es aus. Das wäre denn doch ein Fallissement im eigentlichsten Sinne des Wortes.

Ich: Wahrhaftig, lieber Vetter, du hast mich jetzt schon besser schauen gelehrt. Indem ich meinen Blick in dem bunten Gewühl der wogenden Menge umherschweifen lasse, fallen mir hin und wieder junge Mädchen in die Augen, die, von sauber angezogenen Köchinnen, welche geräumige, glänzende Marktkörbe am Arme tragen, begleitet, den Markt durchstreifen und um Hausbedürfnisse, wie sie der Markt darbietet, feilschen. Der Mädchen modester Anzug, ihr ganzer Anstand läßt nicht daran zweifeln, daß sie wenigstens vornehmen bürgerlichen Standes sind. Wie kommen diese auf den Markt?

Der Vetter: Leicht erklärlich. Seit einigen Jahren ist es Sitte geworden, daß selbst die Töchter höherer Staatsbeamten auf den Markt geschickt werden, um den Teil der Hauswirtschaft, was den Einkauf der Lebensmittel betrifft, praktisch zu erlernen.

Ich: In der Tat eine löbliche Sitte, die nächst dem praktischen Nutzen zu häuslicher Gesinnung führen muß.

Der Vetter: Meinst du, Vetter? Ich für mein Teil glaube das Gegenteil. Was kann der Selbsteinkauf für andere

Zwecke haben, als sich von der Güte der Ware und von den wirklichen Marktpreisen zu überzeugen? Die Eigenschaften, das Ansehn, die Kennzeichen eines guten Gemüses, eines guten Fleisches usw., lernt die angehende Hausfrau sehr leicht auf andere Weise erkennen, und das kleine Ersparnis der sogenannten Schwänzelpfennige, das nicht einmal stattfindet, da die begleitende Köchin mit den Verkäufern sich unbedenklich insgeheim versteht, wiegt den Nachteil nicht auf, den der Besuch des Markts sehr leicht herbeiführen kann. Niemals würde ich um den Preis von etlichen Pfennigen meine Tochter der Gefahr aussetzen, eingedrängt in den Kreis des niedrigsten Volks, eine Zote zu hören oder irgendeine lose Rede eines brutalen Weibes oder Kerls einschlucken zu müssen. – Und dann, was gewisse Spekulationen liebeseufzender Jünglinge in blauen Röcken zu Pferde oder in gelben Flauschen mit schwarzen Kragen zu Fuß betrifft, so ist der Markt ... Doch sieh, sieh, Vetter! wie gefällt dir das Mädchen, das soeben dort an der Pumpe, von der ältlichen Köchin begleitet, daherkommt? Nimm mein Glas, nimm mein Glas, Vetter!

Ich: Ha, was für ein Geschöpf, die Anmut, die Liebenswürdigkeit selbst – aber sie schlägt die Augen verschämt nieder – jeder ihrer Schritte ist furchtsam – wankend – schüchtern hält sie sich an ihre Begleiterin, die ihr mit forciertem Angriff den Weg ins Gedränge bahnt – ich verfolge sie – da steht die Köchin still vor den Gemüsekörben – sie feilscht – sie zieht die Kleine heran, die mit halb weggewandtem Gesicht ganz geschwinde, geschwinde Geld aus dem Beutelchen nimmt und es hinreicht, froh, nur wieder loszukommen – ich kann sie nicht verlieren, Dank sei es dem roten Shawl – sie scheinen etwas vergeblich zu suchen – endlich, endlich, dort weilen sie bei einer Frau, die in zierlichen Körben feines Gemüse feilbietet – der holden Kleinen ganze Aufmerksamkeit fesselt ein Korb mit dem schönsten Blumenkohl – das Mädchen selbst wählt einen Kopf und legt ihn der Köchin in den Korb – wie, die Unverschämte! – ohne weiteres nimmt sie den Kopf aus dem

Korbe heraus, legt ihn in den Korb der Verkäuferin zurück und wählt einen andern, indem ihr heftiges Schütteln' mit dem gewichtigen kantenhaubengeschmückten Haupte noch dazu bemerken läßt, daß sie die arme Kleine, welche zum ersten Male selbständig sein wollte, mit Vorwürfen überhäuft.

Der Vetter: Wie denkst du dir die Gefühle dieses Mädchens, der man eine Häuslichkeit aufdringen will, welche ihrem zarten Sinn gänzlich widerstrebt? Ich kenne die holde Kleine; es ist die Tochter eines geheimen Oberfinanzrats, ein natürliches, von jeder Ziererei entferntes Wesen, von echtem weiblichen Sinn beseelt und mit jenem jedesmal richtig treffenden Verstande und feinen Takt begabt, der Weibern dieser Art stets eigen – Hoho, Vetter! das nenn ich glückliches Zusammentreffen. Hier um die Ecke kommt das Gegenstück zu jenem Bilde. Wie gefällt dir *das* Mädchen, Vetter?

Ich: Ei, welch eine niedliche, schlanke Gestalt! – Jung – leichtfüßig – mit keckem, unbefangenem Blick in die Welt hineinschauend – am Himmel stets Sonnenglanz – in den Lüften stets lustige Musik – wie dreist, wie sorglos sie dem dicken Haufen entgegenhüpft – die Servante, die ihr mit dem Marktkorbe folgt, scheint eben nicht älter als sie und zwischen beiden eine gewisse Kordialität zu herrschen – die Mamsell hat gar hübsche Sachen an, der Shawl ist modern – der Hut passend zur Morgentracht sowie das Kleid von geschmackvollem Muster – alles hübsch und anständig – o weh! was erblicke ich, die Mamsell trägt weißseidene Schuhe. Ausrangierte Ballchaussure auf dem Markt! Überhaupt, je länger ich das Mädchen beobachte, desto mehr fällt mir eine gewisse Eigentümlichkeit auf, die ich mit Worten nicht ausdrücken kann. Es ist wahr, sie macht, so wie es scheint, mit sorglicher Emsigkeit ihre Einkäufe, wählt und wählt, feilscht und feilscht, spricht, gestikuliert, alles mit einem lebendigen Wesen, das beinah bis zur Spannung geht; mir ist aber, als wolle sie noch etwas anderes als eben Hausbedürfnisse einkaufen.

Der Vetter: Bravo, bravo, Vetter! dein Blick schärft sich, wie ich merke. Sieh nur, mein Liebster, trotz der modesten Kleidung hätten dir – die Leichtfüßigkeit des ganzen Wesens abgerechnet – schon die weißseidenen Schuhe auf dem Markt verraten müssen, daß die kleine Mamsell dem Ballett oder überhaupt dem Theater angehört. Was sie sonst noch will, dürfte sich vielleicht bald entwickeln – ha, getroffen! Schau doch, lieber Vetter, ein wenig rechts die Straße hinauf und sage mir, wen du auf dem Bürgersteig, vor dem Hotel, wo es ziemlich einsam ist, erblickst?

Ich: Ich erblicke einen großen, schlank gewachsenen Jüngling im gelben kurzgeschnittenen Flausch mit schwarzem Kragen und Stahlknöpfen. Er trägt ein kleines rotes, silbergesticktes Mützchen, unter dem schöne schwarze Lokken, beinahe zu üppig, hervorquillen. Den Ausdruck des blassen, männlich schön geformten Gesichts erhöht nicht wenig das kleine schwarze Stutzbärtchen auf der Oberlippe. Er hat eine Mappe unter dem Arm – unbedenklich ein Student, der im Begriff stand, ein Kollegium zu besuchen – aber fest eingewurzelt steht er da, den Blick unverwandt nach dem Markt gerichtet, und scheint Kollegium und alles um sich her zu vergessen.

Der Vetter: So ist es, lieber Vetter. Sein ganzer Sinn ist auf unsere kleine Komödiantin gerichtet. Der Zeitpunkt ist gekommen; er naht sich der großen Obstbude, in der die schönste Ware appetitlich aufgetürmt ist, und scheint nach Früchten zu fragen, die eben nicht zur Hand sind. Es ist ganz unmöglich, daß ein guter Mittagstisch ohne Dessert von Obst bestehen kann; unsere kleine Komödiantin muß daher ihre Einkäufe für den Tisch des Hauses an der Obstbude beschließen. Ein runder rotbäckiger Apfel entschlüpft schalkhaft den kleinen Fingern – der Gelbe bückt sich darnach, hebt ihn auf – ein leichter anmutiger Knix der kleinen Theaterfee – das Gespräch ist im Gange – wechselseitiger Rat und Beistand bei einer sattsam schwierigen Apfelsinenwahl vollendet die gewiß bereits früher angeknüpfte Bekanntschaft, indem sich zugleich das anmutige

Rendezvous gestaltet, welches gewiß auf mannigfache Weise wiederholt und variiert wird.

Ich: Mag der Musensohn liebeln und Apfelsinen wählen, soviel er will; mich interessiert das nicht, und zwar um so weniger, da mir dort an der Ecke der Hauptfronte des Theaters, wo die Blumenverkäuferinnen ihre Ware feilbieten, das Engelskind, die allerliebste Geheimratstochter, von neuem aufgestoßen ist.

Der Vetter: Nach den Blumen dort schau ich nicht gerne hin, lieber Vetter; es hat damit eine eigne Bewandtnis. Die Verkäuferin, welche der Regel nach den schönsten Blumenflor ausgesuchter Nelken, Rosen und anderer seltenerer Gewächse hält, ist ein ganz hübsches, artiges Mädchen, strebend nach höherer Kultur des Geistes; denn sowie sie der Handel nicht beschäftigt, liest sie emsig in Büchern, deren Uniform zeigt, daß sie zur großen Kralowskischen ästhetischen Hauptarmee gehören, welche bis in die entferntesten Winkel der Residenz siegend das Licht der Geistesbildung verbreitet. Ein lesendes Blumenmädchen ist für einen belletristischen Schriftsteller ein unwiderstehlicher Anblick. So kam es, daß, als vor langer Zeit mich der Weg bei den Blumen vorbeiführte – auch an andern Tagen stehen die Blumen zum Verkauf –, ich, das lesende Blumenmädchen gewahrend, überrascht stehenblieb. Sie saß wie in einer dichten Laube von blühenden Geranien und hatte das Buch aufgeschlagen auf dem Schoße, den Kopf in die Hand gestützt. Der Held mußte gerade in augenscheinlicher Gefahr oder sonst ein wichtiger Moment der Handlung eingetreten sein; denn höher glühten des Mädchens Wangen, ihre Lippen bebten, sie schien ihrer Umgebung ganz entrückt. Vetter, ich will dir die seltsame Schwäche eines Schriftstellers ganz ohne Rücksicht gestehen. Ich war wie festgebannt an die Stelle – ich trippelte hin und her; was mag das Mädchen lesen? Dieser Gedanke beschäftigte meine ganze Seele. Der Geist der Schriftstellereitelkeit regte sich und kitzelte mich mit der Ahnung, daß es eins meiner eigenen Werke sei, was eben jetzt das Mädchen in die phantastische Welt meiner

Träumereien versetzte. Endlich faßte ich ein Herz, trat hinan und fragte nach dem Preise eines Nelkenstocks, der in einer entfernten Reihe stand. Während daß das Mädchen den Nelkenstock herbeiholte, nahm ich mit den Worten «Was lesen Sie denn da, mein schönes Kind?» das geklappte Buch zur Hand. O! all ihr Himmel, es war wirklich ein Werklein von mir, und zwar*** – Das Mädchen brachte die Blumen herbei und gab zugleich den mäßigen Preis an. Was Blumen, was Nelkenstock; das Mädchen war mir in diesem Augenblick ein viel schätzenswerteres Publikum als die ganze elegante Welt der Residenz. Aufgeregt, ganz entflammt von den süßesten Autorgefühlen, fragte ich mit anscheinender Gleichgültigkeit, wie denn dem Mädchen das Buch gefalle. «I, mein lieber Herr», erwiderte das Mädchen, «das ist ein gar schnakisches Buch. Anfangs wird einem ein wenig wirrig im Kopfe; aber dann ist es so, als wenn man mitten darinsäße.» Zu meinem nicht geringen Erstaunen erzählte mir das Mädchen den Inhalt des kleinen Märchens ganz klar und deutlich, so daß ich wohl einsah, wie sie es schon mehrmals gelesen haben mußte; sie wiederholte, es sei ein gar schnakisches Buch, sie habe bald herzlich lachen müssen, bald sei ihr ganz weinerlich zumute geworden; sie gab mir den Rat, falls ich das Buch noch nicht gelesen haben sollte, es mir nachmittags von Herrn Kralowski zu holen, denn sie wechsele eben nachmittags Bücher. – Nun sollte der große Schlag geschehn. Mit niedergeschlagenen Augen, mit einer Stimme, die an Süßigkeit dem Honig von Hybla zu vergleichen, mit dem seligen Lächeln des wonnerfüllten Autors lispelte ich: «Hier, mein süßer Engel, hier steht der Autor des Buchs, welches Sie mit solchem Vergnügen erfüllt hat, vor Ihnen in leibhaftiger Person.» Das Mädchen starrte mich sprachlos an, mit großen Augen und offenem Munde. Das galt mir für den Ausdruck der höchsten Verwunderung, ja eines freudigen Schrecks, daß das sublime Genie, dessen schaffende Kraft solch ein Werk erzeugt, so plötzlich bei den Geranien erschienen. Vielleicht, dachte ich, als des Mädchens Miene unverändert blieb, vielleicht glaubt sie auch gar nicht an den glücklichen Zufall, der den berühmten Verfasser des *** in ihre Nähe bringt. Ich suchte nun ihr auf alle mögliche Weise meine Identität mit jenem Verfasser darzutun, aber es war, als sei sie versteinert, und nichts entschlüpfte ihren Lippen als: «Hm – so – I das wäre – wie –.» Doch was soll ich dir die tiefe Schmach, welche mich in diesem Augenblick traf, erst weitläufig beschreiben. Es fand sich, daß das Mädchen niemals daran gedacht, daß die Bücher, welche sie lese, vorher gedichtet werden müßten. Der Begriff eines Schriftstellers, eines Dichters war ihr gänzlich fremd, und ich glaube wahrhaftig, bei näherer Nachfrage wäre der fromme kindliche Glaube ans Licht gekommen, daß der liebe Gott die Bücher wachsen ließe wie die Pilze.

Ganz kleinlaut fragte ich nochmals nach dem Preise des Nelkenstocks. Unterdessen mußte eine ganz andere dunkle Idee von dem Verfertigen der Bücher dem Mädchen aufgestiegen sein; denn da ich das Geld aufzählte, fragte sie ganz naiv und unbefangen, ob ich alle Bücher beim Herrn Kralowski mache – pfeilschnell schoß ich mit meinem Nelkenstock von dannen.

Ich: Vetter, Vetter, das nenne ich gestrafte Autoreitelkeit; doch während du mir deine tragische Geschichte erzähltest, verwandte ich kein Auge von meiner Lieblingin. Bei den Blumen allein ließ der übermütige Küchendämon ihr volle Freiheit. Die grämliche Küchengouvernante hatte den schweren Marktkorb an die Erde gesetzt und überließ sich, indem sie die feisten Arme bald übereinanderschlug, bald, wie es der äußere rhetorische Ausdruck der Rede zu erfordern schien, in die Seiten stemmte, mit drei Kolleginnen der unbeschreiblichen Freude des Gesprächs, und ihre Rede war, der Bibel entgegen, gewiß viel mehr als ja, ja und nein, nein. Sieh nur, welch einen herrlichen Blumenflor sich der holde Engel ausgewählt hat und von einem rüstigen Burschen nachtragen läßt. Wie? Nein, das will mir nicht ganz gefallen, daß sie im Wandeln Kirschen aus dem kleinen Körbchen nascht; wie wird das feine Batisttuch, das wahrscheinlich darin befindlich, sich mit dem Obst befreunden?

Der Vetter: Der jugendliche Appetit des Augenblicks frägt nicht nach Kirschflecken, für die es Kleesalz und andere probate Hausmittel gibt. Und das ist eben die wahrhaft kindliche Unbefangenheit, daß die Kleine nun von den Drangsalen des bösen Markts sich in wiedererlangter Freiheit ganz gehenläßt. – Doch schon lange ist mir jener Mann aufgefallen und ein unauflösbares Rätsel geblieben, der eben jetzt dort an der zweiten entfernten Pumpe an dem Wagen steht, auf dem ein Bauerweib aus einem großen Faß um ein billiges Pflaumenmus verspendet. Fürs erste, lieber Vetter, bewundere die Agilität des Weibes, das, mit einem langen hölzernen Löffel bewaffnet, erst die großen Verkäufe zu viertel, halben und ganzen Pfunden beseitigt und dann den gierigen Näschern, die ihre Papierchen, mitunter auch wohl ihre Pelzmütze hinhalten, mit Blitzesschnelle das gewünschte Dreierkleckschen zuwirft, welches sie sogleich als stattlichen Morgenimbiß wohlgefällig verzehren – Kaviar des Volks! Bei dem geschickten Verteilen des Pflaumenmuses mittelst des geschwenkten Löffels fällt mir ein, daß ich einmal in meiner Kindheit hörte, es sei auf einer reichen Bauerhochzeit so splendid hergegangen, daß der delikate, mit einer dicken Kruste von Zimt, Zucker und Nelken überhäutete Reisbrei mittelst eines Dreschflegels verteilt worden. Jeder der werten Gäste durfte nur ganz gemütlich das Maul aufsperren, um die gehörige Portion zu bekommen, und es ging auf diese Weise recht zu wie im Schlaraffenland. Doch, Vetter, hast du den Mann ins Auge gefaßt?

Ich: Allerdings! – Wes Geisteskind ist die tolle abenteuerliche Figur? Ein wenigstens sechs Fuß hoher, winddürrer Mann, der noch dazu kerzengerade mit eingebogenem Rükken dasteht! Unter dem kleinen dreieckigen, zusammengequetschten Hütchen starrt hinten die Kokarde eines Haarbeutels hervor, der sich dann in voller Breite dem Rücken sanft anschmiegt. Der graue, nach längst verjährter Sitte zugeschnittene Rock schließt sich, vorne von oben bis unten zugeknöpft, enge an den Leib an, ohne eine einzige Falte zu werfen, und schon erst, als er an den Wagen schritt, konnte ich bemerken, daß er schwarze Beinkleider, schwarze Strümpfe und mächtige zinnerne Schnallen in den Schuhen trägt. Was mag er nur in dem viereckigen Kasten haben, den er so sorglich unter dem linken Arme trägt und der beinahe dem Kasten eines Tabulettkrämers gleicht?

Der Vetter: Das wirst du gleich erfahren, schau nur aufmerksam hin.

Ich: Er schlägt den Deckel des Kastens zurück – die Sonne scheint hinein – strahlende Reflexe – der Kasten ist mit Blech gefüttert – er macht der Pflaumenmusfrau, indem er das Hütchen vom Kopfe zieht, eine beinahe ehrfurchtsvolle Verbeugung. Was für ein originelles, ausdrucksvolles Gesicht – fein geschlossene Lippen – eine Habichtsnase – große, schwarze Augen – hochstehende, starke Augenbrauen – eine hohe Stirn – schwarzes Haar – das Toupet en cœur frisiert, mit kleinen steifen Löckchen über den Ohren. – Er reicht den Kasten der Bauerfrau auf den Wagen, die ihn ohne weiteres mit Pflaumenmus füllt und ihm freundlich nickend wieder zurückreicht. Mit einer zweiten Verbeugung entfernt sich der Mann – er windet sich hinan an die Heringstonne – er zieht ein Schubfach des Kastens hervor, legt einige erhandelte Salzmänner hinein und schiebt das Fach wieder zu – ein drittes Schubfach ist, wie ich sehe, zu Petersilie und anderem Wurzelwerk bestimmt. Nun durchschneidet er mit langen, gravitätischen Schritten den Markt in verschiedenen Richtungen, bis ihn der reiche, auf einem Tisch ausgebreitete Vorrat von gerupftem Geflügel festhält. So wie überall, macht er auch hier, ehe er zu feilschen beginnt, einige tiefe Verbeugungen – er spricht viel und lange mit der Frau, die ihn mit besonders freundlicher Miene anhört – er setzt den Kasten behutsam auf den Boden nieder und ergreift zwei Enten, die er ganz bequem in die weite Rocktasche schiebt. Himmel! es folgt noch eine Gans – den Puter schaut er bloß an mit liebäugelnden Blikken – er kann doch nicht unterlassen, ihn wenigstens mit dem Zeige- und Mittelfinger liebkosend zu berühren; schnell hebt er seinen Kasten auf, verbeugt sich gegen das Weib ungemein verbindlich und schreitet, sich mit Gewalt losreißend von dem verführerischen Gegenstand seiner Begierde, von dannen – er steuert geradezu los auf die Fleischerbuden – ist der Mensch ein Koch, der für ein Gastmahl zu sorgen hat? – er erhandelt eine Kalbskeule, die er noch in eine seiner Riesentaschen gleiten läßt. Nun ist er fertig mit seinem Einkauf; er geht die Charlottenstraße herauf mit solchem ganz seltsamen Anstand und Wesen, daß er aus irgendeinem fremden Lande hinabgeschneit zu sein scheint.

Der Vetter: Genug habe ich mir schon über diese exotische Figur den Kopf zerbrochen. Was denkst du, Vetter, zu meiner Hypothese? Dieser Mensch ist ein alter Zeichenmeister, der in mittelmäßigen Schulanstalten sein Wesen getrieben hat und vielleicht noch treibt. Durch allerlei industriöse Unternehmungen hat er viel Geld erworben; er ist geizig, mißtrauisch, Zyniker bis zum Ekelhaften, Hagestolz – nur einem Gott opfert er – dem Bauche; seine ganze Lust ist, gut zu essen, versteht sich allein auf seinem Zimmer; er ist durchaus ohne alle Bedienung, er besorgt alles selbst – an Markttagen holt er, wie du gesehen hast, seine Lebensbedürfnisse für die halbe Woche und bereitet in einer kleinen Küche, die dicht bei seinem armseligen Stübchen belegen, selbst seine Speisen, die er dann, da der Koch es stets dem Gaumen des Herrn zu Dank macht, mit gierigem, ja vielleicht tierischem Appetit verzehrt. Wie geschickt und zweckmäßig er einen alten Malkasten zum Marktkorbe adaptiert hat, auch das hast du bemerkt, lieber Vetter.

Ich: Weg von dem widrigen Menschen.

Der Vetter: Warum widrig? Es muß auch solche Käuze geben, sagt ein welterfahrner Mann, und er hat recht, denn die Varietät kann nie bunt genug sein. Doch mißfällt dir der Mann so sehr, lieber Vetter, so kann ich dir darüber, was er ist, tut und treibt, noch eine andere Hypothese aufstellen. Vier Franzosen, und zwar sämtlich Pariser, ein Sprachmeister, ein Fechtmeister, ein Tanzmeister und ein Pastetenbäcker, kamen in ihren Jugendjahren gleichzeitig nach Berlin und fanden, wie es damals (gegen das Ende des vorigen Jahrhunderts) gar nicht fehlen konnte, ihr reichliches Brot. Seit dem Augenblick, als die Diligence sie auf der Reise vereinigte, schlossen sie den engsten Freundschaftsbund, blieben ein Herz und eine Seele und verlebten jeden Abend nach vollbrachter Arbeit zusammen, als echte alte Franzosen, in lebhafter Konversation, bei frugalem Abendessen. Des Tanzmeisters Beine waren stumpf worden, des Fechtmeisters Arme durch das Alter entnervt, dem Sprachmeister Rivale, die sich der neuesten Pariser Mundart rühmten, über den Kopf gestiegen, und die schlauen Erfindungen des Pastetenbäckers überboten jüngere Gaumenkitzler, von den eigensinnigsten Gastronomen in Paris ausgebildet.

Aber jeder des treu verbundenen Quatuors hatte indessen seine Schäfchen ins trockne gebracht. Sie zogen zusammen in eine geräumige, ganz artige, jedoch entlegene Wohnung, gaben ihre Geschäfte auf und lebten zusammen, altfranzösischer Sitte getreu, ganz lustig und sorgenfrei, da sie selbst den Bekümmernissen und Lasten der unglücklichen Zeit geschickt zu entgehen wußten. Jeder hat ein besonderes Geschäft, wodurch der Nutzen und das Vergnügen der Sozietät befördert wird. Der Tanzmeister und der Fechtmeister besuchen ihre alten Scholaren, ausgediente Offiziers von höherm Range, Kammerherren, Hofmarschälle usw.; denn sie hatten die vornehmste Praxis und sammeln die Neuigkeiten des Tages zum Stoff für ihre Unterhaltung, der nie ausgehen darf. Der Sprachmeister durchwühlt die Läden der Antiquare, um immer mehr französische Werke auszumitteln, deren Sprache die Akademie gebilligt hat. Der Pastetenbäcker sorgt für die Küche; er kauft ebensogut selbst ein, als er die Speisen ebenfalls selbst bereitet, worin ihm ein alter, französischer Hausknecht beisteht. Außer diesem besorgt für jetzt, da eine alte zahnlose Französin, die sich von der französischen Gouvernante bis zur Aufwaschmagd heruntergedient hatte, gestorben, ein pausbäckiger Junge, den die vier von den Orphelins françois zu sich genommen, die Bedienung. – Dort geht der kleine Himmelblaue, an einem Arm einen Korb mit Mundsemmeln, an dem andern einen Korb, in dem der Salat hoch aufgetürmt ist. So habe ich den widrigen zynischen deutschen Zeichenmeister augenblicklich zum gemütlichen französischen Pastetenbäcker umgeschaffen, und ich glaube, daß sein Äußeres, sein ganzes Wesen recht gut dazu paßt.

Ich: Diese Erfindung macht deinem Schriftstellertalent Ehre, lieber Vetter. Doch mir leuchten schon seit ein paar Minuten dort jene hohen weißen Schwungfedern in die Augen, die sich aus dem dicksten Gedränge des Volkes emporheben. Endlich tritt die Gestalt dicht bei der Pumpe hervor – ein großes, schlank gewachsenes Frauenzimmer von gar nicht üblem Ansehen – der Überrock von rosarotem schweren Seidenzeuge ist funkelnagelneu – der Hut von der neuesten Fasson, der daran befestigte Schleier von schönen Spitzen – weiße Glacéhandschuhe. Was nötigte die elegante, wahrscheinlich zu einem Dejeuner eingeladene Dame, sich durch das Gewühl des Marktes zu drängen? Doch wie, auch sie gehört zu den Einkäuferinnen? Sie steht still und winkt einem alten, schmutzigen, zerlumpten Weibe, die ihr, ein lebhaftes Bild der Misere im Hefen des Volks, mit einem halbzerbrochenen Marktkorbe am Arm mühsam nachhinkt. Die geputzte Dame winkt an der Ecke des Theatergebäudes, um dem erblindeten Landwehrmann, der dort an die Mauer gelehnt steht, ein Almosen zu geben. Sie zieht mit Mühe den Handschuh von der rechten Hand – hilf Himmel! eine blutrote, noch dazu ziemlich mannhaft gebaute Faust kommt zum Vorschein. Doch ohne lange zu suchen und zu wählen, drückt sie dem Blinden rasch ein Stück Geld in die Hand, läuft rasch bis in die Mitte der Charlottenstraße und setzt sich dann in einen majestätischen Promenadenschritt, mit dem sie, ohne sich weiter um ihre zerlumpte Begleiterin zu kümmern, die Charlottenstraße hinauf nach den Linden wandelt.

Der Vetter: Das Weib hat, um sich auszuruhen, den Korb an die Erde gesetzt, und du kannst mit einem Blick den ganzen Einkauf der eleganten Dame übersehen.

Ich: Der ist in der Tat wunderlich genug. Ein Kohlkopf – viele Kartoffeln – einige Äpfel – ein kleines Brot – einige Heringe in Papier gewickelt – ein Schafkäse, nicht von der appetitlichsten Farbe – eine Hammelleber – ein kleiner Rosenstock – ein Paar Pantoffeln – ein Stiefelknecht – Was in aller Welt –

Der Vetter: Still, still, Vetter, genug von der Rosenroten! Betrachte aufmerksam jenen Blinden, dem das leichtsinnige Kind der Verderbnis Almosen spendete. Gibt es ein rührenderes Bild unverdienten menschlichen Elends und frommer, in Gott und Schicksal ergebener Resignation? Mit dem Rücken an die Mauer des Theaters gelehnt, beide abgedürrte Knochenhände auf einen Stab gestützt, den er einen Schritt vorgeschoben, damit das unvernünftige Volk ihm nicht über die Füße laufe, das leichenblasse Antlitz emporgehoben, das Landwehrmützchen in die Augen gedrückt, steht er regungslos vom frühen Morgen bis zum Schluß des Marktes an derselben Stelle.

Ich: Er bettelt, und doch ist für die erblindeten Krieger so gut gesorgt.

Der Vetter: Du bist in gar großem Irrtum, lieber Vetter. Dieser arme Mensch macht den Knecht eines Weibes, welches Gemüse feilhält und die zu der niedrigeren Klasse dieser Verkäuferinnen gehört, da die vornehmere das Gemüse in auf Wagen gepackten Körben herbeifahren läßt. Dieser Blinde kommt nämlich jeden Morgen, mit vollen Gemüsekörben bepackt, wie ein Lasttier, so daß ihn die Bürde beinahe zu Boden drückt und er sich nur mit Mühe im wankenden Schritt mittelst des Stabes aufrecht erhält, herbei. Eine große, robuste Frau, in deren Dienste er steht oder die ihn vielleicht nur eben zum Hinschaffen des Gemüses auf den Markt gebraucht, gibt sich, wenn nun seine Kräfte beinahe ganz erschöpft sind, kaum die Mühe, ihn beim Arm zu ergreifen und weiter an Ort und Stelle, nämlich eben an den Platz, den er jetzt einnimmt, hinzuhelfen. Hier nimmt sie ihm die Körbe vom Rücken, die sie selbst hinüberträgt, und läßt ihn stehen, ohne sich im mindesten um ihn eher zu bekümmern, als bis der Markt geendet ist und sie ihm die ganz oder nur zum Teil geleerten Körbe wieder aufpackt.

Ich: Es ist doch merkwürdig, daß man die Blindheit, sollten auch die Augen nicht verschlossen sein oder sollte auch kein anderer sichtbarer Fehler den Mangel des Gesichts verraten, dennoch an der emporgerichteten Stellung des Hauptes, die den Erblindeten eigentümlich, sogleich erkennt; es scheint darin ein fortwährendes Streben zu liegen, etwas in der Nacht, die den Blinden umschließt, zu erschauen.

Der Vetter: Es gibt für mich keinen rührendern Anblick, als wenn ich einen solchen Blinden sehe, der mit emporgerichtetem Haupt in die weite Ferne zu schauen scheint. Untergegangen ist für den Armen die Abendröte des Lebens, aber sein inneres Auge strebt schon das ewige Licht zu erblicken, das ihm in dem Jenseits voll Trost, Hoffnung und Seligkeit leuchtet. Doch ich werde zu ernst. Der blinde Landwehrmann bietet mir jeden Markttag einen Schatz von Bemerkungen dar. Du gewahrst, lieber Vetter, wie sich bei diesem armen Menschen die Mildtätigkeit der Berliner recht lebhaft ausspricht. Oft ziehen ganze Reihen bei ihm vorüber, und keiner daraus verfehlt, ihm ein Almosen zu reichen. Aber die Art und Weise, wie dieses Almosen gereicht wird, hierin liegt alles. Schau einmal, lieber Vetter, eine Zeitlang hin und sag mir, was du gewahrst.

Ich: Eben kommen drei, vier, fünf stattliche derbe Hausmägde; die mit zum Teil schwer ins Gewicht fallenden Waren übermäßig vollgepackten Körbe schneiden ihnen beinahe die nervichten, blau aufgelaufenen Arme wund; sie haben Ursache zu eilen, um ihre Last loszuwerden, und doch weilt jede einen Augenblick, greift schnell in den

Marktkorb und drückt dem Blinden ein Stück Geld, ohne ihn einmal anzusehen, in die Hand. Die Ausgabe steht als notwendig und unerläßlich auf dem Etat des Markttages. Das ist recht! Da kommt eine Frau, deren Anzuge, deren ganzem Wesen man die Behaglichkeit und Wohlhabenheit deutlich anmerkt – sie bleibt vor dem Invaliden stehen, zieht ein Beutelchen hervor und sucht und sucht, und kein Stück Geld scheint ihr klein genug zum Akt der Wohltätigkeit, den sie zu vollführen gedenkt – sie ruft ihrer Köchin zu – es findet sich, daß auch dieser die kleine Münze ausgegangen, sie muß erst bei den Gemüseweibern wechseln – endlich ist der zu verschenkende Dreier herbeigeschafft – nun klopft sie dem Blinden auf die Hand, damit er ja merke, daß er etwas empfangen werde – er öffnet den Handteller – die wohltätige Dame drückt ihm das Geldstück hinein und schließt ihm die Faust, damit die splendide Gabe ja nicht verlorengehe. – Warum trippelt die kleine niedliche Mamsell so hin und her und nähert sich immer mehr und mehr dem Blinden? Ha, im Vorbeihuschen hat sie schnell, daß es gewiß niemand als ich, der ich sie auf dem Kern meines Glases habe, bemerkte, dem Blinden ein Stück Geld in die Hand gesteckt – das war gewiß kein Dreier. Der graue, wohlgemästete Mann im braunen Rocke, der dort so gemütlich dahergeschritten kommt, ist gewiß ein sehr reicher Bürger. Auch er bleibt vor dem Blinden stehen und läßt sich in ein langes Gespräch mit ihm ein, indem er den übrigen Leuten den Weg versperrt und sie hindert, dem Blinden Almosen zu spenden; endlich, endlich zieht er eine mächtige grüne Geldbörse aus der Tasche, entknüpft sie nicht ohne Mühe und wühlt so entsetzlich im Gelde, daß ich glaube, es bis hieher klappern zu hören. – Parturiunt montes! – Doch will ich wirklich glauben, daß der edle Menschenfreund, vom Bilde des Jammers hingerissen, sich bis zum schlechten Groschen verstieg. – Bei allem dem meine ich doch, daß der Blinde an den Markttagen nach seiner Art keine geringe Einnahme macht, und mich wundert, daß er alles ohne das mindeste Zeichen von

Dankbarkeit annimmt; nur eine leise Bewegung der Lippen, die ich wahrzunehmen glaube, zeigt, daß er etwas spricht, was wohl Dank sein mag – doch auch diese Bewegung bemerke ich nur zuweilen.

Der Vetter: Da hast du den entschiedenen Ausdruck vollkommen abgeschlossener Resignation: was ist ihm das Geld, er kann es nicht nutzen; erst in der Hand eines andern, dem er sich rücksichtslos anvertrauen muß, erhält es seinen Wert – ich kann mich sehr irren, aber mir scheint, als wenn das Weib, deren Gemüsekörbe er trägt, eine fatale böse Sieben sei, die den Armen schlecht hält, unerachtet sie höchst wahrscheinlich alles Geld, was er empfängt, in Beschlag nimmt. Jedesmal, wenn sie die Körbe zurückbringt, keift sie mit dem Blinden, und zwar in dem Grade mehr oder weniger, als sie einen bessern oder schlechtern Markt gemacht hat. Schon das leichenblasse Gesicht, die abgehungerte Gestalt, die zerlumpte Kleidung des Blinden läßt vermuten, daß seine Lage schlimm genug ist, und es wäre die Sache eines tätigen Menschenfreundes, diesem Verhältnis näher nachzuforschen.

Ich: Indem ich den ganzen Markt überschaue, bemerke ich, daß die Mehlwagen dort, über die Tücher wie Zelte aufgespannt sind, deshalb einen malerischen Anblick gewähren, weil sie dem Auge ein Stützpunkt sind, um den sich die bunte Masse zu deutlichen Gruppen bildet.

Der Vetter: Von den weißen Mehlwagen und den mehlbestaubten Mühlknappen und Müllermädchen mit rosenroten Wangen, jede eine bella molinara, kenne ich gerade auch etwas Entgegengesetztes. Mit Schmerz vermisse ich nämlich eine Köhlerfamilie, die sonst ihre Ware geradeüber meinem Fenster am Theater feilbot und jetzt hinübergewiesen sein soll auf die andere Seite. Diese Familie besteht aus einem großen robusten Mann mit ausdrucksvollem Gesicht, markichten Zügen, heftig, beinahe gewaltsam in seinen Bewegungen, genug, ganz treues Abbild der Köhler, wie sie in Romanen vorzukommen pflegen. In der Tat, begegnete ich diesem Manne einsam im Walde, es würde mich ein wenig frösteln, und seine freundschaftliche Gesinnung würde mir in dem Augenblicke die liebste auf Erden sein. Diesem Mann steht als zweites Glied der Familie im schneidendsten Kontrast ein kaum vier Fuß hoher, seltsam verwachsener Kerl entgegen, der die Possierlichkeit selbst ist. Du weißt, lieber Vetter, daß es Leute gibt von gar seltsamem Bau; auf den ersten Blick muß man sie für bucklig erkennen, und doch vermag man bei näherer Betrachtung durchaus nicht anzugeben, wo ihnen denn eigentlich der Buckel sitzt.

Ich: Ich erinnere mich hiebei des naiven Ausspruchs eines geistreichen Militärs, der mit einem solchen Naturspiel in Geschäften viel zu tun hatte und dem das Unergründliche des wunderlichen Baues ein Anstoß war. «Einen Buckel», sagte er, «einen Buckel hat der Mensch; aber wo ihm der Buckel sitzt, das weiß der Teufel!»

Der Vetter: Die Natur hatte im Sinn, aus meinem kleinen Kohlenbrenner eine riesenhafte Figur von etwa sieben Fuß zu bilden, denn dieses zeigen die kolossalen Hände und Füße, beinahe die größten, die ich in meinem Leben gesehen. Dieser kleine Kerl, mit einem großkragigen Mäntelchen bekleidet, eine wunderliche Pelzmütze auf dem Haupte, ist in steter rastloser Unruhe; mit einer unangenehmen Beweglichkeit hüpft und trippelt er hin und her, ist bald hier, bald dort und müht sich, den Liebenswürdigen, den Charmanten, den primo amoroso des Markts zu spielen. Kein Frauenzimmer, gehört sie nicht geradehin zum vornehmeren Stande, läßt er vorübergehn, ohne ihm nachzutrippeln und mit ganz unnachahmlichen Stellungen, Gebärden und Grimassen Süßigkeiten auszustoßen, die nun freilich im Geschmack der Kohlenbrenner sein mögen. Zuweilen treibt er die Galanterie so weit, daß er im Gespräch den Arm sanft um die Hüften des Mädchens schlingt und, die Mütze in der Hand, der Schönheit huldigt oder ihr seine Ritterdienste anbietet. Merkwürdig genug, daß die Mädchen sich nicht allein das gefallen lassen, sondern überdem dem kleinen Ungetüm freundlich zunicken und seine

Galanterien überhaupt gar gerne zu haben scheinen. Dieser kleine Kerl ist gewiß mit einer reichen Dosis von natürlichem Mutterwitz, dem entschiedenen Talent fürs Possierliche und der Kraft, es darzustellen, begabt. Er ist der Pagliasso, der Tausendsassa, der Allerweltskerl in der ganzen Gegend, die den Wald umschließt, wo er hauset; ohne ihn kann keine Kindtaufe, kein Hochzeitsschmaus, kein Tanz im Kruge, kein Gelag bestehen; man freuet sich auf seine Späße und belacht sie das ganze Jahr hindurch. Der Rest der Familie besteht, da die Kinder und etwanigen Mägde zu Hause gelassen werden, nur noch aus zwei Weibern von robustem Bau und finsterm, mürrischem Ansehen, wozu freilich der Kohlenstaub, der sich in den Falten des Gesichts festsetzt, viel beiträgt. Die zärtliche Anhänglichkeit eines großen Spitzes, mit dem die Familie jeden Bissen teilt, den sie während des Marktes selbst genießt, zeigte mir übrigens, daß es in der Köhlerhütte recht ehrlich und patriarchalisch zugehen mag. Der Kleine hat übrigens Riesenkräfte, weshalb die Familie ihn dazu braucht, die verkauften Kohlensäcke den Käufern ins Haus zu schaffen. Ich sah oft ihn von den Weibern mit wohl zehn großen Körben bepakken, die sie hoch übereinander auf seinen Rücken häuften, und er hüpfte damit fort, als fühle er keine Last. Von hinten sah nun die Figur so toll und abenteuerlich aus, als man nur etwas sehen kann. Natürlicherweise gewahrte man von der werten Figur des Kleinen auch nicht das allermindeste, sondern bloß einen ungeheuren Kohlensack, dem unten ein Paar Füßchen angewachsen waren. Es schien ein fabelhaftes Tier, eine Art märchenhaftes Känguruh über den Markt zu hüpfen.

Ich: Sieh, sieh, Vetter! Dort an der Kirche entsteht Lärm. Zwei Gemüseweiber sind wahrscheinlich über das leidige Meum und Tuum in heftigen Streit geraten und scheinen, die Fäuste in die Seiten gestemmt, sich mit feinen Redensarten zu bedienen. Das Volk läuft zusammen – ein dichter Kreis umschließt die Zankenden – immer stärker und gellender erheben sich die Stimmen – immer heftiger fechten sie mit den Händen durch die Lüfte – immer näher rücken sie sich auf den Leib – gleich wird es zum Faustkampf kommen – die Polizei macht sich Platz – wie? Plötzlich erblicke ich eine Menge Glanzhüte zwischen den Zornigen – im Augenblick gelingt es den Gevatterinnen, die erhitzten Gemüter zu besänftigen – aus ist der Streit – ohne Hilfe der Polizei – ruhig kehren die Weiber zu ihren Gemüsekörben zurück – das Volk, welches nur einigemal, wahrscheinlich bei besonders drastischen Momenten des Streits, durch lautes Aufjauchzen seinen Beifall zu erkennen gab, läuft auseinander.

Der Vetter: Du bemerkst, lieber Vetter, daß dieses während der ganzen langen Zeit, die wir hier am Fenster zugebracht, der einzige Zank war, der sich auf dem Markte entspann und der lediglich durch das Volk selbst beschwichtigt wurde. Selbst ein ernsterer, bedrohlicherer Zank wird gemeinhin von dem Volke selbst auf diese Weise gedämpft, daß sich alles zwischen die Streitenden drängt und sie auseinanderbringt. Am vorigen Markttage stand zwischen den Fleisch- und Obstbuden ein großer, abgelumpter Kerl von frechem, wildem Ansehn, der mit dem vorübergehenden Fleischerknecht plötzlich in Streit geriet; er führte ohne weiteres mit dem furchtbaren Knittel, den er wie ein Gewehr über die Schulter gelehnt trug, einen Schlag gegen den Knecht, der diesen wahrscheinlich auf der Stelle zu Boden gestreckt haben würde, wäre er nicht geschickt ausgewichen und in seine Bude gesprungen. Hier bewaffnete er sich aber mit einer gewaltigen Fleischeraxt und wollte dem Kerl zu Leibe. Alle Aspekten waren dazu da, daß das Ding sich mit Mord und Totschlag endigen und das Kriminalgericht in Tätigkeit gesetzt werden würde. Die Obstfrauen, lauter kräftige und wohlgenährte Gestalten, fanden sich aber verpflichtet, den Fleischerknecht so liebreich und fest zu umarmen, daß er sich nicht aus der Stelle zu rühren vermochte; er stand da mit hoch emporgeschwungener Waffe, wie es in jener pathetischen Rede vom rauhen Pyrrhus heißt:

«Wie ein gemalter Wütrich und wie parteilos zwischen Kraft und Willen, tat er nichts.»

Unterdessen hatten andere Weiber, Bürstenbinder, Stiefelknechtverkäufer usw., den Kerl umringend, der Polizei Zeit gegönnt, heranzukommen und sich seiner, der mir ein freigelassener Sträfling schien, zu bemächtigen.

Ich: Also herrscht in der Tat im Volk ein Sinn für die zu erhaltende Ordnung, der nicht anders als für alle sehr ersprießlich wirken kann.

Der Vetter: Überhaupt, mein lieber Vetter, haben mich meine Beobachtungen des Marktes in der Meinung bestärkt, daß mit dem Berliner Volk seit jener Unglücksperiode, als ein frecher, übermütiger Feind das Land überschwemmte und sich vergebens mühte, *den* Geist zu unterdrücken, der bald wie eine gewaltsam zusammengedrückte Spiralfeder mit erneuter Kraft emporsprang, eine merkwürdige Veränderung vorgegangen ist. Mit *einem* Wort: das Volk hat an äußerer Sittlichkeit gewonnen; und wenn du dich einmal an einem schönen Sommertage gleich nachmittags nach den Zelten bemühst und die Gesellschaften beobachtest, welche sich nach Moabit einschiffen lassen, so wirst du selbst unter gemeinen Mägden und Tagelöhnern ein Streben nach einer gewissen Courtoisie bemerken, das ganz ergötzlich ist. Es ist der Masse so gegangen wie dem einzelnen, der viel Neues gesehn, viel Ungewöhnliches erfahren und der mit dem Nil admirari die Geschmeidigkeit der äußern Sitte gewonnen. Sonst war das Berliner Volk roh und brutal; man durfte z. B. als Fremder kaum nach einer Straße oder nach einem Hause oder sonst nach etwas fragen, ohne eine grobe oder verhöhnende Antwort zu erhalten oder durch falschen Bescheid gefoppt zu werden. Der Berliner Straßenjunge, der den kleinsten Anlaß, einen etwas auffallenden Anzug, einen lächerlichen Unfall, der jemandem geschah, zu dem abscheulichsten Frevel benutzte, existiert nicht mehr. Denn jene Zigarrenjungen vor den Toren, die den «fidelen Hamburger avec du feu» ausbieten, diese Galgenstricke, welche ihr Leben in Spandau oder Strausberg oder, wie noch kürzlich einer von ihrer Rasse, auf dem Schafott endigen, sind keineswegs das, was der eigentliche Berliner Straßenjunge war, der, nicht Vagabund, sondern gewöhnlich Lehrbursche bei einem Meister – es ist lächerlich zu sagen –, bei aller Gottlosigkeit und Verderbnis doch ein gewisses Point d'honneur besaß und dem es an gar drolligem Mutterwitz nicht mangelte.

Ich: Oh, lieber Vetter, laß mich dir in aller Geschwindigkeit sagen, wie neulich mich ein solcher fataler Volkswitz tief beschämt hat. Ich gehe vors Brandenburger Tor und werde von Charlottenburger Fuhrleuten verfolgt, die mich zum Aufsitzen einladen; einer von ihnen, ein höchstens sechzehn-, siebzehnjähriger Junge, trieb die Unverschämtheit so weit, daß er mich mit seiner schmutzigen Faust beim Arm packt. «Will Er mich wohl nicht anfassen!» fahre ich ihn zornig an. – «Nun, Herr», erwiderte der Junge ganz gelassen, indem er mich mit seinen großen, stieren Augen anglotzte, «nun, Herr, warum soll ich Ihnen denn nicht anfassen; sind Sie vielleicht nicht ehrlich?»

Der Vetter: Haha! dieser Witz ist wirklich einer, aber recht aus der stinkenden Grube der tiefsten Depravation gestiegen. Die Witzwörter der Berliner Obstweiber u. a. waren sonst weltberühmt, und man tat ihnen sogar die Ehre an, sie shakespearesch zu nennen, unerachtet bei näherer Beleuchtung ihre Energie und Originalität nur vorzüglich in der schamlosen Frechheit bestand, womit sie den niederträchtigsten Schmutz als bekannte Schüssel auftischten. – Sonst war der Markt der Tummelplatz des Zanks, der Prügeleien, des Betrugs, des Diebstahls, und keine honette Frau durfte es wagen, ihren Einkauf selbst besorgen zu wollen, ohne sich der größten Unbill auszusetzen. Denn nicht allein, daß das Hökervolk gegen sich selbst und alle Welt zu Felde zog, so gingen noch Menschen ausdrücklich darauf aus, Unruhe zu erregen, um dabei im trüben zu fischen, wie z.B. das aus allen Ecken und Enden der Welt zusammengeworbene Gesindel, welches damals in den Regimentern steckte. Sieh, lieber Vetter, wie jetzt dagegen der Markt das anmutige Bild der Wohlbehaglichkeit und des sittlichen Friedens darbietet. Ich weiß, enthusiastische Rigoristen, hyperpatriotische Aszetiker eifern grimmig gegen diesen vermehrten äußern Anstand des Volks, indem sie meinen, daß mit dieser Abgeschliffenheit der Sitte auch das Volkstümliche abgeschliffen werde und verlorengehe. Ich meinesteils bin der festen, innigsten Überzeugung, daß ein Volk, das sowohl den Einheimischen als den Fremden nicht mit Grobheit oder höhnischer Verachtung, sondern mit höflicher Sitte behandelt, dadurch unmöglich seinen Charakter einbüßen kann. Mit einem sehr auffallenden Beispiel, welches die Wahrheit meiner Behauptung dartut, würde ich bei jenen Rigoristen gar übel wegkommen.

Immer mehr hatte sich das Gedränge vermindert; immer leerer und leerer war der Markt geworden. Die Gemüseverkäuferinnen packten ihre Körbe zum Teil auf herbeigekommene Wagen, zum Teil schleppten sie sie selbst fort – die Mehlwagen fuhren ab – die Gärtnerinnen schafften den übriggebliebenen Blumenvorrat auf großen Schiebkarren fort – geschäftiger zeigte sich die Polizei, alles und vorzüglich die Wagenreihe in gehöriger Ordnung zu erhalten; diese Ordnung wäre auch nicht gestört, wenn es nicht hin und wieder einem schismatischen Bauerjungen eingefallen wäre, quer über den Platz seine eigne neue Beringstraße zu entdecken, zu verfolgen und seinen kühnen Lauf mitten durch die Obstbuden, geradezu nach der Türe der deutschen Kirche, zu richten. Das gab denn viel Geschrei und viel Ungemach des zu genialen Wagenlenkers. «Dieser Markt», sprach der Vetter, «ist auch jetzt ein treues Abbild des ewig wechselnden Lebens. Rege Tätigkeit, das Bedürfnis des Augenblicks trieb die Menschenmasse zusammen; in wenigen Augenblicken ist alles verödet, die Stimmen, welche im wirren Getöse durcheinanderströmten, sind verklungen, und jede verlassene Stelle spricht das schauerliche ‹Es war!› nur zu lebhaft aus.»

Es schlug ein Uhr, der grämliche Invalide trat ins Kabinett und meinte mit verzogenem Gesicht: der Herr möge doch nun endlich das Fenster verlassen und essen, da sonst die aufgetragenen Speisen wieder kalt würden. «Also hast du doch Appetit, lieber Vetter?» fragte ich. «O ja» erwiderte der Vetter mit schmerzlichem Lächeln, «du wirst es gleich sehen.»

Der Invalide rollte ihn ins Zimmer. Die aufgetragenen Speisen bestanden in einem mäßigen, mit Fleischbrühe gefüllten Suppenteller, einem in Salz aufrecht gestellten, weichgesottenen Ei und einer halben Mundsemmel.

«Ein einziger Bissen mehr», sprach der Vetter leise und wehmütig, indem er meine Hand drückte, «das kleinste Stückchen des verdaulichsten Fleisches verursacht mir die entsetzlichsten Schmerzen und raubt mir allen Lebensmut und das letzte Fünkchen von guter Laune, das noch hin und wieder aufglimmen will.»

Ich wies nach dem am Bettschirm befestigten Blatt, indem ich mich dem Vetter an die Brust warf und ihn heftig an mich drückte.

«Ja, Vetter!» rief er mit einer Stimme, die mein Innerstes durchdrang und es mit herzzerschneidender Wehmut erfüllte, «ja, Vetter: ‹Et si male nunc, non olim sic erit!›»

Armer Vetter!

Wilhelm Hauff
Das
kalte
Herz

I

Wer durch Schwaben reist, der sollte nie vergessen, auch ein wenig in den Schwarzwald hineinzuschauen; nicht der Bäume wegen, obgleich man nicht überall solche unermeßliche Menge herrlich aufgeschossener Tannen findet, sondern wegen der Leute, die sich von den andern Menschen ringsumher merkwürdig unterscheiden. Sie sind größer als gewöhnliche Menschen, breitschultrig, von starken Gliedern, und es ist, als ob der stärkende Duft, der morgens durch die Tannen strömt, ihnen von Jugend auf einen freieren Atem, ein klareres Auge und einen festeren, wenn auch rauheren Mut als den Bewohnern der Stromtäler und Ebenen gegeben hätte. Und nicht nur durch Haltung und Wuchs, auch durch ihre Sitten und Trachten sondern sie sich von den Leuten, die außerhalb des Waldes wohnen, streng ab. Am schönsten kleiden sich die Bewohner des badenschen Schwarzwaldes; die Männer lassen den Bart wachsen, wie er von Natur dem Mann ums Kinn gegeben ist; ihre schwarzen Wämser, ihre ungeheuren, enggefalteten Pluderhosen, ihre roten Strümpfe und die spitzen Hüte, von einer weiten Scheibe umgeben, verleihen ihnen etwas Fremdartiges, aber etwas Ernstes, Ehrwürdiges. Dort beschäftigen sich die Leute gewöhnlich mit Glasmachen; auch verfertigen sie Uhren und tragen sie in der halben Welt umher.

Auf der andern Seite des Waldes wohnt ein Teil desselben Stammes; aber ihre Arbeiten haben ihnen andere Sitten und Gewohnheiten gegeben als den Glasmachern. Sie handeln mit ihrem Wald; sie fällen und behauen ihre Tannen, flößen sie durch die Nagold in den Neckar und von dem oberen Neckar den Rhein hinab, bis weit hinein nach Holland, und am Meer kennt man die Schwarzwälder und ihre langen Flöße; sie halten an jeder Stadt, die am Strom liegt, an und erwarten stolz, ob man ihnen Balken und Bretter abkaufen werde; ihre stärksten und längsten Balken aber verhandeln sie um schweres Geld an die Mynheers, welche Schiffe daraus bauen. Diese Menschen nun sind an ein rauhes, wanderndes Leben gewöhnt. Ihre Freude ist, auf ihrem Holz die Ströme hinabzufahren, ihr Leid, am Ufer wieder heraufzuwandeln. Darum ist auch ihr Prachtanzug so verschieden von dem der Glasmänner im andern Teil des Schwarzwaldes. Sie tragen Wämser von dunkler Leinwand, einen handbreiten grünen Hosenträger über die breite Brust, Beinkleider von schwarzem Leder, aus deren Tasche ein Zollstab von Messing wie ein Ehrenzeichen hervorschaut; ihr Stolz und ihre Freude aber sind ihre Stiefeln, die größten wahrscheinlich, welche auf irgendeinem Teil der Erde Mode sind; denn sie können zwei Spannen weit über das Knie hinaufgezogen werden und die «Flözer» können damit in drei Schuh tiefem Wasser umherwandeln, ohne sich die Füße naß zu machen.

Noch vor kurzer Zeit glaubten die Bewohner dieses Waldes an Waldgeister, und erst in neuerer Zeit hat man ihnen diesen törichten Aberglauben benehmen können. Sonderbar ist es aber, daß auch die Waldgeister, die der Sage nach im Schwarzwalde hausen, in diese verschiedenen Trachten sich geteilt haben. So hat man versichert, daß das Glasmännlein, ein gutes Geistchen von dreieinhalb Fuß Höhe, sich nie anders zeige als in einem spitzen Hütlein mit großem Rand, mit Wams und Pluderhöschen und roten Strümpfchen. Der Holländer-Michel aber, der auf der andern Seite des Waldes umgeht, soll ein riesengroßer, breitschultriger Kerl in der Kleidung der Flözer sein, und mehrere, die ihn gesehen haben wollen, versichern, daß sie die Kälber nicht aus ihrem Beutel bezahlen möchten, deren Felle man zu seinen Stiefeln brauchen würde. «So groß, daß ein gewöhnlicher Mann bis an den Hals hineinstehen könnte», sagten sie und wollten nichts übertrieben haben.

Mit diesen Waldgeistern soll einmal ein junger Schwarzwälder eine sonderbare Geschichte gehabt haben, die ich erzählen will. Es lebte nämlich im Schwarzwald eine Witwe, Frau Barbara Munkin; ihr Gatte war Kohlenbrenner gewesen, und nach seinem Tode hielt sie ihren sechzehnjährigen Knaben nach und nach zu demselben Geschäft an.

Der junge Peter Munk, ein schlanker Bursche, ließ es sich gefallen, weil er es bei seinem Vater auch nicht anders gesehen hatte, die ganze Woche über am rauchenden Meiler zu sitzen oder, schwarz und berußt und den Leuten ein Abscheu, hinab in die Städte zu fahren und seine Kohlen zu verkaufen. Aber ein Köhler hat viel Zeit zum Nachdenken über sich und andere, und wenn Peter Munk an seinem Meiler saß, stimmten die dunkeln Bäume umher und die tiefe Waldesstille sein Herz zu Tränen und unbewußter Sehnsucht. Es betrübte ihn etwas, es ärgerte ihn etwas, er wußte nicht recht, was. Endlich merkte er sich ab, was ihn ärgerte, und das war – sein Stand. Ein schwarzer, einsamer Kohlenbrenner! sagte er sich. Es ist ein elend Leben. Wie angesehen sind die Glasmänner, die Uhrmacher, selbst die Musikanten am Sonntag abends! Und wenn Peter Munk, rein gewaschen und geputzt, in des Vaters Ehrenwams mit silbernen Knöpfen und mit nagelneuen roten Strümpfen erscheint und wenn dann einer hinter mir hergeht und denkt: wer ist wohl der schlanke Bursche? und lobt bei sich die Strümpfe und meinen stattlichen Gang – sieh, wenn er vorübergeht und schaut sich um, sagt er gewiß: «Ach, es ist nur der Kohlenmunk-Peter.»

Auch die Flözer auf der andern Seite waren ein Gegenstand seines Neides. Wenn diese Waldriesen herüberkamen, mit stattlichen Kleidern und an Knöpfen, Schnallen und Ketten einen halben Zentner Silber auf dem Leib trugen, wenn sie mit ausgespreizten Beinen und vornehmen Gesichtern dem Tanz zuschauten, holländisch fluchten und wie die vornehmsten Mynheers aus ellenlangen kölnischen Pfeifen rauchten, da stellte er sich als das vollendetste Bild eines glücklichen Menschen solch einen Flözer vor. Und wenn diese Glücklichen dann erst in die Taschen fuhren, ganze Hände voll großer Taler herauslangten und um Sechsbätzner würfelten, fünf Gulden hin, zehn her, so wollten ihm die Sinne vergehen, und er schlich trübselig nach seiner Hütte; denn an manchem Feiertagabend hatte er einen oder den andern dieser «Holzherren» mehr verspielen sehen, als der arme Vater Munk in einem Jahr verdiente. Es waren vorzüglich drei dieser Männer, von welchen er nicht wußte, welchen er am meisten bewundern sollte. Der eine war ein dicker, großer Mann mit rotem Gesicht und galt für den reichsten Mann in der Runde. Man hieß ihn den dicken Ezechiel. Er reiste alle Jahre zweimal mit Bauholz nach Amsterdam und hatte das Glück, es immer um so viel teurer als andere zu verkaufen, daß er, wenn die übrigen zu Fuß heimgingen, stattlich herauffahren konnte. Der andere war der längste und magerste Mensch im ganzen Wald, man nannte ihn den langen Schlurker, und diesen beneidete Munk wegen seiner ausnehmenden Kühnheit; er widersprach den angesehensten Leuten, brauchte, wenn man noch so gedrängt im Wirtshaus saß, mehr Platz als vier der Dicksten; denn er stützte entweder beide Ellbogen auf den Tisch oder zog eines seiner langen Beine zu sich auf die Bank, und doch wagte ihm keiner zu widersprechen, denn er hatte unmenschlich viel Geld. Der dritte war ein schöner junger Mann, der am besten tanzte weit und breit und daher den Namen Tanzbodenkönig hatte. Er war ein armer Mensch gewesen und hatte bei einem Holzherrn als Knecht gedient, da wurde er auf einmal steinreich; die einen sagten, er habe unter einer alten Tanne einen Topf voll Geld gefunden, die andern behaupteten, er habe unweit Bingen im Rhein mit der Stechstange, womit die Flözer zuweilen nach den Fischen stechen, einen Pack mit Goldstücken heraufgefischt und der Pack gehöre zu dem großen Nibelungenhort, der dort vergraben liegt; kurz, er war auf einmal reich geworden und wurde von jung und alt angesehen wie ein Prinz.

An diese drei Männer dachte Kohlenmunk-Peter oft, wenn er einsam im Tannenwald saß. Zwar hatten alle drei einen Hauptfehler, der sie bei den Leuten verhaßt machte; es war dies ihr unmenschlicher Geiz, ihre Gefühllosigkeit gegen Schuldner und Arme; denn die Schwarzwälder sind ein gutmütiges Völklein. Aber man weiß, wie es mit solchen Dingen geht; waren sie auch wegen ihres Geizes verhaßt, so standen sie doch wegen ihres Geldes in Ansehen; denn wer konnte Taler wegwerfen wie sie, als ob man das Geld von den Tannen schüttelte?

So geht es nicht mehr weiter, sagte Peter eines Tages schmerzlich betrübt zu sich; denn tags zuvor war Feiertag gewesen und alles Volk in der Schenke; wenn ich nicht bald auf den grünen Zweig komme, so tu ich mir etwas zuleid; wär ich doch nur so angesehen und reich wie der dicke Ezechiel oder so kühn und so gewaltig wie der lange Schlurker oder so berühmt und könnte den Musikanten Taler statt Kreuzer zuwerfen wie der Tanzbodenkönig! Wo nur der Bursche das Geld her hat? Allerlei Mittel ging er durch, wie man sich Geld erwerben könne, aber keines wollte ihm gefallen; endlich fielen ihm auch die Sagen von Leuten bei, die vor alten Zeiten durch den Holländer-Michel und durch das Glasmännlein reich geworden waren. Solang sein Vater noch lebte, kamen oft andere arme Leute zum Besuch, und da wurde oft und lang und breit von reichen Menschen gesprochen und wie sie reich geworden; da spielte nun oft das Glasmännlein eine Rolle; ja, wenn er recht nachsann, konnte er sich beinahe noch des Versleins erinnern, das man am Tannenbühl in der Mitte des Waldes sprechen mußte, wenn es erscheinen sollte. Es fing an:

Schatzhauser im grünen Tannenwald,
Bist schon viel hundert Jahre alt;
Dir gehört all Land, wo Tannen stehn –

Aber er mochte sein Gedächtnis anstrengen, wie er wollte, weiter konnte er sich keines Verses mehr entsinnen. Er dachte oft, ob er nicht diesen oder jenen alten Mann fragen sollte, wie das Sprüchlein heiße; aber immer hielt ihn eine gewisse Scheu, seine Gedanken zu verraten, ab; auch schloß er, es müsse die Sage vom Glasmännlein nicht sehr bekannt sein und den Spruch müssen nur wenige wissen; denn es gab nicht viele reiche Leute im Wald, und – warum hatten denn nicht sein Vater und die andern armen Leute ihr Glück versucht? Er brachte endlich einmal seine Mutter auf das Männlein zu sprechen, und diese erzählte ihm, was er schon wußte, kannte auch nur noch die erste Zeile von dem Spruch und sagte ihm endlich, nur Leuten, die an einem Sonntag zwischen elf und zwei Uhr geboren seien, zeige sich das Geistchen. Er selbst würde wohl dazu passen, wenn er nur das Sprüchlein wüßte; denn er sei Sonntag mittags zwölf Uhr geboren.

Als dies der Kohlenmunk-Peter hörte, war er vor Freude und vor Begierde, dies Abenteuer zu unternehmen, beinahe außer sich. Es schien ihm hinlänglich, einen Teil des Sprüchleins zu wissen und am Sonntag geboren zu sein, und Glasmännlein mußte sich ihm zeigen. Als er daher eines Tages seine Kohlen verkauft hatte, zündete er keinen neuen Meiler an, sondern zog seines Vaters Staatswams und neue rote Strümpfe an, setzte den Sonntagshut auf, faßte seinen fünf Fuß hohen Schwarzdornstock in die Hand und nahm von der Mutter Abschied: «Ich muß aufs Amt in die Stadt; denn wir werden bald spielen müssen, wer Soldat wird, und da will ich dem Amtmann nur noch einmal einschärfen, daß Ihr Witwe seid und ich Euer einziger Sohn.» Die Mutter lobte seinen Entschluß, er aber machte sich auf nach dem Tannenbühl. Der Tannenbühl liegt auf der höchsten Höhe des Schwarzwaldes, und auf zwei Stunden im Umkreis stand damals kein Dorf, ja nicht einmal eine Hütte; denn die abergläubischen Leute meinten, es sei dort unsicher. Man schlug auch, so hoch und prachtvoll dort die Tannen standen, ungern Holz in jenem Revier; denn oft waren den Holzhauern, wenn sie dort arbeiteten, die Äxte vom Stiel gesprungen und in den Fuß gefahren oder die Bäume waren schnell umgestürzt und hatten die Männer mit umgerissen und beschädigt oder gar getötet; auch hätte man die schönsten Bäume von dorther nur zu Brennholz brauchen können, denn die Floßherren nahmen nie einen Stamm aus dem Tannenbühl unter ein Floß auf, weil die Sage ging, daß Mann und Holz verunglückte, wenn ein Tannenbühler mit im Wasser sei. Daher kam es, daß im Tannenbühl die Bäume so dicht und so hoch standen, daß es am hellen Tag beinahe Nacht war, und Peter Munk wurde es ganz schaurig dort zumut; denn er hörte keine Stimme, keinen Tritt als den seinigen, keine Axt; selbst die Vögel schienen diese dichte Tannennacht zu vermeiden.

Kohlenmunk-Peter hatte jetzt den höchsten Punkt des Tannenbühls erreicht und stand vor einer Tanne von ungeheurem Umfang, um die ein holländischer Schiffsherr an Ort und Stelle viele hundert Gulden gegeben hätte. Hier, dachte er, wird wohl der Schatzhauser wohnen, zog seinen großen Sonntagshut, machte vor dem Baum eine tiefe Verbeugung, räusperte sich und sprach mit zitternder Stimme: «Wünsche glückseligen Abend, Herr Glasmann.» Aber es erfolgte keine Antwort, und alles umher war so still wie zuvor. Vielleicht muß ich doch das Verslein sprechen, dachte er weiter und murmelte:

«Schatzhauser im grünen Tannenwald,
Bist schon viel hundert Jahre alt;
Dir gehört all Land, wo Tannen stehn –»

Indem er diese Worte sprach, sah er zu seinem großen Schrecken eine ganz kleine, sonderbare Gestalt hinter der dicken Tanne hervorschauen; es war ihm, als habe er das Glasmännlein gesehen, wie man es beschrieben, das schwarze Wämschen, die roten Strümpfchen, das Hütchen, alles war so, selbst das blasse, aber feine und kluge Gesichtchen, wovon man erzählte, glaubte er gesehen zu haben. Aber ach, so schnell es hervorgeschaut hatte, das Glasmännlein, so schnell war es auch wieder verschwunden! «Herr Glasmann», rief nach einigem Zögern Peter Munk, «seid so gütig und haltet mich nicht für Narren. – Herr Glasmann, wenn Ihr meint, ich habe Euch nicht gesehen, so täuschet Ihr Euch sehr, ich sah Euch wohl hinter dem Baum hervorgucken.» – Immer keine Antwort, nur zuweilen glaubte er ein leises, heiseres Kichern hinter dem Baum zu vernehmen. Endlich überwand seine Ungeduld die Furcht, die ihn bis jetzt noch abgehalten hatte. «Warte, du kleiner Bursche», rief er, «dich will ich bald haben!», sprang mit einem Satz hinter die Tanne, aber da war kein Schatzhauser im grünen Tannenwald, und nur ein kleines, zierliches Eichhörnchen jagte an dem Baum hinauf. Peter Munk schüttelte den Kopf; er sah ein, daß er die Beschwörung bis auf einen gewissen Grad gebracht habe und daß ihm vielleicht nur noch ein Reim zu dem Sprüchlein fehle, so könne er das Glasmännlein hervorlocken; aber er sann hin, er sann her und fand nichts. Das Eichhörnchen zeigte sich an den untersten Ästen der Tanne und schien ihn aufzumuntern oder zu verspotten. Es putzte sich, es rollte den schönen Schweif, es schaute ihn mit klugen Augen an; aber endlich fürchtete er sich doch beinahe, mit diesem Tier allein zu sein; denn bald schien das Eichhörnchen einen Menschenkopf zu haben und einen dreispitzigen Hut zu tragen, bald war es ganz wie ein anderes Eichhörnchen und hatte nur an den Hinterfüßen rote Strümpfe und schwarze Schuhe. Kurz, es war ein lustiges Tier; aber dennoch graute Kohlenpeter; denn er meinte, es gehe nicht mit rechten Dingen zu.

Mit schnelleren Schritten, als er gekommen war, zog Peter wieder ab. Das Dunkel des Tannenwaldes schien immer schwärzer zu werden, die Bäume standen immer dichter, und ihm fing an so zu grauen, daß er im Trab davonjagte, und erst, als er in der Ferne Hunde bellen hörte und bald darauf zwischen den Bäumen den Rauch einer Hütte erblickte, wurde er wieder ruhiger. Aber als er näher kam und die Tracht der Leute in der Hütte erblickte, fand er, daß er aus Angst gerade die entgegengesetzte Richtung genommen und statt zu den Glasleuten zu den Flözern gekommen sei. Die Leute, die in der Hütte wohnten, waren Holzfäller, ein alter Mann, sein Sohn, der Hauswirt und einige erwachsene Enkel. Sie nahmen Kohlenmunk-Peter, der um ein Nachtlager bat, gut auf, ohne nach seinem Namen und Wohnort zu fragen, gaben ihm Apfelwein zu trinken, und abends wurde ein großer Auerhahn, die beste Schwarzwaldspeise, aufgesetzt.

Nach dem Nachtessen setzten sich die Hausfrau und ihre Töchter mit ihren Kunkeln um den großen Lichtspan, den die Jungen mit dem feinsten Tannenharz unterhielten, der Großvater, der Gast und der Hauswirt rauchten und schauten den Weibern zu; die Burschen aber waren beschäftigt, Löffel und Gabeln aus Holz zu schnitzen. Draußen im Wald heulte der Sturm und raste in den Tannen, man hörte da und dort sehr heftige Schläge, und es schien oft, als ob ganze Bäume abgeknickt würden und zusammenkrachten. Die furchtlosen Jungen wollten hinaus in den Wald laufen und dieses furchtbar schöne Schauspiel mit ansehen; ihr Großvater aber hielt sie mit strengem Wort und Blick zurück. «Ich will keinem raten, daß er jetzt vor die Tür geht», rief er ihnen zu, «bei Gott, der kommt nimmermehr wieder; denn der Holländer-Michel haut sich heute nacht ein neues G'stair im Wald.»

Die Kleinen staunten ihn an; sie mochten von dem Holländer-Michel schon gehört haben, aber sie baten jetzt den Ehni, einmal recht schön von jenem zu erzählen. Auch Peter Munk, der vom Holländer-Michel auf der andern Seite des Waldes nur undeutlich hatte sprechen hören, stimmte mit ein und fragte den Alten, wer und wo er sei. «Er ist der Herr dieses Waldes, und nach dem zu schließen, daß Ihr in Eurem Alter dies noch nicht erfahren, müßt Ihr drüben über dem Tannenbühl oder wohl gar noch weiter zu Hause sein. Vom Holländer-Michel will ich Euch aber erzählen, was ich weiß, und wie die Sage von ihm geht. Vor etwa hundert Jahren, so erzählte es wenigstens mein Ehni, war weit und breit kein ehrlicheres Volk auf Erden als die Schwarzwälder. Jetzt, seit soviel Geld im Land ist, sind die Menschen unredlich und schlecht. Die jungen Burschen tanzen und johlen am Sonntag und fluchen, daß es ein Schrecken ist; damals war es aber anders, und wenn er jetzt zum Fenster dort hereinschaute, so sag ich's und hab es oft gesagt, der Holländer-Michel ist schuld an all dieser Verderbnis. Es lebte also vor hundert Jahren und drüber ein reicher Holzherr, der viel Gesind hatte; er handelte bis weit in den Rhein hinab, und sein Geschäft war gesegnet; denn er war ein frommer Mann. Kommt eines Abends ein Mann an seine Türe, dergleichen er noch nie gesehen. Seine Kleidung war wie die der Schwarzwälder Burschen, aber er war einen guten Kopf höher als alle, und man hatte noch nie geglaubt, daß es einen solchen Riesen geben könne. Dieser bittet um Arbeit bei dem Holzherrn, und der Holzherr, der ihm ansah, daß er stark und zu großen Lasten tüchtig sei, rechnet mit ihm seinen Lohn, und sie schlagen ein. Der Michel war ein Arbeiter, wie selbiger Holzherr noch keinen gehabt. Beim Baumschlagen galt er für drei, und wenn sechs am einen Ende schleppten, trug er allein das andere. Als er aber ein halbes Jahr Holz geschlagen, trat er eines Tages vor seinen Herren und begehrte von ihm: ‹Hab jetzt lang genug hier Holz gehackt, und so möcht ich auch sehen, wohin meine Stämme kommen, und wie wär es, wenn Ihr mich auch 'nmal auf den Floß ließet?›

Der Holzherr antwortete: ‹Ich will dir nicht im Weg sein, Michel, wenn du ein wenig hinaus willst in die Welt; und zwar beim Holzfällen brauche ich starke Leute, wie du bist, auf dem Floß aber kommt es auf Geschicklichkeit an; aber es sei für diesmal!›

Und so war es; der Floß, mit dem er abgehen sollte, hatte acht Glaich und waren im letzten von den größten Zimmerbalken. Aber was geschah? Am Abend zuvor bringt der lange Michel noch acht Balken ans Wasser, so dick und lang, als man keinen je sah, und jeden trug er so leicht auf der Schulter wie eine Flözerstange, so daß sich alles entsetzte. Wo er sie gehauen, weiß bis heute noch niemand. Dem Holzherrn lachte das Herz, als er dies sah; denn er berechnete, was diese Balken kosten könnten; Michel aber sagte: ‹So, die sind für mich zum Fahren; auf den kleinen Spänen dort kann ich nicht fortkommen.› Sein Herr wollte ihm zum Dank ein Paar Flözerstiefel schenken; aber er warf sie auf die Seite und brachte ein Paar hervor, wie es sonst keine gab; mein Großvater hat versichert, sie haben hundert Pfund gewogen und seien fünf Fuß lang gewesen.

Der Floß fuhr ab, und hatte der Michel früher die Holzhauer in Verwunderung gesetzt, so staunten jetzt die Flözer; denn statt daß der Floß, wie man wegen der ungeheuren Balken geglaubt hatte, langsamer auf dem Fluß ging, flog er, sobald sie in den Neckar kamen, wie ein Pfeil; machte der Neckar eine Wendung und hatten sonst die Flözer Mühe gehabt, den Floß in der Mitte zu halten, um nicht auf Kies oder Sand zu stoßen, so sprang jetzt Michel allemal ins Wasser, rückte mit einem Zug den Floß links oder rechts, so daß er ohne Gefahr vorüberglitt, und kam dann eine gerade Stelle, so lief er aufs erste G'stair vor, ließ alle ihre Stangen beisetzen, steckte seinen ungeheuren Weberbaum in den Kies, und mit einem Druck flog der Floß dahin, daß das Land und Bäume und Dörfer vorbeizujagen schienen. So waren sie in der Hälfte der Zeit, die man sonst brauchte, nach Köln am Rhein gekommen, wo sie sonst ihre Ladung verkauft hatten; aber hier sprach Michel: ‹Ihr seid mir rechte Kaufleute und versteht euren Nutzen! Meinet ihr denn, die Kölner brauchen all dies Holz, das aus dem Schwarzwald kommt, für sich? Nein, um den halben Wert kaufen sie es euch ab und verhandeln es teuer nach Holland. Lasset uns die kleinen Balken hier verkaufen und mit den großen nach Holland gehen; was wir über den gewöhnlichen Preis lösen, ist unser eigener Profit.›

So sprach der arglistige Michel, und die andern waren es zufrieden; die einen, weil sie gerne nach Holland gezogen wären, es zu sehen, die andern des Geldes wegen. Nur ein einziger war redlich und mahnte sie ab, das Gut ihres Herrn der Gefahr auszusetzen oder ihn um den höheren Preis zu betrügen, aber sie hörten nicht auf ihn und vergaßen seine Worte, aber der Holländer-Michel vergaß sie nicht. Sie fuhren auch mit dem Holz den Rhein hinab, Michel leitete den Floß und brachte sie schnell bis nach Rotterdam. Dort bot man ihnen das Vierfache von dem früheren Preis, und besonders die ungeheuren Balken des Michel wurden mit schwerem Geld bezahlt. Als die Schwarzwälder so viel Geld sahen, wußten sie sich vor Freude nicht zu fassen. Michel teilte ab, einen Teil dem Holzherrn, die drei andern unter die Männer. Und nun setzten sie sich mit Matrosen und anderem schlechten Gesindel in die Wirtshäuser, verschlemmten und verspielten ihr Geld; den braven Mann aber, der ihnen abgeraten, verkaufte der Holländer-Michel an einen Seelenverkäufer, und man hat nichts mehr von ihm gehört. Von da an war den Burschen im Schwarzwald Holland das Paradies und Holländer-Michel ihr König; die Holzherren erfuhren lange nichts von dem Handel, und unvermerkt kam Geld, Flüche, schlechte Sitten, Trunk und Spiel aus Holland herauf.

Der Holländer-Michel war, als die Geschichte herauskam, nirgends zu finden, aber tot ist er auch nicht; seit hundert Jahren treibt er seinen Spuk im Wald, und man sagt, daß er schon vielen behilflich gewesen sei, reich zu werden, aber – auf Kosten ihrer armen Seele, und mehr will ich nicht sagen. Aber soviel ist gewiß, daß er noch jetzt in solchen Sturmnächten im Tannenbühl, wo man nicht hauen soll, überall die schönsten Tannen aussucht, und mein Vater hat ihn eine vier Schuh dicke umbrechen sehen wie ein

Rohr. Mit diesen beschenkt er die, welche sich vom Rechten abwenden und zu ihm gehen; um Mitternacht bringen sie dann die G'stair ins Wasser, und er rudert mit ihnen nach Holland. Aber wäre ich Herr und König in Holland, ich ließe ihn mit Kartätschen in den Boden schmettern; denn alle Schiffe, die von dem Holländer-Michel auch nur einen Balken haben, müssen untergehen. Daher kommt es, daß man von so vielen Schiffbrüchen hört; wie könnte denn sonst ein schönes, starkes Schiff, so groß als eine Kirche, zu Grund gehen auf dem Wasser? Aber sooft Holländer-Michel in einer Sturmnacht im Schwarzwald eine Tanne fällt, springt eine seiner alten aus den Fugen des Schiffes; das Wasser dringt ein, und das Schiff ist mit Mann und Maus verloren. Das ist die Sage vom Holländer-Michel, und wahr ist es, alles Böse im Schwarzwald schreibt sich von ihm her; oh! er kann einen reich machen», setzte der Greis geheimnisvoll hinzu; «aber ich möchte nichts von ihm haben, ich möchte um keinen Preis in der Haut des dicken Ezechiel und des langen Schlurkers stecken; auch der Tanzbodenkönig soll sich ihm ergeben haben!»

Der Sturm hatte sich während der Erzählung des Alten gelegt; die Mädchen zündeten schüchtern die Lampen an und gingen weg; die Männer aber legten Peter Munk einen Sack voll Laub als Kopfkissen auf die Ofenbank und wünschten ihm gute Nacht.

Kohlenmunk-Peter hatte noch nie so schwere Träume gehabt wie in dieser Nacht; bald glaubte er, der finstere, riesige Holländer-Michel reiße die Stubenfenster auf und reiche mit seinem ungeheuer langen Arm einen Beutel voll Goldstücke herein, die er untereinanderschüttelte, daß es hell und lieblich klang; bald sah er wieder das kleine, freundliche Glasmännlein auf einer ungeheuren grünen Flasche im Zimmer umherreiten, und er meinte das heisere Lachen wiederzuhören wie im Tannenbühl; dann brummte es ihm wieder ins linke Ohr:

In Holland gibt's Gold!
Könnet's haben, wenn Ihr wollt,
Um geringen Sold,
Gold, Gold!

Dann hörte er wieder in sein rechtes Ohr das Liedchen vom Schatzhauser im grünen Tannenwald, und eine zarte Stimme flüsterte: «Dummer Kohlenpeter, dummer Peter Munk, kannst kein Sprüchlein reimen auf stehen, und bist doch am Sonntag geboren Schlag zwölf Uhr. Reime, dummer Peter, reime!»

Er ächzte, er stöhnte im Schlaf, er mühte sich ab, einen Reim zu finden; aber da er in seinem Leben noch keinen gemacht hatte, war seine Mühe im Traume vergebens. Als er aber mit dem ersten Frührot erwachte, kam ihm doch sein Traum sonderbar vor; er setzte sich mit verschränkten Armen hinter den Tisch und dachte über die Einflüsterungen nach, die ihm noch immer im Ohr lagen: «Reime, dummer Kohlenmunk-Peter, reime», sprach er zu sich und pochte mit dem Finger an seine Stirn; aber es wollte kein Reim hervorkommen. Als er noch so dasaß und trübe vor sich hin schaute und an den Reim auf stehen dachte, da zogen drei Burschen vor dem Hause vorbei in den Wald, und einer sang im Vorübergehn:

«Am Berge tat ich stehen
Und schaute in das Tal,
Da hab ich sie gesehen
Zum allerletztenmal.»

Das fuhr wie ein leuchtender Blitz durch Peters Ohr, und hastig raffte er sich auf, stürzte aus dem Haus, weil er meinte, nicht recht gehört zu haben, sprang den drei Burschen nach und packte den Sänger hastig und unsanft beim Arm. «Halt, Freund!» rief er, «was habt Ihr da auf stehen gereimt? Tut mir die Liebe und sprecht, was Ihr gesungen!»

«Was ficht's dich an, Bursche?» entgegnete der Schwarzwälder. «Ich kann singen, was ich will, und laß gleich meinen Arm los, oder –»

«Nein, sagen sollst du, was du gesungen hast!» schrie Peter beinahe außer sich und packte ihn noch fester an; die zwei andern aber, als sie dies sahen, zögerten nicht lange, sondern fielen mit derben Fäusten über den armen Peter her und walkten ihn derb, bis er vor Schmerzen das Gewand des dritten ließ und erschöpft in die Knie sank. «Jetzt hast du dein Teil», sprachen sie lachend, «und merk dir, toller Bursche, daß du Leute, wie wir sind, nimmer anfällst auf offenem Wege.»

«Ach, ich will mir es gewißlich merken!» erwiderte Kohlenpeter seufzend. «Aber so ich die Schläge habe, seid so gut und saget deutlich, was jener gesungen!»

Da lachten sie aufs neue und spotteten ihn aus; aber der das Lied gesungen, sagte es ihm vor, und lachend und singend zogen sie weiter.

«Also sehen», sprach der arme Geschlagene, indem er sich mühsam aufrichtete, «sehen auf stehen – jetzt, Glasmännlein, wollen wir wieder ein Wort zusammen sprechen.» Er ging in die Hütte, holte seinen Hut und den langen Stock, nahm Abschied von den Bewohnern der Hütte und trat seinen Rückweg nach dem Tannenbühl an. Er ging langsam und sinnend seine Straße, denn er mußte ja einen Vers ersinnen; endlich, als er schon in dem Bereich des Tannenbühls ging und die Tannen höher und dichter wurden, hatte er auch seinen Vers gefunden und machte vor Freuden einen Sprung in die Höhe. Da trat ein riesengroßer Mann in Flözerkleidung und eine Stange so lang wie ein Mastbaum in der Hand hinter den Tannen hervor. Peter Munk sank beinahe in die Knie, als er jenen langsamen Schrittes neben sich wandeln sah; denn er dachte, das ist der Holländer-Michel und kein anderer. Noch immer schwieg die furchtbare Gestalt, und Peter schielte zuweilen furchtsam nach ihm hin. Er war wohl einen Kopf größer als der längste Mann, den Peter je gesehen; sein Gesicht war nicht mehr jung, doch auch nicht alt, aber voll Furchen und Falten; er trug ein Wams von Leinwand, und die ungeheuren Stiefeln, über die Lederbeinkleider heraufgezogen, waren Peter aus der Sage wohlbekannt.

«Peter Munk, was tust du im Tannenbühl?» fragte der Waldkönig endlich mit tiefer, dröhnender Stimme.

«Guten Morgen, Landsmann», antwortete Peter, indem er sich unerschrocken zeigen wollte, aber heftig zitterte, «ich will durch den Tannenbühl nach Haus zurück.»

«Peter Munk», erwiderte jener und warf einen stechenden furchtbaren Blick nach ihm herüber, «dein Weg geht nicht durch diesen Hain.»

«Nun, so gerade just nicht», sagte jener, «aber es macht heute warm, da dachte ich, es wird hier kühler sein.»

«Lüge nicht, du, Kohlenpeter!» rief Holländer-Michel mit donnernder Stimme, «oder ich schlag dich mit der Stange zu Boden; meinst, ich hab dich nicht betteln sehen bei dem Kleinen?» setzte er sanft hinzu. «Geh, geh, das war ein dummer Streich, und gut ist es, daß du das Sprüchlein nicht wußtest; er ist ein Knauser, der kleine Kerl, und gibt nicht viel, und wem er gibt, der wird seines Lebens nicht froh. – Peter, du bist ein armer Tropf und dauerst mich in der Seele; so ein munterer, schöner Bursche, der in der Welt was anfangen könnte, und sollst Kohlen brennen! Wenn andere große Taler oder Dukaten aus dem Ärmel schütteln, kannst du kaum ein paar Sechser aufwenden; 's ist ein ärmliches Leben.»

«Wahr ist's, und recht habt Ihr, ein elendes Leben.»

«Na, mir soll's nicht darauf ankommen», fuhr der schreckliche Michel fort, «hab schon manchem braven Kerl aus der Not geholfen, und du wärest nicht der erste. Sag einmal, wieviel hundert Taler brauchst du fürs erste?»

Bei diesen Worten schüttelte er das Geld in seiner ungeheuren Tasche untereinander, und es klang wieder wie diese Nacht im Traum. Aber Peters Herz zuckte ängstlich und schmerzhaft bei diesen Worten, es wurde ihm kalt und warm, und der Holländer-Michel sah nicht aus, wie wenn er

aus Mitleid Geld wegschenkte, ohne etwas dafür zu verlangen. Es fielen ihm die geheimnisvollen Worte des alten Mannes über die reichen Menschen ein, und von unerklärlicher Angst und Bangigkeit gejagt, rief er: «Schön Dank, Herr! Aber mit Euch will ich nichts zu schaffen haben, und ich kenn Euch schon», und lief, was er laufen konnte. Aber der Waldgeist schritt mit ungeheuren Schritten neben ihm her und murmelte dumpf und drohend: «Wirst's noch bereuen, Peter, auf deiner Stirne steht's geschrieben, in deinem Auge ist's zu lesen, du entgehst mir nicht. – Lauf nicht so schnell, höre nur noch ein vernünftiges Wort, dort ist schon meine Grenze!»

Aber als Peter dies hörte und unweit vor ihm einen kleinen Graben sah, beeilte er sich nur noch mehr, über die Grenze zu kommen, so daß Michel am Ende schneller laufen mußte und unter Flüchen und Drohungen ihn verfolgte. Der junge Mann setzte mit einem verzweifelten Sprung über den Graben; denn er sah, wie der Waldgeist mit seiner Stange ausholte und sie auf ihn niederschmettern lassen wollte; er kam glücklich jenseits an, und die Stange zersplitterte in der Luft, wie an einer unsichtbaren Mauer, und ein langes Stück fiel zu Peter herüber.

Triumphierend hob er es auf, um es dem groben Holländer-Michel zuzuwerfen; aber in diesem Augenblick fühlte er das Stück Holz in seiner Hand sich bewegen, und zu seinem Entsetzen sah er, daß es eine ungeheure Schlange sei, was er in der Hand hielt, die sich schon mit geifernder Zunge und mit blitzenden Augen an ihm hinaufbäumte. Er ließ sie los; aber sie hatte sich schon fest um seinen Arm gewickelt und kam mit schwankendem Kopfe seinem Gesicht immer näher; da rauschte auf einmal ein ungeheurer Auerhahn nieder, packte den Kopf der Schlange mit dem Schnabel, erhob sich mit ihr in die Lüfte, und Holländer-Michel, der dies alles von dem Graben aus gesehen hatte, heulte und schrie und raste, als die Schlange von einem Gewaltigern entführt ward.

Erschöpft und zitternd setzte Peter seinen Weg fort; der Pfad wurde steiler, die Gegend wilder, und bald befand er sich an der ungeheuren Tanne. Er machte wieder wie gestern seine Verbeugungen gegen das unsichtbare Glasmännlein und hub dann an:

«Schatzhauser im grünen Tannenwald,
Bist schon viel hundert Jahre alt;
Dein ist all Land, wo Tannen stehn,
Läßt dich nur Sonntagskindern sehn.»

«Hast's zwar nicht ganz getroffen; aber weil du es bist, Kohlenmunk-Peter, so soll es hingehen», sprach eine zarte, feine Stimme neben ihm. Erstaunt sah er sich um, und unter einer schönen Tanne saß ein kleines, altes Männlein in schwarzem Wams und roten Strümpfen und den großen Hut auf dem Kopf. Er hatte ein feines, freundliches Gesichtchen und ein Bärtchen so zart wie aus Spinnweben; er rauchte, was sonderbar anzusehen war, aus einer Pfeife von blauem Glas, und als Peter näher trat, sah er zu seinem Erstaunen, daß auch Kleider, Schuhe und Hut des Kleinen aus gefärbtem Glas bestanden; aber es war geschmeidig, als ob es noch heiß wäre; denn es schmiegte sich wie Tuch nach jeder Bewegung des Männleins.

«Du hast dem Flegel begegnet, dem Holländer-Michel?» sagte der Kleine, indem er zwischen jedem Wort sonderbar hüstelte. «Er hat dich recht ängstigen wollen, aber seinen Kunstprügel habe ich ihm abgejagt, den soll er nimmer wiederkriegen.»

«Ja, Herr Schatzhauser», erwiderte Peter mit einer tiefen Verbeugung, «es war mir recht bange. Aber Ihr seid wohl der Herr Auerhahn gewesen, der die Schlange totgebissen? Da bedanke ich mich schönstens. – Ich komme aber, um mich Rats zu erholen bei Euch; es geht mir gar schlecht und hinderlich; ein Kohlenbrenner bringt es nicht weit, und da ich noch jung bin, dächte ich doch, es könnte noch was Besseres aus mir werden; und wenn ich oft andere sehe, wie weit die es in kurzer Zeit gebracht haben – wenn ich nur den Ezechiel nehme und den Tanzbodenkönig, die haben Geld wie Heu.»

«Peter», sagte der Kleine sehr ernst und blies den Rauch aus seiner Pfeife hinweg, «Peter, sag mir nichts von diesen! Was haben sie davon, wenn sie hier ein paar Jahre dem Schein nach glücklich und dann nachher desto unglücklicher sind? Du mußt dein Handwerk nicht verachten; dein Vater und Großvater waren Ehrenleute und haben es auch getrieben, Peter Munk! Ich will nicht hoffen, daß es Liebe zum Müßiggang ist, was dich zu mir führt.»

Peter erschrak vor dem Ernst des Männleins und errötete. «Nein», sagte er. «Müßiggang, weiß ich wohl, Herr Schatzhauser im Tannenwald, Müßiggang ist aller Laster Anfang; aber das könnet Ihr mir nicht übelnehmen, wenn mir ein anderer Stand besser gefällt als der meinige. Ein Kohlenbrenner ist halt so gar etwas Geringes auf der Welt, und die Glasleute und Flözer und Uhrmacher und alle sind angesehener.»

«Hochmut kommt oft vor dem Fall», erwiderte der Kleine Herr vom Tannenwald etwas freundlicher. «Ihr seid ein sonderbar Geschlecht, ihr Menschen! Selten ist einer mit dem Stand ganz zufrieden, in dem er geboren und erzogen ist, und was gilt's, wenn du ein Glasmann wärest, möchtest du gern ein Holzherr sein, und wärest du Holzherr, so stünde dir des Försters Dienst oder des Amtmanns Wohnung an. Aber es sei! Wenn du versprichst, brav zu arbeiten, so will ich dir zu etwas Besserem verhelfen, Peter. Ich pflege jedem Sonntagskind, das sich zu mir zu finden weiß, drei Wünsche zu gewähren. Die ersten zwei sind frei, den dritten kann ich verweigern, wenn er töricht ist. So wünsche dir also jetzt etwas, aber – Peter, etwas Gutes und Nützliches!»

«Heisa! Ihr seid ein treffliches Glasmännlein, und mit Recht nennt man Euch Schatzhauser; denn bei Euch sind die Schätze zu Hause. Nu – und also darf ich wünschen, wonach mein Herz begehrt, so will ich denn fürs erste, daß ich noch besser tanzen könne als der Tanzbodenkönig und jedesmal noch einmal so viel Geld ins Wirtshaus bringe als er.»

«Du Tor!» erwiderte der Kleine zürnend. «Welch ein erbärmlicher Wunsch ist dies, gut tanzen zu können und Geld zum Spiel zu haben! Schämst du dich nicht, dummer Peter, dich selbst so um dein Glück zu betrügen? Was nützt es dir und deiner armen Mutter, wenn du tanzen kannst? Was nützt dir dein Geld, das nach deinem Wunsch nur für das Wirtshaus ist und wie das des elenden Tanzbodenkönigs dort bleibt? Dann hast du wieder die ganze Woche nichts und darbst wie zuvor. Noch einen Wunsch gebe ich dir frei; aber sieh dich vor, daß du vernünftiger wünschest!»

Peter kratzte sich hinter den Ohren und sprach nach einigem Zögern: «Nun, so wünsche ich mir die schönste und reichste Glashütte im ganzen Schwarzwald mit allem Zugehör und Geld, sie zu leiten.»

«Sonst nichts?» fragte der Kleine mit besorglicher Miene. «Peter, sonst nichts?»

«Nun – Ihr könnet noch ein Pferd dazutun und ein Wägelchen –»

«Oh, du dummer Kohlenmunk-Peter!» rief der Kleine und warf seine gläserne Pfeife im Unmut an eine dicke Tanne, daß sie in hundert Stücke sprang. «Pferde? Wägelchen? Verstand, sag ich dir, Verstand, gesunden Menschenverstand und Einsicht hättest du wünschen sollen, aber nicht ein Pferdchen und Wägelchen. Nun, werde nur nicht so traurig, wir wollen sehen, daß es auch so nicht zu deinem Schaden ist; denn der zweite Wunsch war im ganzen nicht töricht. Eine gute Glashütte nährt auch ihren Mann und Meister; nur hättest du Einsicht und Verstand dazu mitnehmen können, Wagen und Pferde wären dann wohl von selbst gekommen.»

«Aber, Herr Schatzhauser», erwiderte Peter, «ich habe ja noch einen Wunsch übrig. Da könnte ich ja Verstand wünschen, wenn er mir so nötig ist, wie Ihr meinet.»

«Nichts da! Du wirst noch in manche Verlegenheit kommen, wo du froh sein wirst, wenn du noch einen Wunsch frei hast. Und nun mache dich auf den Weg nach Hause! Hier sind», sprach der kleine Tannengeist, indem er ein kleines Beutelein aus der Tasche zog, «hier sind zweitausend Gulden, und damit genug, und komm mir nicht wieder, um Geld zu fordern; denn dann müßte ich dich an die höchste Tanne aufhängen! So hab ich's gehalten, seit ich in dem Wald wohne. Vor drei Tagen aber ist der alte Winkfritz gestorben, der die große Glashütte gehabt hat im Unterwald. Dorthin gehe morgen frühe und mach ein Bot auf das Gewerbe, wie es recht ist! Halt dich wohl, sei fleißig, und ich will dich zuweilen besuchen und dir mit Rat und Tat an die Hand gehen, weil du dir doch keinen Verstand erbeten. Aber, das sag ich dir ernstlich, dein erster Wunsch war böse. Nimm dich in acht vor dem Wirtshauslaufen, Peter! 's hat noch bei keinem lange gut getan.» Das Männlein hatte, während es dies sprach, eine neue Pfeife vom schönsten Beinglas hervorgezogen, sie mit gedörrten Tannenzapfen gestopft und in den kleinen, zahnlosen Mund gesteckt. Dann zog es ein ungeheures Brennglas hervor, trat in die Sonne und zündete seine Pfeife an. Als er damit fertig war, bot er dem Peter freundlich die Hand, gab ihm noch ein paar gute Lehren auf den Weg, rauchte und blies immer schneller und verschwand endlich in einer Rauchwolke, die nach echtem holländischen Tabak roch und, langsam sich kräuselnd, in den Tannenwipfeln verschwebte.

Als Peter nach Hause kam, fand er seine Mutter sehr in Sorgen um ihn; denn die gute Frau glaubte nicht anders, als ihr Sohn sei zum Soldaten ausgehoben worden. Er aber war fröhlich und guter Dinge und erzählte ihr, wie er im Walde einen guten Freund getroffen, der ihm Geld vorgeschossen habe, um ein anderes Geschäft als Kohlenbrennen anzufangen. Obgleich seine Mutter schon seit dreißig Jahren in der Köhlerhütte wohnte und an den Anblick berußter Leute so gewöhnt war als jede Müllerin an das Mehlgesicht ihres Mannes, so war sie doch eitel genug, sobald ihr Peter ein glänzenderes Los zeigte, ihren früheren Stand zu verachten, und sprach: «Ja, als Mutter eines Mannes, der eine

Glashütte besitzt, bin ich doch was anderes als Nachbarin Grete und Bete und setze mich in Zukunft vorne hin in der Kirche, wo rechte Leute sitzen.» Ihr Sohn aber wurde mit den Erben der Glashütte bald handelseinig. Er behielt die Arbeiter, die er vorfand, bei sich und ließ nun Tag und Nacht Glas machen. Anfangs gefiel ihm das Handwerk wohl. Er pflegte gemächlich in die Glashütte hinabzusteigen, ging dort mit vornehmen Schritten, die Hände in die Taschen gesteckt, hin und her, guckte dahin, guckte dorthin, sprach dies und jenes, worüber seine Arbeiter oft nicht wenig lachten, und seine größte Freude war, das Glas blasen zu sehen, und oft machte er sich selbst an die Arbeit und formte aus der noch weichen Masse die sonderbarsten Figuren. Bald aber war ihm die Arbeit entleidet, und er kam zuerst nur noch eine Stunde des Tages in die Hütte, dann nur alle zwei Tage, endlich die Woche nur einmal, und seine Gesellen machten, was sie wollten. Das alles kam aber nur vom Wirtshauslaufen. Den Sonntag, nachdem er vom Tannenbühl zurückgekommen war, ging er ins Wirtshaus, und wer schon auf dem Tanzboden sprang, war der Tanzbodenkönig, und der dicke Ezechiel saß auch schon hinter der Maßkanne und knöchelte um Kronentaler. Da fuhr Peter schnell in die Tasche, zu sehen, ob ihm das Glasmännlein Wort gehalten, und siehe, seine Tasche strotzte von Silber und Gold. Auch in seinen Beinen zuckte und drückte es, wie wenn sie tanzen und springen wollten, und als der erste Tanz zu Ende war, stellte er sich mit seiner Tänzerin obenan neben den Tanzbodenkönig, und sprang dieser drei Schuh hoch, so flog Peter vier, und machte dieser wunderliche und zierliche Schritte, so verschlang und drehte Peter seine Füße, daß alle Zuschauer vor Lust und Verwunderung beinahe außer sich kamen. Als man aber auf dem Tanzboden vernahm, daß Peter eine Glashütte gekauft habe, als man sah, daß er, sooft er an den Musikanten vorbeitanzte, ihnen ein Sechsbätzner zuwarf, da war des Staunens kein Ende. Die einen glaubten, er habe einen Schatz im Walde gefunden, die andern meinten, er habe eine Erbschaft getan, aber alle verehrten ihn jetzt und hielten ihn für einen gemachten Mann, nur weil er Geld hatte. Verspielte er doch noch an demselben Abend zwanzig Gulden, und nichtsdestominder rasselte und klang es in seiner Tasche, wie wenn noch hundert Taler darin wären.

Als Peter sah, wie angesehen er war, wußte er sich vor Freude und Stolz nicht zu fassen. Er warf das Geld mit vollen Händen weg und teilte es den Armen reichlich mit, wußte er doch, wie ihn selbst einst die Armut gedrückt hatte. Des Tanzbodenkönigs Künste wurden vor den übernatürlichen Künsten des neuen Tänzers zuschanden, und Peter führte jetzt den Namen Tanzkaiser. Die unternehmendsten Spieler am Sonntag wagten nicht so viel wie er, aber sie verloren auch nicht so viel. Und je mehr er verlor, desto mehr gewann er. Das verhielt sich aber ganz so, wie er es vom kleinen Glasmännlein verlangt hatte. Er hatte sich gewünscht, immer so viel Geld in der Tasche zu haben wie der dicke Ezechiel, und gerade dieser war es, an welchen er sein Geld verspielte. Und wenn er zwanzig, dreißig Gulden auf einmal verlor, so hatte er sie alsobald wieder in der Tasche, wenn sie Ezechiel einstrich. Nach und nach brachte er es aber im Schlemmen und Spielen weiter als die schlechtesten Gesellen im Schwarzwald, und man nannte ihn öfter Spielpeter als Tanzkaiser; denn er spielte jetzt auch beinahe an allen Werktagen. Darüber kam aber seine Glashütte nach und nach in Verfall, und daran war Peters Unverstand schuld. Glas ließ er machen, so viel man immer machen konnte; aber er hatte mit der Hütte nicht zugleich das Geheimnis gekauft, wohin man es am besten verschleißen könne. Er wußte am Ende mit der Menge Glas nichts anzufangen und verkaufte es um den halben Preis an herumziehende Händler, nur um seine Arbeiter bezahlen zu können.

Eines Abends ging er auch wieder vom Wirtshaus heim und dachte trotz des vielen Weines, den er getrunken, um sich fröhlich zu machen, mit Schrecken und Gram an den Verfall seines Vermögens. Da bemerkte er auf einmal, daß jemand neben ihm gehe; er sah sich um, und siehe da – es war das Glasmännlein. Da geriet er in Zorn und Eifer, vermaß sich hoch und teuer und schwur, der Kleine sei an all seinem Unglück schuld. «Was tu ich nun mit Pferd und Wägelchen?» rief er. «Was nutzt mich die Hütte und all mein Glas? Selbst als ich noch ein elender Köhlersbursch war, lebte ich froher und hatte keine Sorgen. Jetzt weiß ich nicht, wann der Amtmann kommt und meine Habe schätzt und mir vergantet der Schulden wegen!»

«So?» entgegnete das Glasmännlein. «So? Ich also soll schuld daran sein, wenn du unglücklich bist? Ist dies der Dank für meine Wohltaten? Wer hieß dich so töricht wünschen? Ein Glasmann wolltest du sein und wußtest nicht, wohin dein Glas verkaufen? Sagte ich dir nicht, du solltest behutsam wünschen? Verstand, Peter, Klugheit hat dir gefehlt.»

«Was Verstand und Klugheit!» rief jener. «Ich bin ein so kluger Bursche als irgendeiner und will es dir zeigen, Glasmännlein», und bei diesen Worten faßte er das Männlein unsanft am Kragen und schrie: «Hab ich dich jetzt, Schatzhauser im grünen Tannenwald? Und den dritten Wunsch will ich jetzt tun, den sollst du mir gewähren. Und so will ich hier auf der Stelle zweimalhunderttausend harte Taler und ein Haus und – o weh!» schrie er und schüttelte die Hand; denn das Waldmännlein hatte sich in glühendes Glas verwandelt und brannte in seiner Hand wie sprühendes Feuer. Aber von dem Männlein war nichts mehr zu sehen.

Mehrere Tage lang erinnerte ihn seine geschwollene Hand an seine Undankbarkeit und Torheit. Dann aber übertäubte er sein Gewissen und sprach: «Und wenn sie mir die Glashütte und alles verkaufen, so bleibt mir doch immer der dicke Ezechiel. Solange der Geld hat am Sonntag, kann es mir nicht fehlen.»

Ja, Peter! Aber wenn er keines hat? – Und so geschah es eines Tages und war ein wunderliches Rechenexempel. Denn eines Sonntags kam er angefahren ans Wirtshaus, und die Leute streckten die Köpfe durch die Fenster, und der eine sagte, da kommt der Spielpeter, und der andere, ja, der Tanzkaiser, der reiche Glasmann, und ein dritter schüttelte den Kopf und sprach: «Mit dem Reichtum kann man es machen, man sagt allerlei von seinen Schulden, und in der Stadt hat einer gesagt, der Amtmann werde nicht mehr lange säumen zum Auspfänden.» Indessen grüßte der reiche Peter die Gäste am Fenster vornehm und gravitätisch, stieg vom Wagen und schrie: «Sonnenwirt, guten Abend, ist der dicke Ezechiel schon da?» Und eine tiefe Stimme rief: «Nur herein, Peter! Dein Platz ist dir aufbehalten, wir sind schon da und bei den Karten.» So trat Peter Munk in die Wirtsstube, fuhr gleich in die Tasche und merkte, daß Ezechiel gut versehen sein müsse; denn seine Tasche war bis oben angefüllt.

Er setzte sich hinter den Tisch zu den andern und gewann und verlor hin und her, und so spielten sie, bis andere ehrliche Leute, als es Abend wurde, nach Hause gingen, und spielten bei Licht, bis zwei andere Spieler sagten: «Jetzt ist's genug, und wir müssen heim zu Frau und Kind.» Aber Spielpeter forderte den dicken Ezechiel auf zu bleiben. Dieser wollte lange nicht, endlich aber rief er: «Gut, jetzt will ich mein Geld zählen, und dann wollen wir knöcheln, den Satz um fünf Gulden; denn niederer ist es doch nur Kinderspiel.»

Er zog den Beutel und zählte und fand hundert Gulden bar, und Spielpeter wußte nun, wieviel er selbst habe, und brauchte es nicht erst zu zählen. Aber hatte Ezechiel vorher gewonnen, so verlor er jetzt Satz für Satz und fluchte greulich dabei. Warf er einen Pasch, gleich warf Spielpeter auch einen, und immer zwei Augen höher. Da setzte er endlich die letzten fünf Gulden auf den Tisch und rief: «Noch einmal, und wenn ich auch den noch verliere, so höre ich doch nicht auf; dann leihst du mir von deinem Gewinn, Peter! Ein ehrlicher Kerl hilft dem andern.»

«So viel du willst, und wenn es hundert Gulden sein sollten», sprach der Tanzkaiser, fröhlich über seinen Gewinn, und der dicke Ezechiel schüttelte die Würfel und warf fünfzehn. «Pasch!» rief er, «jetzt wollen wir sehen!» Peter aber warf achtzehn, und eine heisere bekannte Stimme hinter ihm sprach: «So, das war der letzte.»

Er sah sich um, und riesengroß stand der Holländer-Michel hinter ihm. Erschrocken ließ er das Geld fallen, das er schon eingezogen hatte. Aber der dicke Ezechiel sah den Waldmann nicht, sondern verlangte, der Spielpeter sollte ihm zehn Gulden vorstrecken zum Spiel. Halb im Traum fuhr dieser mit der Hand in die Tasche, aber da war kein Geld; er suchte in der andern Tasche, aber auch da fand sich nichts; er kehrte den Rock um, aber es fiel kein roter Heller heraus, und jetzt erst gedachte er seines eigenen ersten Wunsches, immer so viel Geld zu haben als der dicke Ezechiel. Wie Rauch war alles verschwunden.

Der Wirt und Ezechiel sahen ihn staunend an, als er immer suchte und sein Geld nicht finden konnte; sie wollten ihm nicht glauben, daß er keines mehr habe; aber als sie endlich selbst in seinen Taschen suchten, wurden sie zornig und schwuren, der Spielpeter sei ein böser Zauberer und habe all das gewonnene Geld und sein eigenes nach Hause gewünscht. Peter verteidigte sich standhaft; aber der Schein war gegen ihn. Ezechiel sagte, er wolle die schreckliche Geschichte allen Leuten im Schwarzwald erzählen, und der Wirt versprach ihm, morgen mit dem frühesten in die Stadt zu gehen und Peter Munk als Zauberer anzuklagen, und er wolle es erleben, setzte er hinzu, daß man ihn verbrenne. Dann fielen sie wütend über ihn her, rissen ihm das Wams vom Leib und warfen ihn zur Tür hinaus.

Kein Stern schien am Himmel, als Peter trübselig seiner Wohnung zuschlich; aber dennoch konnte er eine dunkle Gestalt erkennen, die neben ihm herschritt und endlich sprach: «Mit dir ist's aus, Peter Munk, all deine Herrlichkeit ist zu Ende, und das hätt ich dir schon damals sagen können, als du nichts von mir hören wolltest und zu dem dummen Glaszwerg liefst. Da siehst du jetzt, was man davon hat, wenn man meinen Rat verachtet. Aber versuch es einmal mit mir, ich habe Mitleiden mit deinem Schicksal. Noch keinen hat es gereut, der sich an mich wandte, und wenn du den Weg nicht scheust, morgen den ganzen Tag bin ich am Tannenbühl zu sprechen, wenn du mich rufst.» Peter merkte wohl, wer so zu ihm spreche; aber es kam ihn ein Grauen an. Er antwortete nichts, sondern lief seinem Haus zu.

II

Als Peter am Montagmorgen in seine Glashütte ging, da waren nicht nur seine Arbeiter da, sondern auch andere Leute, die man nicht gerne sieht, nämlich der Amtmann und drei Gerichtsdiener. Der Amtmann wünschte Petern einen guten Morgen, fragte, wie er geschlafen, und zog dann ein langes Register heraus, und darauf waren Peters Gläubiger verzeichnet. «Könnt Ihr zahlen oder nicht?» fragte der Amtmann mit strengem Blick. «Und macht es nur kurz; denn ich habe nicht viel Zeit zu versäumen, und in den Turm ist es drei gute Stunden.» Da verzagte Peter, gestand, daß er nichts mehr habe, und überließ es dem Amtmann, Haus und Hof, Hütte und Stall, Wagen und Pferde zu schätzen; und als die Gerichtsdiener und der Amtmann umhergingen und prüften und schätzten, dachte er, bis zum Tannenbühl ist's nicht weit; hat mir der Kleine nicht geholfen, so will ich es einmal mit dem Großen versuchen. Er lief dem Tannenbühl zu, so schnell, als ob die Gerichtsdiener ihm auf den Fersen wären; es war ihm, als er an dem Platz vorbeirannte, wo er das Glasmännlein zuerst gesprochen, als halte ihn eine unsichtbare Hand auf; aber er riß sich los und lief weiter bis an die Grenze, die er sich früher wohl gemerkt hatte, und kaum hatte er, beinahe atemlos, «Holländer-Michel! Herr Holländer-Michel!» gerufen, als auch schon der riesengroße Flözer mit seiner Stange vor ihm stand.

«Kommst du?» sprach dieser lachend. «Haben sie dir die Haut abziehen und deinen Gläubigern verkaufen wollen? Nu, sei ruhig! Dein ganzer Jammer kommt, wie gesagt, von

dem kleinen Glasmännlein, von dem Separatisten und Frömmler her. Wenn man schenkt, muß man gleich recht schenken, und nicht wie dieser Knauser. Doch komm», fuhr er fort und wandte sich gegen den Wald, «folge mir in mein Haus, dort wollen wir sehen, ob wir handelseinig werden.»

Handelseinig? dachte Peter. Was kann er denn von mir verlangen, was kann ich an ihn verhandeln? Soll ich ihm etwa dienen, oder was will er? Sie gingen zuerst über einen steilen Waldsteig hinan und standen dann mit einemmal an einer dunkeln, tiefen, abschüssigen Schlucht; Holländer-Michel sprang den Felsen hinab, wie wenn es eine sanfte Marmortreppe wäre; aber bald wäre Peter in Ohnmacht gesunken, denn als jener unten angekommen war, machte er sich so groß wie ein Kirchturm und reichte ihm einen Arm, so lang als ein Weberbaum, und eine Hand daran, so breit als der Tisch im Wirtshaus, und rief mit einer Stimme, die heraufschallte wie eine tiefe Totenglocke: «Setz dich nur auf meine Hand und halte dich an den Fingern, so wirst du nicht fallen!» Peter tat zitternd, wie jener befohlen, nahm Platz auf der Hand und hielt sich am Daumen des Riesen.

Es ging weit und tief hinab, aber dennoch ward es zu Peters Verwunderung nicht dunkler; im Gegenteil, die Tageshelle schien sogar zuzunehmen in der Schlucht, aber er konnte sie lange in den Augen nicht ertragen. Der Holländer-Michel hatte sich, je weiter Peter herabkam, wieder kleiner gemacht und stand nun in seiner früheren Gestalt vor einem Haus, so gering oder gut, als es reiche Bauern auf dem Schwarzwald haben. Die Stube, worein Peter geführt wurde, unterschied sich durch nichts von den Stuben anderer Leute als dadurch, daß sie einsam schien.

Die hölzerne Wanduhr, der ungeheure Kachelofen, die breiten Bänke, die Gerätschaften auf den Gesimsen waren hier wie überall. Michel wies ihm einen Platz hinter dem großen Tisch an, ging dann hinaus und kam bald mit einem Krug Wein und Gläsern wieder. Er goß ein, und nun schwatzten sie, und Holländer-Michel erzählte von den Freuden der Welt, von fremden Ländern, schönen Städten und Flüssen, daß Peter, am Ende große Sehnsucht darnach bekommend, dies auch offen dem Holländer sagte.

«Wenn du im ganzen Körper Mut und Kraft, etwas zu unternehmen, hattest, da konnten ein paar Schläge des dummen Herzens dich zittern machen; und dann die Kränkungen der Ehre, das Unglück, wozu soll sich ein vernünftiger Kerl um dergleichen bekümmern? Hast du's im Kopfe empfunden, als dich letzthin einer einen Betrüger und schlechten Kerl nannte? Hat es dir im Magen wehe getan, als der Amtmann kam, dich aus dem Haus zu werfen? Was, sag an, was hat dir wehe getan?»

«Mein Herz», sprach Peter, indem er die Hand auf die pochende Brust preßte; denn es war ihm, als ob sein Herz sich ängstlich hin und her wendete.

«Du hast, nimm es mir nicht übel, du hast viele hundert Gulden an schlechte Bettler und anderes Gesindel weggeworfen; was hat es dich genützt? Sie haben dir dafür Segen und einen gesunden Leib gewünscht; ja, bist du deswegen gesünder geworden? Um die Hälfte des verschleuderten Geldes hättest du einen Arzt gehalten. Segen, ja ein schöne Segen, wenn man ausgepfändet und ausgestoßen wird! Und was war es, das dich getrieben, in die Tasche zu fahren, sooft ein Bettelmann seinen zerlumpten Hut hinstreckte? – Dein Herz, auch wieder dein Herz, und weder deine Augen noch deine Zunge, deine Arme noch deine Beine, sondern dein Herz; du hast dir es, wie man richtig sagt, zu sehr zu Herzen genommen.»

«Aber wie kann man sich denn angewöhnen, daß es nicht mehr so ist? Ich gebe mir jetzt alle Mühe, es zu unterdrükken, und dennoch pocht mein Herz und tut mir wehe.»

«Du freilich», rief jener mit Lachen, «du armer Schelm, kannst nichts dagegen tun; aber gib mir das kaum pochende Ding, und du wirst sehen, wie gut du es dann hast.»

«Euch, mein Herz?» schrie Peter mit Entsetzen, «da müßte ich ja sterben auf der Stelle! Nimmermehr!»

«Ja, wenn dir einer eurer Herren Chirurgen das Herz aus dem Leibe operieren wollte, da müßtest du wohl sterben; bei mir ist dies ein anderes Ding; doch komm herein und überzeuge dich selbst!» Er stand bei diesen Worten auf, öffnete eine Kammertüre und führte Peter hinein. Sein Herz zog sich krampfhaft zusammen, als er über die Schwelle trat; aber er achtete es nicht; denn der Anblick, der sich ihm bot, war sonderbar und überraschend. Auf mehreren Gesimsen von Holz standen Gläser, mit durchsichtiger Flüssigkeit gefüllt, und in jedem dieser Gläser lag ein Herz; auch waren an den Gläsern Zettel angeklebt und Namen darauf geschrieben, die Peter neugierig las; da war das Herz des Amtmanns in F., das Herz des dicken Ezechiel, das Herz des Tanzbodenkönigs, das Herz des Oberförsters; da waren sechs Herzen von Kornwucherern, acht von Werbeoffizieren, drei von Geldmäklern – kurz, es war eine Sammlung der angesehensten Herzen in der Umgegend von zwanzig Stunden.

«Schau!» sprach Holländer-Michel, «diese alle haben des Lebens Ängsten und Sorgen weggeworfen; keines dieser Herzen schlägt mehr ängstlich und besorgt, und ihre ehemaligen Besitzer befinden sich wohl dabei, daß sie den unruhigen Gast aus dem Hause haben.»

«Aber was tragen sie denn jetzt dafür in der Brust?» fragte Peter, den dies alles, was er gesehen, beinahe schwindeln machte.

«Dies», antwortete jener und reichte ihm aus einem Schubfach – ein steinernes Herz.

«So?» erwiderte er und konnte sich eines Schauers, der ihm über die Haut ging, nicht erwehren. «Ein Herz von Marmelstein? Aber, horch einmal, Herr Holländer-Michel, daß muß doch gar kalt sein in der Brust.»

«Freilich, aber ganz angenehm kühl. Warum soll denn ein Herz warm sein? Im Winter nützt dir die Wärme nichts, da hilft ein guter Kirschgeist mehr als ein warmes Herz, und im Sommer, wenn alles schwül und heiß ist – du glaubst nicht, wie dann ein solches Herz abkühlt. Und wie gesagt, weder Angst, noch Schrecken, weder törichtes Mitleiden, noch anderer Jammer pocht an solch ein Herz.»

«Und das ist alles, was Ihr mir geben könnet?» fragte Peter unmutig; «ich hoff auf Geld, und Ihr wollet mir einen Stein geben!»

«Nun, ich denke, an hunderttausend Gulden hättest du fürs erste genug. Wenn du es geschickt umtreibst, kannst du bald ein Millionär werden.»

«Hunderttausend?» rief der arme Köhler freudig. «Nun, so poche doch nicht so ungestüm in meiner Brust! Wir werden bald fertig sein miteinander. Gut, Michel; gebt mir den Stein und das Geld, und die Unruh könnet Ihr aus dem Gehäuse nehmen!»

«Ich dachte es doch, daß du ein vernünftiger Bursche seiest», antwortete der Holländer, freundlich lächelnd; «komm, laß uns noch eins trinken, und dann will ich das Geld auszahlen.»

So setzten sie sich wieder in die Stube zum Wein, tranken und tranken wieder, bis Peter in einen tiefen Schlaf verfiel.

Kohlenmunk-Peter erwachte beim fröhlichen Schmettern eines Posthorns, und siehe da, er saß in einem schönen Wagen, fuhr auf einer breiten Straße dahin, und als er sich aus dem Wagen bog, sah er in blauer Ferne hinter sich den Schwarzwald liegen. Anfänglich wollte er gar nicht glauben, daß er es selbst sei, der in diesem Wagen sitze. Denn auch seine Kleider waren gar nicht mehr dieselben, die er gestern getragen; aber er erinnerte sich doch an alles so deutlich, daß er endlich sein Nachsinnen aufgab und rief: «Der Kohlenmunk-Peter bin ich, das ist ausgemacht, und kein anderer.»

Er wunderte sich über sich selbst, daß er gar nicht wehmütig werden konnte, als er jetzt zum erstenmal aus der stillen Heimat, aus den Wäldern, wo er so lange gelebt, auszog, selbst nicht, als er an seine Mutter dachte, die jetzt wohl hilflos und im Elend saß, konnte er eine Träne aus dem Auge pressen oder nur seufzen; denn es war ihm alles so gleichgültig. «Ach, freilich», sagte er dann, «Tränen und Seufzer, Heimweh und Wehmut kommen ja aus dem Herzen, und Dank dem Holländer-Michel – das meine ist kalt und von Stein.» Er legte seine Hand auf die Brust, und es war ganz ruhig dort und rührte sich nichts. «Wenn er mit den Hunderttausenden so gut Wort hielt wie mit dem Herz, so soll es mich freuen», sprach er und fing an, seinen Wagen zu untersuchen. Er fand Kleidungsstücke von aller Art, wie er sie nur wünschen konnte, aber kein Geld. Endlich stieß er auf eine Tasche und fand viele tausend Taler in Gold und Scheinen auf Handlungshäuser in allen großen Städten. Jetzt hab ich's, wie ich's wollte, dachte er, setzte sich bequem in die Ecke des Wagens und fuhr in die weite Welt.

Er fuhr zwei Jahre in der Welt umher und schaute aus seinem Wagen links und rechts an den Häusern hinauf, schaute, wenn er anhielt, nichts als den Schild seines Wirtshauses an, lief dann in der Stadt umher und ließ sich die schönsten Merkwürdigkeiten zeigen. Aber es freute ihn nichts, kein Bild, kein Haus, keine Musik, kein Tanz; sein Herz war von Stein, nahm an nichts Anteil, und seine Augen, seine Ohren waren abgestumpft für alles Schöne. Nichts war ihm mehr geblieben als die Freude an Essen und Trinken und der Schlaf, und so lebte er, indem er ohne Zweck durch die Welt reiste, zu seiner Unterhaltung speiste und aus Langerweile schlief. Hie und da erinnerte er sich zwar, daß er fröhlicher, glücklicher gewesen sei, als er noch arm war und arbeiten mußte, um sein Leben zu fristen. Da hatte ihn jede schöne Aussicht ins Tal, Musik und Gesang hatten ihn ergötzt, da hatte er sich stundenlang auf die einfache Kost, die ihm die Mutter zu dem Meiler bringen sollte, gefreut. Wenn er so über die Vergangenheit nachdachte, so kam es ihm ganz sonderbar vor, daß er jetzt nicht einmal lachen konnte, und sonst hatte er über den kleinsten Scherz gelacht. Wenn andere lachten, so verzog er nur aus Höflichkeit den Mund, aber sein Herz – lächelte nicht mit. Er fühlte dann, daß er zwar überaus ruhig sei; aber zufrieden fühlte er sich doch nicht. Es war nicht Heimweh oder Wehmut, sondern Öde, Überdruß, freudenloses Leben, was ihn endlich wieder zur Heimat trieb.

Als er von Straßburg herüberfuhr und den dunkeln Wald seiner Heimat erblickte, als er zum erstenmal wieder jene kräftigen Gestalten, jene freundlichen, treuen Gesichter der Schwarzwälder sah, als sein Ohr die heimatlichen Klänge, stark, tief, aber wohltönend, vernahm, da fühlte er schnell an sein Herz; denn sein Blut wallte stärker, und er glaubte, er müsse sich freuen und müsse weinen zugleich, aber – wie konnte er nur so töricht sein, er hatte ja ein Herz von Stein. Und Steine sind tot und lächeln und weinen nicht.

Sein erster Gang war zum Holländer-Michel, der ihn mit alter Freundlichkeit aufnahm. «Michel», sagte er zu ihm, «gereist bin ich nun und habe alles gesehen, ist aber alles dummes Zeug, und ich hatte nur Langeweile. Überhaupt, Euer steinernes Ding, das ich in der Brust trage, schützt mich zwar vor manchem. Ich erzürne mich nie, bin nie traurig; aber ich freue mich auch nie, und es ist mir, als wenn ich nur halb lebte. Könnet Ihr das Steinherz nicht ein wenig beweglicher machen? Oder – gebt mir lieber mein altes Herz! Ich hatte mich in fünfundzwanzig Jahren daran gewöhnt, und wenn es zuweilen auch einen dummen Streich machte, so war es doch munter und ein fröhliches Herz.»

Der Waldgeist lachte grimmig und bitter: «Wenn du einmal tot bist, Peter Munk», antwortete er, «dann soll es dir nicht fehlen; dann sollst du dein weiches, rührbares Herz wiederhaben, und du kannst dann fühlen, was kommt, Freud oder Leid. Aber hier oben kann es nicht mehr dein werden! Doch, Peter! gereist bist du wohl, aber, so wie du lebtest, konnte es dir nichts nützen. Setze dich jetzt hier irgendwo im Wald, bau ein Haus, heirate, treibe dein Vermögen um, es hat dir nur an Arbeit gefehlt; weil du müßig warst, hattest du Langeweile und schiebst jetzt alles auf dieses unschuldige Herz.» Peter sah ein, daß Michel recht habe, was den Müßiggang beträfe, und nahm sich vor, reich und immer reicher zu werden. Michel schenkte ihm noch einmal hunderttausend Gulden und entließ ihn als seinen guten Freund.

Bald vernahm man im Schwarzwald die Märe, der Kohlenmunk-Peter oder Spielpeter sei wieder da und noch viel reicher als zuvor. Es ging auch jetzt wie immer; als er am Bettelstab war, wurde er in der Sonne zur Türe hinausgeworfen, und als er jetzt an einem Sonntagnachmittag seinen ersten Einzug dort hielt, schüttelten sie ihm die Hand, lobten sein Pferd, fragten nach seiner Reise, und als er wieder mit dem dicken Ezechiel um harte Taler spielte, stand er in der Achtung so hoch als je. Er trieb jetzt aber nicht mehr das Glashandwerk, sondern den Holzhandel, aber nur zum Schein. Sein Hauptgeschäft war, mit Korn und Geld zu handeln. Der halbe Schwarzwald wurde ihm nach und nach schuldig; aber er lieh Geld nur auf zehen Prozente aus oder verkaufte Korn an die Armen, die nicht gleich zahlen konnten, um den dreifachen Wert. Mit dem Amtmann stand er jetzt in enger Freundschaft, und wenn einer Herrn Peter Munk nicht auf den Tag bezahlte, so ritt der Amtmann mit seinen Schergen hinaus, schätzte Haus und Hof, verkaufte flugs und trieb Vater, Mutter und Kind in den Wald. Anfangs machte dies dem reichen Peter einige Unlust; denn die armen Ausgepfändeten belagerten dann haufenweise seine Türe, die Männer flehten um Nachsicht, die Weiber suchten das steinerne Herz zu erweichen, und die Kinder winselten um ein Stücklein Brot. Aber als er sich ein paar tüchtige Fleischerhunde angeschafft hatte, hörte diese Katzenmusik, wie er es nannte, bald auf. Er pfiff und hetzte, und die Bettelleute flogen schreiend auseinander. Am meisten Beschwerde machte ihm das «alte Weib». Das war aber niemand anders als Frau Munkin, Peters Mutter. Sie war in Not und Elend geraten, als man ihr Haus und Hof verkauft hatte, und ihr Sohn, als er reich zurückgekehrt war, hatte nicht mehr nach ihr umgesehen. Da kam sie nun zuweilen, alt, schwach und gebrechlich, an einem Stock vor das Haus. Hinein wagte sie sich nimmer, denn er hatte sie einmal weggejagt; aber es tat ihr wehe, von den Guttaten anderer Menschen leben zu müssen, da der eigene Sohn ihr ein sorgenloses Alter hätte bereiten können. Aber das kalte Herz wurde nimmer gerührt von dem Anblicke der bleichen, wohlbekannten Züge, von den bittenden Blicken, von der welken, ausgestreckten Hand, von der hinfälligen Gestalt. Mürrisch zog er, wenn sie sonnabends an die Türe pochte, einen Sechsbätzner hervor, schlug ihn in ein Papier und ließ ihn hinausreichen durch einen Knecht. Er vernahm ihre zitternde Stimme, wenn sie dankte und wünschte, es möge ihm wohl gehen auf Erden; er hörte sie hüstelnd von der Türe schleichen, aber er dachte weiter nicht mehr daran, als daß er wieder sechs Batzen umsonst ausgegeben.

Endlich kam Peter auf den Gedanken zu heiraten. Er wußte, daß im ganzen Schwarzwald jeder Vater ihm gerne seine Tochter geben werde; aber er war schwierig in seiner Wahl; denn er wollte, daß man auch hierin sein Glück und seinen Verstand preisen sollte; daher ritt er umher im ganzen Wald, schaute hier, schaute dort, und keine der schönen Schwarzwälderinnen deuchte ihm schön genug. Endlich, nachdem er auf allen Tanzböden umsonst nach der Schönsten ausgeschaut hatte, hörte er eines Tages, die Schönste und Tugendsamste im ganzen Wald sei eines armen Holzhauers Tochter. Sie lebe still und für sich, besorge geschickt und emsig ihres Vaters Haus und lasse sich nie auf dem Tanzboden sehen, nicht einmal zu Pfingsten oder Kirmes. Als Peter von diesem Wunder des Schwarzwaldes hörte, beschloß er, um sie zu werben, und ritt nach der Hütte, die man ihm bezeichnet hatte. Der Vater der schönen Lisbeth empfing den vornehmen Herrn mit Staunen und erstaunte noch mehr, als er hörte, es sei dies der reiche Herr Peter und er wolle sein Schwiegersohn werden. Er besann sich auch nicht lange; denn er meinte, all seine Sorge und Armut werde nun ein Ende haben, sagte zu, ohne die schöne Lisbeth zu fragen, und das gute Kind war so folgsam, daß sie ohne Widerrede Frau Peter Munkin wurde.

Aber es wurde der Armen nicht so gut, als sie sich geträumt hatte. Sie glaubte ihr Hauswesen wohl zu verstehen, aber sie konnte Herrn Peter nichts zu Dank machen; sie hatte Mitleiden mit armen Leuten, und da ihr Eheherr reich war, dachte sie, es sei keine Sünde, einem armen Bettelweib einen Pfennig oder einem alten Mann einen Schnaps zu reichen; aber als Herr Peter dies eines Tages merkte, sprach er mit zürnenden Blicken und rauher Stimme: «Warum verschleuderst du mein Vermögen an Lumpen und Straßenläufer? Hast du was mitgebracht ins Haus, das du wegschenken könntest? Mit deines Vaters Bettelstab kann man keine Suppe wärmen, und du wirfst das Geld aus wie eine Fürstin? Noch einmal laß dich betreten, so sollst du meine Hand fühlen!» Die schöne Lisbeth weinte in ihrer Kammer über den harten Sinn ihres Mannes, und sie wünschte oft, lieber heim zu sein in ihres Vaters ärmlicher Hütte, als bei dem reichen, aber geizigen, hartherzigen Peter zu hausen. Ach, hätte sie gewußt, daß er ein Herz von Marmor habe und weder sie noch irgendeinen Menschen lieben könne, so hätte sie sich wohl nicht gewundert. Sooft sie aber jetzt unter der Türe saß und es ging ein Bettelmann vorüber und zog den Hut und hub an seinen Spruch, so drückte sie die Augen zu, das Elend nicht zu schauen, sie ballte die Hand fester, damit sie nicht unwillkürlich in die Tasche fahre, ein Kreuzerlein herauszulangen. So kam es, daß die schöne Lisbeth im ganzen Wald verschrien wurde und es hieß, sie sei noch geiziger als Peter Munk. Aber eines Tages saß Frau Lisbeth wieder vor dem Haus und spann und murmelte ein Liedchen dazu; denn sie war munter, weil es schönes Wetter und Herr Peter ausgeritten war über Feld. Da kommt ein altes Männlein des Weges daher, das trägt einen großen, schweren Sack, und sie hört es schon von weitem keuchen. Teilnehmend sieht ihm Frau Lisbeth zu und denkt, einem so alten, kleinen Mann sollte man nicht mehr so schwer aufladen. Indes keucht und wankt das Männlein heran, und als es gegenüber von Frau Lisbeth war, brach es unter dem Sacke beinahe zusammen.

«Ach, habt die Barmherzigkeit, Frau, und reichet mir nur

einen Trunk Wasser!» sprach das Männlein; «ich kann nicht weiter, muß elend verschmachten.»

«Aber Ihr solltet in Eurem Alter nicht mehr so schwer tragen», sagte Frau Lisbeth.

«Ja, wenn ich nicht Boten gehen müßte, der Armut halber und um mein Leben zu fristen», antwortete er; «ach, so eine reiche Frau wie Ihr weiß nicht, wie wehe Armut tut und wie wohl ein frischer Trunk bei solcher Hitze.»

Als sie dies hörte, eilte sie in das Haus, nahm einen Krug vom Gesims und füllte ihn mit Wasser; doch als sie zurückkehrte und nur noch wenige Schritte von ihm war und das Männlein sah, wie es so elend und verkümmert auf dem Sack saß, da fühlte sie inniges Mitleid, bedachte, daß ja ihr Mann nicht zu Hause sei, und so stellte sie den Wasserkrug beiseite, nahm einen Becher und füllte ihn mit Wein, legte ein gutes Roggenbrot darauf und brachte es dem Alten. «So, und ein Schluck Wein mag Euch besser frommen als Wasser, da Ihr schon so gar alt seid», sprach sie; «aber trinket nicht so hastig und esset auch Brot dazu!»

Das Männlein sah sie staunend an, bis große Tränen in seinen alten Augen standen; es trank und sprach dann: «Ich bin alt geworden, aber ich hab wenige Menschen gesehen, die so mitleidig wären und ihre Gaben so schön und herzlich zu spenden wüßten wie Ihr, Frau Lisbeth. Aber es wird Euch dafür auch recht wohl gehen auf Erden; solch ein Herz bleibt nicht unbelohnt.»

«Nein, und den Lohn soll sie zur Stelle haben», schrie eine schreckliche Stimme, und als sie sich umsahen, war es Herr Peter mit blutrotem Gesicht.

«Und sogar meinen Ehrenwein gießest du aus an Bettelleute, und meinen Mundbecher gibst du an die Lippen der Straßenläufer? Da, nimm deinen Lohn!» Frau Lisbeth stürzte zu seinen Füßen und bat um Verzeihung; aber das steinerne Herz kannte kein Mitleid, er drehte die Peitsche um, die er in der Hand hielt, und schlug sie mit dem Handgriff von Ebenholz so heftig vor die schöne Stirne, daß sie leblos dem alten Mann in die Arme sank. Als er dies sah, war es doch, als reute ihn die Tat auf der Stelle; er bückte sich herab, zu schauen, ob noch Leben in ihr sei, aber das Männlein sprach mit wohlbekannter Stimme: «Gib dir keine Mühe, Kohlenpeter; es war die schönste und lieblichste Blume im Schwarzwald, aber du hast sie zertreten, und nie mehr wird sie wieder blühen.»

Da wich alles Blut aus Peters Wangen, und er sprach: «Also Ihr seid es, Herr Schatzhauser? Nun, was geschehen ist, ist geschehen, und es hat wohl so kommen müssen. Ich hoffe aber, Ihr werdet mich nicht bei dem Gericht anzeigen als Mörder.»

«Elender!» erwiderte das Glasmännlein. «Was würde es mir frommen, wenn ich deine sterbliche Hülle an den Galgen brächte? Nicht irdische Gerichte sind es, die du zu fürchten hast, sondern andere und strengere; denn du hast deine Seele an den Bösen verkauft.»

«Und hab ich mein Herz verkauft», schrie Peter, «so ist niemand daran schuld als du und deine betrügerischen Schätze; du tückischer Geist hast mich ins Verderben geführt, mich getrieben, daß ich bei einem andern Hilfe suchte, und auf dir liegt die ganze Verantwortung.» Aber kaum hatte er dies gesagt, so wuchs und schwoll das Glasmännlein und wurde hoch und breit, und seine Augen sollen so groß gewesen sein wie Suppenteller, und sein Mund war wie ein geheizter Backofen, und Flammen blitzten daraus hervor. Peter warf sich auf die Knie, und sein steinernes Herz schützte ihn nicht, daß nicht seine Glieder zitterten wie eine Espe. Mit Geierskrallen packte ihn der Waldgeist im Nacken, drehte ihn um, wie ein Wirbelwind dürres Laub, und warf ihn dann zu Boden, daß ihm alle Rippen knackten. «Erdenwurm!» rief er mit einer Stimme, die wie der Donner rollte; «ich könnte dich zerschmettern, wenn ich wollte; denn du hast gegen den Herrn des Waldes gefrevelt. Aber um dieses toten Weibes willen, die mich gespeist und getränkt hat, gebe ich dir acht Tage Frist. Bekehrst du dich nicht zum Guten, so komme ich und zermalme dein Gebein, und du fährst hin in deinen Sünden.»

Es war schon Abend, als einige Männer, die vorbeigingen, den reichen Peter Munk an der Erde liegen sahen. Sie wandten ihn hin und her und suchten, ob noch Atem in ihm sei; aber lange war ihr Suchen vergebens. Endlich ging einer in das Haus und brachte Wasser herbei und besprengte ihn. Da holte Peter tief Atem, stöhnte und schlug die Augen auf, schaute lange um sich her und fragte dann nach Frau Lisbeth; aber keiner hatte sie gesehen. Er dankte den Männern für ihre Hilfe, schlich sich in sein Haus und suchte überall; aber Frau Lisbeth war weder im Keller noch auf dem Boden, und das, was er für einen schrecklichen Traum gehalten, war bittere Wahrheit. Wie er nun so ganz allein war, da kamen ihm sonderbare Gedanken; er fürchtete sich vor nichts, denn sein Herz war ja kalt; aber wenn er an den Tod seiner Frau dachte – kam ihm sein eigenes Hinscheiden in den Sinn und wie belastet er dahinfahren werde, schwer belastet mit Tränen der Armen, mit tausend ihrer Flüche, die sein Herz nicht erweichen konnten, mit dem Jammer der Elenden, auf die er seine Hunde gehetzt, belastet mit der stillen Verzweiflung seiner Mutter, mit dem Blute der schönen, guten Lisbeth; und konnte er doch nicht einmal dem alten Manne, ihrem Vater, Rechenschaft geben, wenn er käme und fragte: «Wo ist meine Tochter, dein Weib?» Wie wollte er einem andern Frage stehen, dem alle Wälder, alle Seen, alle Berge gehören und die Leben der Menschen?

Es quälte ihn auch nachts im Traume, und alle Augenblicke wachte er auf an einer süßen Stimme, die ihm zurief: «Peter, schaff dir ein wärmeres Herz!» Und wenn er erwacht war, schloß er doch schnell wieder die Augen; denn der Stimme nach mußte es Frau Lisbeth sein, die ihm diese Warnung zurief. Den andern Tag ging er ins Wirtshaus, um seine Gedanken zu zerstreuen, und dort traf er den dicken Ezechiel. Er setzte sich zu ihm, sie sprachen dies und jenes, vom schönen Wetter, vom Krieg, von den Steuern und endlich auch vom Tod und wie da und dort einer so schnell gestorben sei. Da fragte Peter den Dicken, was er denn vom Tod halte und wie es nachher sein werde. Ezechiel antwortete ihm, daß man den Leib begrabe, die Seele aber fahre entweder auf zum Himmel oder hinab in die Hölle.

«Also begräbt man das Herz auch?» fragte der Peter gespannt.

«Ei freilich, das wird auch begraben.»

«Wenn aber einer sein Herz nicht mehr hat?» fuhr Peter fort.

Ezechiel sah ihn bei diesen Worten schrecklich an. «Was willst du damit sagen? Willst du mich foppen? Meinst du, ich habe kein Herz?»

«Oh, Herz genug, so fest wie Stein», erwiderte Peter.

Ezechiel sah ihn verwundert an, schaute sich um, ob es niemand gehört habe, und sprach dann: «Woher weißt du es? Oder pocht vielleicht das deinige auch nicht mehr?»

«Pocht nicht mehr, wenigstens nicht hier in meiner Brust!» antwortete Peter Munk. «Aber sag mir, da du jetzt weißt, was ich meine, wie wird es gehen mit unseren Herzen?»

«Was kümmert dich dies, Gesell?» fragte Ezechiel lachend.

«Hast ja auf Erden vollauf zu leben und damit genug. Das ist ja gerade das Bequeme in unsern kalten Herzen, daß uns keine Furcht befällt vor solchen Gedanken.»

«Wohl wahr; aber man denkt doch daran, und wenn ich auch jetzt keine Furcht mehr kenne, so weiß ich doch wohl noch, wie sehr ich mich vor der Hölle gefürchtet, als ich noch ein kleiner, unschuldiger Knabe war.»

«Nun – gut wird es uns gerade nicht gehen», sagte Ezechiel. «Hab mal einen Schulmeister darüber gefragt; der sagte mir, daß nach dem Tode die Herzen gewogen werden, wie schwer sie sich versündigt hätten. Die leichten steigen auf, die schweren sinken hinab, und ich denke, unsere Steine werden ein gutes Gewicht haben.»

«Ach freilich», erwiderte Peter, «und es ist mir oft selbst

unbequem, daß mein Herz so teilnahmslos und ganz gleichgültig ist, wenn ich an solche Dinge denke.»

So sprachen sie; aber in der nächsten Nacht hörte er fünf- oder sechsmal die bekannte Stimme in sein Ohr lispeln: «Peter, schaff dir ein wärmeres Herz!» Er empfand keine Reue, daß er sie getötet, aber wenn er dem Gesinde sagte, seine Frau sei verreist, so dachte er immer dabei: Wohin mag sie wohl gereist sein? Sechs Tage hatte er es so getrieben, und immer hörte er nachts diese Stimme, und immer dachte er an den Waldgeist und seine schreckliche Drohung; aber am siebenten Morgen sprang er auf von seinem Lager und rief: «Nun ja, will sehen, ob ich mir ein wärmeres schaffen kann; denn der gleichgültige Stein in meiner Brust macht mir das Leben nur langweilig und öde.» Er zog schnell seinen Sonntagsstaat an und setzte sich auf sein Pferd und ritt dem Tannenbühl zu.

Im Tannenbühl, wo die Bäume dichter standen, saß er ab, band sein Pferd an und ging schnellen Schrittes dem Gipfel des Hügels zu, und als er vor der dicken Tanne stand, hub er seinen Spruch an:

«Schatzhauser im grünen Tannenwald,
Bist viele hundert Jahre alt,
Dein ist all Land, wo Tannen stehen,
Läßt dich nur Sonntagskindern sehen.»

Da kam das Glasmännlein hervor, aber nicht freundlich und traulich wie sonst, sondern düster und traurig; es hatte ein Röcklein an von schwarzem Glas, und ein langer Trauerflor flatterte herab vom Hut, und Peter wußte wohl, um wen es traure.

«Was willst du von mir, Peter Munk?» fragte es mit dumpfer Stimme.

«Ich hab noch einen Wunsch, Herr Schatzhauser», antwortete Peter mit niedergeschlagenen Augen.

«Können Steinherzen noch wünschen?» sagte jener. «Du hast alles, was du für deinen schlechten Sinn bedarfst, und ich werde schwerlich deinen Wunsch erfüllen.»

«Aber Ihr habt mir doch drei Wünsche zugesagt; einen hab ich immer noch übrig.»

«Doch kann ich ihn versagen, wenn er töricht ist», fuhr der Waldgeist fort; «aber wohlan, ich will hören, was du willst?»

«So nehmet mir den toten Stein heraus und gebet mir mein lebendiges Herz!» sprach Peter.

«Hab ich den Handel mit dir gemacht?» fragte das Glasmännlein. «Bin ich der Holländer-Michel, der Reichtum und kalte Herzen schenkt? Dort, bei ihm mußt du dein Herz suchen.»

«Ach, er gibt es nimmer zurück», antwortete Peter.

«Du dauerst mich, so schlecht du auch bist», sprach das Männlein nach einigem Nachdenken. «Aber weil dein Wunsch nicht töricht ist, so kann ich dir wenigstens meine Hilfe nicht versagen. So höre, dein Herz kannst du mit keiner Gewalt mehr bekommen, wohl aber durch List, und es wird vielleicht nicht schwerhalten; denn Michel bleibt doch nur der dumme Michel, obgleich er sich ungemein klug dünkt. So gehe denn geradenweges zu ihm hin und tue, wie ich dir heiße!» Und nun unterrichtete er ihn in allem und gab ihm ein Kreuzlein aus reinem Glas: «Am Leben kann er dir nicht schaden, und er wird dich freilassen, wenn du ihm dies vorhalten und dazu beten wirst. Und hast du dann, was du verlangt hast, erhalten, so komm wieder zu mir an diesen Ort!»

Peter Munk nahm das Kreuzlein, prägte sich alle Worte ins Gedächtnis und ging weiter nach Holländer-Michels Behausung. Er rief dreimal seinen Namen, und alsobald stand der Riese vor ihm. «Du hast dein Weib erschlagen?» fragte er ihn mit schrecklichem Lachen. «Hätt es auch so gemacht; sie hat dein Vermögen an das Bettelvolk gebracht. Aber du wirst auf einige Zeit außer Landes gehen müssen; denn es wird Lärm machen, wenn man sie nicht findet, und du brauchst wohl Geld und kommst, um es zu holen?»

«Du hast's erraten», erwiderte Peter, «und nur recht viel diesmal; denn nach Amerika ist's weit.»

Michel ging voran und brachte ihn in seine Hütte; dort schloß er eine Truhe auf, worin viel Geld lag, und langte ganze Rollen Gold heraus. Während er es so auf den Tisch hinzählte, sprach Peter: «Du bist ein loser Vogel, Michel, daß du mich belogen hast, ich hätte einen Stein in der Brust und du habest mein Herz!»

«Und ist es denn nicht so?» fragte Michel staunend. «Fühlst du denn dein Herz? Ist es nicht kalt wie Eis? Hast du Furcht oder Gram, kann dich etwas reuen?»

«Du hast mein Herz nur stillestehen lassen, aber ich hab es noch wie sonst in meiner Brust, und Ezechiel auch, der hat es mir gesagt, daß du uns angelogen hast; du bist nicht der Mann dazu, der einem das Herz so unbemerkt und ohne Gefahr aus der Brust reißen könnte; da müßtest du zaubern können.»

«Aber ich versichere dich», rief Michel unmutig, «du und Ezechiel und alle reichen Leute, die es mit mir gehalten, haben solche kalten Herzen wie du, und ihre rechten Herzen habe ich hier in meiner Kammer.»

«Ei, wie dir das Lügen von der Zunge geht!» lachte Peter. «Das mach du einem andern weis! Meinst du, ich hab auf meinen Reisen nicht solche Kunststücke zu Dutzenden gesehen? Aus Wachs nachgeahmt sind deine Herzen hier in der Kammer. Du bist ein reicher Kerl, das geb ich zu; aber zaubern kannst du nicht.»

Da ergrimmte der Riese und riß die Kammertür auf. «Komm herein und lies die Zettel alle, und jenes dort, schau, das ist Peter Munks Herz; siehst du, wie es zuckt? Kann man das auch aus Wachs machen?»

«Und doch ist es aus Wachs», antwortete Peter. «So schlägt ein rechtes Herz nicht; ich habe das meinige noch in der Brust. Nein, zaubern kannst du nicht!»

«Aber ich will es dir beweisen!» rief jener ärgerlich. «Du sollst es selbst fühlen, das dies dein Herz ist.» Er nahm es, riß Peters Wams auf und nahm einen Stein aus seiner Brust und zeigte ihn vor. Dann nahm er das Herz, hauchte es an und setzte es behutsam an seine Stelle, und alsobald fühlte

Peter, wie es pochte, und er konnte sich wieder darüber freuen.

«Wie ist es dir jetzt?» fragte Michel lächelnd.

«Wahrhaftig, du hast doch recht gehabt», antwortete Peter, indem er behutsam sein Kreuzlein aus der Tasche zog. «Hätt ich doch nicht geglaubt, daß man dergleichen tun könne!»

«Nicht wahr? Und zaubern kann ich, das siehst du; aber komm, jetzt will ich dir den Stein wieder hineinsetzen.»

«Gemach, Herr Michel!» rief Peter, trat einen Schritt zurück und hielt ihm das Kreuzlein entgegen. «Mit Speck fängt man Mäuse, und diesmal bist du der Betrogene.» Und zugleich fing er an zu beten, was ihm nur beifiel.

Da wurde Michel kleiner und immer kleiner, fiel nieder und wand sich hin und her wie ein Wurm und ächzte und stöhnte, und alle Herzen umher fingen an zu zucken und zu pochen, daß es tönte wie in der Werkstatt eines Uhrmachers. Peter aber fürchtete sich, und es wurde ihm ganz unheimlich zumut, er rannte zur Kammer und zum Haus hinaus und klimmte, vor Angst getrieben, die Felsenwand hinan; denn er hörte, daß Michel sich aufraffte, stampfte und tobte und ihm schreckliche Flüche nachschickte. Als er oben war, lief er dem Tannenbühl zu; ein schreckliches Gewitter zog auf, Blitze fielen links und rechts an ihm nieder und zerschmetterten die Bäume, aber er kam wohlbehalten in dem Revier des Glasmännleins an.

Sein Herz pochte freudig, und nur darum, weil es pochte. Dann aber sah er mit Entsetzen auf sein Leben zurück wie auf das Gewitter, das hinter ihm rechts und links den schönen Wald zersplitterte. Er dachte an Frau Lisbeth, ein schönes, gutes Weib, das er aus Geiz gemordet; er kam sich selbst wie der Auswurf der Menschen vor, und er weinte heftig, als er an Glasmännleins Hügel kam.

Schatzhauser saß schon unter dem Tannenbaum und rauchte aus einer kleinen Pfeife; doch sah er munterer aus als zuvor. «Warum weinst du, Kohlenpeter?» fragte er.

«Hast du dein Herz nicht erhalten? Liegt noch das kalte in deiner Brust?»

«Ach Herr!» seufzte Peter. «Als ich noch das kalte Steinherz trug, da weinte ich nie, meine Augen waren so trocken als das Land im Juli; jetzt aber will es mir beinahe das alte Herz zerbrechen, was ich getan! Meine Schuldner habe ich ins Elend gejagt, auf Arme und Kranke die Hunde gehetzt, und Ihr wißt es ja selbst – wie meine Peitsche auf ihre schöne Stirn fiel!»

«Peter! Du warst ein großer Sünder!» sprach das Männlein. «Das Geld und der Müßiggang haben dich verderbt, bis dein Herz zu Stein wurde, nicht Freud, nicht Leid, keine Reue, kein Mitleid mehr kannte. Aber Reue versöhnt, und wenn ich nur wüßte, daß dir dein Leben recht leid tut, so könnte ich schon noch was für dich tun.»

«Will nichts mehr», antwortete Peter und ließ traurig sein Haupt sinken. «Mit mir ist es aus, kann mich mein Lebtag nicht mehr freuen; was soll ich so allein auf der Welt tun? Meine Mutter verzeiht mir nimmer, was ich ihr getan, und vielleicht hab ich sie unter den Boden gebracht, ich Ungeheuer! Und Lisbeth, meine Frau! Schlaget mich lieber auch tot, Herr Schatzhauser; dann hat mein elend Leben mit einmal ein Ende.»

«Gut», erwiderte das Männlein, «wenn du nicht anders willst, so kannst du es haben; meine Axt habe ich bei der Hand.» Er nahm ganz ruhig sein Pfeiflein aus dem Mund, klopfte es aus und steckte es ein. Dann stand er langsam auf und ging hinter die Tannen. Peter aber setzte sich weinend ins Gras, sein Leben war ihm nichts mehr, und er erwartete geduldig den Todesstreich. Nach einiger Zeit hörte er leise Tritte hinter sich und dachte: Jetzt wird er kommen.

«Schau dich noch einmal um, Peter Munk!» rief das Männlein. Er wischte sich die Tränen aus den Augen und schaute sich um und sah – seine Mutter und Lisbeth, seine Frau, die ihn freundlich anblickten. Da sprang er freudig auf: «So bist du nicht tot, Lisbeth? Und auch Ihr seid da, Mutter, und habt mir vergeben?»

«Sie wollen dir verzeihen», sprach das Glasmännlein, «weil du wahre Reue fühlst, und alles soll vergessen sein. Zieh jetzt heim in deines Vaters Hütte und sei ein Köhler wie zuvor; bist du brav und bieder, so wirst du dein Handwerk ehren, und deine Nachbarn werden dich mehr lieben und achten, als wenn du zehen Tonnen Goldes hättest.» So sprach das Glasmännlein und nahm Abschied von ihnen.

Die drei lobten und segneten es und gingen heim.

Das prachtvolle Haus des reichen Peters stand nicht mehr; der Blitz hatte es angezündet und mit all seinen Schätzen niedergebrannt; aber nach der väterlichen Hütte war es nicht weit; dorthin ging jetzt ihr Weg, und der große Verlust bekümmerte sie nicht.

Aber wie staunten sie, als sie an die Hütte kamen! Sie war zu einem schönen Bauernhaus geworden, und alles darin war einfach, aber gut und reinlich.

«Das hat das gute Glasmännlein getan!» rief Peter.

«Wie schön!» sagte Frau Lisbeth. «Und hier ist mir viel heimischer als in dem großen Haus mit dem vielen Gesinde.»

Von jetzt an wurde Peter Munk ein fleißiger und wackerer Mann. Er war zufrieden mit dem, was er hatte, trieb sein Handwerk unverdrossen, und so kam es, daß er durch eigene Kraft wohlhabend wurde und angesehen und beliebt im ganzen Wald. Er zankte nie mehr mit Frau Lisbeth, ehrte seine Mutter und gab den Armen, die an seine Türe pochten. Als nach Jahr und Tag Frau Lisbeth von einem schönen Knaben genas, ging Peter nach dem Tannenbühl und sagte sein Sprüchlein. Aber das Glasmännlein zeigte sich nicht. «Herr Schatzhauser!» rief er laut. «Hört mich doch; ich will ja nichts anderes, als Euch zu Gevatter bitten bei meinem Söhnlein!» Aber er gab keine Antwort; nur ein kurzer Windstoß sauste durch die Tannen und warf einige Tannenzapfen herab ins Gras. «So will ich dies zum Andenken mitnehmen, weil Ihr Euch doch nicht sehen lassen wollet», rief Peter, steckte die Zapfen in die Tasche und ging nach Hause; aber als er zu Hause das Sonntagswams auszog und seine Mutter die Taschen umwandte und das Wams in den Kasten legen wollte, da fielen vier stattliche Geldrollen heraus, und als man sie öffnete, waren es lauter gute, neue badische Taler, und kein einziger falscher darunter. Und das war das Patengeschenk des Männleins im Tannenwald für den kleinen Peter.

So lebten sie still und unverdrossen fort, und noch oft nachher, als Peter Munk schon graue Haare hatte, sagte er: «Es ist doch besser, zufrieden zu sein mit wenigem, als Gold und Güter haben und ein kaltes Herz.»

Ludwig
Tieck
Die
wilde
Engländerin

Es lebte in Northumberland ein reicher Gutsbesitzer mit seiner einzigen Tochter. Da sie eine reiche Erbin war, so wurde das wohlgebildete Mädchen von vielen jungen und ältern Leuten aus der vornehmen Welt aufgesucht, die sie zur Gattin wünschten. Sie war mit allen freundlich, sowie aber die Rede auf diesen Gegenstand kam, sowie ihr einer von Liebe sprach, wendete sie sich von ihm mit großer Strenge ab, vermied seinen Umgang und war gegen ihn so kalt und gleichgültig, daß der beschämte Freier das Schloß des Vaters nicht wieder besuchte und sich gern aus der Gegend entfernte.

Florentine war groß und schlank, die Farbe ihres Gesichtes von dem reinsten Weiß, die feinen Lippen von frischer Röte, und das Haar, das sie in kurzen Locken um Stirn und Nacken fliegen ließ, rabenschwarz; ebenso dunkel waren die feingezogenen Augenbraunen, das braune Auge blickte jeden heiter und freundlich an, verwandelte sich aber in den finstersten Ernst, wenn jemand die gewöhnliche Höflichkeit in den Ton der Zärtlichkeit umstimmen wollte. Sie sah sich gern zu Pferde, ritt auch oft ohne Begleitung, die Einsamkeit schien ihr überhaupt lieber als der Umgang selbst von interessanten Menschen. Die gewöhnlichen weiblichen Arbeiten vernachlässigte sie fast ganz und schien sie zu verachten, ebenso kümmerte sie sich wenig um die unterhaltenden Bücher und kannte die Poeten, selbst die ihres Vaterlandes, fast gar nicht. Astronomie beschäftigte sie am meisten, und in der Nacht war sie fleißig auf dem Observatorium, welches der Vater ihr auf einem der Türme des Schlosses hatte bauen lassen. Sie las die wichtigsten Werke dieser Wissenschaft und stand, der Instrumente wegen und um sich in Briefen über schwere Fragen zu unterrichten, mit den berühmtesten Astronomen, auch des Auslandes, in Korrespondenz, denen sie in lateinischer Sprache schrieb, welche sie schon seit ihrer frühen Jugend mit großem Eifer erlernt hatte. Mathematik war ihr natürlich nicht fremd, und wie andre Mädchen sich in ihren Lieblingsdichtern und den geistreichen Darstellungen der Leidenschaft vertiefen, so saß sie am liebsten, welches ihr die schönsten Stunden waren, über sehr verwickelten algebraischen Aufgaben, suchte die schwierigsten zu lösen und vergaß dann die Welt um sich her. Von diesen Studien wußten aber nur wenige Menschen, weil sie selber nie davon redete; der Vater hielt sein Versprechen, diese Sonderbarkeit gegen niemand zu erwähnen, und so geschah es, daß mancher Besucher sie für einfältig, unwissend und ungebildet hielt, wenn sie von dem, was im täglichen Leben gesprochen wird, so gar nichts wußte, kein Buch kannte, sich für kein Gedicht, für keinen Roman interessierte; so wie sie im Gegenteil manchen ihrer Bewerber, manchen feinen Mann, der für hochgebildet galt, im stillen verachtete, wenn er so oft, ohne sich des zu schämen, über alle jene Gegenstände, in welchen sie erfahren war, die tiefste Unwissenheit verriet.

Dieser Charakter wurde so wenig verstanden, daß man sie in der Gegend dort nur die schöne Wilde nannte. Die Frauen fürchteten sich vor der hohen edeln Gestalt und ihren dunkeln durchdringenden Augen, und wenn es irgend möglich war, vermied Florentine die weiblichen Gesellschaften ganz, deren Gespräche sie eigentlich nicht verstand und deren Tugenden wie Fehler ihr auch so geringfügig schienen, daß sie von beiden keine Kenntnis nehmen mochte.

Der verständige Vater, der sein einziges Kind innig liebte, hatte schon längst im stillen vielen Kummer darüber, daß er dieses schöne Wesen so wunderbar sich entwickeln und in seinen Eigentümlichkeiten immer fester und sicherer werden sah. Er hatte immer gehofft, daß irgendeiner der schönen und liebenswürdigen Jünglinge, die sich um sie bewarben, ihr Herz rühren und den starren Sinn brechen würde, aber je reizender die jungen Männer waren, je leichter sie durch ihre Eigenschaften andre Schönheiten gewannen, um so bestimmter und kälter wendete sich Florentine von ihnen ab und erklärte einmal ihrem Vater, diese Wesen seien ebensowenig Männer als Frauen und erschienen ihr wie eine Art von Sylphen oder Feen, von denen sie in ihrer Kindheit einmal hatte reden hören und die die Natur recht eigentlich nur auf den Putz geschaffen habe, um mit ihnen die leichte Jugend einiger Närrinnen aufzuschmücken. Nachher veralte freilich dieser Putz viel schlimmer als ein alltägliches, grobgewebtes Kleid. Was früher, im Zustand der Neuheit, reize, sei abgetragen und vernutzt, abgeschmackt; dies scheine ihr die traurigste Verirrung der Menschen.

Der Gram des Vaters war noch gesteigert worden, als ein edler Mann von reifen Jahren, auf Reisen gebildet, ernst und gesittet, sich um die Hand der schönen Tochter bewarb. Da Lord Falmouth schon die Art und Weise Florentinens kannte, so hütete er sich, ihr den zärtlichen Liebhaber darzustellen, was seinem festen männlichen Wesen schon von selber ziemlich fern war. Indessen hoffte er, sie an sich zu gewöhnen und sich ihr nach und nach unentbehrlich zu machen, durch seine Ergebenheit und Aufmerksamkeit ihr starres Gemüt zu zähmen und endlich, wenn sie von seiner unwandelbaren Treue und echten ehrfurchtsvollen Liebe überzeugt sei, ihr Herz zu rühren. Florentine hörte auch den feinen Mann von seinen Reisen gern erzählen. Lust und Neigung, auch Verhältnisse hatten ihn in alle Länder, in alle Teile der Erde weit herumgeführt. Er konnte ihr von dem Zustande der Menschen auch in den entferntesten Zonen anschauliche Berichte geben, er konnte ihr die Sitten und Gebräuche der wilden und halbgebildeten Völker malen, seine Schilderungen von den verschiedenen religiösen Sekten waren ihr lehrreich, mit der größten Aufmerksamkeit hörte sie diese Berichte und verglich das Sonderbare der fremden Länder gern mit dem, was ihr als einheimisch vertraut war. Ihr klarer, freier Sinn ergötzte sich an diesen Erzählungen, weil durch diesen vielseitig unterrichteten Mann, der die Gabe des Vortrages in einem hohen Grade besaß, ihre Phantasie allenthalben wie zu Hause wurde. Was sie noch inniger an ihn schloß, war, daß er ebenfalls in Mathematik, Mechanik und Astronomie für gelehrt gelten konnte, die Schiffsbaukunst hatte er mit Vorliebe studiert, Seekarten hatte er auf seinen Reisen ausgearbeitet, und Florentine hörte in diesen Gebieten, wo sie schon einheimisch zu sein glaubte, von ihm viel Neues, was ihre Wißbegierde mit brennendem Eifer auffaßte. Noch nie war ihr ein Mann so interessant gewesen; aber was dem Vater sonderbar auffiel, noch keinem war sie mit dieser schroffen Härte begegnet, wenn das Gespräch sich nur irgend von wissenschaftlichen Gegenständen entfernte und sich dem Tone freundschaftlicher Vertraulichkeit näherte. Der Lord, der über alle Verirrungen der Jugend und des schwärmenden Herzens hinweg zu sein glaubte und lange nur eine zarte, innige Liebe für das wunderbare Wesen empfunden hatte, ward durch die Erfahrung überrascht, daß eine brennende, heftige Leidenschaft immer ungestümer erwachte und ihn zu zerstören drohte und mit solcher Gewalt und Tyrannei über alle Entschlüsse und Vorsätze siegte, wie er selbst in seiner stürmischen Jugend die Kraft der Liebe nicht erfahren hatte. Es war ihm unmöglich, in allen Stunden dieses verzehrende Feuer zu verbergen; aber sowie er nur ein Wort, einen freundlichen Blick wagte, zog sich Florentine verachtend zurück und begegnete allen seinen Gesprächen noch lange nachher mit dem feindseligsten Gemüte. In einsamen Stunden war der Lord wohl der Verzweiflung hingegeben, weil er es mit der größten Bestimmtheit fühlte, daß sein inneres Wesen schon so mit seiner Leidenschaft und dem herben hochherzigen Wesen Florentinens verwachsen sei, daß eine Trennung von ihr ihm mehr als Tod schien, und doch mußte er alle Hoffnung aufgeben, sie jemals seinen Wünschen geneigt zu machen. Kam es ihm in vielen Augenblicken doch sogar vor, als ginge in der Tat das Schönste und Eigentümlichste in Florentinen zugrunde, wenn sie sich entschließen könnte, als Gattin und Mutter in die gewöhnliche Bahn des Lebens zu treten: ihm war in solchen Momenten der Betrachtung, als dürfe er es selbst nicht wünschen. Dann erwachte wieder die ganze Kraft der Leidenschaft, welche ihm sagte, daß sein Gemüt für alle Zukunft hinaus keinen andern Wunsch mehr hegen könne als nur den, sie zu besitzen. Je klarer, ruhiger sie war, um so verwirrter und aufgeregter fühlte er sich ihr gegenüber. Eine Stimmung, die sich verfinsternd über sein ganzes Sein ausbreitete, machte ihn oft den Tod wünschen, indem er das Leben verachtete und haßte.

Der Vater, der sein zerrissenes Wesen wohl bemerkte, suchte ihn nicht selten zu trösten. In einer vertraulichen Stunde sagte er dem tiefbekümmerten Lord: «Freund, ich leide mit Ihnen, wenn ich sehe, daß Sie sich so verzehren. Auch Ihr Charakter, alles, was in Ihnen schön und edel ist, muß in dieser Verwirrung zugrunde gehn. Wüßte ich nur ein Mittel, Sie zu erheitern und zu zerstreuen oder meinem unglücklichen verwilderten Kinde eine menschlichere Gemütsstimmung zu geben!»

«Wie nur», antwortete der Lord, aus seiner Zerstreuung auffahrend, «ist dieses hohe Gemüt, dieser starke Sinn zu dieser Härte und Schroffheit gelangt, die wilder jungfräulich als Diana und Minerva sich zeigt, da diese Bilder doch den höchsten Inbegriff der unverletzten Jungfräulichkeit darstellen sollten?»

Der Vater nahm das Wort: «Sosehr ich auch durch Jahre

der Beobachtung an die Art und Weise meiner Tochter gewöhnt sein sollte, so erstaune ich doch oft von neuem, wenn ich ihr Wesen betrachte, das ich wohl zu verstehen glaube, das mir aber dennoch immer fremd bleibt. Schon in frühester Jugend war sie sehr ernst und konnte sich nicht mit Puppen oder anderem kindischen Spielzeug beschäftigen. Auch Bücher, Erzählungen und Gedichte interessierten sie nicht. Durch einen wackern Pfarrer geriet sie in die mathematischen Wissenschaften. Ihr Studium war unermüdet, und ich, der ich für diese Sachen nicht sonderlich Sinn habe, mußte sie bewundern, denn bald war sie ihrem Lehrer zu gelehrt geworden. Ein Professor aus Edinburg lebte lange in unserem Hause, da er aber, noch nicht alt, zu freundschaftlich und zärtlich wurde, mußte ich ihn auf ihr dringendes Verlangen wieder entfernen. Als der Sinn der reifenden Jungfrau erwachte und sich des Geheimnisses des Lebens bewußt wurde, ward sie so melancholisch, daß ich für ihre Gesundheit oder für ihren Verstand ernsthaft besorgt werden mußte. Es kommt sehr viel darauf an, in welchem Moment, unter welchen Umständen das junge Gemüt über die Bestimmung des Daseins, der Geschlechter und von den Verhältnissen des Lebens unterrichtet wird. Wir sprechen, schreiben so viel über Erziehung, die deutsche Nation soll ganze Bibliotheken darüber besitzen, aber der soll noch geboren werden, der über den sonderbaren Punkt Auskunft gibt, auf welche Art der unwissenden Unschuld jener Witz der Natur, die Sache, die zugleich heilig und gemein ist, auf die richtigste Weise beigebracht werden kann. Ich weiß wohl, daß manche Eltern und Lehrer roh und fast frech dabei zu Werke gehn und die Phantasie auf lange vergiften; schlimmer mag es freilich sein, dem Zufall den Unterricht zu überlassen, dessen Bosheit sich dann wohl niedriger Menschen und Domestiken bedienen kann, die gemeine Lüsternheit zu wecken. Unter unserer Obhut und den Augen meiner züchtigen Gattin war das Mädchen nur groß geworden und über seine Jahre verständig. Ein anatomisches Buch unter den lateinischen Werken hatte sich zu ihr verirrt, und ihre Wißbegier hatte sich des Inhalts bemeistert; denn daß ich die lüsternen und anstößigen Dichter ihr verbarg, werden Sie mir ohne meine Versicherung glauben. Meine Gemahlin war schon gestorben, als Florentine damals von jener tödlichen Melancholie befallen wurde. Als sie nach vielem vergeblichen Zureden endlich den Mut faßte, sich mir etwas zu vertrauen, und mehr ihre Beschämung als ihr Wort sprach, sah ich nun wohl ein, daß sich ihr auf lange das Leben verfinstert hatte und die erste und feinste Blüte des Daseins verduftet war. Der Zauber der Kindheit war dahin, und ich hoffte, daß die Liebe und ihre Sehnsucht, der Rausch des Herzens eine neue frischere Blume hervortreiben würden, daß sie den Pfad finden solle, auf welchem die jungen Gemüter von selbst, im poetischen Leichtsinn und in süßer Trunkenheit, der Bestimmung des Lebens entgegengehn und, ganz der Forderung der Natur gemäß, erst tändeln, dann lieben, im Brautstande selig und als Mütter glücklich sind. Ich erfuhr aber zu meinem Schmerz, daß keine Erziehung, keine Ermahnung, keine noch so verständige und konsequente Richtung etwas vermögen, wenn eine wahre Selbständigkeit, ein Charakter, ein eigentümliches Wesen sich aus seinem Innern nach notwendigen Gesetzen entwickelt. Es wurde immer deutlicher, daß das junge kräftige Wesen nicht mit jenem poetischen Leichtsinn begabt war, der vielleicht notwendig ist, um uns in unserer sonderbaren Existenz mit Leichtigkeit zurechtzufinden, daß sie sich durchaus nicht mit den Bedingungen des menschlichen Daseins versöhnen konnte, daß diese physischen Bedingnisse, die Abhängigkeit vom Irdischen sie immerdar beschämten und diese Scham in einen Groll gegen das Leben selbst verwandelten. So ist ihre Beschäftigung, ihr Studium gleichsam eine fortwährende Zerstreuung, um sich vor sich selbst zu verbergen. Ihr Zustand ist nichts andres als eine wahre Gemütskrankheit; wie wir denn so alles nennen müssen, was sich nicht in jene bewußte und unbewußte Resignation fügen will, in der wir mit Tändeln, Passivität, Beschäftigung, Leiden und Freuden die seltsame Basis unseres Lebens vergessen, wo Lust und Scherz mit der Verwesung liebäugelt. Sind doch, wenn man sich dieser Stimmung hingibt, auch Philosophie und Religion nur Zerstreuung; die wahre einzige Beruhigung gibt es nur im Tode.»

Der Lord sah den Freund mit einem langen prüfenden Blicke an. «Wenn es so ist», sagte er endlich, «so hat sie vieles von diesem Krankheitsstoff vom Vater geerbt. Zum Glück, daß alle unsere Gefühle stärker sind als diese finstern Stimmungen, und je natürlicher man fühlt, um so stärker. Oder auch wohl zu unserem Unglück. Denn es ist ja gewiß, daß, wenn ich diese Unruhe der Sehnsucht, diese Ahndungen, die aus dem Himmel selbst zu stammen wähnen, dieses Feuer, in welchem alles Leben mit seinen Kräften auflodert, nicht in ihren Armen mildern und verklären kann, ich der unglückseligste der Menschen bin. Das ist ja eben die Liebe, daß das einzige Wesen ganz aufgeht in meinem Herzen, daß ich ganz in ihm bin und mich fühle und daß ich dennoch, um nicht zu vergehn, dieses Bewußtsein des Einzigen, Nahen durch die innigste Verbindung wieder in ein Fremderes mildern und sänftigen muß. In den Kindern wächst und blüht dann das Jugendgeheimnis wieder reizend und schön um uns her, und die Liebe des Gatten und Vaters erhebt unser sehnsüchtiges Herz alsdann zu einer andern Region, wo es sich wieder verklärt und erheitert.»

«Wir bemühen uns», erwiderte der Vater, «das auszusprechen, was man immer nur andeuten kann. Wie wir fast nichts im Leben vorher berechnen können, so ändert ein glücklicher Zufall ohne unser Zutun vielleicht alles.»

«Freilich sollen wir uns über alles trösten und beruhigen», antwortete der Lord, «so spricht man uns ja immer vor, und wenn wir es nicht können, sind wir Toren, aber auch wenn wir es vermögen, eben nichts Besseres. Das ist das Ende alles Tiefsinns.»

Die Männer schieden voneinander, und bald darauf ging der bekümmerte Vater auf das Zimmer seiner Tochter. Sie hatte sich eben zum Ausreiten angekleidet und drückte den grünen Hut mit den schwankenden Federn auf die schwarzen Locken. Als der Vater eintrat, setzte sich die große Gestalt, die ihn fast überragte, wieder zu ihm. Das Gespräch nahm bald eine Wendung, die nicht ungewöhnlich war. «Liebster Vater», sagte sie endlich, «lassen Sie mir meine Freiheit. Warum soll ich mich an irgendeinen Mann, auch wenn er mir als Freund wohlgefällt, wegwerfen? Ist denn die Ehe wirklich die Bestimmung aller weiblichen Wesen? Ich glaube es nicht. Ich bin nur in der Lage glücklich, in welcher ich mich jetzt befinde. Der Himmel erhalte Sie mir nur lange; nachher muß ich selbst für mich sorgen, und nach meinem Tode kann das Vermögen, das zurückbleibt, manchem ärmern Verwandten zugute kommen. Auch mögen Sie, Liebster, schon über einen Teil, oder über soviel Sie wollen, Ihre Anordnung treffen; was ich brauche, wird mir immer bleiben. Wenn Sie wüßten, welches Grauen ich vor diesem Leben empfinde, wie ich es die meisten Menschen führen sehe, Sie würden niemals, auch nur mit einem Worte noch, in mich dringen. Wenn die Menschen freier und weniger Sklaven der Leidenschaft oder der Gewohnheit wären, sich nicht von Kleinigkeiten, Tand und dem nichtigen Flitter des Lebens beherrschen ließen, so möchte ich ein Kloster für Jungfrauen von meiner Gesinnung stiften.»

Nach einigen Worten nahm sie Abschied, und der Vater sah mit Kummer und Freude der Heldengestalt nach, wie sie auf dem großen Rosse rasch über den Hügel hinritt, nur allein vom Lord Falmouth begleitet. Dieser fand sie heut schöner als jemals, aber dennoch faßte er den Entschluß, sich schon morgen zu entfernen, um zu erfahren, ob er die Trennung ertragen oder ob sie wohl sogar seine Leiden vermindern würde. Als sie im Walde waren und langsamer nebeneinander ritten, ließ er einige Winke von seinem Vorsatz fallen. Florentine war befremdet. Daß seine Abreise möglich sei, war ihr noch gar nicht beigekommen, so sehr hatte sie sich an seine Gesellschaft gewöhnt. Als Lord Falmouth hiervon Gelegenheit nahm, seine Wünsche nur aus der Ferne anzudeuten, brach sie kurz ab und fing ein andres Gespräch an. So kamen sie nach verschiedenen Wendungen der Rede auf die Herrscher, welche in der Geschichte berühmt sind. Florentine sagte, indem sie sich auf den Rückweg begaben: «Von allen den Sterblichen, welche jemals den Zepter geführt haben und von denen ich in meiner beschränkten Kenntnis etwas erfahren habe, hat keiner so ganz meine Bewunderung und Liebe wie unsere englische hochgesinnte Königin Elisabeth. Daß sie klug und vorsichtig gegen die größten Monarchen von Europa zu kämpfen hatte, ist es nicht, was zumeist meine Bewunderung erregt, auch nicht der feste Sinn, mit dem sie unter so vielen streitenden und mächtigen Parteien den Glauben aufrechterhielt, der ihr der rechte dünkte oder der ihrem klugen Überblick am meisten zustatten kam; nein, das hat ihr mein ganzes Herz erworben, daß sie unvermählt blieb, so dringend auch mehr als einmal die Veranlassung schien, daß sie sich gefangengeben sollte. Und herrlich ist es, daß ihr Auge nicht für die Vorzüge der Männer blind war, unter denen sie manchem ausgezeichneten großen Geiste ihr Vertrauen und ihre Freundschaft schenkte. Scheint es doch, als wenn ihr Wohlwollen für mehr als einen eine Richtung genommen habe, die mancher wohl poetisch, romantisch oder leidenschaftlich nennen möchte. Doch wenn ihr Herz sich auch ganz den Eindrücken jener edeln oder schönen Geister hingeben konnte, so blieb darum doch ihr Sinn und ihre Freiheit unbewegt. Was einige elende Lästerer von ihr haben fabeln wollen, ist so gemein, daß es selbst meiner Verachtung zu niedrig dünkt. Aber freilich ist es wohl nur einer so großen Königin gegönnt, daß sie Freunde und vertraute Freunde haben darf, mit denen sie in glücklicher Freiheit lebt. Nur auf dieser hohen Stelle kann sie, ohne zu sehr zu kränken, jeden, der ihre Zärtlichkeit in Anspruch nehmen will, in die Bahn zurückweisen, die ihm und ihr geziemt. Eben dies war Elisabeths Glück und ihr Ruhm. –

Und Sie wollen abreisen?» fragte Florentine, als sie dem Schlosse schon ziemlich nahe waren.

«Ich muß und will», antwortete der Lord, «und werde es auch tun, obgleich ich noch nicht weiß, wie ich werde leben können. Aber besser, es entscheide sich, wie es auch sei, als so den abwechselnden Foltern preisgegeben zu sein.»

«Freilich», antwortete sie mit flammenden Augen, «muß ein verständiger, edler Mann, für den ich Sie immer gehalten habe, seine Kenntnisse, Gedanken, Erfahrungen, alle seine guten Eigenschaften aufopfern, um auch jene Reden zu führen, die man so oft von den männlichen Kindern hört. Sie spielen den Beleidigten, Gekränkten: und was habe ich Ihnen getan? Was kann ich für Ihre Wünsche, die zu bilden ich Ihnen keine Veranlassung gab? Jene Wünsche, Seufzer, Artigkeiten und allen den Tand, der aus dem Munde unerfahrner Jünglinge mir so oft lästig gewesen ist! Der verständige, erfahrne Mann sollte mit diesen nicht in demselben ausgetretenen Geleise der Torheit wandeln.»

Falmouth sah sie fest und mit einem sonderbaren Blick an. Er konnte seinen Zorn nicht ganz zurückhalten. «Ich fürchte», rief er aus, «und der Himmel wende ab, was ich ahnde, ein Laffe, ein Nichtswürdiger wird diesen wilden Falken einmal zähmen, denn auch dem stolzesten Herzen schlägt endlich seine Stunde.»

«Sterben eher!» rief sie mit dem heftigsten Ausdruck des Widerwillens. «Sie selbst wollen mir es recht leicht machen, Ihre Abwesenheit zu ertragen. So leben Sie denn wohl!»

Sie trieb das Pferd an, und beide waren im höchsten Unmut bald vor dem Schlosse angelangt. Er stieg ab, um ihr zu helfen, sie wendete sich mit dem Ausdruck des höchsten Unwillens, sie wollte sich eilig vom Pferde schwingen, und das Reitkleid blieb fest am Sattelbogen, ein Moment, und sie stand halb nackt vor dem Erstaunten. Mit einer Schnelligkeit, die unmöglich schien, rannte sie ins Haus, und der Lord gab die Pferde ab und begab sich nachdenkend träumend in den Park.

Das Seltsamste, alle gewöhnliche Sitte Aufhebende war

für einen Augenblick dem sprödesten aller Wesen begegnet. Wußte Falmouth jetzt, so wie kein anderer, wie schön sie sei, so konnte er auch darauf rechnen, daß sie ihn von diesem Moment, der wie ein Blitz vorübergeeilt war, für ihr ganzes Leben mehr als irgendeinen andern Sterblichen hassen würde. Auf die sonderbarste Weise war ihm eine Gunst widerfahren, die sein Herz trunken machte und die er sich doch so wenig aneignen durfte, daß ihm diese Begebenheit nur um so gewisser seinen Scheidebrief schrieb.

Er wollte sein Pferd fordern, denn es schien ihm unmöglich, sie heute wenigstens zu sehn, er wollte reisen, um vielleicht nach einigen Wochen wiederzukommen, als ihm der Vater Florentinens begegnete, der gekommen war, ihn aufzusuchen. «Sie dürfen heute nicht fort», sagte dieser, «meine Tochter ist krank, hat sich niedergelegt, wie die Dienerin sagt, unter Vergießung unzähliger Tränen; sie soll zittern, leichenblaß sein und wie irre sprechen, doch will sie mich nicht zu sich lassen: den Arzt, der ein Fieber befürchtet, hat sie mit Heftigkeit von sich geschickt. Alle Vorhänge, die Fensterladen sind geschlossen, so in einsamer Finsternis liegt sie schluchzend und entzieht sich jeder Hülfe wie jedem Trost.»

Der Lord wich allen Fragen aus, was vorgefallen sein könne, er gestand nur, daß es einen kleinen Streit gegeben, wie er sich schon oft zwischen ihnen ereignet habe, behandelte aber jenes Ereignis, sowenig es diesem auch glich, wie das heiligste Geheimnis der Liebe.

«So müssen Sie mir Gesellschaft leisten», fuhr der Vater fort; «wenigstens jetzt noch nicht, bis meine Tochter wieder besser ist, an Ihre Abreise denken.»

Florentine erschien an diesem Tage nicht, auch am folgenden ließ sie sich vor niemand sehn, selbst die vertraute Dienerin durfte nicht zu ihr, jede Nahrung wies sie zurück. Der Arzt ward nicht vorgelassen. Am dritten Tage durfte ihr dieser, der sie nicht krank fand, etwas verschreiben; sie genoß nur weniges.

So verging eine Woche. Der Vater, welcher fürchtete,

daß sie in dieser ihm unbegreiflichen Aufregung wahnsinnig werden könne, wollte eben zu ihr gehn, um sich, wenn es nötig sein sollte, mit Gewalt den Eingang in ihre Zimmer zu eröffnen, als sie selbst mit ziemlich heitrer Miene in die Bibliothek zu ihm trat. Der Vater umarmte sie mit einer Herzlichkeit und Freude, als wenn sie ihm nach einer tödlichen Krankheit wiedergeschenkt wäre.

«Liebes Kind», fing der Vater nach einiger Zeit an, indem er sie genauer betrachtete, «was war dir nur in dieser Woche? Wie ist es dir ergangen? Warum hast du dich mir entzogen? Wie konntest du mir diesen Kummer machen, da ich jetzt wirklich sehe, daß du nicht krank gewesen bist!»

«Er, der Lord», sagte sie errötend, «hat Ihnen nichts erzählt? Sie wissen es wirklich nicht?»

«Weiß er, mein Freund», erwiderte der Vater, «etwas von dir, was du mir verschweigen konntest?»

Sie erzählte ihm kurz und eilig das Ereignis und beschloß dann mit den Worten: «Und nun bitte ich Sie, lieber Vater, sagen Sie ihm, daß ich ihn heiraten werde, ihn heiraten muß.»

«Wie?» rief der erstaunte Vater; «mein Kind, sosehr du dadurch meinen innigsten Wunsch erfüllen würdest, so bitte ich dich, ja ich beschwöre dich, dein Wort wieder zurückzunehmen. Mache dich nicht aus einer zarten Scham, aus einem überspannten Gefühl zeitlebens unglücklich. Du hast es hier mit keinem unbesonnenen Jünglinge zu tun, der sich für deine Sprödigkeit vielleicht dadurch zu rächen suchte, daß er dich durch Erzählung dieses Unfalls lächerlich machte: ein edler, ernster Mann ist der Lord, dessen Zartgefühl ihm selbst nicht erlaubt hat, mich, den Vater, zum Vertrauten zu machen.»

«Und wenn er der elendeste Laffe wäre», rief Florentine heftig aus, «so müßte ich sterben, oder er müßte mein Gemahl werden. Wenn auch nie ein Wort über Falmouths Lippen geht, so ist es doch in seiner Erinnerung, in seinem Wesen, was nur mein Mann wissen darf. Er ist edel, er liebt mich –»

«Aber», rief der Vater, «noch keinem deiner vielen Freier bist du so schnöde begegnet, jeden andern hast du mehr ausgezeichnet. Du machst dich elend; dein Widerwille, dein Haß gegen diesen Mann, der freilich kein Jüngling mehr ist, mußte einem jeden auffallen, der dich auch nicht so oft, nicht so aufmerksam beobachten konnte als dein Vater.»

Sie umarmte den Allzubesorglichen, innig von seiner Liebe gerührt, da sie wußte, was es ihn kostete, ihr abzuraten. Wie er sie zärtlich an sich drückte, weinte sie heftig und erschüttert an seiner Brust, wich dann zurück und sagte unter Tränen: «Ach, Liebster, jetzt erst, seit ich meinen Entschluß gefaßt habe, weiß ich es, daß ich ihn liebte. Ich liebte ihn, sowie er zum erstenmal unser Haus betrat. Das Gefühl ängstigte mich eben, und ich wollte ihn dafür bestrafen, daß er mich mir selbst entwendet, daß er mich den Gefühlen untreu gemacht hatte, die ich für meine besten hielt. Wie gerührt war ich oft in der Einsamkeit, wenn ich mich seiner Blicke, seiner schönen Worte, seines tiefen Gefühls und seiner Schüchternheit erinnerte. Ich nahm mir vor, milder zu sein; sowie ich aber seiner ansichtig wurde, gewann mein wilder Sinn wieder die Oberhand. Ja es stachelte ein Etwas, eine Bosheit in meinem Herzen, daß ich nicht ruhen konnte, bis ich ihn recht grausam gemißhandelt hatte. Geweint habe ich einigemal des Nachts über meine eigne Schlechtigkeit. Sagen Sie ihm das alles, lieber Vater, denn noch kann ich es ihm selbst nicht entdecken, sosehr auch mein ganzes Herz umgewendet ist. Nur wird er, wenn wir verbunden sind, nicht meine Freude an meiner Beschäftigung stören, er wird mich nicht nach den großen Städten und in das Geschwätz der Weiber hineinschleppen. Wir werden gemeinschaftlich die Bücher lesen, die ich liebe, wie er bis jetzt tat, und ich werde gewiß von ihm die Poesie liebenlernen. Neulich lauschte ich im Nebenzimmer, als er Ihnen mit seiner vollen, schönen Stimme die rührende Ballade vorsang. Alles erzählen Sie ihm, Liebster, und bitten Sie ihn, daß er allen Zorn gegen mich fahrenlasse und mir die Qualen vergebe, die ich ihm zufügte.

Wie erstaunte Lord Falmouth, als ihm diese Botschaft wurde, wie entzückt war er, daß ihm dieses unvermutete Glück werden sollte. Er ging mit dem Vater zu ihr hinüber. Sie trat ihm heiter entgegen, der Vater legte ihre Hände ineinander, und sie umarmte den Geliebten zuerst freiwillig und drückte, das Antlitz ganz Röte, zuerst den Kuß auf den teuren Mund, der sie so schweigsam geschont. Sie wurden das glücklichste Paar in der Provinz und sahen schöne Kinder und wohlgebildete Enkel in einem langen, stets heitern Leben.

Heinrich Heine
Aus
den Memoiren
des
Herren von
Schnabele-
wopski

ERSTES BUCH

Kapitel I

MEIN VATER HIESS SCHNABELEWOPSKI; MEINE MUTter hieß Schnabelewopska; als beider ehelicher Sohn wurde ich geboren den ersten April 1795 zu Schnabelewops. Meine Großtante, die alte Frau von Pipitzka, pflegte meine erste Kindheit und erzählte mir viele schöne Märchen und sang mich oft in den Schlaf mit einem Liede, dessen Worte und Melodie meinem Gedächtnis entfallen. Ich vergesse aber nie die geheimnisvolle Art, wie sie mit dem zitternden Kopfe nickte, wenn sie es sang, und wie wehmütig ihr großer einziger Zahn, der Einsiedler ihres Mundes, alsdann zum Vorschein kam. Auch erinnere ich mich noch manchmal des Papagois, über dessen Tod sie so bitterlich weinte. Die alte Großtante ist jetzt ebenfalls tot, und ich bin in der ganzen weiten Welt wohl der einzige Mensch, der an ihren lieben Papagoi noch denkt. Unsere Katze hieß Mimi, und unser Hund hieß Joli. Er hatte viel Menschenkenntnis und ging mir immer aus dem Wege, wenn ich zur Peitsche griff. Eines Morgens sagte unser Bedienter, der Hund trage den Schwanz etwas eingekniffen zwischen den Beinen und lasse die Zunge länger als gewöhnlich hervorhängen; und der arme Joli wurde, nebst einigen Steinen, die man ihm an den Hals festband, ins Wasser geworfen. Bei dieser Gelegenheit ertrank er. Unser Bedienter hieß Prrschtzztwitsch. Man muß dabei niesen, wenn man diesen Namen ganz richtig aussprechen will. Unsere Magd hieß Swurtszska, welches im Deutschen etwas rauh, im Polnischen aber äußerst melodisch klingt. Es war eine dicke, untersetzte Person mit weißen Haaren und blonden Zähnen. Außerdem liefen noch zwei schöne schwarze Augen im Hause herum, welche man Seraphine nannte. Es war mein schönes herzliebes Mühmelein, und wir spielten zusammen im Garten und belauschten die Haushaltung der Ameisen und haschten Schmetterlinge und pflanzten Blumen. Sie lachte einst wie toll, als ich meine kleinen Strümpfchen in die Erde pflanzte, in der Meinung, daß ein paar große Hosen für meinen Vater daraus hervorwachsen würden.

Mein Vater war die gütigste Seele von der Welt und war lange Zeit ein wunderschöner Mann; der Kopf gepudert, hinten ein niedlich geflochtenes Zöpfchen, das nicht herabhing, sondern mit einem Kämmchen von Schildkröte auf dem Scheitel befestigt war. Seine Hände waren blendend weiß, und ich küßte sie oft. Es ist mir, als röche ich noch ihren süßen Duft und er dränge mir stechend ins Auge. Ich habe meinen Vater sehr geliebt; denn ich habe nie daran gedacht, daß er sterben könne.

Mein Großvater väterlicher Seite war der alte Herr von Schnabelewopski; ich weiß gar nichts von ihm, außer daß er ein Mensch und daß mein Vater sein Sohn war. Mein Großvater mütterlicher Seite war der alte Herr von Wlrssrnski, und er ist abgemalt in einem scharlachroten Sammetrock und einem langen Degen, und meine Mutter erzählte mir oft, daß er einen Freund hatte, der einen grünseidenen Rock, rosaseidne Hosen und weißseidne Strümpfe trug und wütend den kleinen Chapeaubas hin und her schwenkte, wenn er vom König von Preußen sprach.

Meine Mutter, Frau von Schnabelewopska, gab mir, als

ich heranwuchs, eine gute Erziehung. Sie hatte viel gelesen; als sie mit mir schwanger ging, las sie fast ausschließlich den Plutarch und hat sich vielleicht an einem von dessen großen Männern versehen; wahrscheinlich an einem von den Gracchen. Daher meine mystische Sehnsucht, das agrarische Gesetz in moderner Form zu verwirklichen. Mein Freiheits- und Gleichheitssinn ist vielleicht solcher mütterlicher Vorlektüre beizumessen. Hätte meine Mutter damals das Leben des Cartouche gelesen, so wäre ich vielleicht ein großer Bankier geworden. Wie oft, als Knabe, versäumte ich die Schule, um auf den schönen Wiesen von Schnabelewops einsam darüber nachzudenken, wie man die ganze Menschheit beglücken könnte. Man hat mich deshalb oft einen Müßiggänger gescholten und als solchen bestraft; und für meine Weltbeglückungsgedanken mußte ich schon damals viel Leid und Not erdulden. Die Gegend um Schnabelewops ist übrigens sehr schön; es fließt dort ein Flüßchen, worin man des Sommers sehr angenehm badet, auch gibt es allerliebste Vogelnester in den Gehölzen des Ufers. Das alte Gnesen, die ehemalige Hauptstadt von Polen, ist nur drei Meilen davon entfernt. Dort im Dom ist der heilige Adalbert begraben. Dort steht ein silberner Sarkophag, und darauf liegt sein eignes Konterfei in Lebensgröße, mit Bischofmütze und Krummstab, die Hände fromm gefaltet, und alles von gegossenem Silber. Wie oft muß ich deiner gedenken, du silberner Heiliger!

Ach, wie oft schleichen meine Gedanken nach Polen zurück, und ich stehe wieder in dem Dome von Gnesen, an den Pfeiler gelehnt, bei dem Grabmal Adalberts! Dann rauscht auch wieder die Orgel, als probiere der Organist ein Stück aus Allegris «Miserere»; in einer fernen Kapelle wird eine Messe gemurmelt; die letzten Sonnenlichter fallen durch die bunten Fensterscheiben; die Kirche ist leer; nur vor dem silbernen Grabmal des Heiligen liegt eine betende Gestalt, ein wunderholdes Frauenbild, das mir einen raschen Seitenblick zuwirft, aber ebenso rasch sich wieder gegen den Heiligen wendet und mit ihren sehnsüchtig schlauen Lippen die Worte flüstert: «Ich bete dich an!»

In demselben Augenblick, als ich diese Worte hörte, klingelte in der Ferne der Mesner, die Orgel rauschte mit schwellendem Ungestüm, das holde Frauenbild erhob sich von den Stufen des Grabmals, warf ihren weißen Schleier über das errötende Antlitz und verließ den Dom.

«Ich bete dich an!» Galten diese Worte mir oder dem silbernen Adalbert? Gegen diesen hatte sie sich gewendet, aber nur mit dem Antlitz. Was bedeutete jener Seitenblick, den sie mir vorher zugeworfen und dessen Strahlen sich über meine Seele ergossen gleich einem langen Lichtstreif, den der Mond über das nächtliche Meer dahingießt, wenn er aus dem Wolkendunkel hervortritt und sich schnell wieder dahinter verbirgt? In meiner Seele, die ebenso düster wie das Meer, weckte jener Lichtstreif alle die Ungetüme, die im tiefen Grunde schliefen, und die tollsten Haifische und Schwertfische der Leidenschaft schossen plötzlich empor und tummelten sich und bissen sich vor Wonne in den Schwänzen, und dabei brauste und kreischte immer gewaltiger die Orgel, wie Sturmgetöse auf der Nordsee.

Den anderen Tag verließ ich Polen.

Kapitel II

Meine Mutter packte selbst meinen Koffer; mit jedem Hemde hat sie auch eine gute Lehre hineingepackt. Die Wäscherinnen haben mir späterhin alle diese Hemden mitsamt den guten Lehren vertauscht. Mein Vater war tief bewegt, und er gab mir einen langen Zettel, worin er artikelweis aufgeschrieben, wie ich mich in dieser Welt zu verhalten habe. Der erste Artikel lautete, daß ich jeden Dukaten zehnmal herumdrehen solle, ehe ich ihn ausgäbe. Das befolgte ich auch im Anfang; nachher wurde mir das beständige Herumdrehen viel zu mühsam. Mit jenem Zettel überreichte mir mein Vater auch die dazugehörigen Dukaten.

Dann nahm er eine Schere, schnitt damit das Zöpfchen von seinem lieben Haupte und gab mir das Zöpfchen zum Andenken. Ich besitze es noch und weine immer, wenn ich die gepuderten feinen Härchen betrachte – –

Die Nacht vor meiner Abreise hatte ich folgenden Traum:

Ich ging einsam spazieren in einer heiter schönen Gegend am Meer. Es war Mittag, und die Sonne schien auf das Wasser, daß es wie lauter Diamanten funkelte. Hie und da am Gestade erhob sich eine große Aloe, die sehnsüchtig ihre grünen Arme nach dem sonnigen Himmel emporstreckte. Dort stand auch eine Trauerweide mit lang herabhängenden Tressen, die sich jedesmal emporhoben, wenn die Wellen heranspielten, so daß sie alsdann wie eine junge Nixe aussah, die ihre grünen Locken in die Höhe hebt, um besser hören zu können, was die verliebten Luftgeister ihr ins Ohr flüstern. In der Tat, das klang manchmal wie Seufzer und zärtliches Gekose. Das Meer erstrahlte immer blühender und lieblicher, immer wohllautender rauschten die Wellen, und auf den rauschenden glänzenden Wellen schritt einher der silberne Adalbert, ganz wie ich ihn im Gnesener Dome gesehen, den silbernen Krummstab in der silbernen Hand, die silberne Bischofsmütze auf dem silbernen Haupte, und er winkte mir mit der Hand, und er nickte mir mit dem Haupte, und endlich, als er mir gegenüberstand, rief er mir zu mit unheimlicher Silberstimme: – – –

Ja, die Worte habe ich wegen des Wellengeräusches nicht hören können. Ich glaube aber, mein silberner Nebenbuhler hat mich verhöhnt. Denn ich stand noch lange am Strande und weinte, bis die Abenddämmerung heranbrach und Himmel und Meer trübe und blaß wurden und traurig über alle Maßen. Es stieg die Flut. Aloe und Weide krachten und wurden fortgeschwemmt von den Wogen, die manchmal hastig zurückliefen und desto ungestümer wieder heranschwollen, tosend, schaurig, in schaumweißen Halbkreisen. Dann aber auch hörte ich ein taktförmiges Geräusch, wie Ruderschlag, und endlich sah ich einen Kahn mit der Brandung herantreiben. Vier weiße Gestalten, fahle Totengesichter, eingehüllt in Leichentüchern, saßen darin und ruderten mit Anstrengung. In der Mitte des Kahnes stand ein blasses, aber unendlich schönes Frauenbild, unendlich zart, wie geformt aus Lilienduft – und sie sprang ans Ufer. Der Kahn mit seinen gespenstischen Ruderknechten schoß pfeilschnell wieder zurück ins hohe Meer, und in meinen Armen lag Panna Jadviga und weinte und lachte: «Ich bete dich an!»

Kapitel III

Mein erster Ausflug, als ich Schnabelewops verließ, war nach Deutschland, und zwar nach Hamburg, wo ich sechs Monat blieb, statt gleich nach Leiden zu reisen und mich dort, nach dem Wunsche meiner Eltern, dem Studium der Gottesgelahrtheit zu ergeben. Ich muß gestehen, daß ich während jenes Semesters mich mehr mit weltlichen Dingen abgab als mit göttlichen.

Die Stadt Hamburg ist eine gute Stadt; lauter solide Häuser. Hier herrscht nicht der schändliche Macbeth, sondern hier herrscht Banko. Der Geist Bankos herrscht überall in diesem kleinen Freistaate, dessen sichtbares Oberhaupt ein hoch- und wohlweiser Senat. In der Tat, es ist ein Freistaat, und hier findet man die größte politische Freiheit. Die Bürger können hier tun, was sie wollen, und der hoch- und wohlweise Senat kann hier ebenfalls tun, was er will; jeder ist hier freier Herr seiner Handlungen. Es ist eine Republik.

Hätte Lafayette nicht das Glück gehabt, den Ludwig Philipp zu finden, so würde er gewiß seinen Franzosen die hamburgischen Senatoren und Oberalten empfohlen haben. Hamburg ist die beste Republik. Seine Sitten sind englisch, und sein Essen ist himmlisch. Wahrlich, es gibt Gerichte zwischen den Wandrahmen und dem Dreckwall, wovon unsere Philosophen keine Ahnung haben. Die Hamburger sind gute Leute und essen gut. Über Religion, Politik und Wissenschaft sind ihre respektiven Meinungen sehr verschieden, aber in betreff des Essens herrscht das schönste Einverständnis. Mögen die christlichen Theologen dort noch so sehr streiten über die Bedeutung des Abendmahls: über die Bedeutung des Mittagmahls sind sie ganz einig. Mag es unter den Juden dort eine Partei geben, die das Tischgebet auf deutsch spricht, während eine andere es auf hebräisch absingt: beide Parteien essen und essen gut und wissen das Essen gleich richtig zu beurteilen. Die Advokaten, die Bratenwender der Gesetze, die so lange die Gesetze wenden und anwenden, bis ein Braten für sie dabei abfällt, diese mögen noch so sehr streiten, ob die Gerichte öffentlich sein sollen oder nicht: darüber sind sie einig, daß alle Gerichte gut sein müssen, und jeder von ihnen hat sein Leibgericht. Das Militär denkt gewiß ganz tapfer spartanisch, aber von der schwarzen Suppe will es doch nichts wissen. Die Ärzte, die in der Behandlung der Krankheiten so sehr uneinig sind und die dortige Nationalkrankheit (nämlich Magenbeschwerden) als Brownianer durch noch größere Portionen Rauchfleisch oder als Homöopathen durch $^{1}/_{10\,000}$ Tropfen Absinth in einer großen Kumpe Mockturtlesuppe zu kurieren pflegen, diese Ärzte sind ganz einig, wenn von dem Geschmacke der Suppe und des Rauchfleisches selbst die Rede ist. Hamburg ist die Vaterstadt des letztern, des Rauchfleisches, und rühmt sich dessen, wie Mainz sich seines Johann Fausts und Eisleben sich seines Luthers zu rühmen pflegt. Aber was bedeutet die Buchdruckerei und die Reformation in Vergleichung mit Rauchfleisch? Ob beide ersteren genutzt oder geschadet, darüber streiten zwei Parteien in Deutschland; aber sogar unsere eifrigsten Jesuiten sind eingeständig, daß das Rauchfleisch eine gute, für den Menschen heilsame Erfindung ist.

Hamburg ist erbaut von Karl dem Großen und wird bewohnt von 80 000 kleinen Leuten, die alle mit Karl dem Großen, der in Aachen begraben liegt, nicht tauschen würden. Vielleicht beträgt die Bevölkerung von Hamburg gegen 100 000; ich weiß es nicht genau, obgleich ich ganze Tage lang auf den Straßen ging, um mir dort die Menschen zu betrachten. Auch habe ich gewiß manchen Mann übersehen, indem die Frauen meine besondere Aufmerksamkeit in Anspruch nahmen. Letztere fand ich durchaus nicht mager, sondern meist sogar korpulent, mitunter reizend schön und im Durchschnitt von einer gewissen wohlhabenden Sinnlichkeit, die mir, beileibe! nicht mißfiel. Wenn sie in der romantischen Liebe sich nicht allzu schwärmerisch zeigen und von der großen Leidenschaft des Herzens wenig ahnen, so ist das nicht ihre Schuld, sondern die Schuld Amors, des kleinen Gottes, der manchmal die schärfsten Liebespfeile auf seinen Bogen legt, aber aus Schalkheit oder Ungeschick viel zu tief schießt und statt des Herzens der Hamburgerinnen nur ihren Magen zu treffen pflegt. Was die Männer betrifft, so sah ich meistens untersetzte Gestalten, verständige, kalte Augen, kurze Stirn, nachlässig herabhängende, rote Wangen, die Eßwerkzeuge besonders ausgebildet, der Hut wie festgenagelt auf dem Kopfe und die Hände in beiden Hosentaschen, wie einer, der eben fragen will: «Was hab ich zu bezahlen?»

Zu den Merkwürdigkeiten der Stadt gehören: 1. Das alte Rathaus, wo die großen Hamburger Bankiers, aus Stein gemeißelt und mit Zepter und Reichsapfel in Händen, abkonterfeit stehen. 2. Die Börse, wo sich täglich die Söhne Hammonias versammeln, wie einst die Römer auf dem Forum, und wo über ihren Häuptern eine schwarze Ehrentafel hängt mit den Namen ausgezeichneter Mitbürger. 3. Die schöne Marianne, ein außerordentlich schönes Frauenzimmer, woran der Zahn der Zeit schon seit zwanzig Jahren kaut – nebenbei gesagt, «der Zahn der Zeit» ist eine schlechte Metapher, denn sie ist so alt, daß sie gewiß keine Zähne mehr hat, nämlich die Zeit – die schöne Marianne hat vielmehr jetzt noch alle ihre Zähne und noch immer Haare darauf, nämlich auf den Zähnen. 4. Die ehemalige Zentralkassa. 5. Altona. 6. Die Originalmanuskripte von Marrs Tragödien. 7. Der Eigentümer des Rödingschen Kabi-

netts. 8. Die Börsenhalle. 9. Die Bacchushalle und endlich 10. das Stadttheater. Letzteres verdient besonders gepriesen zu werden, seine Mitglieder sind lauter gute Bürger, ehrsame Hausväter, die sich nicht verstellen können und niemanden täuschen, Männer, die das Theater zum Gotteshause machen, indem sie den Unglücklichen, der an der Menschheit verzweifelt, aufs wirksamste überzeugen, daß nicht alles in der Welt eitel Heuchelei und Verstellung ist.

Bei Aufzählung der Merkwürdigkeiten der Republik Hamburg kann ich nicht umhin, zu erwähnen, daß zu meiner Zeit der Apollosaal auf der Drehbahn sehr brillant war. Jetzt ist er sehr heruntergekommen, und es werden dort philharmonische Konzerte gegeben, Taschenspielerkünste gezeigt und Naturforscher gefüttert. Einst war es anders! Es schmetterten die Trompeten, es wirbelten die Pauken, es flatterten die Straußfedern, und Heloise und Minka rannten durch die Reihen der Oginskipolonäse, und alles war sehr anständig. Schöne Zeit, wo mir das Glück lächelte! Und das Glück hieß Heloise! Es war ein süßes, liebes, beglückendes Glück mit Rosenwangen, Liliennäschen, heißduftigen Nelkenlippen, Augen wie der blaue Bergsee, aber etwas Dummheit lag auf der Stirne wie ein trüber Wolkenflor über einer prangenden Frühlingslandschaft. Sie war schlank wie eine Pappel und lebhaft wie ein Vogel, und ihre Haut war so zart, daß sie zwölf Tage geschwollen blieb durch den Stich einer Haarnadel. Ihr Schmollen, als ich sie gestochen hatte, dauerte aber nur zwölf Sekunden, und dann lächelte sie – schöne Zeit, als das Glück mir lächelte! Minka lächelte seltener, denn sie hatte keine schöne Zähne. Desto schöner aber waren ihre Tränen, wenn sie weinte, und sie weinte bei jedem fremden Unglück, und sie war wohltätig über alle Begriffe. Den Armen gab sie ihren letzten Schilling; sie war sogar oft in der Lage, wo sie ihr letztes Hemd weggab, wenn man es verlangte. Sie war so seelengut. Sie konnte nichts abschlagen, ausgenommen ihr Wasser. Dieser weiche, nachgiebige Charakter kontrastierte gar lieblich mit ihrer äußeren Erscheinung. Eine kühne, junonische Gestalt; weißer, frecher Nacken, umringelt von wilden, schwarzen Locken wie von wollüstigen Schlangen; Augen, die unter ihren düsteren Siegesbogen so weltbeherrschend strahlten; purpurstolze, hochgewölbte Lippen; marmorne, gebietende Hände, worauf leider einige Sommersprossen; auch hatte sie, in der Form eines kleinen Dolchs, ein braunes Muttermal an der linken Hüfte.

Wenn ich dich in sogenannte schlechte Gesellschaft gebracht, lieber Leser, so tröste dich damit, daß sie dir wenigstens nicht soviel gekostet wie mir. Doch wird es später in diesem Buche nicht an idealischen Frauenspersonen fehlen, und schon jetzt will ich dir zur Erholung zwei Anstandsdamen vorführen, die ich damals kennen und verehren lernte. Es ist Madame Pieper und Madame Schnieper. Erstere war eine schöne Frau in ihren reifsten Jahren, große schwärzliche Augen, eine große weiße Stirne, schwarze falsche Lokken, eine kühne altrömische Nase und ein Maul, das eine Guillotine war für jeden guten Namen. In der Tat, für einen guten Namen gab es keine leichtere Hinrichtungsmaschine als Madame Piepers Maul; sie ließ ihn nicht lange zappeln, sie machte keine langwichtige Vorbereitungen; war der beste gute Name zwischen ihre Zähne geraten, so lächelte sie nur – aber dieses Lächeln war wie ein Fallbeil, und die Ehre war abgeschnitten und fiel in den Sack. Sie war immer ein Muster von Anstand, Ehrsamkeit, Frömmigkeit und Tugend. Von Madame Schnieper ließ sich dasselbe rühmen. Es war ein zarte Frau, kleine, ängstliche Brüste, gewöhnlich mit einem wehmütig dünnen Flor umgeben, hellblonde Haare, hellblaue Augen, die entsetzlich klug hervorstachen aus dem weißen Gesichte. Es hieß, man könne ihren Tritt nie hören, und wirklich, ehe man sich dessen versah, stand sie oft neben einem und verschwand dann wieder ebenso geräuschlos. Ihr Lächeln war ebenfalls tödlich für jeden guten Namen, aber minder wie ein Beil als vielmehr wie jener afrikanische Giftwind, von dessen Hauch schon alle Blumen verwelken; elendiglich verwelken mußte jeder gute

Name, über den sie nur leise hinlächelte. Sie war immer ein Muster von Anstand, Ehrsamkeit, Frömmigkeit und Tugend.

Ich würde nicht ermangeln, mehrere von den Söhnen Hammonias ebenfalls hervorzuloben und einige Männer, die man ganz besonders hochschätzt – namentlich diejenigen, welche man auf einige Millionen Mark Banko zu schätzen pflegt –, aufs prächtigste zu rühmen; aber ich will in diesem Augenblick meinen Enthusiasmus unterdrücken, damit er späterhin in desto helleren Flammen emporlodere. Ich habe nämlich nichts Geringeres im Sinn, als einen Ehrentempel Hamburgs herauszugeben, ganz nach demselben Plane, welchen schon vor zehn Jahren ein berühmter Schriftsteller entworfen hat, der in dieser Absicht jeden Hamburger aufforderte, ihm ein spezifiziertes Inventarium seiner speziellen Tugenden nebst einem Speziestaler aufs schleunigste einzusenden. Ich habe nie recht erfahren können, warum dieser Ehrentempel nicht zur Ausführung kam; denn die einen sagten, der Unternehmer, der Ehrenmann, sei, als er kaum von Aaron bis Abendrot gekommen und gleichsam die ersten Klötze eingerammt, von der Last des Materials schon ganz erdrückt worden; die anderen sagten, der hoch- und wohlweise Senat habe aus allzu großer Bescheidenheit das Projekt hintertrieben, indem er dem Baumeister seines eignen Ehrentempels plötzlich die Weisung gab, binnen vierundzwanzig Stunden das hamburgische Gebiet mit allen seinen Tugenden zu verlassen. Aber gleichviel aus welchem Grunde, das Werk ist nicht zustande gekommen; und da ich ja doch einmal aus angeborener Neigung etwas Großes tun wollte in dieser Welt und immer gestrebt habe, das Unmögliche zu leisten, so habe ich jenes ungeheure Projekt wieder aufgefaßt, und ich liefere einen Ehrentempel Hamburgs, ein unsterbliches Riesenbuch, worin ich die Herrlichkeit aller seiner Einwohner ohne Ausnahme beschreibe, worin ich edle Züge von geheimer Mildtätigkeit mitteile, die noch gar nicht in der Zeitung gestanden, worin ich Großtaten erzähle, die keiner glauben wird, und worin mein eignes Bildnis, wie ich auf dem Jungfernsteg vor dem Schweizerpavillon sitze und über Hamburgs Verherrlichung nachdenke, als Vignette paradieren soll.

Kapitel IV

Für Leser, denen die Stadt Hamburg nicht bekannt ist – und es gibt deren vielleicht in China und Oberbayern –, für diese muß ich bemerken, daß der schönste Spaziergang der Söhne und Töchter Hammonias den rechtmäßigen Namen Jungfernsteg führt; daß er aus einer Lindenallee besteht, die auf der einen Seite von einer Reihe Häuser, auf der anderen Seite von dem großen Alsterbassin begrenzt wird, und daß vor letzterem, ins Wasser hineingebaut, zwei zeltartige lustige Kaffeehäuslein stehen, die man Pavillons nennt. Besonders vor dem einen, dem sogenannten Schweizerpavillon, läßt sich gut sitzen, wenn es Sommer ist und die Nachmittagssonne nicht zu wild glüht, sondern nur heiter lächelt und mit ihrem Glanze die Linden, die Häuser, die Menschen, die Alster und die Schwäne, die sich darauf wiegen, fast märchenhaft lieblich übergießt. Da läßt sich gut sitzen, und da saß ich gut gar manchen Sommernachmittag und dachte, was ein junger Mensch zu denken pflegt, nämlich gar nichts, und betrachtete, was ein junger Mensch zu betrachten pflegt, nämlich die jungen Mädchen, die vorübergingen – und da flatterten sie vorüber, jene holden Wesen mit ihren geflügelten Häubchen und ihren verdeckten Körbchen, worin nichts enthalten ist – da trippelten sie dahin, die bunten Vierlanderinnen, die ganz Hamburg mit Erdbeeren und eigener Milch versehen und deren Röcke noch immer viel zu lang sind – da stolzierten die schönen Kaufmannstöchter, mit deren Liebe man auch soviel bares Geld bekömmt – da hüpft eine Amme, auf den Armen ein rosiges Knäbchen, das sie beständig küßt, während sie an ihren Geliebten denkt – da wandeln Priesterinnen der schaumentstiegenen Göttin, hanseatische Vestalen, Dianen, die auf die Jagd gehn, Najaden, Dryaden, Hamadryaden und sonstige Predigerstöchter – ach! da wandelt auch Minka und Heloisa! Wie oft saß ich vor dem Pavillon und sah sie vorüberwandeln in ihren rosagestreiften Roben – die Elle kostet 4 Mark und 3 Schilling, und Herr Seligmann hat mir versichert, die Rosastreifen würden im Waschen die Farbe behalten. – «Prächtige Dirnen!» riefen dann die tugendhaften Jünglinge, die neben mir saßen. – Ich erinnere mich, ein großer Assekuradeur, der immer wie ein Pfingstochs geputzt ging, sagte einst: «Die eine möcht ich mir mal als Frühstück und die andere als Abendbrot zu Gemüte führen, und ich würde an solchem Tage gar nicht zu Mittag speisen.» – «Sie ist ein Engel!» sagte einst ein Seekapitän ganz laut, so daß sich beide Mädchen zu gleicher Zeit umsahen und sich dann einander eifersüchtig anblickten. – Ich selber sagte nie etwas, und ich dachte meine süßesten Garnichtsgedanken und betrachtete die Mädchen und den heiter sanften Himmel und den langen Petriturm mit der schlanken Taille und die stille blaue Alster, worauf die Schwäne so stolz und so lieblich und so sicher umherschwammen. Die Schwäne! Stundenlang konnte ich sie betrachten, diese holden Geschöpfe mit ihren sanften langen Hälsen, wie sie sich üppig auf den weichen Fluten wiegten, wie sie zuweilen selig untertauchten und wieder auftauchten und übermütig plätscherten, bis der Himmel dunkelte und die goldnen Sterne hervortraten, verlangend, verheißend, wunderbar zärtlich, verklärt. Die Sterne! Sind es goldne Blumen am bräutlichen Busen des Himmels? Sind es verliebte Engelsaugen, die sich sehnsüchtig spiegeln in den blauen Gewässern der Erde und mit den Schwänen buhlen?

– – – Ach! das ist nun lange her. Ich war damals jung und töricht. Jetzt bin ich alt und töricht. Manche Blume ist unterdessen verwelkt und manche sogar zertreten worden. Manches seidne Kleid ist unterdessen zerrissen, und sogar der rosagestreifte Kattun des Herrn Seligmann hat unterdessen die Farbe verloren. Er selbst aber ist ebenfalls verblichen – die Firma ist jetzt «Seligmanns selige Witwe» – und

Heloisa, das sanfte Wesen, das geschaffen schien, nur auf weichbeblümte indische Teppiche zu wandeln und mit Pfauenfedern gefächelt zu werden, sie ging unter in Matrosenlärm, Punsch, Tabaksrauch und schlechter Musik. Als ich Minka wiedersah – sie nannte sich jetzt Kathinka und wohnte zwischen Hamburg und Altona –, da sah sie aus wie der Tempel Salomonis, als ihn Nebukadnezar zerstört hatte, und roch nach assyrischem Knaster – und als sie mir Heloisas Tod erzählte, weinte sie bitterlich und riß sich verzweiflungsvoll die Haare aus und wurde schier ohnmächtig und mußte ein großes Glas Branntewein austrinken, um zur Besinnung zu kommen.

Und die Stadt selbst, wie war sie verändert! Und der Jungfernsteg! Der Schnee lag auf den Dächern, und es schien, als hätten sogar die Häuser gealtert und weiße Haare bekommen. Die Linden des Jungfernstegs waren nur tote Bäume mit dürren Ästen, die sich gespenstisch im kalten Winde bewegten. Der Himmel war schneidend blau und dunkelte hastig. Es war Sonntag, fünf Uhr, die allgemeine Fütterungsstunde, und die Wagen rollten, Herren und Damen stiegen aus mit einem gefrorenen Lächeln auf den hungrigen Lippen – Entsetzlich! in diesem Augenblick durchschauerte mich die schreckliche Bemerkung, daß ein unergründlicher Blödsinn auf allen diesen Gesichtern lag und daß alle Menschen, die eben vorbeigingen, in einem wunderbaren Wahnwitz befangen schienen. Ich hatte sie schon vor zwölf Jahren um dieselbe Stunde, mit denselben Mienen, wie die Puppen einer Rathausuhr, in derselben Bewegung gesehen, und sie hatten seitdem ununterbrochen in derselben Weise gerechnet, die Börse besucht, sich einander eingeladen, die Kinnbacken bewegt, ihre Trinkgelder bezahlt und wieder gerechnet: zwei mal zwei ist vier – «Entsetzlich!» rief ich, «wenn einem von diesen Leuten, während er auf dem Kontorbock säße, plötzlich einfiele, daß zwei mal zwei eigentlich fünf sei und daß er also sein ganzes Leben verrechnet und sein ganzes Leben in einem schauderhaften Irrtum vergeudet habe!» Auf einmal aber ergriff mich selbst ein närrischer Wahnsinn, und als ich die vorüberwandelnden Menschen genauer betrachtete, kam es mir vor, als seien sie selber nichts anders als Zahlen, als arabische Chiffern; und da ging eine krummfüßige Zwei neben einer fatalen Drei, ihrer schwangeren und vollbusigen Frau Gemahlin; dahinter ging Herr Vier auf Krücken; einherwatschelnd kam eine fatale Fünf, rundbäuchig mit kleinem Köpfchen; dann kam eine wohlbekannte kleine Sechse und eine noch wohlbekanntere böse Sieben – doch als ich die unglückliche Acht, wie sie vorüberschwankte, ganz genau betrachtete, erkannte ich den Assekuradeur, der sonst wie ein Pfingstochs geputzt ging, jetzt aber wie die magerste von Pharaos mageren Kühen aussah – blasse, hohle Wangen wie ein leerer Suppenteller, kaltrote Nase wie eine Winterrose, abgeschabter schwarzer Rock, der einen kümmerlich weißen Widerschein gab, ein Hut, worin Saturn mit der Sense einige Luftlöcher geschnitten, doch die Stiefel noch immer spiegelblank gewichst – und er schien nicht mehr daran zu denken, Heloisa und Minka als Frühstück und Abendbrot zu verzehren, er schien sich vielmehr nach einem Mittagessen von gewöhnlichem Rindfleisch zu sehnen. Unter den vorüberrollenden Nullen erkannte ich noch manchen alten Bekannten. Diese und die anderen Zahlenmenschen rollten vorüber, hastig und hungrig, während unfern, längs den Häusern des Jungfernstegs, noch grauenhafter drollig, ein Leichenzug sich hinbewegte. Ein trübsinniger Mummenschanz! Hinter den Trauerwagen, einherstelzend auf ihren dünnen schwarzseidenen Beinchen, gleich Marionetten des Todes, gingen die wohlbekannten Ratsdiener, privilegierte Leidtragende in parodiert altburgundischem Kostüm; kurze schwarze Mäntel und schwarze Pluderhosen, weiße Perücken und weiße Halsbergen, wozwischen die roten bezahlten Gesichter gar possenhaft hervorgucken, kurze Stahldegen an den Hüften, unterm Arm ein grüner Regenschirm.

Aber noch unheimlicher und verwirrender als diese Bilder, die sich wie ein chinesisches Schattenspiel schweigend vorbeibewegten, waren die Töne, die von einer anderen Seite in mein Ohr drangen. Es waren heisere, schnarrende, metallose Töne, ein unsinniges Kreischen, ein ängstliches Plätschern und verzweifelndes Schlürfen, ein Keichen und Schollern, ein Stöhnen und Ächzen, ein unbeschreibbar eiskalter Schmerzlaut. Das Bassin der Alster war zugefroren, nur nahe am Ufer war ein großes, breites Viereck in der Eisdecke ausgehauen, und die entsetzlichen Töne, die ich eben vernommen, kamen aus den Kehlen der armen weißen Geschöpfe, die darin herumschwammen und in entsetzlicher Todesangst schrien, und ach! es waren dieselben Schwäne, die einst so weich und heiter meine Seele bewegten. Ach! die schönen weißen Schwäne, man hatte ihnen die Flügel gebrochen, damit sie im Herbst nicht auswandern konnten nach dem warmen Süden, und jetzt hielt der Norden sie festgebannt in seinen dunkeln Eisgruben – und der Marqueur des Pavillons meinte, sie befänden sich wohl darin und die Kälte sei ihnen gesund. Das ist aber nicht wahr, es ist einem nicht wohl, wenn man ohnmächtig in einem kalten Pfuhl eingekerkert ist, fast eingefroren, und einem die Flügel gebrochen sind und man nicht fortfliegen kann nach dem schönen Süden, wo die schönen Blumen, wo die goldnen Sonnenlichter, wo die blauen Bergseen – Ach! auch mir erging es einst nicht viel besser, und ich verstand die Qual dieser armen Schwäne; und als es gar immer dunkler wurde und die Sterne oben hell hervortraten, dieselben Sterne, die einst in schönen Sommernächten so liebeheiß mit den Schwänen gebuhlt, jetzt aber so winterkalt, so frostig klar und fast verhöhnend auf sie herabblickten – wohl begriff ich jetzt, daß die Sterne keine liebende, mitfühlende Wesen sind, sondern nur glänzende Täuschungen der Nacht, ewige Trugbilder in einem erträumten Himmel, goldne Lügen im dunkelblauen Nichts – –

Während ich das vorige Kapitel hinschrieb, dacht ich unwillkürlich an ganz etwas anders. Ein altes Lied summte mir beständig im Gedächtnis, und Bilder und Gedanken verwirrten sich aufs unleidlichste; ich mag wollen oder nicht, ich muß von jenem Liede sprechen. Vielleicht auch gehört es hierher, und es drängt sich mit Recht in mein Geschreibsel hinein. Ja, ich fange jetzt sogar an, es zu verstehen, und ich verstehe jetzt auch den verdüsterten Ton, womit der Claas Hinrichson es sang; er war ein Jütländer und diente bei uns als Pferdeknecht. Er sang es noch den Abend vorher, ehe er sich in unserem Stall erhenkte. Bei dem Refrain «Schau dich um, Herr Vonved!» lachte er manchmal gar bitterlich; die Pferde wieherten dabei sehr angstvoll, und der Hofhund bellte, als stürbe jemand. Es ist das altdänische Lied von dem Herrn Vonved, der in die Welt ausreitet und sich so lange darin herumschlägt, bis man seine Fragen beantwortet, und der endlich, wenn alle seine Rätsel gelöst sind, gar verdrießlich nach Hause reitet. Die Harfe klingt von Anfang bis zu Ende. Was sang er im Anfang? Was sang er am Ende? Ich hab oft drüber nachgedacht.

Claas Hinrichsons Stimme war manchmal tränenweich, wenn er das Lied anfing, und wurde allmählich rauh und grollend wie das Meer, wenn ein Sturm heranzieht. Es beginnt:

Herr Vonved sitzt im Kämmerlein.
Er schlägt die Goldharf an so rein,
Er schlägt die Goldharf unterm Kleid,
Da kommt seine Mutter gegangen herein.
Schau dich um, Herr Vonved!

Das war seine Mutter Adelin, die Königin, die spricht zu ihm: Mein junger Sohn, laß andere die Harfe spielen, gürt um das Schwert, besteige dein Roß, reit aus, versuche deinen Mut, kämpfe und ringe, schau dich um in der Welt, schau dich um, Herr Vonved! Und

Herr Vonved bindet sein Schwert an die Seite,
Ihn lüstet, mit Kämpfern zu streiten;
So wunderlich ist seine Fahrt:
Gar keinen Mann er drauf gewahrt.
  Schau dich um, Herr Vonved!

Sein Helm war blinkend,
Sein Sporn war klingend,
Sein Roß war springend,
Selbst war der Herr so schwingend.
  Schau dich um, Herr Vonved!

Ritt einen Tag, ritt drei darnach,
Doch nimmer eine Stadt er sah;
«Eia», sagte der junge Mann,
«Ist keine Stadt in diesem Land?»
  Schau dich um, Herr Vonved!

Er ritt wohl auf dem Weg dahin,
Herr Thule Vang begegnet' ihm;
Herr Thule mit seinen zwölf Söhnen zumal,
Die waren gute Ritter all.
  Schau dich um, Herr Vonved!

«Mein jüngster Sohn, hör du mein Wort:
Den Harnisch tausch mit mir sofort,
Unter uns tauschen wir das Panzerkleid,
Eh wir schlagen diesen Helden frei.»
  Schau dich um, Herr Vonved!

Herr Vonved reißt sein Schwert von der Seite,
Es lüstet ihn, mit Kämpfern zu streiten;
Erst schlägt er den Herren Thule selbst,
Darnach all seine Söhne zwölf.
  Schau dich um, Herr Vonved!

Herr Vonved bindet sein Schwert an die Seite, es lüstet ihn, weiter auszureiten. Da kommt er zu dem Weidmann und verlangt von ihm die Hälfte seiner Jagdbeute; der aber will nicht teilen und muß mit ihm kämpfen und wird erschlagen. Und

Herr Vonved bindet sein Schwert an die Seite,
Ihn lüstet, weiter auszureiten;
Zum großen Berge der Held hinreit't,
Sieht, wie der Hirte das Vieh da treibt.
  Schau dich um, Herr Vonved!

«Und hör du, Hirte, sag du mir:
Wes ist das Vieh, das du treibst vor dir?
Und was ist runder als ein Rad?
Wo wird getrunken fröhliche Weihnacht?»
  Schau dich um, Herr Vonved!

«Sag: wo steht der Fisch in der Flut?
Und wo ist der rote Vogel gut?
Wo mischet man den besten Wein?
Wo trinkt Vidrich mit den Kämpfern sein?»
  Schau dich um, Herr Vonved!

Da saß der Hirt, so still sein Mund,
Davon er gar nichts sagen kunnt.
Er schlug nach ihm mit der Zunge,
Da fiel heraus Leber und Lunge.
  Schau dich um, Herr Vonved!

Und er kommt zu einer anderen Herde, und da sitzt wieder ein Hirt, an den er seine Frage richtet. Dieser aber gibt ihm Bescheid, und Herr Vonved nimmt einen Goldring und steckt ihn dem Hirten an den Arm. Dann reitet er weiter und kommt zu Tyge Nold und erschlägt ihn mitsamt seinen zwölf Söhnen. Und wieder

Er warf herum sein Pferd,
Herr Vonved, der junge Edelherr;
Er tät über Berg und Tale dringen,
Doch konnt er niemand zur Rede bringen.
Schau dich um, Herr Vonved!

So kam er zu der dritten Schar.
Da saß ein Hirt mit silbernem Haar.
«Hör du, guter Hirte mit deiner Herd,
Du gibst mir gewißlich Antwort wert.»
Schau dich um, Herr Vonved!

«Was ist runder als ein Rad?
Wo wird getrunken die beste Weihnacht?
Wo geht die Sonne zu ihrem Sitz?
Und wo ruhn eines toten Mannes Füß?»
Schau dich um, Herr Vonved!

«Was füllet aus alle Tale?
Was kleidet am besten im Königssaale?
Was ruft lauter, als der Kranich kann?
Und was ist weißer als ein Schwan?»
Schau dich um, Herr Vonved!

«Wer trägt den Bart auf seinem Rück?
Wer trägt die Nas unter seinem Kinn?
Als ein Riegel, was ist schwärzer noch mehr?
Und was ist rascher als ein Reh?»
Schau dich um, Herr Vonved!

«Wo ist die allerbreiteste Brück?
Was ist am meisten zuwider der Menschen Blick?
Wo wird gefunden der höchste Gang?
Wo wird getrunken der kälteste Trank?»
Schau dich um, Herr Vonved!

«Die Sonn ist runder als ein Rad,
Im Himmel begeht man die fröhliche Weihnacht,
Gen Westen geht die Sonne zu ihrem Sitz.
Gen Osten ruhn eines toten Mannes Füß.»
  Schau dich um, Herr Vonved!

«Der Schnee füllt aus alle Tale,
Am herrlichsten kleidet der Mut im Saale,
Der Donner ruft lauter, als der Kranich kann,
Und Engel sind weißer als der Schwan.»
  Schau dich um, Herr Vonved!

«Der Kiebitz trägt den Bart in dem Nacken sein,
Der Bär hat die Nas unterm Kinn allein,
Die Sünde schwärzer ist als ein Riegel noch mehr
Und der Gedanke rascher als ein Reh.»
  Schau dich um, Herr Vonved!

«Das Eis macht die allerbreiteste Brück,
Die Kröt ist am meisten zuwider des Menschen
    Blick,
Zum Paradies geht der höchste Gang,
Da unten, da trinkt man den kältesten Trank.»
  Schau dich um, Herr Vonved!

«Weisen Spruch und Rat hast du nun hier,
So wie ich ihn habe gegeben dir.»
«Nun hab ich so gutes Vertrauen auf dich,
Viel Kämpfer zu finden bescheidest du mich.»
  Schau dich um, Herr Vonved!

«Ich weis' dich zu der Sonderburg,
Da trinken die Helden den Met ohne Sorg,
Dort findest du viele Kämpfer und Rittersleut,
Die können viel gut sich wehren im Streit.»
  Schau dich um, Herr Vonved!

Er zog einen Goldring von der Hand,
Der wog wohl fünfzehn goldne Pfund;
Den tät er dem alten Hirten reichen,
Weil er ihm durft die Helden anzeigen.
Schau dich um, Herr Vonved!

Und er reitet ein in die Burg, und er erschlägt zuerst den Randulf, hernach den Strandulf.

Er schlug den starken Ege Under,
Er schlug den Ege Karl, seinen Bruder,
So schlug er in die Kreuz und Quer,
Er schlug die Feinde vor sich her.
Schau dich um, Herr Vonved!

Herr Vonved steckt sein Schwert in die Scheide,
Er denkt noch weiter fort zu reiten.
Er findet da in der wilden Mark
Einen Kämpfer, und der war viel stark.
Schau dich um, Herr Vonved!

«Sagt mir, du edler Ritter gut,
Wo steht der Fisch in der Flut?
Wo wird geschenkt der beste Wein?
Und wo trinkt Vidrich mit den Kämpfern sein?»
Schau dich um, Herr Vonved!

«In Osten steht der Fisch in der Flut,
In Norden wird getrunken der Wein so gut,
In Halland findst du Vidrich daheim
Mit Kämpfern und vielen Gesellen sein.»
Schau dich um, Herr Vonved!

Von der Brust Vonved einen Goldring nahm,
Den steckt er dem Kämpfer an seinen Arm:
«Sag, du wärst der letzte Mann,

Der Gold vom Herrn Vonved gewann.»
  Schau dich um, Herr Vonved!

Herr Vonved vor die hohe Zinne tät reiten,
Bat die Wächter, ihn hineinzuleiten;
Als aber keiner heraus zu ihm ging,
Da sprang er über die Mauer dahin.
  Schau dich um, Herr Vonved!

Sein Roß an einen Strick er band,
Darauf er sich zur Burgstube gewandt;
Er setzte sich oben an die Tafel sofort,
Dazu sprach er kein einziges Wort.
  Schau dich um, Herr Vonved!

Er aß, er trank, nahm Speise sich,
Den König fragt' er darum nicht;
«Gar nimmer bin ich ausgefahren,
Wo so viel verfluchte Zungen waren.»
  Schau dich um, Herr Vonved!

Der König sprach zu den Kämpfern sein:
«Der tolle Gesell muß gebunden sein;
Bindet ihr den fremden Gast nicht fest,
So dienet ihr mir nicht aufs best.»
  Schau dich um, Herr Vonved!

«Nimm du fünf, nimm du zwanzig auch dazu
Und komm zum Spiel du selbst herzu:
Ein Hurensohn, so nenn ich dich,
Außer, du bindest mich.»
  Schau dich um, Herr Vonved!

«König Esmer, mein lieber Vater,
Und stolz Adelin, meine Mutter,
Haben mir gegeben das strenge Verbot,

Mit 'nem Schalk nicht zu verzehren mein Gold.»
  Schau dich um, Herr Vonved!

«War Esmer, der König, dein Vater,
Und Frau Adelin deine liebe Mutter,
So bist du Herr Vonved, ein Kämpfer schön,
Dazu meiner liebsten Schwester Sohn.»
  Schau dich um, Herr Vonved!

«Herr Vonved, willst du bleiben bei mir,
Beides, Ruhm und Ehre, soll werden dir,
Und willst du zu Land ausfahren,
Meine Ritter sollen dich bewahren.»
  Schau dich um, Herr Vonved!

«Mein Gold soll werden für dich gespart,
Wenn du willst halten deine Heimfahrt.»
Doch das zu tun lüstet' ihn nicht,
Er wollt fahren zu seiner Mutter zurück.
  Schau dich um, Herr Vonved!

Herr Vonved ritt auf dem Weg dahin,
Er war so gram in seinem Sinn;
Und als er zur Burg geritten kam,
Da standen zwölf Zauberweiber daran.
  Schau dich um, Herr Vonved!

Standen mit Rocken und Spindeln vor ihm,
Schlugen ihn übers weiße Schienbein hin;
Herr Vonved mit seinem Roß herumdringt,
Die zwölf Zauberweiber schlägt er in einen Ring.
  Schau dich um, Herr Vonved!

Schlägt die Zauberweiber, die stehen da,
Sie finden bei ihm so kleinen Rat.
Seine Mutter genießt dasselbe Glück,

Er haut sie in fünftausend Stück.
  Schau dich um, Herr Vonved!

So geht er in den Saal hinein,
Er ißt und trinkt den klaren Wein,
Dann schlägt er die Goldharfe so lang,
Daß springen entzwei alle die Strang.
  Schau dich um, Herr Vonved!

Kapitel VI

Es war aber ein gar lieblicher Frühlingstag, als ich zum erstenmal die Stadt Hamburg verlassen. Noch sehe ich, wie im Hafen die goldnen Sonnenlichter auf die beteerten Schiffsbäuche spielen, und ich höre noch das heitre langhingesungene Hoiho! der Matrosen. So ein Hafen im Frühling hat überdies die freundlichste Ähnlichkeit mit dem Gemüt eines Jünglings, der zum erstenmal in die Welt geht, sich zum erstenmal auf die hohe See des Lebens hinauswagt – noch sind alle seine Gedanken buntbewimpelt, Übermut schwellt alle Segel seiner Wünsche, hoiho! – aber bald erheben sich die Stürme, der Horizont verdüstert sich, die Windsbraut heult, die Planken krachen, die Wellen zerbrechen das Steuer, und das arme Schiff zerschellt an romantischen Klippen oder strandet auf seicht prosaischem Sand – oder vielleicht morsch und gebrochen, mit gekapptem Mast, ohne ein einziges Anker der Hoffnung, gelangt es wieder heim in den alten Hafen und vermodert dort, abgetakelt kläglich, als ein elendes Wrack!

Aber es gibt auch Menschen, die nicht mit gewöhnlichen Schiffen verglichen werden dürfen, sondern mit Dampfschiffen. Diese tragen ein dunkles Feuer in der Brust, und sie fahren gegen Wind und Wetter – ihre Rauchflagge flattert wie der schwarze Federbusch des nächtlichen Reuters, ihre Zackenräder sind wie kolossale Pfundsporen, womit sie das Meer in die Wellenrippen stacheln, und das widerspenstig schäumende Element muß ihrem Willen gehorchen, wie ein Roß – aber sehr oft platzt der Kessel, und der innere Brand verzehrt uns.

Doch ich will mich aus der Metapher wieder herausziehn und auf ein wirkliches Schiff setzen, welches von Hamburg nach Amsterdam fährt. Es war ein schwedisches Fahrzeug, hatte außer den Helden dieser Blätter auch Eisenbarren geladen und sollte wahrscheinlich als Rückfracht eine Ladung Stockfische nach Hamburg oder Eulen nach Athen bringen.

Die Ufergegenden der Elbe sind wunderlieblich. Besonders hinter Altona, bei Rainville. Unfern liegt Klopstock begraben. Ich kenne keine Gegend, wo ein toter Dichter so gut begraben liegen kann wie dort. Als lebendiger Dichter dort zu leben ist schon weit schwerer. Wie oft hab ich dein Grab besucht, Sänger des Messias, der du so rührend wahr die Leiden Jesu besungen! Du hast aber auch lang genug auf der Königstraße hinter dem Jungfernsteg gewohnt, um zu wissen, wie Propheten gekreuzigt werden.

Den zweiten Tag gelangten wir nach Kuxhaven, welches eine hamburgische Kolonie. Die Einwohner sind Untertanen der Republik und haben es sehr gut. Wenn sie im Winter frieren, werden ihnen aus Hamburg wollene Decken geschickt, und in allzu heißen Sommertagen schickt man ihnen auch Limonade. Als Prokonsul residiert dort ein hoch- oder wohlweiser Senator. Er hat jährlich ein Einkommen von 20000 Mark und regiert über 5000 Seelen. Es ist dort auch ein Seebad, welches vor anderen Seebädern den Vorteil bietet, daß es zu gleicher Zeit ein Elbbad ist. Ein großer Damm, worauf man spazierengehen kann, führt nach Ritzebüttel, welches ebenfalls zu Kuxhaven gehört. Das Wort kommt aus dem Phönizischen; die Worte «Ritze» und «Büttel» heißen auf phönizisch: Mündung der Elbe. Manche Historiker behaupten, Karl der Große habe Hamburg nur erweitert, die Phönizier aber hätten Hamburg und Altona gegründet, und zwar zu derselben Zeit, als Sodom und Gomorrha zugrunde gingen. Vielleicht haben sich

Flüchtlinge aus diesen Städten nach der Mündung der Elbe gerettet. Man hat zwischen der Fuhlentwiete und der Kaffeemacherei einige alte Münzen ausgegraben, die noch unter der Regierung von Bera XVI. und Birsa X. geschlagen worden. Nach meiner Meinung ist Hamburg das alte Tharsis, woher Salomo ganze Schiffsladungen voll Gold, Silber, Elfenbein, Pfauen und Affen erhalten hat. Salomo, nämlich der König von Juda und Israel, hatte immer eine besondere Liebhaberei für Gold und Affen.

Unvergeßlich bleibt mir diese erste Seereise. Meine alte Großmuhme hatte mir so viele Wassermärchen erzählt, die jetzt alle wieder in meinem Gedächtnis aufblühten. Ich konnte ganze Stunden lang auf dem Verdecke sitzen und an die alten Geschichten denken, und wenn die Wellen murmelten, glaubte ich die Großmuhme sprechen zu hören. Wenn ich die Augen schloß, dann sah ich sie wieder leibhaftig vor mir sitzen mit dem einzigen Zahn in dem Munde, und hastig bewegte sie wieder die Lippen und erzählte die Geschichte vom Fliegenden Holländer.

Ich hätte gern die Meernixen gesehen, die auf weißen Klippen sitzen und ihr grünes Haar kämmen; aber ich konnte sie nur singen hören.

Wie angestrengt ich auch manchmal in die klare See hinabschaute, so konnte ich doch nicht die versunkenen Städte sehen, worin die Menschen, in allerlei Fischgestalten verwünscht, ein tiefes, wundertiefes Wasserleben führen. Es heißt, die Lachse und alte Rochen sitzen dort, wie Damen geputzt, am Fenster und fächern sich und gucken hinab auf die Straße, wo Schellfische in Ratsherrentracht vorbeischwimmen, wo junge Modeheringe nach ihnen hinauflorgnieren und wo Krabben, Hummer und sonstig niedriges Krebsvolk umherwimmelt. Ich habe aber nicht so tief hinabsehen können, und nur die Glocken hörte ich unten läuten.

In der Nacht sah ich mal ein großes Schiff mit ausgespannten blutroten Segeln vorbeifahren, daß es aussah wie ein dunkler Riese in einem weiten Scharlachmantel. War das der Fliegende Holländer?

In Amsterdam aber, wo ich bald darauf anlangte, sah ich ihn leibhaftig selbst, den graunhaften Mynheer, und zwar auf der Bühne. Bei dieser Gelegenheit, im Theater zu Amsterdam, lernte ich auch eine von jenen Nixen kennen, die ich auf dem Meere selbst vergeblich gesucht. Ich will ihr, weil sie gar zu lieblich war, ein besonderes Kapitel weihen.

Kapitel VII

Die Fabel von dem Fliegenden Holländer ist euch gewiß bekannt. Es ist die Geschichte von dem verwünschten Schiffe, das nie in den Hafen gelangen kann und jetzt schon seit undenklicher Zeit auf dem Meere herumfährt. Begegnet es einem anderen Fahrzeuge, so kommen einige von der unheimlichen Mannschaft in einem Boote herangefahren und bitten, ein Paket Briefe gefälligst mitzunehmen. Diese Briefe muß man an den Mastbaum festnageln, sonst widerfährt dem Schiffe ein Unglück, besonders wenn keine Bibel an Bord oder kein Hufeisen am Fockmaste befindlich ist. Die Briefe sind immer an Menschen adressiert, die man gar nicht kennt oder die längst verstorben, so daß zuweilen der späte Enkel einen Liebesbrief in Empfang nimmt, der an seine Urgroßmutter gerichtet ist, die schon seit hundert Jahr im Grabe liegt. Jenes hölzerne Gespenst, jenes grauenhafte Schiff führt seinen Namen von seinem Kapitän, einem Holländer, der einst bei allen Teufeln geschworen, daß er irgendein Vorgebirge, dessen Namen mir entfallen, trotz des heftigsten Sturms, der eben wehte, umschiffen wolle, und sollte er auch bis zum Jüngsten Tage segeln müssen. Der Teufel hat ihn beim Wort gefaßt, er muß bis zum Jüngsten Tage auf dem Meere herumirren, es sei denn, daß er durch die Treue eines Weibes erlöst werde. Der Teufel, dumm wie er ist, glaubt nicht an Weibertreue und erlaubte daher dem verwünschten Kapitän, alle sieben Jahr einmal ans Land zu steigen und zu heuraten und bei dieser Gelegenheit seine Erlösung zu betreiben. Armer Holländer! Er ist oft froh genug, von der Ehe selbst wieder erlöst und seine Erlöserin loszuwerden, und er begibt sich dann wieder an Bord.

Auf diese Fabel gründete sich das Stück, das ich im Theater zu Amsterdam gesehen. Es sind wieder sieben Jahr verflossen, der arme Holländer ist des endlosen Umherirrens müder als jemals, steigt ans Land, schließt Freundschaft mit einem schottischen Kaufmann, dem er begegnet, verkauft ihm Diamanten zu spottwohlfeilem Preise, und wie er hört, daß sein Kunde eine schöne Tochter besitzt, verlangt er sie zur Gemahlin. Auch dieser Handel wird abgeschlossen. Nun sehen wir das Haus des Schotten, das Mädchen erwartet den Bräutigam zagen Herzens. Sie schaut oft mit Wehmut nach einem großen verwitterten Gemälde, welches in der Stube hängt und einen schönen Mann in spanisch-niederländischer Tracht darstellt; es ist ein altes Erbstück, und nach der Aussage der Großmutter ist es ein getreues Konterfei des Fliegenden Holländers, wie man ihn vor hundert Jahr in Schottland gesehen, zur Zeit König Wilhelms von Oranien. Auch ist mit diesem Gemälde eine überlieferte Warnung verknüpft, daß die Frauen der Familie sich vor dem Originale hüten sollten. Eben deshalb hat das Mädchen von Kind auf sich die Züge des gefährlichen Mannes ins Herz geprägt. Wenn nun der wirkliche Fliegende Holländer leibhaftig hereintritt, erschrickt das Mädchen; aber nicht aus Furcht. Auch jener ist betroffen bei dem Anblick des Porträts. Als man ihm bedeutet, wen es vorstelle, weiß er jedoch jeden Argwohn von sich fernzuhalten; er lacht über den Aberglauben, er spöttelt selber über den Fliegenden Holländer, den Ewigen Juden des Ozeans; jedoch unwillkürlich in einen wehmütigen Ton übergehend, schildert er, wie Mynheer auf der unermeßlichen Wasserwüste die unerhörtesten Leiden erdulden müsse, wie sein Leib nichts anderes sei als ein Sarg von Fleisch, worin seine Seele sich langweilt, wie das Leben ihn von sich stößt und auch der Tod ihn abweist; gleich einer leeren Tonne, die sich die Wellen einander zuwerfen und sich spottend einander zu-

rückwerfen, so werde der arme Holländer zwischen Tod und Leben hin und her geschleudert, keins von beiden wolle ihn behalten; sein Schmerz sei tief wie das Meer, worauf er herumschwimmt, sein Schiff sei ohne Anker und sein Herz ohne Hoffnung.

Ich glaube, dieses waren ungefähr die Worte, womit der Bräutigam schließt. Die Braut betrachtet ihn ernsthaft und wirft manchmal Seitenblicke nach seinem Konterfei. Es ist, als ob sie sein Geheimnis erraten habe, und wenn er nachher fragt: «Katharina, willst du mir treu sein?», antwortet sie entschlossen: «Treu bis in den Tod.»

Bei dieser Stelle, erinnere ich mich, hörte ich Lachen, und dieses Lachen kam nicht von unten, aus der Hölle, sondern von oben, vom Paradiese. Als ich hinaufschaute, erblickte ich eine wunderschöne Eva, die mich mit ihren großen blauen Augen verführerisch ansah. Ihr Arm hing über der Galerie herab, und in der Hand hielt sie einen Apfel oder vielmehr eine Apfelsine. Statt mir aber symbolisch die Hälfte anzubieten, warf sie mir bloß metaphorisch die Schalen auf den Kopf. War es Absicht oder Zufall? Das wollte ich wissen. Ich war aber, als ich ins Paradies hinaufstieg, um die Bekanntschaft fortzusetzen, nicht wenig befremdet, ein weißes sanftes Mädchen zu finden, eine überaus weiblich weiche Gestalt, nicht schmächtig, aber doch kristallig zart, ein Bild häuslicher Zucht und beglückender Holdseligkeit. Nur um die linke Oberlippe zog sich etwas oder vielmehr ringelte sich etwas wie das Schwänzchen einer fortschlüpfenden Eidechse. Es war ein geheimnisvoller Zug, wie man ihn just nicht bei den reinen Engeln, aber auch nicht bei häßlichen Teufeln zu finden pflegt. Dieser Zug bedeutete weder das Gute noch das Böse, sondern bloß ein schlimmes Wissen; es ist ein Lächeln, welches vergiftet worden von jenem Apfel der Erkenntnis, den der Mund genossen. Wenn ich diesen Zug auf weichen vollrosigen Mädchenlippen sehe, dann fühl ich in den eigenen Lippen ein krampfhaftes Zucken, ein zuckendes Verlangen, jene Lippen zu küssen; es ist Wahlverwandtschaft.

Ich flüsterte daher dem schönen Mädchen ins Ohr: «Juffrow, ich will deinen Mund küssen.»

«Bei Gott, Mynheer, das ist ein guter Gedanke!» war die Antwort, die hastig und mit entzückendem Wohllaut aus dem Herzen hervorklang.

Aber nein – die ganze Geschichte, die ich hier zu erzählen dachte und wozu der Fliegende Holländer nur als Rahmen dienen sollte, will ich jetzt unterdrücken. Ich räche mich dadurch an den Prüden, die dergleichen Geschichten mit Wonne einschlürfen und bis an den Nabel, ja noch tiefer davon entzückt sind und nachher den Erzähler schelten und in Gesellschaft über ihn die Nase rümpfen und ihn als unmoralisch verschreien. Es ist eine gute Geschichte, köstlich wie eingemachte Ananas oder wie frischer Kaviar oder wie Trüffel in Burgunder, und wäre eine angenehme Lektüre nach der Betstunde; aber aus Rankünе, zur Strafe für frühere Unbill, will ich sie unterdrücken. Ich mache daher hier einen langen Gedankenstrich –

Dieser Strich bedeutet ein schwarzes Sofa, und darauf passierte die Geschichte, die ich nicht erzähle. Der Unschuldige muß mit dem Schuldigen leiden, und manche gute Seele schaut mich jetzt an mit einem bittenden Blick. Je nun, diesen Besseren will ich im Vertrauen gestehn, daß ich noch nie so wild geküßt worden wie von jener holländischen Blondine und daß diese das Vorurteil, welches ich bisher gegen blonde Haare und blaue Augen hegte, aufs siegreichste zerstört hat. Jetzt erst begriff ich, warum ein englischer Dichter solche Damen mit gefrorenem Champagner verglichen hat. In der eisigen Hülle lauert der heißeste Extrakt. Es gibt nichts Pikanteres als der Kontrast jener äußeren Kälte und der inneren Glut, die bacchantisch emporlodert und den glücklichen Zecher unwiderstehlich berauscht. Ja, weit mehr als in Brünetten zehrt der Sinnenbrand in manchen scheinstillen Heiligenbildern mit goldenem Glorienhaar und blauen Himmelsaugen und frommen Lilienhänden. Ich weiß eine Blondine aus einem der besten niederländischen Häuser, die zuweilen ihr schönes Schloß am Zuidersee verließ und inkognito nach Amsterdam und dort ins Theater ging, jedem, der ihr gefiel, Apfelsinenschalen auf den Kopf warf, zuweilen gar in Matrosenherbergen die wüsten Nächte zubrachte, eine holländische Messaline.

– – Als ich ins Theater noch einmal zurückkehrte, kam ich eben zur letzten Szene des Stücks, wo auf einer hohen Meerklippe das Weib des Fliegenden Holländers, die Frau Fliegende Holländerin, verzweiflungsvoll die Hände ringt, während auf dem Meere, auf dem Verdeck seines unheimlichen Schiffes, ihr unglücklicher Gemahl zu schauen ist. Er liebt sie und will sie verlassen, um sie nicht ins Verderben zu ziehen, und er gesteht ihr sein grauenhaftes Schicksal und den schrecklichen Fluch, der auf ihm lastet. Sie aber ruft mit lauter Stimme: «Ich war dir treu bis zu dieser Stunde, und ich weiß ein sicheres Mittel, wodurch ich dir meine Treue erhalte bis in den Tod!»

Bei diesen Worten stürzt sich das treue Weib ins Meer, und nun ist auch die Verwünschung des Fliegenden Holländers zu Ende, er ist erlöst, und wir sehen, wie das gespenstische Schiff in den Abgrund des Meeres versinkt.

Die Moral des Stückes ist für die Frauen, daß sie sich in acht nehmen müssen, keinen Fliegenden Holländer zu heuraten; und wir Männer ersehen aus diesem Stücke, wie wir durch die Weiber, im günstigsten Falle, zugrunde gehn.

Kapitel VIII

Aber nicht bloß in Amsterdam haben die Götter sich gütigst bemüht, mein Vorurteil gegen Blondinen zu zerstören. Auch im übrigen Holland hatte ich das Glück, meine früheren Irrtümer zu berichtigen. Ich will beileibe die Holländerinnen nicht auf Kosten der Damen anderer Länder hervorstreichen. Bewahre mich der Himmel vor solchem Unrecht, welches von meiner Seite zugleich der größte Undank wäre. Jedes Land hat seine besondere Küche und seine besondere

Weiblichkeiten, und hier ist alles Geschmacksache. Der eine liebt gebratene Hühner, der andere gebratene Enten; was mich betrifft, ich liebe gebratene Hühner und gebratene Enten und noch außerdem gebratene Gänse. Von hohem idealischen Standpunkte betrachtet, haben die Weiber überall eine gewisse Ähnlichkeit mit der Küche des Landes. Sind die britischen Schönen nicht ebenso gesund, nahrhaft, solide, konsistent, kunstlos und doch so vortrefflich wie Altenglands einfach gute Kost: Roastbeef, Hammelbraten, Pudding in flammendem Kognak, Gemüse in Wasser gekocht, nebst zwei Saucen, wovon die eine aus gelassener Butter besteht? Da lächelt kein Frikassee, da täuscht kein flatterndes Vol-au-vent, da seufzt kein geistreiches Ragout, da tändeln nicht jene tausendartig gestopften, gesottenen, aufgehüpften, gerösteten, durchzückerten, pikanten, deklamatorischen und sentimentalen Gerichte, die wir bei einem französischen Restaurant finden und die mit den schönen Französinnen selbst die größte Ähnlichkeit bieten! Merken wir doch nicht selten, daß bei diesen ebenfalls der eigentliche Stoff nur als Nebensache betrachtet wird, daß der Braten selber manchmal weniger wert ist als die Sauce, daß hier Geschmack, Grazie und Eleganz die Hauptsache sind. Italiens gelbfette, leidenschaftgewürzte, humoristisch garnierte, aber doch schmachtend idealische Küche trägt ganz den Charakter der italienischen Schönen. Oh, wie sehne ich mich manchmal nach den lombardischen Stuffados, nach den Tagliarinis und Broccolis des holdseligen Toskana! Alles schwimmt in Öl, träge und zärtlich, und trillert Rossinis süße Melodien und weint vor Zwiebelduft und Sehnsucht! Den Makkaroni mußt du aber mit den Fingern essen, und dann heißt er: Beatrice!

Nur gar zu oft denke ich an Italien und am öftersten des Nachts. Vorgestern träumte mir, ich befände mich in Italien und sei ein bunter Harlekin und läge recht faulenzerisch unter einer Trauerweide. Die herabhängenden Zweige dieser Trauerweide waren aber lauter Makkaroni, die mir lang und lieblich bis ins Maul hineinfielen; zwischen diesem

Laubwerk von Makkaroni flossen statt Sonnenstrahlen lauter gelbe Butterströme, und endlich fiel von oben herab ein weißer Regen von geriebenem Parmesankäse.

Ach! von geträumtem Makkaroni wird man nicht satt – Beatrice!

Von der deutschen Küche kein Wort. Sie hat alle möglichen Tugenden und nur einen einzigen Fehler; ich sage aber nicht welchen. Da gibt's gefühlvolles, jedoch unentschlossenes Backwerk, verliebte Eierspeisen, tüchtige Dampfnudeln, Gemütssuppe mit Gerste, Pfannkuchen mit Äpfel und Speck, tugendhafte Hausklöße, Sauerkohl – wohl dem, der es verdauen kann.

Was die holländische Küche betrifft, so unterscheidet sie sich von letzterer erstens durch die Reinlichkeit, zweitens durch die eigentliche Leckerheit. Besonders ist die Zubereitung der Fische unbeschreibbar liebenswürdig. Rührend inniger und doch zugleich tiefsinnlicher Sellerieduft. Selbstbewußte Naivität und Knoblauch. Tadelhaft jedoch ist es, daß sie Unterhosen von Flanell tragen; nicht die Fische, sondern die schönen Töchter des meerumspülten Hollands.

Aber zu Leiden, als ich ankam, fand ich das Essen fürchterlich schlecht. Die Republik Hamburg hatte mich verwöhnt; ich muß die dortige Küche nachträglich noch einmal loben, und bei dieser Gelegenheit preise ich noch einmal Hamburgs schöne Mädchen und Frauen. Oh, ihr Götter! in den ersten vier Wochen, wie sehnte ich mich zurück nach den Rauchfleischlichkeiten und nach den Mockturteltauben Hammonias! Ich schmachtete an Herz und Magen. Hätte sich nicht endlich die Frau Wirtin zur Roten Kuh in mich verliebt, ich wäre vor Sehnsucht gestorben.

Heil dir, Wirtin zur Roten Kuh!

Es war eine untersetzte Frau mit einem sehr großen runden Bauche und einem sehr kleinen runden Kopfe. Rote Wängelein, blaue Äugelein; Rosen und Veilchen. Stundenlang saßen wir beisammen im Garten und tranken Tee aus echt chinesischen Porzellantassen. Es war ein schöner Garten, viereckige und dreieckige Beete, symmetrisch bestreut mit Goldsand, Zinnober und kleinen blanken Muscheln. Die Stämme der Bäume hübsch rot und blau angestrichen. Kupferne Käfige voll Kanarienvögel. Die kostbarsten Zwiebelgewächse in buntbemalten, glasierten Töpfen. Der Taxus allerliebst künstlich geschnitten, mancherlei Obelisken, Pyramiden, Vasen, auch Tiergestalten bildend. Da stand ein aus Taxus geschnittener grüner Ochs, welcher mich fast eifersüchtig ansah, wenn ich sie umarmte, die holde Wirtin zur Roten Kuh.

Heil dir, Wirtin zur Roten Kuh!

Wenn Myfrau den Oberteil des Kopfes mit den friesischen Goldplatten umschildet, den Bauch mit ihrem buntgeblümten Damastrock eingepanzert und die Arme mit der weißen Fülle ihrer Brabanter Spitzen gar kostbar belastet hatte, dann sah sie aus wie eine fabelhafte chinesische Puppe, wie etwa die Göttin des Porzellans. Wenn ich alsdann in Begeisterung geriet und sie auf beide Backen laut küßte, so blieb sie ganz porzellanig steif stehen und seufzte ganz porzellanig: «Mynheer!» Alle Tulpen des Gartens schienen dann mitgerührt und mitbewegt zu sein und schienen mitzuseufzen: «Mynheer!»

Dieses delikate Verhältnis schaffte mir manchen delikaten Bissen. Denn jede solche Liebesszene influenzierte auf den Inhalt der Eßkörbe, welche mir die vortreffliche Wirtin alle Tage ins Haus schickte. Meine Tischgenossen, sechs andere Studenten, die auf meiner Stube mit mir aßen, konnten an der Zubereitung des Kalbsbratens oder des Ochsenfilets jedesmal schmecken, wie sehr sie mich liebte, die Frau Wirtin zur Roten Kuh. Wenn das Essen einmal schlecht war, mußte ich viele demütigende Spötteleien ertragen, und es hieß dann: «Seht, wie der Schnabelewopski miserabel aussieht, wie gelb und runzlicht sein Gesicht, wie katzenjämmerlich seine Augen, als wollte er sie sich aus dem Kopfe herauskotzen, es ist kein Wunder, daß unsere Wirtin seiner überdrüssig wird und uns jetzt schlechtes Essen schickt.» Oder man sagte auch: «Um Gottes willen, der Schnabelewopski wird täglich schwächer und matter und verliert am Ende ganz die Gunst unserer Wirtin, und wir kriegen dann immer schlechtes Essen wie heut – wir müssen ihn tüchtig füttern, damit er wieder ein feuriges Äußere gewinnt.» Und dann stopften sie mir just die allerschlechtesten Stücke ins Maul und nötigten mich, übergebührlich viel Sellerie zu essen. Gab es aber magere Küche mehrere Tage hintereinander, dann wurde ich mit den ernsthaftesten Bitten bestürmt, für besseres Essen zu sorgen, das Herz unserer Wirtin aufs neue zu entflammen, meine Zärtlichkeit für sie zu erhöhen, kurz, mich fürs allgemeine Wohl aufzuopfern. In langen Reden wurde mir dann vorgestellt, wie edel, wie herrlich es sei, wenn jemand für das Heil seiner Mitbürger sich heroisch resigniert, gleich dem Regulus, welcher sich in eine alte vernagelte Tonne stecken ließ, oder auch gleich dem Theseus, welcher sich in die Höhle des Minotaurs freiwillig begeben hat – und dann wurde der Livius zitiert und der Plutarch usw. Auch sollte ich bildlich zur Nacheiferung gereizt werden, indem man jene Großtaten auf die Wand zeichnete, und zwar mit grotesken Anspielungen; denn der Minotaur sah aus wie die rote Kuh auf dem wohlbekannten Wirtshausschilde, und die karthaginiensische vernagelte Tonne sah aus wie meine Wirtin selbst. Überhaupt hatten jene undankbaren Menschen die äußere Gestalt der vortrefflichen Frau zur beständigen Zielscheibe ihres Witzes gewählt. Sie pflegten gewöhnlich ihre Figur aus Äpfeln zusammenzusetzen oder aus Brotkrumen zu kneten. Sie nahmen dann ein kleines Äpfelchen, welches der Kopf sein sollte, setzten dieses auf einen ganz großen Apfel, welcher den Bauch vorstellte, und dieser stand wieder auf zwei Zahnstochern, welche sich für Beine ausgaben. Sie formten auch wohl aus Brotkrumen das Bild unserer Wirtin und kneteten dann ein ganz winziges

Püppchen, welches mich selber vorstellen sollte, und dieses setzten sie dann auf die große Figur und rissen dabei die schlechtesten Vergleiche. Z. B. der eine bemerkte, die kleine Figur sei Hannibal, welcher über die Alpen steigt. Ein anderer meinte hingegen, es sei Marius, welcher auf den Ruinen von Karthago sitzt. Dem sei nun, wie ihm wolle, wäre ich nicht manchmal über die Alpen gestiegen oder hätte ich mich nicht manchmal auf die Ruinen von Karthago gesetzt, so würden meine Tischgenossen beständig schlechtes Essen bekommen haben.

Kapitel IX

Wenn der Braten ganz schlecht war, disputierten wir über die Existenz Gottes. Der liebe Gott hatte aber immer die Majorität. Nur drei von der Tischgenossenschaft waren atheistisch gesinnt; aber auch diese ließen sich überreden, wenn wir wenigstens guten Käse zum Dessert bekamen. Der eifrigste Deist war der kleine Simson, und wenn er mit dem langen Vanpitter über die Existenz Gottes disputierte, wurde er zuweilen höchst ärgerlich, lief im Zimmer auf und ab und schrie beständig: «Das ist bei Gott nicht erlaubt!» Der lange Vanpitter, ein magerer Friese, dessen Seele so ruhig wie das Wasser in einem holländischen Kanal und dessen Worte sich ruhig hinzogen wie eine Trekschuite, holte seine Argumente aus der deutschen Philosophie, womit man sich damals in Leiden stark beschäftigte. Er spöttelte über die engen Köpfe, die dem lieben Gott eine Privatexistenz zuschreiben, er beschuldigte sie sogar der Blasphemie, indem sie Gott mit Weisheit, Gerechtigkeit, Liebe und ähnlichen menschlichen Eigenschaften versähen, die sich gar nicht für ihn schickten; denn diese Eigenschaften seien gewissermaßen die Negation von menschlichen Gebrechen, da wir sie nur als Gegensatz zu menschlicher Dummheit, Ungerechtigkeit und Haß aufgefaßt haben. Wenn aber Vanpitter seine eigenen pantheistischen Ansichten entwickelte, so trat der dicke Fichteaner, ein gewisser Driksen aus Utrecht, gegen ihn auf und wußte seinen vagen, in der Natur verbreiteten, also immer im Raume existierenden Gott gehörig durchzuhecheln, ja er behauptete: es sei Blasphemie, wenn man auch nur von einer Existenz Gottes spricht, indem «Existieren» ein Begriff sei, der einen gewissen Raum, kurz, etwas Substantielles voraussetze. Ja, es sei Blasphemie, von Gott zu sagen: «Er ist»; das reinste Sein könne nicht ohne sinnliche Beschränkung gedacht werden; wenn man Gott denken wolle, müsse man von aller Substanz abstrahieren, man müsse ihn nicht denken als eine Form der Ausdehnung, sondern als eine Ordnung der Begebenheiten; Gott sei kein Sein, sondern ein reines Handeln, er sei nur Prinzip einer übersinnlichen Weltordnung.

Bei diesen Worten aber wurde der kleine Simson immer ganz wütend und lief noch toller im Zimmer herum und schrie noch lauter: «O Gott! Gott! das ist bei Gott nicht erlaubt, o Gott!» Ich glaube, er hätte den dicken Fichteaner geprügelt, zur Ehre Gottes, wenn er nicht gar zu dünne Ärmchen hatte. Manchmal stürmte er auch wirklich auf ihn los; dann aber nahm der Dicke die beiden Ärmchen des kleinen Simson, hielt ihn ruhig fest, setzte ihm sein System ganz ruhig auseinander, ohne die Pfeife aus dem Munde zu nehmen, und blies ihm dann seine dünnen Argumente mitsamt dem dicksten Tabaksdampf ins Gesicht, so daß der Kleine fast erstickte vor Rauch und Ärger und immer leiser und hülfeflehend wimmerte: «O Gott! O Gott!» Aber der half ihm nie, obgleich er dessen eigene Sache verfocht.

Trotz dieser göttlichen Indifferenz, trotz diesem fast menschlichen Undank Gottes blieb der kleine Simson doch der beständige Champion des Deismus, und ich glaube, aus angeborener Neigung. Denn seine Väter gehörten zu dem auserwählten Volke Gottes, einem Volke, das Gott einst mit seiner besonderen Liebe protegiert und das daher bis auf diese Stunde eine gewisse Anhänglichkeit für den lieben Gott bewahrt hat. Die Juden sind immer die gehorsamsten Deisten, namentlich diejenigen, welche, wie der kleine Simson, in der freien Stadt Frankfurt geboren sind. Diese können bei politischen Fragen so republikanisch als möglich denken, ja sich sogar sansculottisch im Kote wälzen; kommen aber religiöse Begriffe ins Spiel, dann bleiben sie untertänige Kammerknechte ihres Jehova, des alten Fetischs, der doch von ihrer ganzen Sippschaft nichts mehr wissen will und sich zu einem gottreinen Geist umtaufen lassen.

Ich glaube, dieser gottreine Geist, dieser Parvenü des Himmels, der jetzt so moralisch, so kosmopolitisch und universell gebildet ist, hegt ein geheimes Mißwollen gegen die armen Juden, die ihn noch in seiner ersten rohen Gestalt gekannt haben und ihn täglich in ihren Synagogen an seine ehemaligen obskuren Nationalverhältnisse erinnern. Vielleicht will es der alte Herr gar nicht mehr wissen, daß er palästinischen Ursprungs und einst der Gott Abrahams, Isaaks und Jakobs gewesen und damals Jehova geheißen hat.

Kapitel X

Mit dem kleinen Simson hatte ich zu Leiden sehr vielen Umgang, und er wird in diesen Denkblättern noch oft erwähnt werden. Außer ihn sah ich am öftersten einen anderen meiner Tischgenossen, den jungen van Moeulen, ich konnte ganze Stunden lang sein schönes Gesicht betrachten und dabei an seine Schwester denken, die ich nie gesehen und wovon ich nur wußte, daß sie die schönste Frau im Waterland sei. Van Moeulen war ebenfalls ein schönes Menschenbild, ein Apollo, aber kein Apollo von Marmor, sondern viel eher von Käse. Er war der vollendetste Holländer, den ich je gesehn. Ein sonderbares Gemisch von Mut und Phlegma. Als er einst im Kaffeehause einen Irländer so sehr erzürnt, daß dieser eine Pistole aus der Tasche zog, auf ihn losdrückte und, statt ihn zu treffen, ihm nur die irdene Pfeife vom Munde wegschoß, da blieb van Moeulens Gesicht so bewegungslos wie Käse, und im gleichgültig ruhigsten Tone rief er: «Jan, e nüe Piep!» Fatal war mir an ihm sein Lächeln, denn alsdann zeigte er eine Reihe ganz kleiner weißer Zähnchen, die eher wie Fischgräte aussahen. Auch mißfiel mir, daß er große goldene Ohrringe trug. Er hatte die sonderbare Gewohnheit, alle Tage in seiner Wohnung die Aufstellung der Möbel zu verändern, und wenn man zu ihm kam, fand man ihn entweder beschäftigt, die Kommode an die Stelle des Bettes oder den Schreibtisch an die Stelle des Sofas zu setzen.

Der kleine Simson bildete, in dieser Beziehung, den ängstlichsten Gegensatz. Er konnte nicht leiden, daß man in seinem Zimmer das mindeste verrückte; er wurde sichtbar unruhig, wenn man dort auch nur das mindeste, sei es auch nur eine Lichtschere, zur Hand nahm. Alles mußte liegenbleiben, wie es lag. Denn seine Möbel und sonstige Effekten dienten ihm als Hülfsmittel, nach den Vorschriften der Mnemonik allerlei historische Daten oder philosophische Sätze in seinem Gedächtnisse zu fixieren. Als einst die Hausmagd in seiner Abwesenheit einen alten Kasten aus seinem Zimmer fortgeschafft und seine Hemde und Strümpfe aus den Schubladen der Kommode genommen, um sie waschen zu lassen, da war er untröstlich, als er nach Hause kam, und er behauptete, er wisse jetzt gar nichts mehr von der assyrischen Geschichte, und alle seine Beweise für die Unsterblichkeit der Seele, die er so mühsam in den verschiedenen Schubladen ganz systematisch geordnet, seien jetzt in die Wäsche gegeben.

Zu den Originalen, die ich in Leiden kennengelernt, gehört auch Mynheer van der Pissen, ein Vetter van Moeulens, der mich bei ihm eingeführt. Er war Professor der Theologie an der Universität, und ich hörte bei ihm das Hohelied Salomonis und die Offenbarung Johannis. Er war ein schöner blühender Mann, etwa fünfunddreißig Jahr alt und auf dem Katheder sehr ernst und gesetzt. Als ich ihn aber einst besuchen wollte und in seinem Wohnzimmer niemanden fand, sah ich durch die halbgeöffnete Tür eines Seitenkabinetts ein gar merkwürdiges Schauspiel. Dieses Kabinett war halb chinesisch, halb pompadourisch französisch verziert; an den Wänden goldig schillernde Damasttapeten; auf dem Boden der kostbarste persische Teppich; überall wunderliche Porzellanpagoden, Spielsachen von Perlmutter, Blumen, Straußfedern und Edelsteine; die Sessel von rotem Sammet mit Goldtroddeln und darunter ein besonders erhöhter Sessel, der wie ein Thron aussah und worauf ein kleines Mädchen saß, das etwa drei Jahre alt sein mochte und in blauem silbergestickten Atlas, jedoch sehr altfränkisch, gekleidet war und in der einen Hand, gleich einem Zepter, einen bunten Pfauenwedel und in der andern einen welken Lorbeerkranz emporhielt. Vor ihr aber auf dem Boden wälzten sich Mynheer van der Pissen, sein kleiner Mohr, sein Pudel und sein Affe. Diese vier zausten sich und bissen sich untereinander, während das Kind und der grüne Papagoi, welcher auf der Stange saß, beständig Bravo! riefen. Endlich erhob sich Mynheer vom Boden, kniete vor dem Kinde nieder, rühmte in einer ernsthaften lateinischen Rede den Mut, womit er seine Feinde bekämpft und besiegt, ließ sich von der Kleinen den welken Lorbeerkranz auf das Haupt setzen; – und Bravo! Bravo! rief das Kind und der Papagoi und ich, welcher jetzt ins Zimmer trat.

Mynheer schien etwas bestürzt, daß ich ihn in seinen Wunderlichkeiten überrascht. Diese, wie man mir später sagte, trieb er alle Tage; alle Tage besiegte er den Mohr, den Pudel und den Affen; alle Tage ließ er sich belorbeeren von dem kleinen Mädchen, welches nicht sein eignes Kind, sondern ein Fündling aus dem Waisenhause von Amsterdam war.

Kapitel XI

Das Haus, worin ich zu Leiden logierte, bewohnte einst Jan Steen, der große Jan Steen, den ich für ebenso groß halte wie Raffael. Auch als religiöser Maler war Jan ebenso groß, und das wird man einst ganz klar einsehn, wenn die Religion des Schmerzes erloschen ist und die Religion der Freude den trüben Flor von den Rosenbüschen dieser Erde fortreißt und die Nachtigallen endlich ihre lang verheimlichten Entzückungen hervorjauchzen dürfen.

Aber keine Nachtigall wird je so heiter und jubelnd singen, wie Jan Steen gemalt hat. Keiner hat so tief wie er begriffen, daß auf dieser Erde ewig Kirmes sein sollte; er begriff, daß unser Leben nur ein farbiger Kuß Gottes sei, und er wußte, daß der Heilige Geist sich am herrlichsten offenbart im Licht und Lachen.

Sein Auge lachte ins Licht hinein, und das Licht spiegelte sich in seinem lachenden Auge.

Und Jan blieb immer ein gutes, liebes Kind. Als der alte strenge Prädikant von Leiden sich neben ihm an den Herd setzte und eine lange Vermahnung hielt über sein fröhliches Leben, seinen lachend unchristlichen Wandel, seine Trunkliebe, seine ungeregelte Wirtschaft und seine verstockte Lustigkeit, da hat Jan ihm zwei Stunden lang ganz ruhig zugehört, und er verriet nicht die mindeste Ungeduld über die lange Strafpredigt, und nur einmal unterbrach er sie mit den Worten: «Ja, Domine, die Beleuchtung wäre dann viel besser, ja ich bitte Euch, Domine, dreht Euren Stuhl ein klein wenig dem Kamine zu, damit die Flamme ihren roten Schein über Eu'r ganzes Gesicht wirft und der übrige Körper im Schatten bleibt – –»

Der Domine stand wütend auf und ging davon. Jan aber griff sogleich nach der Palette und malte den alten strengen Herren ganz, wie er ihm in jener Strafpredigtpositur, ohne es zu ahnen, Modell gesessen. Das Bild ist vortrefflich und hing in meinem Schlafzimmer zu Leiden.

Nachdem ich in Holland so viele Bilder von Jan Steen gesehen, ist mir, als kennte ich das ganze Leben des Mannes. Ja, ich kenne seine sämtliche Sippschaft, seine Frau, seine Kinder, seine Mutter, alle seine Vettern, seine Hausfeinde und sonstige Angehörigen, ja, ich kenne sie von Angesicht zu Angesicht. Grüßen uns doch diese Gesichter aus allen seinen Gemälden hervor, und eine Sammlung derselben wäre eine Biographie des Malers. Er hat oft mit einem einzigen Pinselstrich die tiefsten Geheimnisse seiner Seele darin eingezeichnet. So glaube ich, seine Frau hat ihm allzu oft Vorwürfe gemacht über sein vieles Trinken. Denn auf dem Gemälde, welches das Bohnenfest vorstellt und wo Jan mit seiner ganzen Familie zu Tische sitzt, da sehen wir seine Frau mit einem gar großen Weinkrug in der Hand, und ihre Augen leuchten wie die einer Bacchantin. Ich bin aber überzeugt, die gute Frau hat nie zuviel Wein genossen und der Schalk hat uns weismachen wollen, nicht er, sondern seine Frau liebe den Trunk. Deshalb lacht er desto vergnügter aus dem Bilde hervor. Er ist glücklich: er sitzt in der Mitte der Seinigen; sein Söhnchen ist Bohnenkönig und steht mit der Krone von Flittergold auf einem Stuhle; seine alte Mutter, in ihren Gesichtsfalten das seligste Schmunzeln, trägt das jüngste Enkelchen auf dem Arm; die Musikanten spielen ihre närrisch lustigsten Hopsamelodien; und die sparsam bedächtige, ökonomisch schmollende Hausfrau ist bei der ganzen Nachwelt in den Verdacht hineingemalt, als sei sie besoffen.

Wie oft, in meiner Wohnung zu Leiden, konnte ich mich ganze Stunden lang in die häuslichen Szenen zurückdenken, die der vortreffliche Jan dort erlebt und erlitten haben mußte. Manchmal glaubte ich, ich sähe ihn leibhaftig selber an seiner Staffelei sitzen, dann und wann nach dem großen Henkelkrug greifen, «überlegen und dabei trinken, und dann wieder trinken, ohne zu überlegen». Das war kein trübkatholischer Spuk, sondern ein modern heller Geist der Freude, der nach dem Tode noch sein altes Atelier besucht, um lustige Bilder zu malen und zu trinken. Nur solche Gespenster werden unsere Nachkommen zuweilen schauen, am lichten Tage, während die Sonne durch die blanken Fenster schaut und vom Turme herab keine schwarzdumpfe Glocken, sondern rotjauchzende Trompetentöne die liebliche Mittagsstunde ankündigen.

Die Erinnerung an Jan Steen war aber das Beste oder vielmehr das einzig Gute an meiner Wohnung zu Leiden. Ohne diesen gemütlichen Reiz hätte ich darin keine acht Tage ausgehalten. Das Äußere des Hauses war elend und kläglich und mürrisch, ganz unholländisch! Das dunkle, morsche Haus stand dicht am Wasser, und wenn man an der anderen Seite des Kanals vorbeiging, glaubte man eine alte Hexe zu sehen, die sich in einem glänzenden Zauberspiegel betrachtet. Auf dem Dache standen immer ein paar Störche, wie auf allen holländischen Dächern. Neben mir logierte die Kuh, deren Milch ich des Morgens trank, und unter meinem Fenster war ein Hühnersteig. Meine gefiederte Nachbarinnen lieferten gute Eier; aber da ich immer, ehe sie deren zur Welt brachten, ein langes Gackern, gleichsam die langweilige Vorrede zu den Eiern, anhören mußte, so wurde mir der Genuß derselben ziemlich verleidet. Zu den eigentlichen Unannehmlichkeiten meiner Wohnung gehörten aber zwei der fatalsten Mißstände: erstens das Violinspielen, womit man meine Ohren während des Tages belästigte, und dann die Störungen des Nachts, wenn meine Wirtin ihren armen Mann mit ihrer sonderbaren Eifersucht verfolgte.

Wer das Verhältnis meines Hauswirts zu meiner Frau Wirtin kennenlernen wollte, brauchte nur beide zu hören, wenn sie miteinander Musik machten. Der Mann spielte das Violoncello, und die Frau spielte das sogenannte Violon d'Amour; aber sie hielt nie Tempo und war dem Manne immer einen Takt voraus und wußte ihrem unglücklichen Instrumente die grellfeinsten Keiflaute abzuquälen; wenn das Cello brummte und die Violine greinte, glaubte man ein zankendes Ehepaar zu hören. Auch spielte die Frau noch immer weiter, wenn der Mann längst fertig war, daß es schien, als wollte sie das letzte Wort behalten. Es war ein großes, aber sehr mageres Weib, nichts als Haut und Knochen, ein Maul, worin einige falsche Zähne klapperten, eine kurze Stirn, fast gar kein Kinn und eine desto längere Nase, deren Spitze wie ein Schnabel sich herabzog und womit sie zuweilen, wenn sie Violine spielte, den Ton einer Saite zu dämpfen schien.

Mein Hauswirt war etwa fünfzig Jahre alt und ein Mann von sehr dünnen Beinen, abgezehrt bleichem Antlitz und ganz kleinen, grünen Äuglein, womit er beständig blinzelte, wie eine Schildwache, welcher die Sonne ins Gesicht scheint. Er war seines Gewerbes ein Bruchbandmacher und seiner Religion nach ein Wiedertäufer. Er las sehr fleißig in der Bibel. Diese Lektüre schlich sich in seine nächtliche Träume, und mit blinzelnden Äuglein erzählte er seiner Frau des Morgens beim Kaffee, wie er wieder hochbegnadigt worden, wie die heiligsten Personen ihn ihres Gespräches gewürdigt, wie er sogar mit der allerhöchst heiligen Majestät Jehovas verkehrt und wie alle Frauen des Alten Testamentes ihn mit der freundlichsten und zärtlichsten Aufmerksamkeit behandelt. Letzterer Umstand war meiner Hauswirtin gar nicht lieb, und nicht selten bezeugte sie die eifersüchtigste Mißlaune über ihres Mannes nächtlichen Umgang mit den Weibern des Alten Testamentes. Wäre es noch, sagte sie, die keusche Mutter Maria oder die alte Marthe oder auch meinethalb die Magdalene, die sich ja gebessert hat – aber ein nächtliches Verhältnis mit den Sauftöchtern des alten Lot, mit der sauberen Madam Judith, mit der verlaufenen Königin von Saba und dergleichen zweideutigen Weibsbildern darf nicht geduldet werden. Nichts glich aber ihrer Wut, als eines Morgens ihr Mann im Übergeschwätze seiner Seligkeit eine begeisterte Schilderung der schönen Esther entwarf, welche ihn gebeten, ihr bei ihrer Toilette behülflich zu sein, indem sie, durch die Macht ihrer Reize, den König Ahasverus für die gute Sache gewinnen wollte. Vergebens beteuerte der arme Mann, daß Herr Mardochai selber ihn bei seiner schönen Pflegetochter eingeführt, daß diese schon halb bekleidet war, daß er ihr nur die langen schwarzen Haare ausgekämmt – vergebens! die erboste Frau schlug den armen Mann mit seinen eignen Bruchbändern, goß ihm den heißen Kaffee ins Gesicht, und sie hätte ihn gewiß umgebracht, wenn er nicht aufs heiligste versprach, allen Umgang mit den alttestamentarischen Weibern aufzugeben und künftig nur mit Erzvätern und männlichen Propheten zu verkehren. Die Folge dieser Mißhandlung war, daß Mynheer von nun an sein nächtliches Glück gar ängstlich verschwieg; er wurde jetzt erst ganz ein heiliger Roué; wie er mir gestand, hatte er den Mut, sogar der nackten Susanna die unsittlichsten Anträge zu machen; ja, er war am Ende frech genug, sich in den Harem des Königs Salomon hineinzuträumen und mit dessen tausend Weibern Tee zu trinken.

Kapitel XII

Unglückselige Eifersucht! durch diese ward einer meiner schönsten Träume und mittelbar vielleicht das Leben des kleinen Simson unterbrochen!

Was ist Traum? Was ist Tod? Ist dieser nur eine Unterbrechung des Lebens – oder gänzliches Aufhören desselben? Ja, für Leute, die nur Vergangenheit und Zukunft kennen und nicht in jedem Momente der Gegenwart eine Ewigkeit leben können, ja, für solche muß der Tod schrecklich sein! Wenn ihnen die beiden Krücken, Raum und Zeit, entfallen, dann sinken sie ins ewige Nichts.

Und der Traum? Warum fürchten wir uns vor dem Schlafengehn nicht weit mehr als vor dem Begrabenwerden? Ist es nicht furchtbar, daß der Leib eine ganze Nacht leichentot sein kann, während der Geist in uns das bewegteste Leben führt, ein Leben mit allen Schrecknissen jener Scheidung, die wir eben zwischen Leib und Geist gestiftet? Wenn einst in der Zukunft beide wieder in unserem Bewußtsein vereinigt sind, dann gibt es vielleicht keine Träume mehr, oder nur kranke Menschen, Menschen, deren Harmonie gestört, werden träumen. Nur leise und wenig träumten die Alten; ein starker, gewaltiger Traum war bei ihnen wie ein Ereignis und wurde in die Geschichtsbücher eingetragen. Das rechte Träumen beginnt erst bei den Juden, dem Volke des Geistes, und erreichte seine höchste Blüte bei den Christen, dem Geistervolk. Unsere Nachkommen werden schaudern, wenn sie einst lesen, welch ein gespenstisches Dasein wir geführt, wie der Mensch in uns gespalten war und nur die eine Hälfte ein eigentliches Leben geführt. Unsere Zeit – und sie beginnt am Kreuze Christi – wird als eine große Krankheitsperiode der Menschheit betrachtet werden.

Und doch, welche süße Träume haben wir träumen können! Unsere gesunden Nachkommen werden es kaum begreifen. Um uns her verschwanden alle Herrlichkeiten der Welt, und wir fanden sie wieder in unserer inneren Seele – in unsere Seele flüchtete sich der Duft der zertretenen Rosen und der lieblichste Gesang der verscheuchten Nachtigallen. –

Ich weiß das alles und sterbe an den unheimlichen Ängsten und grauenhaften Süßigkeiten unserer Zeit. Wenn ich des Abends mich auskleide und zu Bette lege und die Beine lang ausstrecke und mich bedecke mit dem weißen Laken, dann schaudre ich manchmal unwillkürlich, und mir kommt in den Sinn, ich sei eine Leiche, und ich begrübe mich selbst. Dann schließe ich aber hastig die Augen, um diesem schauerlichen Gedanken zu entrinnen, um mich zu retten in das Land der Träume.

Es war ein süßer, lieber, sonniger Traum. Der Himmel himmelblau und wolkenlos, das Meer meergrün und still. Unabsehbar weite Wasserfläche, und darauf schwamm ein buntgewimpeltes Schiff, und auf dem Verdeck saß ich kosend zu den Füßen Jadvigas. Schwärmerische Liebeslieder, die ich selber auf rosige Papierstreifen geschrieben, las ich ihr vor, heiter seufzend, und sie horchte mit ungläubig hingeneigtem Ohr und sehnsüchtigem Lächeln und riß mir zuweilen hastig die Blätter aus der Hand und warf sie ins Meer. Aber die schönen Nixen mit ihren schneeweißen Busen und Armen tauchten jedesmal aus dem Wasser empor und erhaschten die flatternden Lieder der Liebe. Als ich mich über Bord beugte, konnte ich ganz klar bis in die Tiefe des Meeres hinabschaun, und da saßen, wie in einem gesellschaftlichen Kreise, die schönen Nixen, und in ihrer Mitte stand ein junger Nix, der mit gefühlvoll belebtem Angesicht meine Liebeslieder deklamierte. Ein stürmischer Beifall erscholl bei jeder Strophe; die grünlockichten Schönen applaudierten so leidenschaftlich, daß Brust und Nacken erröteten, und sie lobten mit einer freudigen, aber doch zugleich mitleidigen Begeisterung: «Welche sonderbare Wesen sind diese Menschen! Wie sonderbar ist ihr Leben. Wie tragisch ihr ganzes Schicksal! Sie lieben sich und dürfen es meistens nicht sagen, und dürfen sie es einmal sagen, so können sie doch einander selten verstehn! Und dabei leben sie nicht ewig wie wir, sie sind sterblich, nur eine kurze Spanne Zeit ist ihnen vergönnt, das Glück zu suchen, sie müssen es schnell erhaschen, hastig ans Herz drücken, ehe es entflieht – deshalb sind ihre Liebeslieder auch so zart, so innig, so süß ängstlich, so verzweiflungsvoll lustig, ein so seltsames Gemisch von Freude und Schmerz. Der Gedanke des Todes wirft seinen melancholischen Schatten über ihre glücklichsten Stunden und tröstet sie lieblich im Unglück. Sie können weinen. Welche Poesie in so einer Menschenträne!»

«Hörst du», sagte ich zu Jadviga, «wie die da unten über uns urteilen? – Wir wollen uns umarmen, damit sie uns nicht mehr bemitleiden, damit sie sogar neidisch werden!» Sie aber, die Geliebte, sah mich an mit unendlicher Liebe und ohne ein Wort zu reden. Ich hatte sie stumm geküßt. Sie erblich, und ein kalter Schauer überflog die holde Gestalt. Sie lag endlich starr wie weißer Marmor in meinen Armen, und ich hätte sie für tot gehalten, wenn sich nicht zwei große Tränenströme unaufhaltsam aus ihren Augen ergossen – und diese Tränen überfluteten mich, während ich das holde Bild immer gewaltiger mit meinen Armen umschlang. –

Da hörte ich plötzlich die keifende Stimme meiner Hauswirtin und erwachte aus meinem Traum. Sie stand vor meinem Bette mit der Blendlaterne in der Hand und bat mich, schnell aufzustehn und sie zu begleiten. Nie hatte ich sie so häßlich gesehn. Sie war im Hemde, und ihre verwitterten Brüste vergoldete der Mondschein, der eben durchs Fenster fiel; sie sahen aus wie zwei getrocknete Zitronen. Ohne zu wissen, was sie begehrte, fast noch schlummertrunken, folgte ich ihr nach dem Schlafgemach ihres Gatten, und da lag der arme Mann, die Nachtmütze über die Augen gezogen, und schien heftig zu träumen. Manchmal zuckte sichtbar sein Leib unter der Bettdecke, seine Lippen lächelten vor überschwenglichster Wonne, spitzten sich manchmal krampfhaft, wie zu einem Kusse, und er röchelte und stammelte: «Vasthi! Königin Vasthi! Majestät! Fürchte keinen Ahasveros! Geliebte Vasthi!»

Mit zornglühenden Augen beugte sich nun das Weib über den schlafenden Gatten, legte ihr Ohr an sein Haupt, als ob sie seine Gedanken erlauschen könnte, und flüsterte mir zu: «Haben Sie sich nun überzeugt, Mynheer Schnabelewopski? Er hat jetzt eine Buhlschaft mit der Königin Vasthi! Der schändliche Ehebrecher! Ich habe dieses unzüchtige Verhältnis schon gestern nacht entdeckt. Sogar eine Heidin hat er mir vorgezogen! Aber ich bin Weib und Christin, und Sie sollen sehen, wie ich mich räche!» Bei diesen Worten riß sie erst die Bettdecke von dem Leibe des armen Sünders – er lag im Schweiß –, alsdann ergriff sie ein hirschledernes Bruchband und schlug damit gottlästerlich los auf die dünnen Gliedmaßen des armen Sünders. Dieser, also unangenehm geweckt aus seinem biblischen Traum, schrie so laut, als ob die Hauptstadt Susa in Feuer und Holland in Wasser stünde, und brachte mit seinem Geschrei die Nachbarschaft in Aufruhr.

Den andern Tag hieß es in ganz Leiden, mein Hauswirt habe solch großes Geschrei erhoben, weil er mich des Nachts in der Gesellschaft seiner Gattin gesehen. Man hatte letztere halbnackt am Fenster erblickt; und unsere Hausmagd, die mir gram war und von der Wirtin zur Roten Kuh über dieses Ereignis befragt worden, erzählte, daß sie selber gesehen, wie Myfrau mir in meinem Schlafzimmer einen nächtlichen Besuch abgestattet.

Ich kann nicht ohne gewaltigen Kummer an dieses Ereignis denken. Welche fürchterliche Folgen!

Wäre die Wirtin zur Roten Kuh eine Italienerin gewesen, so hätte sie vielleicht mein Essen vergiftet; da sie aber eine Holländerin war, so schickte sie mir sehr schlechtes Essen. Schon des anderen Mittags erduldeten wir die Folgen ihres weiblichen Unwillens. Das erste Gericht war: keine Suppe. Das war schrecklich, besonders für einen wohlerzogenen Menschen wie ich, der von Jugend auf alle Tage Suppe gegessen, der sich bis jetzt gar keine Welt denken konnte, wo nicht des Morgens die Sonne aufgeht und des Mittags die Suppe aufgetragen wird. Das zweite Gericht bestand aus Rindfleisch, welches kalt und hart war wie Myrons Kuh. Drittens kam ein Schellfisch, der aus dem Halse roch wie ein Mensch. Viertens kam ein großes Huhn, das, weit entfernt, unseren Hunger stillen zu wollen, so mager und abgezehrt aussah, als ob es selber Hunger hätte, so daß man fast vor Mitleid nichts davon essen konnte.

«Und nun, kleiner Simson», rief der dicke Driksen, «glaubst du noch an Gott? Ist das Gerechtigkeit? Die Frau Bandagistin besucht den Schnabelewopski in der dunkeln Nacht, und wir müssen dafür schlecht essen am hellen lichten Tag?»

«O Gott! Gott!» seufzte der Kleine, gar verdrießlich wegen solcher atheistischer Ausbrüche und vielleicht auch wegen des schlechten Essens. Seine Verdrießlichkeit stieg, als auch der lange Vanpitter seine Witze gegen die Anthropomorphisten losließ und die Ägypter lobte, die einst Ochsen und Zwiebel verehrten; denn erstere, wenn sie gebraten, und letztere, wenn sie gestovt, schmeckten ganz göttlich.

Des kleinen Simsons Gemüt wurde aber durch solche Spöttereien immer bitterer gestimmt, und er schloß endlich folgendermaßen seine Apologie des Deismus: «Was die Sonne für die Blumen ist, das ist Gott für die Menschen. Wenn die Strahlen jenes himmlischen Gestirns die Blumen berühren, dann wachsen sie heiter empor und öffnen ihre

Kelche und entfalten ihren buntesten Farbenschmuck. Des Nachts, wenn ihre Sonne entfernt ist, stehen sie traurig, mit geschlossenen Kelchen, und schlafen oder träumen von den goldenen Strahlenküssen der Vergangenheit. Diejenigen Blumen, die immer im Schatten stehen, verlieren Farbe und Wuchs, verkrüppeln und erbleichen und welken mißmütig, glücklos. Die Blumen aber, die ganz im Dunkeln wachsen, in alten Burgkellern, unter Klosterruinen, die werden häßlich und giftig, sie ringeln am Boden wie Schlangen, schon ihr Duft ist unheilbringend, boshaft betäubend, tödlich –»

«Oh, du brauchst deine biblische Parabel nicht weiter auszuspinnen», schrie der dicke Driksen, indem er sich ein großes Glas Schiedammer Genever in den Schlund goß; «du, kleiner Simson, bist eine fromme Blume, die im Sonnenschein Gottes die heiligen Strahlen der Tugend und Liebe so trunken einsaugt, daß deine Seele wie ein Regenbogen blüht, während die unsrige, abgewendet von der Gottheit, farblos und häßlich verwelkt, wo nicht gar pestilenzialische Düfte verbreitet –»

«Ich habe einmal zu Frankfurt», sagte der kleine Simson, «eine Uhr gesehen, die an keinen Uhrmacher glaubte; sie war von Tombak und ging sehr schlecht –»

«Ich will dir wenigstens zeigen, daß so eine Uhr wenigstens gut schlagen kann», versetzte Driksen, indem er plötzlich ganz ruhig wurde und den Kleinen nicht weiter molestierte.

Da letzterer trotz seiner schwachen Ärmchen ganz vortrefflich stieß, so ward beschlossen, daß sich die beiden noch denselben Tag auf Parisiens schlagen sollten. Sie stachen aufeinander los mit großer Erbitterung. Die schwarzen Augen des kleinen Simson glänzten feurig groß und kontrastierten um so wunderbarer mit seinen Ärmchen, die aus den aufgeschürzten Hemdärmeln gar kläglich dünn hervortraten. Er wurde immer heftiger; er schlug sich ja für die Existenz Gottes, des alten Jehova, des Königs der Könige. Dieser aber gewährte seinem Champion nicht die mindeste

Unterstützung, und im sechsten Gang bekam der Kleine einen Stich in die Lunge.

«O Gott!» seufzte er und stürzte zu Boden.

Kapitel XIV

Diese Szene hatte mich furchtbar erschüttert. Gegen das Weib aber, das mittelbar solches Unglück verursacht, wandte sich der ganze Ungestüm meiner Empfindungen; das Herz voll Zorn und Kummer, stürmte ich nach dem Roten Ochsen.

«Ungeheu'r, warum hast du keine Suppe geschickt?» Dieses waren die Worte, womit ich die erbleichende Wirtin anredete, als ich sie in der Küche antraf. Das Porzellan auf dem Kamine zitterte bei dem Tone meiner Stimme. Ich war so entsetzlich, wie der Mensch es nur immer sein kann, wenn er keine Suppe gegessen und sein bester Freund einen Stich in die Lunge bekommen.

«Ungeheu'r, warum hast du keine Suppe geschickt?» Diese Worte wiederholte ich, während das schuldbewußte Weib starr und sprachlos vor mir stand. Endlich aber, wie aus geöffneten Schleusen, stürzten aus ihren Augen die Tränen. Sie überschwemmten ihr ganzes Antlitz und tröpfelten bis in den Kanal ihres Busens. Dieser Anblick konnte jedoch meinen Zorn nicht erweichen, und mit verstärkter Bitterkeit sprach ich: «O ihr Weiber, ich weiß, daß ihr weinen könnt; aber Tränen sind keine Suppe. Ihr seid erschaffen zu unserem Unheil. Eu'r Blick ist Lug, und eu'r Hauch ist Trug. Wer hat zuerst vom Apfel der Sünde gegessen? Gänse haben das Kapitol gerettet, aber durch ein Weib ging Troja zugrunde. O Troja! Troja! des Priamos heilige Feste, du bist gefallen durch die Schuld eines Weibes! Wer hat den Marcus Antonius ins Verderben gestürzt? Wer verlangte den Kopf Johannis des Täufers? Wer war Ursache von Abälards Verstümmelung? Ein Weib! Die Geschichte ist voll Beispiele, wie wir durch euch zugrunde gehn. All eu'r Tun ist Torheit, und all eu'r Denken ist Undank. Wir geben euch das Höchste, die heiligste Flamme des Herzens, unsere Liebe – was gebt ihr uns als Ersatz? Fleisch, schlechtes Rindfleisch, noch schlechteres Hühnerfleisch – Ungeheu'r, warum hast du keine Suppe geschickt!»

Vergebens begann Myfrau jetzt eine Reihe von Entschuldigungen herzustammeln und mich bei allen Seligkeiten unserer genossenen Liebe zu beschwören, ihr diesmal zu verzeihen. Sie wollte mir von nun an noch besseres Essen schicken als früher und noch immer nur sechs Gulden die Portion anrechnen, obgleich der Groote-Dohlen-Wirt für ein ordinäres Essen sich acht Gulden bezahlen läßt. Sie ging so weit, mir für den folgenden Tag Austerpastete zu versprechen; ja, in dem weichen Tone ihrer Stimme dufteten sogar Trüffel. Aber ich blieb standhaft, ich war entschlossen, auf immer zu brechen, und verließ die Küche mit den tragischen Worten: «Adieu, für dieses Leben haben wir ausgekocht!»

Im Fortgehn hörte ich etwas zu Boden fallen. War es irgendein Küchentopf oder Myfrau selber? Ich nahm mir nicht einmal die Mühe nachzusehen und ging direkt nach der Grooten Dohlen, um sechs Portionen Essen für den nächsten Tag zu bestellen.

Nach diesem wichtigsten Geschäft eilte ich nach der Wohnung des kleinen Simson, den ich in einem sehr schlechten Zustande fand. Er lag in einem großen altfränkischen Bette, das keine Vorhänge hatte und an dessen Ecken vier große marmorierte Holzsäulen befindlich waren, die oben einen reichvergoldeten Betthimmel trugen. Das Antlitz des Kleinen war leidend blaß, und in dem Blick, den er mir zuwarf, lag so viel Wehmut, Güte und Elend, daß ich davon bis in die Tiefe meiner Seele gerührt wurde. Der Arzt hatte ihn eben verlassen und seine Wunde für bedenklich erklärt. Van Moeulen, der allein dort geblieben, um die Nacht bei ihm zu wachen, saß vor seinem Bette und las ihm vor aus der Bibel.

«Schabelewopski», seufzte der Kleine, «es ist gut, daß du

kommst. Kannst zuhören, und es wird dir wohltun. Das ist ein liebes Buch. Meine Vorfahren haben es in der ganzen Welt mit sich herumgetragen und gar viel Kummer und Unglück und Schimpf und Haß dafür erduldet oder sich gar dafür totschlagen lassen. Jedes Blatt darin hat Tränen und Blut gekostet, es ist das aufgeschriebene Vaterland der Kinder Gottes, es ist das heilige Erbe Jehovas –»

«Rede nicht zuviel», rief van Moeulen, «es bekömmt dir schlecht.»

«Und gar», setzte ich hinzu, «rede nicht von Jehova, dem undankbarsten der Götter, für dessen Existenz du dich heute geschlagen –»

«O Gott!» seufzte der Kleine, und Tränen fielen aus seinen Augen – «O Gott, du hilfst unseren Feinden!»

«Rede nicht soviel», wiederholte van Moeulen. «Und du, Schnabelewopski», flüsterte er mir zu, «entschuldige, wenn ich dich langweile; der Kleine wollte durchaus, daß ich ihm die Geschichte seines Namensvetters, des Simson, vorlese – wir sind am vierzehnten Kapitel, hör zu:

Simson ging hinab gegen Thimnath und sahe ein Weib zu Thimnath unter den Töchtern der Philister –»

«Nein», rief der Kleine mit geschlossenen Augen, «wir sind schon am sechzehnten Kapitel. Ist mir doch, als lebte ich das alles mit, was du da vorliest, als hörte ich die Schafe blöken, die am Jordan weiden, als hätte ich selber den Füchsen die Schwänze angezündet und sie in die Felder der Philister gejagt, als hätte ich mit einem Eselskinnbacken tausend Philister erschlagen – Oh, die Philister! sie hatten uns unterjocht und verspottet und ließen uns wie Schweine Zoll bezahlen und haben mich zum Tanzsaal hinausgeschmissen, auf dem Roß, und zu Bockenheim mit Füßen getreten – hinausgeschmissen, mit Füßen getreten, auf dem Roß, o Gott, das ist nicht erlaubt!»

«Er liegt im Wundfieber und phantasiert», bemerkte leise van Moeulen und begann das sechzehnte Kapitel:

«Simson ging hin gen Gaza und sahe daselbst eine Hure und lag bei ihr.

Da ward den Gazitern gesagt: Simson ist hereinkommen. Und sie umgaben ihn und ließen auf ihn lauern die ganze Nacht in der Stadt Tor und waren die ganze Nacht stille und sprachen: Harre; morgen, wenn es Licht wird, wollen wir ihn erwürgen.

Simson aber lag bis zu Mitternacht. Da stund er auf zu Mitternacht und ergriff beide Türen an der Stadt Tor samt den beiden Pfosten und hub sie aus mit den Riegeln und legte sie auf seine Schultern und trug sie hinauf auf die Höhe des Berges von Hebron.

Darnach gewann er ein Weib lieb am Bach Sorek, die hieß Delila.

Zu der kamen der Philister Fürsten hinauf und sprachen zu ihr: Überrede ihn und besiehe, worin er so große Kraft hat und womit wir ihn übermögen, daß wir ihn binden und zwingen, so wollen wir dir geben ein jeglicher tausend und hundert Silberlinge.

Und Delila sprach zu Simson: Lieber, sage mir, worinnen deine große Kraft sei und womit man dich binden möge, damit man dich zwinge.

Simson sprach zu ihr: Wenn man mich bünde mit sieben Seilen von frischem Bast, die noch nicht verdorret sind, so würde ich schwach und wäre wie ein anderer Mensch.

Da brachten der Philister Fürsten zu ihr hinauf sieben Seile von frischem Bast, die noch nicht verdorret waren; und sie band ihn damit.

(Man hielt aber auf ihn bei ihr in der Kammer.) Und sie sprach zu ihm: Die Philister über dir, Simson. Er aber zerriß die Seile, wie eine flächsene Schnur zerreißet, wenn sie ans Feuer reucht; und ward nicht kund, wo seine Kraft wäre.»

«O dumme Philister!» rief jetzt der Kleine und lächelte vergnügt, «wollten mich auch auf die Konstablerwacht setzen –»

Van Moeulen aber las weiter.

«Da sprach Delila zu Simson: Siehe, du hast mich getäuschet und mir gelogen; nun, so sage mir doch, womit kann man dich binden?

Er antwortete ihr: Wenn sie mich bünden mit neuen Stricken, damit nie keine Arbeit geschehen ist, so würde ich schwach und wie ein ander Mensch.

Da nahm Delila neue Stricke und band ihn damit und sprach: Philister über dir, Simson; (man hielt aber auf ihn in der Kammer); und er zerriß sie von seinen Armen wie einen Faden.»

«O dumme Philister!» rief der Kleine im Bette.

«Delila aber sprach zu ihm: Noch hast du mich getäuschet und mir gelogen. Lieber, sage mir doch, womit kann man dich binden? Er antwortete ihr: Wenn du sieben Locken meines Hauptes flöchtest mit einem Flechtbande und heftetest sie mit einem Nagel ein.

Und sie sprach zu ihm: Philister über dir, Simson. Er aber wachte auf von seinem Schlaf und zog die geflochtenen Locken mit Nagel und Flechtband heraus.»

Der Kleine lachte: «Das war auf der Eschenheimer Gasse.»

Van Moeulen aber fuhr fort:

«Da sprach sie zu ihm: Wie kannst du sagen, du habest mich lieb, so dein Herz doch nicht mit mir ist? Dreimal hast du mich getäuschet und mir nicht gesagt, worinnen deine große Kraft sei.

Da sie ihn aber trieb mit ihren Worten alle Tage und zerplagte ihn, ward seine Seele matt bis an den Tod.

Und sagte ihr sein ganzes Herz und sprach zu ihr: Es ist nie kein Schermesser auf mein Haupt kommen, denn ich bin ein Verlobter Gottes von Mutterleib an. Wenn du mich beschörest, so wiche meine Kraft von mir, daß ich schwach würde und wie alle andre Menschen.

Da nun Delila sahe, daß er ihr alle sein Herz offenbaret hatte, sandte sie hin und ließ der Philister Fürsten rufen und sagen: Kommet noch einmal herauf, denn er hat mir alle sein Herz offenbaret. Da kamen der Philister Fürsten zu ihr herauf und brachten das Geld mit sich in ihrer Hand.

Und sie ließ ihn entschlafen auf ihrem Schoß und rief einem, der ihm die sieben Locken seines Hauptes abschöre. Und sie fing an, ihn zu zwingen. Da war seine Kraft von ihm gewichen.

Und sie sprach zu ihm: Philister über dir, Simson. Da er nun von seinem Schlaf erwachte, gedachte er: Ich will ausgehen, wie ich mehrmals getan habe, ich will mich ausreißen, und wußte nicht, daß der Herr von ihm gewichen war.

Aber die Philister griffen ihn und stachen ihm die Augen aus und führten ihn hinab gen Gaza und bunden ihn mit zwo ehernen Ketten, und er mußte mahlen im Gefängnis.»

«O Gott! Gott!» wimmerte und weinte beständig der Kranke.

«Sei still», sagte van Moeulen und las weiter:

«Aber das Haar seines Hauptes fing wieder an zu wachsen, wo es beschoren war.

Da aber der Philister Fürsten sich versammleten, ihrem Gott Dagon ein groß Opfer zu tun und sich zu freuen, sprachen sie: Unser Gott hat uns unsern Feind Simson in unsere Hände gegeben.

Desselbigengleichen, als ihn das Volk sahe, lobeten sie ihren Gott; denn sie sprachen: Unser Gott hat uns unseren Feind in unsere Hände gegeben, der unser Land verderbete und unserer viele erschlug.

Da nun ihr Herz guter Dinge war, sprachen sie: Lasset Simson holen, daß er vor uns spiele. Da holeten sie Simson aus dem Gefängnis, und er spielete vor ihnen, und sie stelleten ihn zwischen zwo Säulen.

Simson aber sprach zu dem Knaben, der ihn bei der Hand leitete: Laß mich, daß ich die Säulen taste, auf welchen das Haus stehet, daß ich mich daran lehne.

Das Haus aber war voll Männer und Weiber. Es waren auch der Philister Fürsten alle da und auf dem Dach bei dreitausend, Mann und Weib, die da zusahen, wie Simson spielete.

Simson aber rief den Herren an und sprach: Herr, Herr, gedenke mein, und stärke mich doch, Gott, diesmal, daß ich für meine beide Augen mich einst räche an den Philistern.

Und er fassete die zwo Mittelsäulen, auf welchem das Haus gesetzet war und darauf sich hielt, eine in seine rechte und die andere in seine linke Hand.

Und sprach: Meine Seele sterbe mit den Philistern; und neigte sich kräftiglich. Da fiel das Haus auf die Fürsten und auf alles Volk, das drinnen war, daß der Toten mehr waren, die in seinem Tode sturben, denn die bei seinem Leben sturben.»

Bei dieser Stelle öffnete der kleine Simson seine Augen geisterhaft weit, hob sich krampfhaft in die Höhe, ergriff mit seinen dünnen Ärmchen die beiden Säulen, die zu Füßen seines Bettes, rüttelte daran, während er zornig stammelte: «Es sterbe meine Seele mit den Philistern.» Aber die starken Bettsäulen blieben unbeweglich, ermattet und wehmütig lächelnd fiel der Kleine zurück auf seine Kissen, und aus seiner Wunde, deren Verband sich verschoben, quoll ein roter Blutstrom.

Karl Gutzkow
Der Sadduzäer von Amsterdam

GLÜCKLICHE JUDEN, DIE IHR EINST ZWISCHEN HOLLANDS Poldern und Deichen euer Asyl suchtet! Habt ihr irgendwo in der Fremde euer Passahlamm in solcher Ruhe genossen und zu den Laubhütten soviel Zweige von den Bäumen brechen dürfen als an dem Meerbusen Y? So lustig rauchten nirgends eure Schornsteine bei der *Paraskeue* am Vorabende des Sabbats; so reich verbrämte Talare durften die Männer, so schwere goldene Ketten und Ohrgehänge eure Frauen nur in Amsterdam tragen! Die Holländer fürchteten sich weder vor eurem Gelde noch vor euren Bärten, noch vor euren schönen Töchtern, noch vor Jehova, der sich prächtige Tempel in ihrem Lande bauen lassen durfte und mit Wachskerzen, allerlei unartikulierten Tönen, ja selbst mit recht unduldsamen, ketzersüchtigen und orthodoxen Priestern und Leviten verehrt wurde.

Es war in der ersten Hälfte des siebzehnten Jahrhunderts in einer der Straßen, die von dem großen Kai zu Amsterdam auslaufen, in einem stattlichen Hause, das sich vor niemand versteckte, aber schon spät, bei eingebrochener Nacht, daß vielleicht die sorgsamste und ehrwürdigste der jüdischen Mütter mit dreien von ihren Söhnen zusammensaß. Welch eine prachtvolle Umgebung! Welche sonderbare

Verbindung des orientalischen und holländischen Geschmacks! In Vorhängen, Sofas, Rauchpfannen der weitfaltige, elastische, sinnliche Orientalismus, in allem übrigen Zubehör eines großartigen Gesellschaftszimmers die nette barocke, chinesische Eleganz des Holländers! Frau Esther aber wechselte mit ihren Söhnen jene zärtlichen, sorglichen Reden und Blicke, welche nirgends so treu gemeint sind und wie vom beklommenen Herzen kommen als im Schoß einer Judenfamilie. Sie ist vielleicht egoistisch, kalt gegen andere, die Familienzärtlichkeit der Juden, aber sie ist voll Hingebung und Aufopferung für die Ihrigen.

Sie waren alle erst vor kurzem aus Portugal eingewandert. Elieser schrieb, das Haupt auf den linken Arm gestützt, in die alte Heimat und rückte sich die Kerzen auf dem Tische immer näher; Joel wog portugiesische Münzen mit einer kleinen Goldwaage und trug den Betrag sorgfältig in ein Buch ein, worin er dann das Gewicht, in holländischen Münzen ausgesprochen, berechnete; Ruben, der Jüngste, ein etwa zwölfjähriger Knabe mit glänzenden Augen, sang lustige Lieder von den Rebenufern des Tajo; Esther aber neigte sich zu jedem, blickte bald in Eliesers Brief, lauschte auf das Zünglein an Joels Goldwaage, bald strich sie Rubens lockiges Haar und küßte den treuen Mund, der so schöne Weisen nicht vergessen hatte. Das ist die Mutter des Hebräers, sie will jedem ihrer Söhne das ganze Glück, die längsten Jahre, die schönste Braut und die reizendsten Kinder schenken; sie ist mit *einer* Liebe immer ungerecht gegen die anderen und liebt sie doch alle.

Nun aber Elieser seinen Brief und Joel seine Goldwaage zusammenschlug, fühlte Esther, wie ihr gleichsam zwei Sorgen vom Herzen fielen, und schnell (anders konnte sie nicht leben) griff sie nach einer neuen. Ach! sie lag ihr nicht fern. Esther seufzte, und ihre Söhne verstanden sie, so daß selbst Ruben schwieg und die Hand seiner Mutter küßte. Lange blickten sie stumm vor sich hin, bis es der älteste wagte, der Mutter die Last einer schmerzlichen Frage vom Herzen zu nehmen und leise vor sich hin sprach:

«Wird Uriel diese Nacht wieder ausbleiben?» Uriel war von Esthers vier Söhnen der dritte. Sie warf sich unmutig auf ihren Sessel, dann ermannte sie sich und fragte Elieser, ob er nirgends von Uriel eine Spur gefunden? «Ich sprach Jochai, unsern Vetter», antwortete Elieser; «er traf ihn einige Stunden von Amsterdam in einer besseren Stimmung als sonst, sogar mit dem Entschlusse, bald in die Stadt zurückzukehren.» Esther traute diesen Worten nicht; denn sie selbst hätte sich nicht gescheut, die Unwahrheit zu reden, wenn sie damit den Ihrigen etwas Liebes zu erweisen wußte. Sie hielt abwehrend die Hand gegen Elieser und sprach: «Täusche mich nicht, Lieber; ich weiß es, daß er die Seinen flieht, weil seine Liebe zu Jehova täglich mehr erkaltet. Oh, was hoffte ich von diesem Sohn! Aufgezogen ist er in allen Wissenschaften, welche der menschliche Geist nur erdenken kann; jedes Beispiel übertraf sein Wandel, er erreichte früh, was andere erst durch den Verlust ihrer besten Jahre erkauften; er hat den Mut gehabt, uns alle dem Glauben unserer Väter wieder zurückzugeben, nachdem wir gezwungen gewesen waren, ihn abzuschwören, und jetzt wendet sich bei ihm alles wieder den alten Irrtümern zu, seine Tugend setzt Rost an, sein Herz ist verstockt, er verläßt seine Mutter und seine Brüder. Wo wird er wandeln? In den Beichtstühlen der Christen, in ihren Tempeln, bei ihren Priestern wird er sich Belehrung holen, und unser Leben wird er elend machen.»

Joel wollte seinen Bruder in Schutz nehmen und die Mutter trösten. «Wie du Uriel nur so kränken magst», sagte er, «denn dein Verdacht ist ohne Grund. Er hängt an uns mit ganzer Seele und achtet seinen Glauben hoch. Aber verstimmt ist er; was hat er um unsertwillen nicht alles aufgeben müssen! Er ist ein gelehrter Mann, der es schmerzlich erträgt, daß er mit so vielen Irrtümern zu kämpfen hat, die in den Wissenschaften verbreitet sind.» – «Ja», setzte Elieser hinzu, «er war von je ein Träumer und quälte sich mit dem Lose des Menschengeschlechts. Er möchte die Welt glücklich machen und alle menschlichen Wesen verhindern, daß sie sich selbst durch Verbrechen im Lichte stehen. Das treibt ihn hinaus in die Einsamkeit, wo ihn die Berührung unseres eigennützigen Rennens und Treibens nicht stört. Wir wollen darum nicht übel von ihm denken.»

Esther winkte zweifelnd und sprach: «Wäre es so! Doch wißt ihr ja, was die Weisen in der Synagoge von ihm denken. Er vermeidet ihren Umgang, und wann er einen trifft, so disputiert er. Der alte Ben Akiba Rabbi sagte mir wohl, daß schon ein langes Verzeichnis aller der Irrtümer, die er im öffentlichen Gespräch geäußert, aufgesetzt sei und ihm bei fernerem Verharren dabei ein schreckliches Schicksal bevorstünde. Ja, ist es nicht erwiesen, daß er zweien Christenmännern, welche gesonnen waren, in den Schoß der alten Kirche zurückzukehren, von ihrem Vorhaben abgeraten hat? Kann es ein deutlicheres Zeichen geben, daß er selbst seinen Schritt bereut?»

«O leg ihm das besser aus!» bat der zweite Bruder. «Wie sehr auch jene Abmahnung mit seiner eigenen Handlungsweise im Widerspruche zu stehen scheint, so bescheide ich mich doch, daß ich zu schwach bin, seine Absichten zu fassen. Wir sind alle nicht imstande, uns in den Zustand seiner Seele zu versetzen. Er ist uns an Geist, Kenntnissen, ja selbst an Erfahrung in jedem Stück überlegen.» – «Auch mag seine Liebe zu Judith Manasse», fiel Elieser ein, «dazu beitragen, seine Gedanken etwas in Unordnung zu bringen. Da aber seine Bewerbungen, wie ich höre, günstig ausfallen, so kann es nicht fehlen, daß er bald in seine gewohnte Stimmung zurückkehrt.»

Hier richtete sich Esther langsam auf und sah ihre Söhne mit durchbohrenden, fast gespenstischen Blicken an. «Judith Manasse?» sagte sie feierlich, «ich schwöre euch bei dem ewigen Gott, die wird ihn zugrunde richten. Die Launen dieses sonderbaren Mädchens können Uriels Phantasie wohl eine Zeitlang beschäftigen, aber er wird ihres Wesens bald müde werden und wie ein Verzweifelter untergehen; dann reißt er mich und euch und seine Schwester ins Grab nach; der große Gott, der jede Nacht zu mir im Traume spricht, ließ mich dies schon alles deutlich voraussehen. Ich träumte, ihr waret noch alle sehr jung, und ich führte euch hinaus in die Berge von Porto. Wie wir da so einsam waren, erhellte sich plötzlich die Gegend, und ein wunderbares Schloß stand vor uns, in Sonnennebel eingehüllt und drinnen wie von tausend Sonnen erleuchtet. An dem Tor aber ließ sich eine herrliche Frau in himmelblauem Kleide blikken, die rief euch mit schmeichelnden Worten zu, bei ihr einzutreten. Aber nur Uriel verstand, was sie sprach. Er eilte zu ihr hin, und sie schloß ihn in ihre Arme. Doch nun währte es nicht lange, so hörte ich aus dem Schloß ein klägliches Wehklagen; es war Uriels Stimme, der bald auf der höchsten Zinne erschien und flehend, wie im letzten Todeskampf, seine Hände nach uns ausstreckte. Er rief: ‹Mutter, Joel, Elieser, Ruben!›, der doch damals noch nicht geboren war. Ich wollte ihm zu Hilfe eilen, aber im Augenblick verschwand das Schloß, und ich hörte nichts mehr als sein Rufen, das immer herzzerschneidender wurde. In meiner fürchterlichen Angst lief ich der Stimme nach, aber ich sah nichts, bis es Nacht wurde und ein jäher Abgrund mir und euch das Leben nahm.»

Noch hatte sich Esther von der Aufregung, in die sie die Erzählung dieses Traumes versetzte, nicht erholt, die Brüder blickten mit Schrecken in das Antlitz ihrer todesbleichen Mutter, als sich die Tür öffnete und Uriel hereintrat. Es war eine hohe, herrliche Gestalt vom kräftigsten und ebenmäßigsten Gliederbau, das Antlitz dunkel und mit vollem Barte beschattet, die Miene ernst, verschlossen, nur selten von einem Zucken um die Mundwinkel überrascht, aber das Auge matt, in sich zurückgezogen. Das phantastische ritterliche Gewand vermehrte die edle Haltung und den Anstand, der seinem Benehmen angeboren schien. Uriel wußte nicht, was seinem Eintreten unmittelbar vorangegangen war; aber die aufgeregte Stimmung, in der er seine Familie antraf, war ihm willkommener, als hätte man sich ihm mit ruhiger Erwartung oder gar mit vorbereiteten Fragen genähert. Die Spannung war ihm lieb, denn sie gab ihm ein

Recht, sich still auf einen Sitz zu begeben, den das Licht nicht erhellte, seinen weiten Mantel um sich zu schlagen und ohne Gruß oder Danksagung auf einen, der ihm geboten wurde, in seinem dumpfen Brüten fortzufahren.

Ruben näherte sich ihm zuerst und zerrte gleichsam kindisch an dem Riegel, der sein Benehmen verschloß. Die übrigen suchten durch Töne, die sie absichtlich, dies oder jenes im Zimmer verschiebend, hervorbrachten, die ängstliche Stille zu unterbrechen, denn sie litten sichtlich an dieser Pein der Ungewißheit, ob sie gleich nicht wagten, sich geradezu an die Ursache ihres Kummers zu wenden. Uriel, der ein so feines Ohr hatte, daß er die Pulse in seiner Familie klopfen hörte, war unfähig, seine Verstimmung bis zur Grausamkeit zu steigern. Er richtete sich auf, legte seinen Mantel ab, lüftete seine Kleider und nahm eine so freundliche Miene an, daß er vieles dafür gegeben hätte, wäre ihm diese natürlich gewesen. «Ihr wart vielleicht meinetwegen in Sorge», begann er. «Es ist wahr, ich sollte nicht so lange ausbleiben; aber ihr wißt, wie sehr ich es liebe, mich auf einsamen Wanderungen mit meiner Seele zu beschäftigen.» Er näherte sich dem Tische und verschmähte die Erfrischungen an Obst und Südfrüchten nicht, die ihm die Mutter bot. «Ihr solltet euch nicht so abhängig von mir machen», fuhr er fort, «denn ich bin ein mürrischer Mann und nicht dazu geschaffen, jemand glücklich zu machen. Ich sollte nur ein Geschäft haben, dann würden meine religiösen Händel eure Aufmerksamkeit nicht so erregen. Was kümmern euch diese Streitigkeiten, die neben euren und meinen Schicksalen nur so nebenherlaufen und niemandem von uns in den Weg treten können? Auch habe ich mich entschlossen, alle diese Zwistigkeiten von mir zu weisen. Ich will sehen, ob es mir nicht gelingt, selbst meinen Geist von einer Unruhe, welche völlig fruchtlos ist, zu befreien. Warum beraube ich mich des Glücks, in ruhiger, ungestörter Gemeinschaft eurer Freuden zu leben? Ich ritze mir selbst die Seele wund und mache, daß alle meine Geistestätigkeiten in fortwährendem Fieber liegen. Ja, ich gestehe euch, daß ich oft nicht weiß, ob ich mich meines Unglücks nicht eher zu schämen als zu trösten habe.»

Einen Augenblick hielt der Leidende inne in diesen Geständnissen und genoß vielleicht selbst die seligen Gefühle, welche er damit bei den Seinigen hervorrief. Dann fuhr er fort: «Ich weiß wohl, daß die menschliche Seele niemals ihren Mittelpunkt finden kann, außer in Gott, und daß sie, sooft sie von selbst einen solchen gefunden zu haben glaubt, von Gott immer am entferntesten ist. Ich fühle es, wie nahe ich dem Tode bin, und gerade, wenn ich glaube, das Leben ergründet zu haben. Meine Unruhe hat keinen Grund, oder ich muß gestehen, daß es meine Schwäche ist, die mich martert. Wie oft schuf ich dem Schöpfer schon seine Welt nach, und wie oft riß ich sie wieder ein, um sie aufs neue zu bauen! Das scheint mir jetzt der Fluch jener abgefallenen Geister zu sein, welche in ihrem noch seligen Zustand beauftragt waren, dem Herrn bei der Weltschöpfung zur Hand zu sein. Sie wandten sich von dem Meister ab, und nun quält sie das brennende Verlangen, ihm es nachzutun. Das Ansammeln von Gedanken, von denen sich einer aus dem andern spinnt, ist überhaupt mehr eine Versuchung als eine Benutzung göttlicher Kräfte; denn es ist mir noch nie geworden, Freude an dem Gewonnenen zu finden, es sei denn, daß ich gerade jenes bestätigt fand, was ich mit meinen Gedanken zertrümmern wollte. Ich fühle, wie wohl es tut, in eurem Kreise zu leben.»

Uriel setzte sich heiter in den Kreis der Seinen und beobachtete lächelnd, wie die Mutter, die ihre freudige Beruhigung gern noch hinter einem kleinen Einwurfe versteckt hätte, durch einen ernsten, gleichsam unwilligen Blick von seinen Brüdern in die Schranken gewiesen wurde. Unter vertraulichem Gespräch zog sich der Abend diesmal bis nahe an die Schwelle der Mitternacht.

Kaum graute der Morgen, als sich Uriel schon von seinem Lager erhob. Er fand im Hofe seinen Diener damit beschäftigt, sein Pferd anzuschirren, schwang sich dann auf und ritt durch die noch stillen Straßen von Amsterdam. Obgleich die Stimmung des gestrigen Abends noch einige Töne in seinem Innern nachklingen ließ, so konnte er doch nicht umhin, da er bei der Judensynagoge vorüberritt, gleichsam wie zum Morgensegen einige Verwünschungen gegen sie auszustoßen. «Was dürfte dem Himmel angenehmer sein!» setzte er hinzu und spornte sein Pferd, damit es diesem verhaßten Bereiche entkam. Dem Tore sich nähernd, hielt er öfters an und warf in die hier auslaufenden Straßen spähende Blicke, als ob er jemandes wartete. Doch wie er das Tor erblickte, sah er, daß sein Vetter Ben Jochai sich schon früher zu ihrem Stelldichein eingefunden hatte. Ben Jochai war jünger als Uriel, kleiner von Wuchs, die Gesichtszüge waren zusammengedrängter und orientalischer, in seinem ganzen Wesen lag viel freiwillige Unterwerfung, vielleicht mehr, als hinreichend war, um Vertrauen zu erwecken. Er verneigte sich tief gegen Uriel und nahm die ihm dargebotene Rechte mehr als eine unerwartete Herablassung an denn als die freundschaftliche Begrüßung eines Gleichgestellten, geschweige eines Verwandten. Uriel, dreisten und unverschlossenen Sinnes, verwies ihm, indem sie fortritten, diese seine Zögerung und nannte sie Mangel an Zuvorkommenheit. Aber Jochai lächelte bescheiden und sagte: «Teurer Vetter, es ist eine zu kurze Zeit, daß mir vergönnt ist, in deiner Nähe zu sein. Du warst schon lange in Holland, ohne daß ich mehr von dir erringen konnte als die ausdruckslose Begrüßung eines Verwandten, der älter und weiser ist als ich. Jetzt haben dir aber günstigere Verhältnisse mein brennendes Verlangen, von dir Freund genannt zu werden, erst seit kurzem verraten, und ich fühle, daß es, wie sehr ich dich liebe, doch immer noch eine Scheidewand gibt, welche mich, wenn auch nicht von deinem Herzen, doch von deinem Geiste, deinen hohen Einsichten und Tugenden trennt.»

Uriel entgegnete: «Das gelte nicht, lieber Vetter! Du hast mich dir verpflichtet durch Aufopferung und durch Unterstützung in meinen teuersten Plänen, und ich weiß, was ich dir alles dafür zu geben schuldig bin. Diesen Morgen habe ich dazu erwählt, dich in meine Verhältnisse, die dir zum Teil noch unbekannt sein müssen, tiefer blicken zu lassen. Sieh, die Sonne ringt sich drüben aus den Nebeln los. Sei dies ein Zeichen, daß nur reine, lichte Wahrheit über meine Zunge kommen soll!» Uriel ließ die Zügel seines Pferdes tiefer gleiten und begann folgende Mitteilung: «Vor allen Dingen höre das Wichtigste, lieber Vetter: ich bin ursprünglich im Christentum geboren, erzogen und habe länger als zwanzig Jahre darin gelebt. Mein Vater, Acosta, ein Jude, veränderte seinen Glauben, ich weiß nicht, ob dazu gezwungen oder durch Vorspiegelung solcher Ehren, wie sie ihm später wirklich zuteil wurden. Er kam in genaue Berührung mit dem Hofe von Portugal und wurde sogar in den Ritterstand erhoben. Seine großen Reichtümer mögen hierzu die meiste Ursache gegeben haben. Ich war gleichsam dazu bestimmt, die gute christliche Überzeugung meiner Eltern recht ans Licht zu stellen; denn ich sollte mich, wenn auch nicht dem geistlichen Stande, doch einer verwandten christlichen Wissenschaft, hauptsächlich dem kanonischen Rechte, widmen. Mein angeborener Hang zur Erforschung religiöser Wahrheiten kam dieser Bestimmung zu Hilfe; ich saß Tag und Nacht über den Schriften, in welchen das Christentum gelehrt wird, und war diesem Glauben so hingegeben, daß ich ihm selbst da noch treu blieb, als mein Vater starb und sich in meiner Familie die Sehnsucht nach ihrer alten, gewohnten Weise oder, wie sie es nannte, das Gewissen regte. Ich betrieb das Rechtsstudium mit regem Eifer und wurde in meinem zweiundzwanzigsten Jahre der Hauptkirche von Porto als Schatzmeister beigesellt. Doch bald ließen die näheren Berührungen mit den Wortführern der christlichen Lehre meine Liebe für sie erkalten, und wie ich denn immer so schwach bin, die Wahrheit einer Sache mit der Lüge ihrer Verteidiger zu verwechseln, so entschloß ich mich, zu dem Glauben meiner Vorväter zurückzukehren.»

Ben Jochai richtete, vielleicht unwillkürlich, bei dieser Stelle einen scharfen Blick auf Uriel, den dieser sogleich verstand und fortfuhr: «Du wunderst dich, lieber Vetter, daß ich meinen Entschluß, zum Gesetz zurückzukehren, durch meine Schwäche herunterzusetzen scheine. Doch wollte ich nur sagen, daß sie mir den ersten Anstoß gab, am Christentum zu zweifeln. Wie sehr ich mich mit Jesus, dem größten Juden aller Zeiten, befreundet hatte, so sah ich doch bald ein, daß es niemals in der Absicht desselben hatte liegen können, den Dienst Jehovas, den er seinen Vater nannte, zu stürzen und dafür seinen eigenen aufzubauen. Ich überzeugte mich, daß die Schriften des Neuen Testaments mit Unrecht zu der Ehre gekommen sind, die Grundlage eines neuen Glaubens sein zu sollen, sondern daß sie für nichts mehr oder weniger gehalten werden dürfen als für eine Erscheinung des ersten Anstoßes, den Jesus gab und welcher somit für die Erforschung der Wahrheit nichts weiter besagt als die Entdeckungen eines Pythagoras, Moses und Sokrates.

So schloß ich weiter», fuhr Uriel fort, «und riß zuvörderst das historische Gewand von der Christuslehre; denn niemals wird dem die Wahrheit sichtbar werden, welcher sich über die Begünstigung, die der Irrtum so oft von der Zeit, dem Orte, von weltlicher Macht, von dem Zeugnisse darauf gebauter Einrichtungen empfängt, nicht gänzlich hinwegsetzen kann. O wie frei atmete ich damals auf, wie schien mir plötzlich alles eine andere Gestalt angenommen zu haben! Wie erhaben fühlte ich mich, seit ich den Mut gehabt hatte, für dies ganze Gewirr von Satzungen, Parteigezänk, von weltlichem und geistlichem Pomp, von kecker Anmaßung die richtige Meinung zu haben und von Verfolgung nichts mehr zu halten! Meine ganze Familie kehrte damals gemeinschaftlich mit mir zum jüdischen Bekenntnis zurück, und da wir nicht hoffen durften, unter diesen Umständen in Portugal gesichert zu sein, da zumal die Inquisition das erste Geschenk war, welches die spanische Herrschaft der mit ihr vereinigten portugiesischen brachte, so verließen wir die Heimat und kamen zu euch, wo wir liebevolle Aufnahme fanden.»

Uriel hielt hier inne, denn er fühlte wohl, daß er sich schwierigen Geständnissen nahte. Er mußte entweder von dem soeben Zugestandenen vieles zurücknehmen oder sich selbst einer auffallenden Unbeständigkeit anklagen. Ben Jochai strich die Mähne seines Pferdes; doch schien sich hinter dieser Unbefangenheit seine lauernde Erwartung zu verstecken. «Nun weißt du ja, lieber Vetter», fuhr Uriel endlich fort, «was mir fernerhin alles begegnet ist. Die ganze Gemeinde ist voll davon, und ich muß fürchten, daß sie in ihrem Eifer schon Partei gegen mich genommen hat. Was ließ sich natürlicher voraussehen als die Ketzerei, deren man mich beschuldigt? Ich kam bald auf den Gedanken, ob es denn, um meine Abneigung gegen das Christentum zu beweisen, nötig war, daß ich wieder Jude wurde? Hatte ich mich nicht von einem Symbol an das andere verkauft, von einer Zeremonie an die andere, von einem Zwange an den andern? Ach, das schnitt tief in meine Seele, denn der Trank, den ich gegen genossenes Gift an meine Lippen setzte, war ebenso zerstörend als der frühere. Es war nicht mehr Zweifel, sondern Haß gegen das Göttliche, der mich ergriff. Ich klagte den Himmel an, daß er sich der niedrigsten, elendesten, materiellsten Stützen bediente, um in die Herzen der Menschen einzusteigen, und ich ergab mich zuletzt einer dumpfen Gleichgültigkeit, von der ich glaubte, daß sie gegen alles schützen könnte. Ich zog mich von der Gemeinde zurück. Doch der unglückliche Wahn, in mir ein erwähltes Werkzeug der Jehovalehre gefunden zu haben, bestimmte diese, mich immer aus meinem Versteck wieder hervorzusuchen. Ich sollte die Anwaltschaft für das jüdische Gesetz übernehmen, bald in Schriften, bald in öffentlichen Disputationen, auch bei Christen, die sich dem Judentum zuwenden wollten. Mein Herz ist der Lüge Feind, ich schwieg, wenn meine Gegner die rabbinische Tradition angriffen, ich erklärte sogar, niemals eine Moral des Eigennutzes verteidigen zu können. Der Bruch mit der Synagoge wurde immer sichtlicher. Man brach in meine Wohnung ein, raubte die Papiere, welchen ich meine zitternden, schüchternen Gedanken anzuvertrauen wage, Gedanken, die ich nicht aufzeichnen würde, wenn ich sie schon für ausgemachte Wahrheiten hielte; man übergab sie dem Arzte de Silva, meinem ehemaligen Freunde, der entschlossen sein soll, sie durch eine öffentliche Schrift zu widerlegen. So werde ich, ohne es zu wollen, in einen harten Kampf verwickelt, den ich nicht bestehen kann, weil ich ohne alle Rüstung bin. Denn wenn du mich fragst, welches mein Ziel, mein Letztes, das ich trotz aller Martern nicht lasse, sei, so bricht mein Leid in die Klage aus, die im Raum und in der Zeit alles um mich her stöhnt und die mich unaussprechlicher verzehrt als die Widerwärtigkeiten mit der Synagoge. Es läßt sich nichts unwiderruflich festsetzen: ich weiß nichts, lieber Vetter.»

Ben Jochai war offenbar in Verlegenheit geraten; man wird es immer, wenn die Aufrichtigkeit eines Helden plötzlich in jene Rührung übergeht, welche Zuspruch zu verlangen scheint und den man doch nicht zu geben wagt. Noch dazu war er darauf vorbereitet, daß sein Vetter in das Lob des Christentums ausbrechen würde; ja, er glaubte nach einigen Augenblicken, sich doch nicht in seiner Rechnung betrogen zu haben, und wandte sich zu Uriel: «Unter solchen Umständen muß natürlich deine alte Liebe zum Christenglauben wieder in dir erwacht sein, und ich glaube, du würdest glücklich werden, wenn du einzig der Eingebung deiner Neigung und deinem Mute, den ich nicht in Abrede stelle, nachgäbest.»

Doch Uriel winkte mit der Hand, und ohne zu ahnen, daß sein Vetter wie im Tone des Versuchers zu ihm gesprochen hatte, flüsterte er heimlich, als wenn er sich des Bekenntnisses schämte, aber doch mit ganzer Seele: «Ich hasse die Christen!», gab seinem Tiere die Sporen und schien eine weite Strecke lang nur mit dem schnellen Hufe seines Rosses beschäftigt zu sein.

Doch jetzt entfernten sich die Reiter von der großen Landstraße und bogen in einen Seitenweg ein, der sie ihrem Ziele näher führen mußte. Vielleicht kam Uriel dadurch in eine ruhigere Gedankenverbindung und hätte gern das Unvermeidliche fallenlassen; doch Jochai hatte die Pause benutzt, um eine Trostrede zusammenzusetzen, wie sie großen Situationen zuweilen nachzuhinken pflegt. «Obschon sich nicht erwarten läßt», sprach er, «daß du auf die Synagoge mit Veränderungen wirken kannst, so wird sie sich doch zuletzt entschließen müssen, dich deinen eigenen Weg wandeln zu lassen. Du bist schon weit berühmt in diesen Ländern, und wenngleich der Ruhm das am leichtesten Antastbare ist, so ist der Synagoge doch nicht gegeben, dich zu erreichen. Du wirst die glücklichsten Tage verleben, wenn erst Judith deine Gattin ist und sie alle ihre wunderbaren Reize, die jetzt noch ihres Vaters Haus verschließt, in dem deinigen entfalten kann.»

Diese Wendung war wirksamer als der Anfang in Jochais Beruhigungsworten. Uriel sah freudig auf, ritt seinem Vetter näher und sprach mit Entzücken: «Dem teuern Weibe so nahe, nimmt mir die Welt eine andere Gestalt an. Kann auch das, was häßlich ist in meinem Leben, sich nicht plötzlich zur Schönheit umwandeln, so fühle ich doch, wie geringfügig es ist, und hüte mich, Gedanken daran zu verschwenden, die ich in dem Augenblicke nur meiner Liebe entzogen glaube. Noch begreife ich nicht, Vetter, wie du mir deine Rechte auf Judith so ohne Schwierigkeit abtratest.»

Jochai lächelte und entgegnete: «Obgleich mich schon die Wiege zu Judiths Verlobten machte, so gelang es mir doch in reiferen Jahren nie, mich in mein Recht einzusetzen. Ich überließ es *dir*, weil ich dich liebe und dein Leiden um die Angebetete mit Mitleid einflößte. Ich konnte auch Judiths Verlangen nicht besser stillen, als wenn ich dir den Paß erleichterte. Ich freue mich nun, euch glücklich zu sehen.»

Uriel reichte ihm die Hand und sagte: «Deshalb hast du mich auch zu deinem ewigen Schuldner gemacht. Einen treuern Boten und uneigennützigeren Zwischenhändler, wie sie jede Liebe verlangt, habe ich nicht finden können. Verzeihe mir's, daß ich dich heute zum Lohne mit so vielen trübseligen Geschichten bedacht habe!» Aber Jochai hörte nicht darauf, und wie in Vergessenheit versunken, sprach er vor sich hin:

«Oh, Judith ist schön!»

Uriel fühlte, wie seine gesteigerte Sehnsucht das Echo dieser Worte wurde, und lauschte entzückt, wie Jochai seinen heimlichen Ausruf mehrfach wiederholte.

Die Sonne hatte schon weit über ein Viertel ihres Halbbogens zurückgelegt, als sich die Reiter dicht in der Nähe ihres Zieles befanden. Das für die damalige Zeit im besten Stile gebaute Landhaus des reichen Juden Manasse Vanderstraten schimmerte ihnen durch Boskette und Alleen entgegen; in kurzer Zeit hatten sie die Zugbrücke des Grabens, der noch ziemlich feudalistisch das moderne Schloß umgab, erreicht und ritten in den Hof ein. Dieser so frühe Besuch war eine Überraschung; doch bald waren die zerstreuten Glieder des Hauses auf einem Punkte, Judith in den Armen Uriels, der alte Vanderstraten im Handelsgespräch mit Ben Jochai. Es war eine kindische Vorbereitung, womit die beiden Liebenden die Festtage ihres Zusammenseins zu beginnen pflegten; denn als sie die Orangerie erreicht hatten, welche dicht am Hause in die hinten liegenden Gärten führte, setzten sie zuerst ihren Schmuck und die äußern Auskleidungen ihrer Schönheit zurecht: Uriel, der jede Kette, jede Haarschnur, das Stirnband, die Ohrgehänge, den Gürtel, alles unübertrefflich und ganz angemessen fand dem dunkeln, in langen Locken fallenden Haar, der majestätischen Stirn, dem blendenden Nacken, den zahllosen Reizen, mit welchen Judith die kühnste Vorstellung von Griechenlands Liebesgöttin übertraf; sie aber, der im Gegenteil am Geliebten nichts recht war, weder die Halskrause noch die Verschlingung der goldenen Brustkette, weder der Fall der Barettfeder noch die Schleifen an den Schuhen, die ihr vor allem pedantisch erschienen. Sie hatte viel an ihrem Idol zu stutzen und zu ordnen, ehe sie ihn ihrer Küsse für würdig hielt. Und Uriel war glücklich in diesem Spiele, seine Augen verkleinerten sich, als wäre der Horizont seiner Seele viel zu weit für diese stille Freude, er gab sich der Arglosigkeit dieses Genusses, den sonderbaren, liebenswürdigen Einfällen Judiths, ihren Launen, ihrem kindischen, verstandlosen Geschwätz, dem ganzen Wahnwitz einer so jungen Liebe hin mit derselben schwelgerischen Entwaffnung, die ihr empfindet, wenn eine zarte Hand in eurem Haare wühlt! Warum läßt sich für die unbelauschten Genüsse der glücklichen Liebe keine Schilderung finden! Man würde Aphrodite beleidigen, lauschte man an dem Zelte des Achilles, wie Briseïs ihm den Helm und Harnisch nimmt und unter Kosen und Lachen über die Schrecken der Schlacht einen Triumph des verliebten Scherzens nach dem andern feiert!

Überfälle der beiden Liebenden gelangen nur, wenn sie mit List verbunden waren, und da sie zur Vorsicht keine Zeit hatten, so wurden sie oft überlistet. Sie mußten dann an den Gesprächen der übrigen teilnehmen, auch an ihren Mahlzeiten, mußten Antworten auf Fragen geben, die man eifrig an sie richtete, und doch taten sie alles das nur mit dämmerndem Bewußtsein. Sie träumten, indem sie Vanderstratens weit hergewanderte Fasanen aßen und die herrlichsten Seefische bald ausschlugen, bald nach ihnen verlangten. Judith hielt alles für eine widerliche Störung und fand einen Gang der Gerichte ihres Vaters mißratener als den andern. Sie warf mit Brotkugeln nach ihren Verwandten und behauptete, sie hätten auf ihre Bärte heute nur geringe Sorgfalt verwendet. Die Weine ihres Vaters gab sie für verfälscht aus, und wenn man sie mit vielen Fragen behelligte oder ihre Schönheit pries, so schrie sie auf und nannte sich das unglückseligste Wesen, das am Ufer des Meerbusens Y wohnte. Kurz, sie war so liebenswürdig, daß Uriel verstummte und sie kaum anzusehen wagte, weil er befürchtete, das was ihn bezauberte, zu zerstören. Endlich waren sie wieder allein und wandelten mit verschlungenen Armen durch die schattigen Gänge des Parks.

Sollte ich mir einen Ort wählen, wo ich am liebsten mit der Königin meines Herzens zärtliche Zwiesprache hielte, so führte ich euch hinaus aus den Städten in grüne Wälder und zeigte euch jenen lachenden weißen Schimmer, der von einer einfachen Villa durch die flüsternden Zweige fällt. Was braucht ihr mehr, um zu wissen, daß es sich hier friedlich lebt, als jenes schlanke Reh, das ohne Scheu durch die halb geöffnete Pforte in den Hof schlüpft, während ihr Anstand nehmt, ihm zu folgen? Höchst royalistische, aber auch höchst poetische Sitze, in die Frankreichs Heinriche ihre Dianen von Poitiers einschlossen! Die Göttin Langeweile ist die Haushofmeisterin jeder Villa, welche dazu bestimmt ist, dem Geschäftsüberladenen, dem Denker, der Sommerlust oder gar der sogenannten Freude an der schönen Natur zum Asyl zu dienen. Nur für die Liebe sind sie geschaffen, diese stillen Plätze mit ihren langen Fenstern, ihrer weitschallenden Turmuhr, ihren Orangerien, Springbrunnen, Teichen, Schwänen, ihren Grotten, chinesischen Tempeln, Statuen, mit all diesen reizenden Geschmackwidrigkeiten, die aber dann nur noch, das ist die Bedingung, einem Gärtner, einem Koch und einer alten Hausmagd zugänglich sein dürfen!

Uriel war glücklich unter den Tempelchen und Grotten und Götterbildern, die des alten Vanderstraten elender Geschmack hier aufgehäuft hatte. Denn beide, Uriel und Judith, bedurften jener wasserspeienden Delphine und geschwätzigen Kaskaden, weil sie ihnen auf Stunden übertrugen, das zu murmeln, was sie selbst verschwiegen, sich nur in den Armen haltend und treue Blicke wechselnd. Das einförmige Rudern langweiliger Schwäne war ihnen, die sie kaum ihren Atem hörbar machten, wie der laute Flügelschlag der äußern Welt, die sie nicht mehr kannten und kennen wollten. Das Leiseste schreckte sie auf, und so heimlich sprachen sie, als ob sie fürchteten, das schweigende Laub aus seinem Schlummer zu stören.

Schon näherte sich der Abend, der Sonnenschein sprang höher hinauf in die Wipfel der Bäume, eine prosaische Allee, die, indem sie die Bedürfnisse der Liebe nicht kannte, in schnurgerader, tugendhafter Linie zum Schlosse führte, brachte sie in den Kreis der versammelten Gesellschaft zurück. Ben Jochai kam ihnen mit dem unverschämten Lächeln der Vertraulichkeit entgegen, und ein gemeinschaftliches Gespräch, herumgereichte Früchte und Weine hatten sie bald an den schwachen elektrischen Faden angekettet, der die verschiedensten Personen hier zusammenhielt.

Da wurde im Hofe unerwartetes Geräusch hörbar. Ein Diener kam in den Gartensaal hereingestürzt, um die Ankunft einer sonderbaren Gesellschaft zu melden. Diese folgte ihm auf dem Fuße. Männer mit langem Talar und ungeschornem Barte, Rabbiner und, wie man mit Schrecken sah, Abgeordnete der Synagoge, traten schnellen Schrittes herein und warfen spähende Blicke auf die, welche sie hier versammelt fanden. Was konnte ihnen erwünschter kommen, als daß Uriel, nichts Gutes ahnend, aufstand und ihnen entgegenschritt? Denn ihn suchten sie.

«Wehe, wehe!» riefen alle eintönig, und der mit dem Worte Beauftragte fuhr mit schrecklicher Gebärde und in dumpfem Tone fort: «Wehe diesem Hause, daß der pestartige Aussatz des Fluches, den die Kirche über einen ihrer entarteten Söhne verhängen muß, sich durch seine Mauern verbreitet! Dir aber gilt der Fluch, Uriel Acosta, meineidiger Verräter an dem ewigen Gesetze des ewigen Gottes, Schützling der abgefallenen Engel und geheimes Werkzeug der gottlosen Feinde Jehovas und der Spötter! Lange genug ertrug Jehova, wie dein lügenhafter Geist sich in immer neuen Schmähungen seines Namens überbot. Du hast kein Mittel gescheut, den göttlichen Bau des Gesetzes zu untergraben und zur Verspottung deines Glaubens geborgt die falschen Künste und Lehrmeinungen von allen Völkern, die meisten von den Christen. Ein weiser Gelehrter, Judas de Silva, hat deine Zweifel für gefährlich erklärt und in musterhafter Schrift nachgewiesen, daß du mit ihnen die äußerste Strafe über dich verhängt hast. Die Langmut des Himmels ist zu Ende. Wir sind mit dem Auftrage hier, dich in die geistliche Acht zu erklären und den Fluch Gottes über dich auszusprechen. So versenge das Gras unter deinem Fuße, und die Luft weiche bebend vor deinem Munde zurück, wie man einen Aussätzigen flieht! Gelobt sei Gott! In den Leib des Weibes, das dich geboren, fahre Siechtum, deine Brüder werden dich meiden wie böse Ansteckung, und deine Schwester wird dir einen Stein reichen, wenn du vor Hunger verschmachtest. Gelobt sei Gott! Das schmutzige Tier, das wir verachten, wird dir nachlaufen, und jedes Wasser, in dem du dich reinigen willst, wird sich vor deinen Augen trüben. Gelobt sei Gott! Die Gebrechen des Alters werden dich früh belasten, und ein sieches Leben wirst du lange fristen, jahrelang wird der Todesengel an deiner Kehle schnüren, und deine Gebeine werden schon in Staub zerfallen, noch ehe du gewaschen bist. Deinen Bitten wird der Himmel sein Ohr verschließen und eher dem verzeihen, der seinen Vater erschlug, als dir, den Gott durch der Kirche Mund verflucht hat!»

Diese Verwünschung erschütterte Uriel weniger als die Wirkung, welche sie auf die Versammelten hervorbrachte. War er bei den ersten Worten des Rabbiners noch zweifelhaft, ob er diesen unverbesserlichen Fanatismus mit der gleichgültigen Miene eines darüber Erhabenen aufnehmen sollte, verglich er noch einen Augenblick den lächerlichen, ich möchte sagen hohnlächerlichen Kontrast, in welchem die Natur und die Einfachheit des Glücks, das er eben genossen, zu jener auf soviel unnatürliche Voraussetzungen gebauten Autoritätsanmaßung stand, so erblaßte er, als er seine Umgebung auseinanderstieben sah, und hielt sich wankend an einer laubumrankten Säule fest. Noch ehe der Fluch zu Ende war, waren scheu alle übrigen von ihm mit Entsetzen zurückgewichen; Vanderstraten riß seine bebende Tochter zu sich heran, und sie leistete keinen Widerstand; Jochai zog sich zurück, um jede Verlegenheit, in die sein Aberglaube, seine Furcht und seine Freundschaft geraten konnten, zu vermeiden. Uriel streckte flehend die Hand aus nach Judith; aber sie war zu schwach, um die Möglichkeit, an des Verfluchten Seite zu «verwesen», herauszufordern; sie wies ihn mit Entsetzen zurück. Uriel stand vernichtet, alle mit Mühe zurückgedämmten Mißlichkeiten seines Lebens fielen eisenschwer auf ihn nieder, er atmete kaum und schwieg. So blieb er einen Augenblick, dann schien ihn eine plötzliche Wut zu erfassen, er ballte die Faust, die Adern des Halses schwollen an, ein Schrei der Verzweiflung und der Drohung erstickte in seinem Munde, und mit wütenden Gebärden stürzte er fort. Er floh in den Hof, riß sein Pferd aus dem Stalle und sprengte sogar ohne Sattel davon.

Wer Uriel in der Dämmerung über die Straße stürmen sah, ohne Hut, mit fliegendem Haar auf dem schweißtriefenden Rosse, das er unausgesetzt mit seinen Sporen stachelte, mußte ihn für einen Dämon der Fabel, einen König der Heide halten, der funkenstiebend durch seinen Zauberkreis flieht, um die Nacht zu erreichen, oder für Orestes, der den Muttermord eben vollzog und die Furien hinter sich die brennenden Fackeln schwingen hört. Bäume, Hügel, Seen glitten nebelhaft an Uriels Blicken vorüber; er wollte nichts als das Nichts, das Öde, die Leere, Gedankenlosigkeit, Vergessenheit.

Aber des Tieres Kräfte reichten nicht aus, es mäßigte endlich keuchend seinen Schritt, und an Uriels Ohr hörte es auf, ins Leere zu sausen. Die Dinge flohen nicht mehr, er sah, daß alles stand und nur auf ihn wartete, ob er herankäme. Der Mond stand über ihm, die Bäume warfen lange, schweigsame Schatten, ein Stern blitzte nach dem andern am Himmel auf. Er mußte innehalten, um sich auf alles, was geschehen war, zu besinnen. Es schien ihm, als läge eine lange Vergessenheit hinter ihm und eine alte, trübe Erfahrung, die ihn betrog, äffe ihn aufs neue. Aber verzweifelnd schlug er die Hände zusammen, als ihn die Täuschung verließ und er wohl die ungeheure Last empfand, die noch die jüngste Stunde auf ihn gewälzt hatte. Er sah den Mond, diesen alten Wächter seiner Liebe, und es war ihm, als hätte er nur Untreue erlebt, Verrat in Judiths treu geglaubtem Herzen. Dann aber fiel ihm ein, warum sie floh, als er ihr flehend winkte; die öden Priester klopften an seine Seele, ihre knöchernen Arme streckten sich von den Gräben am Wege herauf, und alles um ihn her rief mit dumpfer Grabesstimme die Worte des Fluches nach, die sie vorsprachen. Uriel zitterte; er spornte sein Tier, denn er war noch nicht imstande, die ganze Last zu tragen. Die zunehmende, vom Mond erhellte Dunkelheit half ihm; sie nahm ihm den Horizont, sie umzog ihn mit weiter wüster Leere, so daß seine Empfindungen zerfließen konnten in die Weite, ohne Störung, ohne Erinnerung an das, was nun nicht mehr ist, was alles verloren ist. Er sah nun Judith nicht mehr allein, nicht mehr die Priester allein, sondern alles und sich, den Verfluchten, den Ausgeschiedenen, den Geächteten. Er hatte mit dem Menschengeschlechte jetzt keine religiöse Gemeinschaft mehr. Was ihn unter anderen Umständen nicht gestört hätte, das peinigte ihn jetzt, daß er für sich selbst die Verantwortlichkeit seiner Seele übernehmen sollte. Er fragte sich, ob er sich denn einen Tempel bauen dürfte? Ob nicht, wie einst in Jerusalem, feurige Flammen aus der Erde kommen und seinen heidnischen Bau zerstören würden? Ob nicht der Himmel ein Ort sei, den sich nur der Glaube einer Gemeinde schaffe, und es vergebens sei, für sich, zu seiner eigenen Seligkeit, diesen Himmel zu beschwören? Ob Jehova gerechter sein werde als die Juden, da er mit der Befangenheit eines irdischen Geistes oft um ihn herumgegangen wäre, an ihm gemeißelt und gedeutelt hätte? Ob nicht alles Verbrechen an ihm sei und jetzt alles gerechte Strafe? Seine Gedanken verwirrten sich, er verlor die Besinnung, und ohne zu wissen wohin, schwankte er fort auf seinem müden Tiere.

Ganz in der Nähe der Stadt hielt er endlich vor einem Hause, das dem Roß und Reiter wohl bekannt war. Uriel sah sich in der Gegend um; er irrte sich nicht, hier wohnte seine Schwester. Die Nacht war noch nicht ganz hereingebrochen. Ein linder Abendwind wehte vom Meere herüber, der Mond erhellte den Hof, den Uriel betrat. Oben auf einer Terrasse erblickte er seine Schwester, die ihn freundlich begrüßte und zu sich hinaufrief. Ihr Gatte war auf einer langen Reise begriffen; wen sah sie lieber als den unter ihren Brüdern, welcher ihrer Seele am verwandtesten war? Uriel fühlte die elektrische Wirkung einer so reinen und uneigennützigen Liebe, wie die einer Schwester ist. Er war unvermögend, mit seinem ganzen Elend sogleich dieses friedliche Herz zu überfallen; er setzte sich an die Seite seiner Schwester und drückte mit zitternder Hast ihre Hand.

«Ich schleiche mich wie ein Dieb bei dir ein», sprach er leise, «und raube mir das, was du mir bald versagen wirst.» Seine Schwester sah ihn fragend an. «Was drückt dich, Uriel?» sprach sie sanft; als sie aber seine verzerrten Gesichtszüge, das Zittern des Mundes, die starren Augen wahrnahm, sprang sie auf und fragte ernster, was ihm zugestoßen wäre. Uriel verlangte nur nach ihrem Kinde. Sie rief, und ihr Einziger, ein Knabe von sieben Jahren, eilte auf seinen Oheim zu, den er im Mondschein leicht erkannte. Entblößt eure Häupter! Dieser Knabe war Baruch Spinoza. Uriel nahm ihn auf seinen Schoß, und das göttliche Kind, gleichsam in dem Blicke des Dulders die Leiden ahnend, die späterhin es selbst treffen sollten, unterließ, mit Fragen, die sonst ein Kind sogleich bereit hat, die feierliche Stimmung zu stören, in welche Uriels Seele versetzt war. Doch seine Mutter drang heftiger in Uriel, sie umschlang ihn bittend, sie mit seinen Geheimnissen nicht zu foltern. Aber der Geächtete wand sie seufzend von seinem Halse, indem er sagte: «Berühre mich nicht, teure Schwester! Ich bin zu schmutzig und befleckt für deine reine Seele. Morgen in der Frühe mußt du den Priester in dein Haus kommen lassen, daß er die Spuren, die ich hier zurückließ, durch heilige Weihe tilge. Mich traf der Fluch der Synagoge: ich bin geächtet!»

Ein Schrei des Entsetzens entfuhr der Schwester, die auf einen solchen Schlag nicht gefaßt war. Uriel wollte gehen, aber sie umschlang ihn weinend und schwur, daß sie ihn nicht lassen würde, ihren Bruder, nicht vor aller Welt. Uriel blickte sie fragend an, er dachte an Judith, die ihn verraten hatte, und sank vernichtet auf seinen Sitz zurück. Die Sprache versagte ihm, denn Wehmut, Schmerz und Entzücken vermag kein Laut im gleichen Momente wiederzugeben. Seine Schwester erhob sich bald zu einer Höhe, von der sie seine ganze Lage überblickte. Sie beschwor ihn, einen Entschluß zu fassen, er sollte in ihrem Hause sicher sein, nicht versteckt, sondern öffentlich, sie wollte zu den Brüdern eilen und deren Rat einholen; aber Uriel wehrte allem, küßte sie und sprach: «Geliebte Schwester, deine Treue macht mich so unglücklich wie selig. Aber ich vergesse es, daß mich Judith vergaß; ich schäme mich, deine Liebe mit der ihrigen zu vergleichen; du stehst wie eine Göttin vor mir! Doch ich bedarf der Einsamkeit, es würde meine Strafe noch vermehren, wenn ich euch unter meinem Rufe leiden sähe. Ich kehre nicht in die Stadt zurück, sondern ergreife noch in dieser Stunde meinen Wanderstab und ziehe in die Fremde hinaus; widersprich diesem Entschlusse nicht, ich würde zuviel leiden, wenn ich bei euch bliebe.»

Die Schwester weinte, und Baruch sah Uriel mit großen Augen an und fragte, wer ihm so bittere Leiden verursachte? Uriel fühlte das Schneidende des Kontrastes zwischen dieser kindlichen, das Böse nicht ahnenden Unschuld und der fanatischen Karikatur, die ihn verfolgte, er lachte wild auf vor Schmerz und stieß die fürchterlichsten Drohungen gegen die Verächter der Natur und der Wahrheit aus. Er schritt auf dem Getäfel der Terrasse, die Hände gegen die Gestirne streckend, auf und ab und prophezeite der Lüge und der Barbarei einen jähen Untergang. Als er aber erschöpft auf seinen Sessel niedersank, sagte ihm Baruch Spinoza mit unerschrockener Miene den Spruch der Bibel: «Wer dir die eine Backe schlägt, dem reiche auch die andere.»

Uriel blickte ihn schweigend an, dann fragte er ihn, wo er diese Worte her habe? Baruch sagte, aus dem Neuen Testament, das er griechisch lese. Uriels Auge glänzte vor Begeisterung, er schloß den Neffen in seine Arme und rief in lateinischen Worten: «Veniet alter, qui me major erit.» Die Tränen stürzten ihm aus den Augen, er wankte die Stiege der Terrasse hinunter und war bald im Dunkel verschwunden.

Nach dieser Szene wird man nicht begreifen können, wie das über unsern Helden ausgesprochene Verhängnis doch eine gänzliche Zerrüttung seiner Willenskraft bewirken konnte. Rechnet man noch hinzu, daß der ihn verfolgende Akt von einer sogenannten gedrückten Kirche ausging, daß in den überall verbreiteten christlichen Formen und Gebräuchen ein jüdischer Bann fast spurlos sein mußte, so ist es auffallend, daß sich Uriel, vielleicht aus tief eingewurzelter Liebe zum Judentum, das er doch bekämpfte, völlig der Illusion des Fluches hingab, nigends festen Fuß faßte, sondern ohne Zweck und Ziel von einem Orte zum andern pilgerte. Allein wie lange konnte es währen, daß Judiths Bild in seiner Seele verschleiert blieb? Schon am nächsten Morgen nach dem Abschiede von seiner Schwester deckte er es in seiner vollen, strahlenden Pracht wieder auf und verlor zu allem, was er schon verloren, jetzt auch noch den Mut. Die Ursachen seines Elends vertauschten sich. Er litt mehr an Judiths Verlust als um die Achterklärung, die ihn sonst nicht hätte verwirren können. Dann ließ er eine Ursache seiner Verfolgung in die andere spielen, er verwechselte ihre Aufeinanderfolge, und wie es trüben Gemütern eigen ist, nahm er das Glück seiner Liebe bald wie eine Herausforderung, die er ja selbst dem Himmel hingeworfen hätte. Das gänzlich Übermannende aber ist das Gefühl der unabänderlichen Notwendigkeit. Dies klammerte und hakte sich in alle seine Empfindungen ein, so daß das Schicksal wie eine schwere Last auf ihm lag und er nichts anderes für sich übrig glaubte, als zu dulden. Auch gibt es eine Art von Aberglauben, der sich nur bei Männern findet, welche über Vorurteile sonst weit erhaben sind. Die fortwährende Beschäftigung mit der Religion stimmt das Gemüt, selbst das verneinende, aufgeklärte, zu einer unwillkürlichen Milde, die sich bis zu einem leise wurzelnden Aberglauben fortbilden kann. Da Uriel nicht zu den Philosophen gehörte, welche das vorhandene Gebäude von religiösen Satzungen mit einem Male umstoßen und nur das gelten lassen, was sie selbst dafür wieder aufbauen, da er gewohnt war, eine Meinung nach der andern zu prüfen, und dabei den stufenweisen Weg des Zweiflers ging, so hielt sich sein Geist gleichsam fortwährend in einer Art religiösen Duftes, der ihn plötzlich übermannen und seiner spekulativen Waffen berauben konnte. Die Religion war stärker als er, da er sie nur in ihrem eigenen Interesse bekämpfte, nicht um sie zu leugnen, sondern um sie festzustellen.

Wie aber so vieles in eurem Herzen von äußeren Umgebungen abhängt, so wirkten auf Uriel die verschiedenen Gegenden, welche er auf seiner Irrfahrt antraf, auf verschiedene Weise. War er auf einsamer Wanderung, auf sich selbst angewiesen, so beherrschte ihn die Stimmung, welche wir eben schilderten; sah er große Städte, das Gewühl der Menschen, wie alles in der Erzielung des eigenen Vorteils sich vertiefte, dann zog ihn dieser Anblick von seinem Trübsinn bald wieder ab, seine Miene erheiterte sich, und er wurde unschlüssig, ob er nicht wieder an diesem Lärm, an diesem Vertreiben des einen Tages durch den andern teilnehmen sollte. Die alte Keckheit seines Geistes steckte in ihm wieder ihre Fahne auf, und mutige, männliche Gedanken zogen mit klingendem Spiel durch sein Inneres. Dann konnte er auflachen und mit spottendem Herzen ausrufen: «Alle diese Menschen, wie ich sie hier jagen und treiben sehe, was wissen sie von den geistigen und geistlichen Bändern, die um sie herum unsichtbar gelegt sind? Der Krämer wiegt seine Ware, der Kunde zahlt sein Geld, der Kärrner schiebt seinen Karren, der Landmann den Pflug, ein jeder ist übermäßig mit sich beschäftigt: sie scheinen in diesem Augenblick völlig unabhängig voneinander; jede Zumutung, die der Staat, die Kirche, die Wissenschaft an sie macht, muß ihnen lästig sein; sie haben sie auch ganz vergessen. Diese Menschen werden einmal einsehen, wie gering jene Gewalt ist, die heimlich ihre Fäden über sie ausspannt. Es wird eine Zeit kommen, wo sie mit ihrer Existenz so beschäftigt sind, daß sie sich weder auf die Kirche noch auf einen Staat besinnen können, der Ansprüche auf sie machen will. Sie werden mit dem Kopf schütteln und die Fragen der Priester und Staatsmänner mit Lachen beantworten.»

Uriel war in der heitersten Stimmung, als er diese Worte vor sich hin sprach. Er lag nach einer schon zweimonatigen Irrfahrt im Lande auf einer der äußeren grasbewachsenen Schanzen, welche die Festung Arnheim umgaben, lang hingestreckt, den Kopf auf den Arm gestützt. Er hatte die freie Aussicht auf unabsehbare Felder, welche den Fleiß des Landmanns beschäftigten, auf die Landstraße, welche mit Karren und Fuhrwerken bedeckt war, auf den Rhein, dessen Strömung er sich zum Führer seiner Reise genommen hatte. Er verlor sich in seinen Gedanken, die diesmal alle wie von der Sonne beschienen waren.

Als er wieder aufblickte, fesselten zwei Reiter, welche unten die Landstraße heraufzogen, seine Aufmerksamkeit. An dem einen derselben schien ihm alles bekannt, Roß, Haltung des Reiters, ja bald hätte er schwören mögen, daß derselbe niemand anders als sein Vetter Ben Jochai war. Er richtete sich auf und war unschlüssig, ob er den Wall hinuntersteigen sollte oder nicht. Er strengte sich an, den Begleiter Jochais zu erkennen, einen jungen Menschen, der ungeübt auf dem Sattel schien und ängstlich auf den Huf seines Pferdes sah. Uriel war auf der Landstraße, ohne es zu wollen; er trat einige Schritte vor, so daß er den Ankommenden in die Augen fiel. Diese hielten inne; Uriel strengte seine Sehkraft an und erschrak, da ihn über Jochais Begleiter eine Vermutung überfiel. Der junge Mensch kam dem Mißtrauen in diese Vermutung zuvor, sprang vom Pferde und lag jubelnd an Uriels Hals.

Es war Judith.

Lange währte es, ehe alle drei in den rechten Fluß der Mitteilung und des gleichgestimmten Gesprächs kamen. Die Schwierigkeit einer Aussöhnung war aber nicht mehr vorhanden; denn Judith, weinend und jubelnd, kosend und flehend, überschüttete Uriel mit einer Flut der liebenswürdigsten Worte, die ihm jeden Vorwurf aus dem Munde nahmen. «Mein heißgeliebter Freund», sprach sie, «verdiene ich wohl, die Hand zu küssen, die mich mit so treuer Liebe umschlungen hielt? Oh, warum weiß ich keine Strafe, die dem Verluste deiner Liebe gleichkäme, ohne daß ich deine Liebe verlöre. Ach! Ich werde närrisch. Mein ganzes Leben ist in deine Hand gegeben; denn so groß ist meine Reue, daß ich mir selbst den Tod geben würde, wenn du mich an deiner Liebe entgelten ließest, was ich an dir verbrach! Du hattest mich für zu schwach gehalten, Uriel, als daß ich eine Mitteilung deiner eigentümlichen, nun verketzerten Gedanken hätte tragen können. Du mußt dies auch jetzt noch glauben, da ich in dem Augenblick, als ich sie zugleich mit ihrer Wirkung zum erstenmal kennenlernte, alle Besinnung verlor. Doch du kannst nicht ungerecht gegen ein Weib sein, das in der Liebe Wunder vermag, sonst aber alles anstaunt und für übermächtig hält. Warum verschlossest du mir deinen Geist? Warum zogst du mich nicht zu dir hinauf, Uriel? Du lebtest am Tage unter deinen Göttern, und wenn der Abend kam, ließest du dich zu mir, einer schwachen, kindischen Sterblichen, herab. So zerschnittest du selbst das Band, das in jener fürchterlichen Stunde mich sonst unzertrennlich an dich gefesselt haben würde. Wehe mir, ich Törin! ich wälze die Schuld auf dich; aber ich tue es nur, um dir das Vergeben leichter zu machen. Denn mein Unrecht ist untilgbar, ich komme mir wie eine Elende, Meineidige, wie ein schlechtes Kraut vor, das hinter der Mauer wächst und so nichtig ist, daß es den Tag nicht verdient, den es lebt. O Uriel, liebe mich! Du bist ein wunderbarer Schöpfer, der alles vermag; wenn ich Adel für meine Seele, irgendeinen Stolz, der nicht vergänglich ist, suche, so kann ich ihn nur bei dir finden. Ich bin ganz in nichts versunken, nur du kannst mich wieder aufrichten!»

Uriel drückte schweigend, aber lächelnd und voller Liebe ihre Hand: das Übermaß erdrückte ihn. Judith fuhr fort, indem sie auf Jochai zeigte, der schweigend die beiden Tiere am Zügel führte: «Wieviel Dank bin ich deinem vortrefflichen Freunde schuldig! Da mein Vater sich mit Abscheu von der Erinnerung an dich abwandte, so blieb dieser meine Zuflucht. Das Unerklärliche des Auftrittes, der uns trennte, Lieber, verlor sich allmählich von meiner verzweiflungsvollen Seele, der ganze Zusammenhang dieser Dinge stand jetzt deutlich vor mir, meine Sehnsucht nach dir, die nur mit dem Tode sterben wird, folterte mich, und für alles fand ich bei Jochai Rat und Hilfe. Er ließ mich in die Rätsel deines kühnen Geistes blicken und weckte mein Verlangen, von deinem hohen Fluge mitgetragen zu werden. Ich schämte mich, daß der Aberglaube einen Augenblick über meine Liebe hatte siegen können, und betrieb den Entschluß, der durch dein Wiederfinden mit seinem Erfolge gekrönt ist. Ich floh die Wohnung meines Vaters, um dich aufzusuchen. Wir verfolgten den Weg, den du eingeschlagen haben mußtest, und trafen Spuren, die uns oft irreführten, uns aber doch zu unserem Ziele gebracht haben. Jochai schützte mich, wie ein Bruder es getan haben würde.»

Hierauf wandte sich auch Jochai an Uriel und sprach: «Teurer Vetter, wenn du in der Entscheidung, wo sich meine Freundschaft hätte bewähren sollen, mich einen Augenblick schwankend sahest, so sei versichert, daß ich nie ein Versäumnis so schmerzlich bereut habe. Ich beschloß, zur Sühne meiner Schuld mich ganz deinem Dienste zu widmen, und wußte, wie Liebes ich dir leistete, als ich Judiths Verlangen nach dir unterstützte und diese abenteuerliche Reise ins Werk setzte. Ich bin jetzt bei der Erfahrung in die Schule gegangen und habe gelernt, daß es mir unerträglich wäre, von dir getrennt oder gar verkannt zu leben.»

Uriel umarmte beide herzlich, seine Augen glänzten vor Freude; selbst die Befangenheit, die sein wilder Aufzug, sein langes, ungeschorenes Haupt- und Barthaar ihm zuerst verursacht hatten, wich den überströmenden Gefühlen von Lust, die der ihm wiedergegebene Glaube an sein Teuerstes in ihm weckte. «Ahnte ich doch», rief er aus, «daß mir die

Sonne des heutigen Tages etwas Gutes bedeutete! Wie eine lange Nebelnacht liegt die jüngste Vergangenheit hinter mir; ich wußte, daß sich jetzt alles wenden müßte. Oh, was zögert ihr noch, den Sitz in meinem Herzen einzunehmen, der euer Eigentum ist und den ich seither mit meinen Tränen benetzte! Was sollte ich mich euch nicht gänzlich überliefern, da ihr ja gekommen seid, mich glücklich zu machen! Eilt mit mir in die Herberge, wo wir in ungestörter Umarmung dies Wiedersehen feiern wollen. O sagt mir nur, wo gäbe es etwas, das dem Zuge des Herzens Gewalt antun könnte!»

Sie hielten sich noch eine Weile umschlungen, die Rosse blickten verständig in die Gruppe hinein, der Wanderer stand still und betete vielleicht leise, denn er hoffte, alles müsse schöner werden unter der Sonne, wenn sich Männer untereinander so lieben könnten. Dann eilten sie der Stadt zu und fanden in einer Herberge Muße und Heimlichkeit genug, ihre Herzen immer klarer und strömender zu machen.

Doch es fehlte auch hier der Begeisterung nicht an einer Hintertür. Judith selbst, die Schwärmende, Glückliche, war es, welche sie zu öffnen versuchte. Denn wie wenig es mit ihrem Entschlusse, sich um Uriel wie sein Gürtel zu schlingen und ihn nicht zu verlassen, wo er auch hinginge, übereinstimmte, daß sie einige Worte von Rückkehr und Widerruf fallenließ, so wäre es zu gewagt gewesen, hätte Ben Jochais Mund diese zuerst aussprechen sollen.

Uriel blickte sie verwundert an, aber diese Verwunderung war eher des Sinnenden als des Entrüsteten; er schwieg und widersprach nicht, als Judith ihm die Rückkehr in die alten Verhältnisse und namentlich den Gewinn ihres Vaters in den schönsten Farben schilderte. Als Jochai sah, daß seines Vetters Wille ganz unbewaffnet war, trat er wie auf ein verabredetes Zeichen hervor und sagte: «Wozu fruchtet es, lieber Freund, wenn du dich selbst um den Genuß des schönsten Lebens bringst? Du hast mir oft gestanden, welchen großen Reiz die Stadt, welche du jetzt mei-

dest, für dich hat, und damals wußtest du noch nicht, daß sie bestimmt war, einst dein Teuerstes einzuschließen. Ich sage nicht, daß dich Judith verlassen könnte; aber ich denke mir, die Liebe sehnt sich gern nach den Orten zurück, welche die Zeugen der ersten Schwüre waren. Die Liebe ist immer etwas prahlerisch mit ihrem Glücke, und wo könntet ihr vor einer größern Schar von Neidern und Bewunderern eure Schätze ausbreiten als in Amsterdam?»

Uriel leistete keinen Widerstand. Nur seine Beistimmung fehlte noch, welche Jochai ferner einzutreiben versuchte. «Du scheust dich vielleicht», sagte er, «nach Hause zurückzukehren, weil du im Banne bist? Allein deine Klugheit müßte auch hier siegen, wenn dein Starrsinn zögerte. Dein Gegner de Silva hat die Erklärung abgegeben, daß deine Sätze nicht darauf hinzielten, das Christentum zu empfehlen, sondern daß du vielmehr der ausgestorbenen Sekte der Sadduzäer zugetan seist. Da aber die Sadduzäer niemals von der Gemeinde ausgeschlossen waren und volle Freiheit hatten, im Tempel zu lehren, so hat sich der Groll der Synagoge um vieles gemildert. Würde sie auch den Bann nicht aus freien Stücken zurücknehmen, so könnte sie damit nicht zaudern, wenn du selbst einen Schritt ihr entgegenkämst und ein öffentliches Geständnis ablegtest, daß es dir in deinen Forschungen nur um die Wahrheit der jüdischen Lehre zu tun gewesen sei und du auf nichts bestehen wolltest, was derselben in gerader Richtung zuwiderliefe. Was ist an dieser Erklärung Großes verloren?»

Uriel wagte zwar nicht, darauf zu antworten: «Die Ehre!», aber er fühlte es, daß Jochais Zureden die Umschreibung einer Handlung war, die ihn späterhin reuen konnte. «Wie ihr nur eure Worte so fein setzt!» sagte er; «öffentlich widerrufen soll ich und an meiner eigenen Überzeugung zum Meineidigen werden? Ich müßte die Miene eines Bußfertigen annehmen und dürfte mich daheim nicht mehr getrauen, die Augen auf der Straße aufzuschlagen. Ihr gebt mir nicht den besten Rat.»

Jochai war aber ein feiner Menschenkenner; er wußte,

daß Uriel Lust hatte, ihm entgegenzukommen, daß er ihn nur wieder zurücktreiben würde, wenn er mit noch weitern Worten die unleugbare Tatsache des Widerrufs umhüllen wollte. So war Uriel gezwungen, sich selbst zu bekämpfen, und sagte, indem Judith mit allen Nerven horchte: «Ich trage keinen Groll gegen die Priesterschaft und könnte mich aus Großmut entschließen, ihrer Schwäche auszuhelfen. Auch sind mir meine Verwandten wert, und vor allem bestimmst du mich, teure Judith, die ich nicht hinausnehmen könnte in das wilde Treiben der Welt, in alle ihre Mühseligkeiten und Gefahren. Es ist wahr, dein Vater lebt jetzt in Bekümmernis um dich; doch sage mir, Jochai, bist du der Bereitwilligkeit der Synagoge gewiß? Und welche Art des Widerrufs verlangt sie?»

Jochai vermied, hierauf zu antworten, und schien nicht glauben machen zu wollen, als stünde er mit der Synagoge auf vertrautem Fuße. Doch so groß war Uriels Sehnsucht, alles zum Guten beizulegen und mit Judiths neuerworbener Liebe heimzukehren, daß es ihn sogar nicht bekümmerte, wie Jochai auf seine Fragen nur allgemeine, das Beste hoffende Antworten gab. Zu beider Freude schlug er ein und sagte, er wolle alles tun, um ihre Liebe zu belohnen.

Entziehen wir dem unglücklichen Manne unsere Teilnahme nicht, weil wir ihn hier eine seiner vielen Prüfungen schlecht bestehen sehen! Wir, die wir gewohnt sind, in einer gleichsam angeborenen fortwährenden Märtyrerschaft zu leben, werden leicht zur Hand sein, über einen Mann den Stab zu brechen, welcher gegen die Satzungen einer fanatischen, intoleranten Religion aufzutreten den Mut hatte und später imstande sein konnte, wieder heranzukriechen zu der Hand, die ihn züchtigte. Allein in Uriels Seele war Verwirrung eingezogen. Er liebte das Judentum, ja er mußte für dasselbe alles hingeben, wenn er sich nicht um seine erste Jugend, seine ersten Lebenspläne schon betrogen sehen wollte. Er hatte das Christentum abgeschworen: mußte da ihn nicht alles bestimmen, der Jehovalehre treu zu bleiben! Hätte er sich auch von dieser wieder entfernen können, wie leer und nichtig würde ihm dann sein Inneres, wie alles an ihm in Inkonsequenz und Scham verwandelt worden sein! Weil er keinen neuen, dritten, unabhängigen Zustand wußte, worin er leben konnte, flüchtete er sich unter den Schutz des Judentums wieder zurück, indem er seine eigene Meinung den bestehenden Verhältnissen opferte.

Die Tage der Rückreise verschwanden unter der Abwechslung anmutiger Gegenden und des heitersten Gesprächs. Uriel besaß zuviel angeborenen Stolz, als daß er seinen Richtern, denen er sich freiwillig unterwarf, demütigen Hauptes hätte entgegengehen sollen. Judith befand sich in der glücklichsten Laune; denn sie hatte mit ihrer Anstrengung Großes bewirkt, und zwar in so kurzer Zeit, daß sie dabei nicht hatte ermüden können. Jochai unterzog sich freiwillig jedem Geschäft, das seinen Gefährten eine Mühe ersparte, und schien ganz in ihre Wünsche und in ihr Glück aufzugehen. In kurzer Zeit war Amsterdam erreicht. Judith hatte ihre männliche Kleidung noch nicht abgelegt und ließ sich nicht zurückhalten, Uriel auf dem ersten Gange, den er machte, ohne sich vorher jemand anders zu zeigen, zu begleiten. Sie ritten geradeswegs auf die Wohnung des Oberrabbiners zu, der vorläufig durch Jochai von Uriels Ankunft benachrichtigt war. Uriel ließ ihn von seinem Entschlusse, sich mit der Kirche vertragen zu wollen, in Kenntnis setzen und erlangte bald die Erlaubnis, vor den Priester zu treten. Er traf ihn allein, einen strengen Greis, von geringerem Fanatismus als seine Beisitzer, aber von unerschütterlicher Festigkeit. Uriel war seines Anblicks gewohnt und ertrug ihn, ohne von ihm beherrscht zu werden. Er setzte freimütig seine Überzeugung auseinander, versicherte seine treueste Anhänglichkeit an den Dienst Jehovas und verlangte, sogleich von seinem Banne freigesprochen zu werden. Der Oberpriester schützte die Berufung auf einen geistlichen Rat vor, und Uriel wurde bis zu dessen Beschlußnahme in einer Zelle gehalten, welche in dem obern Stockwerke der priesterlichen Wohnung lag und ziemlich einem Gefängnisse glich.

Der versammelte Rat, darauf fußend, daß sich der Geächtete aus freien Stücken in ihre Gewalt begeben hatte, beschloß nun auch, von der rauhen Seite seiner Gnade so viel herauszukehren, als er nur konnte. Als Uriel vor ihn gerufen wurde, erhielt er den Bescheid, daß der Bann von ihm genommen werden sollte, falls er einen förmlichen Widerruf seiner Irrtümer in diesem Augenblicke ablegte und sich an die Wahrheiten zu halten schwören wollte, welche sie ihm in der Reihenfolge vorlesen würden. Dann sollte in der Abendsynagoge seine Buße und der Bann als zurückgenommen angezeigt werden. Einen Augenblick war Uriel schwierig; doch da ihn die Ungeduld peinigte, zu seinen Begleitern zurückzukehren und recht bald die Früchte dieser ärgerlichen Zeremonie bei seinen Freunden und Verwandten zu genießen, so betrieb er die Prozedur mit einer Eilfertigkeit, welche die Richter in Verlegenheit setzte. Der Vorsitzende hielt inne und drohte, die Verhandlung abzubrechen, wenn der Geächtete mit so gleichgültigem und unreumütigem Eifer in dieser Angelegenheit verführe. Doch Uriels Versicherungen, daß es ihm um alles der heiligste Ernst wäre und er nur den Augenblick beschleunigen wollte, der ihn in die alte Gemeinschaft des Glaubens und der Hoffnung wieder zurückführte, vermochten die Priester, ihm zu willfahren und endlich durch eine feierliche Erklärung die Acht von ihm zu nehmen. Uriel, seiner Freisprechung gewiß, schnitt die Ermahnungen, welche daran für die Zukunft geknüpft werden sollten, kurz ab und verließ die Versammlung, welche über die Reue Uriels ihre Erwartung durchaus getäuscht fand.

Aber auch über Uriel war eine andere Stimmung gekommen, als er beim Eintritt in dies Haus vermutet hatte. Die Unterwerfung und Demut der verflossenen Tage hatte ihn verlassen; der Anblick jener Männer, deren Autorität nur eine Verabredung war und auf nichts fußen konnte als auf den Gesetzesbuchstaben, die in eigentümlich geformten

Rollen vor ihnen lagen, gab ihm seine ganze Unabhängigkeit wieder zurück, und nur die Rücksicht auf seinen einmal gefaßten Entschluß und auf das, was noch alles zu seinem Nachteil geschehen könnte, bestimmten ihn, das einmal Betriebene zu Ende zu führen. Seine Begleiter, die ihn mit Spannung in den Vorzimmern des Hohenpriesters erwartet hatten, staunten, ihn in soviel Kälte umgewandelt zu sehen; doch beruhigte er sie und eilte, Judith zu ihrem Vater zurückzubringen.

Jochai, obgleich die hilfreiche Hand zu Judiths Entweichung, mußte auch hier der Vermittler sein. Vanderstraten ließ sich an der Tatsache genügen, daß seine Tochter wieder bei ihm war; seine schlaflosen Nächte verzieh er ihr gern, da sie ihm versprach, sie ihm in Zukunft dafür desto mehr zu verschönern, indem sie ihm vorlesen wollte des Abends oder zur Zither spielen oder seine Träume deuten. Auch war ihm Uriel ganz willkommen, den er seiner Güter, seiner Männlichkeit und seiner Geistesgaben wegen liebte und den er zu hassen nicht verpflichtet war, seitdem die Aufhebung des Bannes allen Makel von ihm genommen hatte.

Uriel brach aber bald auf; nachdem er Judith umarmt und ihr für den Sieg, den sie über ihn errungen, gedankt hatte, eilte er zu den Seinen, die schon die Kunde seiner Rückkehr und Begnadigung vernommen hatten und sehnlichst auf ihn harrten. Hier feierte er die süßesten Triumphe der Überraschung und der zärtlichsten Teilnahme. Er genoß alles mit solcher Hingebung, als hätte er wie seine Jugend so auch seine Ruhe für ewige Zeiten wiedergefunden.

Der natürliche Zug aller dieser Begegnisse ging freilich darauf hinaus, die kaum eingetretene Befriedigung aller Parteien bald wieder zu zerstören. Doch Uriel, der sich hierüber in keiner Täuschung befand, versuchte es, ob es nicht möglich sei, auch einmal eine alte Erfahrung Lügen zu strafen. Er nannte diesen unveränderlichen Zug die Altklugheit des Lebens und behauptete, daß man die Zukunft schon beherrschen könnte, wenn man nur auf die Wahrscheinlichkeiten gerüstet wäre, die sie ohne unser Zutun bringen würde. Deshalb bereitete er sich denn auf alles vor, was ihn in der nächsten Zeit treffen mußte. Er sah voraus, daß ihn Neugier und unaufgeforderte Teilnahme mit jedem Schritt belästigen würden, daß sich seine Freunde würden beeifern müssen, seinen Entschluß zu loben und ihm ihre Dienste anzubieten, daß sich jetzt jedermann berechtigt glauben würde, über religiöse Irrtümer in seiner Gegenwart mit einer schon ausgemachten Sicherheit abzusprechen; kurz, das ganze Elend, das da eintritt, wenn sich einmal große Geister herablassen, im Sinne der kleinen zu handeln, berechnete er mit weiser Einsicht und vermochte es über sich, das Unvermeidliche zu ertragen. Sein altes Rechtsstudium suchte er wieder hervor und machte es zu seinem Leidensgenossen. Zum Glück reichte dies auch da noch aus, seinen Geist zu beschäftigen, als endlich die Lobsprüche und die Ratschläge seiner Leute verstummt waren. Wünschte er eine kleine Frage zu lösen, so ließ ihn das die Übergänge der Tage vergessen. Die Zeit, diese grausame Feindin eines Unglücklichen, quälte ihn nicht, wenn er sie in kleine Stücke zerlegte und auf jedes einzeln eine leichte Last bürdete, die vergessen ließ. Doch dessen war er nicht fähig, sich auf einen höhern Standpunkt, von welchem er sonst seine wissenschaftlichen Bestrebungen ansah, aufzuschwingen. Jede großartige Betrachtung, die ihn von kleinen Einzelheiten ablöste, hätte ihn zu Fragen hingerissen, die er sich noch ängstlich bestrebte aus dem Bereiche seiner Gedanken entfernt zu halten.

Es war natürlich, daß Uriel unter solchen Umständen eine andere Stimmung seines Charakters zulassen mußte. Die frühere Heiterkeit, welche ihn selbst da nicht ganz verließ, als er die eingetretene Katastrophe sich allmählich vorbereiten sah, war gänzlich aus seinem Gemüt verschwunden. Er lag gegen sich selbst in Feindschaft und verfolgte sich mit einem Groll, als hätte sich sein Wesen in zwei Hälften geteilt. Es tobte ein fortwährender Kampf in seinem Innern. Bald ertappte er sich auf einer Gedankenreihe, die er von sich zu verbannen beschlossen hatte, bald verwarf er dies ganze abgemessene Wesen und nannte sich einen Toren, der Unaufhaltsames dämmen wollte. Seine Augen zogen sich in ihre Höhlen zurück, Furchen legten sich in die Ebene seiner Stirn, der geläufige Strom seiner Rede stockte, und die Teilnahme an fremden Interessen erkaltete.

Niemand konnte bei dieser Veränderung mehr leiden als Judith. Die Umwandlung, welche sie selbst in sich erfahren hatte, vergrößerte noch ihren Kummer. Denn wenn sie mit ihrer alten Laune, mit ihrer ewig gleichen Heiterkeit, die früher nicht verstimmt werden konnte, weil sie von außen her alles mit gleichen Eindrücken berührte, die einsinkenden Trümmer des stolzen Gebäudes, das Uriels Seele vorstellte, nicht bemerkt hatte, so war sie jetzt selbst empfänglich geworden für die Verwirrung des Lebens. Sie erriet alles leichter und lernte einsehen, wie großen Anteil der Schmerz am Regimente der Welt hat. Der naive Ton, wie sie des Geliebten Zärtlichkeit erwiderte, war verschwunden. Sie lächelte schmerzhaft und ungläubig, wenn Uriel das zwischen ihnen eingerissene Schweigen brach und sie an die Unschuld früherer Zeit erinnerte. Aber wie selten tat er dies noch dazu! Er war nicht mehr im unmittelbaren Genuß der Liebe, er war nicht mehr gegenwärtig bei seinen Schwüren, ja nicht einmal bei seinen Küssen. Das Dämonische seiner Natur kehrte sich immer mehr heraus. Er empfand nicht, ohne nicht auch zugleich seine Empfindung zum Gegenstande seiner Reflexion zu machen. Dies sind jene Männer, die das Weib so beglücken und doch so unglücklich machen können, die mitten in den Himmel der Liebe mit einer kalten, unerwarteten prosaischen Bemerkung hineinfallen, die öfter geneigt sind, geliebt zu werden als zu lieben, und die nach langem, launigem Aprilwetter, nachdem sie ihre Freundin grausam gemartert, dann wieder wie Sonnenschein aufblitzen und eine Stunde lang die göttlichsten Menschen werden können. So war Uriel jetzt der

Mephisto seiner Leidenschaft geworden. Dieselben Plätze in Vanderstratens Gärten, die einst das Flüstern, Kosen und Lachen der Liebenden belauscht hatten, sahen jetzt, wie Uriel Figuren in den Sand zeichnete und Judith sie mit ihren Tränen netzte.

Doch bald bemerkte Uriel, daß er nicht dazu geschaffen war, seine Leiden wie eine Schauspielerrolle durchzuspielen. Er wußte, daß es hohe Zeit war, einen Entschluß zu fassen, wenn er sich vor Verzweiflung, vor einem lautlosen Untergang am gebrochenen Herzen retten wollte. Er faßte die einzelnen Fäden seines Schicksals wieder zusammen, um seine eigene Parze zu werden. Dazu bestimmte ihn nichts mehr, als daß Judith eines Tages, da sie an seinem Halse hing, wie aus einem Traume erwachend zu ihm sprach: «O Lieber, ist denn all deine Kraft so aufgerieben, daß du mich leiden sehen kannst, ohne mir zu helfen? Ich unterliege dem Kummer, der an meiner Seele nagt, daß ich die Ursache deines neuen Unglücks bin. Seit jenem Augenblick, da du aus dem Rat der Priester tratest und den Widerruf geleistet hattest, ist meine Ruhe von mir gewichen. Denn welch ein Opfer hast du mir gebracht! Was hat es dich kosten müssen, deine Überzeugung abzuschwören! Ich vergehe in dem Gedanken, daß die Rücksicht auf meine Bitten dich bewogen hat, hierher zurückzukehren. Kannst du glauben, daß meine Liebe ermattet sein würde, wenn ich in dir den Ketzer, den Ausgestoßenen, den Heimatlosen hätte umarmen müssen? Was vermag ich in deine Geheimnisse zu dringen! Selbst wenn du mit bösen Kräften einen Bund geschlossen hättest, sollte der unsrige nicht gestört werden. Nun glaubst du dies alles nicht, denn ich ließ die Gelegenheit, dir meine Treue zu zeigen, vorübergehen. Nicht deine Versicherung, nicht dein mitleidiger Zuspruch kann mich zufriedenstellen, sondern nur eine Prüfung, die du mich bestehen ließest. Wäre unsere Lage unglücklicher, vielleicht würden wir dann beide glücklicher sein!»

Uriel verstand diese Klage vollkommen. Denn wenn er das, was Judith von ihrer Liebe sagte, auf die Verpflichtung übertrug, die er gegen die Wahrheit zu haben glaubte, so war es dieselbe Pein, in der er sich befand. Ja auch jenes Mittel der Heilung, das sie zu wollen schien, war dasselbe, nur daß er noch Anstand nahm, es zu wählen. Von dieser Stunde an, in welcher die Liebenden ihren Bund aufs neue besiegelten, erklärte Uriel, daß er jetzt jede Enthaltsamkeit, jeden Zwang aufgebe. Er hätte nicht die Absicht, im offenen Kampfe gegen seine Gegner aufzutreten, aber täuschen wollte er ferner weder sich noch sie. Wo ihn die Wahrheit herausforderte, wollte er sie bekennen. Judith pries sich glücklich, bald eine Gelegenheit zu finden, wo sie zeigen konnte, was sie vermochte.

Daß sich Uriels Benehmen änderte, sah man bald, denn er war von Spähern umgeben und machte kein Hehl daraus, daß ihn alles Vergangene reute. Zum dritten Male Apostat, warf er die Gelehrsamkeit des Rechts und Unrechts beiseite, suchte die alten Weisen wieder hervor, die über den Zusammenhang menschlicher und göttlicher Dinge in alten und neuen Zungen geschrieben haben, suchte den Umgang freidenkender Männer unter Juden und Christen und begann auch, die Resultate seiner Forschungen wieder niederzuschreiben. Die Furcht und Verzweiflung, die sonst bei ihm diese Beschäftigung begleitet hatte, war gänzlich gewichen: er war zu einem Berufe zurückgekehrt, den er ungern aufgegeben und jetzt durch die Anfechtungen desselben erst recht liebgewonnen hatte. Jede Entdeckung, die er machte, sonst die Ursache zu nachfolgenden trüben Stimmungen, erfüllte ihn jetzt mit jener Freude, die den glücklichen Fund belohnt. Wie hätte dies alles können verborgen bleiben! Mancherlei Gerüchte liefen über Uriels neue Sinnesänderung um: er sollte hier und da eine Zeremonie des jüdischen Kultus lächerlich gemacht, eine oder die andere seiner Hauptwahrheiten in Zweifel gezogen haben, auch wurde er, wie zur rechten Bestätigung alles dessen, nie mehr im Tempel gesehen. Derselbe Oberrabbiner der Synagoge, der dem Freisprechungsrate vorgesessen, hatte sogar selbst Gelegenheit, sich vom neuen Verändertsein des unverbesserlichen Portugiesen zu überzeugen. Er war im Hause Uriels mit einer geistlichen Handlung, welche die orthodoxe Esther verlangt hatte, beschäftigt. Als Uriel nach deren Vollzug hinzutrat, fand er den Rabbiner dabei, wie er seinem jüngsten Bruder und mehreren anderen im Zimmer versammelten Knaben eine Vorschrift der Talmudschen Sittenlehre auseinandersetzte. Einer der Knaben hatte, um zu beweisen, wie früh der Verketzerungstrieb und die Bigotterie sich im Menschen offenbart, dem Priester hinterbracht, daß ein Kamerad von ihm sich nicht scheue, Dinge, die das Gesetz dem Israeliten verbietet, häufig zu nennen, und daß er an der Erwähnung derselben ein Vergnügen fände. Der Priester lobte unvorhergesehenerweise den Angeklagten und nannte sein Beginnen löblich. «Denn», sagte er gerade, als Uriel hereintrat, «es ist vor Gott eine größere Tugend, sich eine Verführung recht oft vorzunehmen und ihr zu widerstehen, als sie gänzlich von sich entfernt zu halten.» Als die Knaben nun das Zimmer verlassen hatten, schlug Uriel, vertraulich und zum Scherze aufgelegt, dem Rabbi auf die Schulter und sagte: «Nun will ich Euch zeigen, ehrwürdiger Meister, daß ich heute weder Christ noch Jude bin. Die Christen haben dasselbe Moralgesetz, das Ihr aus dem Talmud erwähntet; sie lehren auch, daß es besser sei, mit der Unzucht sich zu Bett zu legen und rein wieder aufzustehen, als von vornherein der Verführung aus dem Wege zu gehen. Aber welch ein abscheulicher, heuchlerischer Glaube ist doch das! Ist der Adel der Seele da nicht größer, wo man die Sünde meidet, als da, wo man sie nur besiegt? Die Sünde herausfordern kann nur der, welcher aus der Tugend ein Geschäft macht, und die Tugend soll doch im Gegenteil ein angeborener Trieb, ein aus dem Innern hervorströmender freier Erguß der Liebe sein. Wer sich aus freien Stücken mit der Sünde in einen Kampf einläßt, um seine Stärke zu zeigen, hat die Unschuld des Gemütes schon verloren; und was kann größere Tugend sein als ein reines Herz haben?» Der Rabbi blickte zu Uriel hinauf mit einem durchbohrenden Blicke und verließ das Zimmer, eine Drohung in seinen grauen Bart murmelnd.

Judith bot alle ihre Kraft auf, jetzt mit dem Geliebten in gleichem Schritte zu bleiben. Die Warnungen, die man ihr zuflüsterte, überhörte sie; sie unterließ es sogar, offenbare Verleumdungen, die man gegen Uriel verbreitete, zu mildern; denn sie glaubte jetzt alles an ihm entschuldigen zu können. Sie fühlte sich mutiger, erhabener als alle, seitdem sie die Vertraute eines starken Geistes geworden war. Doch wie oft überraschte sie sich wieder auf einer Schwäche! Es gab Augenblicke, wo sie ganz in ihre natürlichen Anlagen zurückfiel und vom Außerordentlichen ihrer Lage schwer gedrückt wurde. In zu kurzer Zeit hatten ihre Entschlüsse reifen sollen, zu schnell war ihr Inneres herausgekehrt worden an die rauheste Seite des Lebens. Ein weibliches Herz vermag vielleicht größeren Schmerz zu ertragen als das männliche, doch muß es allmählicher an Leiden gewöhnt werden. Bei Judith kam alles ohne Vorbereitung; sie sollte lieben, hassen, bleiben, fliehen fast in demselben Momente; die Ratschläge, die sie empfing, durchkreuzten sich, ja sie erschrak oft, wenn sie einen Beweggrund zum Handeln suchte, daß ihr nicht immer zuerst ihre Liebe einfiel.

Aber noch waren nur alle diese Dinge Keime der Zukunft, deren tragischem Ausschlage wir entgegengehen. Noch saß Judith neben Uriel und horchte aufmerksam den Mitteilungen, welche dieser seither mit seinen Zärtlichkeiten abwechseln ließ. Sie hatten sich beide, durch die Erfahrung dazu genötigt, das Wort gegeben, ihre Liebe nicht einzig für Genuß zu halten, sondern sich alles zukommen zu lassen, was das wechselseitige Ineinanderaufgehen erleichterte, selbst wenn es Belehrung über ernste Fragen wäre. Uriel fand darin nichts Verkehrtes; denn er sagte zu sich selbst: «Ist die Liebe da, um den Menschen zu beglücken, so ist sie auch da, um ihn zu veredeln. Man sollte nur den lieben, von dem man zugibt, daß er über uns steht. Denn seine Umarmung hebt uns zu sich hinauf, so daß unsere Herzen weiter, unsere Augen heller und unsere Gedanken kühner werden.» Deshalb machte er Judith zur Vertrauten seiner Studien, er bemühte sich, sie von ihren Vorurteilen zu befreien, um auf diese Weise ihre Meinung für sich zu haben. Aber der Fluch dieser Erziehung in der Liebe, die schon so manchen Jüngling betrog, drohte auch hier einzuschlagen. Jedes Weib hat vielleicht Lust, ihre Sphäre zu überschreiten, aber sie fürchtet, dann isoliert zu werden. Den Trotz, der den Mann einer Welt gegenüber nicht verläßt, kennt sie nicht, sie empfängt ihn nur durch ein Beispiel, das seine Wirkung verliert, sobald es aus den Augen ist. Dem Manne, der Gedanken schafft, dienen die Stufen, auf denen er zu ihnen emporstieg; doch welches Weib hätte sich, wenn sie je einer außerordentlichen Bildung teilhaftig wurde, durch Mittelglieder emporgeschwungen? Es waren immer nur vollendete, schon fertige, vom Schmutz des Aufbauens und Aufsuchens gereinigte Gedanken, die sie in sich aufnahm und die sie dann auch nicht zu verteidigen verstand. Hier brach sich Judiths Fähigkeit, hier blieb sie hinter Uriel zurück, und je weiter er sich von ihr entfernte, je mehr er ihr von solchen schroffen, für sie unbeweisbaren und unbewiesenen Ideen zuwarf, desto unglücklicher wurde sie. Sie war in dem Zustande, daß sie gleichsam fortwährend die Hände nach ihm ausstreckte und ihn anflehte, mit ihr Erbarmen zu haben. In dieser Art aber liebte sie ihn doch.

Uriel sah von dem allem nichts. Ungestört auf seinem Zimmer entdecken, Judith sich mitteilen zu können war alles, was an ihm befriedigt sein wollte. Mehr bedurfte es nicht; denn der Zukunft sah er jetzt unerschrocken entgegen. Er war auf den äußersten Fall gerüstet, und der äußerste Fall konnte kein anderer sein, als den er schon erlebt hatte. Sein Ruf unter den Gelehrten nahm immer mehr zu; er hatte es sogar gewagt, eine eigene Schrift zu veröffentlichen, in welcher er den Angriffen des de Silva die Spitze bot und all die Sätze, welche ihm jener, sie verdammend, schon vorweggenommen hatte, aufs neue als seine Überzeugung proklamierte. Folglich konnte er täglich einen neuen Gewaltstreich der Synagoge erwarten; doch zögerte diese noch, weil sie Unerhörteres von ihm hoffte, um ihn dann gänzlich in Händen zu haben.

Plötzlich nahmen aber alle diese Verhältnisse eine neue Gestalt an. Einige Worte, welche Uriel eines Abends im Mondschein mit Judith wechselte, gaben dazu die Veranlassung. Sie hatte ihn gefragt, ob er denn in Wahrheit den Namen eines Sadduzäers verdiente, den man ihm allgemein gäbe. Uriel hatte dessen kein Hehl und sagte: «Wenn es ein Wort gibt, das eine unabhängige, über vieles schon im klaren, über das meiste noch im ungewissen befindliche Meinung bezeichnet, so möchte ich mich am liebsten mit dem Namen jener Sekte bezeichnet sehen.» – «Dann glaubst du also nicht», fiel Judith mit Hast ein, «daß unsere Seelen nach dem Tode wieder vereinigt werden?» – «Moses lehrt darüber nichts», entgegnete Uriel nicht ohne Spott. Judith verstand ihn noch nicht; aber es war ihr in diesem Augenblick schon, als öffnete sich ein tiefer, finsterer Abgrund und sie müßte fort und fort stürzen durch eine Ewigkeit, die sie nicht zu fassen vermochte. Sie zitterte, schwieg, und erst nach langer Zeit fragte sie den Unseligen zum zweiten Male, ob er habe sagen wollen, daß sie beide in ewige Nacht vergingen. Uriel nickte feierlich mit dem Haupte und erwiderte: «Womit läßt sich nachweisen, daß wir jenseits noch einmal leben sollten? All die Hilfsmittel zum Leben, welche uns die Natur mitgegeben hat, sind nur für die irdische Welt berechnet, ja für diese reichen sie nicht einmal aus; denn wir müssen sterben, und unser ganzer Bau fällt frühe in Asche zusammen.» Judith fühlte sich wie von einer wunderbaren Kraft unterstützt und entgegnete mit einem Eifer, den sie an ihr Letztes zu setzen schien: «Warum strengst du denn aber deinen Geist an, um Wahrheiten zu erforschen, die dann mit deinem Leben verlorengingen? Sprich, daß es eine zweite Welt gibt, um deiner hohen Gedanken willen, um alles, was über Religion, Tugend und Natur gelehrt wird!»

Uriel spürte Judiths Unruhe nicht, vielmehr lachte er und

sagte : «Du sprichst so keck, als wolltest du mit mir streiten. Glaubst du denn, daß jedes Ding einzeln, für sich genommen, zu Ende gebracht werden muß? Wenn unser Geist Gedanken erzeugt, so erfüllt er eine Beschäftigung, die ihm übertragen ist, ja noch mehr, er genießt eine Wohltat, die ihm der Himmel schenkt. Was er aber ersinnt, soll nur dazu dienen, daß es ihm selbst Freude gewähre; die Wahrheit dessen, was er denkt, ist der Ewigkeit gleichgültig; die Wahrheit besteht auch ohne ihn. Nimm das Tier! Es bedient sich aller Kräfte, die ihm zu Gebote stehen; wenn es nun nicht alles das vermag, was der Mensch, soll es dann für dasselbe auch ein Reich geben im Jenseits, wo es auf diese Stufe erhoben wird?»

Judith wußte keine Antwort zu geben, aber eine neue Frage wagte sie noch : «Warum, Uriel, sind denn die Menschen in gute und böse geteilt, wenn es einst keinen Ort gäbe, wo dieser Unterschied ausgeglichen wird?» Schon wurde dem Befragten dies Gespräch wunderlich, und er lächelte. «Wie bescheiden du bist, Judith!» rief er aus; «wie artig du die Belohnung und Bestrafung umschrieben hast! Sage mir, wenn es wirklich eine Ewigkeit gäbe und sie sich damit beschäftigte, diesen zu belohnen und jenen zu bestrafen, hätte sie damit nicht auch eine große Mangelhaftigkeit in der Weltordnung zugelassen? Denn was hieße das anders als Preise aussetzen, welche nicht mehr die Tugend zu erringen hätte, sondern der Eigennutz? Die Tugend ist, wie die Wahrheit, um ihrer selbst willen da. Sie teilt hierin die Eigenschaft, welche der Schönheit noch nie bestritten wurde. Von der Schönheit verlangst du nicht, daß sie sich dereinst noch steigere. Ich möchte dich, teure Judith, niemals schöner sehen, als du bist, und leugne gerade deshalb die Unsterblichkeit deiner Seele, weil ich fürchte, daß du einmal anders sein könntest als eben jetzt.»

Judith aber hatte mit diesen Worten, denen sie traute, alle Fäden verloren, die noch ihren Glauben und ihre Hoffnung zusammenhielten. Bittend blickte sie zu Uriel hinauf, sie fühlte, daß sie an der Grenze war, über die hinaus sie ihm nicht mehr folgen konnte. Da er schwieg, so wagte sie, die stillen Sterne über ihren Häuptern zu beschwören und mit diesen gegen Uriel zu kämpfen. Doch er nannte alles Täuschung und sagte, die Welt sei nur eine Grille Gottes; ein Plan Gottes könne sie nicht sein, da nur die irdische Schwäche, die mit einem Worte nichts schaffen könnte, Pläne mache. Und Judith sah alles an, was Uriel so Grausamwitziges sprach, und fühlte es bis in den feinsten Kern ihrer Seele. Sie krümmte sich wehklagend in dem Zauberkreis seiner Worte, beschwor ihn, seine Formeln zurückzunehmen, und richtete sich, wie atemlos, mit der letzten Frage an ihn, ob denn auch die Schwüre ihrer Liebe verhallen müßten in das Nichts und sich Liebende im Jenseits nicht wiederfinden würden? Uriel verneinte alles. Er legte seine eiskalte Hand in Judiths fieberglühende und sagte: «Wie kann man sich lieben, ohne die Reize des Körpers und der Seele zu besitzen, welche dich auf Erden schmükken? Es ist unerweislich, daß wir im Jenseits mit denselben Stiefeln und Sporen auftreten wie hier. Unsere kleinen Gebrechen, die oft so liebenswürdig sind, deine vielen Launen, die mich entzücken, müßten dort alle aufhören. Es könnte doch nur ein seelischer Zustand sein, der uns zwänge, uns in Gedanken, aber keineswegs in Küssen und Umarmungen zu lieben. Diese Seelengenüsse müssen aber ohne sinnliche Empfindung sehr einförmig sein, wie ich mir denn überhaupt dies allgemeine Zerfließen, das man im Jenseits zu hoffen pflegt, nicht ohne die größte Langeweile vorstellen kann. So gewiß ich jetzt lebe, werde ich einmal tot daliegen, ohne alle Besinnung, ohne zu wissen, daß es eine Judith gab. Es gibt nur eine Unsterblichkeit: das ist die im Gedächtnisse der Menschen; jede andere ist eine abergläubische und eigennützige Täuschung.» Dann überhäufte der Atheist seine Geliebte mit Liebkosungen und brachte sie durch seine ausgelassene, fast gemachte Lustigkeit dahin, zu allen seinen grausamen Erklärungen eine gute Miene zu machen. Sie lächelte auch und versprach ihm beim Abschied, daß sie alles in genaue Überlegung ziehen wollte.

Judith war freilich nicht selbständig genug, als daß sie gewagt hätte, jetzt über Uriel den Stab zu brechen; aber eingestehen konnte sie sich, daß ihr Vertrauen zu ihm wankend wurde. Er hatte sie selbst aus ihrer früheren Unbefangenheit herausgerissen und sie gelehrt, auf Fragen dieser Art, wie sie an jenem Abende unterschieden wurden, Wert zu legen. Sie sah ein, daß sie diesem Fluge nicht mehr folgen konnte. Sie würde nicht geglaubt haben, daß dies Zurückbleiben eine Verringerung ihrer Liebe sein könnte, wenn Uriel nicht selbst gesagt hätte, daß man auch ohne Unsterblichkeit lieben könnte. Keinem dieser Dilemmen, in die ihr Glaube und ihre Liebe gerieten, war sie gewachsen; sie wurde unwillig, daß sie dazwischengeraten war, und es gab Augenblicke, wo sich der Mißmut über den Urheber dieser Verwirrung bis zum Hasse steigerte. Schon vermied sie zuweilen, Uriel zu begegnen, ob sie ihn gleich, da es sie dann wieder reute, von freien Stücken wieder aufsuchte. Ben Jochai, dessen Rat sie ansprach, bestärkte sie in ihrem Entschlusse, sich von Uriel loszureißen. Es kam immer mehr zum Vorschein, daß Uriels Vetter eine falsche Rolle spielte, daß er keineswegs im Sinne hatte, seine Ansprüche auf Judith zu opfern, und es steht zu erwarten, welche Folgen diese neue Veränderung in den wechselseitigen Gesinnungen nach sich ziehen wird. Uriel selbst aber war es, der alles verdarb. Seine Entschlossenheit verließ ihn aufs neue, als er Judiths verändertes Benehmen sah. Der Augenblick, wo er sie als seine Gattin heimführen wollte, war näher als je. Alle seine Gedanken waren um so mehr auf Judiths Liebe gerichtet, und jetzt schien es ihm, als sei sie lauer, zurückhaltender, mißtrauisch geworden. Uriel geriet in Verzweiflung. Er war auf alles gefaßt gewesen, was die Zukunft ihm hätte bieten können, nur auf Judiths Verlust nicht. Sie hatte ja die Hälfte der Last zu tragen auf sich genommen oder doch versprochen, sich durch nichts, was auch eintreten könnte, von ihm trennen zu lassen. Er hatte alles, was die Zukunft versagen mochte, durch sie ersetzt gehofft und sich daran gewöhnt, sie sich als die Teilhaberin jedes künftigen Glükkes oder Mißgeschickes zu denken. Jetzt entzog sie sich ihm; noch sah er darin nicht die Untreue, sondern erst die Tatsache des Verlustes, die er nicht fassen konnte. Er stand nicht wie andere, denen ein Weib untreu wurde, hob die Hände gen Himmel und blickte auf alles, was vorangegangen war, um sich an dem Gedanken zu foltern: «Ist es denn nur möglich!» Er ging nicht auf die seligen Stunden zurück, da ihm Judith nicht Liebe konnte geheuchelt haben, er verglich die Gewißheit, die Treue und das Glück des schon Erlebten nicht mit der Ungewißheit und der Untreue, die ihn jetzt vernichteten; sondern er dachte an den Zustand des Kommenden; er glaubte sich alles erklären zu können, er klagte nur sich an und stieg von der Höhe, zu der er sich in der jüngsten Zeit emporgeschwungen hatte, wie in taumelnder Besinnungslosigkeit herunter.

«So habe ich jetzt», rief er aus, «zu allen Verwünschungen, welche mich hier auf Erden schon trafen, auch noch den Fluch des Himmels auf mich geladen! Wo finde ich einen Ausweg aus diesem Labyrinth? Mein Liebstes habe ich selbst von mir gestoßen; ich fand eine Kurzweil darin, eine Perle mit meinen Füßen zu zertreten. Warum flieht mich Judith? Sie haßt mich nicht, aber ich bin ihr unheimlich geworden. Ich zerriß selbst das Band, das sie an mich fesselte; denn welches Weib möchte dem freigeistigen Übermut, womit ich in ihrer Nähe spielte, vertraut sein? Es ist kein böser Entschluß, daß mich Judith meidet, ich selbst zwang sie dazu. Ich löste sie von einer Welt ab, deren Sprache und Gesinnung ihr verständlich ist, und gab ich ihr dafür eine neue wieder? Nein, nichts als Unvollendung, Zweifel, Grundloses, Luftiges erntete sie aus meinem Umgang. Sie war imstande, einmal das Elend zu ertragen, das über mich verhängt wurde; aber ich Verblendeter nahm es an, als sie sich vermaß, es zum zweiten Male zu können. Ich erblickte darin eine Aufforderung, was doch nur ein stummes Zeichen ihrer Liebe war, ein Wille, den ich für die Tat hätte nehmen sollen. Jetzt kann ich täglich die Erneuerung meines Bannes erwarten; dann ist alle Verbindung mit meinem Volke abgeschnitten, ich bin verstoßen, verachtet, gemieden und konnte in diesen elenden Zustand Judith mit hineinziehen? Sie gesteht sich ihn vielleicht nicht, diesen neuen Schlag, aber sie ahnt ihn voraus, und ohne zu wissen, was sie tut, meidet sie den, der an ihr in fortwährendem Verbrechen lebt. Wie helfe ich mir und ihr?»

Ben Jochai trat schüchtern in Uriels Zimmer. Seinem Gesichte stand die Maske teilnehmender Freundschaft schlecht, aber Uriel, nur mit seinem Leide beschäftigt, hatte sogar vergessen, daß ihn Jochai seit seinem Widerrufe mied und daß ihm Beweise hinterbracht worden waren, die seines Vetters guten Willen in den Schatten stellten. Er klagte ihm sein Leiden und fragte, ob er Hilfe oder Rat wüßte. Jochai ließ die Entschuldigung seines langen Ausbleibens, womit er begonnen hatte, sogleich fallen und fuhr fort: «Mein lieber Vetter, diese mißliche Lage deines Verhältnisses zu Judith treibt mich zu dir. Ich sehe, daß sich Judith unter denselben Schmerzen windet wie du. Ich weiß nicht, ob ein Zwist vorausging, der eure Zungen lähmte zu offenen Geständnissen; aber so ist die Lage, es kommt nur auf eine Mitteilung an.» Uriel flehte ihn an, sich offen zu erklären. «Du täuschest dich», fuhr Jochai fort, «wenn du glaubst, Judith hasse dich. Alle Welt sieht freilich, daß ihr Benehmen gegen dich sich geändert hat, aber wenn sie dich flieht, so tut sie es nur um ihrer Liebe willen. Judith ist in einer Stimmung, die weit unglücklicher ist als die deinige. Du hast sie so gefesselt, daß sie nach Licht, Leben und Atem schreit. Du hast ihr Herz in deine Gewalt gebracht, du hast jetzt auch ihren Geist verwirrt; wo soll sie einen Ausweg finden, wenn sie sich selbst nicht verlieren will? Sie betet das Ungestüm deiner Gedanken an, sie glaubt alles, was du ihr davon mitteiltest, aber es ist schon mehr, als sie Kraft hat zu tragen.» Uriel legte die Hand vor die Augen; denn jedes Wort bestätigte, was er sich schon selbst hatte gestehen müssen. «Nun ist dies aber alles nicht so», fuhr Jochai fort, «daß daraus wirklich ein Bruch zwischen euch beiden entstehen müßte. Es kommt nur darauf an, daß du dich entschließest, hier selbst etwas zu tun.» Jochai stockte, aber Uriel winkte, er sollte nur fortfahren. «Nun denn», sagte der Vetter, «ich weiß, daß Judith für dich verloren ist, wenn ein Ereignis, das in der Tat im Anzuge ist, aufs neue über dich hereinbräche.»

Uriel sprang auf, ergriff hastig seinen Arm, stammelte: «Du sprichst vom Bann, Vetter!» und lechzte nach dem Worte, das über Jochais Lippen kommen würde. Dieser sagte verfänglich genug: «Es ist wahr, sie würde die Acht nicht ertragen können; darum siehe zu, daß du sie umgehst.» – «Wie soll ich das tun?» rief Uriel verzweifelnd, Jochai hielt ihn grausam einen Augenblick hin, dann trat er zu ihm heran, ergriff seine Hand und sprach mit gedämpfter Stimme: «Unglücklicher, wie durchschneidet es mein Herz, daß du so vielen Leiden aufgespart bist!»

Uriel stürzte auf einen Sessel und badete sich in Tränen. Jochai schwieg; was hätte er auch sagen können, das Uriel nicht schon wußte? Dennoch sprach er es aus. «Die Synagoge hat deine Schrift dem Feuer übergeben, der morgende Tag schon ist dazu bestimmt, einen neuen, viel stärkern Bann als den früheren über dich auszusprechen. Komm dem allem zuvor! Stelle dich selbst deinen Richtern und unterwirf dich einer Buße! Ich will alle meine Kräfte aufbieten, daß diese so mild als möglich eingerichtet werde. Entschlage dich dann in Zukunft allen neuen Reizungen der Gemeinde, verlaß entweder diese Gegend, oder hilf bei den Geschäften deiner Brüder, daß du Zerstreuung hast! Judith hast du um diesen Preis zurückgekauft.»

Uriel sah ihn starr an; es kam ihm vor, als hätte der Vetter bei dieser letzten Erklärung blässer ausgesehen als zuvor. Es übermannte ihn einen Moment der Gedanke, daß ihn Jochai ja hassen müßte, weil er ihm Judiths Liebe geraubt, daß er unter der Maske der Freundschaft ihm böse Ratschläge erteilen könnte. Doch strömte das Gefühl seiner verzweifelten Lage über ihn her, er schritt händeringend im Zimmer auf und nieder und beschwor Jochai, zu sagen, ob er Judiths gewiß sein dürfte, nachdem er sich allem unterworfen hätte? Jochai gestand, daß Judith in dieser Art ihren Willen gegen ihn erklärt hätte. «Sie ist nicht grausam», sagte er, «denn sie versteht selbst nicht, was sie will. Sie dachte auch in diesem Augenblick nicht an die Demütigung, die dir widerfahren solle, sondern an ihre eigene Ruhe, an eine Herabstimmung deines ganzen Wesens, das sie erdrückt. Sie wird unglücklich sein, wenn sie erfährt, was du bei diesem neuen Schritt hast leiden müssen, aber dann wirst du ihrer gewiß sein.» Uriel rang die Hände, Scham und Verzweiflung peitschten ihn; kein Wort kam mehr über seine Lippen, und Jochai verließ ihn, in einigen Stunden seine Rückkehr versprechend.

Inzwischen hatte sich schon das Gerücht von Uriels neuer Achterklärung in der Stadt verbreitet. In seinem Hause war alles von den Tränen seiner Mutter und Brüder benetzt, seine Freunde und Bekannte bestürmten ihn, seine Gesinnung zu ändern und den Richtern zuvorzukommen. Keinen Augenblick mehr allein, wußte er kaum, wo er die Besinnung hernehmen sollte. Wo er sich in den Straßen sehen ließ, verfolgten ihn Fingerzeige, Gruppen bildeten sich, wo er stillstand, und begleiteten ihn bis in seine Wohnung, die er vor Scham kaum zu erreichen vermochte. Mitten unter diesen Fortschritten vorschneller Teilnahme und Neugier mußte er den Mut verlieren, selbst wenn er sich ermannen wollte. Alle seine Entschlüsse sanken lahm zusammen; Jochai fand ihn zerschmettert, jeder Zumutung fähig, ganz ohnmächtigen Willens. Es wurde Abend, eben sank die Sonne. Das Zimmer füllte sich mit Ratgebern und Beileidbezeigern, das Haus umstanden Neugierige, ja es währte nicht lange, so ging der Fanatismus der unten versammelten Menge weiter und weiter; Drohungen und Verwünschungen erfüllten die Luft. Es ging Uriel nicht besser wie einem Verbrecher, der zum Richtplatz geführt wird. Die Hoheit des stolzen Mannes war gebrochen, er fragte sich seufzend: «Bin ich denn noch Uriel Acosta, der Vertraute des Plato und Sokrates?» Er zitterte krampfhaft, denn er hörte, wie unten sein Name in den Kot der Gasse geschleift wurde. Er ergriff die Bücher, die auf seinem Tische lagen, und küßte sie weinend. Es schien ihm, als müßte er Abschied nehmen von allem und die Geister der Weisen, mit denen er zu verkehren pflegte, versöhnen, da es nur noch an einem Haare hing, daß er sie alle verriet. Jochai zerschnitt dieses Haar; er hob den Willenlosen vom Sessel auf und führte den, der nicht mehr widerstand, hinaus unter die tobende Menge, durch die Straßen, deren Häuser von Zuschauern besetzt waren, bis sie, nicht ohne Gefahr, gesteinigt zu werden, die Wohnung des Hohenpriesters erreicht hatten.

Uriel befand sich in einem finstern, kerkerähnlichen Gemach. Jochai hatte ihn mit der Versicherung verlassen, er würde Judiths gute Meinung zu erhalten suchen und alles daransetzen, daß ihm die Synagoge eine gelinde Strafe zuerkennen sollte. Uriel rechnete auf beides; denn es schien ihm immer mehr, als wenn Jochai sein Schicksal in Händen hätte.

Er war allein. Welch entsetzliche Demütigung hatte er erfahren! Durch die volkreichsten Straßen Amsterdams war er wie ein Verbrecher gezogen, von den Schmähungen und Steinwürfen des jüdischen Pöbels verfolgt, den Christen ein Anblick, den sie teilnahmslos ertrugen oder der wohl gar auch ihren Spott herausgefordert hatte. Hier rief man ihm nach: Abtrünniger! Christ! dort: Gottesleugner! Heide! Philosoph! Aber was stand ihm noch bevor? Von der Rache der Priester war jetzt alles zu erwarten. Er fluchte seinem Vetter, der sich seines ohnmächtigen Willens bemächtigt und ihn hierher geführt hatte; er lief wie ein wildes Tier im Zimmer auf und ab, stieß seinen Kopf an die Wände und schlug an die Tür, die man hinter ihm verschlossen hatte. Dann zwang ihn die Ermattung, zur Besinnung zurückzukehren. Er sank auf ein Bett nieder, das im Zimmer stand, und verlor sich in einen dumpfen, träumenden Zustand. Seine Phantasie wurde wach; er gaukelte sich die entsetzlichsten Gedanken vor, sah sich wie den gemeinsten Verbrecher behandelt, sah seinen Vetter, selbst Judith dabei tätig; seine Sinne verließen ihn; denn nichts hatte mehr Mitleiden mit ihm, außer zuletzt der Schlaf, der seine fieberhaften Vorstellungen auflöste und ihn in eine kurze Ruhe wiegte.

Der Bote der Synagoge führte Uriel am Morgen in das Versammlungszimmer der Priester, wo er seinen so oft bereuten Widerruf abgegeben hatte. Er fand seine Richter schon versammelt und erstaunte, als man ihn fragte, warum er sich hierher begeben. Er selber wußte nicht, wie dies gekommen, und fragte: «Bin ich denn nicht auf euern Befehl hier?» – Der Vorsitzende gab diese Frage mit den Worten zurück: «Was sollte uns treiben, dich in unsere Nähe zu führen? Unser Fluch hätte dich überall getroffen, wo du auch wandeltest.» – «Ich bin hier», entgegnete Uriel, «um euern schon ausgestreckten Arm zurückzuhalten. Verdammt mich nicht, ehe ihr mich angehört habt!» – «Was sollen wir dich anhören?» sprach der Oberrabbi; «du hast dich selbst verdammt in Schrift, in Gespräch und Tat: hier ist alles reif; der Sonnenschein, der deine Verbrechen zeitigte, läßt sich nicht zurücknehmen, es sei denn, daß du freiwillig dich der Kirchenbuße unterwürfest.» – «Deshalb bin ich hier», antwortete Uriel; «ich will Frieden mit euch, mich verlangt nicht nach der Unruhe, welche eure Verfolgung über mich, meine Familie und meine ganze Zukunft bringt. Beschleunigt deshalb euern Beschluß und gebt mich bald wieder aus eurer Gewalt!»

Uriel brachte aus dem Murmeln, das jetzt durch die Versammlung lief, keinen verständlichen Sinn heraus, bis ihm der Vorsitzende erklärte, daß ihm der Bescheid zur gehörigen Zeit würde bekanntgemacht werden. Uriel bat noch einmal, alles in Kürze zu beendigen, und wurde auf sein Zimmer wieder zurückgeführt.

Jetzt verstrich ein Tag nach dem andern, ohne daß Uriel von seinem Schicksal etwas erfuhr. Man brachte ihm Speise und Trank, doch seine Fragen beantworteten die Wächter nur mit ausweichenden Reden. Seine Ungeduld wuchs in dem Verhältnis, wie seine Kraft abnahm. Sein Angesicht verfiel, seine Augen vertieften sich, sein ganzer Körper sank zusammen. Auch die Lebhaftigkeit seines Geistes verschwand, seine Einbildungskraft stumpfte sich ab; denn was kann vernichtender wirken, als zu einer Demütigung nicht die Zeit erwarten zu können! Ein Wahn reihte sich an den andern: Uriel gab seine Hoffnung auf und geriet auf den Gedanken, daß man ihn gänzlich der Welt entziehen wollte. Aller Mittel beraubt, einen solchen Plan zu hintertreiben, machte er sich endlich mit demselben vertraut und ergab sich einer vollkommenen Resignation. Wenn man dies Mittel gewählt hatte, um seinen stolzen Sinn gänzlich zu vernichten, so hatte man sich nicht vergriffen. Uriel träumte sein monotones Dasein von einem Tage zum andern fort, seine einzige Folter war die Zeit; an die schwindenden Minuten hatte er sich gleichsam angeschmiedet; diese schleppten ihn langsam mit sich fort und übergaben ihn von einer Stunde, die ihn folterte, an die andere. Zuletzt gewöhnte er sich auch an das Vorrücken der Zeit und stellte an Geist und Leib ein beklagenswertes Bild der Vernichtung dar.

So mochten einige Monate vergangen sein, als sich eines Tages Uriels Gefängnis zu einer ungewöhnlichen Stunde öffnete. Obschon es heller Tag war, so fiel ihm das Licht von zahllosen Kerzen entgegen, welche von Priestern getragen wurden, die den Gang besetzt hielten. Man trat Uriel selbst an und erklärte ihm, daß jetzt der Augenblick seiner Buße gekommen sei. Uriel schwieg. Den Männern wegen seines langen Gefängnisses Vorwürfe zu machen, hinderte ihn seine Mutlosigkeit und die Erwartung dessen, was sich jetzt begeben mußte. Man entkleidete ihn, übergab ihm weite Bußkleider, die er anlegen mußte, in seine Hand drückte man eine brennende Kerze und winkte ihm, jetzt in diesem demütigenden Aufzuge ihnen zu folgen. Uriel ließ mit sich alles geschehen. Der Gedanke, nun bald von dieser ganzen Pein erlöst zu sein, bemächtigte sich seiner, und er hoffte, nach einer kurzen Plage beim Ziele seiner Wünsche zu stehen. Diese Berechnung, wie sehr ihr die Hinfälligkeit seines Geistes und Körpers zu widersprechen schien, erhob ihn doch wieder und flößte ihm soviel Kraft des Bewußtseins ein, als er vielleicht gewünscht hätte, bei den nachfolgenden Szenen nicht zu besitzen; denn schon als er in die Synagoge trat, erschrak er, sie über und über mit Menschen angefüllt zu sehen. Alles war gekommen, um Zeuge dieses seltenen Schauspiels zu werden. Die Priester hatten Mühe, durch die drängende Versammlung einen Weg zu bahnen; alle wollten dem Opfer des Tages nahe sein und sich an den Mienen eines Verbrechers weiden, dem gegenüber sie sich freilich rühmen konnten, daß sie es ihm niemals nachtun würden. Aber auch das Mitleid wollte in seiner Nähe bleiben, um ihm Mut zuzusprechen: alles gleich widerlich für Uriel, den Scham und Verzweiflung schon zu umkreisen anfingen. Er vermochte es nicht, wie er wollte, dreist sein Auge zu erheben und die Menge zu übersehen; der Kontrast seines elenden Aufzuges überfiel ihn zu mächtig, und aufs elendeste gedemütigt, schritt er den Priestern nach, die ihm Raum machten, daß er unter der Menge sicher seinen Fuß setzen konnte.

Am Hochaltar angelangt, blieb der Zug stehen. Uriel wurde bedeutet, die Erhöhung zu betreten. Hier stand er zuerst, allen sichtbar, allein, nur damit beschäftigt, wie er die Blicke der versammelten Menge, die ihn jetzt alle gleichmäßig trafen, aufnehmen sollte. Unfähig, Trotz zu zeigen, senkte er die Augen vor Scham und vor dem überwältigenden Gefühl seiner Leiden. Ein Priester trat zu ihm hinauf, übergab ihm eine Pergamentrolle, auf welcher die lange Reihe seiner Vergehungen verzeichnet stand; er sollte sie, als die erste Handlung seiner Buße, mit lauter Stimme ablesen. Uriel hatte dies erwarten können, und ohne zu wissen, was die Rolle alles enthielt, begann er, sie mit gedämpftem, rührendem Tone vorzulesen. «Ich, Uriel Acosta», hieß es hier, «von Geburt ein Portugiese und Christ, bekenne öffentlich, daß ich, nachdem ich freiwillig zum Judentum mich bekannt habe, alle meine Bestrebungen darauf richtete, die Göttlichkeit meines neuen Bekenntnisses anzutasten, seine vorzüglichsten Lehren in Zweifel zu ziehen und zu besonderer Gunst des Christentums, das ich heimlich nicht abgeschworen hatte, den Dienst Jehovas zu untergraben. Zu dem Ende ergriff ich jede Gelegenheit, mit den Beamten der Synagoge anzubinden, sie in ihrem Wirkungskreise zu stören und sogar heilige Gebräuche in dem Augenblicke, wo sie verrichtet wurden, lächerlich zu machen. Meine Geisteskräfte, nur darauf gerichtet, versteckten Hinterhalt zu legen, Unbezweifeltes durch Trugschlüsse als unerweisbar hinzustellen und da, wo die Kraft des Verstandes nicht ausreichte, durch Spott zum Ziele zu gelangen, benutzte ich hauptsächlich gegen die heiligen Schriften der alten und neuen Tradition. Ich ließ Erklärungen ausgehen, welche die jetzigen Einrichtungen des jüdischen Gottesdienstes als nicht im Einklang befindlich mit den alten heiligen Schriften nachweisen sollten, und lud so viel Zorn und Groll des Himmels auf mich, daß ich die Achterklärung, welche mich vor einem Jahre traf, nur als verdiente Strafe meiner Verbrechen ansehen muß. O hätte diese Strafe länger gedauert! Doch die Unbequemlichkeit derselben wohl fühlend, entschloß ich mich, ein teuflisches Spiel zu treiben. Ich kehrte, noch in der ganzen Ausdünstung meines Fluches, zu den Vätern der Synagoge zurück und heuchelte Reue und Ergebenheit. Die Langmut dieser Ehrwürdigen befreite mich vom Banne. Seitdem begann ich aber offener hervorzutreten. Wo es mir irgend gelang, suchte ich die Lehre Jehovas in Mißachtung zu bringen, ich richtete mein Augenmerk auf alle, die etwa Lust tragen sollten, sich derselben zuzuwenden, und redete ihnen von ihrem Vorhaben ab. Ich betrog den Himmel um zahllose Seelen. Aber meine Vermessenheit stieg noch höher. Ungeachtet ich alle meine früheren Vergehungen in höherm Grade wiederholte, hielt ich es nicht genug, gegen die Einrichtungen Jehovas zu streiten, sondern ich vergriff mich an ihm selbst. Ich zog das Dasein einer göttlichen Gewalt in

Zweifel, leugnete die Fortdauer der Seele und häufte auf Entsetzliches Entsetzlicheres. Doch jetzt ergriff mich auf der höchsten Stufe der Verbrechen Schwindel, ich verlor meine Besinnung und stürzte elend zu Boden. Die Strafe Gottes hatte mich erreicht. Ich bekenne, daß ich seines Beistandes gänzlich für verlustig sollte erklärt werden, daß er durch einen martervollen Tod noch bei weitem keine angemessene Genugtuung an mir fände. Allein die heiligen Väter der Synagoge haben versprochen, für meine Seele Fürbitte einzulegen und mich durch eine vollständige Kirchenbuße der göttlichen Huld aufs neue zu empfehlen. So verhängt denn alles über mich! Mich dürstet nach dem Lohn meiner Verbrechen!»

Uriel hatte schon bei den ersten Worten, wo er wie mechanisch gesagt hatte, daß er Christ war, innehalten wollen; denn er sah hier seines Vetters Verräterei. Bald stockte er an einer andern Stelle, an einer dritten; aber die Priester zwangen ihn, weiterzulesen; die letzten Worte waren kaum noch hörbar. Uriel wankte zurück, die Priester fingen ihn auf, nahmen ihm die Kerze aus der Hand und führten ihn in einen dunkeln Winkel des Tempels, wo er sein ferneres Schicksal erwarten sollte.

Die Versammlung stimmte inzwischen jenen Psalm an, welchen David sang, als Doeg, der Edomiter, kam und Saul ansagte, daß David in Abimelechs Haus gekommen: «Was trotzest du denn –» Auf Uriel verfehlte aber dieser Fanatismus seine Wirkung. Die Ohnmacht seines Wesens war verschwunden. Das Blut flog siedend in seinen Adern auf und ab, er hätte mit lauter Stimme gegen diese Menschen losbrechen können, wenn ihn der Gesang nicht übertäubt hätte. Was wollte man denn noch von ihm? Waren jene lügenhaften Worte noch keine hinreichende Demütigung? Uriel glaubte seinen Vetter zu sehen. Schon drohte er ihm mit beiden Fäusten. Er hatte sich getäuscht und knirschte vor Ingrimm. Wer hatte ihn in die Lage versetzt? Wer die mildeste Strafe versprochen? Wer hatte seine Geburt, seine Meinung über den Tod an die Priester verraten? Er warf sich zur Erde nieder und wand sich wie ein wildes Tier. Doch überwältigte der Gesang seine Wut, er mußte sich an die Ermattung übergeben und wartete jetzt stumm auf alles, was noch kommen würde.

Nachdem der Psalm zu Ende gesungen war, führten mehrere Diener der Synagoge den Büßenden aus dem Dunkel hervor, stellten ihn dicht vor den Hochaltar, banden ihn an eine Säule fest und entblößten seinen Leib. Rutenstreiche fielen auf ihn herab, an der Zahl neununddreißig. Uriel schrie nicht, sondern wehklagte nur leise; seine Seele litt fürchterlicher als der gemißhandelte Körper. Er fühlte schmerzlich, was an ihm alles beleidigt wurde, die Wissenschaft, die Vernunft, Sokrates, Christus. Er war gefaßt, Strafe zu leiden, er hätte den Tod nicht gescheut; aber diese Erniedrigung! Sein Schmerz übermannte ihn, Tränen stürzten aus seinen Augen; doch wurden sie die Quelle neuer Qualen für ihn; denn konnten sie nicht mit Tränen der Reue verwechselt werden? Seine Empfindung sprang plötzlich wieder in Wut über, er drohte mit seinen zerfleischten Armen, stieß zahllose Verwünschungen aus, bis ihn der Psalm übertönte, welchen David dichtete: «Jauchzet Gott, alle Lande!»

Uriel schwieg; er überlief die Reihe der Leidenschaften, die, alle jetzt entfesselt, wild in ihm tobten, und blieb da stehen, wo die Rache schnaubte. Rache war das einzige Wort, das ihm den Mut gab, noch Größeres zu erdulden; denn noch war das Maß seiner Leiden nicht voll. Wenn es eine größere Strafe geben kann als Züchtigung eines edeln, frei geborenen Körpers, in dem eine große Seele wohnt, so traf ihn auch noch diese. Man ergriff ihn zum zweiten Male, führte ihn an den Ausgang des Tempels, befestigte ihn an der Schwelle der Tür und ließ die ganze Versammlung, die sich auflöste, über ihn wegtreten. An Mitleid dachte der Fanatismus nicht, auch nicht an Schonung; er half mit rüstiger Hand die Strafe vollziehen und trat grausam auf den sich krümmenden Leib des Unglücklichen. Uriel ertrug alles, denn die Rache ist eine aufheiternde, tröstende Freundin jeder Kränkung. Sie versagt dem Munde die Kraft, seinen Schmerz auszuschreien; sie macht jede Klage stumm, sie verkürzt sogar die Zeit des Leides und gibt da Leben wieder, wo man glauben sollte, es sei gänzlich geflohen. Die Rache half Uriel bis auf den letzten Moment ausharren, bis das ganze jüdische Amsterdam über ihn hinweg war; jetzt half sie ihm aber die Riemen, die ihn festgeschnallt hatten und durch die Füße der Versammlung fast aufgerieben waren, vollends zerreißen; sie schwang ihre blutige Fackel, und wie ein Rasender stürzte Uriel von dem Orte seiner Erniedrigung fort durch die Straßen der Stadt in die Wohnung der Seinigen. Mit totenbleichem Angesicht, bluttriefend, mit zerrissenen Kleidern trat er vor seine versammelte Familie, die er in Tränen und Wehklagen aufgelöst fand. Er sprach kein Wort, das sich verstehen ließ, er sagte, er verlangte, man wußte nicht was, er lachte wild auf, er weinte vor Wut. Der junge Baruch Spinoza wagte allein, ihm nahe zu treten. Er ergriff das Kind, hielt es zum Himmel auf, seine Augen verrieten, daß er sprechen wollte, aber die Zunge versagte ihm. Er sank zurück, nahm den Knaben auf den Schoß, versuchte noch einmal zu reden, und diese Worte drängten sich abgebrochen aus seiner laut atmenden Brust hervor: «Unschuldiger Knabe, du ahnest noch nichts von den Greueln dieser Welt, und ein Zerschmetterter, ein bis zum Wahnsinn Mißhandelter trägt dich in den Armen! Zitterst du nicht vor Verbrechen, wie man sie an mir begangen hat? Blicke mich nicht so stumm an, Knabe; was an mir geschehen ist, bleibt unerhört unter der Sonne. Ja, du bebst, himmlisches Kind; selbst deine unschuldvollen Züge müssen erblassen, wo sie diesen Frevel sehen, diesen geschändeten Leib, diesen zertretenen Stolz! Du segnest meine Rache! Du versprichst mir, meine Rache zu Ende zu bringen; poche einst, wenn dein Geist sich erhebt, an die Wohnung Gottes und forsche, warum er die, welche sein Geheimnis lieben, züchtigt. Mein unvollendetes, zertretenes Werk gebe ich dir, der noch einzig furchtlos ist und der meines Schwertes Scharten an jenen elenden Knechten der Allmacht auswetzen wird. Das Gegenwärtige sinkt alles unter mir zusammen, nur auf die Zukunft hoffe ich. O Gott, o Gott, wie elend hast du mich gemacht!» Seine Familie wollte helfen, wollte das Blut vom Körper wischen, die zerfetzten Kleider abnehmen, aber er wies alles zurück. «Auf wie lange? Auf wie lange?» rief er; «ein gegeißelter Stolz stirbt! Die Sehnen meines Nackens sind schlaff, ich bin ein angeschossener Adler, der mit den Flügeln um sich schlägt, aber bald ausatmen wird. Laßt mich, laßt mich, die Stunde ist da!»

Mit diesen Worten entzog er sich allen, eilte auf sein Zimmer, schloß sich zwei Tage ein und nahm kaum etwas Nahrung, dann ergriff er plötzlich zwei Pistolen, die schon seit lange fortwährend geladen über seinem Bette hingen, bahnte sich den Weg durch die Menge, die neugierig sein Haus umstand, und stürzte wahnsinnig, seine Mordwaffen nicht einmal verbergend, fort. Er suchte Jochais Haus.

Es war Abend.

An Vanderstratens Wohnung mußte er da vorüber. Hier sah er alles auf das festlichste erleuchtet. Karossen flogen nacheinander vor das Portal und ließen schön geputzte Paare heraus; Diener rannten treppauf, treppab; durch alle Säle verbreitete sich köstlicher Ambraduft; die Türen des ganzen Gebäudes waren geöffnet, um dem Feste den größten Spielraum zu lassen; eine rauschende Musik tönte von oben her. Uriel staunte; so viel Besinnung hatte er noch, alles das zu bemerken. Eine Ahnung fuhr ihm durch die Seele, sie schleuderte ihn blitzschnell die Stiege hinauf in den großen, von tausend Kerzen erhellten, von glänzenden Gästen besetzten Saal. Alles schrie vor Entsetzen auf, als man des Wahnsinnigen ansichtig wurde. Aber schon hatte er sein Opfer gefunden, er legte auf seinen Vetter an, das Pulver blitzte, und – Judith, Jochais eben angetraute Braut, schwamm in ihrem Blute. Uriel, der vielleicht nicht sah, wie fürchterlich er sein Ziel verfehlt hatte, ergriff die zweite Pistole; man fiel ihm in die Arme, doch die Verzweiflung gab ihm Riesenkraft. Er wehrte sich mit seiner Waffe gegen die

Andringenden und bahnte sich in ein Nebenzimmer den Rückzug. Bald hörte man einen zweiten Schuß. Er hatte sich selbst das Gehirn zerschmettert.

Dieselbe Erde deckte Uriels und Judiths Leichen. Doch trennte sie der Ausspruch der Synagoge; denn Uriels Leichnam wurde in einen entfernten Winkel des Friedhofs übergeführt. Dafür gesellte sich bald seine Mutter, Esther, zu ihm, welche diese Schrecken und den Verlust eines solchen Sohnes nicht ertragen konnte. Auch blieb die Stätte nicht ohne den Schmuck der Liebe: Uriels Schwester bepflanzte sie mit Trauerweiden und Blumen der Klage. Baruch sah man oft an seines unglücklichen Oheims endlicher Freistatt. Aus der Erinnerung an diesen teuern Dulder schöpfte er die Kraft zu den Leiden, die auch ihm diese von den Menschen verunstaltete Erde zu tragen beschieden hatte.

Georg Büchner
Lenz

DEN 20. JÄNNER GING LENZ DURCHS GEBIRG. DIE Gipfel und hohen Bergflächen im Schnee, die Täler hinunter graues Gestein, grüne Flächen, Felsen und Tannen.

Es war naßkalt; das Wasser rieselte die Felsen hinunter und sprang über den Weg. Die Äste der Tannen hingen schwer herab in die feuchte Luft. Am Himmel zogen graue Wolken, aber alles so dicht – und dann dampfte der Nebel herauf und strich schwer und feucht durch das Gesträuch, so träg, so plump.

Er ging gleichgültig weiter, es lag ihm nichts am Weg, bald auf-, bald abwärts. Müdigkeit spürte er keine, nur war es ihm manchmal unangenehm, daß er nicht auf dem Kopf gehn konnte.

Anfangs drängte es ihm in der Brust, wenn das Gestein so wegsprang, der graue Wald sich unter ihm schüttelte und der Nebel die Formen bald verschlang, bald die gewaltigen Glieder halb enthüllte; es drängte in ihm, er suchte nach etwas, wie nach verlornen Träumen, aber er fand nichts. Es war ihm alles so klein, so nahe, so naß; er hätte die Erde hinter den Ofen setzen mögen. Er begriff nicht, daß er so viel Zeit brauchte, um einen Abhang hinunterzuklimmen, einen fernen Punkt zu erreichen; er meinte, er müsse alles mit ein paar Schritten ausmessen können. Nur manchmal, wenn der Sturm das Gewölk in die Täler warf und es den Wald heraufdampfte und die Stimmen an den Felsen wach wurden, bald wie fern verhallende Donner und dann gewaltig heranbrausten, in Tönen, als wollten sie in ihrem wilden Jubel die Erde besingen, und die Wolken wie wilde, wiehernde Rosse heransprengten und der Sonnenschein dazwischen durchging und kam und sein blitzendes Schwert an den Schneeflächen zog, so daß ein helles, blendendes Licht über die Gipfel in die Täler schnitt; oder wenn der Sturm das Gewölk abwärts trieb und einen lichtblauen See hineinriß und dann der Wind verhallte und tief unten aus den Schluchten, aus den Wipfeln der Tannen wie ein Wiegenlied und Glockengeläute heraufsummte und am tiefen Blau ein leises Rot hinaufklomm und kleine Wölkchen auf silbernen Flügeln durchzogen und alle Berggipfel, scharf und fest, weit über das Land hin glänzten und blitzten – riß es ihm in der Brust, er stand, keuchend, den Leib vorwärts gebogen, Augen und Mund weit offen, er meinte, er müsse den Sturm in sich ziehen, alles in sich fassen, er dehnte sich aus und lag über der Erde, er wühlte sich in das All hinein, es war eine Lust, die ihm wehe tat; oder er stand still und legte das Haupt ins Moos und schloß die Augen halb, und dann zog es weit von ihm, die Erde wich unter ihm, sie wurde klein wie ein wandelnder Stern und tauchte sich in einen brausenden Strom, der seine klare Flut unter ihm zog. Aber es waren nur Augenblicke; und dann erhob er sich nüchtern, fest, ruhig, als wäre ein Schattenspiel vor ihm vorübergezogen – er wußte von nichts mehr.

Gegen Abend kam er auf die Höhe des Gebirgs, auf das Schneefeld, von wo man wieder hinabstieg in die Ebene nach Westen. Er setzte sich oben nieder. Es war gegen Abend ruhiger geworden; das Gewölk lag fest und unbeweglich am Himmel; so weit der Blick reichte, nichts als Gipfel, von denen sich breite Flächen hinabzogen, und alles so still, grau, dämmernd. Es wurde ihm entsetzlich einsam;

er war allein, ganz allein. Er wollte mit sich sprechen, aber er konnte nicht, er wagte kaum zu atmen; das Biegen seines Fußes tönte wie Dónner unter ihm, er mußte sich niedersetzen. Es faßte ihn eine namenlose Angst in diesem Nichts: er war im Leeren! Er riß sich auf und flog den Abhang hinunter.

Es war finster geworden, Himmel und Erde verschmolzen in eins. Es war, als ginge ihm was nach und als müsse ihn was Entsetzliches erreichen, etwas, das Menschen nicht ertragen können, als jage der Wahnsinn auf Rossen hinter ihm.

Endlich hörte er Stimmen; er sah Lichter, es wurde ihm leichter. Man sagte ihm, er hätte noch eine halbe Stunde nach Waldbach.

Er ging durch das Dorf. Die Lichter schienen durch die Fenster, er sah hinein im Vorbeigehen: Kinder am Tische, alte Weiber, Mädchen, alles ruhige, stille Gesichter. Es war ihm, als müsse das Licht von ihnen ausstrahlen; es ward ihm leicht, er war bald in Waldbach im Pfarrhause.

Man saß am Tische, er hinein; die blonden Locken hingen ihm um das bleiche Gesicht, es zuckte ihm in den Augen und um den Mund, seine Kleider waren zerrissen.

Oberlin hieß ihn willkommen, er hielt ihn für einen Handwerker: «Sein Sie mir willkommen, obschon Sie mir unbekannt.» – «Ich bin ein Freund von Kaufmann und bringe Ihnen Grüße von ihm.» – «Der Name, wenn's beliebt?» – «Lenz.» – «Ha, ha, ha, ist er nicht gedruckt? Habe ich nicht einige Dramen gelesen, die einem Herrn dieses Namens zugeschrieben werden?» – «Ja, aber belieben Sie, mich nicht darnach zu beurteilen.»

Man sprach weiter, er suchte nach Worten und erzählte rasch, aber auf der Folter; nach und nach wurde er ruhig – das heimliche Zimmer und die stillen Gesichter, die aus dem Schatten hervortraten: das helle Kindergesicht, auf dem alles Licht zu ruhen schien und das neugierig, vertraulich aufschaute, bis zur Mutter, die hinten im Schatten engelgleich stille saß. Er fing an zu erzählen, von seiner Heimat; er zeichnete allerhand Trachten, man drängte sich teilnehmend um ihn, er war gleich zu Haus. Sein blasses Kindergesicht, das jetzt lächelte, sein lebendiges Erzählen! Er wurde ruhig; es war ihm, als träten alte Gestalten, vergessene Gesichter wieder aus dem Dunkeln, alte Lieder wachten auf, er war weg, weit weg.

Endlich war es Zeit zum Gehen. Man führte ihn über die Straße: das Pfarrhaus war zu eng, man gab ihm ein Zimmer im Schulhause. Er ging hinauf. Es war kalt oben, eine weite Stube, leer, ein hohes Bett im Hintergrund. Er stellte das Licht auf den Tisch und ging auf und ab. Er besann sich wieder auf den Tag, wie er hergekommen, wo er war. Das Zimmer im Pfarrhause mit seinen Lichtern und lieben Gesichtern, es war ihm wie ein Schatten, ein Traum, und es wurde ihm leer, wieder wie auf dem Berg; aber er konnte es mit nichts mehr ausfüllen, das Licht war erloschen, die Finsternis verschlang alles. Eine unnennbare Angst erfaßte ihn. Er sprang auf, er lief durchs Zimmer, die Treppe hinunter, vors Haus; aber umsonst, alles finster, nichts – er war sich selbst ein Traum. Einzelne Gedanken huschten auf, er hielt sie fest; es war ihm, als müsse er immer «Vater unser» sagen. Er konnte sich nicht mehr finden; ein dunkler Instinkt trieb ihn, sich zu retten. Er stieß an die Steine, er riß sich mit den Nägeln; der Schmerz fing an, ihm das Bewußtsein wiederzugeben. Er stürzte sich in den Brunnenstein, aber das Wasser war nicht tief, er patschte darin.

Da kamen Leute; man hatte es gehört, man rief ihm zu. Oberlin kam gelaufen. Lenz war wieder zu sich gekommen, das ganze Bewußtsein seiner Lage stand vor ihm, es war ihm wieder leicht. Jetzt schämte er sich und war betrübt, daß er den guten Leuten Angst gemacht; er sagte ihnen, daß er gewohnt sei, kalt zu baden, und ging wieder hinauf; die Erschöpfung ließ ihn endlich ruhen.

Den andern Tag ging es gut. Mit Oberlin zu Pferde durch

das Tal: breite Bergflächen, die aus großer Höhe sich in ein schmales, gewundnes Tal zusammenzogen, das in mannigfachen Richtungen sich hoch an den Bergen hinaufzog; große Felsenmassen, die sich nach unten ausbreiteten; wenig Wald, aber alles im grauen, ernsten Anflug; eine Aussicht nach Westen in das Land hinein und auf die Bergkette, die sich grad hinunter nach Süden und Norden zog und deren Gipfel gewaltig, ernsthaft oder schweigend still, wie ein dämmernder Traum, standen. Gewaltige Lichtmassen, die manchmal aus den Tälern, wie ein goldner Strom, schwollen, dann wieder Gewölk, das an dem höchsten Gipfel lag und dann langsam den Wald herab in das Tal klomm oder in den Sonnenblitzen sich wie ein fliegendes, silbernes Gespenst herabsenkte und hob; kein Lärm, keine Bewegung, kein Vogel, nichts als das bald nahe, bald ferne Wehn des Windes. Auch erschienen Punkte, Gerippe von Hütten, Bretter mit Stroh gedeckt, von schwarzer, ernster Farbe. Die Leute, schweigend und ernst, als wagten sie die Ruhe ihres Tales nicht zu stören, grüßten ruhig, wie sie vorbeiritten.

In den Hütten war es lebendig: man drängte sich um Oberlin, er wies zurecht, gab Rat, tröstete; überall zutrauensvolle Blicke, Gebet. Die Leute erzählten Träume, Ahnungen. Dann rasch ins praktische Leben: Wege angelegt, Kanäle gegraben, die Schule besucht.

Oberlin war unermüdlich, Lenz fortwährend sein Begleiter, bald in Gespräch, bald tätig am Geschäft, bald in die Natur versunken. Es wirkte alles wohltätig und beruhigend auf ihn. Er mußte Oberlin oft in die Augen sehen, und die mächtige Ruhe, die uns über der ruhenden Natur, im tiefen Wald, in mondhellen, schmelzenden Sommernächten überfällt, schien ihm noch näher in diesem ruhigen Auge, diesem ehrwürdigen ernsten Gesicht. Er war schüchtern; aber er machte Bemerkungen, er sprach. Oberlin war sein Gespräch sehr angenehm, und das anmutige Kindergesicht Lenzens machte ihm große Freude.

Aber nur solange das Licht im Tale lag, war es ihm erträglich; gegen Abend befiel ihn eine sonderbare Angst, er hätte der Sonne nachlaufen mögen. Wie die Gegenstände nach und nach schattiger wurden, kam ihm alles so traumartig, so zuwider vor: es kam ihm die Angst an wie Kindern, die im Dunkeln schlafen; es war ihm, als sei er blind. Jetzt wuchs sie, der Alp des Wahnsinns setzte sich zu seinen Füßen: der rettungslose Gedanke, als sei alles nur sein Traum, öffnete sich vor ihm; er klammerte sich an alle Gegenstände. Gestalten zogen rasch an ihm vorbei, er drängte sich an sie; es waren Schatten, das Leben wich aus ihm, und seine Glieder waren ganz starr. Er sprach, er sang, er rezitierte Stellen aus Shakespeare, er griff nach allem, was sein Blut sonst hatte rascher fließen machen, er versuchte alles, aber – kalt, kalt! Er mußte dann hinaus ins Freie. Das wenige, durch die Nacht zerstreute Licht, wenn seine Augen an die Dunkelheit gewöhnt waren, machte ihm besser; er stürzte sich in den Brunnen, die grelle Wirkung des Wassers machte ihm besser; auch hatte er eine geheime Hoffnung auf eine Krankheit – er verrichtete sein Baden jetzt mit weniger Geräusch.

Doch je mehr er sich in das Leben hineinlebte, ward er ruhiger. Er unterstützte Oberlin, zeichnete, las die Bibel; alte, vergangne Hoffnungen gingen in ihm auf; das Neue Testament trat ihm hier so entgegen … Wie Oberlin ihm erzählte, wie ihn eine unsichtbare Hand auf der Brücke gehalten hätte, wie auf der Höhe ein Glanz seine Augen geblendet hätte, wie er eine Stimme gehört hätte, wie es in der Nacht mit ihm gesprochen und wie Gott so ganz bei ihm eingekehrt, daß er kindlich seine Lose aus der Tasche holte, um zu wissen, was er tun sollte: dieser Glaube, dieser ewige Himmel im Leben, dieses Sein in Gott – jetzt erst ging ihm die Heilige Schrift auf. Wie den Leuten die Natur so nah trat, alles in himmlischen Mysterien; aber nicht gewaltsam majestätisch, sondern noch vertraut.

Eines Morgens ging er hinaus. Die Nacht war Schnee gefallen; im Tal lag heller Sonnenschein, aber weiter hin die Landschaft halb im Nebel. Er kam bald vom Weg ab und eine sanfte Höhe hinauf, keine Spur von Fußtritten mehr, neben einem Tannenwald hin; die Sonne schnitt Kristalle, der Schnee war leicht und flockig, hie und da Spur von Wild leicht auf dem Schnee, die sich ins Gebirg hinzog. Keine Regung in der Luft als ein leises Wehen, als das Rauschen eines Vogels, der die Flocken leicht vom Schwanze stäubte. Alles so still, und die Bäume weithin mit schwankenden weißen Federn in der tiefblauen Luft. Es wurde ihm heimlich nach und nach. Die einförmigen, gewaltigen Flächen und Linien, vor denen es ihm manchmal war, als ob sie ihn mit gewaltigen Tönen anredeten, waren verhüllt; ein heimliches Weihnachtsgefühl beschlich ihn: er meinte manchmal, seine Mutter müsse hinter einem Baume hervortreten, groß, und ihm sagen, sie hätte ihm dies alles beschert. Wie er hinunterging, sah er, daß um seinen Schatten sich ein Regenbogen von Strahlen legte; es wurde ihm, als hätte ihn was an der Stirn berührt, das Wesen sprach ihn an.

Er kam hinunter. Oberlin war im Zimmer; Lenz kam heiter auf ihn zu und sagte ihm, er möge wohl einmal predigen. – «Sind Sie Theologe?» – «Ja!» – «Gut, nächsten Sonntag.»

Lenz ging vergnügt auf sein Zimmer. Er dachte auf einen Text zum Predigen und verfiel in Sinnen, und seine Nächte wurden ruhig. Der Sonntagmorgen kam, es war Tauwetter eingefallen. Vorüberstreifende Wolken, Blau dazwischen. Die Kirche lag neben am Berg hinauf, auf einem Vorsprung; der Kirchhof drumherum. Lenz stand oben, wie die Glocke läutete und die Kirchengänger, die Weiber und Mädchen in ihrer ernsten schwarzen Tracht, das weiße gefaltete Schnupftuch auf dem Gesangbuch und den Rosmarinzweig, von den verschiedenen Seiten die schmalen Pfade zwischen den Felsen herauf- und herabkamen. Ein Sonnenblick lag manchmal über dem Tal, die laue Luft regte sich langsam, die Landschaft schwamm im Duft, fernes Geläute – es war, als löste sich alles in eine harmonische Welle auf.

Auf dem kleinen Kirchhof war der Schnee weg, dunkles

Moos unter den schwarzen Kreuzen; ein verspäteter Rosenstrauch lehnte an der Kirchhofmauer, verspätete Blumen dazu unter dem Moos hervor; manchmal Sonne, dann wieder dunkel. Die Kirche fing an, die Menschenstimmen begegneten sich im reinen hellen Klang; ein Eindruck, als schaue man in reines, durchsichtiges Bergwasser. Der Gesang verhallte – Lenz sprach. Er war schüchtern; unter den Tönen hatte sein Starrkrampf sich ganz gelegt, sein ganzer Schmerz wachte jetzt auf und legte sich in sein Herz. Ein süßes Gefühl unendlichen Wohls beschlich ihn. Er sprach einfach mit den Leuten; sie litten alle mit ihm, und es war ihm ein Trost, wenn er über einige müdgeweinte Augen Schlaf und gequälten Herzen Ruhe bringen, wenn er über dieses von materiellen Bedürfnissen gequälte Sein, diese dumpfen Leiden gen Himmel leiten konnte. Er war fester geworden, wie er schloß – da fingen die Stimmen wieder an:

Laß in mir die heil'gen Schmerzen,
Tiefe Bronnen ganz aufbrechen;
Leiden sei all mein Gewinst,
Leiden sei mein Gottesdienst.

Das Drängen in ihm, die Musik, der Schmerz, erschütterte ihn. Das All war für ihn in Wunden; er fühlte tiefen, unnennbaren Schmerz davon. Jetzt ein anderes Sein: göttliche, zuckende Lippen bückten sich über ihm nieder und sogen sich an seine Lippen; er ging auf sein einsames Zimmer. Er war allein, allein! Da rauschte die Quelle, Ströme brachen aus seinen Augen, er krümmte sich in sich, es zuckten seine Glieder, es war ihm, als müsse er sich auflösen, er konnte kein Ende finden der Wollust. Endlich dämmerte es in ihm: er empfand ein leises tiefes Mitleid mit sich selbst, er weinte über sich; sein Haupt sank auf die Brust, er schlief ein. Der Vollmond stand am Himmel; die Locken fielen ihm über die Schläfe und das Gesicht, die Tränen hingen ihm an den Wimpern und trockneten auf

den Wangen – so lag er nun da allein, und alles war ruhig und still und kalt, und der Mond schien die ganze Nacht und stand über den Bergen.

Am folgenden Morgen kam er herunter, er erzählte Oberlin ganz ruhig, wie ihm die Nacht seine Mutter erschienen sei: sie sei in einem weißen Kleid aus der dunkeln Kirchhofmauer hervorgetreten und habe eine weiße und eine rote Rose an der Brust stecken gehabt; sie sei dann in eine Ecke gesunken, und die Rosen seien langsam über sie gewachsen, sie sei gewiß tot; er sei ganz ruhig darüber. Oberlin versetzt ihm nun, wie er bei dem Tod seines Vaters allein auf dem Felde gewesen sei und er dann eine Stimme gehört habe, so daß er wußte, daß sein Vater tot sei; und wie er heimgekommen, sei es so gewesen. Das führte sie weiter: Oberlin sprach noch von den Leuten im Gebirge, von Mädchen, die das Wasser und Metall unter der Erde fühlten, von Männern, die auf manchen Berghöhen angefaßt würden und mit einem Geiste rängen; er sagte ihm auch, wie er einmal im Gebirg durch das Schauen in ein leeres tiefes Bergwasser in eine Art von Somnambulismus versetzt worden sei. Lenz sagte, daß der Geist des Wassers über ihn gekommen sei, daß er dann etwas von seinem eigentümlichen Sein empfunden hätte. Er fuhr weiter fort: Die einfachste, reinste Natur hinge am nächsten mit der elementarischen zusammen; je feiner der Mensch geistig fühlt und lebt, um so abgestumpfter würde dieser elementarische Sinn; er halte ihn nicht für einen hohen Zustand, er sei nicht selbständig genug, aber er meine, es müsse ein unendliches Wonnegefühl sein, so von dem eigentümlichen Leben jeder Form berührt zu werden, für Gesteine, Metalle, Wasser und Pflanzen eine Seele zu haben, so traumartig jedes Wesen in der Natur in sich aufzunehmen, wie die Blumen mit dem Zu- und Abnehmen des Mondes die Luft.

Er sprach sich selbst weiter aus: wie in allem eine unaussprechliche Harmonie, ein Ton, eine Seligkeit sei, die in den höhern Formen mit mehr Organen aus sich herausgriffe, tönte, auffaßte und dafür aber auch um so tiefer affiziert würde ; wie in den niedrigen Formen alles zurückgedrängter, beschränkter, dafür aber auch die Ruhe in sich größer sei. Er verfolgte das noch weiter. Oberlin brach es ab, es führte ihn zu weit von seiner einfachen Art ab. Ein andermal zeigte ihm Oberlin Farbentäfelchen, er setzte ihm auseinander, in welcher Beziehung jede Farbe mit dem Menschen stände; er brachte zwölf Apostel heraus, deren jeder durch eine Farbe repräsentiert würde. Lenz faßte das auf, er spann die Sache weiter, kam in ängstliche Träume und fing an, wie Stilling, die Apokalypse zu lesen, und las viel in der Bibel.

Um diese Zeit kam Kaufmann mit seiner Braut ins Steintal. Lenzen war anfangs das Zusammentreffen unangenehm; er hatte sich so ein Plätzchen zurechtgemacht, das bißchen Ruhe war ihm so kostbar – und jetzt kam ihm jemand entgegen, der ihn an so vieles erinnerte, mit dem er sprechen, reden mußte, der seine Verhältnisse kannte. Oberlin wußte von allem nichts; er hatte ihn aufgenommen, gepflegt; er sah es als eine Schickung Gottes, der den Unglücklichen ihm zugesandt hätte, er liebte ihn herzlich. Auch war es allen notwendig, daß er da war; er gehörte zu ihnen, als wäre er schon längst da, und niemand frug, woher er gekommen und wohin er gehen werde.

Über Tisch war Lenz wieder in guter Stimmung: man sprach von Literatur, er war auf seinem Gebiete. Die idealistische Periode fing damals an; Kaufmann war ein Anhänger davon, Lenz widersprach heftig. Er sagte, die Dichter, von denen man sage, sie geben die Wirklichkeit, hätten auch keine Ahnung davon; doch seien sie immer noch erträglicher als die, welche die Wirklichkeit verklären wollten. Er sagte: «Der liebe Gott hat die Welt wohl gemacht, wie sie sein soll, und wir können wohl nicht was Besseres klecksen; unser einziges Bestreben soll sein, ihm ein wenig nachzuschaffen. Ich verlange in allem – Leben, Möglichkeit des Daseins, und dann ist's gut; wir haben dann nicht zu fragen, ob es schön, ob es häßlich ist.» Das Gefühl, daß, was geschaffen sei, Leben habe, stehe über diesen beiden und sei das einzige Kriterium in Kunstsachen. Übrigens begegne es uns nur selten: «In Shakespeare finden wir es, und in den Volksliedern tönt es einem ganz, in Goethe manchmal entgegen; alles übrige kann man ins Feuer werfen. Die Leute können auch keinen Hundsstall zeichnen. Da wollte man idealistische Gestalten, aber alles, was ich davon gesehen, sind Holzpuppen. Dieser Idealismus ist die schmählichste Verachtung der menschlichen Natur.» Man versuche es einmal und senke sich in das Leben des Geringsten und gebe es wieder in den Zuckungen, den Andeutungen, dem ganzen feinen, kaum bemerkten Mienenspiel; er hätte dergleichen versucht im «Hofmeister» und den «Soldaten». «Es sind die prosaischsten Menschen unter der Sonne; aber die Gefühlsader ist in fast allen Menschen gleich, nur ist die Hülle mehr oder weniger dicht, durch die sie brechen muß. Man muß nur Aug und Ohren dafür haben. Wie ich gestern neben am Tal hinaufging, sah ich auf einem Steine zwei Mädchen sitzen: die eine band ihr Haar auf, die andre half ihr; und das goldne Haar hing herab, und ein ernstes bleiches Gesicht, und doch so jung, und die schwarze Tracht, und die andre so sorgsam bemüht. Die schönsten, innigsten Bilder der altdeutschen Schule geben kaum eine Ahnung davon. Man möchte manchmal ein Medusenhaupt sein, um so eine Gruppe in Stein verwandeln zu können, und den Leuten zurufen. Sie standen auf, die schöne Gruppe war zerstört; aber wie sie so hinabstiegen, zwischen den Felsen, war es wieder ein anderes Bild.

Die schönsten Bilder, die schwellendsten Töne gruppieren, lösen sich auf. Nur eins bleibt: eine unendliche Schönheit, die aus einer Form in die andre tritt, ewig aufgeblättert, verändert. Man kann sie aber freilich nicht immer festhalten und in Museen stellen und auf Noten ziehen und dann alt und jung herbeirufen und die Buben und Alten darüber radotieren und sich entzücken lassen. Man muß die Menschheit lieben, um in das eigentümliche Wesen jedes einzelnen einzudringen; es darf einem keiner zu gering, keiner zu häßlich sein, erst dann kann man sie verstehen;

das unbedeutendste Gesicht macht einen tiefern Eindruck als die bloße Empfindung des Schönen, und man kann die Gestalten aus sich heraustreten lassen, ohne etwas vom Äußern hineinzukopieren, wo einem kein Leben, keine Muskeln, kein Puls entgegenschwillt und pocht.»

Kaufmann warf ihm vor, daß er in der Wirklichkeit doch keine Typen für einen Apoll von Belvedere oder eine Raffaelische Madonna finden würde. «Was liegt daran», versetzte er; «ich muß gestehen, ich fühle mich dabei sehr tot. Wenn ich in mir arbeite, kann ich auch wohl was dabei fühlen, aber ich tue das Beste daran. *Der* Dichter und Bildende ist mir der liebste, der mir die Natur am wirklichsten gibt, so daß ich über seinem Gebild fühle; alles übrige stört mich. Die holländischen Maler sind mir lieber als die italienischen, sie sind auch die einzigen faßlichen. Ich kenne nur zwei Bilder, und zwar von Niederländern, die mir einen Eindruck gemacht hätten wie das Neue Testament: das eine ist, ich weiß nicht von wem, Christus und die Jünger von Emmaus. Wenn man so liest, wie die Jünger hinausgingen, es liegt gleich die ganze Natur in den paar Worten. Es ist ein trüber, dämmernder Abend, ein einförmiger roter Streifen am Horizont, halbfinster auf der Straße; da kommt ein Unbekannter zu ihnen, sie sprechen, er bricht das Brot; da erkennen sie ihn, in einfach-menschlicher Art, und die göttlich-leidenden Züge reden ihnen deutlich, und sie erschrekken, denn es ist finster geworden, und es tritt sie etwas Unbegreifliches an; aber es ist kein gespenstisches Grauen, es ist, wie wenn einem ein geliebter Toter in der Dämmerung in der alten Art entgegenträte: so ist das Bild mit dem einförmigen, bräunlichen Ton darüber, dem trüben stillen Abend. Dann ein anderes: Eine Frau sitzt in ihrer Kammer, das Gebetbuch in der Hand. Es ist sonntäglich aufgeputzt, der Sand gestreut, so heimlich rein und warm. Die Frau hat nicht zur Kirche gekonnt, und sie verrichtet die Andacht zu Haus; das Fenster ist offen, sie sitzt darnach hingewandt, und es ist, als schwebten zu dem Fenster über die weite ebne Landschaft die Glockentöne von dem Dorfe herein und verhallet der Sang der nahen Gemeinde aus der Kirche her, und die Frau liest den Text nach.»

In *der* Art sprach er weiter; man horchte auf, es traf vieles. Er war rot geworden über dem Reden, und bald lächelnd, bald ernst schüttelte er die blonden Locken. Er hatte sich ganz vergessen.

Nach dem Essen nahm ihn Kaufmann beiseite. Er hatte Briefe von Lenzens Vater erhalten, sein Sohn sollte zurück, ihn unterstützen. Kaufmann sagte ihm, wie er sein Leben hier verschleudre, unnütz verliere, er solle sich ein Ziel stecken, und dergleichen mehr. Lenz fuhr ihn an: «Hier weg, weg? nach Haus? Toll werden dort? Du weißt, ich kann es nirgends aushalten als da herum, in der Gegend. Wenn ich nicht manchmal auf einen Berg könnte und die Gegend sehen könnte und dann wieder herunter ins Haus, durch den Garten gehn und zum Fenster hineinsehn – ich würde toll! toll! Laßt mich doch in Ruhe! Nur ein bißchen Ruhe jetzt, wo es mir ein wenig wohl wird! Weg, weg? Ich verstehe das nicht, mit den zwei Worten ist die Welt verhunzt. Jeder hat was nötig; wenn er ruhen kann, was könnt er mehr haben! Immer steigen, ringen und so in Ewigkeit alles, was der Augenblick gibt, wegwerfen und immer darben, um einmal zu genießen! Dürsten, während einem helle Quellen über den Weg springen! Es ist mir jetzt erträglich, und da will ich bleiben. Warum? warum? Eben weil es mir wohl ist. Was will mein Vater? Kann er mehr geben? Unmöglich! Laßt mich in Ruhe!» – Er wurde heftig; Kaufmann ging, Lenz war verstimmt.

Am folgenden Tag wollte Kaufmann weg. Er beredete Oberlin, mit ihm in die Schweiz zu gehen. Der Wunsch, Lavater, den er längst durch Briefe kannte, auch persönlich kennenzulernen, bestimmte ihn. Er sagte es zu. Man mußte einen Tag länger wegen der Zurüstungen warten. Lenz fiel das aufs Herz. Er hatte, um seiner unendlichen Qual loszuwerden, sich ängstlich an alles geklammert; er fühlte in einzelnen Augenblicken tief, wie er sich alles nur zurechtmache; er ging mit sich um wie mit einem kranken Kinde.

Manche Gedanken, mächtige Gefühle wurde er nur mit der größten Angst los; da trieb es ihn wieder mit unendlicher Gewalt darauf, er zitterte, das Haar sträubte ihm fast, bis er es in der ungeheuersten Anspannung erschöpfte. Er rettete sich in eine Gestalt, die ihm immer vor Augen schwebte, und in Oberlin; seine Worte, sein Gesicht taten ihm unendlich wohl. So sah er mit Angst seiner Abreise entgegen.

Es war Lenz unheimlich, jetzt allein im Hause zu bleiben. Das Wetter war milde geworden: er beschloß, Oberlin zu begleiten, ins Gebirg. Auf der andern Seite, wo die Täler sich in die Ebne ausliefen, trennten sie sich. Er ging allein zurück. Er durchstrich das Gebirg in verschiedenen Richtungen. Breite Flächen zogen sich in die Täler herab, wenig Wald, nichts als gewaltige Linien und weiter hinaus die weite, rauchende Ebne; in der Luft ein gewaltiges Wehen, nirgend eine Spur von Menschen als hie und da eine verlassene Hütte, wo die Hirten den Sommer zubrachten, an den Abhängen gelehnt. Er wurde still, vielleicht fast träumend: es verschmolz ihm alles in eine Linie, wie eine steigende und sinkende Welle, zwischen Himmel und Erde; es war ihm, als läge er an einem unendlichen Meer, das leise auf und ab wogte. Manchmal saß er; dann ging er wieder, aber langsam träumend. Er suchte keinen Weg.

Es war finstrer Abend, als er an eine bewohnte Hütte kam, im Abhang nach dem Steintal. Die Türe war verschlossen; er ging ans Fenster, durch das ein Lichtschimmer fiel. Eine Lampe erhellte fast nur einen Punkt: ihr Licht fiel auf das bleiche Gesicht eines Mädchens, das mit halb geöffneten Augen, leise die Lippen bewegend, dahinter ruhte. Weiter weg im Dunkel saß ein altes Weib, das mit schnarrender Stimme aus einem Gesangbuch sang. Nach langem Klopfen öffnete sie; sie war halb taub. Sie trug Lenz einiges Essen auf und wies ihm eine Schlafstelle an, wobei sie beständig ihr Lied fortsang. Das Mädchen hatte sich nicht gerührt. Einige Zeit darauf kam ein Mann herein; er war lang und hager, Spuren von grauen Haaren, mit unruhigem, verwirrtem Gesicht. Er trat zum Mädchen, sie zuckte auf und wurde unruhig. Er nahm ein getrocknetes Kraut von der Wand und legte ihr die Blätter auf die Hand, so daß sie ruhiger wurde und verständliche Worte in langsam ziehenden, durchschneidenden Tönen summte. Er erzählte, wie er eine Stimme im Gebirge gehört und dann über den Tälern ein Wetterleuchten gesehen habe; auch habe es ihn angefaßt, und er habe damit gerungen wie Jakob. Er warf sich nieder und betete leise mit Inbrunst, während die Kranke in einem langsam ziehenden, leise verhallenden Ton sang. Dann gab er sich zur Ruhe.

Lenz schlummerte träumend ein, und dann hörte er im Schlaf, wie die Uhr pickte. Durch das leise Singen des Mädchens und die Stimme der Alten zugleich tönte das Sausen des Windes, bald näher, bald ferner, und der bald helle, bald verhüllte Mond warf sein wechselndes Licht traumartig in die Stube. Einmal wurden die Töne lauter, das Mädchen redete deutlich und bestimmt: sie sagte, wie auf der Klippe gegenüber eine Kirche stehe. Lenz sah auf, und sie saß mit weitgeöffneten Augen aufrecht hinter dem Tisch, und der Mond warf sein stilles Licht auf ihre Züge, von denen ein unheimlicher Glanz zu strahlen schien; zugleich schnarrte die Alte, und über diesem Wechseln und Sinken des Lichts, den Tönen und Stimmen schlief endlich Lenz tief ein.

Er erwachte früh. In der dämmernden Stube schlief alles, auch das Mädchen war ruhig geworden. Sie lag zurückgelehnt, die Hände gefaltet unter der linken Wange; das Geisterhafte aus ihren Zügen war verschwunden, sie hatte jetzt einen Ausdruck unbeschreiblichen Leidens. Er trat ans Fenster und öffnete es, die kalte Morgenluft schlug ihm entgegen. Das Haus lag am Ende eines schmalen, tiefen Tales, das sich nach Osten öffnete; rote Strahlen schossen durch den grauen Morgenhimmel in das dämmernde Tal, das im weißen Rauch lag, und funkelten am grauen Gestein und trafen in die Fenster der Hütten. Der Mann erwachte. Seine Augen trafen auf ein erleuchtet Bild an der Wand, sie richteten sich fest und starr darauf; nun fing er an, die Lippen zu bewegen, und betete leise, dann laut und immer lauter.

Indem kamen Leute zur Hütte herein, sie warfen sich schweigend nieder. Das Mädchen lag in Zuckungen, die Alte schnarrte ihr Lied und plauderte mit den Nachbarn.

Die Leute erzählten Lenzen, der Mann sei vor langer Zeit in die Gegend gekommen, man wisse nicht woher; er stehe im Ruf eines Heiligen, er sehe das Wasser unter der Erde und könne Geister beschwören, und man wallfahre zu ihm. Lenz erfuhr zugleich, daß er weiter vom Steintal abgekommen; er ging weg mit einigen Holzhauern, die in die Gegend gingen. Es tat ihm wohl, Gesellschaft zu finden; es war ihm jetzt unheimlich mit dem gewaltigen Menschen, von dem es ihm manchmal war, als rede er in entsetzlichen Tönen. Auch fürchtete er sich vor sich selbst in der Einsamkeit.

Er kam heim. Doch hatte die verflossene Nacht einen gewaltigen Eindruck auf ihn gemacht. Die Welt war ihm helle gewesen, und er spürte an sich ein Regen und Wimmeln nach einem Abgrund, zu dem ihn eine unerbittliche Gewalt hinriß. Er wühlte jetzt in sich. Er aß wenig; halbe Nächte im Gebet und fieberhaften Träumen. Ein gewaltsames Drängen, und dann erschöpft zurückgeschlagen; er lag in den heißesten Tränen. Und dann bekam er plötzlich eine Stärke und erhob sich kalt und gleichgültig; seine Tränen waren ihm dann wie Eis, er mußte lachen. Je höher er sich aufriß, desto tiefer stürzte er hinunter. Alles strömte wieder zusammen. Ahnungen von seinem alten Zustande durchzuckten ihn und warfen Streiflichter in das wüste Chaos seines Geistes.

Des Tags saß er gewöhnlich unten im Zimmer. Madame Oberlin ging ab und zu; er zeichnete, malte, las, griff nach jeder Zerstreuung, alles hastig von einem zum andern. Doch schloß er sich jetzt besonders an Madame Oberlin an, wenn sie so dasaß, das schwarze Gesangbuch vor sich, neben eine Pflanze, im Zimmer gezogen, das jüngste Kind zwischen den Knien; auch machte er sich viel mit dem Kinde zu tun. So saß er einmal, da wurde ihm ängstlich, er sprang auf, ging auf und ab. Die Tür halb offen – da hörte er die Magd singen, erst unverständlich, dann kamen die Worte:

> Auf dieser Welt hab ich kein Freud,
> Ich hab mein Schatz, und der ist weit.

Das fiel auf ihn, er verging fast unter den Tönen. Madame Oberlin sah ihn an. Er faßte sich ein Herz, er konnte nicht mehr schweigen, er mußte davon sprechen. «Beste Madame Oberlin, können Sie mir nicht sagen, was das Frauenzimmer macht, dessen Schicksal mir so zentnerschwer auf dem Herzen liegt?» – «Aber Herr Lenz, ich weiß von nichts.»

Er schwieg dann wieder und ging hastig im Zimmer auf und ab; dann fing er wieder an: «Sehn Sie, ich will gehen; Gott, Sie sind noch die einzigen Menschen, wo ich's aushalten könnte, und doch – doch, ich muß weg, zu *ihr* – aber ich kann nicht, ich darf nicht.» – Er war heftig bewegt und ging hinaus.

Gegen Abend kam Lenz wieder, es dämmerte in der Stube; er setzte sich neben Madame Oberlin. «Sehn Sie», fing er wieder an, «wenn sie so durchs Zimmer ging und so halb für sich allein sang und jeder Tritt war eine Musik, es war so eine Glückseligkeit in ihr, und das strömte in mich über; ich war immer ruhig, wenn ich sie ansah oder sie so den Kopf an mich lehnte ... ganz Kind; es war, als wär ihr die Welt zu weit: sie zog sich so in sich zurück, sie suchte das engste Plätzchen im ganzen Haus, und da saß sie, als wäre ihre ganze Seligkeit nur in einem kleinen Punkt, und dann war mir's auch so; wie ein Kind hätte ich dann spielen können. Jetzt ist es mir so eng, so eng! Sehn Sie, es ist mir manchmal, als stieß ich mit den Händen an den Himmel; o, ich ersticke! Es ist mir dabei oft, als fühlt ich physischen Schmerz, da in der linken Seite, im Arm, womit ich sie sonst faßte. Doch kann ich sie mir nicht mehr vorstellen, das Bild läuft mir fort, und dies martert mich; nur wenn es mir manchmal ganz hell wird, so ist mir wieder recht wohl.» – Er sprach später noch oft mit Madame Oberlin davon, aber meist in abgebrochenen Sätzen; sie wußte wenig zu antworten, doch tat es ihm wohl.

Unterdessen ging es fort mit seinen religiösen Quälereien. Je leerer, je kälter, je sterbender er sich innerlich fühlte, desto mehr drängte es ihn, eine Glut in sich zu wekken; es kamen ihm Erinnerungen an die Zeiten, wo alles in ihm sich drängte, wo er unter all seinen Empfindungen keuchte. Und jetzt so tot! Er verzweifelte an sich selbst; dann warf er sich nieder, er rang die Hände, er rührte alles in sich auf – aber tot! tot! Dann flehte er, Gott möge ein Zeichen an ihm tun; dann wühlte er in sich, fastete, lag träumend am Boden.

Am 3. Hornung hörte er, ein Kind in Fouday sei gestorben, das Friederike hieß; er faßte es auf wie eine fixe Idee. Er zog sich in sein Zimmer und fastete einen Tag. Am 4. trat er plötzlich ins Zimmer zu Madame Oberlin; er hatte sich das Gesicht mit Asche beschmiert und forderte einen alten Sack. Sie erschrak; man gab ihm, was er verlangte.

Er wickelte den Sack um sich, wie ein Büßender, und schlug den Weg nach Fouday ein. Die Leute im Tale waren ihn schon gewohnt; man erzählte sich allerlei Seltsames von ihm. Er kam ins Haus, wo das Kind lag. Die Leute gingen gleichgültig ihrem Geschäfte nach; man wies ihm eine Kammer: das Kind lag im Hemde auf Stroh, auf einem Holztisch.

Lenz schauderte, wie er die kalten Glieder berührte und die halbgeöffneten gläsernen Augen sah. Das Kind kam ihm so verlassen vor und er sich so allein und einsam. Er warf sich über die Leiche nieder. Der Tod erschreckte ihn, ein heftiger Schmerz faßte ihn an: diese Züge, dieses stille Gesicht sollte verwesen – er warf sich nieder; er betete mit allem Jammer der Verzweiflung, daß Gott ein Zeichen an ihm tue und das Kind beleben möge …; dann sank er ganz in sich und wühlte all seinen Willen auf einen Punkt. So saß er lange starr. Dann erhob er sich und faßte die Hände des Kindes und sprach laut und fest: «Stehe auf und wandle!»

Aber die Wände hallten ihm nüchtern den Ton nach, daß es zu spotten schien, und die Leiche blieb kalt. Da stürzte er halb wahnsinnig nieder; dann jagte es ihn auf, hinaus ins Gebirg.

Wolken zogen rasch über den Mond; bald alles im Finstern, bald zeigten sie die nebelhaft verschwindende Landschaft im Mondschein. Er rannte auf und ab. In seiner Brust war ein Triumphgesang der Hölle. Der Wind klang wie ein Titanenlied. Es war ihm, als könnte er eine ungeheure Faust hinauf in den Himmel ballen und Gott herbeireißen und zwischen seinen Wolken schleifen; als könnte er die Welt mit den Zähnen zermalmen und sie dem Schöpfer ins Gesicht speien; er schwur, er lästerte. So kam er auf die Höhe des Gebirges, und das ungewisse Licht dehnte sich hinunter, wo die weißen Steinmassen lagen, und der Himmel war ein dummes blaues Aug, und der Mond stand ganz lächerlich drin, einfältig. Lenz mußte laut lachen, und mit dem Lachen griff der Atheismus in ihn und faßte ihn ganz sicher und ruhig und fest. Er wußte nicht mehr, was ihn vorhin so bewegt hatte, es fror ihn; er dachte, er wolle jetzt zu Bette gehn, und er ging kalt und unerschütterlich durch das unheimliche Dunkel – es war ihm alles leer und hohl, er mußte laufen und ging zu Bette.

Am folgenden Tag befiel ihn ein großes Grauen vor seinem gestrigen Zustand. Er stand nun am Abgrund, wo eine wahnsinnige Lust ihn trieb, immer wieder hineinzuschauen und sich diese Qual zu wiederholen. Dann steigerte sich seine Angst, die Sünde wider den Heiligen Geist stand vor ihm.

Einige Tage darauf kam Oberlin aus der Schweiz zurück, viel früher, als man es erwartet hatte. Lenz war darüber betroffen. Doch wurde er heiter, als Oberlin ihm von seinen Freunden im Elsaß erzählte. Oberlin ging dabei im Zimmer hin und her und packte aus, legte hin. Dabei erzählte er von Pfeffel, das Leben eines Landgeistlichen glücklich preisend. Dabei ermahnte er ihn, sich in den Wunsch seines Vaters zu fügen, seinem Berufe gemäß zu leben, heimzukehren.

Er sagte ihm: «Ehre Vater und Mutter!» und dergleichen mehr. Über dem Gespräch geriet Lenz in heftige Unruhe; er stieß tiefe Seufzer aus, Tränen drangen ihm aus den Augen, er sprach abgebrochen. «Ja, ich halt es aber nicht aus; wollen Sie mich verstoßen? Nur in Ihnen ist der Weg zu Gott. Doch mit mir ist's aus! Ich bin abgefallen, verdammt in Ewigkeit, ich bin der Ewige Jude.» Oberlin sagte ihm, dafür sei Jesus gestorben; er möge sich brünstig an ihn wenden, und er würde teilhaben an seiner Gnade.

Lenz erhob das Haupt, rang die Hände und sagte: «Ach! ach! göttlicher Trost –.» Dann frug er plötzlich freundlich, was das Frauenzimmer mache. Oberlin sagte, er wisse von nichts, er wolle ihm aber in allem helfen und raten; er müsse ihm aber Ort, Umstände und Person angeben. Er antwortete nichts wie gebrochene Worte: «Ach, ist sie tot? Lebt sie noch? Der Engel! Sie liebte mich – ich liebte sie, sie war's würdig – o der Engel! Verfluchte Eifersucht, ich habe sie aufgeopfert – sie liebte noch einen andern – ich liebte sie, sie war's würdig – o gute Mutter, auch die liebte mich – ich bin euer Mörder!» Oberlin versetzte: vielleicht lebten alle diese Personen noch, vielleicht vergnügt; es möge sein, wie es wolle, so könne und werde Gott, wenn er sich zu ihm bekehrt haben würde, diesen Personen auf sein Gebet und Tränen so viel Gutes erweisen, daß der Nutzen, den sie alsdann von ihm hätten, den Schaden, den er ihnen zugefügt, vielleicht überwiegen würde. Er wurde darauf nach und nach ruhiger und ging wieder an sein Malen.

Den Nachmittag kam er wieder. Auf der linken Schulter hatte er ein Stück Pelz und in der Hand ein Bündel Gerten, die man Oberlin nebst einem Briefe für Lenz mitgegeben hatte. Er reichte Oberlin die Gerten mit dem Begehren, er sollte ihn damit schlagen. Oberlin nahm die Gerten aus seiner Hand, drückte ihm einige Küsse auf den Mund und sagte: dies wären die Streiche, die er ihm zu geben hätte; er möchte ruhig sein, seine Sache mit Gott allein ausmachen, alle möglichen Schläge würden keine einzige seiner Sünden tilgen; dafür hätte Jesus gesorgt, zu dem möchte er sich wenden. Er ging.

Beim Nachtessen war er wie gewöhnlich etwas tiefsinnig. Doch sprach er von allerlei, aber mit ängstlicher Hast. Um Mitternacht wurde Oberlin durch ein Geräusch geweckt. Lenz rannte durch den Hof, rief mit hohler, harter Stimme den Namen Friederike, mit äußerster Schnelle, Verwirrung und Verzweiflung ausgesprochen; er stürzte sich dann in den Brunnentrog, patschte darin, wieder heraus und herauf in sein Zimmer, wieder herunter in den Trog, und so einigemal – endlich wurde er still. Die Mägde, die in der Kinderstube unter ihm schliefen, sagten, sie hätten oft, insonderheit aber in selbiger Nacht, ein Brummen gehört, das sie mit nichts als mit dem Tone einer Haberpfeife zu vergleichen wüßten. Vielleicht war es sein Winseln, mit hohler, fürchterlicher, verzweifelnder Stimme.

Am folgenden Morgen kam Lenz lange nicht. Endlich ging Oberlin hinauf in sein Zimmer: er lag im Bett, ruhig und unbeweglich. Oberlin mußte lange fragen, ehe er Antwort bekam; endlich sagte er: «Ja, Herr Pfarrer, sehen Sie, die Langeweile! die Langeweile! o, so langweilig! Ich weiß gar nicht mehr, was ich sagen soll; ich habe schon allerlei Figuren an die Wand gezeichnet.» Oberlin sagte ihm, er möge sich zu Gott wenden; da lachte er und sagte: «Ja, wenn ich so glücklich wäre wie Sie, einen so behaglichen Zeitvertreib aufzufinden, ja, man könnte sich die Zeit schon so ausfüllen. Alles aus Müßiggang. Denn die meisten beten aus Langeweile, die andern verlieben sich aus Langeweile, die dritten sind tugendhaft, die vierten lasterhaft und ich gar nichts, gar nichts, ich mag mich nicht einmal umbringen: es ist zu langweilig!

O Gott! in deines Lichtes Welle,
In deines glühnden Mittags Helle,
Sind meine Augen wund gewacht.
Wird es denn niemals wieder Nacht?»

Oberlin blickte ihn unwillig an und wollte gehen. Lenz huschte ihm nach, und indem er ihn mit unheimlichen Augen ansah: «Sehn Sie, jetzt kommt mir doch was ein, wenn ich nur unterscheiden könnte, ob ich träume oder wache; sehn Sie, das ist sehr wichtig, wir wollen es untersuchen» – er huschte dann wieder ins Bett.

Den Nachmittag wollte Oberlin in der Nähe einen Besuch machen; seine Frau war schon fort. Er war im Begriff wegzugehen, als es an seine Tür klopfte und Lenz hereintrat mit vorwärts gebogenem Leib, niederwärts hängendem Haupt, das Gesicht über und über und das Kleid hie und da mit Asche bestreut, mit der rechten Hand den linken Arm haltend. Er bat Oberlin, ihm den Arm zu ziehen: er hätte ihn verrenkt, er hätte sich zum Fenster heruntergestürzt; weil es aber niemand gesehen, wolle er es auch niemand sagen. Oberlin erschrak heftig, doch sagte er nichts; er tat, was Lenz begehrte. Zugleich schrieb er an den Schulmeister Sebastian Scheidecker von Bellefosse, er möge herunterkommen, und gab ihm Instruktionen. Dann ritt er weg.

Der Mann kam. Lenz hatte ihn schon oft gesehen und hatte sich an ihn attachiert. Er tat, als hätte er mit Oberlin etwas reden wollen, wollte dann wieder weg. Lenz bat ihn zu bleiben, und so blieben sie beisammen. Lenz schlug noch einen Spaziergang nach Fouday vor. Er besuchte das Grab des Kindes, das er hatte erwecken wollen, kniete zu verschiedenen Malen nieder, küßte die Erde des Grabes, schien betend, doch mit großer Verwirrung, riß etwas von der auf dem Grab stehenden Krone ab, als ein Andenken, ging wieder zurück nach Waldbach, kehrte wieder um, und Sebastian mit. Bald ging er langsam und klagte über große Schwäche in den Gliedern, dann ging er mit verzweifelnder Schnelligkeit; die Landschaft beängstigte ihn, sie war so eng, daß er an alles zu stoßen fürchtete. Ein unbeschreibliches Gefühl des Mißbehagens befiel ihn; sein Begleiter ward ihm endlich lästig, auch mochte er seine Absicht erraten und suchte Mittel, ihn zu entfernen. Sebastian schien ihm nachzugeben, fand aber heimlich Mittel, seinen Bruder von der Gefahr zu benachrichtigen, und nun hatte Lenz zwei Aufseher statt einen. Er zog sie wacker herum; endlich ging er nach Waldbach zurück, und da sie nahe am Dorfe waren, kehrte er wie ein Blitz wieder um und sprang wie ein Hirsch gen Fouday zurück. Die Männer setzten ihm nach. Indem sie ihn in Fouday suchten, kamen zwei Krämer und erzählten ihnen, man hätte in einem Hause einen Fremden gebunden, der sich für einen Mörder ausgäbe, der aber gewiß kein Mörder sein könne. Sie liefen in dies Haus und fanden es so. Ein junger Mensch hatte ihn, auf sein ungestümes Dringen, in der Angst gebunden. Sie banden ihn los und brachten ihn glücklich nach Waldbach, wohin Oberlin indessen mit seiner Frau zurückgekommen war. Er sah verwirrt aus. Da er aber merkte, daß er liebreich und freundlich empfangen wurde, bekam er wieder Mut; sein Gesicht veränderte sich vorteilhaft, er dankte seinen beiden Begleitern freundlich und zärtlich, und der Abend ging ruhig herum. Oberlin bat ihn inständig, nicht mehr zu baden, die Nacht ruhig im Bette zu bleiben und, wenn er nicht schlafen könne, sich mit Gott zu unterhalten. Er versprach's und tat es so die folgende Nacht; die Mägde hörten ihn fast die ganze Nacht hindurch beten.

Den folgenden Morgen kam er mit vergnügter Miene auf Oberlins Zimmer. Nachdem sie verschiedenes gesprochen hatten, sagte er mit ausnehmender Freundlichkeit: «Liebster Herr Pfarrer, das Frauenzimmer, wovon ich Ihnen sagte, ist gestorben, ja gestorben – der Engel!» – «Woher wissen Sie das?» – «Hieroglyphen, Hieroglyphen!» und dann zum Himmel geschaut und wieder: «Ja, gestorben – Hieroglyphen!» Es war dann nichts weiter aus ihm zu bringen. Er setzte sich und schrieb einige Briefe, gab sie sodann Oberlin mit der Bitte, einige Zeilen dazuzusetzen.

Sein Zustand war indessen immer trostloser geworden. Alles, was er an Ruhe aus der Nähe Oberlins und aus der Stille des Tals geschöpft hatte, war weg; die Welt, die er hatte nutzen wollen, hatte einen ungeheuern Riß; er hatte keinen Haß, keine Liebe, keine Hoffnung – eine schreckliche Leere, und doch eine folternde Unruhe, sie auszufüllen. Er hatte *nichts*. Was er tat, tat er nicht mit Bewußtsein, und doch zwang ihn ein innerlicher Instinkt. Wenn er allein war, war es ihm so entsetzlich einsam, daß er beständig laut mit sich redete, rief, und dann erschrak er wieder, und es war ihm, als hätte eine fremde Stimme mit ihm gesprochen. Im Gespräch stockte er oft, eine unbeschreibliche Angst befiel ihn, er hatte das Ende seines Satzes verloren; dann meinte er, er müsse das zuletzt gesprochene Wort behalten und immer sprechen, nur mit großer Anstrengung unterdrückte er diese Gelüste. Es bekümmerte die guten Leute tief, wenn er manchmal in ruhigen Augenblicken bei ihnen saß und unbefangen sprach und er dann stockte und eine unaussprechliche Angst sich in seinen Zügen malte, er die Personen, die ihm zunächst saßen, krampfhaft am Arm faßte und erst nach und nach wieder zu sich kam. War er allein oder las er, war's noch ärger; all seine geistige Tätigkeit blieb manchmal in einem Gedanken hängen. Dachte er an eine fremde Person, oder stellte er sie sich lebhaft vor, so war es ihm, als würde er sie selbst; er verwirrte sich ganz, und dabei hatte er einen unendlichen Trieb, mit allem um ihn im Geiste willkürlich umzugehen – die Natur, Menschen, nur Oberlin ausgenommen, alles traumartig, kalt. Er amüsierte sich, die Häuser auf die Dächer zu stellen, die Menschen an- und auszukleiden, die wahnwitzigsten Possen auszusinnen. Manchmal fühlte er einen unwiderstehlichen Drang, das Ding, das er gerade im Sinne hatte, auszuführen, und dann schnitt er entsetzliche Fratzen. Einst saß er neben Oberlin, die Katze lag gegenüber auf einem Stuhl. Plötzlich wurden seine Augen starr, er hielt sie unverrückt auf das Tier gerichtet; dann glitt er langsam den Stuhl herunter, die Katze ebenfalls: sie war wie bezaubert von seinem Blick, sie geriet in ungeheure Angst, sie sträubte sich scheu; Lenz mit den nämlichen Tönen, mit fürchterlich entstelltem Gesicht; wie in Verzweiflung stürzten beide aufeinander los – da endlich erhob sich Madame Oberlin, um sie zu trennen. Dann war er wieder tief beschämt. Die Zufälle des Nachts steigerten sich aufs schrecklichste. Nur mit der größten Mühe schlief er ein, während er zuvor noch die schreckliche Leere zu füllen versucht hatte. Dann geriet er zwischen Schlaf und Wachen in einen entsetzlichen Zustand: er stieß an etwas Grauenhaftes, Entsetzliches, der Wahnsinn packte ihn; er fuhr mit fürchterlichem Schreien, in Schweiß gebadet, auf, und erst nach und nach fand er sich wieder. Er mußte dann mit den einfachsten Dingen anfangen, um wieder zu sich zu kommen. Eigentlich nicht er selbst tat es, sondern ein mächtiger Erhaltungstrieb: es war, als sei er doppelt und der eine Teil suche den andern zu retten und riefe sich selbst zu; er erzählte, er sagte in der heftigsten Angst Gedichte her, bis er wieder zu sich kam.

Auch bei Tage bekam er diese Zufälle, sie waren dann noch schrecklicher; denn sonst hatte ihn die Helle davor bewahrt. Es war ihm dann, als existiere er allein, als bestünde die Welt nur in seiner Einbildung, als sei nichts als er; er sei das ewig Verdammte, der Satan, allein mit seinen folternden Vorstellungen. Er jagte mit rasender Schnelligkeit sein Leben durch, und dann sagte er: «Konsequent, konsequent»; wenn jemand was sprach: «Inkonsequent, inkonsequent»; – es war die Kluft unrettbaren Wahnsinns, eines Wahnsinns durch die Ewigkeit.

Der Trieb der geistigen Erhaltung jagte ihn auf: er stürzte sich in Oberlins Arme, er klammerte sich an ihn, als wolle er sich in ihn drängen; er war das einzige Wesen, das für ihn lebte und durch den ihm wieder das Leben offenbart wurde. Allmählich brachten ihn Oberlins Worte dann zu sich; er lag auf den Knien vor Oberlin, seine Hände in den Händen Oberlins, sein mit kaltem Schweiß bedecktes Gesicht auf dessen Schoß, am ganzen Leibe bebend und zitternd. Oberlin empfand unendliches Mitleid, die Familie lag auf den Knien und betete für den Unglücklichen, die Mägde flohen und hielten ihn für einen Besessenen. Und wenn er ruhiger wurde, war es wie der Jammer eines Kindes: er schluchzte, er empfand ein tiefes, tiefes Mitleid mit sich selbst; das waren auch seine seligsten Augenblicke.

Oberlin sprach ihm von Gott. Lenz wand sich ruhig los und sah ihn mit einem Ausdruck unendlichen Leidens an und sagte endlich: «Aber ich, wär ich allmächtig, sehen Sie, wenn ich so wäre, ich könnte das Leiden nicht ertragen, ich würde retten, retten; ich will ja nichts als Ruhe, Ruhe, nur ein wenig Ruhe, um schlafen zu können.» Oberlin sagte, dies sei eine Profanation. Lenz schüttelte trostlos mit dem Kopfe.

Die halben Versuche zum Entleiben, die er indes fortwährend machte, waren nicht ganz ernst. Es war weniger der Wunsch des Todes – für ihn war ja keine Ruhe und Hoffnung im Tode –, es war mehr in Augenblicken der fürchterlichsten Angst oder der dumpfen, ans Nichtsein grenzenden Ruhe ein Versuch, sich zu sich selbst zu bringen durch physischen Schmerz. Augenblicke, worin sein Geist sonst auf irgendeiner wahnwitzigen Idee zu reiten schien, waren noch die glücklichsten. Es war doch ein wenig Ruhe, und sein wirrer Blick war nicht so entsetzlich als die nach Rettung dürstende Angst, die ewige Qual der Unruhe! Oft schlug er sich den Kopf an die Wand oder verursachte sich sonst einen heftigen Schmerz.

Den 8. morgens blieb er im Bette, Oberlin ging hinauf; er lag fast nackt auf dem Bette und war heftig bewegt. Oberlin wollte ihn zudecken, er klagte aber sehr, wie schwer alles sei, so schwer! er glaube gar nicht, daß er gehen könne; jetzt endlich empfinde er die ungeheure Schwere der Luft. Oberlin sprach ihm Mut zu. Er blieb aber in seiner frühern Lage und blieb den größten Teil des Tages so, auch nahm er keine Nahrung zu sich. Gegen Abend wurde Oberlin zu einem Kranken nach Bellefosse gerufen. Es war gelindes Wetter und Mondschein. Auf dem Rückweg begegnete ihm Lenz. Er schien ganz vernünftig und sprach ruhig und freundlich mit Oberlin. Der bat ihn, nicht zu weit zu gehen; er versprach's. Im Weggehn wandte er sich plötzlich um und trat wieder ganz nahe zu Oberlin und sagte rasch: «Sehn Sie, Herr Pfarrer, wenn ich das nur nicht mehr hören müßte, mir wäre geholfen.» – «Was denn, mein Lieber?» – «Hören Sie denn nichts? hören Sie denn nicht die entsetzliche Stimme, die um den ganzen Horizont schreit und die man gewöhnlich die Stille heißt? Seit ich in dem stillen Tal bin, hör ich's immer, es läßt mich nicht schlafen; ja, Herr Pfarrer, wenn ich wieder einmal schlafen könnte!»

Er ging dann kopfschüttelnd weiter.

Oberlin ging zurück nach Waldbach und wollte ihm jemand nachschicken, als er ihn die Stiege herauf in sein Zimmer gehen hörte. Einen Augenblick darauf platzte etwas im Hof mit so starkem Schall, daß es Oberlin unmöglich von dem Fall eines Menschen herkommen zu können schien. Die Kindsmagd kam todblaß und ganz zitternd ...

Er saß mit kalter Resignation im Wagen, wie sie das Tal hervor nach Westen fuhren. Es war ihm einerlei, wohin man ihn führte. Mehrmals, wo der Wagen bei dem schlechten Wege in Gefahr geriet, blieb er ganz ruhig sitzen; er war vollkommen gleichgültig. In diesem Zustand legte er den Weg durchs Gebirg zurück. Gegen Abend waren sie im Rheintale. Sie entfernten sich allmählich vom Gebirg, das nun wie eine tiefblaue Kristallwelle sich in das Abendrot hob und auf deren warmer Flut die roten Strahlen des Abends spielten; über die Ebene hin am Fuße des Gebirgs lag ein schimmerndes, bläuliches Gespinst. Es wurde finster, je mehr sie sich Straßburg näherten; hoher Vollmond, alle fernen Gegenstände dunkel, nur der Berg neben bildete eine scharfe Linie; die Erde war wie ein goldner Pokal, über den schäumend die Goldwellen des Mondes liefen. Lenz starrte ruhig hinaus, keine Ahnung, kein Drang; nur wuchs eine dumpfe Angst in ihm, je mehr die Gegenstände sich in der Finsternis verloren. Sie mußten einkehren. Da machte er wieder mehrere Versuche, Hand an sich zu legen, war aber zu scharf bewacht.

Am folgenden Morgen, bei trübem, regnerischem Wetter, traf er in Straßburg ein. Er schien ganz vernünftig, sprach mit den Leuten. Er tat alles, wie es die andern taten; es war aber eine entsetzliche Leere in ihm, er fühlte keine Angst mehr, kein Verlangen, sein Dasein war ihm eine notwendige Last. –

So lebte er hin ...

Friedrich Hebbel
Herr Haidvogel und seine Familie

«Nun, warum lasst ihr die Köpfe so hängen? Lustig, wie ich es bin!» Mit diesen Worten trat Herr Haidvogel, an einem Winterabend aus der Stadt zurückkommend, in seine enge Stube, in der seine Frau, von den beiden durch die Dunkelheit geängstigten Kindern endlich dazu gedrängt, eben die Lampe angezündet hatte. «Warum siehst du mich nicht an?» fuhr er fort und stellte sich vor seine Frau hin, die allerdings, ihr kleines frierendes Mädchen streichelnd, keinen Blick für ihren Mann zu haben schien; «ziehst du wieder, wie gewöhnlich, im stillen einen Vergleich zwischen mir und dem Quacksalber von Doktor, der auch einmal hinter dir herlief? Danke Gott, daß du mich statt seiner bekommen hast, denn ich lebe doch wenigstens noch. Ihn hat heute mittag der Teufel geholt, und eine halbe Stunde darauf, als ich gerade an seinem Hause vorbeikam, nagelte der Vergolder, der noch von nichts wußte, das neue Schild mit den ellenlangen Buchstaben, das ihm die Kundschaft verdoppeln sollte, über seiner Tür fest.» – «Er ist –?» fragte die Frau, ihr Auge zum erstenmal ein wenig erhebend, während ihre Hand von dem Haupte des Kindes herabglitt. – «Tot!» versetzte Herr Haidvogel schadenfroh schnell, «so gewiß tot, als ob er einen seiner eigenen Dekokte verschluckt hätte. Ja, der wird mich mit seinen ostindischen Taschentüchern nicht mehr ärgern, die er, wenn er des Morgens hier vorüberging und mich am Fenster stehen sah, immer im Winde flattern ließ! Sicher hat er sich zu Weihnacht wieder einen neuen Rock bestellt, denn bloß meinetwegen schaffte er sich dreimal soviel Kleider an, als er brauchte. Möchte der Schneider ihn doch schon zugeschnitten haben! Die Rechnung wäre ein hübsches Christgeschenk für sein hochmütiges Weib, die es ganz zu vergessen scheint, wie gern sie, als mein Vater noch lebte, mit mir getanzt und wie oft sie mir dabei die Hand gedrückt hat.» – «Mein Gott! Achtunddreißig Jahr!» sagte die Frau, ohne sich um ihren Mann zu bekümmern, und starrte vor sich hin. – «Und auch ihr», begann Herr Haidvogel von neuem und wandte sich zu den Kindern, «warum hockt ihr immer in der Stube, warum springt ihr nicht herum, wenn's euch friert, warum find ich euch nie auf der Eisbahn wie die andern? Munter, Junge, tanz mit der Schwester, ich will pfeifen!» – «Sie haben den ganzen Tag noch keinen Bissen gegessen», unterbrach die Frau ihn bitter, «die paar Kartoffeln, die du zu Hause brachtest, liegen noch da, es fehlte an Holz, sie zu kochen!» – «Und war da nicht zu helfen?» erwiderte Haidvogel, indem er zugleich einen der beiden um den Tisch stehenden alten Stühle bei der Lehne packte und mit ihm so stark gegen den Boden stieß, daß er fast zerbrach, «ich sollte doch meinen!» – «So machtest du's stets», versetzte die Frau, «und nur darum sind wir so weit heruntergekommen! Den letzten Stuhl, der noch für einen Einsprechenden übrigblieb, denn den andern füllst du aus, und den Kindern gehört ohnehin nicht mehr als mein Schoß und deine Lende! Warum nicht auch die Bettlade! Ein Glas Wasser konnten wir längst keinem Menschen mehr anbieten, weil das Glas uns mangelt! Wenn's nach dir ginge, so würde morgen auch niemand mehr einen Sitz bei uns finden.» – «Wär das ein Unglück?» entgegnete Herr Haidvogel, «läßt sich ein Hund bei uns sehen, als wenn er etwas von uns zu fordern hat? Und trollt sich so einer nicht um so eher wieder, wenn er sich nicht breit zum Predigen niederlassen kann? Doch gleichviel! Es gibt andere Mittel! Wir wollen uns heut abend etwas zugute tun! Es geht ein Gerücht über mich – leider ist es falsch, du siehst –» Er unterbrach sich, nahm den Hut, den er bisher aufbehalten hatte, ab und deutete auf eine Beule am Kopf.

«Woher hast du die?» fragte die Frau und erhob sich. – «Woher!» versetzte Herr Haidvogel und bedeckte sich schnell wieder. «Herausgeworfen bin ich einmal wieder beim Onkel. Alles beim alten!» – «Mensch! Mensch!» fuhr die Frau erschreckt auf, «willst du uns noch um das Letzte bringen? Was mein Onkel uns jährlich zufließen läßt, ist ohnehin wenig genug. Aber wir erhalten es nur unter der Bedingung, daß du nie sein Haus betrittst, daß du bei Tage nicht einmal daran vorbeigehst! Und nun! – Ich zittre! Ich zittre!» Sie preßte ihre Kinder an sich. – «Ei was!» sagte Herr Haidvogel, «mit dem Tode hat jede Dummheit ein Ende. Eine Pflicht hab ich erfüllt, als ich hinging, eine Pflicht gegen die da und gegen dich! Ich hörte, den Alten habe der Schlag gerührt und er sei daran gestorben, ohne aber ein Testament zu hinterlassen. Wenn das sich so verhalten hätte, würdest du doch wohl die Erbin gewesen sein, nicht wahr?» – «Aber es verhielt sich nicht so!» versetzte die Frau, «und das konntest du wissen!» – «Das konnte ich nicht wissen!» fuhr Herr Haidvogel gereizt auf. «Es unterhielten sich zwei davon auf offner Straße, die es gar nicht sahen, daß ich in einer Ecke stand und an meinem Stiefelriemen knöpfte, die es also auf einen Spaß mit mir auch nicht abgesehen haben konnten. Als ich zum Vorschein kam, zogen sie den Hut vor mir, und der eine sprang sogleich herzu und hob mir den Stock auf, den ich noch überflüssigerweise zur Probe fallen ließ. Das war mir Beweis genug, und ich eilte ins Sterbehaus, um die aufsichtslosen Schurken, die Köchin und den Bedienten, am Verschleppen der Sachen zu verhindern. Gleich auf der Diele kam mir auch die Köchin mit dem Silberzeug entgegen. ‹Wohin damit?› fuhr ich die Person an. ‹Nicht von der Stelle! Oder –

Und Er da›, rief ich dem Schlingel, dem Johann zu, der eben, einen Rebhuhnflügel in der Hand, aus der Küche heraufkam, ‹warum war Er noch nicht bei mir? Hat Er den Kalender vielleicht erst verbrannt, worin der Tote die Vorschüsse notierte, die Er ihm abzuschwatzen wußte? Das wird Ihm übel bekommen!›» – «Gott! Gott!» seufzte die Frau, «der ist zehn Jahre und die acht! Was wird aus den armen Kindern, wenn» – «Was würde aus ihnen», unterbrach Herr Haidvogel sie mit Unwillen, «wenn sie einmal eine Erbschaft machten und ihr Vater wäre weniger eifrig, ihre Rechte wahrzunehmen, als ich es bin! Diesmal freilich war ich etwas zu voreilig, denn kaum hatte ich meine letzte Drohung ausgesprochen, als der Alte erschien und zornig fragte, wer einen solchen Lärm erhöbe. Da nun die Köchin, boshaft wie sie ist, erwiderte, daß ich ihr verböte, das Silberzeug zum Aufputzen für die bevorstehende Geburtstagsfeier des gnädigen Herrn zum Goldschmied zu bringen, und der Bediente noch ärgere Dinge hinzufügte, ereiferte er sich natürlich gewaltig, sein Gesicht wurde blau, seine Hände flogen und – genug, der tückische Wunsch, den er mir nachrief, daß ich auf der Treppe den Hals brechen möchte, ist nicht in Erfüllung gegangen, so gut der Johann seinen plumpen Auftrag auch ausführte, und wir wollen von dem Gerücht Vorteil ziehen, solange wir es noch können! Flink, Theodor, spring du zum Schlachter hinüber und hole einige Pfund Fleisch, und du, Auguste, lauf zum Krämer und besorge die Butter. Wenn sie uns noch nie geborgt haben, so borgen sie uns jetzt! Nicht diese Stirnfalten, Weib! Es gibt mehr Kinder, die nach sieben über die Straße geschickt werden und doch keinen Husten mit zu Hause bringen! Wasche du inzwischen die Kartoffeln ab, ich will Holz schaffen! Vater zahlt morgen, er ist beim Onkel!» Mit diesen Worten trieb er den Knaben und das Mädchen, die sich nur zögernd zum Gehorchen anschickten, weil sie solche Botschaften nicht zum erstenmal ausrichten sollten und den Erfolg schon kannten, aus der Tür und folgte ihnen nach, während die Frau in ein Gelächter, halb der Verach-

tung, halb der Verzweiflung, ausbrach und sich nicht von der Stelle rührte.

Er tat aufs Geratewohl einen Gang durch das abgelegene Quartier, wo er wohnte, und musterte manchen Zaun und manche alte Hecke, sogar hie und da einen Fensterladen, der im Winde klapperte, weil er nicht gehörig befestigt war. Aber wenn er eben Hand anlegen wollte, schien ihm bald der Mond zu hell, bald gingen ihm zuviel Leute über die Straße, bald störte ihn ein Hund, der ihn anbellte. Endlich sagte er zu sich selbst: Ich will mir die Mühe gar nicht machen, denn es ist doch immer noch sehr zweifelhaft, ob wir Fleisch und Butter erhalten, und wenn, so liefert der Stuhl Holz genug. Sogleich nahm er seine gewöhnliche stolze Haltung, deren er sich als angehender Dieb bereits abgetan hatte, wieder an und kehrte um. Kaum aber hatte er einige Schritte gemacht, als er mit dem Fuß an etwas Hartes stieß; er hob es auf, und siehe da, es war ein Beutel mit Geld. Vorsichtig sah er sich nach allen Seiten um, ob ihn jemand bemerkt habe, dann steckte er den Beutel zu sich und setzte, jedoch nicht eben schneller als vorher, seinen Weg fort. Als er zu Hause wieder anlangte, fand er seine Frau nicht mit Zurichtung eines Bratens beschäftigt, sondern mit Entkleidung ihrer Tochter. Der Knabe kam ihm entgegen und richtete ihm eine Impertinenz vom Schlachter aus; auch das Mädchen wollte sprechen, doch die Mutter unterbrach sie und sagte: «Euer Vater weiß alles, was ihr ihm melden könnt, nur zu Bett mit euch, damit ihr hineinkommt, bevor die Lampe erlischt!» – «Nichts da! Ihr bleibt auf!» rief Herr Haidvogel jetzt und warf den Beutel mit Geld auf den Tisch. Blanke Taler rollten, die Kinder jubelten, und die Frau sah ihren Mann mit dem Ausdruck des höchsten Erstaunens an. «Mensch», sagte sie endlich langsam, und ein schlimmer Verdacht stieg in ihr auf, «woher kommt dir dies Geld?» – «Wenn's nun ein Lotteriegewinn wäre», erwiderte er, «würdest du dann endlich einräumen, daß ich recht tat, als ich die zwölf Kreuzer, die ich am Montag fand, zum Kollekteur trug, statt sie zu Brot herzugeben?» – «Nein», versetzte die Frau, «aber ich würde mich freuen, daß eine Schlechtigkeit ausnahmsweise einmal gute Folgen gehabt hätte. Ist es denn so?» – «Laß uns weiterreden», rief Herr Haidvogel, «wenn wir satt sind! Dann fördert's die Verdauung. Wir leben in einer Welt, worin einem Menschen plötzlich eine Königskrone auf den Kopf fallen kann, der bis dahin kaum eine wollene Mütze besaß, sich ihn damit zu bedecken. Das sagte ich dir schon oft, erinnre dich daran und mach Feuer, jetzt wird dir der Stuhl wohl nicht mehr zu kostbar scheinen! Ich selbst hole, was nötig ist, ich muß die Hunde ärgern, die mir den Kredit versagten, sie sollen glauben, daß ich bloß ihre Gesinnungen gegen mich auf die Probe gestellt habe, und da sie von meinen guten Zeiten her wissen, wieviel ich daraufgehen lasse, wenn ich nur kann, so wird sie's verdrießen, in dieser nicht besser bestanden zu sein!» Jetzt setzte die Frau sich emsig in Tätigkeit, während Herr Haidvogel sein Geld wieder einstrich und ging.

Er kam an einer Schenke vorbei; es war die nämliche, in der er den größten Teil seines väterlichen Erbes mit dem Leichtsinn und der Liederlichkeit eines verhätschelten einzigen Sohnes verpraßt hatte, denn er war keineswegs immer ein armer Schlucker gewesen, er hatte ein für seine Verhältnisse ganz ansehnliches Vermögen hindurchgebracht und sich eben dadurch die Verachtung des Onkels, seiner Frau aber, die aus Pflichtgefühl nicht von ihm lassen wollte, den Haß desselben zugezogen. Da sitzen nun, dachte er, die meisten von denen, womit ich sonst zusammenzusitzen pflegte, da schwatzen sie, wenn ihnen nichts Besseres einfällt, von mir, da lachen und spotten sie auf meine Kosten oder bedauern mich, wenn's gut geht, zucken die Achseln und – ich muß hinein! Er legte die Hand auf die Tür. Was sie sagen werden, wenn ich so plötzlich erscheine, wie sie anfangs vor mir zurückweichen, dann, sowie sie Geld sehen, mir zunicken und vertraulich näher rücken werden! Ha, ginge einer von ihnen so weit, mich um ein Darlehen anzusprechen, ich würde es hergeben, wär's auch nur, um ihnen von der Größe der Summe, die mir zu Gebote steht, einen guten Begriff beizubringen. Er trat ein. Drinnen war eine lärmende Gesellschaft beisammen, die alten Kameraden grüßten gleich freundlich und wisperten dann miteinander, es war offenbar, daß das Gerücht von Herrn Haidvogels plötzlicher Erbschaft bereits zu ihnen gedrungen war und daß sie es jetzt für vollkommen bestätigt hielten, selbst der Wirt war höflich. Herr Haidvogel, der in der allgemeinen Aufmerksamkeit, die er erregte, und in dem Geflüster, das ringsumher entstand, eine hinreichende Genugtuung für alle Entbehrungen der letztverstrichenen Jahre fand, durchschritt, um seinen Triumph vollständig zu genießen, den Saal seiner ganzen Länge nach, ehe er sich niederließ, dann setzte er sich an einen Tisch, an dem der einzige Mensch saß, den er nicht kannte und der keine Notiz von ihm nahm. Dies verdroß ihn fast, und er faßte ihn darum scharf ins Auge; es schien nach dem ledernen Gurt, den er um den Leib trug, ein reisender Viehhändler zu sein, er hatte den Kopf auf den Tisch gestützt und starrte trübsinnig vor sich hin. Dem ist ein Ochse gefallen! dachte Herr Haidvogel, und nun erinnerte er sich mit Verdruß der vielen Schlachter, bei denen er das Tier um leidlichen Preis hätte anbringen können. Gebührende Strafe für die übertriebene Habsucht! Dann forderte er sich mit lauter Stimme ein Glas Wein. Der Wirt brachte es eilig in eigener Person und putzte sogleich das Licht, das etwas trüb vor dem Fremden brannte; nun erst sah man's ganz deutlich, wieviel Niedergeschlagenheit in den an sich so mannhaft trotzigen Zügen desselben lag.

«Ist Euch nicht um Eure Zeche bange», fragte Herr Haidvogel den Wirt halblaut und deutete auf den Fremden, «der scheint darüber nachzugrübeln, wie er Euch darum bringen will!» – «Das wäre noch ein Ding der Unmöglichkeit», versetzte der Wirt lustig, «denn sie beläuft sich noch auf nichts, das Glas Bier, das er sich geben ließ, steht noch unberührt vor ihm.» – «Damit Ihr das nicht auch von mir sagen könnt», sagte Herr Haidvogel, «will ich meinen Wein trinken!» Er tat's und zog dann eine Handvoll Taler hervor, die er hastig nach kleiner Münze zu durchsuchen begann, weniger weil er so eifrig aufs Bezahlen erpicht war, als weil es ihn kitzelte, seinen Reichtum zu zeigen. – «Ei du mein Himmel», versetzte der Wirt abwehrend, «als ob das nicht Zeit hätte! Ihr denkt doch nicht schon wieder zu gehen? Von einem alten Freund, der sich so lange nicht mehr bei mir sehen ließ, würde mich das beleidigen, und noch mehr als das, es würde mich kränken!» – «Nun», erwiderte Herr Haidvogel, «ich werde bleiben! Aber schickt schnell ein gutes Nachtessen zu den Meinigen hinüber! Sie wollen sich selbst was bereiten, wozu die Umstände!» – «Freilich, freilich, wozu? Ich kochte ja gern für die ganze Stadt! Was soll's nur sein? Hier ist die Speisekarte, beliebt's Euch, auszuwählen?» – «Schickt alles, was darauf steht», versetzte Herr Haidvogel, «dann schickt Ihr jedenfalls das Rechte mit! Bildet Euch übrigens nicht ein, daß Eure Küche die meinige übertrifft. Pah! Wenn ich den Schneider, der dort in der Ecke sitzt – heda, Meister, Ihr habt nun genug genickt und am Käppel geschoben, kommt morgen früh zu mir herüber und nehmt mir Maß! –, wenn ich den zuweilen durch ein Loch am Ärmel oder den Schuster durch einen zerrissenen Stiefel ärgerte, so geschah das ja bloß, weil ich meinem Magen nichts abgehen ließ, denn wenn mein Onkel auch nicht alle Tage Verlangen trug, mich zu umarmen, so fiel es ihm doch noch weniger ein, mich hungern zu lassen, und wenn er mir auch einmal in seinem bekannten Jähzorn verbot, zu ihm zu kommen, so kam er dafür reuig bei nächtlicher Weile zu mir. Betrachtet den da! Ist er magerer geworden, seit ich keine Bratwürste mehr bei euch aß?» Hiebei klopfte er auf den Bauch, der allerdings trotz der nüchternen Atzung mit Kartoffeln und trocknem Brot die ehemalige Rundung bewahrt und ihm auch immer für einen Ableiter erniedrigender Gedanken über die Beschaffenheit seines Tisches gegolten hatte. – «Oh, sicher nicht», entgegnete der Wirt, obgleich trotz seiner Geschmeidigkeit nur mit mühsam unterdrücktem Lächeln, «was fällt Euch ein! Doch ich will dem Kellner Auftrag geben!» Er sprang fort, um nicht zu bersten.

«Ob wirklich nichts Kleines mehr darunter ist?» sagte Herr Haidvogel mit einem langen Blick auf den Fremden, der noch dasaß wie vorhin und dessen Unempfindlichkeit und Gleichgültigkeit gegen alles, was um ihn her vorging, ihn förmlich zu empören anfing. «Freilich, das Bettelgesindel.» Er warf mit diesen Worten das Geld mit Geräusch auf den Tisch und schickte den Rest in der Tasche Handvoll nach Handvoll hinterdrein, fortwährend zwischen den Talern rührend und mit ihnen klappernd. Jedermann wurde aufs neue aufmerksam auf ihn, der Wirt rief dem Kellner einmal über das andere «Hurtig! hurtig!» zu, zwei von den ehemaligen Kameraden, die ihr schnödes Benehmen gegen ihn in der Zwischenzeit in Vergessenheit zu bringen wünschten, stießen, scheinbar unbekümmert um ihn, aber laut genug, daß er es hören konnte, auf sein Wohl miteinander an, nur der Fremde verharrte in seiner vorigen Lage. Herr Haidvogel wollte aber durchaus auch von ihm beneidet werden, er trat ungeduldig zu ihm heran und bat ihn um Erlaubnis, sein Licht einen Augenblick nehmen zu dürfen, weil das seinige so düster brenne und zwei überhaupt heller leuchteten als eins. Der Fremde bewilligte es durch eine Kopfbewegung und sah nun endlich auf. Doch kaum hatte er auf den im Glanz der Lichter flimmernden und schimmernden Schatz des Herrn Haidvogel einen Blick geworfen, als er wie besessen auffuhr, den bisherigen Besitzer mit einem mächtigen Stoß beiseite schleuderte und mit einer Donnerstimme ausrief: «Des Todes ist, wer dies Geld berührt, es ist mein! Hundert Taler! Die russische Schaumünze, an der ich mein Eigentum erkenne. Und ein lederner Beutel! Zähle nach und vergleiche, wer zweifelt!» Der Wirt, die ganze Gesellschaft, vor allem aber Herr Haidvogel selbst, standen einen Moment wie versteinert, der letztere jedoch faßte sich gleich wieder, weil er fühlte, daß er in den allerschnödesten Verdacht geraten werde, wenn er lange im Stillschweigen verharre, und antwortete dem Fremden, der unwillkürlich sein breites Schlachtermesser gezogen und sich mit halbem Leibe über das Geld hingelehnt hatte, kalt und spöttisch: «Ihr habt die Lumperei verloren, und ich habe sie gefunden! Könnt Ihr das nicht ruhig sagen? Da ist der Lederbeutel, den Ihr wohl vermißt! Eine Schaumünze! Ei, die hatte ich noch gar nicht bemerkt! Hübsch! Der Übergang über die Beresina! Ein Andenken?» Der Fremde maß Herrn Haidvogel mit einem zweideutigen Blick, und da er entdeckte, daß der Rock desselben etwas kahl war, zählte er sein Geld sorgfältig nach. Als er fand, daß an der Summe nicht das geringste fehlte, reichte er ihm die Hand und sagte: «Verzeiht mir meine Heftigkeit und setzt Euch zu mir, daß wir zusammen trinken!» – «Trinkt, mit wem Ihr wollt», entgegnete Herr Haidvogel vornehm, «aber haltet Euch ein andermal an bessere Taschen!» Stolz wie ein Sieger den Walplatz verließ er nun die Gaststube und überrannte in der Tür fast den schwer bepackten Kellner, der, bei einer so unerwarteten Wendung der Dinge vom Wirt eiligst wieder umgerufen, eben hineintrat. «Ich will's selbst mitnehmen!» rief er diesem zu und griff nach dem Eßkorb, den der verblüffte Mensch, der den Zusammenhang nicht kannte, auch ohne Widerstand fahrenließ, den der Wirt Herrn Haidvogel aber wieder entriß. «Ah, so war's gemeint», sagte dieser, «gut, da ist hier denn auch für mein Glas Wein!» Er warf die letzten vier Groschen hin, die er besaß und die er zum Ankauf von Glanzwichse bestimmt gehabt hatte, versuchte den Wirt durch einen Puff, den er ihm im Vorbeischießen beibrachte, umzustoßen, was ihm freilich nicht gelang, und eilte fort.

Leise, leise stahl er sich in sein Haus und in seine Wohnstube hinein. Seine Frau war in der Küche, wie er durch ein kleines, in der Tür angebrachtes Fenster sehen konnte, mit dem Abkochen der Kartoffeln beschäftigt, das Feuer brannte lustig auf dem Herd, und die Kinder standen mit heiteren Gesichtern umher. «Ich kann's nicht ändern!» fluchte er und begann, sich schleunig zu entkleiden. Er war damit glücklich zu Ende gekommen und stieg eben ins

Bett, als seine Frau, die schon mit Ungeduld auf ihn wartete, in die Stube trat. «Mein Gott!» rief sie, aufs höchste verwundert, aus, «du gehst zu Bett?» – «Tu du es auch», entgegnete er und setzte, indem er die Decke über sich hinzog, gähnend hinzu: «Ehrlich währt am längsten!»

Die Frau hatte aber noch kaum die Zeit gehabt, ihr Erstaunen durch einen unartikulierten Laut auszudrücken, als an die Tür gepocht wurde. «Riegel vor!» rief Herr Haidvogel, und als er sah, daß die Tür bereits aufging, griff er nach seinem Stock, der zu Häupten des Bettes stand. Der Kellner trat mit seiner Last herein; die Gesichter der Kinder, die sich schon verfinstert hatten, klärten sich wieder auf, denn der leckere Duft, der sich im Zimmer verbreitete, und das fröhliche Klappern der Schüsseln verkündete ihnen den Inhalt des Korbes. «Reue? Gewissensbisse?» fragte Herr Haidvogel den Menschen, der den Korb stillschweigend auf den Tisch stellte, «hätt's kaum erwartet.» – «Mich schickt der Viehhändler», entgegnete dieser, «er hat alles bezahlt!» – «Der!» rief Herr Haidvogel, «was untersteht der Kerl sich! Mir, der ich schon an einem Abend mehr verspielt habe, als er in einem Jahr gewinnt! Nun wohl! Ein Finderlohn! Aber wohlgemerkt, nur für die Kinder! Ich berühre nichts davon! Ehrenwort!» Der Kellner wollte sich wieder entfernen, die Frau trug ihm eine herzliche Danksagung auf. «Kein Wort von Dank!» fuhr Herr Haidvogel dazwischen, «er hat seine Schuldigkeit getan, und kaum! Aber deinem Herrn kannst du melden, daß ich ihm mit den Schüsseln, wenn er sie etwa zurückverlangt, die Fenster einwerfen werde!»

In diesem Augenblick wurde abermals gepocht! «In Europa nimmt man im Bett keine Visiten an!» rief Herr Haidvogel, aber die Tür wurde trotzdem langsam geöffnet, und mit verstörtem Gesicht trat etwas verlegen der Bediente Johann herein. «Nun, Halunke», schrie Herr Haidvogel ihm entgegen und schwang seinen Stock, «willst du die Zahlung haben für –?» Er berührte hierbei mit einer unzweideutigen Gebärde seinen Rücken. «Herr Haidvogel», stotterte Johann, «Sie wissen, daß ich nichts tat, als was der

Herr mir befahl, dessen Brot ich aß!» – «Aß?» fragte Herr Haidvogel gespannt. «Ja», fuhr Johann fort, «der gnädige Herr ist am Schlag» – «Am Schlag?» unterbrach ihn Herr Haidvogel verdrießlich und enttäuscht. «Kerl, bist du verrückt? Es war ja eine niederträchtige Lüge, mit eignen Augen überzeugte ich mich davon!» – «Heute nachmittag, ja», versetzte Johann, «aber jetzt nicht mehr! Leider!» – «Leider?» rief Herr Haidvogel, «gottlob!» – «Freilich, gottlob!» entgegnete Johann geschmeidig, «denn es war nicht mehr zum Aushalten! Wenn Sie wüßten, wie oft ich Fußtritte vom Alten erhielt, weil ich eine Fürbitte für Sie einlegte. Noch dieses Loch im Kopf –» – «Hast du vor sieben Stunden von dem Türpfosten bekommen», unterbrach ihn Herr Haidvogel, «an den du dich stießest, als du mit mir bosseln wolltest. – Was kümmert's mich noch! Hast du gehört, Frau?» – «Ist es denn wahr, Johann?» fragte sie schüchtern und schob dem Bedienten einen Stuhl hin, auf den er sich aber nicht niederließ, weil die Dame, die er schon lange nur noch über die Achsel angesehen hatte, plötzlich wieder eine Respektsperson für ihn geworden war. – «Wie kannst du nur noch fragen», eiferte Herr Haidvogel, dem dies nicht entging, «siehst du nicht, daß er mit krummem Rücken und eingeknickten Beinen vor dir steht? Aber wie kam's denn?» – «Wahrscheinlich», entgegnete Johann zögernd, «von dem Ärger, den –» – «Den ich ihm machte?» fragte Herr Haidvogel jubelnd, «ja? ist's so? Das freut mich! Oh, das freut mich! Maß für Maß! Kerl, ich schenke dir alles, was du heute abend gestohlen hast! Verbeugst dich? Bravo! Nun, Frau, war's gut, daß ich da war? He, was sagst du?» – «Laß ihn doch zu Wort kommen», erwiderte sie unwillig, «noch wissen wir ja von nichts!» – «Der Auftritt mit Ihnen», begann Johann wieder, «hatte ihn in die furchtbarste Aufregung versetzt, er schäumte vor Wut –» – «Das sah ich noch!» warf Herr Haidvogel ein, «oh, das sah ich!» – «Und er schrie: ‹Gleich mach ich mein Testament, ich warte meinen Siebzigsten› – Geburtstag meinte er vermutlich – ‹nicht ab, und ich enterbe sie vollständig!›» – «Es ist also noch nicht geschehen», versetzte Herr Haidvogel, «wie ihr Hunde ausgebracht hattet! Niederträchtig! Das gab meinem Kredit den Todesstoß!» – «Wir sagten», erwiderte Johann kleinlaut, «was wir hörten und glaubten! Hätten wir das Gegenteil gewußt –» – «So hättet ihr», unterbrach die Frau ihn bitter, «meinen Theodor zur Kirschenzeit zuweilen in den Garten gelassen, wenn der Onkel abwesend war und er darum bat, weil die roten Beeren ihn so lockten!» – «Gewiß!» entgegnete Johann mit einem dummen Gesicht, «das hätten wir getan!» – «Weiter!» drängte Herr Haidvogel. – «Oh», sagte Johann, «es ist gleich aus! Ich mußte zum Advokaten springen, und als ich zurückkam, lag er schon sprachlos da. Dann – genug, es ist vorbei!» – «Für ihn!» versetzte Herr Haidvogel, «und für uns fängt's an. Hast du Geld bei dir?» – «Zu Befehl!» entgegnete Johann und griff dienstfertig in die Tasche. «So bezahl dem Menschen da, der Maulaffen an der Tür feilhält, das Essen! Heda, Kellner! Dem Viehhändler seinen Taler, oder sind's zwei? zurückgebracht und über alles, was du hier gehört hast, auf deine gewöhnliche Weise reinen Mund gehalten! Ah, sieh! Hättest du deine Mütze gleich beim Eintritt abgezogen, wie sich's gebührt, so könntest du sie jetzt wieder aufsetzen! Nun mußt du's freilich umgekehrt machen! Gute Nacht!» Der Kellner ging, auch Johann schickte sich zum Fortgehen an, vorher aber sagte er noch, die Köchin habe sich ins Bett gelegt und stelle sich krank, es sei aber nicht wahr, ihr fehle nichts, dann entfernte er sich. «Nun, Frau», rief Herr Haidvogel und zog sich an, «kann ich mein väterliches Haus jetzt wieder kaufen, von dem ich den Kindern einst, als wir mit ihnen daran vorbeigingen, zu deinem Verdruß weismachte, es sei noch mein und ich hätte nur den Türschlüssel verloren, sonst würde ich sie hineinführen? Kann ich?» – «Nichts kannst du», versetzte die Frau, die inzwischen ihr dünnes Umschlagtuch umgenommen und sich zum Fortgehen angeschickt hatte, «nichts ohne mich, ohne meine Einwilligung kommt kein Pfennig in deine Hände, und ich werde dafür sorgen, daß das Jammerleben, das jetzt zu

Ende ist, nicht wieder anfangen kann.» – «Wie? Was?» rief Herr Haidvogel mit offenem Munde und war so überrascht, daß er den schon halb angezogenen Rock ganz anzuziehen vergaß und mit dem possierlich an der rechten Seite seines Leibes niederbaumelnden Kleidungsstück wie eine Vogelscheuche dastand. – «Gewiß», fuhr die Frau im bestimmtesten Ton fort, «du sollst mir tun, was dir gefällt, wenn dir mittags jemals wieder ein guter Braten auf dem Tisch fehlt und wenn du des Abends wieder kalte Kartoffeln essen mußt!» – «Pah», erwiderte Herr Haidvogel giftig, «wenn man nicht selbst Bankerott macht, so tun's andere, und man verliert sein Geld. Das ist das beste!» – «Darauf laß ich's ankommen!» versetzte die Frau und ging. «Schöne Aussichten!» rief Herr Haidvogel und wandelte einige Male stillschweigend die Stube auf und ab. «Schmeckt's», rief er dann den Kindern zu, die sich längst über das Essen hergemacht hatten, und setzte sich zu ihnen. «Galle macht Appetit! Ein neuer Beweis dafür!» murmelte er nach einer kleinen Pause der Untätigkeit und griff auch seinerseits zu. «Was ist's auch weiter?» monologisierte er nun käuend fort, «ich bedinge mir ein Monatliches, das taten andere auch, und ehe sie's ins Wochenblatt setzen läßt, daß sie für meine Schulden nicht haftet, kann ich genug auf ihren Namen zusammenborgen! Heisa! Lustig! Was für Not?»

Eduard
Mörike
Lucie
Gelmeroth

Ich wollte – so erzählt ein deutscher Gelehrter in seinen noch ungedruckten Denkwürdigkeiten – als Göttinger Student auf einer Ferienreise auch meine Geburtsstadt einmal wieder besuchen, die ich seit lange nicht gesehen hatte. Mein verstorbener Vater war Arzt daselbst gewesen. Tausend Erinnerungen, und immer gedrängter, je näher ich der Stadt nun kam, belebten sich vor meiner Seele. Die Postkutsche rollte endlich durchs Tor, mein Herz schlug heftiger, und mit taumligem Blick sah ich Häuser, Plätze und Alleen an mir vorübergleiten. Wir fuhren um die Mittagszeit beim Gasthofe an, ich speiste an der öffentlichen Tafel, wo mich, so wie zu hoffen war, kein Mensch erkannte.

Über dem Essen kamen nur Dinge zur Sprache, die mir ganz gleichgültig waren, und ich teilte daher in der Stille die Stunden des übrigen Tags für mich ein. Ich wollte nach Tische die nötigsten Besuche schnell abtun, dann aber möglichst unbeschrien und einsam die alten Pfade der Kindheit beschleichen.

Die Gesellschaft war schon im Begriff auseinander zu gehen, als ihre Unterhaltung noch einige Augenblicke bei einer Stadtbegebenheit verweilte, die das Publikum sehr zu beschäftigen schien und alsbald auch meine Aufmerksamkeit im höchsten Grad erregte. Ich hörte einen mir aus alter Zeit gar wohlbekannten Namen nennen; allein es war von einer Missetäterin die Rede, von einem Mädchen, das eines furchtbaren Verbrechens geständig sein sollte; unmöglich konnte es eine und dieselbe Person mit derjenigen sein, die mir im Sinne lag. Und doch, es hieß ja immer: Lucie Gelmeroth, und wieder: Lucie Gelmeroth; es wurde zuletzt ein Umstand berührt, der mir keinen Zweifel mehr übrigließ; der Bissen stockte mir im Munde, ich saß wie gelähmt.

Dies Mädchen war die jüngere Tochter eines vordem sehr wohlhabenden Kaufmanns. Als Nachbarskinder spielten wir zusammen, und ihr liebliches Bild hat, in so vielen Jahren, niemals bei mir verwischt werden können. Das Geschäft ihres Vaters geriet, nachdem ich lange die Heimat verlassen, in tiefen Zerfall; bald starben beide Eltern. Vom Schicksal ihrer Hinterbliebenen hatte ich die ganze Zeit kaum mehr etwas gehört; ich hätte aber wohl, auch ohne auf eine so traurige Art, wie eben geschah, an die Familie erinnert zu werden, in keinem Fall versäumt, sie aufzusuchen. Ich ward, was des Mädchens Vergehen betrifft, aus dem Gespräch der Herren nicht klug, die sich nun überdies entfernten; da ich jedoch den Prediger S., einen Bekannten meines väterlichen Hauses, als Beichtiger der Inquisitin hatte nennen hören, so sollte ein Besuch bei ihm mein erster Ausgang sein, das Nähere der Sache zu vernehmen.

Herr S. empfing mich mit herzlicher Freude, und sobald es nur schicklich war, bracht ich mein Anliegen vor. Er zuckte die Achsel, seine freundliche Miene trübte sich plötzlich. «Das ist», sagte er, «eine böse Geschichte und noch bis jetzt für jedermann ein Rätsel. Soviel ich selber davon weiß, erzähl ich Ihnen gerne.»

Was er mir sofort sagte, gebe ich hier, berichtigt und ergänzt durch anderweitige Eröffnungen, die mir erst in der Folge aus unmittelbarer Quelle geworden.

Die zwei verwaisten Töchter des alten Gelmeroth fanden ihr gemeinschaftliches Brot durch feine weibliche Handarbeit. Die jüngere, Lucie, hing an ihrer nur um wenig ältern Schwester Anna mit der zärtlichsten Liebe, und sie verlebten, in dem Hinterhause der vormaligen Wohnung ihrer Eltern, einen Tag wie den andern zufrieden und stille. Zu diesem Winkel des genügsamsten Glücks hatte Richard Lüneborg, ein junger subalterner Offizier von gutem Rufe, den Weg aufgefunden. Seine Neigung für Anna sprach sich aufs redlichste aus und verhieß eine sichere Versorgung. Seine regelmäßigen Besuche erheiterten das Leben der Mädchen, ohne daß es darum aus der gewohnten und beliebten Enge nur im mindesten herauszugehen brauchte. Offen vor jedermann lag das Verhältnis da, kein Mensch hatte mit Grund etwas dagegen einzuwenden. Das lustige Wesen Luciens stimmte neben der ruhigern Außenseite der gleichwohl innig liebenden Braut sehr gut mit Richards munterer Treuherzigkeit, und sie machten ein solches Kleeblatt zusammen, daß ein Fremder vielleicht hätte zweifeln mögen, welches von beiden Mädchen er denn eigentlich dem jungen Mann zuteilen solle. Hatte beim traulichen Abendgespräch die ältere seine Hand in der ihrigen ruhen, so durfte Lucie von der andern Seite sich auf seine brüderliche Schulter lehnen; kein Spaziergang wurde einseitig gemacht, nichts ohne Luciens Rat von Richard gutgeheißen. Dies konnte der Natur der Sache nach in die Länge so harmlos nicht bleiben. Anna fing an, in ihrer Schwester eine Nebenbuhlerin zu fürchten, zwar zuverlässig ohne Ursache, doch dergestalt, daß es den andern nicht entging. Ein Wink reichte hin, um beider Betragen zur Zufriedenheit der Braut zu mäßigen, und alles war ohne ein Wort ausgeglichen.

Um diese Zeit traf den Leutnant der unvermutete Befehl seiner Versetzung vom hiesigen Orte. Wie schwer sie auch allen aufs Herz fiel, so konnte man sich doch, insofern ein lange ersehntes Avancement und hiemit die Möglichkeit einer Heirat als die nächste Folge vorauszusehen war, so etwas immerhin gefallen lassen. Die Entfernung war beträchtlich, desto kürzer sollte die Trennung sein. Sie war's; doch schlug sie leider nicht zum Glück des Paares aus. – Daß Richard die erwartete Beförderung nicht erhielt, wäre das wenigste gewesen, allein er brachte sich selbst, er brachte das erste gute Herz – wenn er es je besaß – nicht mehr zurück. Es wird behauptet, Anna habe seit einiger Zeit abgenommen, aber nicht, daß irgend jemand sie weniger liebenswürdig gefunden hätte. Ihr Verlobter tat immer kostbarer mit seinen Besuchen, er zeigte sich gegen die Braut nicht selten rauh und schnöde, wozu er die Anlässe weit genug suchte. Die ganze Niedrigkeit seines Charakters bewies er endlich durch die Art, wie er die schwache Seite Annas, Neigung zur Eifersucht, benützte. Denn der Schwester, die ihn mit offenbarem Abscheu ansah, tat er nun schön auf alle Weise, als wollte er durch dies fühllose Spiel die andere an den Gedanken gewöhnen, daß er ihr weder treu sein wolle noch könne; er legte es recht darauf an, daß man ihn übersatt bekommen und je eher, je lieber fortschicken möge. Die Mädchen machten ihm den Abschied leicht. Lucie schrieb ihm im Namen ihrer Schwester. Diese hatte zuletzt unsäglich gelitten. Nun war ein unhaltbares Band auf einmal losgetrennt von ihrem Herzen, sie fühlte sich erleichtert und schien heiter; allein sie glich dem Kranken, der nach einer gründlichen Kur seine Erschöpfung nicht merken lassen will und uns nur durch den freundlichen Schein der Genesung betrügt. Nicht ganz acht Monate mehr, so war sie eine Leiche. Man denke sich Luciens Schmerz. Das Liebste auf der Welt, ihre nächste und einzige Stütze, ja alles ist ihr mit Anna gestorben. Was aber diesem Gram einen unversöhnlichen Stachel verlieh, das war der unmächtige Haß gegen den ungestraften Treulosen, war der Gedanke an das grausame Schicksal, welchem die Gute vor der Zeit hatte unterliegen müssen.

Vier Wochen waren so vergangen, als eines Tags die schreckliche Nachricht erscholl, man habe den Leutnant Richard Lüneborg in einem einsam gelegenen Garten unweit der Stadt erstochen gefunden. Die meisten sahen die Tat sogleich als Folge eines Zweikampfs an, doch waren die

Umstände zweifelhaft, und man vermutete bald dies, bald das. Ein Zufall führte die Gerichte gleich anfangs auf einen falschen Verdacht, von dem man nicht sobald zurückekam. Vom wahren Täter hatte man in monatelanger Untersuchung auch noch die leiseste Spur nicht erhalten. Allein wie erschrak, wie erstaunte die Welt, als – *Lucie Gelmeroth*, das unbescholtenste Mädchen, sich plötzlich vor den Richter stellte mit der freiwilligen Erklärung: *sie* habe den Leutnant getötet, den Mörder ihrer armen Schwester; sie wolle gerne sterben, sie verlange keine Gnade! – Sie sprach mit einer Festigkeit, welche Bewunderung erregte, mit einer feierlichen Ruhe, die etlichen verdächtig vorkommen wollte und gegen des Mädchens eigne schauderhafte Aussage zu streiten schien, wie denn die Sache überhaupt fast ganz unglaublich war. Umsonst drang man bei ihr auf eine genaue Angabe der sämtlichen Umstände, sie blieb bei ihrem ersten einfachen Bekenntnisse. Mit hinreißender Wahrheit schilderte sie die Tugend Annas, ihre Leiden, ihren Tod, sie schilderte die Tücke des Verlobten, und keiner der Anwesenden erwehrte sich der tiefsten Rührung. «Nicht wahr?» rief sie, «von solchen Dingen weiß euer Gesetzbuch nichts? Mit Straßenräubern habt ihr, mit Mördern und Dieben allein es zu tun! Der Bettler, der für Hungersterben sich an dem Eigentum des reichen Nachbars vergreift – o freilich ja, der ist euch verfallen; doch wenn ein Bösewicht in seinem Übermut ein edles himmlisches Gemüt, nachdem er es durch jeden Schwur an sich gefesselt, am Ende hintergeht, mit kaltem Blut mißhandelt und schmachvoll in den Boden tritt, das geht euch wenig, geht euch gar nichts an! Wohl denn! wenn niemand deine Seufzer hörte, du meine arme, arme Anne, so habe doch ich sie vernommen! An deinem Bett stand ich und nahm den letzten Hauch von der verwelkten Lippe; du kennst mein Herz, dir ist vielleicht schon offenbar, was ich vor Menschen auf ewig verschweige –, du kannst, du wirst der Hand nicht fluchen, die sich verleiten ließ, deine beleidigte Seele durch Blut versöhnen zu wollen. Aber leben darf ich nicht bleiben, das fühl ich wohl, das ist sehr billig, und» – dabei wandte sie sich mit flehender Gebärde aufs neue an die Richter – «und ist Barmherzigkeit bei euch, so darf ich hoffen, man werde mein Urteil nicht lange verzögern, man werde mich um nichts weiter befragen.»

Der Inquirent wußte nicht, was er hier denken sollte. Es war der seltsamste Fall, der ihm je vorgekommen war. Doch blickte schon soviel aus allem hervor, daß das Mädchen, wenn sie auch selbst nicht ohne alle Schuld sein könne, doch den ungleich wichtigern Anteil von Mitschuldigen ängstlich unterdrücke. Übrigens hieß es bald unter dem Volk: sie habe mit dem Leutnant öfters heimliche Zusammenkünfte am dritten Orte gepflogen, sie habe ihm Liebe und Wollust geheuchelt und ihn nach jenem Garten arglistig in den Tod gelockt.

Inzwischen sperrte man das sonderbare Mädchen ein und hoffte ihr auf diesem Weg in Bälde ein umfassendes Bekenntnis abzunötigen. Man irrte sehr; sie hüllte sich in hartnäckiges Schweigen, und weder List noch Bitten noch Drohung vermochten etwas. Da man bemerkte, wie ganz und einzig ihre Seele von dem Verlangen zu sterben erfüllt sei, so wollte man ihr hauptsächlich durch die wiederholte Vorstellung beikommen, daß sie auf diese Weise ihren Prozeß niemals beendigt sehen würde; allein man konnte sie dadurch zwar ängstigen und völlig außer sich bringen, doch ohne das geringste weiter von ihr zu erhalten.

Noch sagte mir Herr S., daß ein gewisser Hauptmann Ostenegg, ein Bekannter des Leutnants, sich unmittelbar auf Luciens Einsetzung entfernt und durch verschiedenes verdächtig gemacht haben solle; es sei sogleich nach ihm gefahndet worden, und gestern habe man ihn eingebracht. Es müsse sich bald zeigen, ob dies zu irgend etwas führe.

Als ich am Ende unseres Gesprächs den Wunsch blicken ließ, die Gefangene selber zu sprechen, indem der Anblick eines alten Freundes gewiß wohltätig auf sie wirken, wohl gar ein Geständnis beschleunigen könnte, schien zwar der Prediger an seinem Teile ganz geneigt, bezweifelte aber, ob er imstande sein werde, mir bei der weltlichen Behörde die Erlaubnis auszuwirken; ich sollte deshalb am folgenden Morgen zum Frühstück bei ihm vorsprechen und die Antwort einholen.

Den übrigen Abend zersplitterte ich wider Willen da und dort in Gesellschaft. Unruhig, wie ich war, und immer in Gedanken an die Unglückliche, welche zu sehn, zu beraten, zu trösten ich kaum erwarten konnte, sucht ich beizeiten die Stille meines Nachtquartiers, wo ich doch lange weder Schlaf noch Ruhe finden konnte. Ich überließ mich mancherlei Erinnerungen aus meiner und Luciens Kindheit, und es ist billig, daß der Leser, eh er die Auflösung der wunderbaren Geschichte erfährt, die Ungeduld dieser Nacht ein wenig mit mir teile, indem ich ihm eine von diesen kleinen Geschichten erzähle.

In meinem väterlichen Hause lebte man auf gutem und reichlichem Fuße. Wir Kinder genossen einer vielleicht nur allzu liberalen Erziehung, und es gab keine Freude, kein fröhliches Fest, woran wir nicht teilnehmen durften. Besonders lebhaft tauchte jetzt wieder eine glänzende Festivität vor mir auf, welche zu Ehren der Herzogin von*** veranstaltet wurde. Sie hatte eine Vorliebe für unsere Stadt, und da sie eine große Kinderfreundin war, so war in diesem Sinne ihr jährlicher kurzer Aufenthalt immer durch neue Wohltaten und Stiftungen gesegnet. Diesmal feierte sie ihr Geburtsfest in unsern Mauern. Ein Aufzug schön geputzter Knaben und Mädchen bewegte sich des Morgens nach dem Schlosse, wo die Huldigung durch Gesänge und eingelernte Glückwünsche nichts Außerordentliches darbot. Am Abend aber sollte durch eine Anzahl von Kindern, worunter Lucie und ich, vor Ihrer Königlichen Hoheit ein Schauspiel aufgeführt werden, und zwar auf einem kleinen natürlichen Theater, das, zu den Hofgärten gehörig, in einer düsteren Allee, dem sogenannten Salon, gelegen, nach allen seinen Teilen, Kulissen, Seitengemächern und dergleichen, aus grünem Buschwerk und Rasen bestand und, obschon sorgfältig unterhalten, seit Jahren nicht mehr gebraucht worden war. Wir hatten unter der Leitung eines erfahrenen Mannes verschiedene Proben gehalten, und endlich schien zu einer anständigen Aufführung nichts mehr zu fehlen. Mein Vater hatte mir einen vollständigen türkischen Anzug machen lassen, meiner Rolle gemäß, welche überdies einen berittenen Mann verlangte, was durch die Gunst des königlichen Stallmeisters erreicht wurde, der eines der artigen, gutgeschulten Zwergpferdchen abgab. Da sämtliche Mitspielende zur festgesetzten Abendstunde schon in vollem Kostüm und, nur etwa durch einen Überwurf gegen die Neugier und Zudringlichkeit der Gassenjugend geschützt, jedes einzeln von seinem Hause aus nach dem Salon gebracht wurden, so war es meiner Eitelkeit doch nicht zuwider, daß, als der Knecht den mir bestimmten kleinen Rappen in der Dämmerung vorführte, ein Haufe junger Pflastertreter mich aufsitzen und unter meinem langen Mantel den schönen krummen Säbel, den blauen Atlas der Pumphosen, die gelben Stiefelchen und silbernen Sporen hervorschimmern sah. Bald aber hatte ich sie hinter mir und wäre sehr gern auch den Reitknecht los gewesen, der seine Hand nicht von dem Zügel ließ und unter allerlei Späßen und Sprüngen durch die Stadt mit mir trabte.

Der Himmel war etwas bedeckt, die Luft sehr still und lau. Als aber nun der fürstliche Duft der Orangerie auf mich zugeweht kam und mir bereits die hundertfältigen Lichter aus den Kastanienschatten entgegenflimmerten, wie schwoll mir die Brust von bänglich stolzer Erwartung! Ich fand die grüne offene Szene, Orchester und Parterre aufs niedlichste beleuchtet, das junge Personal bereits beisammen; verwirrt und geblendet trat ich herzu. Indes die hohen Herrschaften noch in einem nahen Pavillon bei Tafel säumten, ließ auch die kleine Truppe sich es hier an seitwärts in der Garderobe angebrachten, lecker besetzten Tischen herrlich schmecken, sofern nicht etwa diesem oder jenem eine selige Ungeduld den Appetit benahm. Die lustigsten unter den Mädchen vertrieben sich die Zeit mit Tanzen auf dem glattgemähten, saubern Grasschauplatz.

Lucie kam mir mit glänzenden Augen entgegen und rief: «Ist's einem hier nicht wie im Traum? Ich wollte, das Stück ginge heut gar nicht los, und wir dürften nur immer passen und spaßen; mir wird kurios zumut, sobald mir einfällt, daß es Ernst werden soll.» Wir hörten einander noch einige Hauptpartien unserer Rollen ab. Sie kam nämlich als Christensklavin mit meiner sultanischen Großmut in vielfache Berührung und sollte zuletzt durch ihre Tugend, ihren hohen Glauben, welcher selbst dem Heiden Teilnahme und Bewunderung abzwang, der rettende Schutzengel einer braven Familie werden.

Wir waren mitten im Probieren, da erschien ein Lakai: die Gesellschaft habe sich fertig zu halten, man werde sogleich kommen. Geschwind sprang alles hinter die Kulissen, die lachenden Gesichter verwandelten sich, die Musik fing an, und das vornehme Auditorium nahm seine Plätze. Mit dem letzten Posaunenton trat, ohne daß erst ein Vorhang aufzuziehen war, jene Sklavin heraus. Die zarten Arme mit Ketten belastet, erhob sie ihre rührende Klage. Auftritt um Auftritt folgte sofort ohne Anstoß rasch aufeinander, bis gegen das Ende des ersten Akts. Ich glaubte schon ein lobreiches Flüstern sich durch die Reihen verbreiten zu hören; doch leider galten diese Rumore ganz etwas andrem. Ein regnerischer Wind hatte sich erhoben, der in wenigen Minuten so stark wurde, daß die Lampen gleich zu Dutzenden verloschen und die Zuschauer, laut redend und lachend, aufbrachen, um eilig unter Dach zu kommen, bevor die Tropfen dichter fielen. Ein grauer Emir im Schauspiel deklamierte, ganz blind vor Eifer, noch eine Weile in den Sturm hinein, indes wir andern, wie vor die Köpfe geschlagen, bald da-, bald dorthin rannten. Einige lachten, andere weinten; unzählige Stimmen, mit Rufen und Fragen durcheinander, verhallten unverstanden im heftigsten Wind. Ein Hofbedienter kam herbeigesprungen und lud uns hinüber in den festlich erleuchteten Saal. Weil aber diese angenehme Botschaft nicht alsbald überall vernommen wurde und gleichzeitig verschiedene erwachsene Personen uns immer zuschrien: «Nach Hause, Kinder! macht, daß ihr fortkommt!» – so legt ich schon die Hand an meinen kleinen Rappen, und nur ein Blick auf Lucien, die nah bei mir in einer Ecke ein flackerndes Lämpchen mit vorgeschützten Händen hielt, machte mich zaudern. «Frisch! aufgesessen, Junker!» rief ein riesenhafter, schwarzbärtiger Gardist, warf mich mutwillig in den Sattel, faßte dann Lucien trotz ihres Sträubens und Schreiens und schwang sie hinter mich. Das Mädchen saß kaum oben, mit beiden Armen mich umklammernd, so rannte das Tier, der doppelten Last ungewohnt, mit Blitzesschnelligkeit davon, dem nächsten offenen Baumgang zu, und so die Kreuz und Quer wie ein Pfeil durch die feuchte Nacht der mannigfaltigen Alleen. An ein Aufhalten, an ein Umkehren war gar nicht zu denken. Zum Glück blieb ich im Bügel fest und wankte nicht, nur daß mir Luciens Umarmung fast die Brust eindrückte. Von Natur mutig und resolut, ergab sie sich bald in ihre verzweifelte Lage, ja mitten im Jammer kam ihr die Sache komisch vor, wenn anders nicht ihr lautes Lachen krampfhaft war.

Der Regen hatte nachgelassen, es wurde etwas heller; aber das Tote, Geisterhafte dieser Einsamkeit in einem Labyrinth von ungeheuren, regelmäßig schnell aufeinanderfolgenden Bäumen, der Gedanke, daß man, dem tollen Mute dieser Bestie unwiderstehlich preisgegeben, mit jedem Augenblicke weiter von Stadt und Menschen fortgerissen werde, war schrecklich über alle Vorstellung.

Auf einmal zeigte sich von fern ein Licht – es war, wie ich richtig mutmaßte, in der Hofmeierei –, wir kamen ihm näher und riefen um Hülfe, was nur aus unsern Kehlen wollte – da prallte das Pferd vor der weißen Gestalt eines kleinen Obelisken zurück und schlug einen Seitenweg ein, wo es aber sehr bald bei einer Planke ohnmächtig auf die Vorderfüße niederstürzte und zugleich uns beide nicht unglücklich abwarf.

Nun zwar für unsere Person gerettet, befanden wir uns schon in einer neuen großen Not. Das Pferd lag wie am

Tode keuchend und war mit allen guten Worten nicht zum Aufstehn zu bewegen; es schien an dem, daß es vor unsern Augen hier verenden würde. Ich gebärdete mich wie unsinnig darüber; meine Freundin jedoch, gescheiter als ich, verwies mir ein so kindisches Betragen, ergriff den Zaum, schlang ihn um die Planke und zog mich mit sich fort, jenem tröstlichen Lichtschein entgegen, um jemand herzuholen. Bald hatten wir die Meierei erreicht. Die Leute, soeben beim Essen versammelt, schauten natürlich groß auf, als das Pärchen in seiner fremdartigen Tracht außer Atem zur Stube hereintrat. Wir trugen unser Unglück vor, und derweil nun der Mann sich gemächlich anzog, standen wir Weibern und Kindern zur Schau, die uns durch übermäßiges Lamentieren über den Zustand unserer kostbaren Kleidung das Herz nur immer schwerer machten. Jetzt endlich wurde die Laterne angezündet, ein Knecht trug sie, und so ging man zu vieren nach dem unglücklichen Platz, wo wir das arme Tier noch in derselben Stellung fanden. Doch auf den ersten Ruck und Streich von einer Männerhand sprang es behend auf seine Füße, und der Meier in seinem mürrischen Ton versicherte sofort, der dummen Kröte fehle auch kein Haar. Ich hätte in der Freude meines Herzens gleich vor dem Menschen auf die Knie fallen mögen: statt dessen fiel mir Lucie um den Hals, mehr ausgelassen als gerührt und zärtlich allerdings; doch wohler hatte mir im Leben nichts Ähnliches getan.

Nach einer Viertelstunde kamen wir unter Begleitung des Mannes nach Hause. Die Eltern, welche beiderseits in der tödlichen Angst nach uns ausgeschickt hatten, dankten nur Gott, daß wir mit unzerbrochenen Gliedern davongekommen waren.

Am andern Tag verließ die Herzogin die Stadt. Wir spielten bald nachher in meinem Hause unser Stück vor Freunden und Bekannten zu allerseitiger Zufriedenheit. Aber auch an diese zweite Aufführung hing sich ein bedenklicher Zufall. Beim Aufräumen meiner Garderobe nämlich vermißte meine Mutter eine schöne Agraffe, die sie mir an den Turban befestigt hatte. Es schien, der Schmuck sei absichtlich herabgetrennt worden. Vergeblich war alles Nachforschen und Suchen; zuletzt wollte eine Gespielin den Raub bei Luciens kleinem Kram gesehen haben. Ich weiß nicht mehr genau, wie meine Mutter sich davon zu überzeugen suchte, nur kann ich mich erinnern, sehr wohl bemerkt zu haben, daß sie in einer ängstlichen Beratung mit einer Hausfreundin, wovon mir im Vorübergehen etwas zu Ohren kam, den Fehltritt des Kindes als ausgemacht annahm. Ich selbst war von dem Falle höchst sonderbar ergriffen. Ich vermied meine Freundin und begrüßte sie kaum, als sie in diesen Tagen wie gewöhnlich zu meiner Schwester kam. Merkwürdig, obwohl in Absicht auf das undurchdringliche Gewebe verkehrter Leidenschaft und feiner Sinnlichkeit, wie sie bereits in Kinderherzen wirkt, zu meiner Beschämung merkwürdig ist mir noch heute der reizende Widerstreit, welchen der Anblick der schönen Diebin in meinem Innern rege machte. Denn wie ich mich zwar vor ihr scheute und nicht mit ihr zu reden, viel weniger sie zu berühren wagte, so war ich gleichwohl mehr als jemals von ihr angezogen; sie war mir durch den neuen, unheimlichen Charakterzug interessanter geworden, und wenn ich sie so von der Seite verstohlen ansah, kam sie mir unglaublich schön und zauberhaft vor.

Die Sache klärte sich aber zum Glück auf eine unerwartete Art noch zeitig genug von selbst auf, wovon ich nur sage, daß Luciens Unschuld vollkommen gerechtfertigt wurde. Bestürzt, beschämt durch diese plötzliche Enttäuschung, sah ich den unnatürlichen Firnis, den meine Einbildung so verführerisch über die scheinbare Sünderin zog, doch keineswegs ungern verschwinden, indem sich eine lieblichere Glorie um sie zu verbreiten anfing.

Diese und ähnliche Szenen rief ich mir in jener unruhigen Nacht zurück und hatte mehr als *eine* bedeutsame vergleichende Betrachtung dabei anzustellen.

Am Morgen eilte ich bei Zeit zum Geistlichen, der mir mit der Nachricht entgegenkam, daß mein Besuch bei der

Gefangenen keinen Anstand habe; er war nur über die Unbedenklichkeit verwundert, womit man die Bitte gewährte. – Wir säumten nicht, uns auf den Weg zu machen.

Mit Beklommenheit sah ich den Wärter die Türe zu Luciens einsamer Zelle aufschließen. Wir fanden sie vor einem Buche sitzen. Ich hätte sie freilich nicht wiedererkannt, sowenig als sie mich. Sie sah sehr blaß und leidend aus; ihre angenehmen Züge belebten sich mit einem flüchtigen Rot in sichtbar freudiger Überraschung, als ich ihr vorgestellt wurde. Allein sie sprach wenig, sehr behutsam und nur im allgemeinen über ihre Lage, indem sie davon Anlaß nahm, auf ihre christliche Lektüre überzugehen, von welcher sie viel Gutes rühmte.

Der Prediger fühlte eine Spannung und entfernte sich bald. Wirklich wurde nun Lucie nach und nach freier, ich selber wurde wärmer, ihr Herz fing an, sich mir entgegenzuneigen. In einer Pause des Gesprächs, nachdem sie kurz zuvor dem eigentlichen Fragepunkt sehr nah gekommen war, sah sie mir freundlich, gleichsam lauschend in die Augen, ergriff meine Hand und sagte: «Ich brauche den Rat eines Freundes; Gott hat Sie mir gesandt, Sie sollen alles wissen! Was Sie dann sagen oder tun, will ich für gut annehmen.»

Wir setzten uns, und mit bewegter Stimme erzählte sie, was ich dem Leser hiermit nur im kürzesten Umriß und ohne eine Spur der schönen lebendigen Fülle ihrer eigenen Darstellung mitteilen kann.

Noch war Anna erst einige Wochen begraben, so erhielt Lucie eines Abends in der Dämmerung den unerwarteten Besuch eines früheren Jugendfreundes, Paul Wilkens, eines jungen Kaufmanns. Lange vor Richard hatte derselbe für die ältere Schwester eine stille Verehrung gehegt, doch niemals Leidenschaft, nie eine Absicht blicken lassen. Er hätte aber auch als offener Bewerber kaum seinen Zweck erreicht, da er bei aller Musterhaftigkeit seiner Person und Sitten durch eine gewisse stolze Trockenheit sich wider Willen gerade bei denen am meisten schadete, an deren

Gunst ihm vor andern gelegen sein mußte. Die Krankheit und den Tod Annas erfuhr er nur zufällig bei seiner Rückkehr von einer längeren Reise. Es war ein trauriges Wiedersehen in Luciens verödetem Stübchen. Der sonst so verschlossene, wortkarge Mensch zerfloß in Tränen neben ihr. Sie erneuerten ihre Freundschaft, und mir ist nicht ganz unwahrscheinlich, obwohl es Lucie bestritt, daß Paul die Neigung zu der Toten im stillen schon auf die Lebende kehrte. Beim Abschiede nun, im Übermaß der Schmerzen, entschlüpften ihr, sie weiß nicht wie, die lebhaften Worte: «Räche die Schwester, wenn du ein Mann bist!» Sie dachte, wie ich gerne glauben mag, dabei an nichts Bestimmtes. Als aber sechs Tage darauf die Schreckenspost von ungefähr auch ihr zukam, war jenes Wort freilich ihr erster Gedanke. Ein Tag und eine Nacht verging ihr in furchtbarer Ungewißheit, unter den bängsten Ahnungen. Paul hatte sich seit jenem Abende nicht wieder bei ihr sehen lassen, er hatte ihr noch unter der Türe empfohlen, gegen niemand von seinem Besuche zu sprechen. Bei seiner eigenen Art und Weise fiel ihr dies nicht sogleich auf; jetzt mußte sie notwendig das Ärgste daraus schließen. Indes fand er Mittel und Wege, um heimliche Kunde von sich zu geben. Sein Billett ließ deutlich genug für Lucien erraten, daß der Leutnant durch ihn, aber im ehrlichen Zweikampf gefallen. Sie möge sich beruhigen und außer Gott, der mit der gerechten Sache gewesen, niemanden zum Vertrauten darin machen. Er werde unverzüglich verreisen, und es stehe dahin, ob er je wiederkehre; sie werde im glücklichen Fall von ihm hören. – Es lag eine Summe in Gold beigeschlossen, die anzunehmen er auf eine zarte Weise bat.

Das Mädchen war in Verzweiflung. Sie sah sich einer Handlung teilhaftig, welche in ihren Augen um so mehr die Gestalt eines schweren Verbrechens annahm, je ängstlicher sie das Geheimnis bei sich verschließen mußte, je größer die Emsigkeit der Gerichte, der Aufruhr im Publikum war. Die Vorstellung, daß sie den ersten, entscheidenden Impuls zur Tat gegeben, wurde bald so mächtig in ihr, daß sie sich selbst als Mörderin im eigentlichen Sinn betrachtete. Dazu kam die Sorge um Paul, er könne verraten und gefangen werden, um seine Treue lebenslang im Kerker zu bereuen. Ihre lebhafte Einbildungskraft, mit dem Gewissen verschworen, bestürmte nun die arme Seele Tag und Nacht. Sie sah fast keinen Menschen, sie zitterte, sooft jemand der Türe nahe kam. Und zwischen allen diesen Ängsten schlug alsdann der Schmerz um die verlorne Schwester auf ein neues mit verstärkter Heftigkeit hervor. Ihre Sehnsucht nach der Toten, durch die Einsamkeit gesteigert, ging bis zur Schwärmerei. Sie glaubte sich in eine Art von fühlbarem Verkehr durch stundenlange nächtliche Gespräche mit ihr zu setzen, ja mehr als einmal streifte sie vorübergehend schon an der Versuchung hin, die Scheidewand gewaltsam aufzuheben, ihrem unnützen, qualvollen Leben ein Ende zu machen.

An einem trüben Regentag, nachdem sie kurz vorher auf Annas Grabe nach Herzenslust sich ausgeweint, kam ihr mit eins und wie durch eine höhere Eingebung der ungeheure Gedanke: sie wolle, *müsse* sterben, die Gerechtigkeit selbst sollte ihr die Hand dazu leihen.

Es sei ihr da, bekannte sie mir, die Sünde des Selbstmords so eindrücklich und stark im Geiste vorgehalten worden, daß sie den größten Abscheu davor empfunden habe. Dann aber sei es wie ein Licht in ihrer Seele aufgegangen, als ihr dieselbe Stimme zugeflüstert habe: Gott wolle sie selbst ihres Lebens in Frieden entlassen, wofern sie es zur Sühnung der Blutschuld opfern würde.

In dieser seltsamen Suggestion lag, wie man sehr leicht sieht, ein großer Selbstbetrug versteckt. Sie wurde nicht einmal gewahr, daß der glühende Wunsch und die Aussicht zu sterben bei ihr die Idee jener Buße oder doch die volle Empfindung davon, die eigentliche Reue, beinahe verschlang und aufhob.

Nach ihren weiblichen Begriffen konnte übrigens von seiten der Gerichte, nachdem sie sich einmal als schuldig angegeben hätte, ihrer Absicht weiter nichts entgegenstehn, und da sie, völlig unbekannt mit den Gesetzen des Duells, weder an Zeugen noch Mitwisser dachte, so fürchtete sie auch von dorther keinen Einspruch. Genug, sie tat den abenteuerlichen Schritt sofort mit aller Zuversicht, und länger als man denken sollte, erhielt sich das Gefühl des Mädchens in dieser phantastischen Höhe.

Aus ihrer ganzen Darstellung mir gegenüber ging jedoch hervor, daß sie inzwischen selbst schon angefangen hatte, das Unhaltbare und Verkehrte ihrer Handlung einzusehen. Und so konnte denn jetzt zwischen uns kaum die Frage mehr sein, was man nun zu tun habe. «Nichts anderes», erklärte ich, «als ungesäumt die ganze, reine Wahrheit sagen!» – Einen Augenblick fühlte sich Lucie sichtlich bei diesem Gedanken erleichtert. Dann aber stand sie plötzlich wieder zweifelhaft, ihre Lippen zitterten, und jede Miene verriet den heftigen Kampf ihres Innern. Sie wurde ungeduldig, bitter bei allem, was ich sagen mochte. «Ach Gott!» rief sie zuletzt, «wohin bin ich geraten! Wer hilft aus diesem schrecklichen Gedränge! Mein teurer und einziger Freund, haben Sie Nachsicht mit einer Törin, die sich so tief in ihrem eigenen Netz verstrickte, daß sie nun nicht mehr weiß, was sie will oder soll – Sie dürfen mein Geheimnis nicht bewahren, das seh ich ein und konnte es denken, bevor ich zu reden anfing – War's etwa besser, ich hätte geschwiegen? Nein, nein! Gott selber hat Sie mir geschickt und mir den Mund geöffnet – Nur bitte ich, beschwör ich Sie mit Tränen: nicht zu rasch! Machen Sie heute und morgen noch keinen Gebrauch von dem, was Sie hörten! Ich muß mich bedenken, ich muß mich erst fassen – Die Schande, die Schmach! Wie werd ich's überleben –»

Sie hatte noch nicht ausgeredet, als wir durch ein Geräusch erschreckt und unterbrochen wurden; es kam gegen die Türe. «Man wird mir ein Verhör ankündigen», rief Lucie und faßte angstvoll meine Hände: «Um Gottes willen, schnell! wie verhalte ich mich? Wozu sind Sie entschlossen?» – «Bekennen Sie!» versetzt ich mit Bestimmtheit und nahm mich zusammen. Drei Herren traten ein. Ein Wink des Oberbeamten hieß mich abtreten; ich sah nur noch, wie Lucie seitwärts schwankte, ich sah den unaussprechlichen Blick, den sie mir auf die Schwelle nachsandte.

Auf der Straße bemerkte ich, daß mir von fern eine Wache nachfolgte; unbekümmert ging ich nach meinem Quartier und in die allgemeine Wirtsstube, wo ich mich unter dem Lärmen der Gäste auf den entferntesten Stuhl in eine Ecke warf.

Indem ich mir nun mit halber Besinnung die ganze Situation samt allen schlimmen Möglichkeiten, und wie ich mich in jedem Falle zu benehmen hätte, so gut es ging, vorhielt, trat eilig ein junger Mann zu mir und sagte: «Ich bin der Neffe des Predigers S., der mich zu Ihnen sendet. Er hat vor einer Stunde von guter Hand erfahren, daß das Gericht in Sachen Luciens Gelmeroth seit gestern schon auf sicherem Grunde sei, auch daß sich alles noch gar sehr zugunsten des Mädchens entwickeln dürfte. Wir haben überdies Ursache zu vermuten, es seien während Ihrer Unterredung mit dem Fräulein die Wände nicht ganz ohne Ohren gewesen; auf alle Fälle wird man Sie vernehmen; die Herren, merk ich, lieben die Vorsicht, wie uns die beiden Lümmel beweisen, die man in Absehn auf Ihre suspekte Person da draußen promenieren läßt. Glück zu, mein Herr! Der letzte Akt der Tragikomödie lichtet sich schon, und Luciens Freunde werden sich demnächst vergnügt die Hände schütteln können.»

So kam es denn auch. Es fand sich in der Tat, daß durch das Geständnis des Hauptmanns, der sich, durch mehrere Indizien überführt, mit noch einem andern als Beistand des Duells bekannte, die Sache schon erhoben war, noch eh man Luciens und meine Bestätigung einzuholen kam. Das Mädchen hatte, unmittelbar auf jene Unterredung mit mir, unweigerlich alles gestanden. In kurzem war sie losgesprochen.

Jetzt aber forderte der Zustand ihres Innern die liebevollste, zärteste Behandlung. Sie glaubte sich entehrt, vernichtet in den Augen der Welt, als Abenteurerin verlacht, als Wahnsinnige bemitleidet. Fühllos und resigniert tat sie den unfreiwilligen Schritt ins menschliche Leben zurück. Die Zukunft lag wie eine unendliche Wüste vor ihr, sie selbst erschien sich nur eine leere verächtliche Lüge; sie wußte nichts mehr mit sich anzufangen.

Nun bot zwar für die nächste Zeit der gute Prediger und dessen menschenfreundliche Gattin eine wünschenswerte Unterkunft an. Allein wie sollte ein so tief zerrissenes Gemüt da, wo es überall an seinen Verlust, an seine Verirrung gemahnt werden mußte, je zu sich selber kommen? Man mußte darauf denken, ein stilles Asyl in einer entfernteren Gegend ausfindig zu machen. Meine Versuche blieben nicht fruchtlos. Ein würdiger Dorfpfarrer, mein nächster Anverwandter, der in einem der freundlichsten Täler des Landes mit seiner liebenswürdigen Familie ein echtes Patriarchenleben führte, erlaubte mir, die arme Schutzbefohlene ihm zu bringen. Ich durfte dort im Kreise feingesinnter, natürlich-heiterer Menschen neben ihr noch mehrere Wochen verweilen, die mir auf ewig unvergeßlich bleiben werden.

Und soll ich nun zum Ende kommen, so wird nach alle dem bisher Erzählten wohl niemand das Geständnis überraschen, daß Mitleid oder Pietät es nicht allein gewesen, was mir das Schicksal des Mädchens so nahegelegt. Ich liebte Lucien und konnte mich fortan getrost dem stillen Glauben überlassen, daß unser beiderseitiges Geschick für immer unzertrennlich sei. Mit welchen Gefühlen sah ich die Gegenwart oft im Spiegel der Vergangenheit! Wie ahnungsvoll war alles! Mein Kommen nach der Vaterstadt just im bedenklichsten Moment, wie bedeutend!

Noch aber fand ich es nicht an der Zeit, mich meiner Freundin zu erklären. Wir schieden wie Geschwister voneinander, sie ohne die geringste Ahnung meiner Absicht. Durch Briefe blieben wir in ununterbrochener Verbindung, und Lucie machte sich's zur Pflicht, in einer Art von Tagebuch mir von allem und jedem, was sie betraf, getreue Rechenschaft zu geben. Aus diesen Blättern ward mir denn bald klar, daß für das innere sittliche Leben des Mädchens infolge jener tief eingreifenden Erfahrung und durch die milde Einwirkung des Mannes, welcher sie in seine Pflege nahm, eine Epoche angebrochen war, von deren segensreicher, lieblicher Entwicklung viel zu sagen wäre.

Die Welt verfehlte nicht, mir ein hämisches Mitleid zu zollen, als ich nach kaum zwei Jahren Lucie Gelmeroth als meine Braut heimführte; und doch verdanke ich Gott in ihr das höchste Glück, das einem Menschen irgend durch einen andern werden kann.

Hier bricht die Handschrift des Erzählers ab. Wir haben vergeblich unter seinen Papieren gesucht, vom Schicksal jenes flüchtigen Kaufmanns noch etwas zu erfahren. Auch mit Erkundigungen anderwärts sind wir nicht glücklicher gewesen.

Adalbert
Stifter
Der
Kondor

Ein Nachtstück

Um zwei Uhr einer schönen Junimondnacht ging ein Kater längs des Dachfirstes und schaute in den Mond. Das eine seiner Augen, von dem Strahle des Nachtgestirnes schräg getroffen, erglänzte wie ein grüner Irrwisch, das andere war schwarz wie Küchenpech, und so glotzte er zuletzt, am Ende der Dachkante ankommend, bei einem Fenster hinein – und ich heraus. Die großen freundlichen Räder seiner Augen auf mich heftend, schien er befremdlich fragen zu wollen: «Was ist denn das, du lieber alter Spiel- und Stubengenosse, daß du heute in die späte Nacht dein Gesicht zum Fenster hinaushältst, das sonst immer rot und gesund auf dem weißen Kissen lag und ruhig schlummerte, wenn ich bei meinen Nachtgängen gelegentlich vorbeikam und hineinschaute?»

«Ei, Trauter», erwiderte ich ihm auf die stumme Frage, «die Zeiten haben sich nun einmal sehr geändert, das siehst du – die weißen Kissen liegen unzerknittert dort auf dem Bettgestelle, und der Vollmond malt die lieblich flirrenden Fensterscheiben darauf, statt daß er in mein schlummerndes Angesicht schiene, welches Gesicht ich dafür da am

Simse in die Nacht hinaushalten muß, um damit schon durch drei Vierteile derselben auf den Himmel zu schauen; denn an demselben wird heute das seltenste und tollste Gestirn emporsteigen, was er je gesehen. Es wird zwar nicht leuchten, aber wenn nach Verdienst gerichtet würde, so ist etwas in ihm, das strahlenreicher ist als der Mond und alle Sterne zusammengerechnet, deine glänzenden Augen nicht ausgenommen, Verehrtester.»

So sagte ich ungefähr zu dem Kater, er aber drehte seine Augen, als verstände er meine Rede, noch einmal so groß und noch einmal so freundlich gegen mich, daß sie wie Glimmerscheiben leuchteten, und die Seite seines weichen Felles gegen meine Hand krümmend und stemmend, hob er sofort sein traulich Spinnen an, während ich fortfuhr, mit ihm zu kosen: «Man sieht viel in einer langen Mondnacht, das wirst du wissen, Lieber, wenn du sonst Beobachtungsgeist besitzest; aber siehe, ich wußte es nicht, da ich nie Zeit hatte, eine so recht von Herzen anzuschauen, allein in diesem Harren und Schauen nach dem Himmel, namentlich da der gehoffte Weltkörper immer nicht kam, hatte ich Muße genug, den Lebenslauf einer Frühlingsnacht zu studieren.»

Da aber alles wahr ist, was ich da meinem lieben Freunde Hinze eröffnete, so sehe ich nicht ab, warum ich es nicht auch einem noch liebern Menschenauge eröffnen, dem einst dieses Blatt vorkommen könnte, warum ich nicht sagen sollte, daß mich wirklich ein närrisches und unglückliches Verhängnis an dieses Fenster kettete und meine Blicke die ganze Nacht in die Lüfte bannte. Es will fast närrisch sein, aber jeder säße auch bei mir hier oben, wenn er vorher das erlebt hätte, was ich.

Die Zeit war zäh wie Blei. Leider war ich schon viel zu früh heraufgestiegen, als sich noch das leidige Abendgetümmel der Menschen durch die Gassen schleppte und eine wunderliche Dissonanz bildete zu dem lieben Monde, der bereits mit rosenrotem Angesichte dort drüben zwischen zwei mächtigen Rauchfängen lag und auf meine zwei Fenster herübergrüßte.

Allmählich puppte sich denn doch alles, was Mensch heißt, in seine Nachthüllen ein, und nur die Rufe der Schlemmer tönten hie und da herauf, wie sie ihren späten Nachtweg nach Hause suchten – dann hob jene Zeit an, die die Philosophen, Dichter und Kater lieben, die Nachtstille – mein vierpfotiger Freund hat eben nicht den übelsten Geschmack für die Zeit seiner Spaziergänge. – Der Mond hatte sich endlich von den Dächern gelöset und stand hoch im Blau – ein Glänzen und ein Flimmern und ein Leuchten durch den ganzen Himmel begann, durch alle Wolken schoß Silber, von allen Blechdächern rannen breite Ströme desselben nieder, und an die Blitzableiter, Dachspitzen und Turmkreuze waren Funken geschleudert. Ein feiner Silberrauch ging über die Dächer der weiten Stadt wie ein Schleier, der auf den hunderttausend schlummernden Herzen liegt. Der einzige Goldpunkt in dem Meere von Silber war die brennende Lampe drüben in dem Dachstübchen der armen Waschfrau, deren Kind auf den Tod liegt.

So schön das alles war, so wurden doch die Stunden eine nach der andern länger – die Schatten der Schornsteine hatten sich längst umgekehrt, die silberne Mondkugel rollte schon bergab auf der zweiten Hälfte ihres dunklen Bogens – es war die tödlichste Stille – nur ich und jenes Lämpchen wachten.

Was ich aber suchte, das erschien nicht.

Zweimal schritt Hinze über die Dächer, ohne zu mir zu kommen. Die große Stadt unter mir, in der undeutlichen Magie des Mondlichts schwimmend, lag im tiefsten Schlummer, als sollte man sie atmen hören – aber auch der Himmel an der gesuchten Stelle blieb glänzend einsam, wie er die ganze Nacht gewesen. Ich harrte fort. Es war, als würde es mit jeder Minute lautloser. Der Mond zog sichtlich der zweiten Halbkugel zu; eine Herde Lämmerwolken, die tief gegen Süden auf der blauen Weide gingen, wurde leise angezündet, und selbst ferne Wolkenbänke, die schon seit Abend unten am Westhimmel schlummerten und sich dehnten – und lange in unsere Nacht hinein die

Sonne Amerikas widergeschienen hatten, waren erloschen und glommen nun vom Monde an, und durch ihre Glieder floß ein sanftes, blasses Licht, als regten sie sich leise.

Da schlug es zwei Uhr, und Hinze kam. Er war mir in dieser Nacht ordentlich bedeutsam geworden. Es entspann sich das stumme Gespräch mit ihm, das ich anfangs dieses Blattes berichtete; aber freilich dauerte die Unterhaltung mit ihm nicht lange, da wir beide des Zwiegesprächs bald müde waren und jeder zu unserm Geschäfte übergingen: er zu seinem Lustwandeln, ich zu meinem einförmigen Schauen.

Das Lämpchen der Witwe war mittlerweile ausgelöscht worden, dafür fürchtete ich, daß bald eine ganz andere Lampe angezündet werden würde; denn im Osten kroch bereits ein verdächtiges Lichtgrauen herum, als sei es der Morgen; auch die Luft, bisher so warm und todesruhig, machte sich auf; denn ich fühlte es schon zweimal kühl aus Morgen her an mein Gesicht wehen, und das Rauschen der Frühlingsgewässer wurde deutlich von den Bergen herübergetragen.

Da auf einmal, in einem lichten Gürtel des Himmels, den zwei lange Wolkenbänder zwischen sich ließen, war mir's, als schwebe langsam eine dunkle Scheibe – ich griff rasch um das Fernrohr und schwang es gegen jene Stelle des Firmaments – Sterne, Wolken, Himmelsglanz flatterten durch das Objektiv – ich achtete ihrer nicht, sondern suchte angstvoll mit dem Glase, bis ich plötzlich eine große schwarze Kugel erfaßte und festhielt.

Also ist es richtig, eine Voraussagung trifft ein: gegen den zarten weißen Frühhimmel, so schwach rot erst wie eine Pfirsichblüte, zeichnete sich eine bedeutend große dunkle Kugel, unmerklich emporschwebend – und unter ihr an unsichtbaren Fäden hängend, im Glase des Rohres zitternd und schwankend, klein wie ein Gedankenstrich am Himmel – das Schiffchen, ein gebogenes Kartenblatt, das drei Menschenleben trägt und sie noch vor dem Frührote herabschütteln kann, so naturgemäß, wie aus der Wolke daneben ein Morgentropfen fällt.

Cornelia, armes verblendetes Kind! möge dich Gott retten und schirmen!

Ich mußte das Rohr weglegen; denn es wurde mir immer grauiger, daß ich durchaus die Stricke nicht sehen konnte, mit denen das Schiff am Ballon hing.

Ist nun auch die zweite Tatsache so gewiß wie die erste, dann lebe wohl, du mein Herz – dann kanntest du und liebtest du das schönste, großherzigste, leichtsinnigste Weib!

Ich mußte doch das Rohr wieder nehmen; aber der Ballon war nicht mehr sichtbar, wahrscheinlich hatte ihn das obere jener Wolkenbänder aufgenommen, gegen dessen Grund seine Zeichnung verschwand. Ich wartete und suchte dann noch lange am Himmel, fand aber nichts mehr.

Mit seltsamen Gefühlen des Unwillens und der Angst legte ich das Fernrohr weg und starrte in die Lüfte, bis endlich eine andere, aber glühende Kugel emporstieg und ihr strahlendes Licht über die große heitere Stadt ausgoß – und auf mein Fenster – und auf einen ungeheuren, klaren, heitern, leeren Himmel.

Tagstück

Der junge Mann, aus dessen Tagebuche das Vorstehende wörtlich genommen wurde, war ein angehender Künstler, ein Maler, noch nicht völlig zweiundzwanzig Jahre alt, aber seinem Ansehen nach hätte man ihm kaum achtzehn gegeben. Aus einer Fülle blonder Haare, die er noch fast knabenhaft in Locken trug, sah ein unbeschreiblich treuherziges Gesicht heraus, weiß und rot, voll Gesundheit, geziert mit den Erstlingen eines Bartes, den er sehr liebte und der kindisch trotzig auf der Oberlippe saß – zwei dunkelblaue schwärmerische Augen unter einer ruhigen Stirn, auf der noch alle Unschuld seiner Kindheit wohnte. Wirklich hatte er auch aus der Einsamkeit des Waldlandes, in dem er erzogen wurde, alle Herzenseinfalt seines Tales und so viel Wissen, als bei seinen Jahren überhaupt möglich ist, in die große lasterhafte Stadt gebracht.

Und so saß er früh nach jener merkwürdigen Nacht, die er oben beschrieb, auf seiner Dachstube, die nach und nach voll warmen Morgenlichts anquoll, rückgelehnt auf die hohe Lehne eines tuchenen, altmodischen Sessels, des unzählige gelbe Nägel im Frühlichte einen gleißenden Sternenbogen um ihn spannten. Die Hände ruhten in dem Schoße, und die Augen schauten auf die leere Leinwand, die vor ihm auf der Staffelei stand, aber sie sannen nicht auf Bilder, sondern in ihrem tiefen, schwermütigen Feuer stand der Anfang einer Leidenschaft, die düster-selig in dem Herzen anbrannte und trotzig-schön in das kindliche Antlitz trat – auf dem unbeschriebenen Blatte die ersten Lettern der großen Stadt, der Titel, daß nun ein heißes Leben beginne, voll Seligkeit und Unruhe, aber fernab liegend von der friedlichen Insel seiner Kindheit.

Die Liebe ist ein schöner Engel, aber oft ein schöner Todesengel für das gläubige, betrogne Herz!

Sein Nachtgenosse, Hinze, der Kater seiner Mietsfrau, lag auf dem breiten Fenstersimse und schlief in den Strahlen der Morgensonne. Nicht weit davon auf der Zeichnung eines Cherubs lag das Fernrohr. Unten in den Gassen lärmte bereits die Industrie einer großen Hauptstadt, sorgend für den heutigen Hunger und für die heutige Üppigkeit.

Während nun der Künstler so saß in seiner engen Dachstube, die ihm der Himmel endlich ganz mit Sonnengold angefüllt hatte, begab sich anderswo eine andere Szene: hoch am Firmamente in der Einöde unbegrenzter Lüfte schwebte der Ballon und führte sein Schiffchen und die kühnen Menschen darinnen in dem wesenlosen Ozeane mit einem sanften Luftstrome westwärts. Rings ausgestorbene Stille, nur zeitweise unterbrochen durch das zarte Knarren des Taffets, wenn der Ostwind an seinen Wänden strich, oder durch ein kaum hörbares Seufzen in dem seidnen Tauwerk. Drei Menschen, ebenfalls im tiefsten Schweigen, saßen in dem Schiffe, bis ans Kinn in dichte Pelze gehüllt und doppelte grüne Schleier über die Gesichter. Durch einen derselben schimmerten die sanften Umrisse eines schönen blassen Frauenantlitzes mit großen, geistvollen, zagenden Augen – und somit war auch die zweite Tatsache richtig, welche der nächtliche Beobachter der Auffahrt vermutet hatte. Aber wie sie hier schiffte, war in ihr nicht mehr jene kühne Cornelia zu erkennen, die gleich ihrer römischen Namensschwester erhaben sein wollte über ihr Geschlecht und gleich den heldenmütigen Söhnen derselben den Versuch wagen, ob man nicht die Bande der Unterdrückten sprengen möge, und die an sich wenigstens ein Beispiel aufstellen wollte, daß auch ein Weib sich frei erklären könne von den willkürlichen Grenzen, die der harte Mann seit Jahrtausenden um sie gezogen hatte – frei, ohne doch an Tugend und Weiblichkeit etwas zu verlieren. Sie war nicht mehr, was sie kaum noch vor einer halben Stunde gewesen; denn alles, alles war anders geworden, als sie sich gedacht hatte.

In frühester Morgendämmerung, um jeder unberufenen Beobachtung zu entgehen, ward die Auffahrt veranstaltet, und mit hochgehobenem Herzen stand die schöne Jungfrau dabei, als der Ballon gefüllt wurde, fast nicht bändigend den klopfenden Busen und die ahnungsreiche Erwartung der Dinge, die da kommen sollten. Dennoch war es ein banger Augenblick für die umstehenden Teilnehmer, als der unscheinbare Taffet zu einer riesenhaften Kugel anschwoll und die mächtigen Taue straff spannte, mit denen sie an die Erde gebunden war. Seltsame Instrumente und Vorrichtungen wurden gebracht und in die Fächer des Schiffes geschnallt. Ein schöner großer Mann – sonst war er sanft, fröhlich und wohlgemut, heute blaß und ernst – ging vielmal um die Maschine herum und prüfte sie stellenweise um ihre Tüchtigkeit. Endlich fragte er die Jungfrau, ob sie auf ihrem Wunsche beharre, und auf das Ja sah er sie mit einem seltsamen Blicke der Bewunderung an und führte sie ehrerbietig in das Schiff, bemerkend, daß er ihr nicht mit Wiederholung der Warnungen lästig sein wolle, die er ihr schon vor vierzehn Tagen gemacht, da sie dieselben ohne Zweifel wohl überlegt haben würde. Er wartete noch einige Minuten, und da keine Antwort erfolgte, so stieg auch er ein, und ein alter Mann war der letzte; sie hielt ihn für einen ergrauten, wissenschaftlichen Famulus.

Alle waren sie nun in Bereitschaft, die Maschine in Ordnung. Einen Blick noch tat Cornelia auf die Bäume des Gartens, die ins Morgengrau vermummt umherstanden und zusahen – dann erscholl aus dem Munde ihres Begleiters der Ruf: «Nun laßt im Namen Gottes den braven Kondor fliegen – löst die Taue!» Es geschah, und von den tausend unsichtbaren Armen der Luft gefaßt und gedrängt, erzitterte der Riesenbau der Kugel und schwankte eine Sekunde – dann, sachte aufsteigend, zog er das Schiffchen los vom mütterlichen Grunde der Erde, und mit jedem Atemzuge an Schnelligkeit gewinnend, schoß er endlich pfeilschnell senkrecht in den Morgenstrom des Lichts empor, und im Momente flogen auch auf seine Wölbung und in das Tauwerk die Flammen der Morgensonne, daß Cornelia erschrak und meinte, der ganze Ballon brenne; denn wie glühende Stäbe schnitten sich die Linien der Schnüre aus dem indigoblauen Himmel, und seine Rundung flammte wie eine riesenhafte Sonne. Die zurücktretende Erde war noch ganz schwarz und unentwirrbar, in Finsternis verrinnend. Weit im Westen auf einer Nebelbank lag der erblassende Mond.

So schwebten sie höher und höher, immer mehr und mehr an Rundsicht gewinnend. Zwei Herzen, und vielleicht auch das dritte alte, pochten der Größe des Augenblicks entgegen.

Die Erhabenheit begann nun allgemach ihre Pergamente auseinanderzurollen – und der Begriff des Raumes fing an mit seiner Urgewalt zu wirken. Die Schiffenden stiegen eben einem Archipel von Wolken entgegen, die der Erde in demselben Augenblicke ihre Morgenrosen sandten, hier oben aber weiß schimmernde Eisländer waren, in den furchtbar blauen Bächen der Luft schwimmend und mit

Schlünden und Spalten dem Schiffe entgegenstarrend. Und wie sie näher kamen, regten und rührten sich die Eisländer als weiße wallende Nebel. In diesem Augenblicke ging auf der Erde die Sonne auf, und diese Erde wurde wieder weithin sichtbar. Es war noch das gewohnte Mutterantlitz, wie wir es von hohen Bergen sehen, nur lieblich schön errötend unter dem Strahlennetze der Morgensonne, welche eben auch das Fenster des Dachstübchens vergoldete, in dem der arme junge Meister saß.

«Wie weit, Coloman?» fragte der Luftschiffer.

«Fast Montblancs Höhe», antwortete der alte Mann, der am andern Ende des Schiffchens saß, «wohl über vierzehntausend Fuß, Mylord.»

«Es ist gut.»

Cornelia sah bei dieser Rede behutsam über Bord des Schiffes und tauchte ihre Blicke senkrecht nieder durch den luftigen Abgrund auf die liebe verlassene, nunmehr schimmernde Erde, ob sie etwa bekannte Stellen entdecken möge – aber siehe, alles war fremd, und die vertraute Wohnlichkeit derselben war schon nicht mehr sichtbar und mithin auch nicht die Fäden, die uns an ein teures, kleines Fleckchen binden, das wir Heimat nennen. Wie große Schatten zogen die Wälder gegen den Horizont hinaus – ein wunderliches Bauwerk von Gebirgen, wie wimmelnde Wogen, ging in die Breite und lief gegen fahle Flecken ab, wahrscheinlich Gefilde. Nur ein Strom war deutlich sichtbar, ein dünner zitternder Silberfaden, wie sie oft im Spätherbste auf dunkler Heide spinnen. Über dem Ganzen schien ein sonderbar gelbes Licht zu schweben.

Wie sie ihre Blicke wieder zurückzog, begegnete sie dem ruhigen Auge des Lords, an dem sie sich erholte. Er stellte eben ein Teleskop zurecht und befestigte es.

Dies nun war der Moment, in welchem wir den Ballon trafen, als wir uns aus der Stube des Künstlers entfernten. Er zog, wie wir sagten, mit einem sanften Luftstrome westwärts, ohne weiter zu steigen; denn schon über zwanzig Minuten fiel das Quecksilber in der Röhre gar nicht mehr. Die beiden Männer arbeiteten mit ihren Instrumenten. Cornelia drückte sich tiefer in ihre Gewänder und in die Ecke ihres Sitzes. Die fließende Luft spielte um ihre Locken, und das Fahrzeug wiegte sich. Von ihrem Herzen gab sie sich keine Rechenschaft.

Die Stille wurde nur unterbrochen durch eintönige Laute der Männer, wie der eine diktierte, der andere schrieb. Am Horizonte tauchten jetzt in nebelhafter Ferne ungeheure schimmernde Schneefelder auf, die sich Cornelia nicht enträtseln konnte. «Es ist das Mittelmeer, verehrtes Fräulein», sagte Coloman; «wir wollen hier nur noch einige Luftproben in unsere Fächer schöpfen und die Elektrizität prüfen; dann sollen sie den Spiegel noch viel schöner sehen, nicht mehr silbern, sondern wie lauter blitzendes Gold.»

Währenddessen hatte der junge Luftschiffer eine Phiole mit starkem Kaffee gefüllt, in ungelöschten Kalk gelegt, hatte Wasser auf den Kalk gegossen und so die Flüssigkeit gewärmt; dann goß er etwas Rum dazu und reichte der Jungfrau einen Becher des heißen und erhitzenden Getränkes. Bei der großen Kälte fühlte sie die wohltätige Wirkung augenblicklich wie neues Leben durch ihre Nerven fließen. Auch die Männer tranken. Dann redeten sie leise, und der Jüngere nickte. Hierauf fing der Ältere an, Säcke mit Sand, die im Schiffe standen, über Bord zu leeren. Der Kondor wiegte sich in seinem Bade, und wie mit den prächtigen Schwingen seines Namensgenossen hob er sich langsam und feierlich in den höchsten Äther – und hier nun änderte sich die Szene schnell und überwältigend.

Der erste Blick Cornelias war wieder auf die Erde – diese aber war nicht mehr das wohlbekannte Vaterhaus: in einem fremden goldnen Rauche lodernd, taumelte sie gleichsam zurück, an ihrer äußersten Stirn das Mittelmeer wie ein schmales gleißendes Goldband tragend, überschwimmend in unbekannte phantastische Massen. Erschrocken wandte die Jungfrau ihr Auge zurück, als hätte sie ein Ungeheuer erblickt – aber auch um das Schiff herum wallten weithin weiße, dünne, sich dehnende und regende Leichentücher –

von der Erde gesehen Silberschäfchen des Himmels. – Zu diesem Himmel floh nun ihr Blick – aber siehe, er war gar nicht mehr da: das ganze Himmelsgewölbe, die schöne blaue Glocke unserer Erde, war ein ganz schwarzer Abgrund geworden, ohne Maß und Grenze in die Tiefe gehend –, jenes Labsal, das wir unten so gedankenlos genießen, war hier oben völlig verschwunden, die Fülle und Flut des Lichtes auf der schönen Erde. Wie zum Hohne wurden alle Sterne sichtbar – winzige, ohnmächtige Goldpunkte, verloren durch die Öde gestreut – und endlich die Sonne, ein drohendes Gestirn, ohne Wärme, ohne Strahlen, eine scharfgeschnittene Scheibe aus wallendem, blähendem, weißgeschmolzenem Metalle: so glotzte sie mit vernichtendem Glanze aus dem Schlunde – und doch nicht einen Hauch des Lichtes festhaltend in diesen wesenlosen Räumen; nur auf dem Ballon und dem Schiffe starrte ein grelles Licht, die Maschine gespenstig von der umgebenden Nacht abhebend und die Gesichter totenartig zeichnend, wie in einer Laterna magica.

Und dennoch – die Phantasie begriff es kaum –, dennoch war es unsere zarte, liebe Luft, in der sie schifften – dieselbe Luft, die morgen die Wangen eines Säuglings fächelt. Der Ballon kam, wie der Alte bemerkte, in den obern umgekehrten Passatstrom und mußte mit fürchterlicher Schnelligkeit dahingehen, was das ungemeine Schiefhängen des Schiffes bewies und das gewaltige Rütteln und Zerren an dem Taffet, der dessenungeachtet keinen stärkern Laut gab als das Wimmern eines Kindes; denn auch das Reich des Klanges war hier oben aus – und wenn das Schiff sich von der Sonne wendete, so war nichts, nichts da als die entsetzlichen Sterne, wie Geister, die bei Tage umgehen.

Jetzt, nach langem Schweigen, taten sich zwei schneebleiche Lippen auf und sagten furchtsam leise: «Mir schwindelt.»

Man hörte sie aber nicht.

Sie schlug nun den Pelz dichter um sich, um den schüttelnden Fieberfrost abzuwehren. Die Männer arbeiteten noch Dinge, die sie gar nicht verstand; nur der junge, schöne, furchtbare Mann, deuchte es ihr, schoß zuweilen einen majestätischen Blick in die großartige Finsternis und spielte dichterisch mit Gefahr und Größe – an dem Alten war nicht ein einzig Zeichen eines Affektes bemerkbar.

Nach langer, langer Zeit der Vergessenheit neigte der Jüngling doch sein Angesicht gegen die Jungfrau, um nach ihr zu sehen: sie aber schaute mit stillen, wahnsinnigen Augen um sich, und auf ihren Lippen stand ein Tropfen Blut.

«Coloman», rief der Jüngling, so stark er es hier vermochte, «Coloman, wir müssen niedergehen; die Lady ist sehr unwohl.»

Der alte Mann stand auf von den Instrumenten und sah hin, es war ein Blick voll strahlenden Zornes und ein tief entrüstetes Antlitz. Mit überraschend starker Stimme rief er aus: «Ich habe es dir gesagt, Richard, das Weib erträgt den Himmel nicht – die Unternehmung, die so viel kostete, ist nun unvollendet; eine so schöne Fahrt, die einfachste und ruhigste in meinem ganzen Leben, geht umsonst verloren. Wir müssen freilich nieder, das Weib stirbt sonst hier. Lüfte nur die Klappen.»

Nach diesen Worten saß er wieder nieder, klammerte sich an ein Tau und zog die Falten seines Mantels zusammen; der Jüngling aber tat einen jähen Zug an einer grünseidnen Schnur – und wie ein Riesenfalke stieß der Kondor hundert Klafter senkrecht nieder in die Luft – und sank dann langsam immer mehr und mehr.

Der Lord hielt die ohnmächtige Cornelia in den Armen.

Blumenstück

Ich weiß nicht, wieviel Zeit seit der Luftfahrt vergangen war – da war es wieder eines Morgens, ehe kaum der Tag graute, daß der junge Künstler wieder auf dem altmodischen Sessel mit den gelben Nägeln saß und wieder auf die

gespannte Leinwand schaute: aber diesmal war sie nicht leer, sondern mit einem großen skizzierten Bilde prangend, das bereits ein schwerer Goldrahmen umfing. Wie einer, der heißhungrig nach Taten ist, arbeitete er an dem Bilde, und wer ihn so gesehen hätte, wie er in Selbstvergessenheit die Augen über die gemalte Landschaft strömen ließ, der hätte gemeint, aus ihnen müsse die Wärme und Zärtlichkeit in das Bild geflossen sein, die so unverkennbar und reizend aus demselben traten. Oft ging er einen Schritt zurück, mit klugem Blicke das Ganze prüfend und wägend; dann ward mit leuchtenden Augen die Arbeit fortgesetzt. Es ist ein schöner Anblick, wenn der Engel der Kunst in ein unbewußtes, reizendes Jünglingsantlitz tritt, dasselbe verklärt und es ohne Ahnung des Besitzers so schön und so weit über den Ausdruck des Tages emporhebt. Heller und heller schien die Sonne in das Gemach, und in dieser Stimmung war es, daß ein Diener gegen Mittag ein versiegeltes Blättchen brachte.

Der Jüngling riß es auf. «Gut, ich werde kommen», sagte er, und ein heißes Rot lief auf seine Wangen, der Zeuge eines Gefühls, das er in der tiefsten Falte seines Herzens verborgen wähnte und in letzter Zeit gar unmutig und unwillig niedergekämpft hatte.

Der Diener ging – der Jüngling aber malte nun nicht mehr. Um zehn Uhr des andern Tages, in feines Schwarz gekleidet, den leichten Hut über den blonden vorquellenden Locken, ging er aus der Stadt, die langen, lichten Gassen der Vorstadt entlang, bis er zu dem Eingange eines schönen Landhauses gelangte; dort trat er ein, stieg die breite sommerliche Treppe hinauf und öffnete die Flügeltüren zu einem großen Saale voll Bilder. Hier harrte er und ließ sich melden. Nach einer Zeit tat sich eine Tür gegenüber dem Eingange auf, und eine ältliche Frau trat heraus, die ihm sogleich mit mütterlicher Freude die Hand reichte und sie herzlich drückte.

«Gehen Sie nur hinein», sagte sie, «gehen Sie hinein – Sie werden fast mit Angst erwartet. Ach, Gustav, was habe ich gelitten! – Sie hat es wirklich ausgeführt; dann war sie krank – sie muß fürchterliche Dinge gesehen haben, sie muß sehr weit gewesen sein; denn drei Tage und Nächte dauerte die Rückreise. – Seit sie genesen, ist sie gut und sanft, daß es mir oft wunderbar ins Herz geht; aber sie sagt von jener Sache auch nicht ein leises, leises Wörtchen. Gehen Sie nur hinein.»

Der Jüngling hatte mit düsterer Miene zugehört; er schwieg, und die Miene wurde nur noch düsterer.

Er schritt der Türe zu, öffnete sie und verschwand hinter derselben. Das Zimmer, in dem er sich nun befand, war groß und mit dem feinsten Sinne eingerichtet. An einem Fenster desselben, mitten in einem Walde fremder Blumen, saß eine junge Dame. Sie war in einem weißen Atlaskleide, dessen sanfter Glanz sich edel abhob von den dunkelgrünen Blättern der Kamelien.

Sie war aufgestanden, als der junge Mann eintrat, und ging ihm freundlich entgegen. Eine Gestalt übermittlerer Größe, voll jener hohen Grazie der Vornehmen, aber auch voll jener höheren der Sitte, die den Menschen so schön macht. Ihr Angesicht war geistvoll, blühend, aber heute blaß. Zwei große schwarze Augen schauten dem Künstler aus der Blässe entgegen und grüßten ihn freundlich.

Er aber sah es nicht, daß ein leises Ding von Demütigung oder Krankheit in ihrem Wesen zitterte – sein Herz lag gebannt in der Vergangenheit, sein Auge war gedrückt und trotzend.

Einen Moment war Stille.

«Wir haben uns lange nicht gesehen», sagte sie weich; «ich war auch ein wenig krank.»

Er sagte auf ihre Anrede nichts, sondern verbeugte sich nur.

«Sie waren immer wohl?» fragte sie.

«Ich war wohl», antwortete er.

Ein großer, verwundernder Blick flog auf ihn – aber sie sagte nichts, sondern ging gegen die Kamelien, wo eine Staffelei stand, rückte dort etwas, dem kein Rücken not tat;

stellte etwas zurechte, das ohnedies recht stand; sah in die grünen Pflanzenblätter, als suchte sie etwas – und kam dann wieder zurück. Er stand indessen auf demselben Flecke, wie einer, der Befehle erwartet, den Hut in der Hand und seinen Ort nicht um die Breite eines Haares verrückend.

Die Dame atmete und fragte dann endlich sich zwingend noch sanfter: «Dachten Sie wohl auch die Zeit her an uns?»

«Ich dachte oft», sagte er mit unbefangener Stimme, «an Sie und an unsere Studien. Jetzt werden wohl die Farben auf dem Bilde gar zu sehr verdorrt sein.»

Nun aber ward sie purpurrot und stieß heiß heraus: «Malen wir.»

Das Rot des Antlitzes war im raschen Umwenden ihrer Gestalt nur hinter den Schläfen sichtbar geworden, und den tiefen Unmutsblitz des Auges hatte nur der Spiegel aufgefangen. Es war ganz deutlich, und schon ihr Anzug hatte es gezeigt, daß sie nicht hatte malen wollen: aber wie er nun den Hut abgelegt, an die Staffelei getreten, dort ein Fach geöffnet, Malergeräte herausgenommen und stehend die Farben auf die Palette gestellt – und wie sie allem dem mit großem, schweigendem Auge zugesehen hatte – und wie er ihr die Palette artig reichte: so drückte sie rasch den einen Ärmel ihres Atlasgewandes zusammen, empfing die Palette und setzte sich mit unsäglichem Stolze nieder. Er stand hinter ihr, auf dem Antlitze nicht einen Hauch von Erregung zeigend.

Das Malen begann. Die ältliche Frau, die Amme der jungen Dame, ging zeitweise ab und zu.

Der junge Mann, als Lehrer, begann mit klarer Stimme kühl und ruhig die Beurteilung des bereits auf der Leinwand Vorhandenen, und tat dieses Geschäft lobender und kürzer als sonst; dann gab er den Plan für das, was nun dem Bilde zunächst not tue; er nannte die erforderlichen Töne und die Farben, aus denen sie zu mischen seien.

Sie nahm und mischte.

«Gut», sagte er. Die Töne wurden nun in einem Bogen

auf der Palette nebeneinander aufgestellt – das Malen begann, und das Zimmer war totenstill; nur wie eine Grotte durch fallende Tropfen, so ward es durch die gelegentlichen Worte unterbrochen: «gut» – «wärmer» – «tiefer –.» Nach und nach tönte auch dies nicht mehr; mit dem langen Stiele des Pinsels zeigte er, was zu verbinden war, was zu trennen; oder er setzte plötzlich ein Lichtchen oder einen Drucker hin, wo es not tat und sie es nicht wagte.

Was er gewollt, hatte er erreicht; aber wer ihn nun gesehen hätte, wie er sein schönes Antlitz hinter ihrem Rücken einsam emporhob, der hätte den leisen heißen Schmerz bemerkt, der in demselben schwamm – aber sie sah sich nicht um, und sonst waren rings nur die blinden Wände.

Wie so oft der Geist des Zwiespalts zwischen Menschen tritt, anfangs als ein so kleines wesenloses Ding, daß sie es nicht sehen oder nicht werthalten, es mit einem Hauch des Mundes, mit einer Falte des Gewandes wegzufegen – wie es dann heimlich wächst und endlich als unangreifbarer Riese wolkig, dunkel zwischen ihnen steht: so war es auch hier. Einstens, ja in einem schönen Traume war es ihm gewesen, als zittre auch in ihr der Anfang jenes heißen Wesens, das so dunkel über seiner Seele lag, einstens in einem schönen Traume; aber dann war ihr Stolz wieder da, ihr Freiheitsstreben, ihr Wagen – alles, alles so ganz anders, als ihm sein schüchtern wachsendes, schwellendes Herz sagte, daß es sein solle – so ganz anders, ganz anders, daß er plötzlich knirschend alles hinter sich geworfen und nun dastand wie einer, der verachtet – und wie sie immer fortmalte und auch nicht eine Seitenbewegung ihres Hauptes machte und auch nicht ein Wort sagte: da preßte er die Zähne seines Mundes aufeinander und dachte, er hasse dieses Weib recht inbrünstiglich! – Und wie Stunde um Stunde des Vormittags floß – wie er ihren Atem hörte und wie doch keine Sekunde etwas anderes brachte als immer dasselbe Bild: – da wurde es schwül im Zimmer, und auf einmal – er wußte nicht warum – trat er an das Fenster und sah hinaus. Es war draußen still, wie drinnen; ein traurig blauer Himmel zog über reglose grüne Bäume – der Jüngling meinte, er ringe mit einer Riesenschlange, um sie zu zerdrücken. Plötzlich war es, als höre er hinter sich einen dumpfen Ton, wie wenn etwas niedergelegt würde – er sah um: wirklich waren Palette und Malerstab weggelegt, und die Jungfrau saß im Stuhle rückgelehnt, die beiden Hände fest vor ihr Antlitz drückend. Einen Moment schaute er auf sie und begann zu beben – dann ging er leise näher – sie regte sich nicht – dann noch näher – sie regte sich nicht – er hielt den Atem an, er sah auf die schönen Finger, die sich gegen die Blüte des Antlitzes drückten – und da sah er endlich, wie quellend Wasser zwischen ihnen vordrang – mit eins lag er auf seinen Knien vor ihr. Man erzählt von einer fabelhaften Blume der Wüste, die jahrelang ein starres Kraut war, aber in einer Nacht bricht sie in Blüten auf, sie erschrickt und schauert in der eignen Seligkeit – so war's hier: mit Angst suchte er unter ihren Händen empor in ihr Angesicht zu schauen; allein er konnte es nicht sehen – er suchte sanft den Arm zu fassen, um ihre eine Hand herabzuziehen – allein sie ließ den Arm nicht. Da preßten seine Lippen das heiße Wort heraus: «Liebe, teure Cornelia!»

Sie drückte ihre Hände nur noch fester gegen das Gesicht, und nur noch heißer und nur noch reichlicher flossen die Tränen hervor.

Ihm aber – – wie war ihm denn? Angst des Todes war es über diese Tränen, und dennoch rollte jede wie eine Perle jauchzenden Entzückens über sein Herz – – Wo ist die Schlange am Fenster hin? wo der drückende blaue Himmel? – Ein lachendes Gewölbe sprang über die Welt, und die grünen Bäume wiegten ein Meer von Glanz und Schimmer!

Er hatte noch immer ihren Arm gefaßt, aber er suchte nicht mehr ihn herabzuziehen – sie ward ruhiger – endlich stille. Ohne das Antlitz zu enthüllen, sagte sie leise: «Sie haben mir einst über mein den Männern nachgebildetes Leben ein Freundeswort gesagt ...»

«Lassen wir das», unterbrach er sie, «es war Torheit, Anmaßung von mir ...»

«Nein, nein», sagte sie, «ich muß reden, ich muß Ihnen sagen, daß es anders werden wird – – ach, ich bin doch nur ein armes, schwaches Weib, wie schwach, wie arm selbst gegen jenen greisen hinfälligen Mann – – sie erträgt den Himmel nicht!»

Hier stockte sie, und wieder wollten Tränen kommen. Der Jüngling zog nun ihre Hände herab; sie folgte, aber der erste Blick, den sie auf ihn tat, machte sie erschrecken, daß plötzlich die Tränen stockten. Wie war er verwandelt! Aus den Locken des Knaben schaute ein gespanntes, ernstes Männerantlitz empor, schimmernd in dem fremden Glanze des tiefsten Fühlens – aber auch sie war anders: in den stolzen dunklen Sonnen lag ein Blick der tiefsten Demut, und diese demütigen Sonnen hafteten beide auf ihm, und so weich, so liebreich wie nie – – hingegeben, hilflos, willenlos – sie sahen sich sprachlos an – die heiße Lohe des Gefühles wehte – das Herz war ohnmächtig – ein leises Ansichziehen – ein sanftes Folgen – und die Lippen schmolzen heiß zusammen, nur noch ein unbestimmter Laut der Stimme – und der seligste Augenblick zweier Menschenleben war gekommen und – vorüber.

Der Kranz aus Gold und Ebenholz um ihre Häupter hatte sich gelöset, der Funke war gesprungen, und sie beugten sich auseinander – aber ihre Häupter blickten sich nun nicht an, sondern sahen zur Erde und waren stumm.

Nach langer, langer Pause wagte der Jüngling zuerst ein Wort und sagte gedämpft: «Cornelia, was soll nun dieser Augenblick bedeuten?»

«Das Höchste, was er kann», erwiderte sie stolz und leise.

«Wohl, er ist das Schönste, was mir Gott in meinem Leben vorgezeichnet», sagte er, «aber hinter der großen Seligkeit ist mir jetzt, als stände ein großer, langer Schmerz – Cornelia – wie werde ich diesen Augenblick vergessen lernen?!»

«Um Gott nicht», sagte sie erschrocken, «Gustav, lieber,

einziger Freund, den allein ich auf dieser weiten Erde hatte, als ich mich verblendet über mein Geschlecht erheben wollte – wir wollen ihn auch nicht vergessen; ich müßte mich hassen, wenn ich es je könnte. – Und auch Sie, bewahren Sie mir in Liebe und Wahrheit Ihr großes, schönes Herz.»

Er schlug nun plötzlich die Augen zu ihr auf, erhob sich von dem Sitze, trat vor sie, ordentlich höher geworden, wie ein starker Mann, und rief: «Vielleicht ist dieses Herz reicher, als ich selber weiß; eben kommt ihm ein Entschluß, der mich selber überrascht, aber es ist gut: meine vorgenommene Reise trete ich sogleich, und zwar morgen schon an. – Ich kann noch an das neue Glück nicht glauben – ist es etwa nur ein Moment, ein Blitz, in dem zwei Herzen sich begegneten, und ist es dann wieder Nacht? Laß uns nun sehen, was diese Herzen sind. Verloren kann diese Minute nie sein, aber was sie bringen wird!? Sie bringe, was sie muß und kann – und so gewiß eine Sonne draußen steht, so gewiß wird sie eines Tages die Frucht der heutigen Blume beleuchten, sie sei so oder so – – ich weiß nur eines, daß draußen eine andere Welt ist, andere Bäume, andere Lüfte – und ich ein anderer Mensch! O Cornelia, hilf mir's sagen, welch ein wundervoller Sternenhimmel in meinem Herzen ist, so selig, leuchtend, glänzend, als sollt ich ihn in Schöpfungen ausströmen, so groß als das Universum selbst –, aber ach, ich kann es nicht, ich kann ja nicht einmal sagen, wie grenzenlos, wie unaussprechlich und wie ewig ich Sie liebe und lieben will, solange nur eine Faser dieses Herzens halten mag.»

Cornelia war im höchsten Grade erstaunt über den Jüngling und seine Sprache. – Sie war mit ihm in gleichem Alter, aber sie war eine aufgeblühte volle Blume, er konnte zu Zeiten fast noch ein Knabe heißen. – Bewußt oder unbewußt hatte sie die Liebe vorzeitig aus ihm gelockt – in einer Minute war er ein Mann geworden; er wurde vor ihren Augen immer schöner, wie Seele und Liebe in sein Gesicht trat, und sie sah ihn mit Entzücken an, wie er vor ihr stand, so schön, so kräftig, schimmernd schon von künftigem Geistesleben und künftiger Geistesgröße, und doch unschuldig wie ein Knabe und unbewußt der göttlichen Flamme Genie, die um seinen Scheitel spielte.

Seele kann nur Seele lieben und Genie nur Genie entzünden.

Cornelia war nun auch aufgestanden, sie hatte ihre schönen Augen zu ihm emporgeschlagen, und alles, was je gut und edel und schön war in ihrem Leben, die unbegrenzte Fülle eines guten Herzens lag in ihrem Lächeln, und sie wußte es nicht und meinte zu arm zu sein, um dieses Herz lohnen zu können, das sich da vor ihr entfaltete. Er aber versprach sich in diesem Momente innerlich, daß er ringen wolle, solange ein Hauch des Lebens in ihm sei, bis er geistesgroß und tatengroß vor allen Menschen der Welt dastehe, um ihr nur vergelten zu können, daß sie ihr herrlich Leben an ihn hingebe für kein anderes Pfand als für sein Herz.

Sie waren mittlerweile an das Fenster getreten, und so sehr jedes innerlich sprach, so stumm und so befangener wurden sie äußerlich.

Es ist seltsam, wie das Gemüt in seiner Unschuld ist: wenn der erste Wonnesturz der ersten Liebe auf dasselbe fällt und nun vorüber ist – so ist der erste Eindruck der: zu fliehen, selbst vor der Geliebten zu fliehen, um die stumme Übermacht ins Einsame zu tragen.

So standen auch die beiden an dem Fenster, so nahe aneinander und doch so fern. Da trat die Amme ein und gab beide sich selbst wieder. Er vermochte es, von seiner Reise und von seinen Planen zu sprechen, und als die Amme sagte, er möge doch auch schreiben und die Gebirge und Wälder und Quellen so schön beschreiben, wie er oft auf Spaziergängen getan habe – da streifte sein Blick scheu auf Cornelia, und er sah, wie sie errötete.

Als endlich die Amme wieder abgerufen wurde, nahm auch er sachte seinen Hut und sagte: «Cornelia, leben Sie wohl!»

«Reisen Sie recht glücklich», antwortete sie und setzte hinzu: «Schreiben Sie einmal.»

Sie hatte nicht mehr den Mut, nur noch mit einem Worte die vergangene Szene zu berühren. Sie getraute sich nicht zu bitten, daß er die Reise aufschiebe, und er nicht zu sagen, daß er lieber hierbliebe, und so gingen sie auseinander, nur daß er unter der Tür noch einmal umblickte und die liebe teure Gestalt schamvoll neben den Blumen stehen sah.

Als er aber draußen war, eilte sie rasch vor ihr Marienbild, sank vor demselben auf die Knie und sagte: «Mutter der Gnaden, Mutter der Waisen, höre mein Gelübde: ein demütig schlechtes Blümchen will ich hinfort sein und bleiben, das er mit Freuden an sein schönes Künstlerherz stecke, damit er dann wisse, wie unsäglich ich ihn liebe und ewig lieben werde.»

Und wieder flossen ihre Tränen, aber es waren linde, warme und selige.

So trennten sich zum erstenmal zwei Menschen, die sich gefunden. Wer weiß es, was die Zukunft bringen wird? Beide sind sie unschuldige, überraschte Herzen, beider glühendster, einzigster Entschluß ist es, das Äußerste zu wagen, um nur einander wert zu sein, um nur sich zu besitzen, immerfort in Ewigkeit und Ewigkeit.

Ach, ihr Armen, kennt ihr denn die Herrlichkeit, und kennt ihr denn die Tücke des menschlichen Herzens?

Fruchtstück

Manches Jahr war seit dem Obigen verflossen, allein es liegt nichts davon vor. – Welch ein Glühen, welch ein Kämpfen zwischen beiden war, wer weiß es? Nur ein ganz kleines Bild aus späterer Zeit ist noch da, welches ich gerne gebe.

Vor einigen Jahren war ich in Paris und hörte einmal zufällig beim Restaurateur einem heftigen Streite zu, der sich über den Vorzug zweier Bilder erhob, die eben auf der Ausstellung waren. Wie es zu gehen pflegt, einer pries das erste, der andere das zweite, aber darin waren alle einig, daß die neue Zeit nichts dem Ähnliches gesehen habe, und was die ganze Welt nur noch mehr reizte, war, daß kein Mensch wußte, von wem die Bilder seien.

«Ich kenne den Künstler», rief ein langer Herr, «es ist derselbe blasse Mann, der vorigen Sommer so oft auf dem Turme von Notre-Dame war und soviel schwieg. Er soll jetzt in Südamerika sein.»

«Das Bild ist von Mousard», sagte ein anderer, «er will nur die Welt äffen.»

«Ja, das malte einmal Mousard», schrie ein dritter, «die Gemälde sind darum mit einem falschen Namen versehen, sage ich, weil sie von einer hohen Hand sind.»

Einige lachten, andere schrien, und so ging es fort, ich aber begab mich vom Restaurateur auf den Salon, um diese gepriesenen Stücke zu sehen. Ich fand sie leicht, und in der Tat, sie machten mich ebenso betroffen wie die andern, die neben mir standen. Es waren zwei Mondbilder – nein, keine Mondbilder, sondern wirkliche Mondnächte, aber so dichterisch, so gehaucht, so trunken, wie ich nie solche gesehen. Immer stand eine gedrängte Gruppe davor, und es war merkwürdig, wie selbst dem Munde der untersten Klassen ein Ruf des Entzückens entfuhr, wenn sie dieselben erblickten und von dieser Natur getroffen wurden. Das erste war eine große Stadt von oben gesehen, mit einem Gewimmel von Häusern, Türmen, Kathedralen, im Mondlichte schwimmend – das zweite eine Flußpartie in einer schwülen, elektrischen, wolkigen Sommermondnacht.

«Gustav R… aus Deutschland», stand im Kataloge, und man kann denken, welche Reihe von Erinnerungen plötzlich in mir aufzuckten, als ich «Gustav» las – ich kannte nun den Künstler sehr wohl. – Also auf diese Weise, dachte ich, ist dein Herz in Erfüllung gegangen und hat sich deine Liebe entfaltet! Armer, getäuschter Mann! – Auch das werden unsere Leser verstehen, was sich damals ganz Paris als eine Seltsamkeit und Künstlerlaune erzählte, daß nämlich auf jedem Bilde eine Katze vorkomme – der ehrliche gute Hinze.

Ich blieb fast bis zum Schlusse und sah nun auch die andern Bilder an. Als ich auf meinem Rückwege durch die Säle wieder an den zwei Gemälden vorüberkam, bemerkte ich, wie ein Galeriediener einer Dame, die davor stand, bedeutete, daß sie gehen müsse, weil geschlossen werde. Die Dame zögerte noch einen Moment, dann löste sie ihr Auge von den Gemälden und wandte sich zum Gehen – nie wurde ich von zwei schöneren Augen getroffen – sie ließ den Schleier überfallen und ging davon.

Ich konnte damals nicht ahnen, wer sie war, und erst heute nach einer Reihe von Jahren vermag ich zu berichten, daß die Dame nach jenem Besuche in dem Salon nach ihrem Hause in der Straße St-Honoré fuhr, daß sie dort in ihrem Schlafgemache die Fenstervorhänge niederließ, die Hände über ihrem Haupte zusammenschlug und dann ihr Angesicht tief in die Kissen des Sofas drückte. Wie zuckte in ihrem Gehirne all das leise Flimmern und Leuchten dieser unschuldigen keuschen Bilder, gleichsam leise, leise Vorwürfe einer Seele, die da schweigt, aber mit Lichtstrahlen redet, die tiefer dringen, die immer da sind, immer leuchten und nie verklingen, wie der Ton.

Paris wußte es nicht, als jenes Tages seine gefeiertste Schönheit in keinem der Zirkel erschien, die Schönheit, welche tausend Herzen entzündete und mit tausenden spielte – Paris wußte es nicht, daß sie zu Hause in ihrem verdunkelten Zimmer sitze und hilflos siedende Tränen über ihre Wangen rollen lasse, Tränen, die ihr fast das lechzende Herz zerdrücken wollten –; aber es war vergebens, vergebens! Gelassen und kalt stand die Macht des Geschehenen vor ihrer Seele und war nie und nimmermehr zu beugen – und fern, fern von ihr in den Urgebirgen der Kordilleren wandelte ein unbekannter, starker, verachtender Mensch, um dort neue Himmel für sein wallendes, schaffendes, dürstendes, schuldlos gebliebenes Herz zu suchen.

Ein Sittengemälde
aus dem gebirgichten Westfalen

Wo ist die Hand so zart, daß ohne Irren
Sie sondern mag beschränkten Hirnes Wirren,
So fest, daß ohne Zittern sie den Stein
Mag schleudern auf ein arm verkümmert Sein?
Wer wagt es, eitlen Blutes Drang zu messen,
Zu wägen jedes Wort, das unvergessen
In junge Brust die zähen Wurzeln trieb,
Des Vorurteils geheimen Seelendieb?
Du Glücklicher, geboren und gehegt
Im lichten Raum, von frommer Hand gepflegt,
Leg hin die Waagschal – nimmer dir erlaubt!
Laß ruhn den Stein – er trifft dein eignes Haupt!

Friedrich Mergel, geboren 1738, war der einzige Sohn eines sogenannten Halbmeiers oder Grundeigentümers geringerer Klasse im Dorfe B., das, so schlecht gebaut und rauchig es sein mag, doch das Auge jedes Reisenden fesselt durch die überaus malerische Schönheit seiner Lage in der grünen Waldschlucht eines bedeutenden und geschichtlich merkwürdigen Gebirges. Das Ländchen, dem es angehörte, war damals einer jener abgeschlossenen Erdwinkel ohne Fabriken und Handel, ohne Heerstraßen, wo noch ein fremdes Gesicht Aufsehen erregte und eine Reise von dreißig Meilen selbst den Vornehmeren zum Ulysses seiner Gegend machte – kurz, ein Fleck, wie es deren sonst so viele in Deutschland gab, mit all den Mängeln und Tugenden, all der Originalität und Beschränktheit, wie sie nur in solchen Zuständen gedeihen. Unter höchst einfachen und häufig unzulänglichen Gesetzen waren die Begriffe der Einwohner von Recht und Unrecht einigermaßen in Verwirrung geraten, oder vielmehr, es hatte sich neben dem gesetzlichen ein zweites Recht gebildet, ein Recht der öffentlichen Meinung, der Gewohnheit und der durch Vernachlässigung entstandenen Verjährung. Die Gutsbesitzer, denen die niedere Gerichtsbarkeit zustand, straften und belohnten nach ihrer in den meisten Fällen redlichen Einsicht; der Untergebene tat, was ihm ausführbar und mit einem etwas weiten Gewissen verträglich schien, und nur dem Verlierenden fiel es zuweilen ein, in alten staubichten Urkunden nachzuschlagen. – Es ist schwer, jene Zeit unparteiisch ins Auge zu fassen; sie ist seit ihrem Verschwinden entweder hochmütig getadelt oder albern gelobt worden, da den, der sie erlebte, zuviel teure Erinnerungen blenden und der Spätergeborene sie nicht begreift. Soviel darf man indessen behaupten, daß die Form schwächer, der Kern fester, Vergehen häufiger, Gewissenlosigkeit seltener waren. Denn wer nach seiner Überzeugung handelt, und sei sie noch so mangelhaft, kann nie ganz zugrunde gehen, wogegen nichts seelentötender wirkt, als gegen das innere Rechtsgefühl das äußere Recht in Anspruch zu nehmen.

Ein Menschenschlag, unruhiger und unternehmender als alle seine Nachbarn, ließ in dem kleinen Staate, von dem wir reden, manches weit greller hervortreten als anderswo unter gleichen Umständen. Holz- und Jagdfrevel waren an der Tagesordnung, und bei den häufig vorfallenden Schlägereien hatte sich jeder selbst seines zerschlagenen Kopfes zu trösten. Da jedoch große und ergiebige Waldungen den Hauptreichtum des Landes ausmachten. ward allerdings scharf über die Forsten gewacht, aber weniger auf gesetzlichem Wege als in stets erneuten Versuchen, Gewalt und List mit gleichen Waffen zu überbieten.

Das Dorf B. galt für die hochmütigste, schlauste und kühnste Gemeinde des ganzen Fürstentums. Seine Lage inmitten tiefer und stolzer Waldeinsamkeit mochte schon früh den angeborenen Starrsinn der Gemüter nähren, die Nähe eines Flusses, der in die See mündete und bedeckte Fahrzeuge trug, groß genug, um Schiffbauholz bequem und sicher außer Land zu führen, trug sehr dazu bei, die natürliche Kühnheit der Holzfrevler zu ermutigen, und der Umstand, daß alles umher von Förstern wimmelte, konnte hier nur aufregend wirken, da bei den häufig vorkommenden Scharmützeln der Vorteil meist auf seiten der Bauern blieb.

Dreißig, vierzig Wagen zogen zugleich aus in den schönen Mondnächten mit ungefähr doppelt soviel Mannschaft jedes Alters, vom halbwüchsigen Knaben bis zum siebzigjährigen Ortsvorsteher, der als erfahrener Leitbock den Zug mit gleich stolzem Bewußtsein anführte, als er seinen Sitz in der Gerichtsstube einnahm. Die Zurückgebliebenen horchten sorglos dem allmählichen Verhallen des Knarrens und Stoßens der Räder in den Hohlwegen und schliefen sacht weiter. Ein gelegentlicher Schuß, ein schwacher Schrei ließen wohl einmal eine junge Frau oder Braut auffahren; kein anderer achtete darauf. Beim ersten Morgengrau kehrte der Zug ebenso schweigend heim, die Gesichter glühend wie Erz, hier und dort einer mit verbundenem Kopf, was weiter nicht in Betracht kam, und nach ein paar Stunden war die Umgegend voll von dem Mißgeschick eines oder mehrerer Forstbeamten, die aus dem Walde getragen wurden, zerschlagen, mit Schnupftabak geblendet und für einige Zeit unfähig, ihrem Berufe nachzukommen.

In diesen Umgebungen war Friedrich Mergel geboren, in einem Hause, das durch die stolze Zugabe eines Rauchfangs und minder kleiner Glasscheiben die Ansprüche seines Erbauers sowie durch seine gegenwärtige Verkommenheit die kümmerlichen Umstände des jetzigen Besitzers bezeugte. Das frühere Geländer um Hof und Garten war einem vernachlässigten Zaune gewichen, das Dach schadhaft, fremdes Vieh weidete auf den Triften, fremdes Korn wuchs auf dem Acker zunächst am Hofe, und der Garten enthielt, außer ein paar holzichten Rosenstöcken aus besserer Zeit, mehr Unkraut als Kraut. Freilich hatten Unglücksfälle manches hiervon herbeigeführt; doch war auch viel Unordnung und böse Wirtschaft im Spiel. Friedrichs Vater, der alte Hermann Mergel, war in seinem Junggesellenstande ein sogenannter ordentlicher Säufer, das heißt einer, der nur an Sonn- und Festtagen in der Rinne lag und die Woche hindurch so manierlich war wie ein anderer. So war denn auch seine Bewerbung um ein recht hübsches und wohlhabendes Mädchen ihm nicht erschwert. Auf der

Hochzeit ging's lustig zu. Mergel war gar nicht zu arg betrunken, und die Eltern der Braut gingen abends vergnügt heim; aber am nächsten Sonntage sah man die junge Frau schreiend und blutrünstig durchs Dorf zu den Ihrigen rennen, alle ihre guten Kleider und neues Hausgerät im Stich lassend. Das war freilich ein großer Skandal und Ärger für Mergel, der allerdings Trostes bedurfte. So war denn auch am Nachmittage keine Scheibe an seinem Hause mehr ganz, und man sah ihn noch bis spät in die Nacht vor der Türschwelle liegen, einen abgebrochenen Flaschenhals von Zeit zu Zeit zum Munde führend und sich Gesicht und Hände jämmerlich zerschneidend. Die junge Frau blieb bei ihren Eltern, wo sie bald verkümmerte und starb. Ob nun den Mergel Reue quälte oder Scham, genug, er schien der Trostmittel immer bedürftiger und fing bald an, den gänzlich verkommenen Subjekten zugezählt zu werden.

Die Wirtschaft verfiel; fremde Mägde brachten Schimpf und Schaden; so verging Jahr auf Jahr. Mergel war und blieb ein verlegener und zuletzt ziemlich armseliger Witwer, bis er mit einem Male wieder als Bräutigam auftrat. War die Sache an und für sich unerwartet, so trug die Persönlichkeit der Braut noch dazu bei, die Verwunderung zu erhöhen. Margret Semmler war eine brave, anständige Person, so in den Vierzigen, in ihrer Jugend eine Dorfschönheit und noch jetzt als sehr klug und wirtlich geachtet, dabei nicht unvermögend; und so mußte es jedem unbegreiflich sein, was sie zu diesem Schritte getrieben. Wir glauben den Grund eben in dieser ihrer selbstbewußten Vollkommenheit zu finden. Am Abend vor der Hochzeit soll sie gesagt haben: «Eine Frau, die von ihrem Manne übel behandelt wird, ist dumm oder taugt nicht: wenn's mir schlecht geht, so sagt, es liege an mir.» Der Erfolg zeigte leider, daß sie ihre Kräfte überschätzt hatte. Anfangs imponierte sie ihrem Manne; er kam nicht nach Haus oder kroch in die Scheune, wenn er sich übernommen hatte; aber das Joch war zu drükkend, um lange getragen zu werden, und bald sah man ihn oft genug quer über die Gasse ins Haus taumeln, hörte drinnen sein wüstes Lärmen und sah Margret eilends Tür und Fenster schließen. An einem solchen Tage – keinem Sonntage mehr – sah man sie abends aus dem Hause stürzen, ohne Haube und Halstuch, das Haar wild um den Kopf hängend, sich im Garten neben ein Krautbeet niederwerfen und die Erde mit den Händen aufwühlen, dann ängstlich um sich schauen, rasch ein Bündel Kräuter brechen und damit langsam wieder dem Hause zugehen, aber nicht hinein, sondern in die Scheune. Es hieß, an diesem Tage habe Mergel zuerst Hand an sie gelegt, obwohl das Bekenntnis nie über ihre Lippen kam.

Das zweite Jahr dieser unglücklichen Ehe ward mit einem Sohne, man kann nicht sagen: erfreut, denn Margret soll sehr geweint haben, als man ihr das Kind reichte. Dennoch, obwohl unter einem Herzen voll Gram getragen, war Friedrich ein gesundes, hübsches Kind, das in der frischen Luft kräftig gedieh. Der Vater hatte ihn sehr lieb, kam nie nach Hause, ohne ihm ein Stückchen Wecken oder dergleichen mitzubringen, und man meinte sogar, er sei seit der Geburt des Knaben ordentlicher geworden; wenigstens ward das Lärmen im Hause geringer.

Friedrich stand in seinem neunten Jahre. Es war um das Fest der Heiligen Drei Könige, eine harte, stürmische Winternacht. Hermann war zu einer Hochzeit gegangen und hatte sich schon beizeiten auf den Weg gemacht, da das Brauthaus dreiviertel Meilen entfernt lag. Obgleich er versprochen hatte, abends wiederzukommen, rechnete Frau Mergel doch um so weniger darauf, da sich nach Sonnenuntergang dichtes Schneegestöber eingestellt hatte. Gegen zehn Uhr schürte sie die Asche am Herde zusammen und machte sich zum Schlafengehen bereit. Friedrich stand neben ihr, schon halb entkleidet, und horchte auf das Geheul des Windes und das Klappen der Bodenfenster.

«Mutter, kommt der Vater heute nicht?» fragte er. – «Nein, Kind, morgen.» – «Aber warum nicht, Mutter? Er hat's doch versprochen.» – «Ach Gott, wenn der alles hielte, was er verspricht! Mach, mach voran, daß du fertig wirst.»

Sie hatten sich kaum niedergelegt, so erhob sich eine Windsbraut, als ob sie das Haus mitnehmen wollte. Die Bettstatt bebte, und im Schornstein rasselte es wie ein Kobold. «Mutter – es pocht draußen!» – «Still, Fritzchen, das ist das lockere Brett im Giebel, das der Wind jagt.» – «Nein, Mutter, an der Tür!» – «Sie schließt nicht; die Klinke ist zerbrochen. Gott, schlaf doch! Bring mich nicht um das armselige bißchen Nachtruhe.» – «Aber, wenn nun der Vater kommt?» – Die Mutter drehte sich heftig im Bett um. «Den hält der Teufel fest genug!» – «Wo ist der Teufel, Mutter?» – «Wart, du Unrast! Er steht vor der Tür und will dich holen, wenn du nicht ruhig bist!»

Friedrich ward still; er horchte noch ein Weilchen und schlief dann ein. Nach einigen Stunden erwachte er. Der Wind hatte sich gewendet und zischte jetzt wie eine Schlange durch die Fensterritze an seinem Ohr. Seine Schulter war erstarrt; er kroch tief unters Deckbett und lag aus Furcht ganz still. Nach einer Weile bemerkte er, daß die Mutter auch nicht schlief. Er hörte sie weinen und mitunter: «Gegrüßt seist du, Maria!» und «Bitte für uns arme Sünder!» Die Kügelchen des Rosenkranzes glitten an seinem Gesicht hin. – Ein unwillkürlicher Seufzer entfuhr ihm. – «Friedrich, bist du wach?» – «Ja, Mutter.» – «Kind, bete ein wenig – du kannst ja schon das halbe Vaterunser –, daß Gott uns bewahre vor Wasser- und Feuersnot.»

Friedrich dachte an den Teufel, wie der wohl aussehen möge. Das mannigfache Geräusch und Getöse im Hause kam ihm wunderlich vor. Er meinte, es müsse etwas Lebendiges drinnen sein und draußen auch. «Hör, Mutter, gewiß, da sind Leute, die pochen.» – «Ach nein, Kind; aber es ist kein altes Brett im Hause, das nicht klappert.» – «Hör! hörst du nicht? es ruft! hör doch!»

Die Mutter richtete sich auf; das Toben des Sturms ließ einen Augenblick nach. Man hörte deutlich an den Fensterläden pochen und mehrere Stimmen: «Margret! Frau Margret, heda, aufgemacht!» Margret stieß einen heftigen Laut aus: «Da bringen sie mir das Schwein wieder!»

Der Rosenkranz flog klappernd auf den Brettstuhl, die Kleider wurden herbeigerissen. Sie fuhr zum Herde, und bald darauf hörte Friedrich sie mit trotzigen Schritten über die Tenne gehen. Margret kam gar nicht wieder; aber in der Küche war viel Gemurmel und fremde Stimmen. Zweimal kam ein fremder Mann in die Kammer und schien ängstlich etwas zu suchen. Mit einem Male ward eine Lampe hereingebracht, zwei Männer führten die Mutter. Sie war weiß wie Kreide und hatte die Augen geschlossen. Friedrich meinte, sie sei tot; er erhob ein fürchterliches Geschrei, worauf ihm jemand eine Ohrfeige gab, was ihn zur Ruhe brachte, und nun begriff er nach und nach aus den Reden der Umstehenden, daß der Vater vom Ohm Franz Semmler und dem Hülsmeyer tot im Holze gefunden sei und jetzt in der Küche liege.

Sobald Margret wieder zur Besinnung kam, suchte sie die fremden Leute loszuwerden. Der Bruder blieb bei ihr, und Friedrich, dem bei strenger Strafe im Bett zu bleiben geboten war, hörte die ganze Nacht hindurch das Feuer in der Küche knistern und ein Geräusch wie von Hinundherrutschen und Bürsten. Gesprochen ward wenig und leise, aber zuweilen drangen Seufzer herüber, die dem Knaben, so jung er war, durch Mark und Bein gingen. Einmal verstand er, daß der Oheim sagte: «Margret, zieh dir das nicht zu Gemüt; wir wollen jeder drei Messen lesen lassen, und um Ostern gehen wir zusammen eine Bittfahrt zur Muttergottes von Werl.»

Als nach zwei Tagen die Leiche fortgetragen wurde, saß Margret am Herde, das Gesicht mit der Schürze verhüllend. Nach einigen Minuten, als alles still geworden war, sagte sie in sich hinein: «Zehn Jahre, zehn Kreuze. Wir haben sie doch zusammen getragen, und jetzt bin ich allein!» Dann lauter: «Fritzchen, komm her!» – Friedrich kam scheu heran; die Mutter war ihm ganz unheimlich geworden mit den schwarzen Bändern und den verstörten Zügen. «Fritzchen», sagte sie, «willst du jetzt auch fromm sein, daß ich Freude an dir habe, oder willst du unartig sein und lügen oder saufen und stehlen?» – «Mutter, Hülsmeyer stiehlt.» – «Hülsmeyer? Gott bewahre! Soll ich dir auf den Rücken kommen? Wer sagt dir so schlechtes Zeug?» – «Er hat neulich den Aaron geprügelt und ihm sechs Groschen genommen.» – «Hat er dem Aaron Geld genommen, so hat ihn der verfluchte Jude gewiß zuvor darum betrogen. Hülsmeyer ist ein ordentlicher, angesessener Mann, und die Juden sind alle Schelme.» – «Aber, Mutter, Brandes sagt auch, daß er Holz und Rehe stiehlt.» – «Kind, Brandes ist ein Förster.» – «Mutter, lügen die Förster?»

Margret schwieg eine Weile, dann sagte sie: «Höre, Fritz, das Holz läßt unser Herrgott frei wachsen, und das Wild wechselt aus eines Herren Lande in das andere; die können niemandem gehören. Doch das verstehst du noch nicht, jetzt geh in den Schuppen und hole mir Reisig.»

Friedrich hatte seinen Vater auf dem Stroh gesehen, wo er, wie man sagt, blau und fürchterlich ausgesehen haben soll. Aber davon erzählte er nie und schien ungern daran zu denken. Überhaupt hatte die Erinnerung an seinen Vater eine mit Grausen gemischte Zärtlichkeit in ihm zurückgelassen, wie denn nichts so fesselt wie die Liebe und Sorgfalt eines Wesens, das gegen alles übrige verhärtet scheint, und bei Friedrich wuchs dieses Gefühl mit den Jahren durch das Gefühl mancher Zurücksetzung von seiten anderer. Es war ihm äußerst empfindlich, wenn, solange er Kind war, jemand des Verstorbenen nicht allzu löblich gedachte; ein Kummer, den ihm das Zartgefühl der Nachbarn nicht ersparte. Es ist gewöhnlich in jenen Gegenden, den Verunglückten die Ruhe im Grabe abzusprechen. Der alte Mergel war das Gespenst des Brederholzes geworden; einen Betrunkenen führte er als Irrlicht bei einem Haar in den Zellerkolk; die Hirtenknaben, wenn sie nachts bei ihren Feuern kauerten und die Eulen in den Gründen schrien, hörten zuweilen in abgebrochenen Tönen ganz deutlich dazwischen sein «Hör mal an, feins Liseken», und ein unprivilegierter Holzhauer, der unter der breiten Eiche eingeschlafen und dem es darüber Nacht geworden war, hatte beim

Erwachen sein geschwollenes blaues Gesicht durch die Zweige lauschen sehen. Friedrich mußte von andern Knaben vieles darüber hören; dann heulte er, schlug um sich, stach auch einmal mit seinem Messerchen und wurde bei dieser Gelegenheit jämmerlich geprügelt. Seitdem trieb er seiner Mutter Kühe allein an das andere Ende des Tales, wo man ihn oft stundenlang in derselben Stellung im Grase liegen und den Thymian aus dem Boden rupfen sah.

Er war zwölf Jahre alt, als seine Mutter einen Besuch von ihrem jüngeren Bruder erhielt, der in Brede wohnte und seit der törichten Heirat seiner Schwester ihre Schwelle nicht betreten hatte. Simon Semmler war ein kleiner, unruhiger, magerer Mann mit vor dem Kopf liegenden Fischaugen und überhaupt einem Gesicht wie ein Hecht, ein unheimlicher Geselle, bei dem dicktuende Verschlossenheit oft mit ebenso gesuchter Treuherzigkeit wechselte, der gern einen aufgeklärten Kopf vorgestellt hätte und statt dessen für einen fatalen, Händel suchenden Kerl galt, dem jeder um so lieber aus dem Wege ging, je mehr er in das Alter trat, wo ohnehin beschränkte Menschen leicht an Ansprüchen gewinnen, was sie an Brauchbarkeit verlieren. Dennoch freute sich die arme Margret, die sonst keinen der Ihrigen mehr am Leben hatte.

«Simon, bist du da?» sagte sie und zitterte, daß sie sich am Stuhle halten mußte. «Willst du sehen, wie es mir geht und meinem schmutzigen Jungen?» – Simon betrachtete sie ernst und reichte ihr die Hand: «Du bist alt geworden, Margret!» – Margret seufzte: «Es ist mir derweil oft bitterlich gegangen mit allerlei Schicksalen.» – «Ja, Mädchen, zu spät gefreit hat immer gereut! Jetzt bist du alt, und das Kind ist klein. Jedes Ding hat seine Zeit. Aber wenn ein altes Haus brennt, dann hilft kein Löschen.» Über Margrets vergrämtes Gesicht flog eine Flamme, so rot wie Blut.

«Aber ich höre, dein Junge ist schlau und gewichst», fuhr Simon fort. – «Ei nun, so ziemlich, und dabei fromm.» – «Hum, 's hat mal einer eine Kuh gestohlen, der hieß auch Fromm. Aber er ist still und nachdenklich, nicht wahr? Er läuft nicht mit den anderen Buben?» – «Er ist ein eigenes Kind», sagte Margret wie für sich; «es ist nicht gut.» – Simon lachte hell auf: «Dein Junge ist scheu, weil ihn die anderen ein paarmal gut durchgedroschen haben. Das wird ihnen der Bursche schon wieder bezahlen. Hülsmeyer war neulich bei mir, der sagte, es ist ein Junge wie 'n Reh.»

Welcher Mutter geht das Herz nicht auf, wenn sie ihr Kind loben hört? Der armen Margret ward selten so wohl, jedermann nannte ihren Jungen tückisch und verschlossen. Die Tränen traten ihr in die Augen. «Ja, gottlob, er hat gerade Glieder.» – «Wie sieht er aus?» fuhr Simon fort. – «Er hat viel von dir, Simon, viel.»

Simon lachte: «Ei, das muß ein rarer Kerl sein, ich werde alle Tage schöner. An der Schule soll er sich wohl nicht verbrennen. Du läßt ihn die Kühe hüten? Ebensogut. Es ist doch nicht halb wahr, was der Magister sagt. Aber wo hütet er? Im Telgengrund? Im Roderholze? Im Teutoburger Wald? Auch des Nachts und früh?» – «Die ganzen Nächte durch; aber wie meinst du das?»

Simon schien dies zu überhören; er reckte den Hals zur Türe hinaus: «Ei, da kommt der Gesell! Vaterssohn! Er schlenkert geradeso mit den Armen wie dein seliger Mann. Und schau mal an! Wahrhaftig, der Junge hat meine blonden Haare!»

In der Mutter Züge kam ein heimliches, stolzes Lächeln; ihres Friedrichs blonde Locken und Simons rötliche Borsten! Ohne zu antworten, brach sie einen Zweig von der nächsten Hecke und ging ihrem Sohne entgegen, scheinbar, eine träge Kuh anzutreiben, im Grunde aber, ihm einige rasche, halb drohende Worte zuzuraunen, denn sie kannte seine störrische Natur, und Simons Weise war ihr heute einschüchternder vorgekommen als je. Doch ging alles über Erwarten gut; Friedrich zeigte sich weder verstockt noch frech, vielmehr etwas blöde und sehr bemüht, dem Ohm zu gefallen. So kam es denn dahin, daß nach einer halbstündigen Unterredung Simon eine Art Adoption des Knaben in Vorschlag brachte, vermöge deren er denselben zwar nicht gänzlich seiner Mutter entziehen, aber doch über den größten Teil seiner Zeit verfügen wollte, wofür ihm dann am Ende des alten Junggesellen Erbe zufallen solle, das ihm freilich ohnedies nicht entgehen konnte. Margret ließ sich geduldig auseinandersetzen, wie groß der Vorteil, wie gering die Entbehrung ihrerseits bei dem Handel sei. Sie wußte am besten, was eine kränkliche Witwe an der Hülfe eines zwölfjährigen Knaben entbehrt, den sie bereits gewöhnt hat, die Stelle einer Tochter zu ersetzen. Doch sie schwieg und gab sich in alles. Nur bat sie den Bruder, streng, doch nicht hart gegen den Knaben zu sein.

«Er ist gut», sagte sie, «aber ich bin eine einsame Frau; mein Kind ist nicht wie einer, über den Vaterhand regiert hat.» Simon nickte schlau mit dem Kopf: «Laß mich nur gewähren, wir wollen uns schon vertragen, und weißt du was? Gib mir den Jungen gleich mit, ich habe zwei Säcke aus der Mühle zu holen; der kleinste ist ihm grad recht, und so lernt er mir zur Hand gehen. Komm, Fritzchen, zieh deine Holzschuh an!» – Und bald sah Margret den beiden nach, wie sie fortschritten, Simon voran, mit seinem Gesicht die Luft durchschneidend, während ihm die Schöße des roten Rocks wie Feuerflammen nachzogen. So hatte er ziemlich das Ansehen eines feurigen Mannes, der unter dem gestohlenen Sacke büßt; Friedrich ihm nach, fein und schlank für sein Alter, mit zarten, fast edlen Zügen und langen blonden Locken, die besser gepflegt waren, als sein übriges Äußere erwarten ließ; übrigens zerlumpt, sonneverbrannt und mit dem Ausdruck der Vernachlässigung und einer gewissen rohen Melancholie in den Zügen. Dennoch war eine große Familienähnlichkeit beider nicht zu verkennen, und wie Friedrich so langsam seinem Führer nachtrat, die Blicke fest auf denselben geheftet, der ihn gerade durch das Seltsame seiner Erscheinung anzog, erinnerte er unwillkürlich an jemand, der in einem Zauberspiegel das Bild seiner Zukunft mit verstörter Aufmerksamkeit betrachtet.

Jetzt nahten die beiden sich der Stelle des Teutoburger Waldes, wo das Brederholz den Abhang des Gebirges niedersteigt und einen sehr dunkeln Grund ausfüllt. Bis jetzt war wenig gesprochen worden. Simon schien nachdenkend, der Knabe zerstreut, und beide keuchten unter ihren Säkken. Plötzlich fragte Simon: «Trinkst du gern Branntwein?» – Der Knabe antwortete nicht. «Ich frage, trinkst du gern Branntwein? Gibt dir die Mutter zuweilen welchen?» – «Die Mutter hat selbst keinen», sagte Friedrich. – «Soso, desto besser! – Kennst du das Holz da vor uns?» – «Das ist das Brederholz.» – «Weißt du auch, was darin vorgefallen ist?» – Friedrich schwieg. Indessen kamen sie der düstern Schlucht immer näher. «Betet die Mutter noch soviel?» hob Simon wieder an. – «Ja, jeden Abend zwei Rosenkränze.» – «So? und du betest mit?» – Der Knabe lachte halb verlegen mit einem durchtriebenen Seitenblick. «Die Mutter betet in der Dämmerung vor dem Essen den einen Rosenkranz, dann bin ich meist noch nicht wieder da mit den Kühen, und den andern im Bette, dann schlaf ich gewöhnlich ein.» – «Soso, Geselle!» – Diese letzten Worte wurden unter dem Schirme einer weiten Buche gesprochen, die den Eingang der Schlucht überwölbte. Es war jetzt ganz finster; das erste Mondviertel stand am Himmel, aber seine schwachen Schimmer dienten nur dazu, den Gegenständen, die sie zuweilen durch eine Lücke der Zweige berührten, ein fremdartiges Ansehen zu geben. Friedrich hielt sich dicht hinter seinem Ohm; sein Odem ging schnell, und wer seine Züge hätte unterscheiden können, würde den Ausdruck einer ungeheuren, doch mehr phantastischen als furchtsamen Spannung darin wahrgenommen haben. So schritten beide rüstig voran, Simon mit dem festen Schritt des abgehärteten Wanderers, Friedrich schwankend und wie im Traum. Es kam ihm vor, als ob alles sich bewegte und die Bäume in den einzelnen Mondstrahlen bald zusammen, bald voneinander schwankten. Baumwurzeln und schlüpfrige Stellen, wo sich das Regenwasser gesammelt, machten seinen Schritt unsicher; er war einige Male nahe daran, zu fallen. Jetzt schien sich in einiger Entfernung das Dunkel zu brechen, und bald traten beide in eine ziemlich große Lichtung. Der Mond schien klar hinein und zeigte, daß hier noch vor kurzem die Axt unbarmherzig gewütet hatte. Überall ragten Baumstümpfe hervor, manche mehrere Fuß über der Erde, wie sie gerade in der Eile am bequemsten zu durchschneiden gewesen waren; die verpönte Arbeit mußte unversehens unterbrochen worden sein, denn eine Buche lag quer über dem Pfad, in vollem Laube, ihre Zweige hoch über sich streckend und im Nachtwinde mit den noch frischen Blättern zitternd. Simon blieb einen Augenblick stehen und betrachtete den gefällten Stamm mit Aufmerksamkeit. In der Mitte der Lichtung stand eine alte Eiche, mehr breit als hoch; ein blasser Strahl, der durch die Zweige auf ihren Stamm fiel, zeigte, daß er hohl sei, was ihn wahrscheinlich vor der allgemeinen Zerstörung geschützt hatte. Hier ergriff Simon plötzlich des Knaben Arm.

«Friedrich, kennst du den Baum? Das ist die breite Eiche.» Friedrich fuhr zusammen und klammerte sich mit kalten Händen an seinen Ohm. «Sieh», fuhr Simon fort, «hier haben Ohm Franz und der Hülsmeyer deinen Vater gefunden, als er in der Betrunkenheit ohne Buße und Ölung zum Teufel gefahren war.» – «Ohm, Ohm!» keuchte Friedrich. – «Was fällt dir ein? Du wirst dich doch nicht fürchten? Satan von einem Jungen, du kneipst mir den Arm! Laß los, los!» – Er suchte den Knaben abzuschütteln. – «Dein Vater war übrigens eine gute Seele; Gott wird's nicht so genau mit ihm nehmen. Ich hatt ihn so lieb wie meinen eigenen Bruder.» – Friedrich ließ den Arm seines Ohms los; beide legten schweigend den übrigen Teil des Waldes zurück, und das Dorf Brede lag vor ihnen mit seinen Lehmhütten und den einzelnen bessern Wohnungen von Ziegelsteinen, zu denen auch Simons Haus gehörte.

Am nächsten Abend saß Margret schon seit einer Stunde mit ihrem Rocken vor der Tür und wartete auf ihren Knaben. Es war die erste Nacht, die sie zugebracht hatte, ohne den Atem ihres Kindes neben sich zu hören, und Friedrich kam noch immer nicht. Sie war ärgerlich und ängstlich und wußte, daß sie beides ohne Grund war. Die Uhr im Turm schlug sieben, das Vieh kehrte heim; er war noch immer nicht da, und sie mußte aufstehen, um nach den Kühen zu schauen. Als sie wieder in die dunkle Küche trat, stand Friedrich am Herde; er hatte sich vornübergebeugt und wärmte die Hände an den Kohlen. Der Schein spielte auf seinen Zügen und gab ihnen ein widriges Ansehen von Magerkeit und ängstlichem Zucken. Margret blieb in der Tennentür stehen, so seltsam verändert kam ihr das Kind vor.

«Friedrich, wie geht's dem Ohm?» Der Knabe murmelte einige unverständliche Worte und drängte sich dicht an die Feuermauer.

«Friedrich, hast du das Reden verlernt? Junge, tu das Maul auf! Du weißt ja doch, daß ich auf dem rechten Ohr nicht gut höre.» – Das Kind erhob seine Stimme und geriet dermaßen ins Stammeln, daß Margret es um nichts mehr begriff. – «Was sagst du? Einen Gruß von Meister Semmler? Wieder fort? Wohin? Die Kühe sind schon zu Hause. Verfluchter Junge, ich kann dich nicht verstehen. Wart, ich muß einmal sehen, ob du keine Zunge im Munde hast!» – Sie trat heftig einige Schritte vor. Das Kind sah zu ihr auf mit dem Jammerblick eines armen, halbwüchsigen Hundes, der Schildwacht stehen lernt, und begann in der Angst mit den Füßen zu stampfen und den Rücken an der Feuermauer zu reiben.

Margret stand still; ihre Blicke wurden ängstlich. Der Knabe erschien ihr wie zusammengeschrumpft, auch seine Kleider waren nicht dieselben, nein, das war ihr Kind nicht, und dennoch –, «Friedrich, Friedrich!» rief sie.

In der Schlafkammer klappte eine Schranktür, und der Gerufene trat hervor, in der einen Hand eine sogenannte Holzschenvioline, das heißt einen alten Holzschuh, mit drei bis vier zerschabten Geigensaiten überspannt, in der andern einen Bogen, ganz des Instrumentes würdig. So ging er gerade auf sein verkümmertes Spiegelbild zu, seinerseits mit einer Haltung bewußter Würde und Selbständigkeit, die in diesem Augenblicke den Unterschied zwischen beiden sonst merkwürdig ähnlichen Knaben stark hervortreten ließ. «Da, Johannes!» sagte er und reichte ihm mit einer Gönnermiene das Kunstwerk; «Da ist die Violine, die ich dir versprochen habe. Mein Spielen ist vorbei, ich muß jetzt Geld verdienen.» – Johannes warf noch einmal einen scheuen Blick auf Margret, streckte dann langsam seine Hand aus, bis er das Dargebotene fest ergriffen hatte, und brachte es wie verstohlen unter die Flügel seines armseligen Jäckchens.

Margret stand ganz still und ließ die Kinder gewähren. Ihre Gedanken hatten eine andere, sehr ernste Richtung genommen, und sie blickte mit unruhigem Auge von einem auf den andern. Der fremde Knabe hatte sich wieder über die Kohlen gebeugt mit einem Ausdruck augenblicklichen Wohlbehagens, der an Albernheit grenzte, während in Friedrichs Zügen der Wechsel eines offenbar mehr selbstischen als gutmütigen Mitgefühls spielte und sein Auge in fast glasartiger Klarheit zum ersten Male bestimmt den Ausdruck jenes ungebändigten Ehrgeizes und Hanges zum Großtun zeigte, der nachher als so starkes Motiv seiner meisten Handlungen hervortrat. Der Ruf seiner Mutter störte ihn aus Gedanken, die ihm ebenso neu als angenehm waren. Sie saß wieder am Spinnrade. «Friedrich», sagte sie zögernd, «sag einmal –», und schwieg dann. Friedrich sah auf und wandte sich, da er nichts weiter vernahm, wieder zu seinem Schützling. – «Nein, höre –», und dann leiser: «Was ist das für ein Junge? Wie heißt er?» – Friedrich antwortete ebenso leise: «Das ist des Ohms Simon Schweinehirt, der eine Botschaft an den Hülsmeyer hat. Der Ohm hat mir ein Paar Schuhe und eine Weste von Drillich gegeben, die hat mir der Junge unterwegs getragen; dafür hab ich ihm meine Violine versprochen; er ist ja doch ein armes Kind; Johannes heißt er.» – «Nun?» sagte Margret. – «Was willst du, Mutter?» – «Wie heißt er weiter?» – «Ja – weiter nicht – oder warte – doch: Niemand, Johannes Niemand heißt er. – Er hat keinen Vater», fügte er leiser hinzu.

Margret stand auf und ging in die Kammer. Nach einer Weile kam sie heraus mit einem harten, finstern Ausdruck in den Mienen. «So, Friedrich», sagte sie, «laß den Jungen gehen, daß er seine Bestellung machen kann. – Junge, was liegst du da in der Asche? Hast du zu Hause nichts zu tun?» – Der Knabe raffte sich mit der Miene eines Verfolgten so eilfertig auf, daß ihm alle Glieder im Wege standen und die Holzschenvioline bei einem Haar ins Feuer gefallen wäre. – «Warte, Johannes», sagte Friedrich stolz, «ich will dir mein halbes Butterbrot geben, es ist mir doch zu groß, die Mutter schneidet allemal übers ganze Brot.» – «Laß doch», sagte Margret, «er geht ja nach Hause.» – «Ja, aber er bekommt nichts mehr; Ohm Simon ißt um sieben Uhr.» Margret wandte sich zu dem Knaben: «Hebt man dir nichts auf? Sprich, wer sorgt für dich?» – «Niemand», stotterte das Kind. – «Niemand?» wiederholte sie; «da nimm, nimm!» fügte sie heftig hinzu; «du heißt Niemand, und niemand sorgt für dich! Das sei Gott geklagt! Und nun mach dich fort! Friedrich, geh nicht mit ihm, hörst du, geht nicht zusammen durchs Dorf.» – «Ich will ja nur Holz holen aus dem Schuppen», antwortete Friedrich. – Als beide Knaben fort waren, warf sich Margret auf einen Stuhl und schlug die Hände mit dem Ausdruck des tiefsten Jammers zusammen. Ihr Gesicht war bleich wie ein Tuch. «Ein falscher Eid, ein falscher Eid!» stöhnte sie. «Simon, Simon, wie willst du vor Gott bestehen!»

So saß sie eine Weile, starr mit geklemmten Lippen, wie in völliger Geistesabwesenheit. Friedrich stand vor ihr und hatte sie schon zweimal angeredet. «Was ist's? was willst du?» rief sie auffahrend. – «Ich bringe Euch Geld», sagte er, mehr erstaunt als erschreckt. – «Geld? wo?» Sie regte sich, und die kleine Münze fiel klingend auf den Boden. Friedrich hob sie auf. «Geld vom Ohm Simon, weil ich ihm habe arbeiten helfen. Ich kann mir nun selber was verdienen.» – «Geld vom Simon? Wirf's fort, fort! – nein, gib's den Armen. Doch nein, behalt's», flüsterte sie kaum hörbar; «wir sind selber arm; wer weiß, ob wir bei dem Betteln vorbeikommen!» – «Ich soll Montag wieder zum Ohm und ihm bei der Einsaat helfen.» – «Du wieder zu ihm? Nein, nein, nimmermehr!» Sie umfaßte ihr Kind mit Heftigkeit. «Doch», fügte sie hinzu, und ein Tränenstrom stürzte ihr plötzlich über die eingefallenen Wangen; «geh, er ist mein einziger Bruder, und die Verleumdung ist groß! Aber halt Gott vor Augen und vergiß das tägliche Gebet nicht!»

Margret legte das Gesicht an die Mauer und weinte laut. Sie hatte manche harte Last getragen, ihres Mannes üble Behandlung, noch schwerer seinen Tod, und es war eine bittere Stunde, als die Witwe das letzte Stück Ackerland einem Gläubiger zur Nutznießung überlassen mußte und der Pflug vor ihrem Hause stillestand. Aber so war ihr nie zumute gewesen; dennoch, nachdem sie einen Abend durchgeweint, eine Nacht durchwacht hatte, war sie dahin gekommen, zu denken, ihr Bruder Simon könne so gottlos nicht sein, der Knabe gehöre gewiß nicht ihm, Ähnlichkeiten wollen nichts beweisen. Hatte sie doch selbst vor vierzig Jahren ein Schwesterchen verloren, das genau dem fremden Hechelkrämer glich. Was glaubt man nicht gern, wenn man so wenig hat und durch Unglauben dies wenige verlieren soll!

Von dieser Zeit an war Friedrich selten mehr zu Hause. Simon schien alle wärmeren Gefühle, deren er fähig war, dem Schwestersohn zugewendet zu haben; wenigstens vermißte er ihn sehr und ließ nicht nach mit Botschaften, wenn ein häusliches Geschäft ihn auf einige Zeit bei der Mutter hielt. Der Knabe war seitdem wie verwandelt, das träumerische Wesen gänzlich von ihm gewichen, er trat fest auf, fing an, sein Äußeres zu beachten und bald in den Ruf eines hübschen, gewandten Burschen zu kommen. Sein Ohm, der nicht wohl ohne Projekte leben konnte, unternahm mitunter ziemlich bedeutende öffentliche Arbeiten, zum Beispiel beim Wegbau, wobei Friedrich für einen seiner besten Arbeiter und überall als seine rechte Hand galt, denn obgleich dessen Körperkräfte noch nicht ihr volles Maß erreicht hatten, kam ihm doch nicht leicht jemand an Ausdauer gleich. Margret hatte bisher ihren Sohn nur geliebt, jetzt fing sie an, stolz auf ihn zu werden und sogar eine Art Hochachtung vor ihm zu fühlen, da sie den jungen Menschen so ganz ohne ihr Zutun sich entwickeln sah, sogar ohne ihren Rat, den sie, wie die meisten Menschen, für unschätzbar hielt, und deshalb die Fähigkeiten nicht hoch genug anzuschlagen wußte, die eines so kostbaren Förderungsmittels entbehren konnten.

In seinem achtzehnten Jahre hatte Friedrich sich bereits einen bedeutenden Ruf in der jungen Dorfwelt gesichert durch den Ausgang einer Wette, infolge deren er einen erlegten Eber über zwei Meilen weit auf seinem Rücken trug, ohne abzusetzen. Indessen war der Mitgenuß des Ruhms auch so ziemlich der einzige Vorteil, den Margret aus diesen günstigen Umständen zog, da Friedrich immer mehr auf sein Äußeres verwandte und allmählich anfing, es schwer zu verdauen, wenn Geldmangel ihn zwang, irgend jemand im Dorf darin nachzustehen. Zudem waren alle seine Kräfte auf den auswärtigen Erwerb gerichtet; zu Hause schien ihm, ganz im Widerspiel mit seinem sonstigen Rufe, jede anhaltende Beschäftigung lästig, und er unterzog sich lieber einer harten, aber kurzen Anstrengung, die ihm bald erlaubte, seinem früheren Hirtenamte wieder nachzugehen, was bereits begann seinem Alter unpassend zu werden und ihm gelegentlichen Spott zuzog, vor dem er sich aber durch ein paar derbe Zurechtweisungen mit der Faust Ruhe verschaffte. So gewöhnte man sich daran, ihn bald geputzt und fröhlich als anerkannten Dorfelegant an der Spitze des jungen Volks zu sehen, bald wieder als zerlumpten Hirtenbuben einsam und träumerisch hinter den Kühen herschleichend oder in einer Waldlichtung liegend, scheinbar gedankenlos und das Moos von den Bäumen rupfend.

Um diese Zeit wurden die schlummernden Gesetze doch einigermaßen aufgerüttelt durch eine Bande von Holzfrevlern, die unter dem Namen der Blaukittel alle ihre Vorgänger so weit an List und Frechheit übertraf, daß es dem Langmütigsten zuviel werden mußte. Ganz gegen den gewöhnlichen Stand der Dinge, wo man die stärksten Böcke der Herde mit dem Finger bezeichnen konnte, war es hier trotz aller Wachsamkeit bisher nicht möglich gewesen, auch nur *ein* Individuum namhaft zu machen. Ihre Benennung erhielten sie von der ganz gleichförmigen Tracht, durch die sie das Erkennen erschwerten, wenn etwa ein Förster noch einzelne Nachzügler im Dickicht verschwinden sah. Sie verheerten alles wie die Wanderraupe, ganze Waldstrecken wurden in einer Nacht gefällt und auf der Stelle fortgeschafft, so daß man am andern Morgen nichts fand als Späne und wüste Haufen von Topholz, und der Umstand, daß nie Wagenspuren einem Dorfe zu führten, sondern immer vom Flusse her und dorthin zurück, bewies, daß man unter dem Schutz und vielleicht mit dem Beistande der Schiffseigentümer handelte. In der Bande mußten sehr gewandte Spione sein, denn die Förster konnten wochenlang umsonst wachen; in der ersten Nacht, gleichviel ob stürmisch oder mondhell, wo sie vor Übermüdung nachließen, brach die Zerstörung ein. Seltsam war es, daß das Landvolk umher ebenso unwissend und gespannt schien als die Förster selber. Von einigen Dörfern ward mit Bestimmtheit gesagt, daß sie nicht zu den Blaukitteln gehörten, aber keines konnte als dringend verdächtig bezeichnet werden, seit man das verdächtigste von allen, das Dorf B., freisprechen mußte. Ein Zufall hatte dies bewirkt, eine Hochzeit, auf der fast alle Bewohner dieses Dorfes notorisch die Nacht zugebracht hatten, während zu ebendieser Zeit die Blaukittel eine ihrer stärksten Expeditionen ausführten.

Der Schaden in den Forsten war indes allzugroß, deshalb wurden die Maßregeln dagegen auf eine bisher unerhörte Weise gesteigert; Tag und Nacht wurde patrouilliert, Ackerknechte, Hausbediente mit Gewehren versehen und den Forstbeamten zugesellt. Dennoch war der Erfolg nur gering, und die Wächter hatten oft kaum das Ende des Forstes verlassen, wenn die Blaukittel schon zum andern einzogen. Das währte länger als ein volles Jahr, Wächter und Blaukittel, Blaukittel und Wächter, wie Sonne und Mond immer abwechselnd im Besitz des Terrains und nie zusammentreffend.

Es war im Juli 1756, früh um drei; der Mond stand klar am Himmel, aber sein Glanz fing an zu ermatten, und im Osten zeigte sich bereits ein schmaler gelber Streif, der den Horizont besäumte und den Eingang einer engen Talschlucht wie mit einem Goldbande schloß. Friedrich lag im Grase, nach seiner gewohnten Weise, und schnitzelte an einem Weidenstabe, dessen knotigem Ende er die Gestalt eines ungeschlachten Tieres zu geben versuchte. Er sah übermüdet aus, gähnte, ließ mitunter seinen Kopf an einem verwitterten Stammknorren ruhen und Blicke, dämmriger als der Horizont, über den mit Gestrüpp und Aufschlag fast verwachsenen Eingang des Grundes streifen. Ein paarmal belebten sich seine Augen und nahmen den ihnen eigentümlichen glasartigen Glanz an, aber gleich nachher schloß er sie wieder halb und gähnte und dehnte sich, wie es nur faulen Hirten erlaubt ist. Sein Hund lag in einiger Entfernung nah bei den Kühen, die, unbekümmert um die Forstgesetze, ebensooft den jungen Baumspitzen als dem Grase zusprachen und in die frische Morgenluft schnaubten. Aus dem Walde drang von Zeit zu Zeit ein dumpfer, krachender Schall; der Ton hielt nur einige Sekunden an, begleitet von einem langen Echo an den Bergwänden, und wiederholte sich etwa alle fünf bis acht Minuten. Friedrich achtete nicht darauf; nur zuweilen, wenn das Getöse ungewöhnlich stark oder anhaltend war, hob er den Kopf und ließ seine Blicke langsam über die verschiedenen Pfade gleiten, die ihren Ausgang in dem Talgrunde fanden.

Es fing bereits stark zu dämmern an; die Vögel begannen leise zu zwitschern, und der Tau stieg fühlbar aus dem Grunde. Friedrich war an dem Stamm hinabgeglitten und starrte, die Arme über den Kopf verschlungen, in das leise einschleichende Morgenrot. Plötzlich fuhr er auf: über sein Gesicht fuhr ein Blitz, er horchte einige Sekunden mit vorgebeugtem Oberleib wie ein Jagdhund, dem die Luft Witterung zuträgt. Dann schob er schnell zwei Finger in den

Mund und pfiff gellend und anhaltend. «Fidel, du verfluchtes Tier!» Ein Steinwurf traf die Seite des unbesorgten Hundes, der, vom Schlafe aufgeschreckt, zuerst um sich biß und dann heulend auf drei Beinen dort Trost suchte, von wo das Übel ausgegangen war. In demselben Augenblicke wurden die Zweige eines nahen Gebüsches fast ohne Geräusch zurückgeschoben, und ein Mann trat heraus, im grünen Jagdrock, den silbernen Wappenschild am Arm, die gespannte Büchse in der Hand. Er ließ schnell seine Blicke über die Schlucht fahren und sie dann mit besonderer Schärfe auf dem Knaben verweilen, trat dann vor, winkte nach dem Gebüsch, und allmählich wurden sieben bis acht Männer sichtbar, alle in ähnlicher Kleidung, Weidmesser im Gürtel und die gespannten Gewehre in der Hand.

«Friedrich, was war das?» fragte der zuerst Erschienene. «Ich wollte, daß der Racker auf der Stelle krepierte. Seinetwegen können die Kühe mir die Ohren vom Kopfe fressen.» – «Die Kanaille hat uns gesehen», sagte ein anderer. «Morgen sollst du auf die Reise mit einem Stein am Halse», fuhr Friedrich fort und stieß nach dem Hunde. – «Friedrich, stell dich nicht an wie ein Narr! Du kennst mich und du verstehst mich auch!» Ein Blick begleitete diese Worte, der schnell wirkte. – «Herr Brandes, denkt an meine Mutter!» – «Das tu ich. Hast du nichts im Walde gehört?» – «Im Walde?» Der Knabe warf einen raschen Blick auf des Försters Gesicht. «Eure Holzfäller, sonst nichts.» – «Meine Holzfäller!»

Die ohnehin dunkle Gesichtsfarbe des Försters ging in tiefes Braunrot über. «Wie viele sind ihrer, und wo treiben sie ihr Wesen?» – «Wohin Ihr sie geschickt habt; ich weiß es nicht.» – Brandes wandte sich zu seinen Gefährten: «Geht voran; ich komme gleich nach.»

Als einer nach dem andern im Dickicht verschwunden war, trat Brandes dicht vor den Knaben. «Friedrich», sagte er mit dem Ton unterdrückter Wut, «meine Geduld ist zu Ende; ich möchte dich prügeln wie einen Hund, und mehr seid ihr auch nicht wert. Ihr Lumpenpack, dem kein Ziegel

auf dem Dach gehört! Bis zum Betteln habt ihr es, gottlob, bald gebracht, und an meiner Tür soll deine Mutter, die alte Hexe, keine verschimmelte Brotrinde bekommen. Aber vorher sollt ihr mir noch beide ins Hundeloch.»

Friedrich griff krampfhaft nach einem Aste. Er war totenbleich, und seine Augen schienen wie Kristallkugeln aus dem Kopfe schießen zu wollen. Doch nur einen Augenblick. Dann kehrte die größte, an Erschlaffung grenzende Ruhe zurück. «Herr», sagte er fest, mit fast sanfter Stimme, «Ihr habt gesagt, was Ihr nicht verantworten könnt, und ich vielleicht auch. Wir wollen es gegeneinander aufgehen lassen, und nun will ich Euch sagen, was Ihr verlangt. Wenn Ihr die Holzfäller nicht selbst bestellt habt, so müssen es die Blaukittel sein; denn aus dem Dorfe ist kein Wagen gekommen; ich habe den Weg ja vor mir, und vier Wagen sind es. Ich habe sie nicht gesehen, aber den Hohlweg hinauffahren hören.» Er stockte einen Augenblick. – «Könnt Ihr sagen, daß ich je einen Baum in Eurem Revier gefällt habe? überhaupt, daß ich je anderwärts gehauen habe als auf Bestellung? Denkt nach, ob Ihr das sagen könnt?»

Ein verlegenes Murmeln war die ganze Antwort des Försters, der nach Art der meisten rauhen Menschen leicht bereute. Er wandte sich unwirsch und schritt dem Gebüsche zu. – «Nein, Herr», rief Friedrich, «wenn Ihr zu den andern Förstern wollt, die sind dort an der Buche hinaufgegangen.» – «An der Buche?» sagte Brandes zweifelhaft, «nein, dort hinüber, nach dem Mastergrunde.» – «Ich sage Euch, an der Buche; des langen Heinrich Flintenriemen blieb noch am krummen Ast dort hängen; ich hab's ja gesehen!»

Der Förster schlug den bezeichneten Weg ein. Friedrich hatte die ganze Zeit hindurch seine Stellung nicht verlassen; halb liegend, den Arm um einen dürren Ast geschlungen, sah er dem Fortgehenden unverrückt nach, wie er durch den halbverwachsenen Steig glitt, mit den vorsichtigen weiten Schritten seines Metiers, so geräuschlos, wie ein Fuchs die Hühnerstiege erklimmt. Hier sank ein Zweig hinter ihm, dort einer; die Umrisse seiner Gestalt schwanden immer mehr. Da blitzte es noch einmal durchs Laub. Es war ein Stahlknopf seines Jagdrocks; nun war er fort. Friedrichs Gesicht hatte während dieses allmählichen Verschwindens den Ausdruck seiner Kälte verloren, und seine Züge schienen zuletzt unruhig bewegt. Gereute es ihn vielleicht, den Förster nicht um Verschweigung seiner Angaben gebeten zu haben? Er ging einige Schritte voran, blieb dann stehen. «Es ist zu spät», sagte er vor sich hin und griff nach seinem Hute. Ein leises Picken im Gebüsche, nicht zwanzig Schritte von ihm. Es war der Förster, der den Flintenstein schärfte. Friedrich horchte. – «Nein!» sagte er dann mit entschlossenem Tone, raffte seine Siebensachen zusammen und trieb das Vieh eilfertig die Schlucht entlang.

Um Mittag saß Frau Margret am Herd und kochte Tee. – Friedrich war krank heimgekommen, er klagte über heftige Kopfschmerzen und hatte auf ihre besorgte Nachfrage erzählt, wie er sich schwer geärgert über den Förster, kurz, den ganzen eben beschriebenen Vorgang, mit Ausnahme einiger Kleinigkeiten, die er besser fand für sich zu behalten. Margret sah schweigend und trübe in das siedende Wasser. Sie war es wohl gewohnt, ihren Sohn mitunter klagen zu hören, aber heute kam er ihr so angegriffen vor wie sonst nie. Sollte wohl eine Krankheit im Anzuge sein? Sie seufzte tief und ließ einen eben ergriffenen Holzblock fallen.

«Mutter!» rief Friedrich aus der Kammer. – «Was willst du?» – «War das ein Schuß?» – «Ach nein, ich weiß nicht, was du meinst.» – «Es pocht mir wohl nur so im Kopfe», versetzte er.

Die Nachbarin trat herein und erzählte mit leisem Flüstern irgendeine unbedeutende Klatscherei, die Margret ohne Teilnahme anhörte. Dann ging sie. – «Mutter!» rief Friedrich. Margret ging zu ihm hinein. «Was erzählte die Hülsmeyer?» – «Ach gar nichts, Lügen, Wind!» Friedrich richtete sich auf. – «Von der Gretchen Siemers; du weißt ja wohl die alte Geschichte; und ist doch nichts Wahres dran.» – Friedrich legte sich wieder hin. «Ich will sehen, ob ich schlafen kann», sagte er.

Margret saß am Herde; sie spann und dachte wenig Erfreuliches. Im Dorfe schlug es halb zwölf; die Türe klinkte, und der Gerichtsschreiber Kapp trat herein. – «Guten Tag, Frau Mergel», sagte er; «könnt Ihr mir einen Trunk Milch geben? Ich komme von M.» – Als Frau Mergel das Verlangte brachte, fragte er: «Wo ist Friedrich?» Sie war gerade beschäftigt, einen Teller hervorzulangen, und überhörte die Frage. Er trank zögernd und in kurzen Absätzen. «Wißt Ihr wohl», sagte er dann, «daß die Blaukittel in dieser Nacht wieder im Masterholze eine ganze Strecke so kahlgefegt haben wie meine Hand?» – «Ei, du frommer Gott!» versetzte sie gleichgültig. – «Die Schandbuben», fuhr der Schreiber fort, «ruinieren alles; wenn sie noch Rücksicht nähmen auf das junge Holz, aber Eichenstämmchen wie mein Arm dick, wo nicht einmal eine Ruderstange drinsteckt! Es ist, als ob ihnen anderer Leute Schaden ebenso lieb wäre wie ihr Profit!» – «Es ist schade!» sagte Margret.

Der Amtsschreiber hatte getrunken und ging noch immer nicht. Er schien etwas auf dem Herzen zu haben. «Habt Ihr nichts von Brandes gehört?» fragte er plötzlich. – «Nichts; er kommt niemals hier ins Haus.» – «So wißt Ihr nicht, was ihm begegnet ist?» – «Was denn?» fragte Margret gespannt. – «Er ist tot!» – «Tot!» rief sie, «was, tot? Um Gottes willen! Er ging ja noch heute morgen ganz gesund hier vorüber mit der Flinte auf dem Rücken!» – «Er ist tot», wiederholte der Schreiber, sie scharf fixierend; «von den Blaukitteln erschlagen. Vor einer Viertelstunde wurde die Leiche ins Dorf gebracht.»

Margret schlug die Hände zusammen. – «Gott im Himmel, geh nicht mit ihm ins Gericht! Er wußte nicht, was er tat!» – «Mit ihm!» rief der Amtsschreiber, «mit dem verfluchten Mörder, meint Ihr?» Aus der Kammer drang ein schweres Stöhnen. Margret eilte hin, und der Schreiber folgte ihr. Friedrich saß aufrecht im Bette, das Gesicht in die Hände gedrückt, und ächzte wie ein Sterbender. –

«Friedrich, wie ist dir?» sagte die Mutter. «Wie ist dir?» wiederholte der Amtsschreiber. – «O mein Leib, mein Kopf!» jammerte er. – «Was fehlt ihm?» – «Ach, Gott weiß es», versetzte sie; «er ist schon um vier mit den Kühen heimgekommen, weil ihm so übel war.» – «Friedrich, Friedrich, antworte doch, soll ich zum Doktor?» – «Nein, nein», ächzte er, «es ist nur Kolik, es wird schon besser.»

Er legte sich zurück; sein Gesicht zuckte krampfhaft vor Schmerz; dann kehrte die Farbe wieder. «Geht», sagte er matt; «ich muß schlafen, dann geht's vorüber.» – «Frau Mergel», sagte der Amtsschreiber ernst, «ist es gewiß, daß Friedrich um vier zu Hause kam und nicht wieder fortging?» – Sie sah ihn starr an. «Fragt jedes Kind auf der Straße. Und fortgehen? – wollte Gott, er könnt es!» – «Hat er Euch nichts von Brandes erzählt?» – «In Gottes Namen, ja, daß er ihn im Walde geschimpft und unsere Armut vorgeworfen hat, der Lump! – Doch Gott verzeih mir, er ist tot! Geht!» fuhr sie heftig fort; «seid Ihr gekommen, um ehrliche Leute zu beschimpfen? Geht!» – Sie wandte sich wieder zu ihrem Sohne; der Schreiber ging. «Friedrich, wie ist dir?» sagte die Mutter; «hast du wohl gehört? Schrecklich, schrecklich! ohne Beichte und Absolution!» – «Mutter, Mutter, um Gottes willen, laß mich schlafen, ich kann nicht mehr!»

In diesem Augenblick trat Johannes Niemand in die Kammer; dünn und lang wie eine Hopfenstange, aber zerlumpt und scheu, wie wir ihn vor fünf Jahren gesehen. Sein Gesicht war noch bleicher als gewöhnlich. «Friedrich», stotterte er, «du sollst sogleich zum Ohm kommen; er hat Arbeit für dich; aber sogleich.» – Friedrich drehte sich gegen die Wand. «Ich komme nicht», sagte er barsch, «ich bin krank.» – «Du mußt aber kommen», keuchte Johannes: «er hat gesagt, ich müßte dich mitbringen.» Friedrich lachte höhnisch auf: «Das will ich doch sehen!» – «Laß ihn in Ruhe, er kann nicht», seufzte Margret, «du siehst ja, wie es steht.» – Sie ging auf einige Minuten hinaus; als sie zurückkam, war Friedrich bereits angekleidet. «Was fällt dir ein?» rief sie, «du kannst, du sollst nicht gehen!» – «Was sein muß, schickt sich wohl», versetzte er und war schon zur Türe hinaus mit Johannes. – «Ach Gott», seufzte die Mutter, «wenn die Kinder klein sind, treten sie uns in den Schoß, und wenn sie groß sind, ins Herz!»

Die gerichtliche Untersuchung hatte ihren Anfang genommen, die Tat lag klar am Tage; über den Täter aber waren die Anzeichen so schwach, daß, obschon alle Umstände die Blaukittel dringend verdächtigten, man doch nicht mehr als Mutmaßungen wagen konnte. Eine Spur schien Licht geben zu wollen; doch rechnete man aus Gründen wenig darauf. Die Abwesenheit des Gutsherrn hatte den Gerichtsschreiber genötigt, auf eigene Hand die Sache einzuleiten. Er saß am Tische; die Stube war gedrängt voll von Bauern, teils neugierigen, teils solchen, von denen man in Ermangelung eigentlicher Zeugen einigen Aufschluß zu erhalten hoffte. Hirten, die in derselben Nacht gehütet, Knechte, die den Acker in der Nähe bestellt, alle standen stramm und fest, die Hände in den Taschen, gleichsam als stillschweigende Erklärung, daß sie nicht einzuschreiten gesonnen seien. Acht Forstbeamte wurden vernommen. Ihre Aussagen waren völlig gleichlautend: Brandes habe sie am zehnten abends zur Runde bestellt, da ihm von einem Vorhaben der Blaukittel müsse Kunde zugekommen sein; doch habe er sich nur unbestimmt darüber geäußert. Um zwei Uhr in der Nacht seien sie ausgezogen und auf manche Spuren der Zerstörung gestoßen, die den Oberförster sehr übel gestimmt; sonst sei alles still gewesen. Gegen vier Uhr habe Brandes gesagt: «Wir sind angeführt, laßt uns heimgehen.» – Als sie nun um den Bremerberg gewendet und zugleich der Wind umgeschlagen, habe man deutlich im Masterholz fällen gehört und aus der schnellen Folge der Schläge geschlossen, daß die Blaukittel am Werk seien. Man habe nun eine Weile beratschlagt, ob es tunlich sei, mit so geringer Macht die kühne Bande anzugreifen, und sich dann ohne bestimmten Entschluß dem Schalle langsam genähert. Nun folgte der Auftritt mit Friedrich. Ferner: nachdem Brandes sie ohne Weisung fortgeschickt, seien sie eine

Weile vorangeschritten und dann, als sie bemerkt, daß das Getöse im noch ziemlich weit entfernten Walde gänzlich aufgehört, stillegestanden, um den Oberförster zu erwarten. Die Zögerung habe sie verdrossen, und nach etwa zehn Minuten seien sie weitergegangen und so bis an den Ort der Verwüstung. Alles sei vorüber gewesen, kein Laut mehr im Walde, von zwanzig gefällten Stämmen noch acht vorhanden, die übrigen bereits fortgeschafft. Es sei ihnen unbegreiflich, wie man dieses ins Werk gestellt, da keine Wagenspuren zu finden gewesen. Auch habe die Dürre der Jahreszeit und der mit Fichtennadeln bestreute Boden keine Fußstapfen unterscheiden lassen, obgleich der Grund ringsumher wie festgestampft war. Da man nun überlegt, daß es zu nichts nützen könne, den Oberförster zu erwarten, sei man rasch der andern Seite des Waldes zugeschritten, in der Hoffnung, vielleicht noch einen Blick von den Frevlern zu erhaschen. Hier habe sich einem von ihnen beim Ausgange des Waldes die Flaschenschnur in Brombeerranken verstrickt, und als er umgeschaut, habe er etwas im Gestrüpp blitzen sehen; es war die Gurtschnalle des Oberförsters, den man nun hinter den Ranken liegend fand, grad ausgestreckt, die rechte Hand um den Flintenlauf geklemmt, die andere geballt und die Stirn von einer Axt gespalten.

Dies waren die Aussagen der Förster; nun kamen die Bauern an die Reihe, aus denen jedoch nichts zu bringen war. Manche behaupteten, um vier Uhr noch zu Hause oder anderswo beschäftigt gewesen zu sein, und keiner wollte etwas bemerkt haben. Was war zu machen? Sie waren sämtlich angesessene, unverdächtige Leute. Man mußte sich mit ihren negativen Zeugnissen begnügen.

Friedrich ward hereingerufen. Er trat ein mit einem Wesen, das sich durchaus nicht von seinem gewöhnlichen unterschied, weder gespannt noch keck. Das Verhör währte ziemlich lange, und die Fragen waren mitunter ziemlich schlau gestellt; er beantwortete sie jedoch alle offen und bestimmt und erzählte den Vorgang zwischen ihm und dem

Oberförster ziemlich der Wahrheit gemäß, bis auf das Ende, das er geratener fand für sich zu behalten. Sein Alibi zur Zeit des Mordes war leicht erwiesen. Der Förster lag am Ausgange des Masterholzes, über dreiviertel Stunden Weges von der Schlucht, in der er Friedrich um vier Uhr angeredet und aus der dieser seine Herde schon zehn Minuten später ins Dorf getrieben. Jedermann hatte dies gesehen; alle anwesenden Bauern beeiferten sich, es zu bezeugen; mit diesem hatte er geredet, jenem zugenickt.

Der Gerichtsschreiber saß unmutig und verlegen da. Plötzlich fuhr er mit der Hand hinter sich und brachte etwas Blinkendes vor Friedrichs Auge. «Wem gehört dies?» – Friedrich sprang drei Schritt zurück. «Herr Jesus! Ich dachte, Ihr wolltet mir den Schädel einschlagen.» Seine Augen waren rasch über das tödliche Werkzeug gefahren und schienen momentan auf einem ausgebrochenen Splitter am Stiele zu haften. «Ich weiß es nicht», sagte er fest. – Es war die Axt, die man in dem Schädel des Oberförsters eingeklammert gefunden hatte. – «Sieh sie genau an», fuhr der Gerichtsschreiber fort. Friedrich faßte sie mit der Hand, besah sie oben, unten, wandte sie um. «Es ist eine Axt wie andere», sagte er dann und legte sie gleichgültig auf den Tisch. Ein Blutfleck ward sichtbar; er schien zu schaudern, aber er wiederholte noch einmal sehr bestimmt: «Ich kenne sie nicht.» Der Gerichtsschreiber seufzte vor Unmut. Er selbst wußte um nichts mehr und hatte nur einen Versuch zu möglicher Entdeckung durch Überraschung machen wollen. Es blieb nichts übrig, als das Verhör zu schließen.

Denjenigen, die vielleicht auf den Ausgang dieser Begebenheit gespannt sind, muß ich sagen, daß diese Geschichte nie aufgeklärt wurde, obwohl noch viel dafür geschah und diesem Verhör mehrere folgten. Den Blaukitteln schien durch das Aufsehen, das der Vorgang gemacht, und die darauffolgenden geschärften Maßregeln der Mut genommen; sie waren von nun an wie verschwunden, und obgleich späterhin noch mancher Holzfrevler erwischt wurde, fand man doch nie Anlaß, ihn der berüchtigten Bande zuzuschreiben.

Die Axt lag zwanzig Jahre nachher als unnützes Corpus delicti im Gerichtsarchiv, wo sie wohl noch jetzt ruhen mag mit ihren Rostflecken. Es würde in einer erdichteten Geschichte unrecht sein, die Neugier des Lesers so zu täuschen. Aber dies alles hat sich wirklich zugetragen; ich kann nichts davon- oder dazutun.

Am nächsten Sonntage stand Friedrich sehr früh auf, um zur Beichte zu gehen. Es war Mariä Himmelfahrt und die Pfarrgeistlichen schon vor Tagesanbruch im Beichtstuhle. Nachdem er sich im Finstern angekleidet, verließ er so geräuschlos wie möglich den engen Verschlag, der ihm in Simons Hause eingeräumt war. In der Küche mußte sein Gebetbuch auf dem Sims liegen, und er hoffte, es mit Hülfe des schwachen Mondlichts zu finden; es war nicht da. Er warf die Augen suchend umher und fuhr zusammen; in der Kammertür stand Simon, fast unbekleidet; seine dürre Gestalt, sein ungekämmtes, wirres Haar und die vom Mondschein verursachte Blässe des Gesichts gaben ihm ein schauerlich verändertes Ansehen. Sollte er nachtwandeln? dachte Friedrich und verhielt sich ganz still. – «Friedrich, wohin?» flüsterte der Alte. – «Ohm, seid Ihr's? Ich will beichten gehen.» – «Das dacht ich mir; geh in Gottes Namen, aber beichte wie ein guter Christ.» – «Das will ich», sagte Friedrich. – «Denk an die Zehn Gebote: du sollst kein Zeugnis ablegen gegen deinen Nächsten.» – «Kein falsches!» – «Nein, gar keines; du bist schlecht unterrichtet; wer einen andern in der Beichte anklagt, der empfängt das Sakrament unwürdig.»

Beide schwiegen. – «Ohm, wie kommt Ihr darauf?» sagte Friedrich dann; «Euer Gewissen ist nicht rein; Ihr habt mich belogen.» – «Ich? so?» – «Wo ist Eure Axt?» – «Meine Axt? Auf der Tenne.» – «Habt Ihr einen neuen Stiel hineingemacht? Wo ist der alte?» – «Den kannst du heute bei Tage im Holzschuppen finden. Geh», fuhr er verächtlich fort, «ich dachte, du seist ein Mann; aber du bist ein altes Weib, das gleich meint, das Haus brennt, wenn ihr Feuertopf raucht. Sieh», fuhr er fort, «wenn ich mehr von der Geschichte weiß als der Türpfosten da, so will ich ewig nicht selig werden. Längst war ich zu Haus», fügte er hinzu. – Friedrich stand beklemmt und zweifelnd. Er hätte viel darum gegeben, seines Ohms Gesicht sehen zu können. Aber während sie flüsterten, hatte der Himmel sich bewölkt.

«Ich habe schwere Schuld», seufzte Friedrich, «daß ich ihn den unrechten Weg geschickt – obgleich – doch, dies hab ich nicht gedacht, nein, gewiß nicht. Ohm, ich habe Euch ein schweres Gewissen zu danken.» – «So geh, beicht!» flüsterte Simon mit bebender Stimme; «Verunehre das Sakrament durch Angeberei, und setze armen Leuten einen Spion auf den Hals, der schon Wege finden wird, ihnen das Stückchen Brot aus den Zähnen zu reißen, wenn er gleich nicht reden darf – geh!» Friedrich stand unschlüssig; er hörte ein leises Geräusch, die Wolken verzogen sich, das Mondlicht fiel wieder auf die Kammertür: sie war geschlossen. Friedrich ging an diesem Morgen nicht zur Beichte.

Der Eindruck, den dieser Vorfall auf Friedrich gemacht, erlosch leider nur zu bald. Wer zweifelt daran, daß Simon alles tat, seinen Adoptivsohn dieselben Wege zu leiten, die er selber ging? Und in Friedrich lagen Eigenschaften, die dies nur zu sehr erleichterten: Leichtsinn, Erregbarkeit und vor allem ein grenzenloser Hochmut, der nicht immer den Schein verschmähte und dann alles daransetzte, durch Wahrmachung des Usurpierten möglicher Beschämung zu entgehen. Seine Natur war nicht unedel, aber er gewöhnte sich, die innere Schande der äußern vorzuziehen. Man darf nur sagen, er gewöhnte sich zu prunken, während seine Mutter darbte.

Diese unglückliche Wendung seines Charakters war indessen das Werk mehrerer Jahre, in denen man bemerkte, daß Margret immer stiller über ihren Sohn ward und allmählich in einen Zustand der Verkommenheit versank, den man früher bei ihr für unmöglich gehalten hätte. Sie wurde scheu, saumselig, sogar unordentlich, und manche meinten, ihr Kopf habe gelitten. Friedrich ward desto lauter; er versäumte keine Kirchweih oder Hochzeit, und da ein sehr empfindliches Ehrgefühl ihn die geheime Mißbilligung mancher nicht übersehen ließ, war er gleichsam immer unter Waffen, der öffentlichen Meinung nicht sowohl Trotz zu bieten, als sie den Weg zu leiten, der ihm gefiel. Er war äußerlich ordentlich, nüchtern, anscheinend treuherzig, aber listig, prahlerisch und oft roh, ein Mensch, an dem niemand Freude haben konnte, am wenigsten seine Mutter, und der dennoch durch seine gefürchtete Kühnheit und noch mehr gefürchtete Tücke ein gewisses Übergewicht im Dorfe erlangt hatte, das um so mehr anerkannt wurde, je mehr man sich bewußt war, ihn nicht zu kennen und nicht berechnen zu können, wessen er am Ende fähig sei. Nur ein Bursch im Dorfe, Wilm Hülsmeyer, wagte im Bewußtsein seiner Kraft und guter Verhältnisse ihm die Spitze zu bieten; und da er gewandter in Worten war als Friedrich und immer, wenn der Stachel saß, einen Scherz daraus zu machen wußte, so war dies der einzige, mit dem Friedrich ungern zusammentraf.

Vier Jahre waren verflossen; es war im Oktober; der milde Herbst von 1760, der alle Scheunen mit Korn und alle Keller mit Wein füllte, hatte seinen Reichtum auch über diesen Erdwinkel strömen lassen, und man sah mehr Betrunkene, hörte von mehr Schlägereien und dummen Streichen als je. Überall gab's Lustbarkeiten; der blaue Montag kam in Aufnahme, und wer ein paar Taler erübrigt hatte, wollte gleich eine Frau dazu, die ihm heute essen und morgen hungern helfen könne. Da gab es im Dorfe eine tüchtige, solide Hochzeit, und die Gäste durften mehr erwarten als eine verstimmte Geige, ein Glas Branntwein und was sie an guter Laune selber mitbrachten. Seit früh war alles auf den Beinen; vor jeder Türe wurden Kleider gelüftet, und B. glich den ganzen Tag einer Trödelbude. Da viele Auswärtige erwartet wurden, wollte jeder gern die Ehre des Dorfes obenhalten.

Es war sieben Uhr abends und alles in vollem Gange; Jubel und Gelächter an allen Enden, die niederen Stuben zum Ersticken angefüllt mit blauen, roten und gelben Gestalten, gleich Pfandställen, in denen eine zu große Herde eingepfercht ist. Auf der Tenne ward getanzt, das heißt, wer zwei Fuß Raum erobert hatte, drehte sich darauf immer rundum und suchte durch Jauchzen zu ersetzen, was an Bewegung fehlte. Das Orchester war glänzend, die erste Geige als anerkannte Künstlerin prädominierend, die zweite und eine große Baßviole mit drei Saiten von Dilettanten ad libitum gestrichen; Branntwein und Kaffee in Überfluß, alle Gäste von Schweiß triefend; kurz, es war ein köstliches Fest. – Friedrich stolzierte umher wie ein Hahn, im neuen himmelblauen Rock, und machte sein Recht als erster Elegant geltend. Als auch die Gutsherrschaft anlangte, saß er gerade hinter der Baßgeige und strich die tiefste Saite mit großer Kraft und vielem Anstand.

«Johannes!» rief er gebieterisch, und heran trat sein Schützling von dem Tanzplatze, wo er auch seine ungelenken Beine zu schlenkern und eins zu jauchzen versucht hatte.

Friedrich reichte ihm den Bogen, gab durch eine stolze Kopfbewegung seinen Willen zu erkennen und trat zu den Tanzenden. «Nun lustig, Musikanten: den Papen von Istrup!» Der beliebte Tanz ward gespielt, und Friedrich machte Sätze vor den Augen seiner Herrschaft, daß die Kühe an der Tenne die Hörner zurückzogen und Kettengeklirr und Gebrumm an ihren Ständern herlief. Fußhoch über die anderen tauchte sein blonder Kopf auf und nieder, wie ein Hecht, der sich im Wasser überschlägt; an allen Enden schrien Mädchen auf, denen er zum Zeichen der Huldigung mit einer raschen Kopfbewegung sein langes Flachshaar ins Gesicht schleuderte.

«Jetzt ist es gut!» sagte er endlich und trat schweißtriefend an den Kredenztisch; «die gnädigen Herrschaften sollen leben und alle die hochadeligen Prinzen und Prinzessinnen, und wer's nicht mittrinkt, den will ich an die Ohren schlagen, daß er die Engel singen hört!» – Ein lautes Vivat beantwortete den galanten Toast. – Friedrich machte seinen Bückling. «Nichts für ungut, gnädige Herrschaften; wir sind nur ungelehrte Bauersleute!» In diesem Augenblick erhob sich ein Getümmel am Ende der Tenne, Geschrei, Schelten, Gelächter, alles durcheinander. «Butterdieb, Butterdieb!» riefen ein paar Kinder, und heran drängte sich, oder vielmehr ward geschoben, Johannes Niemand, den Kopf zwischen die Schultern ziehend und mit aller Macht nach dem Ausgange strebend. – «Was ist's? Was habt ihr mit unserem Johannes?» rief Friedrich gebieterisch.

«Das sollt Ihr früh genug gewahr werden», keuchte ein altes Weib mit der Küchenschürze und einem Wischhader in der Hand. – Schande! Johannes, der arme Teufel, dem zu Hause das Schlechteste gut genug sein mußte, hatte versucht, sich ein halbes Pfündchen Butter für die kommende Dürre zu sichern, und ohne daran zu denken, daß er es, sauber in sein Schnupftuch gewickelt, in der Tasche geborgen, war er ans Küchenfenster getreten, und nun rann das Fett schmählich die Rockschöße entlang. Allgemeiner Aufruhr; die Mädchen sprangen zurück, aus Furcht, sich zu beschmutzen, oder stießen den Delinquenten vorwärts. Andere machten Platz, sowohl aus Mitleid als Vorsicht. Aber Friedrich trat vor. «Lumpenhund!» rief er; ein paar derbe Maulschellen trafen den geduldigen Schützling; dann stieß er ihn an die Tür und gab ihm einen tüchtigen Fußtritt mit auf den Weg.

Er kehrte niedergeschlagen zurück; seine Würde war verletzt, das allgemeine Gelächter schnitt ihm durch die Seele, ob er sich gleich durch einen tapfern Juchheschrei wieder in den Gang zu bringen suchte – es wollte nicht mehr recht gehen. Er war im Begriff, sich wieder hinter die Baßviole zu flüchten; doch zuvor noch ein Knalleffekt: er zog seine silberne Taschenuhr hervor, zu jener Zeit ein seltener und kostbarer Schmuck. «Es ist bald zehn», sagte er. «Jetzt den Brautmenuett! Ich will Musik machen.»

«Eine prächtige Uhr!» sagte der Schweinehirt und schob

sein Gesicht in ehrfurchtsvoller Neugier vor. – «Was hat sie gekostet?» rief Wilm Hülsmeyer, Friedrichs Nebenbuhler. – «Willst du sie bezahlen?» fragte Friedrich. – «Hast *du* sie bezahlt?» antwortete Wilm. Friedrich warf einen stolzen Blick auf ihn und griff in schweigender Majestät zum Fiedelbogen. – «Nun, nun», sagte Hülsmeyer, «dergleichen hat man schon erlebt. Du weißt wohl, der Franz Ebel hatte auch eine schöne Uhr, bis der Jude Aaron sie ihm wieder abnahm.» – Friedrich antwortete nicht, sondern winkte stolz der ersten Violine, und sie begannen aus Leibeskräften zu streichen.

Die Gutsherrschaft war indessen in die Kammer getreten, wo der Braut von den Nachbarfrauen das Zeichen ihres neuen Standes, die weiße Stirnbinde, umgelegt wurde. Das junge Blut weinte sehr, teils weil es die Sitte so wollte, teils aus wahrer Beklemmung. Sie sollte einem verworrenen Haushalt vorstehen, unter den Augen eines mürrischen alten Mannes, den sie noch obendrein lieben sollte. Er stand neben ihr, durchaus nicht wie der Bräutigam des Hohenliedes, der «in die Kammer tritt wie die Morgensonne». – «Du hast nun genug geweint», sagte er verdrießlich; «bedenk, du bist es nicht, die mich glücklich macht, ich mache dich glücklich!» – Sie sah demütig zu ihm auf und schien zu fühlen, daß er recht habe. – Das Geschäft war beendigt; die junge Frau hatte ihrem Manne zugetrunken, junge Spaßvögel hatten durch den Dreifuß geschaut, ob die Binde geradesitze, und man drängte sich wieder der Tenne zu, von wo unauslöschliches Gelächter und Lärm herüberschallte. Friedrich war nicht mehr dort. Eine große, unerträgliche Schmach hatte ihn getroffen, da der Jude Aaron, ein Schlächter und gelegentlicher Althändler aus dem nächsten Städtchen, plötzlich erschienen war und nach einem kurzen, unbefriedigenden Zwiegespräch ihn laut vor allen Leuten um den Betrag von zehn Talern für eine schon um Ostern gelieferte Uhr gemahnt hatte. Friedrich war wie vernichtet fortgegangen und der Jude ihm gefolgt, immer schreiend: «O weh mir! warum hab ich nicht gehört auf vernünftige Leute! Haben sie mir nicht hundertmal gesagt, Ihr hättet all Eur Gut am Leibe und kein Brot im Schranke!» – Die Tenne tobte von Gelächter; manche hatten sich auf den Hof nachgedrängt. – «Packt den Juden! wiegt ihn gegen ein Schwein!» riefen einige; andere waren ernst geworden. – «Der Friedrich sah so blaß aus wie ein Tuch», sagte eine alte Frau, und die Menge teilte sich, wie der Wagen des Gutsherrn in den Hof lenkte.

Herr von S. war auf dem Heimwege verstimmt, die jedesmalige Folge, wenn der Wunsch, seine Popularität aufrechtzuerhalten, ihn bewog, solchen Festen beizuwohnen. Er sah schweigend aus dem Wagen. «Was sind denn das für ein paar Figuren?» – Er deutete auf zwei dunkle Gestalten, die vor dem Wagen rannten wie Strauße. Nun schlüpften sie ins Schloß. – «Auch ein paar selige Schweine aus unserm eigenen Stall!» seufzte Herr von S. – Zu Hause angekommen, fand er die Hausflur vom ganzen Dienstpersonal eingenommen, das zwei Kleinknechte umstand, welche sich blaß und atemlos auf der Stiege niedergelassen hatten. Sie behaupteten, von des alten Mergels Geist verfolgt worden zu sein, als sie durchs Brederholz heimkehrten. Zuerst hatte es über ihnen an der Höhe gerauscht und geknistert; darauf hoch in der Luft ein Geklapper wie von aneinandergeschlagenen Stöcken; plötzlich ein gellender Schrei und ganz deutlich die Worte: «O weh, meine arme Seele!» hoch von oben herab. Der eine wollte auch glühende Augen durch die Zweige funkeln gesehen haben, und beide waren gelaufen, was ihre Beine vermochten. «Dummes Zeug!» sagte der Gutsherr verdrießlich und trat in die Kammer, sich umzukleiden. Am andern Morgen wollte die Fontäne im Garten nicht springen, und es fand sich, daß jemand eine Röhre verrückt hatte, augenscheinlich um nach dem Kopfe eines vor vielen Jahren hier verscharrten Pferdegerippes zu suchen, der für ein bewährtes Mittel wider allen Hexen- und Geisterspuk gilt. «Hm», sagte der Gutsherr, «was die Schelme nicht stehlen, das verderben die Narren.»

Drei Tage später tobte ein furchtbarer Sturm. Es war Mitternacht, aber alles im Schlosse außer dem Bett. Der Gutsherr stand am Fenster und sah besorgt ins Dunkle, nach seinen Feldern hinüber. An den Scheiben flogen Blätter und Zweige her; mitunter fuhr ein Ziegel hinab und schmetterte auf das Pflaster des Hofes. – «Furchtbares Wetter!» sagte Herr von S. Seine Frau sah ängstlich aus. «Ist das Feuer auch gewiß gut verwahrt?» sagte sie; «Gretchen, sieh noch einmal nach, gieß es lieber ganz aus! – Kommt, wir wollen das Evangelium Johannis beten.» Alles kniete nieder, und die Hausfrau begann: «Im Anfang war das Wort, und das Wort war bei Gott, und Gott war das Wort.» – Ein furchtbarer Donnerschlag. Alle fuhren zusammen; dann furchtbares Geschrei und Getümmel die Treppe heran. – «Um Gottes willen! brennt es?» rief Frau von S. und sank mit dem Gesichte auf den Stuhl. Die Türe ward aufgerissen, und herein stürzte die Frau des Juden Aaron, bleich wie der Tod, das Haar wild um den Kopf, von Regen triefend. Sie warf sich vor dem Gutsherrn auf die Knie. «Gerechtigkeit!» rief sie, «Gerechtigkeit! mein Mann ist erschlagen!» und sank ohnmächtig zusammen.

Es war nur zu wahr, und die nachfolgende Untersuchung bewies, daß der Jude Aaron durch einen Schlag an die Schläfe mit einem stumpfen Instrumente, wahrscheinlich einem Stabe, sein Leben verloren hatte, durch einen einzigen Schlag. An der linken Schläfe war der blaue Fleck, sonst keine Verletzung zu finden. Die Aussagen der Jüdin und ihres Knechtes Samuel lauteten so: Aaron war vor drei Tagen am Nachmittage ausgegangen, um Vieh zu kaufen, und hatte dabei gesagt, er werde wohl über Nacht ausbleiben, da noch einige böse Schuldner in B. und S. zu mahnen seien. In diesem Falle werde er in B. beim Schlachter Salomon übernachten. Als er am folgenden Tage nicht heimkehrte, war seine Frau sehr besorgt geworden und hatte sich endlich heute um drei nachmittags in Begleitung ihres Knechtes und des großen Schlächterhundes auf den Weg gemacht. Beim Juden Salomon wußte man nichts von Aaron; er war

gar nicht dagewesen. Nun waren sie zu allen Bauern gegangen, von denen sie wußten, daß Aaron einen Handel mit ihnen im Auge hatte. Nur zwei hatten ihn gesehen, und zwar an demselben Tage, an welchem er ausgegangen. Es war darüber sehr spät geworden. Die große Angst trieb das Weib nach Haus, wo sie ihren Mann wiederzufinden eine schwache Hoffnung nährte. So waren sie im Brederholz vom Gewitter überfallen worden und hatten unter einer großen, am Berghange stehenden Buche Schutz gesucht; der Hund hatte unterdessen auf eine auffallende Weise umhergestöbert und sich endlich, trotz allem Locken, im Walde verlaufen. Mit einem Male sieht die Frau beim Leuchten des Blitzes etwas Weißes neben sich im Moose. Es ist der Stab ihres Mannes, und fast im selben Augenblicke bricht der Hund durchs Gebüsch und trägt etwas im Maule; es ist der Schuh ihres Mannes. Nicht lange, so ist in einem mit dürrem Laube gefüllten Graben der Leichnam des Juden gefunden. – Dies war die Angabe des Knechtes, von der Frau nur im allgemeinen unterstützt; ihre übergroße Spannung hatte nachgelassen, und sie schien jetzt halb verwirrt oder vielmehr stumpfsinnig. «Aug um Auge, Zahn um Zahn!» dies waren die einzigen Worte, die sie zuweilen hervorstieß.

In derselben Nacht noch wurden die Schützen aufgeboten, um Friedrich zu verhaften. Der Anklage bedurfte es nicht, da Herr von S. selbst Zeuge eines Auftritts gewesen war, der den dringenden Verdacht auf ihn werfen mußte; zudem die Gespenstergeschichte von jenem Abende, das Aneinanderschlagen der Stäbe im Brederholz, der Schrei aus der Höhe. Da der Amtsschreiber gerade abwesend war, so betrieb Herr von S. selbst alles rascher, als sonst geschehen wäre. Dennoch begann die Dämmerung bereits anzubrechen, bevor die Schützen so geräuschlos wie möglich das Haus der armen Margret umstellt hatten. Der Gutsherr selber pochte an; es währte kaum eine Minute, bis geöffnet ward und Margret völlig gekleidet in der Türe erschien. Herr von S. fuhr zurück; er hatte sie fast nicht erkannt, so blaß und steinern sah sie aus. «Wo ist Friedrich?» fragte er mit unsicherer Stimme. – «Sucht ihn», antwortete sie und setzte sich auf einen Stuhl. Der Gutsherr zögerte noch einen Augenblick. «Herein, herein!» sagte er dann barsch; «worauf warten wir?» Man trat in Friedrichs Kammer. Er war nicht da, aber das Bett noch warm. Man stieg auf den Söller, in den Keller, stieß ins Stroh, schaute hinter jedes Faß, sogar in den Backofen; er war nicht da. Einige gingen in den Garten, sahen hinter den Zaun und in die Apfelbäume hinauf; er war nicht zu finden. – «Entwischt!» sagte der Gutsherr mit sehr gemischten Gefühlen: der Anblick der alten Frau wirkte gewaltig auf ihn. «Gebt den Schlüssel zu jenem Koffer.» – Margret antwortete nicht. – «Gebt den Schlüssel!» wiederholte der Gutsherr und merkte jetzt erst, daß der Schlüssel steckte. Der Inhalt des Koffers kam zum Vorschein; des Entflohenen gute Sonntagskleider, und seiner Mutter ärmlicher Staat; dann zwei Leichenhemden mit schwarzen Bändern, das eine für einen Mann, das andere für eine Frau gemacht. Herr von S. war tief erschüttert. Ganz zuunterst auf dem Boden des Koffers lag die silberne Uhr und einige Schriften von sehr leserlicher Hand, eine derselben von einem Manne unterzeichnet, den man in starkem Verdacht der Verbindung mit den Holzfrevlern hatte. Herr von S. nahm sie mit zur Durchsicht, und man verließ das Haus, ohne daß Margret ein anderes Lebenszeichen von sich gegeben hätte, als daß sie unaufhörlich die Lippen nagte und mit den Augen zwinkerte.

Im Schlosse angelangt, fand der Gutsherr den Amtsschreiber, der schon am vorigen Abend heimgekommen war und behauptete, die ganze Geschichte verschlafen zu haben, da der gnädige Herr nicht nach ihm geschickt. – «Sie kommen immer zu spät», sagte Herr von S. verdrießlich. «War denn nicht irgendein altes Weib im Dorfe, das Ihrer Magd die Sache erzählte? Und warum weckte man Sie dann nicht?» – «Gnädiger Herr», versetzte Kapp, «allerdings hat meine Anne-Marie den Handel um eine Stunde früher erfahren als ich; aber sie wußte, daß Ihre Gnaden die Sache selber leiteten, und dann», fügte er mit klagender Miene hinzu, «daß ich so todmüde war!» – «Schöne Polizei!» murmelte der Gutsherr, «jede alte Schachtel im Dorf weiß Bescheid, wenn es recht geheim zugehen soll.» Dann fuhr er heftig fort: «Das müßte wahrhaftig ein dummer Teufel von Delinquenten sein, der sich packen ließe!»

Beide schwiegen eine Weile. – «Mein Fuhrmann hatte sich in der Nacht verirrt», hob der Amtsschreiber wieder an; «über eine Stunde lang hielten wir im Walde; es war ein Mordwetter; ich dachte, der Wind werde den Wagen umreißen. Endlich, als der Regen nachließ, fuhren wir in Gottes Namen darauf los, immer in das Zellerfeld hinein, ohne eine Hand vor den Augen zu sehen. Da sagte der Kutscher: ‹Wenn wir nur nicht den Steinbrüchen zu nahe kommen!› Mir war selbst bange; ich ließ halten und schlug Feuer, um wenigstens etwas Unterhaltung an meiner Pfeife zu haben. Mit einem Male hörten wir ganz nah, perpendikulär unter uns, die Glocke schlagen. Euer Gnaden mögen glauben, daß mir fatal zumute wurde. Ich sprang aus dem Wagen, denn seinen eigenen Beinen kann man trauen, aber denen der Pferde nicht. So stand ich, in Kot und Regen, ohne mich zu rühren, bis es gottlob sehr bald anfing zu dämmern. Und wo hielten wir? Dicht an der Heerser Tiefe und den Turm von Heerse gerade unter uns. Wären wir noch zwanzig Schritt weitergefahren, wir wären alle Kinder des Todes gewesen.» – «Das war in der Tat kein Spaß», versetzte der Gutsherr, halb versöhnt.

Er hatte unterdessen die mitgenommenen Papiere durchgesehen. Es waren Mahnbriefe um geliehene Gelder, die meisten von Wucherern. – «Ich hätte nicht gedacht», murmelte er, «daß die Mergels so tief drinsteckten.» – «Ja, und daß es so an den Tag kommen muß», versetzte Kapp, «das wird kein kleiner Ärger für Frau Margret sein.» – «Ach Gott, die denkt jetzt daran nicht!» Mit diesen Worten stand der Gutsherr auf und verließ das Zimmer, um mit Herrn Kapp die gerichtliche Leichenschau vorzunehmen. – Die Untersuchung war kurz, gewaltsamer Tod erwiesen, der vermutliche Täter entflohen, die Anzeigen gegen ihn zwar gravierend, doch ohne persönliches Geständnis nicht beweisend, seine Flucht allerdings sehr verdächtig. So mußte die gerichtliche Verhandlung ohne genügenden Erfolg geschlossen werden.

Die Juden der Umgegend hatten großen Anteil gezeigt. Das Haus der Witwe ward nie leer von Jammernden und Ratenden. Seit Menschengedenken waren nicht so viel Juden beisammen in L. gesehen worden. Durch den Mord ihres Glaubensgenossen aufs äußerste erbittert, hatten sie weder Mühe noch Geld gespart, dem Täter auf die Spur zu kommen. Man weiß sogar, daß einer derselben, gemeinhin der Wucherjoel genannt, einem seiner Kunden, der ihm mehrere Hunderte schuldete und den er für einen besonders listigen Kerl hielt, Erlaß der ganzen Summe angeboten hatte, falls er ihm zur Verhaftung des Mergel verhelfen wolle; denn der Glaube war allgemein unter den Juden, daß der Täter nur mit guter Beihülfe entwischt und wahrscheinlich noch in der Umgegend sei. Als dennoch alles nichts half und die gerichtliche Verhandlung für beendet erklärt worden war, erschien am nächsten Morgen eine Anzahl der angesehensten Israeliten im Schlosse, um dem gnädigen Herrn einen Handel anzutragen. Der Gegenstand war die Buche, unter der Aarons Stab gefunden und wo der Mord wahrscheinlich verübt worden war. – «Wollt ihr sie fällen? So mitten im vollen Laube?» fragte der Gutsherr. – «Nein, Ihro Gnaden, sie muß stehenbleiben im Winter und Sommer, solange ein Span daran ist.» – «Aber, wenn ich nun den Wald hauen lasse, so schadet es dem jungen Aufschlag.» – «Wollen wir sie doch nicht um gewöhnlichen Preis.» Sie boten zweihundert Taler. Der Handel ward geschlossen und allen Förstern streng eingeschärft, die Judenbuche auf keine Weise zu schädigen. Darauf sah man an einem Abende wohl gegen sechzig Juden, ihren Rabbiner an der Spitze, in das Brederholz ziehen, alle schweigend und mit gesenkten Augen. Sie blieben über eine Stunde im Walde und kehrten dann ebenso ernst und feierlich zurück, durch das Dorf B. bis in das Zellerfeld, wo sie sich zerstreuten und jeder seines Weges ging. Am nächsten Morgen stand an der Buche mit einem Beil eingehauen:

אם תעמוד במקום הזה יפגע בך כאשר אתה עשית לי

Und wo war Friedrich? Ohne Zweifel fort, weit genug, um die kurzen Arme einer so schwachen Polizei nicht mehr fürchten zu dürfen. Er war bald verschollen, vergessen. Ohm Simon redete selten von ihm, und dann schlecht; die Judenfrau tröstete sich am Ende und nahm einen andern Mann. Nur die arme Margret blieb ungetröstet.

Etwa ein halbes Jahr nachher las der Gutsherr einige eben erhaltene Briefe in Gegenwart des Amtsschreibers. «Sonderbar, sonderbar!» sagte er. «Denken Sie sich, Kapp, der Mergel ist vielleicht unschuldig an dem Morde. Soeben schreibt mir der Präsident des Gerichtes zu P.: ‹Le vrai n'est pas toujours vraisemblable; das erfahre ich oft in meinem Berufe und jetzt neuerdings. Wissen Sie wohl, daß Ihr lieber Getreuer, Friedrich Mergel, den Juden mag ebensowenig erschlagen haben als ich oder Sie? Leider fehlen die Beweise, aber die Wahrscheinlichkeit ist groß. Ein Mitglied der Schlemmingschen Bande (die wir jetzt, nebenbei gesagt, größtenteils unter Schloß und Riegel haben), Lumpenmoises genannt, hat im letzten Verhöre ausgesagt, daß ihn nichts so sehr gereue als der Mord eines Glaubensgenossen, Aaron, den er im Walde erschlagen und doch nur sechs Groschen bei ihm gefunden habe. Leider ward das Verhör durch die Mittagsstunde unterbrochen, und während wir tafelten, hat sich der Hund von einem Juden an seinem Strumpfband erhängt. Was sagen Sie dazu? Aaron ist zwar ein verbreiteter Name› usw. – Was sagen Sie dazu?» wiederholte der Gutsherr, «und weshalb wäre der Esel von einem Burschen denn gelaufen?» Der Amtsschreiber dachte nach. – «Nun, vielleicht der Holzfrevel wegen, mit denen wir ja gerade in Untersuchung waren. Heißt es nicht: Der Böse läuft vor seinem eigenen Schatten? Mergels Gewissen war schmutzig genug auch ohne diesen Flecken.»

Dabei beruhigte man sich. Friedrich war hin, verschwunden und – Johannes Niemand, der arme, unbeachtete Johannes, am gleichen Tage mit ihm. –

Eine schöne lange Zeit war verflossen, achtundzwanzig Jahre, fast die Hälfte eines Menschenlebens; der Gutsherr war sehr alt und grau geworden, sein gutmütiger Gehülfe Kapp längst begraben. Menschen, Tiere und Pflanzen waren entstanden, gereift, vergangen, nur Schloß B. sah immer gleich grau und vornehm auf die Hütten herab, die wie alte hektische Leute immer fallen zu wollen schienen und immer standen. Es war am Vorabende des Weihnachtsfestes, den 24. Dezember 1788. Tiefer Schnee lag in den Hohlwegen, wohl an zwölf Fuß hoch, und eine durchdringende Frostluft machte die Fensterscheiben in der geheizten Stube gefrieren. Mitternacht war nahe, dennoch flimmerten überall matte Lichtchen aus den Schneehügeln, und in jedem Hause lagen die Einwohner auf den Knien, um den Eintritt des heiligen Christfestes mit Gebet zu erwarten, wie dies in katholischen Ländern Sitte ist oder wenigstens damals allgemein war. Da bewegte sich von der Breder Höhe herab eine Gestalt langsam gegen das Dorf; der Wanderer schien sehr matt oder krank; er stöhnte schwer und schleppte sich äußerst mühsam durch den Schnee.

An der Mitte des Hanges stand er still, lehnte sich auf seinen Krückenstab und starrte unverwandt auf die Lichtpunkte. Es war so still überall, so tot und kalt; man mußte an Irrlichter auf Kirchhöfen denken. Nun schlug es zwölf im Turm; der letzte Schlag verdröhnte langsam, und im nächsten Hause erhob sich ein leiser Gesang, der, von Haus zu Haus schwellend, sich über das ganze Dorf zog:

Ein Kindelein so löbelich
Ist uns geboren heute,
Von einer Jungfrau säuberlich,
Des freun sich alle Leute;
Und wär das Kindlein nicht geborn,

So wären wir alle zusammen verlorn:
Das Heil ist unser aller.
O du mein liebster Jesu Christ,
Der du als Mensch geboren bist,
Erlös uns von der Hölle!

Der Mann am Hange war in die Knie gesunken und versuchte mit zitternder Stimme einzufallen: es ward nur ein lautes Schluchzen daraus, und schwere, heiße Tropfen fielen in den Schnee. Die zweite Strophe begann; er betete leise mit; dann die dritte und vierte. Das Lied war geendigt, und die Lichter in den Häusern begannen sich zu bewegen. Da richtete der Mann sich mühselig auf und schlich langsam hinab in das Dorf. An mehreren Häusern keuchte er vorüber, dann stand er vor einem still und pochte leise an.

«Was ist denn das?» sagte drinnen eine Frauenstimme; «die Türe klappert, und der Wind geht doch nicht.» – Er pochte stärker. – «Um Gottes willen, laßt einen halberfrorenen Menschen ein, der aus der türkischen Sklaverei kommt!» – Geflüster in der Küche. – «Geht ins Wirtshaus», antwortete eine andere Stimme; «das fünfte Haus von hier!» – «Um Gottes Barmherzigkeit willen, laßt mich ein! Ich habe kein Geld.» Nach einigem Zögern ward die Tür geöffnet, und ein Mann leuchtete mit der Lampe hinaus. – «Kommt nur herein», sagte er dann, «Ihr werdet uns den Hals nicht abschneiden.»

In der Küche befanden sich außer dem Manne eine Frau in den mittleren Jahren, eine alte Mutter und fünf Kinder. Alle drängten sich um den Eintretenden her und musterten ihn mit scheuer Neugier. Eine armselige Figur! mit schiefem Halse, gekrümmtem Rücken, die ganze Gestalt gebrochen und kraftlos; langes, schneeweißes Haar hing um sein Gesicht, das den verzogenen Ausdruck langen Leidens trug. Die Frau ging schweigend an den Herd und legte frisches Reisig zu. – «Ein Bett können wir Euch nicht geben», sagte sie; «aber ich will hier eine gute Streu machen; Ihr müßt Euch schon so behelfen.» – «Gotts Lohn!» versetzte der Fremde; «ich bin's wohl schlechter gewohnt.» Der Heimgekehrte ward als Johannes Niemand erkannt, und er selbst bestätigte, daß er derselbe sei, der einst mit Friedrich Mergel entflohen.

Das Dorf war am folgenden Tage voll von den Abenteuern des so lange Verschollenen. Jeder wollte den Mann aus der Türkei sehen, und man wunderte sich beinahe, daß er noch aussehe wie andere Menschen. Das junge Volk hatte zwar keine Erinnerungen von ihm, aber die Alten fanden seine Züge noch ganz wohl heraus, so erbärmlich entstellt er auch war.

«Johannes, Johannes, was seid Ihr grau geworden!» sagte eine alte Frau. «Und woher habt Ihr den schiefen Hals?» – «Vom Holz- und Wassertragen in der Sklaverei», versetzte er. – «Und was ist aus Mergel geworden? Ihr seid doch zusammen fortgelaufen?» – «Freilich wohl; aber ich weiß nicht, wo er ist, wir sind voneinandergekommen. Wenn Ihr an ihn denkt, betet für ihn», fügte er hinzu, «er wird es wohl nötig haben.»

Man fragte ihn, warum Friedrich sich denn aus dem Staube gemacht, da er den Juden doch nicht erschlagen? «Nicht?» sagte Johannes und horchte gespannt auf, als man ihm erzählte, was der Gutsherr geflissentlich verbreitet hatte, um den Fleck von Mergels Namen zu löschen. – «Also ganz umsonst», sagte er nachdenkend, «ganz umsonst so viel ausgestanden!» Er seufzte tief und fragte nun seinerseits nach manchem. Simon war lange tot, aber zuvor noch ganz verarmt durch Prozesse und böse Schuldner, die er nicht gerichtlich belangen durfte, weil es, wie man sagte, zwischen ihnen keine reine Sache war. Er hatte zuletzt Bettelbrot gegessen und war in einem fremden Schuppen auf dem Stroh gestorben. Margret hatte länger gelebt, aber in völliger Geistesstumpfheit. Die Leute im Dorf waren es bald müde geworden, ihr beizustehen, da sie alles verkommen ließ, was man ihr gab, wie es denn die Art der Menschen ist, gerade die Hülflosesten zu verlassen, solche, bei denen der Beistand nicht nachhaltig wirkt und die der

Hülfe immer gleich bedürftig bleiben. Dennoch hatte sie nicht eigentlich Not gelitten; die Gutsherrschaft sorgte sehr für sie, schickte ihr täglich das Essen und ließ ihr auch ärztliche Behandlung zukommen, als ihr kümmerlicher Zustand in völlige Abzehrung übergegangen war. In ihrem Hause wohnte jetzt der Sohn des ehemaligen Schweinehirten, der an jenem unglücklichen Abende Friedrichs Uhr so sehr bewundert hatte. – «Alles hin, alles tot!» seufzte Johannes.

Am Abend, als es dunkel geworden war und der Mond schien, sah man ihn im Schnee auf dem Kirchhofe umherhumpeln; er betete bei keinem Grabe, ging auch an keines dicht hinan, aber auf einige schien er aus der Ferne starre Blicke zu heften. So fand ihn der Förster Brandes, der Sohn des Erschlagenen, den die Gutsherrschaft abgeschickt hatte, ihn ins Schloß zu holen.

Beim Eintritt in das Wohnzimmer sah er scheu umher, wie vom Licht geblendet, und dann auf den Baron, der sehr zusammengefallen in seinem Lehnstuhl saß, aber noch immer mit den hellen Augen und dem roten Käppchen auf dem Kopfe wie vor achtundzwanzig Jahren; neben ihm die gnädige Frau, auch alt, sehr alt geworden.

«Nun, Johannes», sagte der Gutsherr, «erzähl mir einmal recht ordentlich von deinen Abenteuern. Aber», er musterte ihn durch die Brille, «du bist ja erbärmlich mitgenommen in der Türkei!» – Johannes begann: wie Mergel ihn nachts von der Herde abgerufen und gesagt, er müsse mit ihm fort. «Aber warum lief der dumme Junge denn? Du weißt doch, daß er unschuldig war?» Johannes sah vor sich nieder: «Ich weiß nicht recht, mich dünkt, es war wegen Holzgeschichten. Simon hatte so allerlei Geschäfte; mir sagte man nichts davon, aber ich glaube nicht, daß alles war, wie es sein sollte.» – «Was hat denn Friedrich dir gesagt?» – «Nichts, als daß wir laufen müßten, sie wären hinter uns her. So liefen wir bis Heerse; da war es noch dunkel, und wir versteckten uns hinter das große Kreuz am Kirchhofe, bis es etwas heller würde, weil wir uns vor den Steinbrüchen am Zellerfelde fürchteten, und wie wir eine Weile gesessen hatten, hörten wir mit einem Male über uns schnauben und stampfen und sahen lange Feuerstrahlen in der Luft gerade über dem Heerser Kirchturm. Wir sprangen auf und liefen, was wir konnten, in Gottes Namen geradeaus, und wie es dämmerte, waren wir wirklich auf dem rechten Wege nach P.»

Johannes schien noch vor der Erinnerung zu schaudern, und der Gutsherr dachte an seinen seligen Kapp und dessen Abenteuer am Heerser Hange. – «Sonderbar!» lachte er, «so nah wart ihr einander! Aber fahr fort.» –Johannes erzählte nun, wie sie glücklich durch P. und über die Grenze gekommen. Von da an hatten sie sich als wandernde Handwerksbursche durchgebettelt bis Freiburg im Breisgau. «Ich hatte meinen Brotsack bei mir», sagte er, «und Friedrich ein Bündelchen; so glaubte man uns.» – In Freiburg hatten sie sich von den Österreichern anwerben lassen; ihn hatte man nicht gewollt, aber Friedrich bestand darauf. So kam er unter den Train. «Den Winter über blieben wir in Freiburg», fuhr er fort, «und es ging uns ziemlich gut; mir auch, weil Friedrich mich oft erinnerte und mir half, wenn ich etwas verkehrt machte. Im Frühling mußten wir marschieren, nach Ungarn, und im Herbst ging der Krieg mit den Türken los. Ich kann nicht viel davon nachsagen, denn ich wurde gleich in der ersten Affäre gefangen und bin seitdem sechsundzwanzig Jahre in der türkischen Sklaverei gewesen!» – «Gott im Himmel! das ist doch schrecklich!» sagte Frau von S. – «Schlimm genug, die Türken halten uns Christen nicht besser als Hunde; das schlimmste war, daß meine Kräfte unter der harten Arbeit vergingen; ich ward auch älter und sollte noch immer tun wie vor Jahren.»

Er schwieg eine Weile. «Ja», sagte er dann, «es ging über Menschenkräfte und Menschengeduld; ich hielt es auch nicht aus. – Von da kam ich auf ein holländisches Schiff.» – «Wie kamst du denn dahin?» fragte der Gutsherr. – «Sie fischten mich auf, aus dem Bosporus», versetzte Johannes. Der Baron sah ihn befremdet an und hob den Finger warnend auf; aber Johannes erzählte weiter. Auf dem Schiffe war es ihm nicht viel besser gegangen. «Der Skorbut riß ein; wer nicht ganz elend war, mußte über Macht arbeiten, und das Schiffstau regierte ebensostreng wie die türkische Peitsche. Endlich», schloß er, «als wir nach Holland kamen, nach Amsterdam, ließ man mich frei, weil ich unbrauchbar war, und der Kaufmann, dem das Schiff gehörte, hatte auch Mitleiden mit mir und wollte mich zu seinem Pförtner machen. Aber», – er schüttelte den Kopf – «ich bettelte mich lieber durch bis hierher.» – «Das war dumm genug», sagte der Gutsherr. Johannes seufzte tief: «O Herr, ich habe mein Leben zwischen Türken und Ketzern zubringen müssen, soll ich nicht wenigstens auf einem katholischen Kirchhofe liegen?» Der Gutsherr hatte seine Börse gezogen: «Da, Johannes, nun geh und komm bald wieder. Du mußt mir das alles noch ausführlicher erzählen; heute ging es etwas konfus durcheinander. Du bist wohl noch sehr müde?» – «Sehr müde», versetzte Johannes, «und», er deutete auf seine Stirn, «meine Gedanken sind zuweilen so kurios, ich kann nicht recht sagen, wie es so ist.» – «Ich weiß schon», sagte der Baron, «von alter Zeit her! Jetzt geh. Hülsmeyers behalten dich wohl noch die Nacht über, morgen komm wieder.»

Herr von S. hatte das innigste Mitleiden mit dem armen Schelm; bis zum folgenden Tage war überlegt worden, wo man ihn einmieten könne; essen sollte er täglich im Schlosse, und für Kleidung fand sich auch wohl Rat. – «Herr», sagte Johannes, «ich kann auch noch wohl etwas tun; ich kann hölzerne Löffel machen, und Ihr könnt mich wohl auch als Boten schicken.» Herr von S. schüttelte mitleidig den Kopf: «Das würde doch nicht sonderlich ausfallen.» – «O doch, Herr, wenn ich erst im Gange bin – es geht nicht schnell, aber hin komme ich doch, und es wird mir auch nicht so sauer, wie man denken sollte.» – «Nun», sagte der Baron zweifelnd, «willst du's versuchen? Hier ist ein Brief nach P. Es hat keine sonderliche Eile.»

Am folgenden Tage bezog Johannes ein Kämmerchen bei einer Witwe im Dorfe. Er schnitzelte Löffel, aß auf dem Schlosse und machte Botengänge für den gnädigen Herrn.

Im ganzen ging's ihm leidlich; die Herrschaft war sehr gütig, und Herr von S. unterhielt sich oft lange mit ihm über die Türkei, den österreichischen Dienst und die See. – «Der Johannes könnte viel erzählen», sagte er zu seiner Frau, «wenn er nicht so grundeinfältig wäre.» – «Mehr tiefsinnig als einfältig», versetzte sie; «ich fürchte immer, er schnappt noch über.» – «Ei bewahre!» antwortete der Baron, «er war sein Leben lang ein Simpel; simple Leute werden nie verrückt.»

Nach einiger Zeit blieb Johannes auf einem Botengange über Gebühr lange aus. Die gute Frau von S. war sehr besorgt um ihn und wollte schon Leute aussenden, als man ihn die Treppe heraufstelzen hörte. «Du bist lange ausgeblieben, Johannes», sagte sie; «ich dachte schon, du hättest dich im Brederholz verirrt.» – «Ich bin durch den Föhrengrund gegangen.» – «Das ist ja ein weiter Umweg; warum gingst du nicht durchs Brederholz?» – Er sah trübe zu ihr auf: «Die Leute sagten mir, der Wald sei gefällt und jetzt seien so viele Kreuz- und Querwege darin, da fürchtete ich, nicht wieder hinauszukommen. Ich werde alt und duselig», fügte er langsam hinzu. – «Sahst du wohl», sagte Frau von S. nachher zu ihrem Manne, «wie wunderlich und quer er aus den Augen sah? Ich sage dir, Ernst, das nimmt noch ein schlimmes Ende.»

Indessen nahte der September heran. Die Felder waren leer, das Laub begann abzufallen, und mancher Hektische fühlte die Schere an seinem Lebensfaden. Auch Johannes schien unter dem Einflusse des nahen Äquinoktiums zu leiden; die ihn in diesen Tagen sahen, sagen, er habe auffallend verstört ausgesehen und unaufhörlich leise mit sich selber geredet, was er auch sonst mitunter tat, aber selten. Endlich kam er eines Abends nicht nach Hause. Man dachte, die Herrschaft habe ihn verschickt; am zweiten auch nicht; am dritten ward seine Hausfrau ängstlich. Sie ging ins Schloß und fragte nach. – «Gott bewahre», sagte der Gutsherr, «ich weiß nichts von ihm, aber geschwind den Jäger gerufen und Försters Wilhelm! Wenn der armselige

Krüppel», setzte er bewegt hinzu, «auch nur in einen trokkenen Graben gefallen ist, so kann er nicht wieder heraus. Wer weiß, ob er nicht gar eines von seinen schiefen Beinen gebrochen hat! – Nehmt die Hunde mit», rief er den abziehenden Jägern nach, «und sucht vor allem in den Gräben; seht in die Steinbrüche!» rief er lauter.

Die Jäger kehrten nach einigen Stunden heim; sie hatten keine Spur gefunden. Herr von S. war in großer Unruhe: Wenn ich mir denke, daß einer so liegen muß wie ein Stein und kann sich nicht helfen! Aber er kann noch leben; drei Tage hält's ein Mensch wohl ohne Nahrung aus. Er machte sich selbst auf den Weg; in allen Häusern wurde nachgefragt, überall in die Hörner geblasen, gerufen, die Hunde zum Suchen angehetzt – umsonst! – Ein Kind hatte ihn gesehen, wie er am Rande des Brederholzes saß und an einem Löffel schnitzelte. «Er schnitt ihn aber ganz entzwei», sagte das kleine Mädchen. Das war vor zwei Tagen gewesen. Nachmittags fand sich wieder eine Spur; abermals ein Kind, das ihn an der andern Seite des Waldes bemerkt hatte, wo er im Gebüsch gesessen, das Gesicht auf den Knien, als ob er schliefe. Das war noch am vorigen Tage. Es schien, er hatte sich immer um das Brederholz herumgetrieben.

«Wenn nur das verdammte Buschwerk nicht so dicht wäre! da kann keine Seele hindurch», sagte der Gutsherr. Man trieb die Hunde in den jungen Schlag; man blies und hallote und kehrte endlich mißvergnügt heim, als man sich überzeugt, daß die Tiere den ganzen Wald abgesucht hatten. – «Laßt nicht nach! laßt nicht nach!» bat Frau von S.; «besser eine paar Schritte umsonst, als daß etwas versäumt wird.» – Der Baron war fast ebenso beängstigt wie sie. Seine Unruhe trieb ihn sogar nach Johannes' Wohnung, obwohl er sicher war, ihn dort nicht zu finden. Er ließ sich die Kammer des Verschollenen aufschließen. Da stand sein Bett noch ungemacht, wie er es verlassen hatte, dort hing sein guter Rock, den ihm die gnädige Frau aus dem alten Jagdkleide des Herrn hatte machen lassen; auf dem Tische ein Napf, sechs neue hölzerne Löffel und eine Schachtel.

Der Gutsherr öffnete sie; fünf Groschen lagen darin, sauber in Papier gewickelt, und vier silberne Westenknöpfe; der Gutsherr betrachtete sie aufmerksam. «Ein Andenken von Mergel», murmelte er und trat hinaus, denn ihm ward ganz beengt in dem dumpfen, engen Kämmerchen. Die Nachsuchungen wurden fortgesetzt, bis man sich überzeugt hatte, Johannes sei nicht mehr in der Gegend, wenigstens nicht lebendig. So war er denn zum zweitenmal verschwunden; ob man ihn wiederfinden würde – vielleicht einmal nach Jahren seine Knochen in einem trockenen Graben? Ihn lebend wiederzusehen, dazu war wenig Hoffnung, und jedenfalls nach achtundzwanzig Jahren gewiß nicht.

Vierzehn Tage später kehrte der junge Brandes morgens von einer Besichtigung seines Reviers durch das Brederholz heim. Es war ein für die Jahreszeit ungewöhnlich heißer Tag; die Luft zitterte, kein Vogel sang, nur die Raben krächzten langweilig aus den Ästen und hielten ihre offenen Schnäbel der Luft entgegen. Brandes war sehr ermüdet. Bald nahm er seine von der Sonne durchglühte Kappe ab, bald setzte er sie wieder auf. Es war alles gleich unerträglich, das Arbeiten durch den kniehohen Schlag sehr beschwerlich. Ringsumher kein Baum außer der Judenbuche. Dahin strebte er denn auch aus allen Kräften und ließ sich todmatt auf das beschattete Moos darunter nieder. Die Kühle zog so angenehm durch seine Glieder, daß er die Augen schloß. «Schändliche Pilze!» murmelte er halb im Schlaf. Es gibt nämlich in jener Gegend eine Art sehr saftiger Pilze, die nur ein paar Tage stehen, dann einfallen und einen unerträglichen Geruch verbreiten. Brandes glaubte, solche unangenehmen Nachbarn zu spüren, er wandte sich ein paarmal hin und her, mochte aber doch nicht aufstehen; sein Hund sprang unterdessen umher, kratzte am Stamm der Buche und bellte hinauf. – «Was hast du da, Bello? Eine Katze?» murmelte Brandes. Er öffnete die Wimper halb, und die Judenschrift fiel ihm ins Auge, sehr ausgewachsen, aber doch noch ganz kenntlich. Er schloß die Augen wieder; der Hund fuhr fort zu bellen und legte endlich seinem

Herrn die kalte Schnauze ans Gesicht. – «Laß mich in Ruh! Was hast du denn?» Hierbei sah Brandes, wie er so auf dem Rücken lag, in die Höhe, sprang dann mit einem Satze auf und wie besessen ins Gestrüpp hinein. Totenbleich kam er auf dem Schlosse an: in der Judenbuche hänge ein Mensch; er habe die Beine gerade über seinem Gesichte hängen sehen. – «Und du hast ihn nicht abgeschnitten, Esel?» rief der Baron. – «Herr», keuchte Brandes, «wenn Euer Gnaden dagewesen wären, so wüßten Sie wohl, daß der Mensch nicht mehr lebt. Ich glaubte anfangs, es seien die Pilze!» Dennoch trieb der Gutsherr zur größten Eile und zog selbst mit hinaus.

Sie waren unter der Buche angelangt. «Ich sehe nichts», sagte Herr von S. – «Hierher müssen Sie treten, hierher, an diese Stelle!» Wirklich, dem war so: der Gutsherr erkannte seine eigenen abgetragenen Schuhe. – «Gott, es ist Johannes! – Setzt die Leiter an! – so – nun herunter! sacht, sacht! Laßt ihn nicht fallen! – Lieber Himmel, die Würmer sind schon daran! Macht dennoch die Schlinge auf und die Halsbinde.» Eine breite Narbe ward sichtbar, der Gutsherr fuhr zurück. – «Mein Gott!» sagte er; er beugte sich wieder über die Leiche, betrachtete die Narbe mit großer Aufmerksamkeit und schwieg eine Weile in tiefer Erschütterung. Dann wandte er sich zu den Förstern: «Es ist nicht recht, daß der Unschuldige für den Schuldigen leide; sagt es nur allen Leuten: der da», er deutete auf den Toten, «war Friedrich Mergel.» – Die Leiche ward auf dem Schindanger verscharrt.

Dies hat sich nach allen Hauptumständen wirklich so begeben im September des Jahres 1788. Die hebräische Schrift an den Baume heißt:

«Wenn du dich diesem Orte nahest, so wird es dir ergehen, wie du mir getan hast.»

Franz Grillparzer
Der arme Spielmann

IN WIEN IST DER SONNTAG NACH DEM VOLLMONDE im Monat Juli jedes Jahres samt dem darauffolgenden Tage ein eigentliches Volksfest, wenn je ein Fest diesen Namen verdient hat. Das Volk besucht es und gibt es selbst; und wenn Vornehmere dabei erscheinen, so können sie es nur in ihrer Eigenschaft als Glieder des Volks. Da ist keine Möglichkeit der Absonderung – wenigstens vor einigen Jahren noch war keine.

An diesem Tage feiert die mit dem Augarten, der Leopoldstadt, dem Prater in ununterbrochener Lustreihe zusammenhängende Brigittenau ihre Kirchweihe. Von Brigittenkirchtag zu Brigittenkirchtag zählt seine guten Tage das arbeitende Volk. Lange erwartet, erscheint endlich das saturnalische Fest. Da entsteht Aufruhr in der gutmütig ruhigen Stadt. Eine wogende Menge erfüllt die Straßen. Geräusch von Fußtritten, Gemurmel von Sprechenden, das hie und da ein lauter Ausruf durchzuckt. Der Unterschied der Stände ist verschwunden; Bürger und Soldat teilt die Bewegung. An den Toren der Stadt wächst der Drang. Genommen, verloren und wiedergenommen, ist endlich der Ausgang erkämpft. Aber die Donaubrücke bietet neue Schwierigkeiten. Auch hier siegreich, ziehen endlich zwei

Ströme, die alte Donau und die geschwollnere Woge des Volks, sich kreuzend quer unter- und übereinander, die Donau ihrem alten Flußbette nach, der Strom des Volkes, der Eindämmung der Brücke entnommmen, ein weiter, tosender See, sich ergießend in alles deckender Überschwemmung. Ein neu Hinzugekommener fände die Zeichen bedenklich. Es ist aber der Aufruhr der Freude, die Losgebundenheit der Lust.

Schon zwischen Stadt und Brücke haben sich Korbwagen aufgestellt für die eigentlichen Hierophanten dieses Weihfestes: die Kinder der Dienstbarkeit und der Arbeit. Überfüllt und dennoch im Galopp durchfliegen sie die Menschenmasse, die sich hart vor ihnen öffnet und hinter ihnen schließt, unbesorgt und unverletzt. Denn es ist in Wien ein stillschweigender Bund zwischen Wagen und Menschen: nicht zu überfahren, selbst im vollen Lauf; und nicht überfahren zu werden, auch ohne alle Aufmerksamkeit.

Von Sekunde zu Sekunde wird der Abstand zwischen Wagen und Wagen kleiner. Schon mischen sich einzelne Equipagen der Vornehmeren in den oft unterbrochenen Zug. Die Wagen fliegen nicht mehr. Bis endlich fünf bis sechs Stunden vor Nacht die einzelnen Pferde- und Kutschen-Atome sich zu einer kompakten Reihe verdichten, die, sich selber hemmend und durch Zufahrende aus allen Quergassen gehemmt, das alte Sprichwort: «Besser schlecht gefahren als zu Fuße gegangen» offenbar zuschanden macht. Begafft, bedauert, bespottet, sitzen die geputzten Damen in den scheinbar stille stehenden Kutschen. Des immerwährenden Anhaltens ungewohnt, bäumt sich der Holsteiner Rappe, als wollte er seinen durch den ihm vorgehenden Korbwagen gehemmten Weg obenhin über diesen hinaus nehmen, was auch die schreiende Weiber- und Kinderbevölkerung des Plebejer-Fuhrwerks offenbar zu befürchten scheint. Der schnell dahinschießende Fiaker, zum ersten Male seiner Natur ungetreu, berechnet ingrimmig den Verlust, auf einem Wege drei Stunden zubringen zu müssen, den er sonst in fünf Minuten durchflog. Zank, Geschrei, wechselseitige Ehrenangriffe der Kutscher, mitunter ein Peitschenhieb.

Endlich, wie denn in dieser Welt jedes noch so hartnäkkige Stehenbleiben doch nur ein unvermerktes Weiterrükken ist, erscheint auch diesem Status quo ein Hoffnungsstrahl. Die ersten Bäume des Augartens und der Brigittenau werden sichtbar. Land! Land! Land! Alle Leiden sind vergessen. Die zu Wagen Gekommenen steigen aus und mischen sich unter die Fußgänger, Töne entfernter Tanzmusik schallen herüber, vom Jubel der neu Ankommenden beantwortet. Und so fort und immer weiter, bis endlich der breite Hafen der Lust sich auftut und Wald und Wiese, Musik und Tanz, Wein und Schmaus, Schattenspiel und Seiltänzer, Erleuchtung und Feuerwerk sich zu einem pays de cocagne, einem Eldorado, einem eigentlichen Schlaraffenlande vereinigen, das leider, oder glücklicherweise, wie man es nimmt, nur einen und den nächst darauffolgenden Tag dauert, dann aber verschwindet wie der Traum einer Sommernacht und nur in der Erinnerung zurückbleibt und allenfalls in der Hoffnung.

Ich versäume nicht leicht, diesem Feste beizuwohnen. Als ein leidenschaftlicher Liebhaber der Menschen, vorzüglich des Volkes, so daß mir selbst als dramatischem Dichter der rückhaltlose Ausbruch eines überfüllten Schauspielhauses immer zehnmal interessanter, ja belehrender war als das zusammengeklügelte Urteil eines an Leib und Seele verkrüppelten, von dem Blut ausgesogener Autoren spinnenartig aufgeschwollenen literarischen Matadors; – als ein Liebhaber der Menschen, sage ich, besonders wenn sie in Massen für einige Zeit der einzelnen Zwecke vergessen und sich als Teile des Ganzen fühlen, in dem denn doch zuletzt das Göttliche liegt – als einem solchen ist mir jedes Volksfest ein eigentliches Seelenfest, eine Wallfahrt, eine Andacht. Wie aus einem aufgerollten, ungeheuren, dem Rahmen des Buches entsprungenen Plutarch lese ich aus den heitern und heimlich bekümmerten Gesichtern, dem lebhaften oder gedrückten Gange, dem wechselseitigen Benehmen der Familienglieder, den einzelnen halb unwillkürlichen Äußerungen mir die Biographien der unberühmten Menschen zusammen, und wahrlich! man kann die Berühmten nicht verstehen, wenn man die Obskuren nicht durchgefühlt hat. Von dem Wortwechsel weinerhitzter Karrenschieber spinnt sich ein unsichtbarer, aber ununterbrochener Faden bis zum Zwist der Göttersöhne, und in der jungen Magd, die, halb wider Willen, dem drängenden Liebhaber seitab vom Gewühl der Tanzenden folgt, liegen als Embryo die Julien, die Didos und die Medeen.

Auch vor zwei Jahren hatte ich mich, wie gewöhnlich, den lustgierigen Kirchweihgästen als Fußgänger mit angeschlossen. Schon waren die Hauptschwierigkeiten der Wanderung überwunden, und ich befand mich bereits am Ende des Augartens, die ersehnte Brigittenau hart vor mir liegend. Hier ist nun noch ein, wenngleich der letzte Kampf zu bestehen. Ein schmaler Damm, zwischen undurchdringlichen Befriedungen hindurchlaufend, bildet die einzige Verbindung der beiden Lustorte, deren gemeinschaftliche Grenze ein in der Mitte befindliches hölzernes Gittertor bezeichnet. An gewöhnlichen Tagen und für gewöhnliche Spaziergänger bietet dieser Verbindungsweg überflüssigen Raum; am Kirchweihfeste aber würde seine Breite, auch vierfach genommen, noch immer zu schmal sein für die endlose Menge, die, heftig nachdrängend und von Rückkehrenden im entgegengesetzten Sinne durchkreuzt, nur durch die allseitige Gutmütigkeit der Lustwandelnden sich am Ende doch leidlich zurechtfindet.

Ich hatte mich dem Zug der Menge hingegeben und befand mich in der Mitte des Dammes, bereits auf klassischem Boden, nur leider zu stets erneutem Stillestehen, Ausbeugen und Abwarten genötigt. Da war denn Zeit genug, das seitwärts am Wege Befindliche zu betrachten. Damit es nämlich der genußlechzenden Menge nicht an einem Vorschmack der zu erwartenden Seligkeit mangle, hatten sich links am Abhang der erhöhten Dammstraße einzelne Musiker aufgestellt, die, wahrscheinlich die große Konkurrenz scheuend, hier an den Propyläen die Erstlinge der noch unabgenützten Freigebigkeit einernten wollten. Eine Harfenspielerin mit widerlich starrenden Augen. Ein alter invalider Stelzfuß, der auf einem entsetzlichen, offenbar von ihm selbst verfertigten Instrumente, halb Hackbrett und halb Drehorgel, die Schmerzen seiner Verwundung dem allgemeinen Mitleid auf eine analoge Weise empfindbar machen wollte. Ein lahmer, verwachsener Knabe, er und seine Violine einen einzigen ununterscheidbaren Knäuel bildend, der endlos fortrollende Walzer mit all der hektischen Heftigkeit seiner verbildeten Brust herabspielte. Endlich – und er zog meine ganze Aufmerksamkeit auf sich – ein alter, leicht siebzigjähriger Mann in einem fadenscheinigen, aber nicht unreinlichen Moltonüberrock mit lächelnder, sich selbst Beifall gebender Miene. Barhäuptig und kahlköpfig stand er da, nach Art dieser Leute den Hut als Sammelbüchse vor sich auf dem Boden, und so bearbeitete er eine alte vielzersprungene Violine, wobei er den Takt nicht nur durch Aufheben und Niedersetzen des Fußes, sondern zugleich durch übereinstimmende Bewegung des ganzen gebückten Körpers markierte. Aber all diese Bemühung, Einheit in seine Leistung zu bringen, war fruchtlos, denn was er spielte, schien eine unzusammenhängende Folge von Tönen ohne Zeitmaß und Melodie. Dabei war er ganz in sein Werk vertieft: die Lippen zuckten, die Augen waren starr auf das vor ihm befindliche Notenblatt gerichtet – ja wahrhaftig Notenblatt! Denn indes alle andern, ungleich mehr zu Dank spielenden Musiker sich auf ihr Gedächtnis verließen, hatte der alte Mann mitten in dem Gewühle ein kleines, leicht tragbares Pult vor sich hingestellt mit schmutzigen, zergriffenen Noten, die das in schönster Ordnung enthalten mochten, was er so außer allem Zusammenhange zu hören gab. Gerade das Ungewöhnliche dieser Ausrüstung hatte meine Aufmerksamkeit auf ihn gezogen, so wie es auch die Heiterkeit des vorüberwogenden Haufens erregte, der ihn auslachte und den zum Sammeln hingestellten Hut des alten Mannes leer ließ, indes das übrige Orchester ganze Kupferminen einsackte. Ich war, um das Original ungestört zu betrachten, in einiger Entfernung auf den Seitenabhang des Dammes getreten. Er spielte noch eine Weile fort. Endlich hielt er ein, blickte, wie aus einer langen Abwesenheit zu sich gekommen, nach dem Firmament, das schon die Spuren des nahenden Abends zu zeigen anfing; darauf abwärts in seinen Hut, fand ihn leer, setzte ihn mit ungetrübter Heiterkeit auf, steckte den Geigenbogen zwischen die Saiten; «Sunt certi denique fines», sagte er, ergriff sein Notenpult und arbeitete sich mühsam durch die dem Feste zuströmende Menge in entgegengesetzter Richtung, als einer, der heimkehrt.

Das ganze Wesen des alten Mannes war eigentlich wie gemacht, um meinen anthropologischen Heißhunger aufs äußerste zu reizen. Die dürftige und doch edle Gestalt, seine unbesiegbare Heiterkeit, so viel Kunsteifer bei so viel Unbeholfenheit; daß er gerade zu einer Zeit heimkehrte, wo für andere seinesgleichen erst die eigentliche Ernte anging; endlich die wenigen, aber mit der richtigsten Betonung, mit völliger Geläufigkeit gesprochenen lateinischen Worte. Der Mann hatte also eine sorgfältigere Erziehung genossen, sich Kenntnisse eigen gemacht, und nun – ein Bettelmusikant! Ich zitterte vor Begierde nach dem Zusammenhange.

Aber schon befand sich ein dichter Menschenwall zwischen mir und ihm. Klein, wie er war, und durch das Notenpult in seiner Hand nach allen Seiten hin störend, schob ihn einer dem andern zu, und schon hatte ihn das Ausgangsgitter aufgenommen, indes ich noch in der Mitte des Dammes mit der entgegenströmenden Menschenwoge kämpfte. So entschwand er mir, und als ich endlich selbst ins ruhige Freie gelangte, war nach allen Seiten weit und breit kein Spielmann mehr zu sehen.

Das verfehlte Abenteuer hatte mir die Lust an dem Volksfeste genommen. Ich durchstrich den Augarten nach allen Richtungen und beschloß endlich, nach Hause zu kehren.

In die Nähe des kleinen Türchens gekommen, das aus dem Augarten nach der Taborstraße führt, hörte ich plötzlich den bekannten Ton der alten Violine wieder. Ich verdoppelte meine Schritte, und, siehe da! der Gegenstand meiner Neugier stand, aus Leibeskräften spielend, im Kreise einiger Knaben, die ungeduldig einen Walzer von ihm verlangten. «Einen Walzer spiel!» riefen sie; «einen Walzer, hörst du nicht?» Der Alte geigte fort, scheinbar ohne auf sie zu achten, bis ihn die kleine Zuhörerschar schmähend und spottend verließ, sich um einen Leiermann sammelnd, der seine Drehorgel in der Nähe aufgestellt hatte.

«Sie wollen nicht tanzen», sagte wie betrübt der alte Mann, sein Musikgeräte zusammenlesend. Ich war ganz nahe zu ihm getreten. «Die Kinder kennen eben keinen andern Tanz als den Walzer», sagte ich. – «Ich spielte einen Walzer», versetzte er, mit dem Geigenbogen den Ort des soeben gespielten Stückes auf seinem Notenblatte bezeichnend. «Man muß derlei auch führen, der Menge wegen. Aber die Kinder haben kein Ohr», sagte er, indem er wehmütig den Kopf schüttelte. – «Lassen Sie mich wenigstens ihren Undank wieder gutmachen», sprach ich, ein Silberstück aus der Tasche ziehend und ihm hinreichend. – «Bitte! bitte!» rief der alte Mann, wobei er mit beiden Händen ängstlich abwehrende Bewegungen machte, «in den Hut! in den Hut!» – Ich legte das Geldstück in den vor ihm stehenden Hut, aus dem es unmittelbar darauf der Alte herausnahm und ganz zufrieden einsteckte; «das heißt einmal mit reichem Gewinn nach Hause gehen», sagte er schmunzelnd. – «Eben recht», sprach ich, «erinnern Sie mich auf einen Umstand, der schon früher meine Neugier rege machte! Ihre heutige Einnahme scheint nicht die beste gewesen zu sein, und doch entfernen Sie sich in einem Augenblicke, wo eben die eigentliche Ernte angeht. Das Fest dauert, wissen Sie wohl, die ganze Nacht, und Sie könnten da leicht mehr gewinnen als an acht gewöhnlichen Tagen. Wie soll ich mir das erklären?»

«Wie Sie sich das erklären sollen», versetzte der Alte. «Verzeihen Sie, ich weiß nicht, wer Sie sind, aber Sie müssen ein wohltätiger Herr sein und ein Freund der Musik», dabei zog er das Silberstück noch einmal aus der Tasche und drückte es zwischen seine gegen die Brust gehobenen Hände. «Ich will Ihnen daher nur die Ursachen angeben, obgleich ich oft deshalb verlacht worden bin. Erstens war ich nie ein Nachtschwärmer und halte es auch nicht für recht, andere durch Spiel und Gesang zu einem solchen widerlichen Vergehen anzureizen; zweitens muß sich der Mensch in allen Dingen eine gewisse Ordnung festsetzen, sonst gerät er ins Wilde und Unaufhaltsame. Drittens endlich – Herr! ich spiele den ganzen Tag für die lärmenden Leute und gewinne kaum kärglich Brot dabei; aber der Abend gehört mir und meiner armen Kunst. Abends halte ich mich zu Hause, und» – dabei ward seine Rede immer leiser, Röte überzog sein Gesicht, sein Auge suchte den Boden – «da spiele ich denn aus der Einbildung, so für mich ohne Noten. Phantasieren, glaub ich, heißt es in den Musikbüchern.»

Wir waren beide ganz stille geworden. Er, aus Beschämung über das verratene Geheimnis seines Innern; ich, voll Erstaunen, den Mann von den höchsten Stufen der Kunst sprechen zu hören, der nicht imstande war, den leichtesten Walzer faßbar wiederzugeben. Er bereitete sich indes zum Fortgehen.

«Wo wohnen Sie?» sagte ich. «Ich möchte wohl einmal Ihren einsamen Übungen beiwohnen.» – «Oh», versetzte er fast flehend, «Sie wissen wohl, das Gebet gehört ins Kämmerlein.» – «So will ich Sie denn einmal am Tage besuchen», sagte ich. – «Den Tag über», erwiderte er, «gehe ich meinem Unterhalt bei den Leuten nach.» – «Also des Morgens denn.» – «Sieht es doch beinahe aus», sagte der Alte lächelnd, «als ob Sie, verehrter Herr, der Beschenkte wären und ich, wenn es mir erlaubt ist zu sagen, der Wohltäter; so freundlich sind Sie, und so widerwärtig ziehe ich mich zurück. Ihr vornehmer Besuch wird meiner Wohnung immer eine Ehre sein; nur bäte ich, daß Sie den Tag Ihrer Dahinkunft mir großgünstig im voraus bestimmten, damit weder Sie durch Ungehörigkeit aufgehalten noch ich genötigt werde, ein zur Zeit etwa begonnenes Geschäft unziemlich zu unterbrechen. Mein Morgen nämlich hat auch seine Bestimmung. Ich halte es jedenfalls für meine Pflicht, meinen Gönnern und Wohltätern für ihr Geschenk eine nicht ganz unwürdige Gegengabe darzureichen. Ich will kein Bettler sein, verehrter Herr. Ich weiß wohl, daß die übrigen öffentlichen Musikleute sich damit begnügen, einige auswendig gelernte Gassenhauer, Deutschwalzer, ja wohl gar Melodien von unartigen Liedern, immer wieder von denselben anfangend, fort und fort herabzuspielen, so daß man ihnen gibt, um ihrer loszuwerden oder weil ihr Spiel die Erinnerung genossener Tanzfreuden oder sonst unordentlicher Ergötzlichkeiten wieder lebendig macht. Daher spielen sie auch aus dem Gedächtnis und greifen falsch mitunter, ja häufig. Von mir aber sei fern, zu betrügen. Ich habe deshalb, teils weil mein Gedächtnis überhaupt nicht das beste ist, teils weil es für jeden schwierig sein dürfte, verwickelte Zusammensetzungen geachteter Musikverfasser Note für Note bei sich zu behalten, diese Hefte mir selbst ins reine geschrieben.» Er zeigte dabei durchblätternd auf sein Musikbuch, in dem ich zu meinem Entsetzen mit sorgfältiger, aber widerlich steifer Schrift ungeheuer schwierige Kompositionen alter berühmter Meister, ganz schwarz von Passagen und Doppelgriffen, erblickte. Und derlei spielte der alte Mann mit seinen ungelenken Fingern! «Indem ich nun diese Stücke spiele», fuhr er fort, «bezeige ich meine Verehrung den nach Stand und Würden geachteten, längst nicht mehr lebenden Meistern und Verfassern, tue mir selbst genug und lebe der angenehmen Hoffnung, daß die mir mildest gereichte Gabe nicht ohne Entgelt bleibt durch Veredlung des Geschmackes und Herzens der ohnehin von so vielen Seiten gestörten und irregeleiteten Zuhörerschaft. Da derlei aber, auf daß ich bei meiner Rede bleibe» – und dabei überzog ein selbstgefälliges Lächeln seine Züge –, «da derlei aber eingeübt sein will, sind meine Morgenstunden ausschließend diesem Exerzitium bestimmt. Die drei ersten Stunden des Tages der Übung, die Mitte dem Broterwerb und der Abend mir und dem lieben Gott, das heißt nicht unehrlich geteilt», sagte er, und dabei glänzten seine Augen wie feucht; er lächelte aber.

«Gut denn», sagte ich, «so werde ich Sie einmal morgens überraschen. Wo wohnen Sie?» Er nannte mir die Gärtnergasse. – «Hausnummer?» – «Nummer 34 im ersten Stocke.» – «In der Tat», rief ich, «im Stockwerke der Vornehmen?» – «Das Haus», sagte er, «hat zwar eigentlich nur ein Erdgeschoß; es ist aber oben neben der Bodenkammer noch ein kleines Zimmer, das bewohne ich gemeinschaftlich mit zwei Handwerksgesellen.» – «Ein Zimmer zu dreien?» – «Es ist abgeteilt», sagte er, «und ich habe mein eigenes Bette.»

«Es wird spät», sprach ich, «und Sie wollen nach Hause. Auf Wiedersehen denn!» und dabei fuhr ich in die Tasche, um das früher gereichte gar zu kleine Geldgeschenk allenfalls zu verdoppeln. Er aber hatte mit der einen Hand das Notenpult, mit der andern seine Violine angefaßt und rief hastig: «Was ich devotest verbitten muß. Das Honorarium für mein Spiel ist mir bereits in Fülle zuteil geworden, eines andern Verdienstes aber bin ich mir zur Zeit nicht bewußt.» Dabei machte er mir mit einer Abart vornehmer Leichtigkeit einen ziemlich linkischen Kratzfuß und entfernte sich, so schnell ihn seine alten Beine trugen.

Ich hatte, wie gesagt, die Lust verloren, dem Volksfeste für diesen Tag länger beizuwohnen, ich ging daher heimwärts, den Weg nach der Leopoldstadt einschlagend, und von Staub und Hitze erschöpft, trat ich in einen der dortigen vielen Wirtsgärten, die, an gewöhnlichen Tagen überfüllt, heute ihre ganze Kundschaft der Brigittenau abgegeben hatten. Die Stille des Ortes, im Abstich der lärmenden Volksmenge, tat mir wohl, und mich verschiedenen Gedanken überlassend, an denen der alte Spielmann nicht den letzten Anteil hatte, war es völlig Nacht geworden, als ich endlich des Nachhausegehens gedachte, den Betrag meiner Rechnung auf den Tisch legte und der Stadt zuschritt.

In der Gärtnergasse, hatte der alte Mann gesagt, wohne er. «Ist hier in der Nähe eine Gärtnergasse?» fragte ich einen kleinen Jungen, der über den Weg lief. «Dort, Herr!» versetzte er, indem er auf eine Querstraße hinwies, die, von der Häusermasse der Vorstadt sich entfernend, gegen das freie Feld hinauslief. Ich folgte der Richtung. Die Straße bestand aus zerstreuten einzelnen Häusern, die, zwischen großen Küchengärten gelegen, die Beschäftigung der Bewohner und den Ursprung des Namens Gärtnergasse augenfällig darlegten. In welcher dieser elenden Hütten wohl mein Original wohnen mochte? Ich hatte die Hausnummer glücklich vergessen, auch war in der Dunkelheit an das Erkennen irgendeiner Bezeichnung kaum zu denken. Da schritt, auf mich zukommend, ein mit Küchengewächsen schwer beladener Mann an mir vorüber. «Kratzt der Alte einmal wieder», brummte er, «und stört die ordentlichen Leute in ihrer Nachtruhe.» Zugleich, wie ich vorwärts ging, schlug der leise, langgehaltene Ton einer Violine an mein Ohr, der aus dem offenstehenden Bodenfenster eines wenig entfernten ärmlichen Hauses zu kommen schien, das, niedrig und ohne Stockwerk wie die übrigen, sich eben durch dieses in der Umgrenzung des Daches liegende Giebelfenster vor den andern auszeichnete. Ich stand stille. Ein leiser, aber bestimmt gegriffener Ton schwoll bis zur Heftigkeit, senkte sich, verklang, um gleich darauf wieder bis zum lautesten Gellen emporzusteigen, und zwar immer derselbe Ton mit einer Art genußreichem Daraufberuhen wiederholt. Endlich kam ein Intervall. Es war die Quarte. Hatte der Spieler sich vorher an dem Klange des einzelnen Tones geweidet, so war nun das gleichsam wollüstige Schmecken dieses harmonischen Verhältnisses noch ungleich fühlbarer. Sprungweise gegriffen, zugleich gestrichen, durch die dazwischenliegende Stufenreihe höchst holperig verbunden, die Terz markiert, wiederholt. Die Quinte darangefügt, einmal mit zitterndem Klang wie ein stilles Weinen, ausgehalten, verhallend, dann in wirbelnder Schnelligkeit ewig wiederholt, immer dieselben Verhältnisse, die nämlichen Töne. – Und das nannte der alte Mann Phantasieren! – Obgleich es im Grunde allerdings ein Phantasieren war, für den Spieler nämlich, nur nicht auch für den Hörer.

Ich weiß nicht, wie lange das gedauert haben mochte und wie arg es geworden war, als plötzlich die Türe des Hauses aufging, ein Mann, nur mit dem Hemde und lose eingeknöpftem Beinkleide angetan, von der Schwelle bis in die Mitte der Straße trat und zu dem Giebelfenster emporrief: «Soll das heute einmal wieder gar kein Ende nehmen?» Der Ton der Stimme war dabei unwillig, aber nicht hart oder beleidigend. Die Violine verstummte, ehe die Rede noch zu Ende war. Der Mann ging ins Haus zurück, das Giebelfenster schloß sich, und bald herrschte eine durch nichts unterbrochene Totenstille um mich her. Ich trat, mühsam in den mir unbekannten Gassen mich zurechtfindend, den Heimweg an, wobei ich auch phantasierte, aber, niemand störend, für mich, im Kopfe.

Die Morgenstunden haben für mich immer einen eigenen Wert gehabt. Es ist, als ob es mir Bedürfnis wäre, durch die Beschäftigung mit etwas Erhebendem, Bedeutendem in den ersten Stunden des Tages mir den Rest desselben gewissermaßen zu heiligen. Ich kann mich daher nur schwer entschließen, am frühen Morgen mein Zimmer zu verlassen, und wenn ich ohne vollgültige Ursache mich einmal dazu nötige, so habe ich für den übrigen Tag nur die Wahl zwischen gedankenloser Zerstreuung oder selbstquälerichem Trübsinn. So kam es, daß ich durch einige Tage den Besuch bei dem alten Manne, der verabredetermaßen in den Morgenstunden stattfinden sollte, verschob. Endlich ward die Ungeduld meiner Herr, und ich ging. Die Gärtnergasse war leicht gefunden, ebenso das Haus. Die Töne der Violine ließen sich auch diesmal hören, aber durch das geschlossene Fenster bis zum Ununterscheidbaren gedämpft. Ich trat ins Haus. Eine vor Erstaunen halb sprachlose Gärtnersfrau wies mich eine Bodentreppe hinauf. Ich stand vor einer niedern und halb schließenden Türe, pochte, erhielt keine Antwort, drückte endlich die Klinke und trat ein. Ich befand mich in einer ziemlich geräumigen, sonst aber höchst elenden Kammer, deren Wände von allen Seiten den Umrissen des spitz zulaufenden Daches folgten. Hart neben der Türe ein schmutziges, widerlich verstörtes Bette, von allen Zutaten der Unordentlichkeit umgeben; mir gegenüber, hart neben dem schmalen Fenster, eine zweite Lagerstätte, dürftig, aber reinlich und höchst sorgfältig gebettet und bedeckt. Am Fenster ein kleines Tischchen mit Notenpapier und Schreibgeräte, im Fenster ein paar Blumentöpfe. Die Mitte des Zimmers von Wand zu Wand war am Boden mit einem dicken Kreidenstriche bezeichnet, und man kann sich kaum einen grelleren Abstich von Schmutz und Reinlichkeit denken, als diesseits und jenseits der gezogenen Linie, dieses Äquators einer Welt im kleinen, herrschte.

Hart an dem Gleicher hatte der alte Mann sein Notenpult hingestellt und stand, völlig und sorgfältig gekleidet, davor und – exerzierte. Es ist schon bis zum Übelklang so viel von den Mißklängen meines und, ich fürchte beinahe, nur meines Lieblings die Rede gewesen, daß ich den Leser mit der Beschreibung dieses höllischen Konzerts verschonen will. Da die Übung größtenteils aus Passagen bestand, so war an ein Erkennen der gespielten Stücke nicht zu denken, was übrigens auch sonst nicht leicht gewesen sein möchte. Einige Zeit Zuhörens ließ mich endlich den Faden durch dieses Labyrinth erkennen, gleichsam die Methode in der Tollheit. Der Alte genoß, indem er spielte. Seine Auffassung unterschied hierbei aber schlechthin nur zweierlei, den Wohlklang und den Übelklang, von denen der erstere ihn erfreute, ja entzückte, indes er dem letztern, auch dem harmonisch begründeten, nach Möglichkeit aus dem Wege ging. Statt nun in einem Musikstücke nach Sinn und Rhythmus zu betonen, hob er heraus, verlängerte er die dem Gehör wohltuenden Noten und Intervalle, ja nahm keinen Anstand, sie willkürlich zu wiederholen, wobei sein Gesicht oft geradezu den Ausdruck der Verzückung annahm. Da er nun zugleich die Dissonanzen so kurz als möglich abtat, überdies die für ihn zu schweren Passagen, von denen er aus Gewissenhaftigkeit nicht eine Note fallenließ, in einem gegen das Ganze viel zu langsamen Zeitmaß vortrug, so kann man sich wohl leicht eine Idee von der Verwirrung machen, die daraus hervorging. Mir ward es nachgerade selbst zuviel. Um ihn aus seiner Abwesenheit zurückzubringen, ließ ich absichtlich den Hut fallen, nachdem ich mehrere Mittel schon fruchtlos versucht hatte. Der alte Mann fuhr zusammen, seine Knie zitterten, kaum konnte er die zu Boden gesenkte Violine halten. Ich trat hinzu. «Oh, Sie sind's, gnädiger Herr!» sagte er, gleichsam zu sich selbst kommend. «Ich hatte nicht auf Erfüllung Ihres hohen Versprechens gerechnet.» Er nötigte mich zu sitzen, räumte auf, legte hin, sah einigemal verlegen im Zimmer herum, ergriff dann plötzlich einen auf einem Tische neben der Stubentür stehenden Teller und ging mit demselben zu jener hinaus. Ich hörte ihn draußen mit der Gärtnersfrau sprechen. Bald darauf kam er wieder verlegen zur Türe herein, wobei er den Teller hinter dem Rücken verbarg und heimlich wieder hinstellte. Er hatte offenbar Obst verlangt, um mich zu bewirten, es aber nicht erhalten können. «Sie wohnen hier recht hübsch», sagte ich, um seiner Verlegenheit ein Ende zu machen. – «Die Unordnung ist verwiesen. Sie nimmt ihren Rückzug durch die Türe, wenn sie auch derzeit noch nicht ganz über die Schwelle ist. Meine Wohnung reicht nur bis zu dem Striche», sagte der Alte, wobei er auf die Kreidenlinie in der Mitte des Zimmers zeigte. «Dort drüben wohnen zwei Handwerksgesellen.» – «Und respektieren diese Ihre Bezeichnung?» – «Sie nicht, aber ich», sagte er. «Nur die Türe ist gemeinschaftlich.» – «Und werden Sie nicht gestört von Ihrer Nachbarschaft?» – «Kaum», meinte er. «Sie kommen des Nachts spät nach Hause, und wenn sie mich da auch ein wenig im Bette aufschrecken, so ist dafür die Lust des Wiedereinschlafens um so größer.

Des Morgens aber wecke *ich* sie, wenn ich mein Zimmer in Ordnung bringe. Da schelten sie wohl ein wenig und gehen.»

Ich hatte ihn währenddessen betrachtet. Er war höchst reinlich gekleidet, die Gestalt gut genug für seine Jahre, nur die Beine etwas zu kurz, Hand und Fuß von auffallender Zartheit. – «Sie sehen mich an», sagte er, «und haben dabei Ihre Gedanken?» – «Daß ich nach Ihrer Geschichte lüstern bin», versetzte ich. – «Geschichte?» wiederholte er. «Ich habe keine Geschichte. Heute wie gestern, und morgen wie heute. Übermorgen freilich und weiter hinaus, wer kann das wissen? Doch Gott wird sorgen, der weiß es.» – «Ihr jetziges Leben mag wohl einförmig genug sein», fuhr ich fort; «aber Ihre früheren Schicksale. Wie es sich fügte» – «Daß ich unter die Musikleute kam?» fiel er in die Pause ein, die ich unwillkürlich gemacht hatte. Ich erzählte ihm nun, wie er mir beim ersten Anblicke aufgefallen; den Eindruck, den die von ihm gesprochenen lateinischen Worte auf mich gemacht hätten. «Lateinisch», tönte er nach, «Lateinisch? das habe ich freilich auch einmal gelernt oder vielmehr hätte es lernen sollen und können. Loqueris latine?» wandte er sich gegen mich, «aber ich könnte es nicht fortsetzen. Es ist gar zu lange her. Das also nennen Sie meine Geschichte? Wie es kam? – Ja so! da ist denn freilich allerlei geschehen; nichts Besonderes, aber doch allerlei. Möchte ich mir's doch selbst einmal wieder erzählen. Ob ich's nicht gar vergessen habe. Es ist noch früh am Morgen», fuhr er fort, wobei er in die Uhrtasche griff, in der sich freilich keine Uhr befand. – Ich zog die meine: es war kaum neun Uhr. – «Wir haben Zeit, und fast kommt mich die Lust zu schwatzen an.» Er war während des letzten zusehends ungezwungener geworden. Seine Gestalt verlängerte sich. Er nahm mir ohne zu große Umstände den Hut aus der Hand und legte ihn aufs Bette, schlug sitzend ein Bein über das andere und nahm überhaupt die Lage eines mit Bequemlichkeit Erzählenden an.

«Sie haben» – hob er an – «ohne Zweifel von dem Hofrate gehört?» Hier nannte er den Namen eines Staatsmannes, der in der zweiten Hälfte des vorigen Jahrhunderts unter dem bescheidenen Titel eines Bürochefs einen ungeheuren, beinahe ministerähnlichen Einfluß ausgeübt hatte. Ich bejahte meine Kenntnis des Mannes. «Er war mein Vater», fuhr er fort. – Sein Vater? des alten Spielmanns? des Bettlers? Der Einflußreiche, der Mächtige, sein Vater? Der Alte schien mein Erstaunen nicht zu bemerken, sondern spann, sichtbar vergnügt, den Faden seiner Erzählung weiter. «Ich war der mittlere von drei Brüdern, die in Staatsdiensten hoch hinauf kamen, nun aber schon beide tot sind; ich allein lebe noch», sagte er und zupfte dabei an seinen fadenscheinigen Beinkleidern, mit niedergeschlagenen Augen einzelne Federchen davon herablesend. «Mein Vater war ehrgeizig und heftig. Meine Brüder taten ihm genug. Mich nannte man einen langsamen Kopf; und ich war langsam. Wenn ich mich recht erinnere», sprach er weiter, und dabei senkte er, seitwärts gewandt, wie in eine weite Ferne hinausblickend, den Kopf gegen die unterstützende linke Hand. – «Wenn ich mich recht erinnere, so wäre ich wohl imstande gewesen, allerlei zu erlernen, wenn man mir nur Zeit und Ordnung gegönnt hätte. Meine Brüder sprangen wie Gemsen von Spitze zu Spitze in den Lehrgegenständen herum, ich konnte aber durchaus nichts hinter mir lassen, und wenn mir ein einziges Wort fehlte, mußte ich wieder von vorne anfangen. So ward ich denn immer gedrängt. Das Neue sollte auf den Platz, den das Alte noch nicht verlassen hatte, und ich begann stockisch zu werden. So hatten sie mir die Musik, die jetzt die Freude und zugleich der Stab meines Lebens ist, geradezu verhaßt gemacht. Wenn ich abends im Zwielicht die Violine ergriff, um mich nach meiner Art ohne Noten zu vergnügen, nahmen sie mir das Instrument und sagten, das verdirbt die Applikatur, klagten über Ohrenfolter und verwiesen mich auf die Lehrstunde, wo die Folter für mich anging. Ich habe zeitlebens nichts und niemand so gehaßt, als ich damals die Geige haßte.

Mein Vater, aufs äußerste unzufrieden, schalt mich häufig und drohte, mich zu einem Handwerke zu geben. Ich wagte nicht zu sagen, wie glücklich mich das gemacht hätte. Ein Drechsler oder Schriftsetzer wäre ich gar zu gerne gewesen. Er hätte es ja aber doch nicht zugelassen, aus Stolz. Endlich gab eine öffentliche Schulprüfung, der man, um ihn zu begütigen, meinen Vater beizuwohnen beredet hatte, den Ausschlag. Ein unredlicher Lehrer bestimmte im voraus, was er mich fragen werde, und so ging alles vortrefflich. Endlich aber fehlte mir –es waren auswendig zu sagende Verse des Horaz – ein Wort. Mein Lehrer, der kopfnickend und meinen Vater anlächelnd zugehört hatte, kam meinem Stocken zu Hilfe und flüsterte es mir zu. Ich aber, der das Wort in meinem Innern und im Zusammenhange mit dem übrigen suchte, hörte ihn nicht. Er wiederholte es mehrere Male; umsonst. Endlich verlor mein Vater die Geduld. ‹Cachinnum!› (so hieß das Wort) schrie er mir donnernd zu. Nun war's geschehen. Wußte ich das eine, so hatte ich dafür das übrige vergessen. Alle Mühe, mich auf die rechte Bahn zu bringen, war verloren. Ich mußte mit Schande aufstehen, und als ich, der Gewohnheit nach, hinging, meinem Vater die Hand zu küssen, stieß er mich zurück, erhob sich, machte der Versammlung eine kurze Verbeugung und ging. Ce gueux schalt er mich, was ich damals nicht war, aber jetzt bin. Die Eltern prophezeien, wenn sie reden! Übrigens war mein Vater ein guter Mann. Nur heftig und ehrgeizig.

Von diesem Tage an sprach er kein Wort mehr mit mir. Seine Befehle kamen mir durch die Hausgenossen zu. So kündigte man mir gleich des nächsten Tages an, daß es mit meinen Studien ein Ende habe. Ich erschrak heftig, weil ich wußte, wie bitter es meinen Vater kränken mußte. Ich tat den ganzen Tag nichts als weinen und dazwischen jene lateinischen Verse rezitieren, die ich nun aufs Und wußte mit den vorhergehenden und nachfolgenden dazu. Ich versprach, durch Fleiß den Mangel an Talenten zu ersetzen, wenn man mich noch ferner die Schule besuchen ließe, mein Vater nahm aber nie einen Entschluß zurück.

Eine Weile blieb ich nun unbeschäftigt im väterlichen Hause. Endlich tat man mich versuchsweise zu einer Rechenbehörde. Rechnen war aber nie meine Stärke gewesen. Den Antrag, ins Militär zu treten, wies ich mit Abscheu zurück. Ich kann noch jetzt keine Uniform ohne innerlichen Schauder ansehen. Daß man werte Angehörige allenfalls auch mit Lebensgefahr schützt, ist wohl gut und begreiflich; aber Blutvergießen und Verstümmelung als Stand, als Beschäftigung: Nein! Nein! Nein!» Und dabei fuhr er mit beiden Händen über beide Arme, als fühlte er stechend eigene und fremde Wunden.

«Ich kam nun in die Kanzlei unter die Abschreiber. Da war ich recht an meinem Platze. Ich hatte immer das Schreiben mit Lust getrieben, und noch jetzt weiß ich mir keine angenehmere Unterhaltung, als mit guter Tinte auf gutem Papier Haar- und Schattenstriche aneinanderzufügen zu Worten oder auch nur zu Buchstaben. Musiknoten sind nun gar überaus schön. Damals dachte ich aber noch an keine Musik.

Ich war fleißig, nur aber zu ängstlich. Ein unrichtiges Unterscheidungszeichen, ein ausgelassenes Wort im Konzepte, wenn es sich auch aus dem Sinne ergänzen ließ, machte mir bittere Stunden. Im Zweifel, ob ich mich genau ans Original halten oder aus Eigenem beisetzen sollte, verging die Zeit angstvoll, und ich kam in den Ruf, nachlässig zu sein, indes ich mich im Dienste abquälte wie keiner. So brachte ich ein paar Jahre zu, und zwar ohne Gehalt, da, als die Reihe der Beförderung an mich kam, mein Vater im Rate einem andern seine Stimme gab und die übrigen ihm zufielen aus Ehrfurcht.

Um diese Zeit – sieh nur», unterbrach er sich, «es gibt denn doch eine Art Geschichte. Erzählen wir die Geschichte! Um diese Zeit ereigneten sich zwei Begebenheiten: die traurigste und die freudigste meines Lebens. Meine Entfernung aus dem väterlichen Hause nämlich und das Wiederkehren zur holden Tonkunst, zu meiner Violine, die mir treu geblieben ist bis auf diesen Tag.

Ich lebte in dem Hause meines Vaters, unbeachtet von den Hausgenossen, in einem Hinterstübchen, das in den Nachbarshof hinausging. Anfangs aß ich am Familientische, wo niemand ein Wort an mich richtete. Als aber meine Brüder auswärts befördert wurden und mein Vater beinahe täglich zu Gast geladen war – die Mutter lebte seit lange nicht mehr –, fand man es unbequem, meinetwegen eine eigene Küche zu führen. Die Bedienten erhielten Kostgeld; ich auch, das man mir aber nicht auf die Hand gab, sondern monatweise im Speisehause bezahlte. Ich war daher wenig in meiner Stube, die Abendstunden ausgenommen; denn mein Vater verlangte, daß ich längstens eine halbe Stunde nach dem Schluß der Kanzlei zu Hause sein sollte. Da saß ich denn, und zwar meiner schon damals angegriffenen Augen halber, in der Dämmerung ohne Licht. Ich dachte auf das und jenes und war nicht traurig und nicht froh.

Wenn ich nun so saß, hörte ich auf dem Nachbarshofe ein Lied singen. Mehrere Lieder, heißt das, worunter mir aber eines vorzüglich gefiel. Es war so einfach, so rührend und hatte den Nachdruck so auf der rechten Stelle, daß man die Worte gar nicht zu hören brauchte. Wie ich denn überhaupt glaube, die Worte verderben die Musik.» Nun öffnete er den Mund und brachte einige heisere rauhe Töne hervor. «Ich habe von Natur keine Stimme», sagte er und griff nach der Violine. Er spielte, und zwar diesmal mit richtigem Ausdrucke, die Melodie eines gemütlichen, übrigens gar nicht ausgezeichneten Liedes, wobei ihm die Finger auf den Saiten zitterten und endlich einzelne Tränen über die Backen liefen.

«Das war das Lied», sagte er, die Violine hinlegend. «Ich hörte es immer mit neuem Vergnügen. Sosehr es mir aber im Gedächtnis lebendig war, gelang es mir doch nie, mit der Stimme auch nur zwei Töne davon richtig zu treffen. Ich ward fast ungeduldig vom Zuhören. Da fiel mir meine Geige in die Augen, die aus meiner Jugend her, wie ein altes Rüststück, ungebraucht an der Wand hing. Ich griff darnach, und – es mochte sie wohl der Bediente in meiner Abwesenheit benützt haben – sie fand sich richtig gestimmt. Als ich nun mit dem Bogen über die Saiten fuhr, Herr, da war es, als ob Gottes Finger mich angerührt hätte. Der Ton drang in mein Inneres hinein und aus dem Innern wieder heraus. Die Luft um mich war wie geschwängert mit Trunkenheit. Das Lied unten im Hofe und die Töne von meinen Fingern an mein Ohr, Mitbewohner meiner Einsamkeit. Ich fiel auf die Knie und betete laut und konnte nicht begreifen, daß ich das holde Gotteswesen einmal geringgeschätzt, ja gehaßt in meiner Kindheit, und küßte die Violine und drückte sie an mein Herz und spielte wieder und fort.

Das Lied im Hofe – es war eine Weibsperson, die sang – tönte derweile unausgesetzt; mit dem Nachspielen ging es aber nicht so leicht.

Ich hatte das Lied nämlich nicht in Noten. Auch merkte ich wohl, daß ich das wenige der Geigenkunst, was ich etwa einmal wußte, so ziemlich vergessen hatte. Ich konnte daher nicht das und das, sondern nur überhaupt spielen. Obwohl mir das jeweilige Was der Musik, mit Ausnahme jenes Lieds, immer ziemlich gleichgültig war und auch geblieben ist bis zum heutigen Tag. Sie spielen den Wolfgang Amadeus Mozart und den Sebastian Bach, aber den lieben Gott spielt keiner. Die ewige Wohltat und Gnade des Tons und Klangs, seine wundertätige Übereinstimmung mit dem durstigen, zerlechzenden Ohr, daß» – fuhr er leiser und schamrot fort – «der dritte Ton zusammenstimmt mit dem ersten und der fünfte desgleichen und die Nota sensibilis hinaufsteigt wie eine erfüllte Hoffnung, die Dissonanz herabgebeugt wird als wissentliche Bosheit oder vermessener Stolz, und die Wunder der Bindung und Umkehrung, wodurch auch die Sekunde zur Gnade gelangt in den Schoß des Wohlklangs. – Mir hat das alles, obwohl viel später, ein Musiker erklärt. Und, wovon ich aber nichts verstehe, die Fuga und das Punctum contra punctum und der Canon a due, a tre und so fort, ein ganzes Himmelsgebäude, eines ins andre greifend, ohne Mörtel verbunden und gehalten von Gottes Hand. Davon will niemand etwas wissen bis auf wenige. Vielmehr stören sie dieses Ein- und Ausatmen der Seelen durch Hinzufügung allenfalls auch zu sprechender Worte, wie die Kinder Gottes sich verbanden mit den Töchtern der Erde, daß es hübsch angreife und eingreife in ein schwieliges Gemüt. Herr», schloß er endlich, halb erschöpft, «die Rede ist dem Menschen notwendig wie Speise, man sollte aber auch den Trank rein erhalten, der da kommt von Gott.»

Ich kannte meinen Mann beinahe nicht mehr, so lebhaft war er geworden. Er hielt ein wenig inne. «Wo blieb ich nur in meiner Geschichte?» sagte er endlich. «Ei ja, bei dem Liede und meinen Versuchen, es nachzuspielen. Es ging aber nicht. Ich trat ans Fenster, um besser zu hören. Da ging eben die Sängerin über den Hof. Ich sah sie nur von rückwärts, und doch kam sie mir bekannt vor. Sie trug einen Korb mit, wie es schien, noch ungebackenen Kuchenstücken. Sie trat in ein Pförtchen in der Ecke des Hofes, da wohl ein Backofen innen sein mochte, denn immer fortsingend, hörte ich mit hölzernen Geräten scharren, wobei die Stimme einmal dumpfer und einmal heller klang wie eines, der sich bückt und in eine Höhlung hineinsingt, dann wieder erhebt und aufrecht dasteht. Nach einer Weile kam sie zurück, und nun merkte ich erst, warum sie mir vorher bekannt vorkam. Ich kannte sie nämlich wirklich seit längerer Zeit. Und zwar aus der Kanzlei.

Damit verhielt es sich so. Die Amtsstunden fingen früh an und währten über den Mittag hinaus. Mehrere von den jüngeren Beamten, die nun entweder wirklich Hunger fühlten oder eine halbe Stunde damit vor sich bringen wollten, pflegten gegen elf Uhr eine Kleinigkeit zu sich zu nehmen. Die Gewerbsleute, die alles zu ihrem Vorteile zu benutzen wissen, ersparten den Leckermäulern den Weg und brachten ihre Feilschaften ins Amtsgebäude, wo sie sich auf Stiege und Gang damit hinstellten. Ein Bäcker verkaufte kleine Weißbrote, die Obstfrau Kirschen. Vor allem aber waren gewisse Kuchen beliebt, die eines benachbarten Grieslers Tochter selbst verfertigte und noch warm zu

Markt brachte. Ihre Kunden traten zu ihr auf den Gang hinaus, und nur selten kam sie, gerufen, in die Amtsstube, wo dann der etwas grämliche Kanzleivorsteher, wenn er ihrer gewahr wurde, ebenso selten ermangelte, sie wieder zur Türe hinauszuweisen, ein Gebot, dem sie sich nur mit Groll und unwillige Worte murmelnd fügte.

Das Mädchen galt bei meinen Kameraden nicht für schön. Sie fanden sie zu klein, wußten die Farbe ihrer Haare nicht zu bestimmen. Daß sie Katzenaugen habe, bestritten einige, Pockengruben aber gaben alle zu. Nur von ihrem stämmigen Wuchs sprachen alle mit Beifall, schalten sie aber grob, und einer wußte viel von einer Ohrfeige zu erzählen, deren Spuren er noch acht Tage nachher gefühlt haben wollte.

Ich selbst gehörte nicht unter ihre Kunden. Teils fehlte mir's an Geld, teils habe ich Speise und Trank wohl immer – oft nur zu sehr – als ein Bedürfnis anerkennen müssen; Lust und Vergnügen darin zu suchen aber ist mir nie in den Sinn gekommen. Wir nahmen daher keine Notiz voneinander. Einmal nur, um mich zu necken, machten ihr meine Kameraden glauben, ich hätte nach ihren Eßwaren verlangt. Sie trat zu meinem Arbeitstisch und hielt mir ihren Korb hin. ‹Ich kaufe nichts, liebe Jungfer›, sagte ich. ‹Nun, warum bestellen Sie dann die Leute?› rief sie zornig. Ich entschuldigte mich, und sowie ich die Schelmerei gleich weghatte, erklärte ich ihr's aufs beste. ‹Nun, so schenken Sie mir wenigstens einen Bogen Papier, um meine Kuchen darauf zu legen›, sagte sie. Ich machte ihr begreiflich, daß das Kanzleipapier sei und nicht mir gehöre, zu Hause aber hätte ich welches, das mein wäre, davon wollt ich ihr bringen. ‹Zu Hause habe ich selbst genug›, sagte sie spöttisch und schlug eine kleine Lache auf, indem sie fortging.

Das war nur vor wenigen Tagen geschehen, und ich gedachte aus dieser Bekanntschaft sogleich Nutzen für meinen Wunsch zu ziehen. Ich knöpfte daher des andern Morgens ein ganzes Buch Papier, an dem es bei uns zu Hause nie fehlte, unter den Rock und ging auf die Kanzlei, wo ich, um mich nicht zu verraten, meinen Harnisch mit großer Unbequemlichkeit auf dem Leibe behielt, bis ich gegen Mittag aus dem Ein- und Ausgehen meiner Kameraden und dem Geräusch der kauenden Backen merkte, daß die Kuchenverkäuferin gekommen war, und glauben konnte, daß der Hauptandrang der Kunden vorüber sei. Dann ging ich hinaus, zog mein Papier hervor, nahm mir ein Herz und trat zu dem Mädchen hin, die, den Korb vor sich auf dem Boden und den rechten Fuß auf einen Schemel gestellt, auf dem sie gewöhnlich zu sitzen pflegte, dastand, leise summend und mit dem auf den Schemel gestützten Fuß den Takt dazu tretend. Sie maß mich vom Kopf bis zu den Füßen, als ich näher kam, was meine Verlegenheit vermehrte. ‹Liebe Jungfer›, fing ich endlich an, ‹Sie haben neulich von mir Papier begehrt, als keines zur Hand war, das mir gehörte. Nun habe ich welches von Hause mitgebracht und –› damit hielt ich ihr mein Papier hin. ‹Ich habe Ihnen schon neulich gesagt›, erwiderte sie, ‹daß ich selbst Papier zu Hause habe. Indes, man kann alles brauchen.› Damit nahm sie mit einem leichten Kopfnicken mein Geschenk und legte es in den Korb. ‹Von den Kuchen wollen Sie nicht?› sagte sie, unter ihren Waren herummusternd, ‹auch ist das Beste schon fort.› Ich dankte, sagte aber, daß ich eine andere Bitte hätte. ‹Nun allenfalls?› sprach sie, mit dem Arm in die Handhabe des Korbes fahrend und aufgerichtet dastehend, wobei sie mich mit heftigen Augen anblitzte. Ich fiel rasch ein, daß ich ein Liebhaber der Tonkunst sei, obwohl erst seit kurzem, daß ich sie so schöne Lieder singen gehört, besonders eines. ‹Sie? Mich? Lieder?› fuhr sie auf, ‹und wo?› Ich erzählte ihr weiter, daß ich in ihrer Nachbarschaft wohne und sie auf dem Hofe bei der Arbeit belauscht hätte. Eines ihrer Lieder gefiele mir besonders, so daß ich's schon versucht hätte, auf der Violine nachzuspielen. ‹Wären Sie etwa gar derselbe›, rief sie aus, ‹der so kratzt auf der Geige?› – Ich war damals, wie ich bereits sagte, nur Anfänger und habe erst später mit vieler Mühe die nötige Geläufigkeit in diese Finger gebracht», unterbrach sich der alte

Mann, wobei er mit der linken Hand, als einer, der geigt, in der Luft herumfingerte. «Mir war es», setzte er seine Erzählung fort, «ganz heiß ins Gesicht gestiegen, und ich sah auch ihr an, daß das harte Wort sie gereute. ‹Werte Jungfer›, sagte ich, ‹das Kratzen rührt von daher, daß ich das Lied nicht in Noten habe, weshalb ich auch höflichst um die Abschrift gebeten haben wollte.› – ‹Um die Abschrift?› sagte sie. ‹Das Lied ist gedruckt und wird an den Straßenekken verkauft.› – ‹Das Lied?› entgegnete ich. ‹Das sind wohl nur die Worte.› – ‹Nun ja, die Worte, das Lied.› – ‹Aber der Ton, in dem man's singt.› – ‹Schreibt man denn derlei auch auf?› fragte sie. – ‹Freilich!› war meine Antwort, ‹das ist ja eben die Hauptsache. Und wie haben denn Sie's erlernt, werte Jungfer?› – ‹Ich hörte es singen, und da sang ich's nach.› – Ich erstaunte über das natürliche Ingenium; wie denn überhaupt die ungelernten Leute oft die meisten Talente haben. Es ist aber doch nicht das Rechte, die eigentliche Kunst. Ich war nun neuerdings in Verzweiflung. ‹Aber welches Lied ist es denn eigentlich?› sagte sie. ‹Ich weiß so viele.› – ‹Alle ohne Noten?› – ‹Nun freilich; also welches war es denn?› – ‹Es ist gar so schön›, erklärte ich mich. ‹Steigt gleich anfangs in die Höhe, kehrt dann in sein Inwendiges zurück und hört ganz leise auf. Sie singen's auch am öftesten.› – ‹Ach, das wird wohl das sein!› sagte sie, setzte den Korb wieder ab, stellte den Fuß auf den Schemel und sang nun mit ganz leiser und doch klarer Stimme das Lied, wobei sie das Haupt duckte, so schön, so lieblich, daß, ehe sie noch zu Ende war, ich nach ihrer herabhängenden Hand fuhr. ‹Oho!› sagte sie, den Arm zurückziehend, denn sie meinte wohl, ich wollte ihre Hand unziemlicherweise anfassen, aber nein, küssen wollte ich sie, obschon sie nur ein armes Mädchen war. – Nun, ich bin ja jetzt auch ein armer Mann.

Da ich nun vor Begierde, das Lied zu haben, mir in die Haare fuhr, tröstete sie mich und sagte: der Organist der Peterskirche käme öfter um Muskatnuß in ihres Vaters Gewölbe, den wolle sie bitten, alles auf Noten zu bringen. Ich könnte es nach ein paar Tagen dort abholen. Hierauf nahm sie ihren Korb und ging, wobei ich ihr das Geleite bis zur Stiege gab. Auf der obersten Stufe die letzte Verbeugung machend, überraschte mich der Kanzleivorsteher, der mich an meine Arbeit gehen hieß und auf das Mädchen schalt, an dem, wie er behauptete, kein gutes Haar sei. Ich war darüber heftig erzürnt und wollte ihm eben antworten, daß ich, mit seiner Erlaubnis, vom Gegenteile überzeugt sei, als ich bemerkte, daß er bereits in sein Zimmer zurückgegangen war, weshalb ich mich faßte und ebenfalls an meinen Schreibtisch ging. Doch ließ er sich seit dieser Zeit nicht nehmen, daß ich ein liederlicher Beamter und ein ausschweifender Mensch sei.

Ich konnte auch wirklich desselben und die darauffolgenden Tage kaum etwas Vernünftiges arbeiten, so ging mir das Lied im Kopfe herum, und ich war wie verloren. Ein paar Tage vergangen, wußte ich wieder nicht, ob es schon Zeit sei, die Noten abzuholen oder nicht. Der Organist, hatte das Mädchen gesagt, kam in ihres Vaters Laden, um Muskatnuß zu kaufen; die konnte er nur zu Bier gebrauchen. Nun war seit einiger Zeit kühles Wetter und daher wahrscheinlich, daß der wackere Tonkünstler sich eher an den Wein halten und daher so bald keiner Muskatnuß bedürfen werde. Zu schnell anfragen schien mir unhöfliche Zudringlichkeit, allzu langes Warten konnte für Gleichgültigkeit ausgelegt werden. Mit dem Mädchen auf dem Gange zu sprechen, getraute ich mir nicht, da unsere erste Zusammenkunft bei meinen Kameraden ruchbar geworden war und sie vor Begierde brannten, mir einen Streich zu spielen.

Ich hatte inzwischen die Violine mit Eifer wieder aufgenommen und übte vorderhand das Fundament gründlich durch, erlaubte mir wohl auch von Zeit zu Zeit, aus dem Kopfe zu spielen, wobei ich aber das Fenster sorgfältig schloß, da ich wußte, daß mein Vortrag mißfiel. Aber wenn ich das Fenster auch öffnete, bekam ich mein Lied doch nicht wieder zu hören. Die Nachbarin sang teils gar nicht, teils so leise und bei verschlossener Türe, daß ich nicht zwei Töne unterscheiden konnte.

Endlich – es waren ungefähr drei Wochen vergangen – vermochte ich's nicht mehr auszuhalten. Ich hatte zwar schon durch zwei Abende mich auf die Gasse gestohlen – und das ohne Hut, damit die Dienstleute glauben sollten, ich suchte nur nach etwas im Hause –, sooft ich aber in die Nähe des Grieslerladens kam, überfiel mich ein so heftiges Zittern, daß ich umkehren mußte, ich mochte wollen oder nicht. Endlich aber – wie gesagt – konnte ich's nicht mehr aushalten. Ich nahm mir ein Herz und ging eines Abends – auch diesmal ohne Hut – aus meinem Zimmer die Treppe hinab und festen Schrittes durch die Gasse bis zu dem Grieslerladen, wo ich vorderhand stehenblieb und überlegte, was weiter zu tun sei. Der Laden war erleuchtet, und ich hörte Stimmen darin. Nach einigem Zögern beugte ich mich vor und lugte von der Seite hinein. Ich sah das Mädchen hart vor dem Ladentische am Lichte sitzen und in einer hölzernen Mulde Erbsen oder Bohnen lesen. Vor ihr stand ein derber, rüstiger Mann, die Jacke über die Schulter gehängt, eine Art Knittel in der Hand, ungefähr wie ein Fleischhauer. Die beiden sprachen, offenbar in guter Stimmung, denn das Mädchen lachte einige Male laut auf, ohne sich aber in ihrer Arbeit zu unterbrechen oder auch nur aufzusehen. War es meine gezwungene vorgebeugte Stellung, oder sonst was immer, mein Zittern begann wiederzukommen; als ich mich plötzlich von rückwärts mit derber Hand angefaßt und nach vorwärts geschleppt fühlte. In einem Nu stand ich im Gewölbe, und als ich, losgelassen, mich umschaute, sah ich, daß es der Eigentümer selbst war, der, von auswärts nach Hause kehrend, mich auf der Lauer überrascht und als verdächtig angehalten hatte. ‹Element!› schrie er, ‹da sieht man, wo die Pflaumen hinkommen und die Handvoll Erbsen und Rollgerste, die im Dunkeln aus den Auslagkörben gemaust werden. Da soll ja gleich das Donnerwetter dreinschlagen!› Und damit ging er auf mich los, als ob er wirklich dreinschlagen wolle.

Ich war wie vernichtet, wurde aber durch den Gedanken, daß man an meiner Ehrlichkeit zweifle, bald wieder zu mir selbst gebracht. Ich verbeugte mich daher ganz kurz und sagte dem Unhöflichen, daß mein Besuch nicht seinen Pflaumen oder seiner Rollgerste, sondern seiner Tochter gelte. Da lachte der in der Mitte des Ladens stehende Fleischer laut auf und wendete sich zu gehen, nachdem er vorher dem Mädchen ein paar Worte leise zugeflüstert hatte, die sie, gleichfalls lachend, durch einen schallenden Schlag mit der flachen Hand auf seinen Rücken beantwortete. Der Griesler gab dem Weggehenden das Geleit zur Türe hinaus. Ich hatte derweil schon wieder all meinen Mut verloren und stand dem Mädchen gegenüber, die gleichgültig ihre Erbsen und Bohnen las, als ob das Ganze sie nichts anginge. Da polterte der Vater wieder zur Türe herein. ‹Mordtausendelement noch einmal›, sagte er, ‹Herr, was soll's mit meiner Tochter?› Ich versuchte, ihm den Zusammenhang und den Grund meines Besuches zu erklären. ‹Was Lied?› sagte er, ‹ich will euch Lieder singen!› wobei er den rechten Arm sehr verdächtig auf und ab bewegte. – ‹Dort liegt es›, sprach das Mädchen, indem sie, ohne die Mulde mit Hülsenfrüchten wegzusetzen, sich samt dem Sessel seitwärts überbeugte und mit der Hand auf den Ladentisch hinwies. Ich eilte hin und sah ein Notenblatt liegen. Es war das Lied. Der Alte war mir aber zuvorgekommen. Er hielt das schöne Papier zerknitternd in der Hand. ‹Ich frage›, sagte er, ‹was das abgibt? Wer ist der Mensch?› – ‹Es ist ein Herr aus der Kanzlei›, erwiderte sie, indem sie eine wurmstichige Erbse etwas weiter als die andern von sich warf. ‹Ein Herr aus der Kanzlei?› rief er, ‹im Dunkeln, ohne Hut?› Den Mangel des Hutes erklärte ich durch den Umstand, daß ich ganz in der Nähe wohnte, wobei ich das Haus bezeichnete. ‹Das Haus weiß ich›, rief er. ‹Da wohnt niemand drinnen als der Hofrat› – hier nannte er den Namen meines Vaters –, ‹und die Bedienten kenne ich alle.› – ‹Ich bin der Sohn des Hofrats›, sagte ich, leise, als ob's eine Lüge wäre. – Mir sind im Leben viele Veränderungen vorgekommen, aber noch keine

so plötzliche, als bei diesen Worten in dem ganzen Wesen des Mannes vorging. Der zum Schmähen geöffnete Mund blieb offenstehen, die Augen drohten noch immer, aber um den untern Teil des Gesichtes fing an eine Art Lächeln zu spielen, das sich immer mehr Platz machte. Das Mädchen blieb in ihrer Gleichgültigkeit und gebückten Stellung, nur daß sie sich die losgegangenen Haare, fortarbeitend, hinter die Ohren zurückstrich. ‹Der Sohn des Herrn Hofrats?› schrie endlich der Alte, in dessen Gesichte die Aufheiterung vollkommen geworden war. ‹Wollen Euer Gnaden sich's vielleicht bequem machen? Barbara, einen Stuhl!› Das Mädchen bewegte sich widerwillig auf dem ihren. ‹Nu wart, Duckmauser!› sagte er, indem er selbst einen Korb von seinem Platze hob und den daruntergestellten Sessel mit dem Vortuche vom Staube reinigte. ‹Hohe Ehre›, fuhr er fort. ‹Der Herr Hofrat – der Herr Sohn, wollt ich sagen, praktizieren also auch die Musik? Singen vielleicht, wie meine Tochter, oder vielmehr ganz anders nach Noten, nach der Kunst?› Ich erklärte ihm, daß ich von Natur keine Stimme hätte. ‹Oder schlagen Klavizimbel, wie die vornehmen Leute zu tun pflegen?› Ich sagte, daß ich die Geige spiele. ‹Habe auch in meiner Jugend gekratzt auf der Geige›, rief er. Bei dem Worte ‹kratzen› blickte ich unwillkürlich auf das Mädchen hin und sah, daß sie ganz spöttisch lächelte, was mich sehr verdroß.

‹Sollten sich des Mädels annehmen, heißt das, in Musik›, fuhr er fort. ‹Singt eine gute Stimme, hat auch sonst ihre Qualitäten, aber das Feine, lieber Gott, wo soll's herkommen?› wobei er Daumen und Zeigefinger der rechten Hand wiederholt übereinanderschob. Ich war ganz beschämt, daß man mir unverdienterweise so bedeutende musikalische Kenntnisse zutraute, und wollte eben den wahren Stand der Sache auseinandersetzen, als ein außen Vorübergehender in den Laden hereinrief: ‹Guten Abend alle miteinander!› Ich erschrak, denn es war die Stimme eines der Bedienten unseres Hauses. Auch der Griesler hatte sie erkannt. Die Spitze der Zunge vorschiebend und die Schulter emporgehoben, flüsterte er: ‹Waren einer der Bedienten des gnädigen Papa. Konnten Sie aber nicht erkennen, standen mit dem Rücken gegen die Türe.› Letzteres verhielt sich wirklich so. Aber das Gefühl des Heimlichen, Unrechten ergriff mich qualvoll. Ich stammelte nur ein paar Worte zum Abschied und ging. Ja selbst mein Lied hätte ich vergessen, wäre mir nicht der Alte auf die Straße nachgesprungen, wo er mir's in die Hand steckte.

So gelangte ich nach Hause, auf mein Zimmer, und wartete der Dinge, die da kommen sollten. Und sie blieben nicht aus. Der Bediente hatte mich dennoch erkannt. Ein paar Tage darauf trat der Sekretär meines Vaters zu mir auf die Stube und kündigte mir an, daß ich das elterliche Haus zu verlassen hätte. Alle meine Gegenreden waren fruchtlos. Man hatte mir in einer entfernten Vorstadt ein Kämmerchen gemietet, und so war ich denn ganz aus der Nähe der Angehörigen verbannt. Auch meine Sängerin bekam ich nicht mehr zu sehen. Man hatte ihr den Kuchenhandel auf der Kanzlei eingestellt, und ihres Vaters Laden zu betreten, konnte ich mich nicht entschließen, da ich wußte, daß es dem meinigen mißfiel. Ja, als ich dem alten Griesler zufällig auf der Straße begegnete, wandte er sich mit einem grimmigen Gesichte von mir ab, und ich war wie niedergedonnert. Da holte ich denn, halbe Tage lang allein, meine Geige hervor und spielte und übte.

Es sollte aber noch schlimmer kommen. Das Glück unseres Hauses ging abwärts. Mein jüngster Bruder, ein eigenwilliger, ungestümer Mensch, Offizier bei den Dragonern, mußte eine unbesonnene Wette, infolge der er, vom Ritt erhitzt, mit Pferd und Rüstung durch die Donau schwamm – es war tief in Ungarn –, mit dem Leben bezahlen. Der ältere, geliebteste, war in einer Provinz am Ratstisch angestellt. In immerwährender Widersetzlichkeit gegen seinen Landesvorgesetzten und, wie sie sagten, heimlich dazu von unserem Vater aufgemuntert, erlaubte er sich sogar unrichtige Angaben, um seinem Gegner zu schaden. Es kam zur Untersuchung, und mein Bruder ging heimlich aus dem

Lande. Die Feinde unseres Vaters, deren viele waren, benützten den Anlaß, ihn zu stürzen. Von allen Seiten angegriffen und ohnehin ingrimmig über die Abnahme seines Einflusses, hielt er täglich die angreifendsten Reden in der Ratssitzung. Mitten in einer derselben traf ihn ein Schlagfluß. Er wurde sprachlos nach Hause gebracht. Ich selbst erfuhr nichts davon. Des andern Tags auf der Kanzlei bemerkte ich wohl, daß sie heimlich flüsterten und mit den Fingern nach mir wiesen. Ich war aber derlei schon gewohnt und hatte kein Arges. Freitags darauf – es war mittwochs gewesen – wurde mir plötzlich ein schwarzer Anzug mit Flor auf die Stube gebracht. Ich erstaunte und fragte und erfuhr. Mein Körper ist sonst stark und widerhältig, aber da fiel's mich an mit Macht. Ich sank besinnungslos zu Boden. Sie trugen mich ins Bette, wo ich fieberte und irre sprach den Tag hindurch und die ganze Nacht. Des andern Morgens hatte die Natur die Oberhand gewonnen, aber mein Vater war tot und begraben.

Ich hatte ihn nicht mehr sprechen können; ihn nicht um Verzeihung bitten wegen all des Kummers, den ich ihm gemacht; nicht mehr danken für die unverdienten Gnaden – ja Gnaden! denn seine Meinung war gut, und ich hoffe ihn einst wiederzufinden, wo wir nach unsern Absichten gerichtet werden und nicht nach unsern Werken.

Ich blieb mehrere Tage auf meinem Zimmer, kaum daß ich Nahrung zu mir nahm. Endlich ging ich doch hervor, aber gleich nach Tische wieder nach Hause, und nur des Abends irrte ich in den dunkeln Straßen umher, wie Kain, der Brudermörder. Die väterliche Wohnung war mir dabei ein Schreckbild, dem ich sorgfältigst aus dem Wege ging. Einmal aber, gedankenlos vor mich hin starrend, fand ich mich plötzlich in der Nähe des gefürchteten Hauses. Meine Knie zitterten, daß ich mich anhalten mußte. Hinter mir an die Wand greifend, erkenne ich die Türe des Grieslerladens und darin sitzend Barbara, einen Brief in der Hand, neben ihr das Licht auf dem Ladentische und hart dabei in aufrechter Stellung ihr Vater, der ihr zuzusprechen schien.

Und wenn es mein Leben gegolten hätte, ich mußte eintreten. Niemanden zu haben, dem man sein Leid klagen kann, niemanden, der Mitleid fühlt! Der Alte, wußte ich wohl, war auf mich erzürnt, aber das Mädchen sollte mir ein gutes Wort geben. Doch kam es ganz entgegengesetzt. Barbara stand auf, als ich eintrat, warf mir einen hochmütigen Blick zu und ging in die Nebenkammer, deren Türe sie abschloß. Der Alte aber faßte mich bei der Hand, hieß mich niedersitzen, tröstete mich, meinte aber auch, ich sei nun ein reicher Mann und hätte mich um niemanden mehr zu kümmern. Er fragte, wieviel ich geerbt hätte. Ich wußte das nicht. Er forderte mich auf, zu den Gerichten zu gehen, was ich versprach. In den Kanzleien, meinte er, sei nichts zu machen. Ich sollte meine Erbschaft im Handel anlegen. Knoppern und Früchte würfen guten Profit ab; ein Kompagnon, der sich darauf verstände, könnte Groschen in Gulden verwandeln. Er selbst habe sich einmal viel damit abgegeben. Dabei rief er wiederholt nach dem Mädchen, die aber kein Lebenszeichen von sich gab. Doch schien mir, als ob ich an der Türe zuweilen rascheln hörte. Da sie aber immer nicht kam und der Alte nur vom Gelde redete, empfahl ich mich endlich und ging, wobei der Mann bedauerte, mich nicht begleiten zu können, da er allein im Laden sei. Ich war traurig über meine verfehlte Hoffnung und doch wunderbar getröstet. Als ich auf der Straße stehenblieb und nach dem Hause meines Vaters hinüberblickte, hörte ich plötzlich hinter mir eine Stimme, die gedämpft und im Tone des Unwillens sprach: ‹Trauen Sie nicht gleich jedermann, man meint es nicht gut mit Ihnen.› So schnell ich mich umkehrte, sah ich doch niemand; nur das Klirren eines Fensters im Erdgeschosse, das zu des Grieslers Wohnung gehörte, belehrte mich, wenn ich auch die Stimme nicht erkannt hätte, daß Barbara die geheime Warnerin war. Sie hatte also doch gehört, was im Laden gesprochen worden. Wollte sie mich vor ihrem Vater warnen? oder war ihr zu Ohren gekommen, daß gleich nach meines Vaters Tode teils Kollegen aus der Kanzlei, teils andere ganz unbekannte Leute mich mit Bitten um Unterstützung und Nothilfe angegangen, ich auch zugesagt, wenn ich erst zu Geld kommen würde. Was einmal versprochen, mußte ich halten, in Zukunft aber beschloß ich, vorsichtiger zu sein. Ich meldete mich wegen meiner Erbschaft. Es war weniger, als man geglaubt hatte, aber doch sehr viel, nahe an elftausend Gulden. Mein Zimmer wurde den ganzen Tag von Bittenden und Hilfesuchenden nicht leer. Ich war aber beinahe hart geworden und gab nur, wo die Not am größten war. Auch Barbaras Vater kam. Er schmälte, daß ich sie schon drei Tage nicht besucht, worauf ich der Wahrheit gemäß erwiderte, daß ich fürchte, seiner Tochter zur Last zu sein. Er aber sagte, das solle mich nicht kümmern, er habe ihr schon den Kopf zurechtgesetzt, wobei er auf eine boshafte Art lachte, so daß ich erschrak. Dadurch an Barbaras Warnung rückerinnert, verhehlte ich, als wir bald im Gespräche darauf kamen, den Betrag meiner Erbschaft; auch seinen Handelsvorschlägen wich ich geschickt aus.

Wirklich lagen mir bereits andere Aussichten im Kopfe. In der Kanzlei, wo man mich nur meines Vaters wegen geduldet hatte, war mein Platz bereits durch einen andern besetzt, was mich, da kein Gehalt damit verbunden war, wenig kümmerte. Aber der Sekretär meines Vaters, der durch die letzten Ereignisse brotlos geworden, teilte mir den Plan zur Errichtung eines Auskunfts-, Kopier- und Übersetzungscomptoirs mit, wozu ich die ersten Einrichtungskosten vorschießen sollte, indes er selbst die Direktion zu übernehmen bereit war. Auf mein Andringen wurden die Kopierarbeiten auch auf Musikalien ausgedehnt, und nun war ich in meinem Glücke. Ich gab das erforderliche Geld, ließ mir aber, schon vorsichtig geworden, eine Handschrift darüber ausstellen. Die Kaution für die Anstalt, die ich gleichfalls vorschoß, schien, obgleich beträchtlich, kaum der Rede wert, da sie bei den Gerichten hinterlegt werden mußte und dort mein blieb, als hätte ich sie in meinem Schranke.

Die Sache war abgetan, und ich fühlte mich erleichtert,

erhoben, zum ersten Male in meinem Leben selbständig, ein Mann. Kaum daß ich meines Vaters noch gedachte. Ich bezog eine bessere Wohnung, änderte einiges in meiner Kleidung und ging, als es Abend geworden, durch wohlbekannte Straßen nach dem Grieslerladen, wobei ich mit den Füßen schlenkerte und mein Lied zwischen den Zähnen summte, obwohl nicht ganz richtig. Das B in der zweiten Hälfte habe ich mit der Stimme nie treffen können. Froh und guter Dinge langte ich an, aber ein eiskalter Blick Barbaras warf mich sogleich in meine frühere Zaghaftigkeit zurück. Der Vater empfing mich aufs beste, sie aber tat, als ob niemand zugegen wäre, fuhr fort, Papiertüten zu wickeln, und mischte sich mit keinem Worte in unser Gespräch. Nur als die Rede auf meine Erbschaft kam, fuhr sie mit halbem Leibe empor und sagte fast drohend: ‹Vater!›, worauf der Alte sogleich den Gegenstand änderte. Sonst sprach sie den ganzen Abend nichts, gab mir keinen zweiten Blick, und als ich mich endlich empfahl, klang ihr Guten Abend! beinahe wie ein Gott sei Dank!

Aber ich kam wieder und wieder, und sie gab allmählich nach. Nicht als ob ich ihr irgend etwas zu Danke gemacht hätte. Sie schalt und tadelte mich unaufhörlich. Alles war ungeschickt; Gott hatte mir zwei linke Hände erschaffen; mein Rock saß wie an einer Vogelscheuche; ich ging wie die Enten, mit einer Anmahnung an den Haushahn. Besonders zuwider war ihr meine Höflichkeit gegen die Kunden. Da ich nämlich bis zur Eröffnung der Kopieranstalt ohne Beschäftigung war und überlegte, daß ich dort mit dem Publikum zu tun haben würde, so nahm ich, als Vorübung, an dem Kleinverkauf im Grieslergewölbe tätigen Anteil, was mich oft halbe Tage lang festhielt. Ich wog Gewürz ab, zählte den Knaben Nüsse und Welkpflaumen zu, gab Kleingeld heraus; letzteres nicht ohne häufige Irrungen, wo denn immer Barbara dazwischenfuhr, gewalttätig wegnahm, was ich eben in den Händen hielt, und mich vor den Kunden verlachte und verspottete. Machte ich einem der Käufer einen Bückling oder empfahl mich ihnen, so sagte sie barsch, ehe die Leute noch zur Türe hinaus waren: ‹Die Ware empfiehlt!›, und kehrte mir den Rücken. Manchmal aber wieder war sie ganz Güte. Sie hörte mir zu, wenn ich erzählte, was in der Stadt vorging; aus meinen Kinderjahren; von dem Beamtenwesen in der Kanzlei, wo wir uns zuerst kennengelernt. Dabei ließ sie mich aber immer allein sprechen und gab nur durch einzelne Worte ihre Billigung oder – was öfter der Fall war – ihre Mißbilligung zu erkennen.

Von Musik oder Gesang war nie die Rede. Erstlich meinte sie, man müsse entweder singen oder das Maul halten, zu reden sei da nichts. Das Singen selbst aber ging nicht an. Im Laden war es unziemlich, und die Hinterstube, die sie und ihr Vater gemeinschaftlich bewohnten, durfte ich nicht betreten. Einmal aber, als ich unbemerkt zur Türe hereintrat, stand sie eben auf den Zehenspitzen emporgerichtet, den Rücken mir zugekehrt und mit den erhobenen Händen, wie man nach etwas sucht, auf einem der höheren Stellbretter herumtastend. Und dabei sang sie leise in sich hinein. – Es war das Lied, mein Lied! – Sie aber zwitscherte wie eine Grasmücke, die am Bache das Hälslein wäscht und das Köpfchen herumwirft und die Federn sträubt und wieder glättet mit dem Schnäblein. Mir war, als ginge ich auf grünen Wiesen. Ich schlich näher und näher und war schon so nahe, daß das Lied nicht mehr von außen, daß es aus mir herauszutönen schien, ein Gesang der Seelen. Da konnte ich mich nicht mehr halten und faßte mit beiden Händen ihren in der Mitte nach vorn strebenden und mit den Schultern gegen mich gesenkten Leib. Da aber kam's. Sie wirbelte wie ein Kreisel um sich selbst. Glutrot vor Zorn im Gesichte stand sie vor mir da; ihre Hand zuckte, und ehe ich mich entschuldigen konnte –

Sie hatten, wie ich schon früher berichtet, auf der Kanzlei öfter von einer Ohrfeige erzählt, die Barbara, noch als Kuchenhändlerin, einem Zudringlichen gegeben. Was sie da sagten von der Stärke des eher klein zu nennenden Mädchens und der Schwungkraft ihrer Hand, schien höchlich und zum Scherze übertrieben. Es verhielt sich aber wirklich so und ging ins Riesenhafte. Ich stand wie vom Donner getroffen. Die Lichter tanzten mir vor den Augen. – Aber es waren Himmelslichter. Wie Sonne, Mond und Sterne; wie die Engelein, die Versteckens spielen und dazu singen. Ich hatte Erscheinungen, ich war verzückt. Sie aber, kaum minder erschrocken als ich, fuhr mit ihrer Hand wie begütigend über die geschlagene Stelle. ‹Es mag wohl zu stark ausgefallen sein›, sagte sie, und – wie ein zweiter Blitzstrahl – fühlte ich plötzlich ihren warmen Atem auf meiner Wange und ihre zwei Lippen, und sie küßte mich; nur leicht, leicht; aber es war ein Kuß auf diese meine Wange, hier!» Dabei klatschte der alte Mann auf seine Backe, und die Tränen traten ihm aus den Augen. «Was nun weiter geschah, weiß ich nicht», fuhr er fort. «Nur daß ich auf sie losstürzte und sie in die Wohnstube lief und die Glastüre zuhielt, während ich von der andern Seite nachdrängte. Wie sie nun, zusammengekrümmt und mit aller Macht sich entgegenstemmend, gleichsam an dem Türfenster klebte, nahm ich mir ein Herz, verehrtester Herr, und gab ihr ihren Kuß heftig zurück, durch das Glas.

‹Oho, hier geht's lustig her!› hörte ich hinter mir rufen! Es war der Griesler, der eben nach Hause kam. ‹Nu, was sich neckt –›, sagte er. ‹Komm nur heraus, Bärbe, und mach keine Dummheiten! Einen Kuß in Ehren kann niemand wehren.› – Sie aber kam nicht. Ich selbst entfernte mich nach einigen halb bewußtlos gestotterten Worten, wobei ich den Hut des Grieslers statt des meinigen nahm, den er lachend mir in der Hand austauschte. Das war, wie ich ihn schon früher nannte, der Glückstag meines Lebens. Fast hätte ich gesagt: der einzige, was aber nicht wahr wäre, denn der Mensch hat viele Gnaden von Gott.

Ich wußte nicht recht, wie ich im Sinne des Mädchens stand. Sollte ich sie mir mehr erzürnt oder mehr begütigt denken! Der nächste Besuch kostete einen schweren Entschluß. Aber sie war gut. Demütig und still, nicht auffahrend wie sonst, saß sie da bei einer Arbeit. Sie winkte mit dem Kopfe auf einen nebenstehenden Schemel, daß ich mich setzen und ihr helfen sollte. So saßen wir denn und arbeiteten. Der Alte wollte hinausgehen. ‹Bleib doch da, Vater›, sagte sie; ‹was Ihr besorgen wollt, ist schon abgetan.› Er trat mit dem Fuße hart auf den Boden und blieb. Ab- und zugehend sprach er von diesem und jenem, ohne daß ich mich in das Gespräch zu mischen wagte. Da stieß das Mädchen plötzlich einen kleinen Schrei aus. Sie hatte sich beim Arbeiten einen Finger geritzt, und obgleich sonst gar nicht weichlich, schlenkerte sie mit der Hand hin und her. Ich wollte zusehen, aber sie bedeutete mich fortzufahren. ‹Alfanzerei und kein Ende!› brummte der Alte, und vor das Mädchen hintretend, sagte er mit starker Stimme: ‹Was zu besorgen war, ist noch gar nicht getan!›, und so ging er schallenden Trittes zur Türe hinaus. Ich wollte nun anfangen, mich von gestern her zu entschuldigen; sie aber unterbrach mich und sagte: ‹Lassen wir das, und sprechen wir jetzt von gescheitern Dingen.›

Sie hob den Kopf empor, maß mich vom Scheitel bis zur Zehe und fuhr in ruhigem Tone fort: ‹Ich weiß kaum selbst mehr den Anfang unserer Bekanntschaft, aber Sie kommen seit einiger Zeit öfter und öfter, und wir haben uns an Sie gewöhnt. Ein ehrliches Gemüt wird Ihnen niemand abstreiten, aber Sie sind schwach, immer auf Nebendinge gerichtet, so daß Sie kaum imstande wären, Ihren eigenen Sachen selbst vorzustehen. Da wird es denn Pflicht und Schuldigkeit von Freunden und Bekannten, ein Einsehen zu haben, damit Sie nicht zu Schaden kommen. Sie versitzen hier halbe Tage im Laden, zählen und wägen, messen und markten; aber dabei kommt nichts heraus. Was gedenken Sie in Zukunft zu tun, um ihr Fortkommen zu haben?› Ich erwähnte der Erbschaft meines Vaters. ‹Die mag recht groß sein›, sagte sie. Ich nannte den Betrag. ‹Das ist viel und wenig›, erwiderte sie. ‹Viel, um etwas damit anzufangen; wenig, um vom Breiten zu zehren. Mein Vater hat Ihnen zwar einen Vorschlag getan, ich riet Ihnen aber ab. Denn einmal hat er schon selbst Geld bei derlei Dingen verloren, dann›, setzte sie mit gesenkter Stimme hinzu, ‹ist er so gewohnt, von Fremden Gewinn zu ziehen, daß er es Freunden vielleicht auch nicht besser machen würde. Sie müssen jemand an der Seite haben, der es ehrlich meint.› – Ich wies auf sie. – ‹Ehrlich bin ich›, sagte sie. Dabei legte sie die Hand auf die Brust, und ihre Augen, die sonst ins Graulichte spielten, glänzten hellblau, himmelblau. ‹Aber mit mir hat's eigene Wege. Unser Geschäft wirft wenig ab, und mein Vater geht mit dem Gedanken um, einen Schenkladen aufzurichten. Da ist denn kein Platz für mich. Mir bliebe nur Handarbeit, denn dienen mag ich nicht.› Und dabei sah sie aus wie eine Königin. ‹Man hat mir zwar einen andern Antrag gemacht›, fuhr sie fort, indem sie einen Brief aus ihrer Schürze zog und halb widerwillig auf den Ladentisch warf; ‹aber da müßte ich fort von hier.› – ‹Und weit?› fragte ich. – ‹Warum? was kümmert Sie das?› – Ich erklärte, daß ich an denselben Ort hinziehen wollte. – ‹Sind Sie ein Kind!› sagte sie. Das ginge nicht an und wären ganz andere Dinge. ‹Aber wenn Sie Vertrauen zu mir haben und gerne in meiner Nähe sind, so bringen Sie den Putzladen an sich, der hier nebenan zu Verkauf steht. Ich verstehe das Werk, und um den bürgerlichen Gewinn aus Ihrem Gelde dürften Sie nicht verlegen sein. Auch fänden Sie selbst mit Rechnen und Schreiben eine ordentliche Beschäftigung. Was sich etwa noch weiter ergäbe, davon wollen wir jetzt nicht reden. – Aber ändern müßten Sie sich! Ich hasse die weibischen Männer.›

Ich war aufgesprungen und griff nach meinem Hute. ‹Was ist? wo wollen Sie hin?› fragte sie. – ‹Alles abbestellen›, sagte ich mit kurzem Atem. – ‹Was denn?› – Ich erzählte ihr nun meinen Plan zur Errichtung eines Schreib- und Auskunftscomptoirs. ‹Da kommt nicht viel heraus›, meinte sie. ‹Auskunft einziehen kann ein jeder selbst, und schreiben hat auch ein jeder gelernt in der Schule.› Ich bemerkte, daß auch Musikalien kopiert werden sollten, was nicht jedermanns Sache sei. – ‹Kommen Sie schon wieder mit solchen Albernheiten?› fuhr sie mich an. ‹Lassen Sie das

Musizieren, und denken Sie auf die Notwendigkeit! Auch wären Sie nicht imstande, einem Geschäft selbst vorzustehen.› Ich erklärte, daß ich einen Kompagnon gefunden hätte. – ‹Einen Kompagnon?› rief sie aus. ‹Da will man Sie gewiß betrügen! Sie haben doch noch kein Geld hergegeben?› – Ich zitterte, ohne zu wissen warum. – ‹Haben Sie Geld gegeben?› fragte sie noch einmal. Ich gestand die dreitausend Gulden zur ersten Einrichtung. – ‹Dreitausend Gulden?› rief sie, ‹so vieles Geld!› – ‹Das übrige›, fuhr ich fort, ‹ist bei den Gerichten hinterlegt und jedenfalls sicher.› – ‹Also noch mehr?› schrie sie auf. – Ich gab den Betrag der Kaution an. – ‹Und haben Sie die selbst bei den Gerichten angelegt?› – Es war durch meinen Kompagnon geschehen. – ‹Sie haben doch einen Schein darüber?› – Ich hatte keinen Schein. – ‹Und wie heißt Ihr sauberer Kompagnon?› fragte sie weiter. – Ich war einigermaßen beruhigt, ihr den Sekretär meines Vaters nennen zu können.

‹Gott der Gerechte!› rief sie aufspringend und die Hände zusammenschlagend. ‹Vater! Vater!› – Der Alte trat herein. – ‹Was habt Ihr heute aus den Zeitungen gelesen?› – ‹Von dem Sekretarius?› sprach er. – ‹Wohl, wohl!› – ‹Nun, der ist durchgegangen, hat Schulden über Schulden hinterlassen und die Leute betrogen. Sie verfolgen ihn mit Steckbriefen!› – ‹Vater›, rief sie, ‹er hat ihm auch sein Geld anvertraut. Er ist zugrunde gerichtet.› – ‹Potz Dummköpfe und kein Ende!› schrie der Alte. ‹Hab ich's nicht immer gesagt? Aber das war ein Entschuldigen. Einmal lachte sie über ihn, dann war er wieder ein redliches Gemüt. Aber ich will dazwischenfahren! Ich will zeigen, wer Herr im Hause ist. Du, Barbara, marsch hinein in die Kammer! Sie aber, Herr, machen Sie, daß Sie fortkommen, und verschonen uns künftig mit Ihren Besuchen. Hier wird kein Almosen gereicht.› – ‹Vater›, sagte das Mädchen, ‹seid nicht hart gegen ihn, er ist ja doch unglücklich genug.› – ‹Eben darum›, rief der Alte, ‹will ich's nicht auch werden. Das, Herr›, fuhr er fort, indem er auf den Brief zeigte, den Barbara vorher auf den Tisch geworfen hatte, ‹das ist ein Mann! Hat Grütz im Kopfe und Geld im Sack. Betrügt niemanden, läßt sich aber auch nicht betrügen; und das ist die Hauptsache bei der Ehrlichkeit.› – Ich stotterte, daß der Verlust der Kaution noch nicht gewiß sei. – ‹Ja›, rief er, ‹wird ein Narr gewesen sein, der Sekretarius! Ein Schelm ist er, aber pfiffig. Und nun gehen Sie nur rasch, vielleicht holen Sie ihn noch ein!› Dabei hatte er mir die flache Hand auf die Schulter gelegt und schob mich gegen die Türe. Ich wich dem Drucke seitwärts aus und wendete mich gegen das Mädchen, die, auf den Ladentisch gestützt, dastand, die Augen auf den Boden gerichtet, wobei die Brust heftig auf und nieder ging. Ich wollte mich ihr nähern, aber sie stieß zornig mit dem Fuße auf den Boden, und als ich meine Hand ausstreckte, zuckte sie mit der ihren halb empor, als ob sie mich wieder schlagen wollte. Da ging ich, und der Alte schloß die Türe hinter mir zu.

Ich wankte durch die Straßen zum Tor hinaus, ins Feld. Manchmal fiel mich die Verzweiflung an, dann kam aber wieder Hoffnung. Ich erinnerte mich, bei Anlegung der Kaution den Sekretär zum Handelsgericht begleitet zu haben. Dort hatte ich unter dem Torwege gewartet, und er war allein hinaufgegangen. Als er herabkam, sagte er, alles sei berichtigt, der Empfangsschein werde mir ins Haus geschickt werden. Letzteres war freilich nicht geschehen, aber Möglichkeit blieb noch immer. Mit anbrechendem Tage kam ich zur Stadt zurück. Mein erster Gang war in die Wohnung des Sekretärs. Aber die Leute lachten und fragten, ob ich die Zeitungen nicht gelesen hätte. Das Handelsgericht lag nur wenige Häuser davon ab. Ich ließ in den Büchern nachschlagen, aber weder sein Name noch meiner kamen darin vor. Von einer Einzahlung keine Spur. So war denn mein Unglück gewiß. Ja, beinahe wäre es noch schlimmer gekommen. Denn da ein Gesellschaftskontrakt bestand, wollten mehrere seiner Gläubiger auf meine Person greifen. Aber die Gerichte gaben es nicht zu. Lob und Dank sei ihnen dafür gesagt! Obwohl es auf eines herausgekommen wäre.

In all diesen Widerwärtigkeiten war mir, gestehe ich's nur, der Griesler und seine Tochter ganz in den Hintergrund getreten. Nun, da es ruhiger wurde und ich anfing zu überlegen, was etwa weiter geschehen sollte, kam mir die Erinnerung an den letzten Abend lebhaft zurück. Den Alten, eigennützig, wie er war, begriff ich ganz wohl, aber das Mädchen! Manchmal kam mir in den Sinn, daß, wenn ich das Meinige zu Rate gehalten und ihr eine Versorgung hätte anbieten können, sie wohl gar – aber sie hätte mich nicht gemocht.» – Dabei besah er mit auseinanderfallenden Händen seine ganze dürftige Gestalt. – «Auch war ihr mein höfliches Benehmen gegen jedermann immer zuwider.

So verbrachte ich ganze Tage, sann und überlegte. Eines Abends im Zwielicht – es war die Zeit, die ich gewöhnlich im Laden zuzubringen pflegte – saß ich wieder und versetzte mich in Gedanken an die gewohnte Stelle. Ich hörte sie sprechen, auf mich schmähen, ja es schien, sie verlachten mich. Da raschelte es plötzlich an der Türe, sie ging auf, und ein Frauenzimmer trat herein. – Es war Barbara. – Ich saß auf meinem Stuhl angenagelt, als ob ich ein Gespenst sähe. Sie war blaß und trug ein Bündel unter dem Arme. In die Mitte des Zimmers gekommen, blieb sie stehen, sah rings an den kahlen Wänden umher, dann nach abwärts auf das ärmliche Geräte und seufzte tief. Dann ging sie an den Schrank, der zur Seite an der Mauer stand, wickelte ihr Paket auseinander, das einige Hemden und Tücher enthielt – sie hatte in der letzten Zeit meine Wäsche besorgt –, zog die Schublade heraus, schlug die Hände zusammen, als sie den spärlichen Inhalt sah, fing aber gleich darauf an, die Wäsche in Ordnung zu bringen und die mitgebrachten Stücke einzureihen. Darauf trat sie ein paar Schritte vom Schranke hinweg, und die Augen auf mich gerichtet, wobei sie mit dem Finger auf die offene Schublade zeigte, sagte sie: ‹Fünf Hemden und drei Tücher. So viel habe ich gehabt, so viel bringe ich zurück.› Dann drückte sie langsam die Schublade zu, stützte sich mit der Hand auf den Schrank und fing laut an zu weinen. Es schien fast, als ob ihr schlimm würde, denn sie setzte sich auf einen Stuhl neben dem Schranke, verbarg das Gesicht in ihr Tuch, und ich hörte aus den stoßweise geholten Atemzügen, daß sie noch immer fortweinte. Ich war leise in ihre Nähe getreten und faßte ihre Hand, die sie mir gutwillig ließ. Als ich aber, um ihre Blicke auf mich zu ziehen, an dem schlaff hängenden Arme bis zum Ellenbogen emporrückte, stand sie rasch auf, machte ihre Hand los und sagte in gefaßtem Tone: ‹Was nützt das alles? Es ist nun einmal so. Sie haben es selbst gewollt, sich und uns haben Sie unglücklich gemacht; aber freilich sich selbst am meisten. Eigentlich verdienen Sie kein Mitleid› – hier wurde sie immer heftiger –, ‹wenn man so schwach ist, seine eigenen Sachen nicht in Ordnung halten zu können; so leichtgläubig, daß man jedem traut, gleichviel ob es ein Spitzbube ist oder ein ehrlicher Mann. – Und doch tut's mir leid um Sie. Ich bin gekommen, um Abschied zu nehmen. Ja, erschrecken Sie nur. Ist's doch Ihr Werk. Ich muß nun hinaus unter die groben Leute, wogegen ich mich so lange gesträubt habe. Aber da ist kein Mittel. Die Hand habe ich Ihnen schon gegeben, und so leben sie wohl – für immer.› Ich sah, daß ihr die Tränen wieder ins Auge traten, aber sie schüttelte unwillig mit dem Kopfe und ging. Mir war, als hätte ich Blei in den Gliedern. Gegen die Türe gekommen, wendete sie sich noch einmal um und sagte: ‹Die Wäsche ist jetzt in Ordnung. Sehen Sie zu, daß nichts abgeht. Es werden harte Zeiten kommen.› Und nun hob sie die Hand auf, machte wie ein Kreuzeszeichen in die Luft und rief: ‹Gott mit dir, Jakob! – In alle Ewigkeit, Amen!› setzte sie leiser hinzu und ging.

Nun erst kam mir der Gebrauch meiner Glieder zurück. Ich eilte ihr nach, und auf dem Treppenabsatze stehend, rief ich ihr nach: ‹Barbara!› Ich hörte, daß sie auf der Stiege stehenblieb. Wie ich aber die erste Stufe hinabstieg, sprach sie von unten herauf: ‹Bleiben Sie!› und ging die Treppe vollends hinab und zum Tore hinaus.

Ich habe seitdem harte Tage erlebt, keinen aber wie diesen; selbst der darauffolgende war es minder. Ich wußte nämlich doch nicht so recht, wie ich daran war, und schlich daher am kommenden Morgen in der Nähe des Grieslerladens herum, ob mir vielleicht einige Aufklärung würde. Da sich aber nichts zeigte, blickte ich endlich seitwärts in den Laden hinein und sah eine fremde Frau, die abwog und Geld herausgab und zuzählte. Ich wagte mich hinein und fragte, ob sie den Laden an sich gekauft hätte? ‹Zur Zeit noch nicht›, sagte sie. – Und wo die Eigentümer wären? – ‹Die sind heute frühmorgens nach Langenlebarn gereist.› – ‹Die Tochter auch?› stammelte ich. – ‹Nun freilich auch›, sagte sie, ‹sie macht ja Hochzeit dort.›

Die Frau mochte mir nun alles erzählt haben, was ich in der Folge von andern Leuten erfuhr. Der Fleischer des genannten Ortes nämlich – derselbe, den ich zur Zeit meines ersten Besuches im Laden antraf – hatte dem Mädchen seit lange Heiratsanträge gemacht, denen sie immer auswich, bis sie endlich in den letzten Tagen, von ihrem Vater gedrängt und an allem übrigen verzweifelnd, einwilligte. Desselben Morgens waren Vater und Tochter dahin abgereist, und in dem Augenblick, da wir sprachen, war Barbara des Fleischers Frau.

Die Verkäuferin mochte mir, wie gesagt, das alles erzählt haben, aber ich hörte nicht und stand regungslos, bis endlich Kunden kamen, die mich zur Seite schoben, und die Frau mich anfuhr, ob ich noch sonst etwas wollte, worauf ich mich entfernte.

Sie werden glauben, verehrtester Herr», fuhr er fort, «daß ich mich nun als den unglücklichsten aller Menschen fühlte. Und so war es auch im ersten Augenblicke. Als ich aber aus dem Laden heraustrat und, mich umwendend, auf die kleinen Fenster zurückblickte, an denen Barbara gewiß oft gestanden und herausgesehen hatte, da kam eine selige Empfindung über mich. Daß sie nun alles Kummers los war, Frau im eigenen Hause, und nicht nötig hatte, wie wenn sie ihre Tage an einen Herd- und Heimatlosen geknüpft hätte, Kummer und Elend zu tragen, das legte sich wie ein lindernder Balsam auf meine Brust, und ich segnete sie und ihre Wege.

Wie es nun mit mir immer mehr herabkam, beschloß ich, durch Musik mein Fortkommen zu suchen; und solange der Rest meines Geldes währte, übte und studierte ich mir die Werke großer Meister, vorzüglich der alten, ein, welche ich abschrieb; und als nun der letzte Groschen ausgegeben war, schickte ich mich an, von meinen Kenntnissen Vorteil zu ziehen, und zwar anfangs in geschlossenen Gesellschaften, wozu ein Gastgebot im Hause meiner Mietfrau den ersten Anlaß gab. Als aber die von mir vorgetragenen Kompositionen dort keinen Anklang fanden, stellte ich mich in die Höfe der Häuser, da unter so vielen Bewohnern doch einige sein mochten, die das Ernste zu schätzen wußten – ja endlich auf die öffentlichen Spaziergänge, wo ich denn wirklich die Befriedigung hatte, daß einzelne stehenblieben, zuhörten, mich befragten und nicht ohne Anteil weitergingen. Daß sie mir dabei Geld hinlegten, beschämte mich nicht. Denn einmal war gerade das mein Zweck, dann sah ich auch, daß berühmte Virtuosen, welche erreicht zu haben ich mir nicht schmeicheln konnte, sich für ihre Leistungen, und mitunter sehr hoch, honorieren ließen. So habe ich mich obzwar ärmlich, aber redlich fortgebracht bis diesen Tag.

Nach Jahren sollte mir noch ein Glück zuteil werden. Barbara kam zurück. Ihr Mann hatte Geld verdient und ein Fleischhauergewerbe in einer der Vorstädte an sich gebracht. Sie war Mutter von zwei Kindern, von denen das älteste Jakob heißt, wie ich. Meine Berufsgeschäfte und die Erinnerung an alte Zeiten erlaubten mir nicht, zudringlich zu sein, endlich ward ich aber selbst ins Haus bestellt, um dem ältesten Knaben Unterricht auf der Violine zu geben. Er hat zwar nur wenig Talent, kann auch nur an Sonntagen spielen, da ihn in der Woche der Vater beim Geschäft verwendet, aber Barbaras Lied, das ich ihn gelehrt, geht doch schon recht gut; und wenn wir so üben und hantieren, singt manchmal die Mutter mit darein. Sie hat sich zwar sehr verändert in den vielen Jahren, ist stark geworden und kümmert sich wenig mehr um Musik, aber es klingt noch immer so hübsch wie damals.» Und damit ergriff der Alte seine Geige und fing an, das Lied zu spielen, und spielte fort und fort, ohne sich weiter um mich zu kümmern. Endlich hatte ich's satt, stand auf, legte ein paar Silberstücke auf den nebenstehenden Tisch und ging, während der Alte eifrig immer fortgeigte.

Bald darauf trat ich eine Reise an, von der ich erst mit einbrechendem Winter zurückkam. Die neuen Bilder hatten die alten verdrängt, und mein Spielmann war so ziemlich vergessen. Erst bei Gelegenheit des furchtbaren Eisganges im nächsten Frühjahre und der damit in Verbindung stehenden Überschwemmung der niedrig gelegenen Vorstädte erinnerte ich mich wieder an ihn. Die Umgegend der Gärtnergasse war zum See geworden. Für des alten Mannes Leben schien nichts zu besorgen, wohnte er doch hoch oben am Dache, indes unter den Bewohnern der Erdgeschosse sich der Tod seine nur zu häufigen Opfer ausersehen hatte. Aber enblößt von aller Hilfe, wie groß mochte seine Not sein! Solange die Überschwemmung währte, war nichts zu tun, auch hatten die Behörden nach Möglichkeit auf Schiffen Nahrung und Beistand den Abgeschnittenen gespendet. Als aber die Wasser verlaufen und die Straßen gangbar geworden waren, beschloß ich, meinen Anteil an der in Gang gebrachten, zu unglaublichen Summen angewachsenen Kollekte persönlich an die mich zunächst angehende Adresse zu befördern.

Der Anblick der Leopoldstadt war grauenhaft. In den Straßen zerbrochene Schiffe und Gerätschaften, in den Erdgeschossen zum Teil noch stehendes Wasser und schwimmende Habe. Als ich, dem Gedränge ausweichend, an ein zugelehntes Hoftor hintrat, gab dieses nach und zeigte im Torwege eine Reihe von Leichen, offenbar behufs der amtlichen Inspektion zusammengebracht und hingelegt; ja, im Innern der Gemächer waren noch hie und da, aufrecht stehend und an die Gitterfenster angekrallt, verunglückte Bewohner zu sehen, die – es fehlte eben an Zeit und Beamten, die gerichtliche Konstatierung so vieler Todesfälle vorzunehmen.

So schritt ich weiter und weiter. Von allen Seiten Weinen und Trauergeläute, suchende Mütter und irregehende Kinder. Endlich kam ich an die Gärtnergasse. Auch dort hatten sich die schwarzen Begleiter eines Leichenzuges aufgestellt, doch, wie es schien, entfernt von dem Hause, das ich suchte. Als ich aber näher trat, bemerkte ich wohl eine Verbindung von Anstalten und Hin- und Hergehenden zwischen dem Trauergeleite und der Gärtnerswohnung. Am Haustor stand ein wacker aussehender, ältlicher, aber noch kräftiger Mann. In hohen Stiefeln, gelben Lederhosen und lang herabgehendem Leibrocke sah er einem Landfleischer ähnlich. Er gab Aufträge, sprach aber dazwischen ziemlich gleichgültig mit den Nebenstehenden. Ich ging an ihm vorbei und trat in den Hofraum. Die alte Gärtnerin kam mir entgegen, erkannte mich auf der Stelle wieder und begrüßte mich unter Tränen. «Geben Sie uns auch die Ehre?» sagte sie. «Ja, unser armer Alter! Der musiziert jetzt mit den lieben Engeln, die auch nicht viel besser sein können, als er es war. Die ehrliche Seele saß da oben sicher in seiner Kammer. Als aber das Wasser kam und er die Kinder schreien hörte, da sprang er herunter und rettete und schleppte und trug und brachte in Sicherheit, daß ihm der Atem ging wie ein Schmiedegebläs. Ja – wie man denn nicht überall seine Augen haben kann – als sich ganz zuletzt zeigte, daß mein Mann seine Steuerbücher und die paar Gulden Papiergeld im Wandschrank vergessen hatte, nahm der Alte ein Beil, ging ins Wasser, das ihm schon an die Brust reichte, erbrach den Schrank und brachte alles treulich. Da hatte er sich wohl verkältet, und wie im ersten Augenblicke denn keine Hilfe zu haben war, griff er in die Phantasie und wurde immer schlechter und schlechter, ob wir ihm gleich beistanden nach Möglichkeit und mehr dabei litten als er selbst. Denn er musizierte in einem fort, mit der Stimme nämlich, und schlug den Takt und gab Lektionen. Als sich das Wasser ein wenig verlaufen hatte und wir den Bader holen konnten und den Geistlichen, richtete er sich plötzlich im Bette auf, wendete Kopf und Ohr seitwärts, als ob er in der Entfernung etwas gar Schönes hörte, lächelte, sank zurück und war tot. Gehen Sie nur hinauf, er hat oft von Ihnen gesprochen. Die Madame ist auch oben. Wir haben ihn auf unsere Kosten begraben lassen wollen, die Frau Fleischermeisterin gab es aber nicht zu.»

Sie drängte mich die steile Treppe hinauf bis zur Dachstube, die offenstand und ganz ausgeräumt war bis auf den Sarg in der Mitte, der bereits geschlossen, nur der Träger wartete. An dem Kopfende saß eine ziemlich starke Frau, über die Hälfte des Lebens hinaus, im bunt gedruckten Kattunüberrocke, aber mit schwarzem Halstuch und schwarzem Band auf der Haube. Es schien fast, als ob sie nie schön gewesen sein konnte. Vor ihr standen zwei ziemlich erwachsene Kinder, ein Bursche und ein Mädchen, denen sie offenbar Unterricht gab, wie sie sich beim Leichenzuge zu benehmen hätten. Eben, als ich eintrat, stieß sie dem Knaben, der sich ziemlich tölpisch auf den Sarg gelehnt hatte, den Arm herunter und glättete sorgfältig die herausstehenden Kanten des Leichentuches wieder zurecht. Die Gärtnersfrau führte mich vor; da fingen aber unten die Posaunen an zu blasen, und zugleich erscholl die Stimme des Fleischers von der Straße herauf: «Barbara, es ist Zeit!» Die Träger erschienen, ich zog mich zurück, um Platz zu machen. Der Sarg ward erhoben, hinabgebracht, und der Zug setzte sich in Bewegung. Voraus die Schuljugend mit Kreuz und Fahne, der Geistliche mit dem Kirchendiener. Unmittelbar nach dem Sarge die beiden Kinder des Fleischers und hinter ihnen das Ehepaar. Der Mann bewegte unausgesetzt, als in Andacht, die Lippen, sah aber dabei links und rechts um sich. Die Frau las eifrig in ihrem Gebetbuche, nur machten ihr die beiden Kinder zu schaffen, die sie einmal vorschob, dann wieder zurückhielt, wie ihr denn überhaupt die Ordnung des Leichenzuges sehr am Herzen zu liegen schien. Immer aber kehrte sie wieder zu ihrem Buche zurück. So kam das Geleite zum Friedhof. Das Grab war geöffnet. Die Kinder warfen die ersten Handvoll Erde hinab. Der Mann tat stehend dasselbe. Die Frau kniete und hielt ihr Buch nahe an die Augen. Die Totengräber vollendeten ihr Geschäft, und der Zug, halb aufgelöst, kehrte zurück. An der Tür gab es noch einen kleinen Wortwechsel, da die Frau eine Forderung des Leichenbesorgers offenbar zu hoch fand. Die Begleiter zerstreuten sich nach allen Richtungen. Der alte Spielmann war begraben.

Ein paar Tage darauf – es war ein Sonntag – ging ich, von meiner psychologischen Neugierde getrieben, in die Wohnung des Fleischers und nahm zum Vorwande, daß ich die Geige des Alten als Andenken zu besitzen wünschte. Ich fand die Familie beisammen ohne Spur eines zurückgebliebenen besondern Eindrucks. Doch hing die Geige mit einer Art Symmetrie geordnet neben dem Spiegel, einem Kruzifix gegenüber, an der Wand. Als ich mein Anliegen erklärte und einen verhältnismäßig hohen Preis anbot, schien der Mann nicht abgeneigt, ein vorteilhaftes Geschäft zu machen. Die Frau aber fuhr vom Stuhle empor und sagte: «Warum nicht gar! Die Geige gehört unserem Jakob, und auf ein paar Gulden mehr oder weniger kommt es uns nicht an!» Dabei nahm sie das Instrument von der Wand, besah es von allen Seiten, blies den Staub herab und legte es in die Schublade, die sie, wie einen Raub befürchtend, heftig zustieß und abschloß. Ihr Gesicht war dabei von mir abgewandt, so daß ich nicht sehen konnte, was etwa darauf vorging. Da nun zu gleicher Zeit die Magd mit der Suppe eintrat und der Fleischer, ohne sich durch den Besuch stören zu lassen, mit lauter Stimme sein Tischgebet anhob, in das die Kinder gellend einstimmten, wünschte ich gesegnete Mahlzeit und ging zur Türe hinaus. Mein letzter Blick traf die Frau. Sie hatte sich umgewendet, und die Tränen liefen ihr stromweise über die Backen.

Ein Märchen

Es war einmal ein Schloss in Deutschland mit dicken Pfeilern, Bogentor und Türmchen, von denen Wind und Regen schon manchen Schnörkel abgebissen hatten. Das Schloß lag mitten im Walde und war sehr verrufen in der ganzen Gegend, denn man wußte nicht, wer eigentlich darin wohnte. Jemand konnte es nicht sein, sonst hätte man ihn doch manchmal am Fenster erblicken müssen; und niemand auch nicht, denn in dem Schlosse hörte man bei Tag und Nacht beständig ein entsetzliches Rumoren, Seufzen, Stöhnen und Zischen, als würde drin die Welt von neuem erschaffen; ja, des Nachts fuhr bald da, bald dort ein Feuerschein aus einem der langen Schornsteine oder Fenster heraus, als ob gequälte Geister plötzlich ihre lechzenden Zungen ausstreckten. Über dem Schloßportal aber befand sich eine überaus künstliche Uhr, die mit großem Geknarre Stunden, Minuten und Sekunden genau angab, aber aus Versehen rückwärts fortrückte und daher jetzt beinahe schon um fünfzig Jahre zu spät ging; und jede Stunde spielte sie einen sinnigen Verein gebildeter Arien zur Veredelung des Menschengeschlechts, z. B.:

In diesen heil'gen Hallen
Kennt man die Rache nicht –
Und Ruhe ist vor allen
Die erste Bürgerpflicht usw.

Die benachbarten Hirten, Jäger und andere gemeinen Leute aber waren das schon gewöhnt und fragten nicht viel darnach, denn sie wußten ohnedem von der Sonne schon besser, was es an der Zeit war, und sangen unbekümmert ihre eigenen Lieder. Wer aber recht genau aufpaßte, der konnte wirklich zuweilen zur Nachtzeit oder in der schwülen Mittagsstille den Schloßherrn aus dem großen Uhrportal hervortreten und auf den einsamen Kiesgängen des Ziergartens lustwandeln sehen; einen hagern, etwas schiefbeinigen Herrn mit gebogener Nase und langem Schlafrock, der war von oben bis unten mit allerlei Hieroglyphen und Zaubersprüchen verblümt und punktiert und hatte unten einige Zimbeln am Saume, die aber immer gedämpft waren, um ihn nicht im Nachdenken zu stören. Das war aber niemand anders als der Baron Pinkus, der große Nekromant, und die Sache verhielt sich folgendermaßen:

Vor geraumer Zeit und bevor er noch Baron war, hatte der Staatsbürger Pinkus auf dem Trödelmarkte in Berlin den ganzen Nachlaß des seligen Nicolai (der damals gerade altmodisch geworden, weil soeben die Romantik aufgekommen war) für ein Lumpengeld erstanden und machte in Ideen. Er war ein einschlägiger Kopf und setzte die Ware ab, wo sie noch rar war. So war er denn eines Tages an das abgelegene Schloß eines gewissen Reichsgrafen gekommen. Der Graf saß gerade in freudenreichem Schalle an der Mittagstafel mit seinem Stallmeister, Hofmarschall und dem anderen Hofgesind. Da riß es plötzlich so stark an der Hausglocke, daß die Kanarienvögel, Papageien und Pfauen vor Schreck zusammenschrien und die Puthähne im Hofe zornig zu gollern anfingen. Der Graf rief: «Wer ist da draußen vor dem Tore?» Der Page rief: «Was wollen Sie, mein Herr?» – «Menschenwohl, Jesuiten wittern und Toleranzen.» – Der Page kam: «Dem Menschen ist nicht wohl, er will einen Bitteren oder Pomeranzen.» – «Das verdenk ich ihm nicht», entgegnete der Graf, «aber geh und frag noch einmal genauer, wer er sei.» – Der Page ging: «Ihr Charakter, mein Herr?» – «Kosmopolit!» – Der Page kam: «Großhofpolyp.» – Das Brockhausische Konversationslexikon war damals noch nicht erfunden, um darin nachschlagen zu können, es entstand daher ein allgemeines Schütteln des Kopfes, und der Graf war sehr neugierig, die neue Hofcharge kennenzulernen. So wurde nun Pinkus eingelassen und trat mit stolzer Männerwürde in den Saal, und nachdem die notwendigen Bewillkommnungskomplimente zu beiderseitiger Zufriedenheit glücklich ausgewechselt waren, begann er sogleich eine wohlstilisierte Rede von der langen Nacht, womit die schlauen Jesuiten das Land überzogen, kam dann auf den großen Nicolai, wie derselbe, da in dem Stichdunkel alle mit den Köpfen aneinanderrannten, in edler Verzweiflung seinen unsterblichen Zopf ergriff, ihn an seiner Studierlampe anzündete und mit dieser Fackel das Volk der Tugendusen, die bloß von Moral leben, siegreich bis mitten in die Ultramontanei führte. – Hier nahm der Hofmarschall verzweiflungsvoll eine Prise, und verschiedene Kavaliere gähnten heimlich durch die Nase. Aber Pinkus achtete nicht darauf, sondern fing nun an, den besagten Nicolaischen Zopf ausführlich in seine einzelnen philosophischen Bestandteile zu entwickeln. «Das ist ja nicht auszuhalten!» rief der Oberstallmeister mit schwacher, kläglicher Stimme, die anderen stießen schon schlummernd mit ihren Frisuren gegeneinander, daß der Puder stob, die Pfauen draußen hatten längst resigniert die Köpfe unter die Flügel gesteckt, im Vorzimmer schnarchte die umgefallene Dienerschaft fürchterlich auf Stühlen und Bänken. Es half alles nichts, der unaufhaltsame Pinkus zog immer neue, lange, vergilbte Papierstreifen aus dem erstandenen Nachlaß, rollte sie auf und murmelte fort und immerfort von Aufklärung, Intelligenz und Menschenbeglückung. – «Sapperment!» schrie endlich der Graf voll Wut und wollte aufspringen, aber er konnte nicht mehr, sondern versank mit dem ganzen Hofstaat in einen unauslöschlichen Zauberschlaf, aus dem sie alle bis heut noch nicht wieder erwacht sind.

«Man muß nur haben Verstand!» rief da der böse Nekromant und rieb sich vergnügt die Hände, legte sie aber nicht müßig in den Schoß, denn durch die offenen Türen, da niemand mehr da war, sie zuzumachen, kam der Wind dahergepfiffen und griff unverschämt nach seinen Papieren; aus der großen Kristallflasche, die der Hofmarschall beim Einschlafen umgeworfen, war ihm das Wasser in die Schnallenschuhe gestürzt, und die Kerze, woran sie ihre Pfeifen anzuzünden pflegten, flackerte unordentlich und wollte durchaus die seidene Gardine anstecken. Pinkus aber hatte sie alle schon lange auf dem Korn und eine gründliche Verachtung vor der Luft, dem landstreicherischen Windbeutel, sowie vor dem Wasser, das keine Balken hat und immer nur von Stein zu Stein springen, glitzern, schlängeln und die unnützen Vergißmeinnichts küssen möchte, und vor dem Feuer, das nichts tut als vertun und verzehren. Er trat daher entrüstet in den Garten hinaus, zivilisierte ohne Verzug jene ungeschlachten Elemente durch seine weitschweifigen Zaubersprüche, die keine Kreatur lange aushält, und stellte sie dann in dem verstorbenen Schlosse an. In demselben Schlosse aber legte er sofort eine Gedankendampffabrik an, die ihre Artikel zu Benjowskys Zeiten bis nach Kamtschatka absetzte und eben den außerordentlichen Lärm machte, den sich die dummen Leute in der Umgegend nicht zu deuten wußten.

So war also der Staatsbürger Pinkus ein überaus reicher Mann und Baron geworden und befand, daß alles gut war.

Seitdem waren viele Jahre vergangen, da gewahrte man in einer schönen Nacht dort in der Gegend ein seltsames Zittern und Blinkern in der Luft, als würde am Himmel ganz was Absonderliches vorbereitet. Die Vögel erwachten darüber und reckten und dehnten noch verschlafen ihre Flügel, da sahen sie droben auch den Adler schon wach und fragten erstaunt:

«Was gibt's, daß vom Horste
An der zackigen Kluft
Der Adler schon steigt
Und hängt überm Forste
In der stillen Luft,
Wenn alles noch schweigt?»

Der Adler aber vernahm es und rief hinab:

«Ich hörte in Träumen
Ein Rauschen gehn,
Sah die Gipfel sich säumen
Von allen Höhn –
Ist's ein Brand, ist's die Sonne,
Ich weiß es nicht,
Aber ein Schauer voll Wonne
Durch die Wälder bricht.»

Jetzt schüttelten die Vögel geschwind den Tau von den bunten Wämschen und hüpften und kletterten nun selber in ihrem grünen Haus bis in die allerhöchsten Wipfel hinaus, da konnten sie weit ins Land hinaussehn, und sangen:

«Sind das Blitze, sind das Sterne?
Nein, der Aar hat recht gesehn,
Denn schon leuchtet's aus der Ferne,
Daß die Augen übergehn.

Und in diesen Morgenblitzen
Eine hohe Frau zu Roß,
Als wär mit den Felsenspitzen
Das Gebirge dort ihr Schloß.

Geht ein Klingen in den Lüften,
Aus der Tiefe rauscht der Fluß.
Quellen kommen aus den Schlüften,
Bringen ihr der Höhen Gruß.

Und die grauen Schatten sinken,
Wie sie durch die Dämmrung bricht,
Und die Kreaturen trinken
Dürstend alle wieder Licht.

Ja, sie ist's, die wir da schauen,
Unsre Königin im Tal!
O *Libertas*! schöne Fraue,
Grüß dich Gott vieltausendmal!»

«Habt Dank, meine lustigen Kameraden!» rief da eine wunderliebliche Stimme, die wie ein Glöcklein durch die Einsamkeit klang, und die Lerche stieg sogleich kerzengerade in die Höh und jubilierte: «Die Libertas ist da, die Libertas ist da!» – es wollt's niemand glauben. Sie war's aber wirklich, die soeben zwischen dem Gesträuche auf den Schloßberg heraustrat. Sie ließ ihr Rößlein frei neben sich weiden und schüttelte die langen, wallenden Locken aus der Stirn; die Bäume und Sträucher hatten sie ganz mit funkelndem Tau bedeckt, daß sie fast wie eine Kriegsgöttin in goldener Rüstung anzusehen war. Hinter ihr aber, wo sie geritten, zog sich's wie eine leuchtende Furt durchs Land, denn sie war über Nacht gekommen, der Mond hatte prächtig geschienen und die Wälder seltsam dazu gerauscht, in den Tälern aber schlief noch alles, nur die Hunde bellten erschrocken in den fernen Dörfern, und die Glocken auf den Türmen schlugen von selbst an, wo sie vorüberzog.

«Ich wollte doch auch wieder einmal meine Heimat besuchen», sagte sie jetzt, «die schönen Wälder, wo ich aufgewachsen. Da ist viel abgeholzt seitdem, das wächst sobald nicht wieder nach auf den kahlen Bergen.» Nun erblickte sie erst das geheimnisvolle Schloß und den Ziergarten.

«Aber wo bin ich denn hier hingeraten?» fragte sie erstaunt. Es schwieg alles; was wußten die Vögel von dem Baron Pinkus! Es war ihr alles so fremd, sie konnte sich gar nicht zurechtfinden. «Das ist die Burg nicht mehr, wo sonst meine liebsten Gesellen gewohnt. Mein Gott! wo sind die alten Linden hin, unter denen wir damals so oft zusammengesessen?» – Darüber wurde sie auf einmal ganz ernsthaft, trat an den Abhang und sprach laut in die Tiefe hinaus:

«Die gebunden da lauern,
Sprengt Riegel und Gruft,
Du ahnend Schauern
Der Felsenkluft,
Unsichtbar Ringen
In der stillen Luft,
Du träumend Singen
Im Morgenduft!
Brecht auf! schon ruft
Der webende blaue
Frühling durchs Tal.»

Und die Vögel jubelten wieder:

«O Libertas, schöne Fraue,
Grüß dich Gott vieltausendmal!»

Da ging erst ein seltsames Knistern und Flüstern durch die Buchsbäume und Spaliere, fast grauenhaft, wie wenn sie heimlich miteinander reden wollten in der großen Einsamkeit, drauf kam von den Waldbergen auf einmal ein Rauschen immerfort wachsend über den ganzen Garten, es war, als stiege über die Hecken und Gitter von allen Seiten verwildernd der Wald herein, die Fontäne fing wie eine Fee mit kristallenen Gewändern zu tanzen an, und Krokus, Tulipanen, Königskerzen und Kaiserkronen kicherten lustig untereinander; im Schloß aber entstand zu gleicher Zeit ein entsetzliches Krachen und Tosen, daß alle Türen und Fenster aufsprangen. Da kam plötzlich Pinkus, ganz verstört und zerzaust, aus dem Haupttor mit solcher Vehemenz dahergeflogen, daß die Schöße seines punktierten Schlafrocks weit hinter ihm drein rauschten. Er wollte vernünftig reden, aber der Frühlingssturm hatte ihn mit erfaßt, er mußte zu seinem großen Ärger in lauter Versen sprechen und schrie ingrimmig:

«Bin ich selber von Sinnen?
Im Schlosse drinnen
Ein Brausen, Rumoren,
Alles verloren!
Die Wasser, die Winde,
Das Feuer, das blinde,
Die ich besprochen,
Wild ausgebrochen,
Die rasen und blasen
Aus feurigen Nasen,
Mit glühenden Blicken,
Brechen alles in Stücken!»

Hier stutzte er auf einmal, er hatte die Libertas erblickt, da schoß ihm plötzlich das Blatt. Er kannte sie zwar nicht von Person, aber der schlaue Magier wußte nun sogleich, wer die ganze Verwirrung angerichtet. Ohne Verzug schritt er daher auf sie los und forderte ihren Paß. Sie betrachtete ihn von oben bis unten, er sah vom Schreck so windschief und verschoben aus; sie mußte ihm hellaut ins Gesicht lachen. Da wurde er erst recht wild und rief die bewaffnete Macht heraus, die sich nun von allen Seiten mit großer Anstrengung mobil machte, denn der Friedensfuß, auf dem sie so lange gestanden, war ihr soeben eingeschlafen. Libertas stand unterdessen wie in Gedanken und wußte gar nicht, was die närrischen Leute eigentlich wollten. Doch sie sollte es nur zu bald erfahren. Pinkus befahl, die gefährliche Landstreicherin im Namen der Gesittung zu verhaften. Sie ward eiligst wie ein Wickelkind mit Stricken umwunden und ihr, in gerechter Vorsicht, darüber noch die Zwangsjacke angelegt. Da hätte man sehen sollen, wie bei dieser Arbeit manchem würdigen Krieger eine Träne in den gewichsten Schnurrbart herabperlte; aber der Patriotismus war groß, und Stockprügel tun weh. So wurde Libertas unter vielem Lärm in das mit dem Schlosse verbundene Arbeitshaus abgeführt.

Pinkus aber, nachdem er sich von der Alteration einigermaßen wieder erholt hatte, schrieb sogleich ein großes Renaissancefest aus, das in einem feierlichen Aufzuge aus dem chinesischen Lusthause nach dem Schloß bestand und wohl einer würdigeren Feder wert wäre. Da sah man nämlich zuerst zwölf weißgekleidete Mädchen, eine hinter der anderen vorschreitend, in den chinesischen Saal hereinschweben, sie trugen auf ihren Achseln eine wunderliche Festgabe, die wie eine lange Wurst oder wie ein greulicher Wurm aussah. Damit traten sie in einer Reihe vor Pinkus, stellten sich auf das eine Bein und streckten das andere anmutsvoll in die Luft, während eine jede die rechte Hand auf ihr Herz legte, mit der linken aber das langschweifige Weihopfer hoch in die Höhe hob und alle lieblich dazu sangen:

«Wir bringen dir der Treue Zopf
Von eigner Locken Seide,
Lang trag ihn dein erhabner Kopf
Zu deines Landes Freude,
Kopf, Zopf und Lockenseide!»

Es war wirklich ein ungeheurer Zopf, den sie eiligst aus ihren eigenen Locken zusammengewunden hatten. Der gerührte Pinkus riß sich sofort den Haarbeutel vom Haupt, verehrte ihn unter angemessenen Worten den Jungfrauen, um ihn als teures Andenken in dem Prüfungssaale ihrer Pensionsanstalt aufzuhängen, und ließ sich dann den patriotischen Zopf am Genick befestigen, was sich sehr feierlich ausnahm, denn er schleppte ihn hinten etwas nach, so daß ihm jeder drei Schritt vom Leibe bleiben mußte, um nicht unversehens darauf zu treten. Jetzt aber begann der Zug durch den Garten. Voran schritten, wie eine Schar schneeweißer Gänse, die glücklichen Jungfrauen mit dem Haarbeutel auf samtenem Kissen, ihnen folgte der Haushofmeister, an dessen Allongeperücke in der feuchten Abendluft die Locken aufgegangen waren und wie ein Fürstenmantel fast bis an die Fersen herabfielen, endlich kam Pinkus selbst, dem der Kammerdiener den Zipfel des Opferzopfes ehrerbietig nachtrug. Auch der Ziergarten, der seit Libertas gebunden war, hatte unterdes seine vorige würdige Haltung wiedergewonnen, und wo Pinkus vorüberschritt, präsentierte der marmorne Herkules mit seiner Keule, der geigende Apollo salutierte mit dem Fiedelbogen, und die Tritonen in den steinernen Becken bliesen auf ihren Muscheln aus Leibeskräften: «Heil dir im Siegerkranz!»

Die Geschichte machte damals großes Aufsehen in Deutschland. Die Schwalbe schoß ängstlich hin und her und schwatzte und schrie von allen Dächern und Zäunen: «Weh, weh, Frau Libertas ist gefangen!» Die Lerche stieg sogleich wieder kerzengerade in die Höh und meldete es dem Adler, die Nachtigall schluchzte und konnt sich gar nicht erholen, selbst der Uhu seufzte einigemal tief auf; der Rohrdrommel aber trommelte sofort Alarm, und der Storch marschierte im Paradeschritt durch alle Wiesen und Felder und klapperte unablässig zum Appell. Bald wurde es auch weiter im Walde lebendig; der Hase duckte sich im Kohl und mochte von der ganzen Sache nichts wissen, der Fuchs wollte erst abwarten, welche Wendung sie nehmen würde; der biedere Bär dagegen ging schnaubend um und wurde immer brummiger, und die Hirsche rannten verzweiflungsvoll mit ihren Geweihen gegen die dicksten Eichen oder fochten krachend miteinander, um sich in den Waffen zu üben.

Da kam zur selben Stunde der Doktor Magog dahergewandert, der seinen Verleger nicht finden konnte und da-

her soeben in großer Verlegenheit war. Der hörte mit Verwunderung das ungewöhnliche Geschrei der Vögel; durch einen entflogenen Star, der reden gelernt, erfuhr er alles, was geschehen, und wollte aus der Haut fahren über diese Nachricht. «Ha!» rief er, und dabei fuhr ihm wirklich der Ellbogen aus dem Ärmel. Aber sein Entschluß war sogleich gefaßt: er wandte sich eiligst seitwärts nach dem Wald hin. Da erblickte ihn ein Köhler von fern und rief ihm zu, wohin er ginge? – «Zum Urwald», erwiderte Magog. – «Seid Ihr toll?» schrie der Köhler wieder herüber,

«Kehrt um auf der Stelle,
Dort steht ein Haus,
Da brennt die Hölle
Zum Schornstein heraus,
Und auf der Schwelle
Tanzt der Teufel Kehraus.»

«Laßt ihn tanzen!» entgegnete Magog und schritt stolz weiter. Der fromme Köhler sah ihm nach, bis er im Walde verschwunden war. «So gnad ihm Gott», sagte er dann und schlug ein Kreuz. Magog aber räsonierte noch lange innerlich: Abergläubisches Volk, das im Mittelalter und in der Religion steckengeblieben! Darum wächst auch der Wald hier so dumm ins Blaue hinein, daß man keinen vernünftigen Fortschritt machen kann.

So war er eine Weile durch das Dickicht vorgedrungen, als er unverhofft eine dünne Gestalt sehr eilfertig auf sich zukommen sah. Es war eine lange, hagere alte Dame in ganz verschossenem altmodischem Hofstaat, das graue Haar in lauter Papilloten gedreht, wie ein gespickter Totenkopf, die hatte unter jedem Arm eine große Pappschachtel, hielt mit der einen Hand ein zerrissenes Parasol über sich und stützte sich mit der anderen auf einen Haubenstock. – «Ist das der rechte Weg zum Urwald?» fragte Magog. – «Gewiß, leider, mein Herr», erwiderte die Dame, sich feierlich verneigend. «Ja,» setzte sie dann mit außerordentlicher Geschwindigkeit in *einem* Striche fortredend hinzu – «ja, diese bäuerische ungesittete Nachbarschaft macht sich von Tag zu Tag breiter, besonders seit einigen Tagen, man sagt, die famose Libertas sei wieder einmal in der Luft, es ist nicht mehr auszuhalten in dieser gemeinen Atmosphäre, keine Gottesfurcht mehr vor alten Familien, aber ich hab es meinem hochseligen Herrn Neveu immer vorausgesagt, das war auch so ein herablassender Volksfreund, wie sie es nennen, ja das eine Mal embrassierte er sich gar mit dem Pöbel, da haben sie ihn jämmerlich erdrückt, und nun gar wir Jungfrauen sind beständigen Attacken ausgesetzt, und so sehe ich mich soeben bemüßiget zu emigrieren; o Sie glauben gar nicht, mein Herr, was so eine arme Waise von Distinktion sich zerärgern muß in der gegenwärtigen Abwesenheit aller Tugenden von Stande!» Hier kam sie vor großem Eifer ins Singen und machte plötzlich einen langen, feinen Triller wie eine verdorbene Spieluhr, bis sie sich endlich ganz verhustete. Magog, der ihr voll Erstaunen zugehört, brach in ein schallendes Gelächter aus. Darüber geriet die Dame in solchen Zorn, daß sie verächtlich und ohne Abschied zu nehmen eiligst weiter emigrierte. – Ohne Zweifel die Urtante, da kann ich nicht mehr weit haben, dachte Magog und schritt getrost wieder vorwärts.

Bald aber verlor sich der Fußsteig vor seinen Füßen, der Forst wurde immer wilder und dichter, von fern nur sah er eine seltsame Rauchsäule über die Wipfel aufsteigen; da gedachte er der Warnung des Köhlers und des wüsten Hauses, aus dem die Hölle brennen sollte. Aber ein rauchender Schornstein war ihm von jeher ein anziehender Anblick, und so klomm er mühsam eine Anhöhe hinan, um das ersehnte Haus zu entdecken. Doch zu seinem Schrecken bemerkte er, daß es ringsum bereits zu dunkeln anfing. Jetzt begann es auch unten am Boden schon sich geheimnisvoll zu rühren, Eidechsen raschelten durch das trockne Laub, die Fledermäuse durchkreuzten mit leisem Flug die Dämmerung, aus den feuchten Wiesen krochen und wanden sich überall träg ringelnd lange Nebelstreifen und hingen sich an die Tannenäste wie Trauerflöre, und als Magog endlich droben ins Freie trat, stieg die kühle stille Nacht über die Wälder herauf und bedeckte alles mit Mondschein. Auch die Rauchsäule konnte er nicht mehr bemerken, es war, als hätte die fromme Nacht die Hölle ausgelöscht. Da beschloß er, hier oben den Morgen abzuwarten, streckte sich auf das weiche Moos hin, schob sein mit Manuskripten vollgepfropftes Reisebündel unter den Kopf, betrachtete dann noch eine Zeitlang die zerrissenen Wolken, die über ihm dahinjagten und manchmal wie Drachen nach dem Monde zu schnappen schienen, und war endlich vor großer Müdigkeit fest eingeschlafen.

So mochte er eine geraume Zeit geruht haben, da meinte er mitten durch den Schlummer ein Geflüster zu vernehmen und dazwischen ein seltsames Geräusch, wie wenn ein Messer auf den Steinen gewetzt würde. Die Stimmen kamen immer näher und näher. «Er schläft», sagte die eine, «jetzt ist's die rechte Zeit.» – «Ein schlechter Braten», entgegnete eine andere tiefe Stimme, «er ist sehr mager, hab seinen Futtersack untersucht, den er unterm Kopfe hat, er lebt bloß von Papier.» – Nun schien es dem Magog, als hörte er auch die emigrierte Tante leise und eifrig dazwischenreden in verschiedenen unbekannten Sprachen, die anderen antworteten ebenso, die Wipfel rauschten verworren drein, auf einmal schlug sie wieder ihren schrillenden Triller. Da sprang Magog ganz entsetzt auf – es war ein heiserer Hahn, der fern im Tale krähte. Verstört blickte er um sich, der Morgen blitzte zu seinem Erstaunen schon über die Wälder, er wußte nicht, ob ihm das alles nur geträumt oder sich wirklich ereignet hatte.

Jetzt sah er auch die Rauchsäule von gestern wieder emporwirbeln, er hielt es für einen unverhofften feuerspeienden Berg. Als er indes näher kam, erkannte er, daß es nur eine ungeheure Lehmhütte war, in welcher wahrscheinlich das Frühstück gekocht wurde. In diesen tröstlichen Gedanken ging er also unaufhaltsam darauf los. Auf einmal aber blieb er ganz erschrocken stehen. Denn auf dem Rasenplatze vor der Hütte war ein Riesenweib wahrhaftig soeben damit beschäftigt, ein großes Schlachtmesser zu wetzen. Sie schien ihn nicht zu bemerken oder weiter nicht zu beachten, weil er so klein war, und in demselben Augenblick brachen auch mehrere Riesenkinder mit großem Geschrei aus der Hütte und zankten und würgten und rauften untereinander, daß die Haare davonflogen. Über diesem Lärm aber erhob sich plötzlich eine wunderbare, baumlange Gestalt und gähnte, daß ihm die Morgensonne bis tief in den Schlund hineinschien. Der Mann war greulich anzusehen, ungewaschen und ungekämmt, wie ein zerzaustes Strohnest, und hatte eine ungeheuere Wildschur an, die war aus lauter Lappen und Fetzen von Fuchsbalg, wilden Schweinshäuten und Bärenfellen zusammengeflickt. – «Herr *Rüpel*?!» rief da Magog in freudigem Erstaunen. – «Wer ruft mich?» erwiderte der Riese noch halb im Schlafe und sah den Fremden verwundert an. – «*Sie* eben hab ich aufgesucht», entgegnete Magog, «eine höchst wichtige Angelegenheit.» – Aber Rüpel hatte gerade mit der Kindererziehung zu tun. «Hetzoh!» schrie er den Jungens zu, die noch immer fortrauften, «du da wirst dich doch nicht unterkriegen lassen, frisch drauf!» Dann streckte er unversehens sein langes Bein vor, da stürzten und kollerten die Verbissenen plötzlich verworren übereinander, während die Riesenmutter voller Zorn ihren Kehrbesen mitten in den Knäuel warf. Darüber kamen alle in ein so herzhaftes Lachen, daß der Wald zitterte.

Da nun Magog die Familie in so guter Laune sah, faßte er sich ein Herz und rückte sogleich mit seinem eigentlichen Plane heraus. «Herr Rüpel», sagte er, «ich bin ein Biedermann und kenne kein Hofieren und keinen Hof als den Hühnerhof meiner Mutter, aber das muß ich Ihnen rundheraus sagen: Ihre Macht und Gesinnungstüchtigkeit ist durch ganz Europa ebenso berühmt als geschätzt und ebenso geschätzt als gefürchtet. Darum wende ich mich vertrauensvoll an Ihr großes Herz und rufe: Wehe und abermals wehe! Die Libertas ist geknechtet! – Wollen wir das dulden?» – «Libertas? Wer ist die Person?» fragte Rüpel. – «Libertas?» erwiderte Magog, «Libertas ist die Schutzpatronin aller Urwälder, die Patronin dieses langweiligen – wollt sagen: altheiligen Waldes.» – «I bewahre», fiel ihm hier die Riesin ins Wort, «unsere Grundherrschaft ist das gnädige Fräulein Sibylla da draußen.» – «Was? Die mit den Papilloten und großen Haubenschachteln?» rief Magog, den dieser unerwartete Einwurf ganz aus dem Konzept gebracht hatte. Aber er faßte sich bald wieder. «Grundherrschaft!» fuhr er fort, «schützt die Grille Krokodile, der Frosch das Rhinozeros, der Weißfisch den Haifisch? – Wer die Macht hat, ist der Herr, und Ihr habt die Macht, wenn die Libertas regiert, und habt die Macht nicht, wenn die Libertas gefangen ist, und die Libertas ist gefangen – ich frage also nochmals, wollen wir das dulden?»

Hier aber wurde er, da er eben im besten Zuge war, durch einen seltsamen Auftritt unterbrochen. Ein Reiher kam nämlich pfeilschnell dahergeschossen, setzte sich gerade auf seinen zerknitterten Kalabreser, drehte ein paarmal mit dem dünnen Halse, verneigte sich dann feierlich vor der Gesellschaft und sagte: «Sie lassen alle ihren Respekt vermelden, und es tut ihnen sehr leid, aber sie können heut und morgen nichts bringen, wir haben alle außerordentlich Wichtiges zu tun; schönen guten Morgen!» Und damit sich abermals höflich verneigend, schwang er sich wieder in die Lüfte. – «Guten Morgen, Herr Fischer», erwiderte Rüpel, ihm ganz verblüfft und mit einer verzweifelten Resignation nachschauend. Jetzt sah man auf einmal auch einen ungeheueren Schwarm wilder Gänse über den Wald fortziehen, einen alten gewiegten Gänserich voran, alle die Hälse wie Lanzen weit vorgestreckt und in einem spitzen Keile dahinstürmend, als wollten sie den Himmel durchbrechen, und dabei machten sie ein so entsetzliches kriegerisches Geschrei, daß man sein eigenes Wort nicht hören konnte. Währenddes aber hatte der eine Riesenknabe sich mit dem Ohr auf den Boden gelegt und sagte: «Draußen im Grund hör ich ein groß Getrampel, man kann die Tritte deutlich unterscheiden: Hirsche, Auerochsen, Bären, Damhirsche, Rehe, zieht alles wild durcheinander den großen See entlang.» – «Die Tollköpfe!» rief die Riesenmutter aus, «da haben sie gewiß wieder Verdruß gehabt mit dem gnädigen Fräulein und haben unseren guten Wald in Verruf getan und wandern aus; denn das Fräulein ist ihnen immer spinnefeind gewesen und ließ sie mit Hunden hetzen und schinden und braten obendrein.»

«Nein, nein, die alte Spinne ist ja selber ausgewandert, ich bin ihr gestern begegnet», sagte Magog voll Verwunderung, «aber warum nehmen Sie sich denn die Sache so sehr zu Herzen, teuerste Frau von Rüpel?»

«Wie sollt ich nicht!» erwiderte die Riesin, «ach wir armen Waldleute müssen uns gar kümmerlich durchhelfen mit der großen Familie. Sehen Sie, lieber Herr, ich und mein Mann arbeiten hier für die vornehmen Tiere, Hirsche, Rehe und anderes Hochwild, um Tagelohn, den wir von ihnen in Naturalien beziehen. Des Abends spricht mancher Edelhirsch bei uns ein, wenn er nachts auf die Freite gehen will, da muß ihm mein Mann die Pelzstiefelchen putzen, dafür erhalten wir denn die Felle der verunglückten Kameraden und die abgeworfenen Geweihe in die Wirtschaft. Alle Morgen aber kommen die Bären und lassen sich ihre Pelze ausklopfen und bringen uns große Honigfladen, oder ein paar wilde Schweine lassen sich ihre Hauer schleifen und werfen uns zum Dank einen fetten Frischling auf die Schwelle, denn die Zeiten sind schlecht, da kommt es ihnen auf ein Kind mehr oder weniger nicht an. Ich aber flechte Nester für die Adler, Habichte und Auerhühner, und die lassen uns dann im Vorüberfliegen einen Hasen oder ein Zicklein herunterfallen oder legen uns nachts einige Schock Eier vor die Tür, wenn sie eben nicht Lust haben, alle auszubrüten. Und nun – ach das große Unglück! jetzt haben wir unsere Kundschaft verloren und stehen ganz verlassen in der Welt, oh! oh!» – Und hier fing sie jämmerlich zu heulen an, und der Riese, der sich lange gehalten, stimmte plötzlich furchtbar mit ein.

Da trat Magog mannhaft mitten unter sie. «Das soll bald anders werden!» rief er; «kennt Ihr das Schloß des Baron Pinkus?» Der Riese entgegnete, «er habe es wohl von fern gesehen, wenn er manchmal zur Unterhaltung bis an den Rand des Waldes gegangen, um die Köhler und andere kleine Leute zu schrecken.» – «Nun gut», fuhr Magog fort, «dort eben sitzt die Libertas gefangen. Seht, mich hat auch die Welt nur auf elende Lorbeeren gebettet, daß ich mir an dem stacheligen Zeug schon den ganzen Ärmel am Ellbogen durchgelegen; darum habe ich ein Herz für das arme Riesenvolk. Die Libertas ist eine reiche Partie, wir müssen sie befreien! Dabei kann es vielleicht einige Püffe setzen, was frag ich danach! Ihr habt ja ein dickes Fell, alles für meine leidenden Brüder! Mit *einem* Wort: Ihr befreit sie, und ich heirate sie dann, und Ihr seid auf dem Schlosse Portier und Schloßwart und Haushofmeister, eh man die Hand umdreht. Topp, schlagt ein – aber nicht zu stark, wenn ich bitten darf!»

Darüber war Rüpel ganz wild geworden und schritt, ohne ein Wort zu sagen, so eilig in die Hütte, daß Magog nur mühsam und mit vorgehaltenen Händen tappend folgen konnte. Denn sie stiegen über viele ungeschickte Felsenstufen in eine große Höhle hinab, über welcher der Berg, den Magog für eine Hütte gehalten, nur das Dach und den Schornstein bildete. Im Hintergrunde der Höhle hing ein Kessel über dem Feuer, ein zahmer Uhu mit großen, funkelnden Augen saß in einem Felsenspalt daneben und fachte mit seinen Flügeln die Flamme an und schnappte manchmal nach den Fledermäusen, die geblendet nach dem Feuer flogen. Die Flamme warf ein ungewisses Licht über die rauhen und wunderlichen Steingestalten umher, die bei den flackernden Widerscheinen sich heimlich zu bewegen schienen, und mächtige Baumwurzeln drängten sich überall wie Schlangen aus den Wänden, in der Tiefe aber hörte man ein Picken und Hämmern und unterirdische Wasser verborgen gehen, und dazwischen rauschte der Wald immerfort durch die offene Tür herein. Rüpel aber rumorte

eifrig in der Höhle herum, er schien allerlei zusammenzusuchen. Auf einmal wandte er sich zu Magog: «Und damit Punktum, ich geh mit auf die Befreiung!»

Da nun die Riesin merkte, wo das alles eigentlich hinauswollte, wurde sie plötzlich ganz empfindlich und nannte ihren Mann einen alten Bummler und den Magog einen verlaufenen Schnappsackspringer, der nur gekommen, das häusliche Familienglück zu stören. Vergebens hielt ihr Magog den Patriotismus und den gebieterischen Gang der neuen Weltgeschichte entgegen. Sie behauptete, sie hätten schon hier im Hause Geschichten genug und nicht nötig, noch neue zu machen, und die ganze Geschichte ging die Welt gar nichts an! So entspann sich unversehens ein bedenklicher Streit. Rüpel fluchte, die Riesin zankte, die Kinder schrien, und draußen war von dem Lärm das Echo aus dem Morgenschlummer erwacht und schimpfte immerfort mit drein, man wußte nicht, ob auf Rüpel, auf Magog oder auf die Riesin.

Da hob sich auf einmal im Boden ein Stein dicht neben Magog, der erschrocken die Beine einzog, denn er meinte, es wollte ihn ein Riesenmaulwurf in die Zehen beißen. Es war aber nur eine heimliche Falltür, und aus dieser fuhr mit halbem Leibe ein winziges Kerlchen mit altem Gesichte und spitzer Mütze zornig empor: «Was macht ihr heute hier oben wieder für ein greuliches Spektakel», sagte er mit seiner dünnen Stimme, «wenn ihr nicht manierlicher seid, kündigen wir euch die Miete auf!» Dabei tat es einen glühenden Blick aus der Tiefe herauf, und Magog konnte durch die Öffnung weit hinabschauen. Da sah er unzählige kleine Wichte, jedes eine Grubenlampe auf dem Kopf, in goldnen Eimern wundersam singend auf und nieder schweben, und ganz unten blitzte und funkelte es bei den vielen irrenden Lichtern von Diamanten, Kristallen und Saphiren wie ein prächtiger Garten. – «Um Gottes willen», rief die Riesin ihm leise und ängstlich zu, «schaut nicht so hin, man wird wahnsinnig, wenn man lange da hinuntersieht; das sind unsere Hausherren, die Zwerge und Grubenleute, die unter uns wohnen und uns diese Dachkammer für ein billiges überlassen haben.» Aber Rüpel, dem noch der vorige Zank in den Gliedern steckte, hatte schon mit dem Fuße nach dem Zwerglein gestoßen und hätte es sicherlich zertreten, wenn es nicht fix wieder untergeduckt und den Stein hinter sich zugeklappt hätte.

Sodann ergriff Rüpel rasch seinen knotigen Wanderstab, warf einen Sack über die Schulter und stand in seinen Pelzhäuten wie eine Kürschnerbude reisefertig in der Tür. Da hätte man nun die feierliche Abschiedsszene sehen sollen, die wohl geeignet war, ein fühlendes Herz mit den sanftesten Regungen zu erfüllen! Die Riesin hing mit aufgelöstem Haar am Halse des geliebten Mannes und schluchzte außerordentlich: auch von *seinem* gerechten Schmerze zeugte eine ungeheuere Träne im Auge, die lieben Kleinen umklammerten kindlich lallend die Knie ihres verehrten Erzeugers, da hörte man nichts als die süßen Namen: Papa und teurer Gatte und treue Lebensgefährtin! Aber Rüpel zerdrückte die Träne und riß sich los wie ein Mann. «Weib, du sollst von mir hören!» rief er und schritt majestätisch in den Wald hinein, und Magog versäumte nicht, ihm auf das allereilfertigste nachzufolgen, denn hinter ihnen hörte er noch immer die Stimme der verwaiseten Familienmutter und konnte nicht recht unterscheiden, ob sie noch immer weinte, oder etwa von neuem schimpfte.

Endlich war alles verhallt, man vernahm nur noch den Tritt der einsamen Wanderer. Magog bemerkte mit vieler Genugtuung den langen Fortschritt seines Reisekumpans, und da er seinen Rücken recht betrachtete, freute er sich dieser breitesten Grundlage und lud ihm auch noch sein eigenes Ränzel mit auf, das freilich nicht sonderlich schwer war. Durch die Wildnis aber wehte ihnen ein kräftiger Waldhauch entgegen, da wurden beide ganz lustig. Rüpel erzählte, wie er eigentlich von dem berühmten deutschen Bärenhäuter abstamme, Magog aber stimmte sein Lieblingslied an:

«Von des Volkes unverjährbaren Rechten
Und der Tyrannen Attentaten,
Die die Völker verdummen und knechten,
Fürsten und Pfaffen und Bürokraten.»

«Und Bier und Braten!» fiel hier Rüpel jubelnd mit ein. – «Haben Sie etwas mit?» wandte sich Magog rasch herum. Rüpel schüttelte mit dem Kopfe. – «Ha, also nur immer vorwärts, vorwärts!» ermutigte Magog.

Über dem Singen und den vergnügten Gesprächen aber hatte Rüpel unvermerkt den rechten Weg verloren. Vergebens bestieg er nun jeden Berg, dem sie begegneten, um sich wieder zurechtzufinden; man sah nichts als Himmel und Wald, der wie ein grünes Meer im frischen Winde Wellen schlug, so weit die Blicke reichten. Und fragen konnten sie auch niemand. Denn der Lärm, den sie unterwegs machten, war groß, und wo sie etwa ein einsamer Hirt oder Jäger hörte und des erschrecklichen Riesen ansichtig wurde, entfloh er sogleich oder verbarg sich im dicksten Gebüsch, bis sie vorüber waren. So irrten sie den ganzen Tag umher.

Des Abends, da sie schon sehr hungrig waren, kamen sie endlich an eine anmutige Anhöhe, an der unten ein Fluß vorüberging. Jenseits des Flusses aber lag ein weiter, wüster Platz, rings vom finstern Walde eingeschlossen, und auf dem Platze lagen einzelne große Felsblöcke zerstreut, wie Trümmer einer verfallenen Stadt, was sehr einsam anzusehen war. Auf dieser Höhe machte Rüpel plötzlich halt und ließ den Magog seitwärts zwischen das Gebüsch treten und sich dort ganz still verhalten. Er selbst aber setzte sich mitten auf die Höhe, zog sein haariges Wams, gleich einer Nebelkappe, aus der nur seine großen Augen hervorfunkelten, bis über den Kopf herauf, kniff aus den Fellen ein Paar seltsame Ohren darüber und breitete mit beiden Armen den Pelzmantel aus wie zwei Flügel, so daß er wie eine ungeheuere Nachteule aussah. Es dauerte auch nicht lange, so kamen von allen Seiten die schreckhaftesten Vögel, wilde Auerhühner, Birkhähne und Fasanen mit großem Geschrei herbei und stießen und hackten auf das Ungetüm; und als der Schwarm am dicksten, schlug er rasch beide Pelzflügel über ihnen zusammen und schob alles in seine weitläufigen Manteltaschen. – «Das hab ich von meinem Urgroßvater Kauzenweitel gelernt», rief er sehr zufrieden aufstehend zu Magog hinüber. Dann ging er zu dem Fluß hinab und streckte sich unter dem hohen Schilfe platt auf den Leib am Ufer hin. Magog meinte, er sei durstig und wolle den Fluß austrinken; aber Rüpel ließ bloß seinen verworrenen Bart ins Wasser gleiten, den hielten die klügsten Hechte und die breitmauligsten Karpfen für spielendes Gewürm, und sooft sie danach schnappten, schnappte Rüpel auch nach ihnen und hatte gar bald mehrere Mund voll auserlesene Fische aufs Trockne gebracht. Darauf kehrte er wieder zu Magog zurück, holte aus seinem Reisesack einen Feldkessel, Bratspieß, Messer und Gabeln hervor und schlug sich mit der Faust auf beide Augen, daß es Funken gab. Daran zündete er ein großes Feuer an und fing sogleich mit vielem Eifer zu kochen und zu braten an; und eh es noch dunkel wurde, saßen beide Wanderer um die lustige Flamme gelagert und schmausten in freudereichem Schalle.

Unterdes war die Nacht herangekommen, in dem Feuer neben ihnen flackerte nur noch manchmal ein blaues Flämmchen auf; sie richteten sich daher in dem trocknen Laube, so gut es gehen wollte, zur Ruhe ein und waren auch beide sehr bald eingeschlafen. Es mochte aber noch lange nicht Mitternacht sein, als Magog, wie in seiner ersten Reisenacht, wieder ein seltsames Rauschen und Murmeln vernahm, das bald schwächer, bald wieder lauter wurde, fast wie das verworrene Brausen einer fernen Stadt. Er richtete sich mit halbem Leibe auf, aber diesmal war es kein bloßer Traum. Denn obgleich der Mond zwischen vorüberjagendem Gewölke den wüsten Platz jenseits des Flusses nur flüchtig beleuchtete, so konnte er doch zu seinem Erstaunen deutlich bemerken, daß der Platz jetzt ganz belebt war. In einem weiten Halbkreise am Waldrande drüben lagen nämlich, dicht Kopf an Kopf gereiht, zahllose Auerochsen, zunächst hinter ihnen standen Rehe und Damhirsche, über diese hinweg starrte dann ein ganzer Wald von Hirschgeweihen, und weiterhin noch bis tief in die Schatten des Waldes schien es verworren zu wimmeln und zu drängen, denn sooft ein Mondstrahl das Dunkel streifte, sah man da und dort den Kopf eines Einhorns oder bärtigen Elens sich abenteuerlich hervorstrecken und zwischen ihren Beinen Marder, Iltis und andere geringe Tiere geschäftig hin und her schlüpfen. Selbst die Bäume, die den Platz von der einen Seite umschlossen, waren von allerlei großen und kleinen Vögeln bedeckt, daß sie aussahen wie Weinstöcke im Herbst und man nicht wußte, was Blatt oder Vogel war, rings um den Platz aber machten Störche ernsthaft die Runde und hoben die langen Schnäbel gegen den Wind, ob etwa von fern ein Feind nahe.

Aha, das sind gewiß die Tiere, die der Riesenknabe schon heute früh in der Ferne hat marschieren gehört, dachte Magog und wollte, als er sich vom ersten Erstaunen ein wenig erholt, geschwind den Rüpel wecken und rüttelte und schüttelte ihn mit großer Anstrengung aus Leibeskräften. Der tat aber nach der guten Mahlzeit einen schweren Schlaf, er hob bloß den Kopf in die Höh und glotzte ihn an, ohne etwas zu sehen, dann wälzte er sich auf die andere Seite und schnarchte so schrecklich weiter, daß von dem Atem die nächsten Bäume sich auf und nieder bogen.

Nun schaute Magog still und unverwandt nach dem Platze hinüber, denn er war sehr neugierig, was die Tiere in dieser Einsamkeit eigentlich vorhätten. Da sah er, wie ein Auerochs plötzlich aus der vorderen Reihe brach, mit einem gewaltigen Satze auf einen der umherliegenden Steinblöcke sprang und, nachdem er mit seinem zottigen Haupte sich dreimal vor der Versammlung verneigt, sofort eine donnernde Rede begann. Dabei brüllte er mitten im Sprechen oft plötzlich furchtbar auf, scharrte mit dem einen Vorderfuße, ringelte wütend den Schweif in die Luft und schüttelte die Mähne, daß man beim Mondscheine seine rotglühenden Augen rollen sah. Magog konnte nichts davon verstehen, aber die Rede mußte sehr hinreißend sein, denn als er endlich von dem Steine wieder zu seinen Kameraden zurücksprang, ging ein freudiges Brüllen, Schnurren und Scharren durch die ganze Versammlung, und alle Hirsche schlugen mutig mit ihren Geweihen zusammen. Darauf hatte ein Bär das Wort erhalten. Auch dieser kletterte bedächtig auf einen der Steine herauf, stellte sich auf die Hinterbeine und streckte während seiner Ansprache bald das eine, bald das andere Vorderbein weit vor sich aus, dann legte er die eine Tatze an sein Herz – er konnte vor Rührung nicht weiter und mußte abtreten. Jetzt ließ sich unerwartet aus irgendeinem dunkeln Winkel ein Uhu auf dem Steine nieder. Das wollten die andern Vögel durchaus nicht leiden, ja ein kecker Nußhäher schoß plötzlich hervor und hackte nach ihm, aber die wachthabenden Störche stellten klappernd sogleich die Ruhe wieder her. Nun schüttelte der Uhu seine Federn auf, daß er aussah wie eine Allongeperücke, klappte zum Gruß dreimal mit dem Schnabel, setzte eine Brille auf und fing aus einem Blatte, das er mit der einen Klaue vor sich hielt, zu lesen an. Er schien alles sehr weitläufig und gründlich auseinanderzusetzen, denn die ganze Gesellschaft hörte dem gelehrten Redner so aufmerksam zu, daß man dazwischen das Wiederkäuen der Ochsen vernehmen konnte; nur die ungeduldigen Vögel in den Bäumen, die nun einmal ärgerlich geworden, störten leider zuweilen die feierliche Stille durch plötzliches ungebührliches Schreien und Raufen. Unterdes aber ging die Vorlesung ohne Komma und ohne Punktum in *einem* Tone immer fort und fort, wie murmelnde Bäche und spinnende Kater, und Magog wußte nicht, wie lange die Rede gedauert, denn ehe sie noch ihr Ende erreicht hatte, war er über dem einförmigen Gemurmel, sosehr er sich auch dagegen sträubte, unaufhaltsam eingeschlummert.

Er hätte auch wahrscheinlich bis in den Tag hinein geschlafen, wenn ihn nicht mitten in der Nacht Rüpel auf einmal durch unablässiges Rufen geweckt hätte. Sein erster Blick fiel auf den geheimnisvollen Platz drüben, der war aber, als wäre eben nichts geschehen, wieder so still und einsam wie gestern. Rüpel aber verzehrte bereits mit großem Appetit die Überbleibsel vom gestrigen Mahle und hatte auch ein gut Stück davon für Magog zurückgelegt. Da dieser ihm nun erzählte, was er in der Nacht jenseits des Flusses gesehen, gab Rüpel wenig darauf und meinte, das sei ohne Zweifel eine geheime Verschwörung, da kümmere er sich nicht darum, wenn er nur sein Auskommen habe. Mit dem Auskommen aber stehe es heute gerade sehr schlimm. Er habe nämlich jetzt erst an den Gestirnen die rechte Richtung erkannt, sie seien ganz auf den Holzweg geraten und hätten noch weit zu gehen. In dieser Richtung gebe es jedoch keinen Fluß, um darin zu fischen, und mit dem vom seligen Kauzenweitel ererbten Kunststück sei es auch nichts, weil die verschwornen Vögel heut alle nicht zu Hause seien. Sie mußten daher eilen, um womöglich noch in der Nacht ihr Ziel zu erreichen.

So geschah es also, daß sie noch zur selben Stunde, nachdem sie sich gehörig gestärkt hatten, ihren Befreiungszug unverdrossen wieder fortsetzten. War aber schon der Anfang dieser Nacht schön gewesen, so war sie jetzt noch vieltausendmal schöner. Die Sterne blinkten durch das dunkle Laub, als ob die Bäume silberne Blüten trügen, und der Mond ging wie ein Einsiedler über die stillen Wälder und spielte melancholisch mit der schlummernden Erde, indem er bald einen Felsen beleuchtete, bald einen einsamen Grund in tiefen Schatten versenkte und Berg und Wald und Tal verworren durcheinanderstellte, daß alles fremd und wunderbar aussah. Auf einmal blieb Rüpel stehen, denn ein seltsam schweifendes Licht streifte die Spitzen des Gebüsches vor ihnen. Sie bogen die Zweige vorsichtig auseinander und erblickten nun mehrere schöne, schlanke Mädchengestalten in leuchtenden Gewändern, die sich bei den Händen angefaßt hatten und dort einen Ringeltanz hielten. Ihre langen, blonden Haare flogen in der leisen Luft, daß es wie ein Schleier von Mondschein um sie her wehte, und doch sahen sie aus wie Kinder und berührten mit den zier-

lichen Füßchen kaum den Boden, und wo sie ihn berührten, schimmerte das Gras von goldnem Glanze. Dabei sangen sie überaus lieblich:

«Luft'ge Kreise, lichte Gleise
Von Gesang und Mondenschein
Ziehn wir leise dir zur Reise,
Kehre bei uns Elfen ein!»

Das ließen sich die Reisenden nicht zweimal sagen und eilten sehr erfreut über die große Höflichkeit aus ihrem Versteck hervor. Kaum waren sie indes auf den freien Platz herausgekommen, so war plötzlich die ganze Erscheinung lautlos verschwunden, und sie schwankten auf einem mit trügerischem Rasen bedeckten Moorgrund, in welchem Rüpel sogleich bis über die Knie versank. Dabei glaubten sie hier und da heimlich lachen zu hören, konnten jedoch durchaus niemand mehr entdecken. Rüpel aber, um sich zu helfen, griff wütend um sich, erwischte den Magog, der soeben schon wieder aufs Trockne sprang, beim Rockzipfel und riß ihm einen Schoß seines alten Frackes glatt weg, worüber der Doktor höchst entrüstet wurde und beide in einen sehr unangenehmen und lauten Wortwechsel gerieten.

Nachdem sie sich endlich herausgearbeitet und an dem Moose möglichst wieder gesäubert hatten, sagte Rüpel: «Ja, in dieser Gegend ist's nicht recht geheuer, hier nahebei muß auch der stille See liegen mit dem versunknen Schlosse; man kann, wenn's windstill ist, tief im Grunde noch die Türme sehen, und manchmal in schönen Sommernächten taucht es herauf, bis die ersten Hähne krähen.» Und in der Tat, der unheimliche Spuk wollte gar nicht aufhören, je weiter sie in der verrufenen Gegend fortschritten. Irrlichter hüpften überall über den Weg vor ihnen und spielten und wanden sich untereinander wie junge Kätzchen; dann fuhren sie neckend nach Rüpels Bart, setzten sich auf Magogs Hut oder haschten von hinten nach ihm, als wollten sie ihm den noch übriggebliebenen Frackschoß abreißen. Rüpel sagte: «Die närrischen Dinger werden mir noch meine Wildschuhe anzünden», und suchte immerfort eines zu greifen, und da es jedesmal mißlang, brach er endlich in ein so herzhaftes Lachen aus, daß es weit durch den Wald schallte und die Irrlichter erschrocken nach allen Seiten auseinanderfuhren.

«Hab ich's nicht gesagt?!» rief dann Rüpel, indem er plötzlich ganz erschrocken stillstand und mit dem Finger in die Nacht hinauswies. Magog wandte sich rasch herum und erblickte in der Waldeinsamkeit einen großen, klaren See und mitten in dem See ein schneeweißes Schloß mit goldenen Zinnen, das sich wie ein schlummernder Schwan im Wasser spiegelte, und rings um das Schloß herum schien ein Garten mit Myrten, Palmen und andern wunderbaren Blumen gleichfalls zu schlummern, so still war es dort. Jetzt aber erhoben sich auf einmal einige Elfen, die unter den Palmen geschlafen hatten, dann immer mehrere, und gleich darauf sah man sie alle wie Johanniswürmchen geschäftig hin und her irren, als würde dort ein großes Fest vorbereitet. Dabei streiften sie im Vorüberschweben mit ihren Fingerspitzen Bäume, Blumen und Sträucher, die von der flüchtigen Berührung allmählich in hundertfarbigem Glanze wie lauter Bergkristalle, Rubinen, Smaragden und Saphire zu leuchten anfingen, und wenn die Luft durch den Garten ging, gab es einen wunderbaren Klang, als ob der Mondschein selber sänge. – «Das ist ihr Traumschloß», flüsterte Rüpel dem Magog zu und wandte kein Auge von der prächtigen Illumination. Magog aber warf stolz den Kopf zurück. «Einfältiges Waldesrauschen, alberne Kobolde, Mondenschein und klingende Blumen», sagte er mit außerordentlicher Verachtung, «nichts als Romantik und eitel Märchen, wie sie müßige Ammen sonst den Kindern erzählten. Aber der Menschengeist ist seitdem mündig geworden. Vorwärts! die Weltgeschichte wartet draußen auf uns.» Mit diesen Worten drängte er den kindischen Riesen fort zu verdoppelter Eile und ruhte nicht, bis der Blumengesang und der schimmernde Garten hinter ihnen verklungen und versunken.

Das war aber nun einmal eine wahre Hexennacht, denn sie mochten kaum noch eine Stunde lang gegangen sein, so hörten sie schon wieder ein seltsames Geräusch vor sich, ein Schwanken und Knistern in den Zweigen und Hufklang dazwischen, immer näher und näher, wie wenn jemand rasch und heimlich durch das Dickicht bräche. Und es war auch wirklich ein flüchtiger Zug, der gerade auf sie zukam. Voran eilten viele Irrlichter in lustigen Sprüngen, um unter den Eichenschatten den Weg zu zeigen, dann folgte ein Hirsch, und auf dem Hirsche saß eine sehr schöne Dame, von ihren Locken wie von einem goldnen Mantel, durch den die Sterne schienen, rings umwallt und einen Kranz ums Haupt, der in grüngoldenem Feuer funkelte. Als sie die beiden Wanderer gewahrte, stutzte sie, und auf einen Wink von ihr hielten Hirsch und Irrlichter plötzlich an. Rüpel verneigte sich, so tief er's vermochte, und wagte kaum verstohlen aufzublinzeln, während die Irrwische, die keinen Augenblick ruhig bleiben konnten, sich schon wieder mit Magogs verwitwetem Rockschoß zu schaffen machten. «Was sucht ihr hier?» fragte die Reiterin, die Fremden mit einem strengen und durchdringenden Blicke betrachtend. – «Die Libertas», entgegnete Magog stolz. Da lachte die Dame und winkte wieder, und wieder eilten die Irrlichter voran und flog der Hirsch mit seiner schönen Herrin über den Rasen fort – sie schienen nach dem Traumschlosse hinzuziehen.

Jetzt erst richtete sich Rüpel mühsam aus seiner Devotion wieder auf. «Gewiß Ihre Majestät, die Elfenkönigin», rief er, dem Zuge noch lange nachsehend. – «Das wäre mir eine schöne Königin», erwiderte Magog, «ihr Diadem war nicht einmal echt, nichts als leuchtende Johanniswürmchen.»

Der Morgen fing endlich an zu dämmern, in der Ferne krähte schon ein Hahn; da bog Rüpel bald da, bald dort die

Wipfel auseinander und spähte unruhig nach allen Seiten umher. «Jetzt hab ich's!» rief er auf einmal, «dort ist das Schloß des Baron Pinkus.» – «Das trifft sich ja vortrefflich», entgegnete Magog, «es scheint noch alles zu schlafen droben, wir müssen das Schloß überrumpeln. Der Star hat mir alles ausführlich beschrieben; dort in dem Eckturme sitzt die Libertas gefangen. Sie, lieber Herr Rüpel, haben gerade die gehörige Leibeslänge. Sie langen also ohne weiteres in das Turmfenster hinein und heben die Gefangene in meine Arme. Ja, jetzt gilt's: Entführung, Hochzeit, Tod oder Haushofmeister!» Nun aber hatte er seine Not mit dem Riesen, der nicht so leise auftreten konnte, wie es die Wichtigkeit des entscheidenden Augenblickes erheischte, und überdies bald Eicheln knackte, bald wieder einen Ast abbrach, um sich die Zähne zu stochern. Jetzt glaubten sie in dem Schloßhof einen Hund anschlagen zu hören. «Um des Himmels willen», flüsterte Magog seinem Gefährten zu, «nur still jetzt, sachte, sachte!» – So zogen sie sich vorsichtig am Rande des Waldes hin, als ob sie ein Eulennest beschleichen wollten.

Da sahen sie zu ihrer nicht geringen Verwunderung auf einmal einen glänzenden Punkt sich wie eine Sternschnuppe übers Feld bewegen. Es kam immer näher, und bald konnten sie deutlich unterscheiden, daß es eine Frauengestalt und die Sternschnuppe eine glimmende Zigarre war, die sie im Munde hielt. Sie kam, wie es schien, in großer Angst vom Schlosse gerade auf sie dahergeflogen: eine prächtige Amazone mit Schärpe, Reitgerte und klingenden Sporen, ein zierliches Reisebündel unter dem Arme. Jetzt stand sie atemlos dicht vor Magog, den sie beinahe umgerannt hätte. – «Mein Ideal!» rief sie da plötzlich aus, und «Libertas!» schallte es aus Magogs entzücktem Munde herüber. Sie hatten einander im Augenblick erkannt, ein geheimnisvoller Zug gleichgestimmter Seelen riß Herz an Herz, und in einer langen, stummen Umarmung ging ihnen die Welt unter und die Ewigkeit auf. – Unterdes war auch Rüpel neugierig zwischen den Bäumen hervorgetreten, da erschrak die Dame sehr und sah ihn scheu von der Seite an. Rüpel aber, dem ihr neckisches Wesen gefiel, wurde auf einmal sehr galant, wollte ihr seine Bärenhaut unterbreiten und sie in seinem Futtersacke durch den Wald tragen, ja, er versuchte sogar in seiner Lustigkeit, auf dem Rasen eine Menuett auszuführen, die er einst die alte Urtante hatte tanzen gesehen. Nun wurde auch die Dame wieder ganz vertraulich und erzählte, wie sie es auf dem barbarischen Schlosse nicht länger habe aushalten können; dann geriet sie immer mehr in sichtbare Begeisterung und sprach von Tyrannenblut, von Glaubens-, Rede-, Preß- und allen erdenklichen Freiheiten. Da hielt sich Magog nicht länger, reckte zum Treuschwur den Arm hoch zu den Göttern empor, reichte ihr darauf die Rechte und verlobte sich sogleich mit ihr, und Rüpel schrie in einem fort Vivat! dazu.

Über diesem Freudengeschrei aber entstand nach und nach ein bedenkliches Rumoren im Schlosse. Die Verliebten draußen merkten es gar nicht, wie erst einzelne Wachen verdächtig über das stille Feld fast bis zum Walde streiften und dann eiligst wieder zum Schlosse zurückkehrten. Auf einmal aber tat sich das Schloßtor auf, und die ganze bewaffnete Macht schritt mit dem Feldgeschrei: «Die Libertas ist entwischt!» todesmutig daraus hervor. Dazwischen konnte man deutlich die Stimme des Baron Pinkus unterscheiden, der entrüstet gegen das Dasein von Riesen und dergleichen abergläubischen Nachtspuk, wovon die Streifwachen gefabelt, im Namen der Aufklärung protestierte. Jetzt aber erblickten sie den Rüpel, den sie anfangs für einen knorrigen Baumstamm angesehen hatten, und hielten plötzlich an. Niemand wagte sich zu regen, es war so still, daß man fast die Gedanken hören konnte; überall nichts als ein irres Flüstern mit den Augen, todbleiche Gesichter und fliegende Röte dazwischen, kurz, alle Symptome einer allgemeinen Verschwindsucht. Bei Pinkus endlich kam sie zum Ausbruch. Erst ganz leise mit langen, langen Schritten, den Kopf noch immer zurückgewendet, dann unaufhaltsam in immer weitern Sprüngen, daß ihm der Opferzopf hoch in der Luft nachflog, stürzte er nach dem Schlosse und die bewaffnete Macht in wildester Flucht ihm nach. Rüpel hatte eben nur noch Zeit genug, den behenden Pinkus mit ein paar gewaltigen Sätzen am Zipfel seines Zopfes zu erfassen, aber er behielt den Zopf allein in der Hand, und damit hieb er wütend rechts und links und trieb sie alle vor sich her; ja, er wäre ohne Zweifel mit ihnen zugleich in das Schloß gedrungen, wenn er nicht in der Hitze des Gefechts an den Schwibbogen des Tores mit solcher Vehemenz mit dem Kopfe angerannt wäre, daß er unversehens rücklings zu Boden fiel, was den empfindlich Geschlagenen notdürftigen Vorsprung gewährte, sich in das Schloß zu salvieren und, ehe Rüpel sich wieder aufraffte, die eisernen Torflügel dicht vor ihm krachend zuzuwerfen.

Nun wandte sich Rüpel sehr vergnügt um, mit Magog weiteren Kriegsrat zu pflegen. Aber wie erstaunte er, als er niemand hinter sich erblickte. Vergebens ging und rief er am Rande des Waldes auf und nieder, die beiden Liebenden waren spurlos verschwunden. Die Libertas mag sich wohl vor dem Schlachtlärme etwas tiefer in den Wald zurückgezogen haben, dachte er; er hoffte noch immer sie wiederzufinden und ging und rief von neuem immer weiter fort, worüber er aber mit dem Echo, das ihm lauter unvernünftige Antworten gab, in einen ebenso heftigen als fruchtlosen Wortwechsel geriet. Und so hatte er denn von der ganzen großen Unternehmung nichts als ein paar neuer Löcher in seiner alten Wildschur gewonnen und schritt endlich voller Zorn und so eilfertig wieder in den Urwald zurück, daß wir ihm unmöglich weiter nachgehen können.

Wie aber war die Libertas so unverhofft aus ihrem Turme entkommen?

Wir haben schon früher gesehen, daß seit ihrer Gefangenschaft im Pinkusschen Schlosse und Garten die gute, alte Zeit wieder repariert und neu vergoldet worden, wo sie durch ihre impertinente Einmischung etwa gelitten hatte. Alles schämte sich pflichtschuldigst der augenblicklichen

Verführung und Verwilderung: in der schillernden Mittagsschwüle plätscherten die Wasserkünste wieder wie blödsinnig immerfort in endloser Einförmigkeit; die Statuen sahen die Buchsbäume, die Buchsbäume die Statuen an, und die Sonne vertrieb sich die Zeit damit, auf den Marmorplatten vor dem Schlosse glitzernde Schnörkel und Ringe zu machen; es war zum Sterben langweilig. Libertas hatte daher schon lange nachgedacht, wie sie sich befreien könnte, und sann und sann, bis endlich die Nacht der ganzen Industrie im Schloß das Handwerk gelegt und draußen die Welt ungestört wieder aufatmete. Auch der Schwan auf dem Wallgraben unter dem Turme war nun eingeschlummert, und drüben standen die Wälder im Mondschein. Da trat Libertas an das offene Fenster und sprach:

«Wie rauscht so sacht
Durch alle Wipfel
Die stille Nacht,
Hat Tal und Gipfel
Zur Ruh gebracht.
Nur in den Bäumen
Die Nachtigall wacht
Und singt, was sie träumen
In der stillen Pracht.»

Die Nachtigall aber antwortete aus dem Fliederbusche unten:

«In der stillen Pracht,
In allen frischen Büschen, Bäumen flüstert's in Träumen
Die ganze Nacht,
Denn über den mondbeglänzten Ländern
Mit langen, weißen Gewändern
Ziehen die schlanken
Wolkenfrauen, wie geheime Gedanken,
Senden von den Felsenwänden herab die behenden Frühlingsgesellen: die hellen Waldquellen,

Um's unten zu bestellen
An die duftigen Tiefen,
Die tun, als ob sie schliefen,
Und wiegen und neigen in verstelltem Schweigen
Sich doch so eigen mit Ähren und Zweigen,
Erzählen's den Winden,
Die durch die blühenden Linden,
Vorüber an den grasenden Rehen
Säuselnd über die Seen gehen,

Daß die Nixen verschlafen auftauchen
Und fragen,
Was sie so lieblich hauchen?
Ich weiß es wohl, dürft ich nur alles, alles sagen.»

Hier kam plötzlich ein Storch aus dem Gesträuch und klapperte zornig nach dem Fliederbusche hin, und die Nachtigall schwieg auf einmal. – Was hat nur der Storch mit der Nachtigall zu so später Zeit? Er ruht doch sonst auch gern bei Nacht, sagte Libertas zu sich selbst und wußte gar nicht, was sie davon denken sollte.

Aber die Nachtigall wußte es recht gut und daß sie in der Nähe des Schlosses nicht so viel ausplaudern sollte; denn unter den freien Tieren des Waldes war in jener großen, nächtlichen Versammlung, die Magog auf seiner Wanderschaft von ferne mit angesehen hatte, eine geheime Verschwörung gemacht worden und sollte eben in der heutigen Nacht zum Ausbruch kommen. Schon am vorigen Abend war es den Landleuten, die vor Schlafengehen noch ihre Saaten in Augenschein nahmen, sehr aufgefallen, wie da über der Au im Tale, wo die glänzenden Sommerfäden an den Gräsern hingen, so viele Schwalben emsig hin und her schweiften und mit ihren Schnäblein die Fäden aufrafften, so viel eine jede im Fluge erhaschen konnte, daß sie, als sie damit durch die Luft flogen, wie in langen silbernen Schleiern dahinzogen. Dieses feine Gespinst aber breiteten die Schwalben sodann auf einer einsamen Waldwiese im Mondschein aus; da kamen hurtig unzählige kleine Spinnen, die schon darauf gewartet, rote, braune und grüne, und drehten die Fäden fleißig zusammen und woben, damit es besser aussähe, auch etwas Mondschein darein, während die Johannisfünkchen ihnen dabei leuchteten und die Heimchen dazu sangen. Kaum aber hatten sie die letzten Maschen geknüpft, so säuselte es leise, leise durch die Stille, von allen Seiten kamen Bienen, die heute Schlaf und Honig vergaßen, dicke Päckchen an ihren Füßen, die streckten und steiften mit dem Wachse das ganze Gespinst gar kunstreich zu einer langen Strickleiter. Unterdes sah man bei dem klaren Mondlicht bald da, bald dort am Waldessaume ein Reh mit den klugen Augen hervorgucken und schnell wieder im Dickichte verschwinden, denn das wachsame Wild machte die Runde, um sogleich zu warnen, wenn etwa Verrat drohte. Der getreue Storch aber, der vorher die Nachtigall wegen ihrer Plauderhaftigkeit ausgescholten, stand die ganze Zeit hindurch, nur ein paarmal wider Willen einnikkend, unbeweglich auf einem Beine bei den Spinnen und Bienen, um auf ihr Werk aufzupassen und ohne Nachsicht jeden wegzuschnappen, der sich bei der Arbeit saumselig zeigte. Und als die Leiter fertig war, prüfte er sie bedächtig, hing sie dann an den Ast des nächsten Baumes und stieg selbst daran hinauf, um zu versuchen, ob sie fest genug, wobei er sich aber so ungeschickt und seltsam anstellte, daß die kleinen behenden Kreaturen ringsumher einigemal heimlich kichern mußten und, die Heimchen neckend, «Storch, Storch Steiner, hast so lange Beine!» zu ihm hinüberriefen, worüber er jedesmal sehr böse wurde und mit seinem langen Schnabel nach ihnen hackte.

Als er nun aber sah, daß alles gut war, nahm er das eine Ende der luftigen Leiter in den Schnabel, flog damit zu dem Fenster der Libertas hinan und schlang es fest um das Fensterkreuz. Zu gleicher Zeit schlug die Wachtel gellend in dem nahen Kornfelde; das war das verabredete Zeichen. Da erwachten alle Waldvögel draußen, die ohnedies nicht fest geschlafen vor Freude und Erwartung und weil die

Nachtigall die ganze Nacht so laut geschmettert hatte. Die flogen nun alle nach dem Turmfenster droben, pickten an die Scheiben und sangen ganz leise:

«Frau Libertas, komm heraus!
Denn der liebe Gott hat lange
Draußen unser grünes Haus
Schon geschmückt dir zum Empfange,
Hat zur Nacht die stillen Tale

Rings mit Mondenschein bedeckt
Und in seinem Himmelssaale
Alle Lichter angesteckt.
Horch, das rauscht so kühl herauf,
Frau Libertas, wache auf!»

Aber Libertas, die an dem heimlichen Treiben draußen längst alles gemerkt, hatte schon ihr Bündel geschnürt und betrat, die treuen Vögel freundlich grüßend, die Strickleiter, und wie sie so in die Nacht hinabstieg, boten ihr die kleinen Birken, die aus den Mauerritzen des alten Turmes wuchsen, überall helfend die grünen Hände, und von unten wehte ihr der Duft der Wälder und Wiesen erfrischend entgegen. Als sie aber an den breiten Wallgraben kam, war schon der Schwan am Ufer und schwellte stolz seine Flügel wie zwei schneeweiße Segel. Da setzte sich Libertas dazwischen, und er glitt mit ihr hinüber und betrachtete voll Entzücken ihr schönes Bild, das auf dem Spiegel des Weihers neben ihm dahinschwebte. Unterdes hatte aber der Kettenhund im Hofe schon lange die Ohren gespitzt und weckte jetzt laut bellend seinen Nachbar, den boshaften Puter, der hätte bald alles verraten, er gollerte so heftig, daß er ganz rot und blau am Kragen wurde vor Zorn und Hoffart, darüber wachten auch die Gänse im Stalle auf und schrien Zeter und abermals Zeter, denn sie hatten die rechte Witterung von den heimlichen Umtrieben am Turme und fürchteten alle, wenn die Libertas entwischte, aus dem guten Futter zu kommen und zu den anderen gemeinen Vögeln in die Freiheit gesetzt zu werden. Aber ihr Lärm und Ärger kam zu spät, Libertas war schon jenseits des Wallgrabens. Drüben aber stand ein Hirsch am Waldessaume und neigte die Knie und sein Geweih vor ihr bis auf den Rasen. Da schwang sie sich rasch hinauf, und fort ging es durch Nacht und Wald, und der Storch mit den anderen Vögeln, um ihr das Geleit zu geben, stürzte sich hinterdrein vom Turme in die Luft, in stillen Kreisen über den mondbeglänzten Gärten, Wäldern und Seen schwebend. Die im Schlosse merkten es erst bei Tagesanbruch, wo sie, wie wir gesehen, zu ihrem Unglück auf ihre Verfolgung ausrückten. Nur die Hirten, die an den Bergeshängen bei ihren Herden wachten, hörten erstaunt den Gesang in den Lüften und die geheimnisvolle Flucht im Waldesgrunde an den einsamen Weilern vorüberziehen. Und das war eben die schöne Frauengestalt auf dem Hirsch, die in derselben Nacht Rüpel und Magog auf ihrer Wanderschaft im Urwald gesehen, ohne die Libertas zu erkennen, auf deren Befreiung sie so schlau und vorsichtig ausgezogen.

Die Amazone aber, die sie gerettet hatten, war niemand anders als die Pinkussche Silberwäscherin Marzebille, ein herzhaftes Frauenzimmer, die schon früher als Marketenderin mit den Aufklärungstruppen durch dick und dünn mit fortgeschritten und nirgends fehlte, wo es was Neues gab. Die hatte nun seit der Libertas Erscheinung eine inkurable Begeisterung erlitten und sich daher an jenem denkwürdigen Morgen kurz resolviert, aus dem Schloßdienst in die Freiheit zu entlaufen. Der Dr. Magog aber war damals vor dem unverhofften Schlachtgetümmel am Schlosse so heftig erschrocken, daß er mit seiner glücklich emanzipierten Braut, die hier alle Schliche und Wege kannte, unaufhaltsam sogleich quer durch Deutschland und übers Meer bis nach Amerika entfloh, wo er wahrscheinlich die Marzebille noch heute für die Libertas hält.

Da konnte sie denn Rüpel freilich nicht mehr errufen. Und das schadet auch nichts, denn Magog hatte schon während der feierlichen Verlobung hin und her gesonnen, auf welche Weise er den Riesen, da er ihn nun nicht mehr brauchte, wieder loswerden könnte; er dachte gar nicht daran, einen so ungeschlachten Gesellen zu seinem Haushofmeister zu machen, dessen große Familie ihm wohl bald Haus und Hof verzehrt hätte. Dafür haben ihn, gleichwie die Menschen Vogelscheuchen aufzurichten pflegen, die dankbaren Vögel in Erwägung seiner vor dem Schlosse bewiesenen Bravour als Hüter des Urwaldes angestellt, mit der einzigen Verpflichtung, von Zeit zu Zeit mit den schrecklichsten Tierfellen, Mähnen und Auerochsenhörnern sich am Rande des Waldes zu zeigen. Dort also hat der Biedermann endlich sein sicheres Brot.

Die emigrierte Urtante ist gänzlich verschollen. Von der Libertas dagegen sagt man, daß sie einstweilen bei den Elfen im Traumschlosse wohne, das aber seitdem niemand wieder aufgefunden hat.

Erläuterungen

E. T. A. Hoffmann

Des Vetters Eckfenster

Nichts ist so bezeichnend für E. T. A. Hoffmanns Erzählkunst in dieser Zeit wie die allmähliche Zurücknahme der phantastischen Elemente und das sich stetig erweiternde Interesse an der greifbaren Realität, eine Tendenz, die sich deutlich in der Entwicklung seiner Kunstmärchen vom «Goldenen Topf» bis zur «Prinzessin Brambilla» und «Meister Floh» ablesen läßt. In der Prosaskizze «Des Vetters Eckfenster» fand dieser Prozeß gleichsam seinen Höhepunkt und Abschluß. Es deutete sich der Übergang zum bürgerlichen Realismus des 19. Jahrhunderts an.

In den Krankenstuhl gebannt, blickt E. T. A. Hoffmann im Jahre 1822 aus «Vetters Eckfenster» auf den Berliner Gendarmenmarkt. Er beobachtet das Markttreiben, und in seiner resignativen Stimmung bietet ihm das bunte Leben schöpferische Abwechslung und Trost. Es war ein Genrebild mit eigentümlich Berliner Luft, das da entstand, und als solches hat es vor allem in den Jahren des Naturalismus einige Berühmtheit erlangt.

Doch wäre es ein Mißverständnis, das künstlerische Ziel dieser Skizze in der möglichst exakten fotografischen Widerspiegelung der Wirklichkeit zu sehen. Der Dichter weiß um die Vieldeutigkeit aller menschlichen Ausdruckszüge, er erkennt, daß schwer durchschaubare Voraussetzungen hinter jedem sichtbaren Detail liegen und daß ihre Auslegung zu gegensätzlichen Schlüssen führen kann.

Die Einsicht in die Doppel- und Mehrdeutigkeit dessen, was das Auge wahrzunehmen vermag, liegt den meisten Erzählungen Hoffmanns zugrunde. So kann der Archivarius Lindhorst im «Goldenen Topf» ebenso ein Geistesfürst wie auch ein Zauberer sein, der Magister Tinte in der Geschichte «Das fremde Kind» eigentlich der Gnomenkönig Pepser und die Zirkusdame Dörtje Elverdink im «Meister Floh» die Prinzessin Gamaheh aus dem Wunderlande Famagusta. Die Dialogskizze «Des Vetters Eckfenster» befaßt sich mit dem Versuch, aus äußeren Merkmalen einzelner Menschen eines Marktgewimmels den Charakter und etwas von ihrer Biographie zu ermitteln. Das Verfahren führt in einem konkreten Fall zu dem Verdacht, daß ein spindeldürrer Mann in altmodischer Kleidung mit einem viereckigen Kasten unterm Arm ebenso ein alter geiziger deutscher Junggeselle und Zeichenmeister sein kann wie ein lustiger ehemaliger französischer Pastetenbäcker, der für sich und die drei seinen Haushalt teilenden Landsleute auf dem Markt einkauft. Hoffmann gelangt zu der Überzeugung, daß man – und nicht nur vom Eckfenster aus – keine endgültigen Aussagen über den Menschen treffen kann, da es nur eine relative Erkenntnis gibt. Deshalb ziemt es sich, Ironie walten zu lassen und Fragezeichen zu setzen. Dabei wird das eigene Bild nicht geschont. Das Blumenmädchen, das in einem Leihbibliotheksband ein von Hoffmann verfaßtes Märchen liest, hat nie daran gedacht, daß zu dem Märchen auch ein Autor gehört. Für das einfache Mädchen ist der Dichter belanglos, alle Autoreneitelkeit und der Anspruch, als Schriftsteller etwas Besonderes zu sein, erweisen sich als nichtig. In den literarischen Salons mag man ihn mit einem Nimbus ausstaffieren, in den Augen des Volkes ist er ein Handwerker wie jeder andere, oder es kommt der «fromme kindliche Glaube ans Licht», «daß der liebe Gott die Bücher wachsen ließe wie die Pilze». Der kranke, schon gelähmte Dichter stellt das mit Humor, fast mit Sympathie fest. Sein Status interessiert ihn nicht mehr. Trost ist ihm die bunte Vielfalt des Lebens auf dem Markt, hinter der sein Blick eine Welt ungeahnter Möglichkeiten entdeckt.

Hoffmanns Schilderung des Markttreibens enthält eine offene Sympathieerklärung für die «niederen Klassen». Er beweist einen erstaunlichen Einblick in die sozialen Verhältnisse seiner unmittelbaren Gegenwart. Bezeichnend ist die Überzeugung, daß das Volk durch den Befreiungskrieg selbstbewußter geworden ist und eine größere «Geschmeidigkeit der äußern Sitte gewonnen» hat. Egon Erwin Kisch nannte hundert Jahre später «Des Vetters Eckfenster» das «schönste Feuilleton in deutscher Sprache».

Angeregt wurde der Dialog über die Marktszenen durch eine Erzählung, «Scarron am Fenster», von Karl Friedrich Kretschmann (1738–1809), die in den Jahren 1798 und 1799 im «Taschenbuch zum geselligen Vergnügen» erschienen war. Darin glossiert der seit dem dreißigsten Lebensjahr gelähmte französische Schriftsteller Paul Scarron (1610–1660), dessen Komödiantenbuch «Le roman comique» schon auf Goethes «Wilhelm Meister» eingewirkt hatte, die von seinem Fensterplatz aus beobachteten Spaziergänger. Auch in der Orientierung an Scarron und dessen kritisch-satirischer Beobachtungskraft und Sittenschilderung wird deutlich, daß Hoffmann an eine vorromantische Tradition anknüpft, um zu einem neuen zeitangemessenen Erzählen zu gelangen. Der Ausdruck «Vetter» erinnert vielleicht daran, daß Hoffmanns Großonkel, der Justizrat Voeteri, den der junge Großneffe wiederholt auf Dienstreisen begleitete, ihn mit «Vetter» anzureden pflegte.

Die Erzählung wurde am 14. April 1822 im Diktat abgeschlossen und vom 23. April bis 4. Mai in sechs Fortsetzungen in der Berliner literarisch-politischen Zeitschrift «Der Zuschauer» gedruckt. Zwei Monate später starb der Dichter im Alter von sechsundvierzig Jahren.

19 *Scarron* – Paul Scarron (1610–1660), französischer Schriftsteller, widersetzte sich in seinen Werken den gesellschaftlichen und ästhetischen Normen der französischen Klassik und zog die Ideale der vornehmen Kreise ins Lächerliche. Seine derb-komischen und satirischen Dichtungen waren treffende Sittenbilder seiner Zeit.

Asa foetida – Stinkasant oder Teufelsdreck, ein Pflanzenname; hier: Anspielung auf grobe sprachliche Späße.

20 *jener alte, vom Wahnsinn zerrüttete Maler* – Hinweis auf eine Künstlerfigur aus Hoffmanns Novelle «Der Artushof».

21 *auf dem großen Markte* – Gemeint ist der Gendarmenmarkt in Berlin, wo sich ursprünglich die Ställe und die Wache des Regiments Gens d'armes befunden hatten; heute Platz der Akademie. Hoffmann mietete am 1.7.1815 die Wohnung in der Taubenstraße 31, Ecke Charlottenstraße, mit Blick auf den Platz.

Prachtgebäude – Das Königliche Schauspielhaus, die Neue Kirche und die Französische Kirche (Deutscher Dom und Französischer Dom), damals eines der schönsten architektonischen Ensembles der Stadt Berlin.

Et si male nunc ... – (lat.) Ungenaues Zitat aus den Oden des römischen Dichters Horaz (65–8 v. u. Z.): Und wenn es jetzt schlecht geht, wird es einst nicht so sein.

22 *amüsable, wenn auch nicht gerade amüsant* – leicht zu unterhalten, wenn auch nicht gerade unterhaltsam.

23 *Callot* – Jacques Callot (1592–1635), französischer Grafiker, der das Volksleben seiner Zeit schilderte.

Chodowiecki – Daniel Nikolaus Chodowiecki (1726 bis

1801), deutscher Maler und Grafiker, der seit 1743 in Berlin lebte und das Bürgertum seiner Zeit darstellte.
Primizien – Hier: die ersten Elemente.
Domestika – Häusliche Angelegenheiten.
Restantin – Hier: Zurückgebliebene, Übriggebliebene.
24 *annexis* – (lat.) Anhängsel; hier: Mitgift.
25 *Sapienti sat!* – (lat.) Für den Vernünftigen genug!
Krayon – Zeichenstift.
Hogarth – William Hogarth (1697–1764), englischer Maler und Grafiker mit sozialkritischer Tendenz.
26 *Orbis pictus* – (lat.) Gemalte Welt, die Welt im Bild.
27 *jenem Hogarthischen Blatt* – Hogarths Kupferstich «Credulity, superstition and fanaticism» (Leichtgläubigkeit, Aberglaube und Fanatismus).
Fallissement – Konkurs, Bankrott; hier: ein Wortspiel mit fallen.
modest – bescheiden, sittsam.
28 *Schwänzelpfennige* – Schwänzelpfennige machen, etwas heimlich, unerlaubt nehmen.
29 *Servante* – (franz.) Dienstmagd, Dienstmädchen.
Kordialität – Herzlichkeit.
Ballchaussure – Ballschuhe.
32 *Kralowski* – Berliner Bibliothekar, bei dem Hoffmann Bücher auslieh.
33 *** – Vermutlich «Klein Zaches» oder «Prinzessin Brambilla» von E. T. A. Hoffmann.
Honig von Hybla – Auch Megara Hybla genannt, Stadt auf Sizilien in der Nähe von Syrakus.
36 *Toupet en cœur* – (franz.) Herzförmig frisiertes Stirnhaar.
37 *sagt ein welterfahrner Mann* – Faust über Mephistopheles in Goethes «Faust», I. Teil, Szene in Marthens Garten.
38 *Diligence* – (franz.) Postkutsche.
Quatuor – (franz.) Quartett.
39 *Orphelins françois* – (franz.) Aus dem französischen Waisenhaus.
42 *Parturiunt montes* – (lat.) Wie die Berge auch kreißen;

Anfang eines Verses des lateinischen Dichters Horaz, dessen zweite Hälfte lautet: Es wird nur eine lächerliche Maus geboren.

43 *bella molinara* – (ital.) schöne Müllerin.

44 *primo amoroso* – (ital.) In der Theatersprache: erster Liebhaber.

45 *Pagliasso* – Hanswurst, Possenreißer.

Meum und Tuum – (lat.) Mein und Dein.

46 *Pyrrhus* – In Vergils «Aeneis» Figur aus dem Griechenheer im brennenden Troja; die Deklamation der Trojarede durch den ersten Schauspieler in Shakespeares «Hamlet» ist an Vergil orientiert; das Zitat «wie ein gemalter Wütrich ...» stammt aus «Hamlet», 2. Aufzug, 2. Szene.

47 *ein frecher, übermütiger Feind* – Gemeint ist Napoleon I.

Courtoisie – Höflichkeit, Verbindlichkeit.

Nil admirari – (lat.) Nichts bewundern; Wort des Dichters Horaz aus den «Episteln».

48 *fidelen Hamburger* – Eine Zigarrensorte.

avec du feu – (franz.) mit Feuer.

Point d'honneur – (franz.) Ehrgefühl.

Depravation – Verderbnis, Entartung.

49 *enthusiastische Rigoristen, hyperpatriotische Aszetiker* – Patrioten wie Friedrich Ludwig Jahn (1778–1852), der Begründer der Turnbewegung.

schismatisch – abtrünnig.

Beringstraße – Die Meeresstraße zwischen der Tschuktschenhalbinsel und Alaska.

Wilhelm Hauff

Das kalte Herz

Auch die Märchen Wilhelm Hauffs sind bereits von bürgerlichem Rationalitätsdenken durchdrungen. Allem philosophischen, mythologischen oder theosophischen Tiefsinn stand dieser Dichter fern. Als er im Jahre 1825 seine erste Sammlung erscheinen ließ, gingen die Tage der Romantik ihrem Ende entgegen. Geblieben war das Märchenerzählen als eine Modeerscheinung. Hauff zählte zu den wenigen, die, auf der Tradition von «Tausendundeine Nacht», den «Kinder- und Hausmärchen» der Brüder Grimm und den Märchenerzählungen E. T. A. Hoffmanns aufbauend, Möglichkeiten fanden, die Märchengattung durch Annäherung an die Wirklichkeit neu zu beleben. Huldigte die erste Sammlung noch ganz der Exotik orientalischer Stoffwelt, so deutet die dritte Sammlung mit dem biedermeierlich geschraubten Titel «Märchen-Almanach für Söhne und Töchter gebildeter Stände auf das Jahr 1828» bereits mit der Rahmenerzählung «Das Wirtshaus im Spessart» auf heimatgebundene deutsche Vorstellungswelt.

Neu bei Hauff war, daß er in die Märchenerzählung eine konkrete Landschaft und ein bestimmtes Sittenbild einführte. So beginnt das «Kalte Herz» mit einer breitangelegten Schilderung des Bauernlebens im Schwarzwald. Auch die darin auftretenden Märchenfiguren des Glasmännleins und des Holländer-Michel leiten sich aus einer in dieser Gegend verwurzelten Überlieferung her. In dem Gegensatz der Glasmacher zu den Holzhändlern spiegelt sich eine spezifisch wirtschaftliche Entwicklung des Schwarzwaldes, in der der allgemeine Widerspruch zwischen patriarchalischem Traditionalismus und den Scheußlichkeiten kapitalistischer Akkumulation sichtbar wird.

Wie es im Volksmärchen üblich ist, stellt Hauff die Gegensätze schroff gegenüber. Alles Böse im Schwarzwald kommt vom Holländer-Michel her, alles Gute vom «Schatzhauser im grünen Tannenwald». Gut sind Fleiß, Pflichterfüllung und echte menschliche Gefühle. Böse ist der mühelos erworbene Reichtum, der alles Menschliche korrumpiert, zu moralischer Haltlosigkeit und seelischer Leere führt. Das ist die Alternative, vor die der Kohlenmunk-Peter, ein junger Kohlenbrenner, gestellt ist, der sich entschließt, sein Glück in der Welt zu suchen. Diese über den

Stil des Volksmärchens hinausreichende Gestalt des Glückssuchers wird, um seine charakterliche Gefährdung zu zeigen, mit dem Motiv des falschen Wünschens verknüpft. Als Peter nur materielle Güter für erstrebenswert hält, antwortet das Glasmännlein: «Sonst nichts? ... Verstand, gesunden Menschenverstand und Einsicht hättest du wünschen sollen, ... Wagen und Pferde wären dann wohl von selbst gekommen.» Dieser lehrhafte Zug entsprach dem neuen pragmatischen Nützlichkeitsdenken.

Doch ist der Märchenheld durch solche Belehrung noch lange nicht auf den rechten Weg gebracht, und bald ist die mit dem Geld des Schatzhausers erworbene Glashütte bankrott. Mit dem geldgierigen und vergnügungssüchtigen Peter hat nun der Holländer-Michel leichtes Spiel. Ähnlich wie Peter Schlemihl seinen Schatten, verkauft der Kohlenmunk-Peter sein Herz für materielle Güter und Freuden. Peters Herz ist zu Stein geworden; er kennt weder Freud noch Leid, noch Mitgefühl, und die seelische Verhärtung führt bis zum Verbrechertum.

Der Kohlenmunk-Peter, der als Kornhändler und Geldverleiher den halben Schwarzwald beherrscht, ist auf dem tiefsten Punkt menschlicher Existenz angelangt. Er ist nur noch ein elender «Erdenwurm». Doch mit Hilfe des Glasmännleins – denn den reuigen Sünder verlassen die guten Geister nicht! – kehrt er auf den Weg der Bescheidenheit, der Selbstbeschränkung, der Humanität und in das von den Eltern ererbte Handwerk der Kohlenbrennerei zurück. Die zeitgeschichtliche Einkleidung der Thematik vom Glückssucher, seinen Wünschen und Gefahren im Kampf des Guten wider das Böse stellt den Versuch dar, die Probleme der sich formierenden kapitalistischen Gesellschaft im Sinne eines bürgerlichen Positivismus zu gestalten. An die Stelle des Gegensatzes vom romantischen Helden und dem ihm feindlichen Philistertum ist der schon seit der Zeit der frühbürgerlichen Revolution latente soziale Gegensatz zwischen den Handwerkern und der Handelsbourgeoisie getreten. Die Verwirklichung der humanistischen Idee vom

Menschen wird hier ausschließlich dem Handwerkerstand und der gewerblichen Mittelklasse zugetraut, der Großbourgeoisie aber der Verrat aller Ideale vorgeworfen.

Die innere Verbundenheit mit der kleinbürgerlichen Welt äußert sich bis in die Bilder- und Gleichnissprache hinein. Peter Munks Mutter war an den Anblick berußter Leute so gewöhnt wie «jede Müllerin an das Mehlgesicht ihres Mannes». Der Holländer-Michel reichte einen Arm «so lang als ein Weberbaum», und in seiner Kammer tönte das Zucken der Herzen «wie in der Werkstatt eines Uhrmachers». Die Augen des Glasmännleins sollen «so groß gewesen sein wie Suppenteller, und sein Mund war wie ein geheizter Backofen».

54 *Mynheer* – Mein Herr, scherzhafte Bezeichnung für die holländischen Kaufleute.

56 *kölnische Pfeifen* – Tonpfeifen.

Sechsbätzner – Süddeutsche Münze im Werte von sechs Batzen oder 24 Kreuzern.

58 *Tannenbühl* – Mit Tannen bewachsener Hügel.

spielen – für den Soldatendienst auslosen.

61 *Kunkel* – Spinnrocken.

G'stair – Floßgelenke.

Ehni – Großvater, Ahn.

63 *Glaich* – Glieder.

64 *Seelenverkäufer* – Werbeoffizier.

vier Schuh – Längenmaß, ein Schuh oder Fuß etwa 30 cm.

74 *ein Bot* – ein Gebot, Angebot.

75 *Bete* – Abkürzung für Elisabeth.

knöcheln – würfeln.

77 *vergantet* – versteigert.

79 *Pasch* – Wurf, bei dem alle Würfel die gleiche Zahl zeigen.

82 *Separatisten* – Hier: religiöse Sektierer, insbesondere Pietisten.

Die wilde Engländerin

In der Geschichte von der «Wilden Engländerin», die Tieck in die Erzählung «Das Zauberschloß» einschob, stellt der Dichter exemplarisch vor, was er unter einer Novelle verstanden wissen wollte. Hinter der erzählten Begebenheit verbirgt sich das uralte Komödienmotiv der Zähmung einer Widerspenstigen, wie es Shakespeare in einem seiner Stücke behandelte. Tiecks Tochter Dorothea hatte die Komödie zusammen mit dem Grafen Baudissin kurze Zeit zuvor ins Deutsche übersetzt. Die Lösung des Konflikts vorwegnehmend, heißt es in der Novelle, daß es darum gehe, «ihr starres Gemüt zu zähmen», oder an anderer Stelle: «... ein Nichtswürdiger wird diesen wilden Falken einmal zähmen.»

Tieck bearbeitete das Motiv, indem er die Handlung auf einen englischen Gutshof zu Anfang des 19. Jahrhunderts verlegte und neue zeitangemessene psychologische Motivationen schuf. Denn es gehörte zu seinen erklärten Absichten, Probleme der Gegenwart in charakteristischer Ausprägung zu gestalten. In seiner Version lautete das: «Aber alle Stände, alle Verhältnisse der neuen Zeit, ihre Bedingungen und Eigentümlichkeiten sind dem klaren dichterischen Auge gewiß nicht minder zur Poesie und Darstellung geeignet, als es dem Cervantes seine Zeit und Umgebung war, und es ist wohl nur Verwöhnung einiger vorzüglicher Kritiker, in der Zeit selbst einen unbedingten Gegensatz vom Poetischen und Unpoetischen anzunehmen.» Zweifellos ist Florentines Protest ein Zeitthema, eine Bekräftigung des Frauenrechts auf Selbstbestimmung.

Dabei interessierte den Dichter weniger das Emanzipationsproblem allgemein als die psychologischen Voraussetzungen, warum die «schöne Wilde» ihrer weiblichen Bestimmung, wie sie die Tradition der aristokratisch-bürgerlichen Gesellschaft fordert, nicht folgt. Ihr Verhalten begründet er mit ihrer männlichen Erziehung, damit, daß sie sich für Mathematik und Astronomie interessiert, mit Gelehrten in lateinischer Sprache korrespondiert und viel zu Pferde reitet. Hinzu tritt ihre Scheu vor der Ehe, die das Studium eines anatomischen Buches in den Pubertätsjahren bei ihr hervorrief. Sie hat vor sexuellen Erfahrungen Angst und empfindet Grauen vor dem Leben, wie sie es die meisten Menschen führen sieht. So entschließt sie sich, zumal sie ökonomisch-materiell gesichert ist, unabhängig, und das heißt in ihrem Falle unverheiratet, zu leben. Alle Bewerber weist sie resolut von sich.

An diesem Punkt tritt die Wende der Geschichte ein, die der Theoretiker Tieck für das entscheidende Charakteristikum jeder echten Novelle ansah. Bei der Rückkehr von einem gemeinsamen Ausritt mit dem Freund des Vaters, der ebenfalls vergeblich um ihre Hand anhielt, wird Florentine durch ein Mißgeschick ihrer imaginären Welt entrissen. Beim Abspringen vom Pferd bleibt ihr Kleid hängen, «und sie stand halb nackt vor dem Erstaunten». Von Panik ergriffen, flieht sie auf ihr Zimmer. Es zeigt sich in dieser prekären Situation, daß die «schöne Wilde» von den weiblichen Sitten und landläufigen Moralvorstellungen ihrer Zeit abhängiger ist, als es ihre Auflehnung vermuten ließ. Sie durchlebt eine tiefe seelische Krise, aus der schließlich ihr Entschluß hervorgeht, den Mann zu heiraten, der sie entblößt gesehen hat. Ihr Widerstand ist gebrochen, und sie bekennt sich zu ihrer Liebe. Am Ende findet Florentine ihr Heil in der ihr von der Biedermeiergesellschaft vorgeschriebenen Pflicht, eine harmonische Ehe zu führen. Der weltanschaulichen und ästhetischen Konzeption des älteren Tieck entsprechend, endet die um das Emanzipationsproblem angelegte Novelle im zeitfernen Idyll: «Sie wurden das glücklichste Paar in der Provinz und sahen schöne Kinder und wohlgebildete Enkel in einem langen, stets heitern Leben.»

Anfang Januar 1829 schrieb der Dichter an den Verleger Heinrich Brockhaus in Leipzig: «Noch immer habe ich

Ihnen nichts wegen der Novelle gesagt. So sehr ich bedrängt bin, so möchte ich Ihnen doch gern eine geben. Ist Ende Mai, wenn Sie sie alsdann haben, zeitig genug? – Ich kann nur nicht versprechen, daß sie so gar kurz würde. Eine oder zwei habe ich wohl in petto, die nicht gar so vielen Raum einnehmen, diese sind aber leicht für unsre prüde Leserwelt anstößig.» Er lieferte die Novelle «Das Zauberschloß», die im Herbst 1829 in dem Taschenbuch «Urania» auf das Jahr 1830 erschien. Die eingelegte Kurznovelle gehört vermutlich zu jenen erwähnten, die «für unsre prüde Leserwelt» leicht anstößig waren. Sie ist also wohl schon vor dem Jahre 1829 entstanden.

105 *Northumberland* – Die nördlichste Grafschaft Englands, benannt nach dem Fluß Humber; der bei weitem größte Teil ist kahles Berg- und Hügelland mit Moor- und Heidestrecken.

107 *Sylphen* – In der mittelalterlichen Magie die Geister der Luft.

109 *Diana* – In der altrömischen Mythologie jungfräuliche Göttin der Jagd, Herrin der Tiere, Göttin der Keuschheit.

Minerva – Römische Göttin der Weisheit, Schützerin der Handwerker.

110 *Edinburg* – Edinburgh, Hauptstadt Schottlands mit alter Universität.

Domestiken – Hausangestellte.

114 *Elisabeth* – Elisabeth I. (1533–1603), Königin von England seit 1558, festigte ihre Herrschaft, indem sie die Umsturzversuche der katholischen Feudalreaktion in ihrem Land verhinderte und außenpolitisch den militärischen Sieg über das feudal-katholische Spanien errang; in ihrer Regierungszeit Blüte der englischen Nationalkultur (Shakespeare); sie blieb unverheiratet.

Heinrich Heine

Aus den Memoiren des Herren von Schnabelewopski

Auf dem Wege von der Romantik zum Realismus war Heine derjenige Dichter, der am eindringlichsten den Rückzug aus der illusionären Traumwelt und die Hinwendung zur Wirklichkeit forderte, sowohl als Lyriker und schöpferischer Feuilletonist wie auch als Erzähler. Er prägte nicht nur das neue Genre des «Reisebildes», das fast die gesamte Generation junger fortschrittlicher Schriftsteller aufnahm, sondern auch in der traditionellen Novellistik, die sich in der klassischen und der romantischen Epoche so reich entfaltet hatte, hielt er eine Neuorientierung und die Überführung in eine neue Kunstrichtung für nötig. Dabei empfahl er, an den realistischen Stil des Schelmenromans anzuknüpfen, der die sozialen Verhältnisse der einfachen Schichten und Klassen in die Darstellung einbezieht und vor allem das Derbe und Häßliche in der bürgerlichen Wirklichkeit nicht idealisierend abschwächte, sondern in seiner ganzen Kraßheit vorführte. In der Erzählung «Aus den Memoiren des Herren von Schnabelewopski» hat Heine ein bemerkenswertes Beispiel dafür gegeben, was er unter realistischer Erzählkunst verstand.

Diese Reisenovelle, ähnlich angelegt wie der Eichendorffsche «Taugenichts», erschien zuerst 1834 im ersten Band des «Salons». Doch sind die Begebenheiten, die von einem jungen Polen aus der Gegend von Gnesen erzählt werden, wohl früher niedergeschrieben, vermutlich vor dem Herbst 1830, da jeder Hinweis auf den großen polnischen Aufstand fehlt.

Was Heine berichtet, beruht auf persönlicher Anschauung, auf Anregungen, die er auf einer Reise erhielt, die er im Spätsommer 1822 nach der Provinz Posen unternahm, auf Beobachtungen, die er in den Jahren seines Hamburger Aufenthalts, vor allem zwischen 1816 und 1819, anstellen konnte, und auf Erfahrungen aus dem Jahr 1827, als er auf der Rückreise von London in Holland Station gemacht hatte.

Das kleine Werk war als satirischer Zeitroman gedacht, blieb aber liegen und wurde dann in Fragmentform veröffentlicht, als der Autor eilig «für Campe ein Buch zusammenkneten» mußte. In der nun vorliegenden Gestalt befindet sich der erzählerische Höhepunkt am Ende, in dem Duell, das ein jüdischer, den Deismus vertretender Student gegen einen atheistischen Holländer im Streit um die Existenz Gottes austrägt. Es ist eine Begebenheit, die im Roman nur eine Episode dargestellt hätte.

Der zeitkritische Wert dieses Romanfragments liegt ohne Zweifel in dem Sittenbild, das der Erzähler von der Stadt Hamburg entwirft und das auf den Ton gestimmt ist: «Hier herrscht der Geist Bankos», der Geist des Bankkapitals und des Mammons. An die Stelle einer abstrakten romantischen Antibürgerlichkeit ist eine klare antikapitalistische Tendenz getreten. Folgerichtig wird auch die Liebe in ihrer käuflichen Form gezeigt. Als leicht erschwingliche Ware wandeln Minka und Heloisa über den Jungfernsteg, und die Ritter von der Elle, von der Börse und Assekuranz verfolgen sie mit ihrem zynischen Gewäsch. Bürgerliche Literaturkritiker haben den Dichter deshalb meist getadelt. Sie haben nie begreifen wollen, daß die «Zoten» und die Darstellung minderwertiger Erotik «politische Absicht» sind. «Ich wollte», so schrieb Heine an die Mutter, «der öffentlichen Meinung eine gewisse Wendung geben. Besser, man sagt, ich sei ein Gassenjunge, als daß man mich für einen allzu ernsthaften Vaterlandsretter hält.» Heine haßte Schönfärberei und polemisierte gegen die Kapitalswelt. Seine zynische Ironie ist das künstlerische Mittel, um Illusionen zu zerstören und den Blick auf die «lumpige» Realität zu schärfen.

Die balladeske Einlage, das Lied vom Helden Vonved, persifliert das bürgerliche «Heldenleben». Der «ersten Ausfahrt» und den studentischen «Abenteuern» des jungen Schnabelewopski ist ein frühfeudalistisches Heldenleben kontrastierend an die Seite gestellt, vielleicht als Kritik an der Kleinlichkeit der Hamburg-Amsterdamer Krämerwelt und ihrer Vernichtung alles Heroismus.

Bedeutsamer ist die Geschichte vom «Fliegenden Holländer». Heine erzählt die alte Schiffersage nicht nur nach, sondern er gab ihr auch eine eigene Fassung, die Richard Wagner als stoffliche Grundlage für sein Musikdrama gleichen Titels diente. Die Angabe des Erzählers, er habe die Sage in einem Stück auf dem Theater von Amsterdam dargestellt gesehen, scheint eine dichterische Fiktion zu sein; vermutlich geht die Behandlung des Sujets auf Eindrücke eines Schauerdramas vom «Flying Dutchman» zurück, das Heine 1827 im Londoner Adelphi-Theater sah.

Bei aller Kürze entpuppt sich dieses Fragment als ein äußerst vielschichtiges Werk. Die Einschübe verraten zugleich die Weite des Heineschen Atems und Horizonts. Bei allem entschiedenen Kampf für eine neue Wirklichkeitssicht in der Literatur wollte er doch die besten Traditionen der Weltromantik bewahren und nicht in unpersönlicher naturalistischer Art ein Bild der Außenwelt bieten. Heine ist ein leidenschaftlich engagierter Schriftsteller, der das, was ihn tief berührt, mit Ironie und Witz, den besten seiner Waffen, traktiert. Die «Memoiren des Herren von Schnabelewopski», in denen sich das deutlicher als in irgendeiner anderen seiner Arbeiten äußert, führen in das Zentrum sowohl seiner Person als auch seiner Kunst.

123 *Erstes Buch* – Heine hat nur dieses «Erste Buch» vollendet. In einer französischen Ausgabe wählte er dafür die Bezeichnung «Fragment».

125 *Cartouche* – Louis Dominique Cartouche (1693–1721), Anführer einer Mörder- und Diebesbande in Paris.

Adalbert – Bischof von Prag, missionierte in Preußen und wurde dort 997 von einem Priester der eingesessenen Bevölkerung erschlagen; seine Leiche wurde im Dom zu Gnesen beigesetzt und später nach Prag übergeführt.

Allegris «Miserere» – Geistliche Passionsmusik des italienischen Komponisten Gregorio Allegri (1582–1652).

128 *Panna* – (poln.) Fräulein.

Banko – Banco, von Macbeth ermordeter schottischer Feudalherr, dessen Geist in Shakespeares Drama dem Mörder erscheint; hier: Bezeichnung für die damalige Hamburger Bankwährung.

Wandrahmen ... Dreckwall – Hamburger Straßen.

129 *Brownianer* – Anhänger des schottischen Arztes John Brown (1735–1788), der eine neue Heilmethode vertrat.

Johann Faust – Gemeint ist Johann Fust (um 1400 bis um 1466), der Geschäftsteilhaber Gutenbergs, der früher oft mit dem Helden der Faustsage gleichgesetzt wurde.

130 *schöne Marianne* – Besitzerin einer bekannten Gastwirtschaft in Eimsbüttel, einem Vorort von Hamburg.

Marr – Ein Hamburger Gastwirt, der Dramen verfaßte und sie seinen Gästen vorlas.

132 *Drehbahn* – Hamburger Straße von zweifelhaftem Ruf.

Oginski – Michael Kleophas Oginski (1765–1833), Großschatzmeister von Litauen, komponierte eine Anzahl damals sehr beliebter Polonäsen.

135 *Vierlanderinnen* – Bewohner der Vierlande bei Hamburg, die eine alte bunte Tracht trugen.

150 *Fuhlentwiete ... Kaffeemacherei* – Straßen in Hamburg.

157 *Vol-au-vent* – (franz.) Blätterteigpastete mit Fleisch-, Fisch- oder Pilzfüllung.

Stuffado – stufato: (ital.) gedämpftes Fleisch.

Tagliarini – (ital.) Nudeln.

Broccoli – (ital.) Rosenkohl.

160 *Regulus* – Marcus Atilius Regulus, römischer Feldherr, errang 256 v. u. Z. Siege über die kathargische Flotte, wurde 255 besiegt und gefangengenommen.

Theseus ... Minotaur – In der griechischen Sage war es Theseus, der das Ungeheuer Minotauros tötete, dem alle neun Jahre Menschen geopfert werden mußten.

Livius ... Plutarch – Altrömische Geschichtsschreiber.

161 *Marius* – Gaius Marius (156–86 v. u. Z.), römischer Heerführer, besonders bekannt durch seine Siege 102 und 101 über die Teutonen bei Aquae Sextiae und die Kimbern bei Vercellae.

Trekschuite – Schleppkahn, der vom Flußufer aus von Menschen oder Pferden gezogen wird.

165 *Jan Steen* – (um 1626–1679), niederländischer Maler, der auf seinen Bildern besonders das Volksleben humorvoll darstellte.

170 *Roué* – (franz.) Wüstling.

173 *Vasthi* – Persische Königin, von der im ersten Kapitel des Buches «Esther» im Alten Testament erzählt wird.

174 *Myrons Kuh* – Verlorengegangene berühmte Erzplastik des griechischen Bildhauers Myron (400 v. u. Z.).

176 *Parisien* – (franz.) Ein kleiner, leichter Stoßdegen.

177 *Gänse ... das Kapitol* – Der Sage nach sollen schnatternde Gänse die Römer geweckt haben, als die Gallier einen nächtlichen Überfall auf die Stadt vorhatten.

durch ein Weib – Anlaß für den von Homer geschilderten Kampf um Troja war der Sage nach die Entführung der Helena aus Griechenland. Priamos war König von Troja.

Marcus Antonius – Hier wird angespielt auf das Verhältnis dieses römischen Feldherrn zur ägyptischen Königin Kleopatra, die sein Unglück und seinen Selbstmord verursacht haben soll.

Kopf Johannis des Täufers – Nach dem Neuen Testament ließ Herodes auf Wunsch Salomes, von ihrer Mutter dazu angestiftet, Johannes hinrichten.

Abälards Verstümmelung – Pierre Abélard (1079–1142), französischer Theologe, wurde von den Verwandten seiner Geliebten entmannt.

Karl Gutzkow

Der Sadduzäer von Amsterdam

Als sich Gutzkow im Sommer 1834 vornahm, die Novelle «Der Sadduzäer von Amsterdam» zu schreiben, beabsichtigte er mehr, als das allgemeine Interesse des Publikums für Historisches zu befriedigen. Es ging ihm um die Darstellung aktueller Grundprobleme jungdeutscher Oppositioneller, um die weltanschaulichen Kämpfe seiner Zeit. Im Schicksal des Religionsphilosophen Uriel Acosta sah er eine Verwandtschaft mit dem eigenen Geschick und der Krise seiner Gegenwart.

Die stoffliche Grundlage für die Novelle fand Gutzkow in der Autobiographie «Urielis Acostae exemplar humanae vitae» (1687), vermutlich in der deutschen Übersetzung des Bandes von Johann Georg Müller «Bekenntnisse merkwürdiger Männer von sich selbst», Winterthur 1793. Gabriel Acosta, der um das Jahr 1591 in der portugiesischen Stadt Oporto geboren wurde, gehörte einer israelitischen Familie an, die unter dem Druck der spanisch-portugiesischen Judenverfolgung zum Christentum übergetreten war. Als strenggläubiger Katholik erzogen, widmete er sich juristischen Studien und arbeitete dann in der kirchlichen Bürokratie. An den Dogmen des Christentums zweifelnd, legte er sein Amt nieder und floh mit Mutter und Brüdern nach Amsterdam, wo er zum Judentum übertrat und den Vornahmen Uriel annahm. Wegen seiner freigeistigen Auffassungen verfeindete er sich indes mit der jüdischen Priesterschaft, wurde exkommuniziert und schließlich im April 1640 von den fanatischen Anhängern der Orthodoxie in den Tod getrieben.

Im Mittelpunkt der Novelle steht Acostas Konflikt mit der jüdischen Synagogenobrigkeit, eng verbunden mit der Problematik seiner Liebe. Judith ist in den traditionellen konservativen Gewohnheiten der Amsterdamer Judengemeinde verwurzelt und nicht fähig, den Standpunkt eines von ihrer Familie abgelehnten und von der jüdischen Obrigkeit verfemten intellektuellen Rebellen zu teilen. Diese Abhängigkeit von konfessionellen Bindungen und ständischem Denken ist Acosta bewußt: «Es ist kein böser Entschluß, daß mich Judith meidet, ich selbst zwang sie dazu. Ich löste sie von einer Welt ab, deren Sprache und Gesinnung ihr verständlich ist, und gab ich ihr dafür eine neue wieder? Nein, nichts als Unvollendung, Zweifel, Grundloses, Luftiges erntete sie aus meinem Umgang.» Diese Selbstzweifel und innere Zerrissenheit, die aus der gesellschaftlichen Isolierung und dem Mangel klarer Zielsetzung entspringen, begründen die egoistischen Kompromisse Acostas und sein Schwanken zwischen der Märtyrerrolle eines historisch zu früh Gekommenen und dem Opfer, das er einer fragwürdigen Liebe bringt.

Was dieses Frühwerk aus der heute längst vergessenen umfangreichen Novellenproduktion der «jungdeutschen» Schriftsteller heraushebt, ist neben dem bedeutsamen gesellschaftlichen Gehalt die hohe künstlerische Geschlossenheit, die bei den rasch für den Tag arbeitenden Dichter-Journalisten des Vormärz selten genug erreicht wurde. Die Stoffgrundlage bot die Autobiographie Acostas, deren dramatische Momente der Autor scharf zuspitzte und deren Höhepunkte er mit überzeugender Bildkraft gestaltete. Der Anschaulichkeit kam zugute, daß sich Gutzkow in Uriel selbst darstellte, er verjüngte seinen Helden, ähnlich wie Goethe den historischen Egmont verjüngte. In der Judith gestaltete er die Beziehungen zu seiner Verlobten, der Rosalie Scheidemantel, die sich von dem Geliebten wegen dessen Freigeisterei abwandte und sich endgültig für die Welt ihrer frommen Mutter entschied. Und für die Männer der Synagoge war ihm die protestantische Orthodoxie seiner Zeit Vorbild, mit der er als soeben der Theologie entlaufener junger Schriftsteller durch den als anstößig empfundenen Nekrolog über Schleiermacher in Streit geraten war. Von diesen persönlichen Beziehungen her gewann die Novelle ihre Authentizität und psychologische Vertiefung.

Obwohl sich Uriel Acosta als unentschlossener, schwankender Intellektueller jungdeutscher Prägung zeigt, ist doch die engagierte Haltung des Autors nicht zu verkennen. Die Novelle enthält eine harte Anklage gegen die finstere Geistestyrannei, die alle Freiheit ersticken will und vor keinem Terror und keinem Verbrechen zurückschreckt. Sie erregt Abscheu nicht nur gegenüber den Inquisitionsmaßnahmen von Geistlichen jeder Konfession, sondern gegenüber aller Unterdrückung freiheitlichen Denkens überhaupt. Sie klingt auch nicht ganz hoffnungslos aus. Acosta geht zwar zugrunde; aber neue und bessere Streiter werden den Kampf um die Freiheit der Gewissen fortsetzen. Das ist der tiefere Sinn der Episoden mit dem Knaben Baruch Spinoza, der das «vorgreifende» Motiv über die Handlung hinaus, die Zukunftsperspektive des Schlusses trägt. Eine Stellungnahme zur Judenfrage enthält die Novelle nicht, denn was Gutzkow im Bühnenmanuskript seines «Uriel Acosta», einer späteren Dramatisierung desselben Stoffes, vermerkte, gilt auch für das Erzählwerk: «Da in diesem Stück alle Juden sind, so ist es keiner.»

185 *Sadduzäer* – Angehöriger oder Anhänger der aristokratischen Priesterschicht des Judentums in Palästina, die bis etwa 70 u. Z. großen Einfluß hatte. Sie wandte sich gegen die Pharisäer und das Christentum. Die Pharisäer bezichtigten die Sadduzäer des Verrats und der Gottlosigkeit.

187 *Poldern* – Die mit Deichen eingefaßten Strecken Marschlandes, die Kooge.

Passahlamm – Osterlamm; nach Passah, dem Hauptfest der Juden, genannt, das am ersten Vollmond des Frühlings zur Erinnerung an den Auszug aus Ägypten gefeiert wird.

zu den Laubhütten – Fest der Obst- und Weinernte.

Meerbusen Y – Früher ein Meerbusen bei Amsterdam, der seit 1865 größtenteils in Ackerland verwandelt ist.

Paraskeue – Bezeichnung für den Tag vor dem Sabbat.

Leviten – Israelitische Tempeldiener.

200 *Boskette* – Buschgruppen von Barockgärten.

201 *Aphrodite* – In der griechischen Mythologie Göttin der Liebe.

Achilles – In Homers «Ilias» der tapferste der griechischen Helden.

Briseïs – Eine Mädchenfigur aus Homers «Ilias», Sklavin des Achill.

202 *Diane von Poitiers* – (1499–1566), Geliebte Heinrichs II. von Frankreich.

205 *Orestes* – In der griechischen Sage Sohn des Agamemnon und der Klytämnestra; kehrte nach seines Vaters Ermordung ins Elterhaus zurück und erschlug die Mörder, seine Mutter und deren Liebhaber Ägisthus.

Furien – In der römischen Mythologie Rachegöttinnen.

207 *Spinoza* – Baruch de Spinoza (1632–1677), holländischer Philosoph, der dem Materialismus nahestand und sowohl von der christlichen als auch von der jüdischen Orthodoxie angefeindet wurde.

208 *Veniet alter, qui me major erit* – (lat.) Es wird einer kommen, der größer als ich sein wird.

224 *Apostat* – Abtrünniger.

236 *Plato* – (427–347 v. u. Z.), griechischer idealistischer Philosoph.

Sokrates – (etwa 469–399 v. u. Z.), griechischer Philosoph und Lehrer Platos, wurde von Vertretern der verfallenden athenischen Sklavenhalterdemokratie wegen angeblicher Verführung der Jugend und Leugnung der Staatsgötter zum Tode durch Trinken des Giftbechers verurteilt.

Lenz

Büchners Studie «Lenz» konnte man nach herkömmlichen Theorien und der bisher geübten Erzählpraxis kaum als strenge Novelle ansehen. Der Dichter selbst scheint bei der Bezeichnung der Gattungszugehörigkeit geschwankt zu haben. In einem Brief an Gutzkow sprach er im Mai 1835 von dem Vorhaben einer «Novelle», vor den Eltern bezeichnete er es im Oktober desselben Jahres als einen «Aufsatz». Viele haben in der Vergangenheit geglaubt, das Prosastück als «psychopathologische Studie» abtun zu können. Aber neben den großartigen Landschaftsbildern hebt die eindringliche Gestaltung der Künstlerpersönlichkeit von Lenz, ihrer Bedrohung und Gefährdung, die Erzählung weit über einen naturalistischen Dokumentationsbericht hinaus. Diese Novelle kreist nicht mehr um einen anekdotischen Vorfall, das Mittelpunktsereignis, auf das die Handlung straff bezogen ist, sondern sie will vor dem Leser einen realen «Lebensprozeß» in seinem dramatischen Auf und Ab sichtbar machen.

Im Oktober 1835 schrieb Büchner an seine Familie aus Straßburg: «Ich habe mir hier allerhand interessante Notizen über einen Freund Goethes, einen unglücklichen Poeten namens Lenz, verschafft, der sich gleichzeitig mit Goethe hier aufhielt und halb verrückt wurde.» Der Sturm-und-Drang-Dichter Reinhold Lenz (1751–1792), Verfasser der sozialreformerischen Dramen «Der Hofmeister» und «Die Soldaten», hatte im Jahre 1776 in Weimar Fuß zu fassen versucht und dann nach rastlosen Wanderungen durch die Rheinlande und die Schweiz Anfälle geistiger Umnachtung erlitten. Im Januar 1778 fand er bei dem Pfarrer Oberlin in dem abseits gelegenen Vogesendorf Waldersbach im Steintal eine Zuflucht. Seine Erlebnisse mit Lenz hat Oberlin in Tagebuchaufzeichnungen festgehalten, von denen Büchner im Sommer 1835 erfuhr. Sie bilden die stoffliche Grundlage für die Erzählung «Lenz».

Es lassen sich deutlich drei Teile erkennen: die Pfarrhausidylle mit dem Hoffnungsmotiv, daß hier Heilung gelingen könnte; das Gespräch mit dem Philanthropen Kaufmann über die Kunst, schließlich die «Nachtstücke»: der Besuch in der nächtlichen Hütte mit den für das Tal charakteristischen Erscheinungen religiösen Schwärmertums, der Auferweckungsversuch an einem toten Kind und die Friederikenerinnerungen, der Verlust aller Haltepunkte und das endgültige Versinken in der Leere.

Am Eingang der Erzählung wird auf die unheimliche Seelenlage von Lenz mit der Bemerkung hingewiesen: «... nur war es ihm manchmal unangenehm, daß er nicht auf dem Kopf gehen konnte.» Auch deutet der Dichter bereits hier auf die Ursache des anomalen Zustandes hin: «Es wurde ihm entsetzlich einsam; er war allein, ganz allein ... er war im Leeren!» Dieser Hinweis zieht sich durch die ganze Erzählung. Seine Krankheit ist durch den Verlust aller Beziehungen zu den Menschen und schließlich zur Natur bestimmt. Diese Kontakte wieder zu beleben ist das, was den Erzählstrom vorwärts treibt.

Als der Genieapostel Kaufmann auftritt, befindet sich Lenz einigermaßen im Gleichgewicht. Auf die Zeit qualvoller Unsicherheit ist eine vorübergehende Stabilität gefolgt. An dieser Stelle hat Büchner das inzwischen berühmt gewordene Gespräch eingeschaltet, in dem der wahlverwandte Sturm-und-Drang-Dichter Lenz seine Poetik formuliert. Er wendet sich gegen die klassisch-idealistische Ästhetik, die die Wirklichkeit zu «verklären» sucht, und setzt an ihre Stelle die Forderung, die Natur zu respektieren, die Wirklichkeit hüllenlos darzustellen. «Ich verlange in allem – Leben, Möglichkeit des Daseins, und dann ist's gut, wir haben dann nicht zu fragen, ob es schön, ob es häßlich ist. Das Gefühl, daß, was geschaffen sei, Leben habe, stehe über diesen beiden und sei das einzige Kriterium in Kunstsachen.» Damit sind Grundsätze einer vormarxistischen materialistischen Ästhetik ausgesprochen. Zugleich grenzt sich Lenz, und das heißt an dieser Stelle vor allem

Büchner, auch gegenüber aller bloßen Nachahmung mit der ethischen Forderung ab, die Wirklichkeit in einer umfassenden Liebe zu allem Menschlichen darzustellen. «Man versuche es einmal und senke sich in das Leben des Geringsten und gebe es wieder in den Zuckungen, den Andeutungen, dem ganzen feinen, kaum bemerkten Mienenspiel ...» Hier äußert sich die plebejisch-demokratische Kunstanschauung Büchners. Unbedingtes Engagement für die Mitmenschen, Solidarisierung mit den Benachteiligten und in ihrer Entfaltung Gehemmten ist die ethische Grundaufgabe des Künstlers. «Man muß die Menschheit lieben, um in das eigentümliche Wesen jedes einzelnen einzudringen; es darf einem keiner zu gering, keiner zu häßlich sein», lautet das Fazit seines künstlerischen Glaubensbekenntnisses.

Mit dem Besuch in der Vogesenhütte setzt die Gegenbewegung ein. Lenz, der Sohn aus pietistischer Pfarrerfamilie und selber einstmals Student der Theologie, wird von religiösen Wahnideen erfaßt. Er glaubt, wie Jesus von Nazareth ein totes Kind auferwecken zu können. Die Verzweiflung über sein Versagen stürzt ihn in den Atheismus. Auch die Religion bietet ihm keinen Halt mehr.

Noch bleibt ihm die Welt der Erinnerung. Lenz war, nachdem Goethe im August 1771 Straßburg verlassen hatte, in ein leidenschaftliches Verhältnis zu Friederike Brion in Sesenheim getreten, das sich aber rasch wieder löste. Dieses Erlebnis wird berührt, wenn er in dem Gespräch mit Madame Oberlin fragt: «Können Sie mir nicht sagen, was das Frauenzimmer macht, dessen Schicksal mir so zentnerschwer auf dem Herzen liegt?» Friederike ist Symbol für alles Schöne der Vergangenheit. Zugleich ist aber an sie ein Schuldkomplex gekoppelt, der nun die Wahnidee erzeugt, daß er ihr Mörder sei. In seiner Vorstellungswelt verblaßt ihr Erinnerungsbild mehr und mehr. Sie wird für ihn zu einer fixen Idee. Schließlich bleibt von ihr nichts als der Name. Es tritt jener Zustand der Interesse- und Leblosigkeit ein, den Lenz Langeweile nennt.

Die Novelle hat einen offenen Schluß. Die Worte: «So lebte er hin», mit denen sie endet, drücken noch einmal zusammenfassend die Leere und Trostlosigkeit aus, die zu Beginn mit dem Satz «Er war im Leeren» leitmotivisch angeschlagen wurde. Ob Büchner noch einige Episoden hinzufügen wollte, die Oberlins Bericht enthält, wie viele annehmen, ist eine müßige Frage, da sie weder an dem Schluß noch an dem Gesamteindruck der Novelle etwas ändern würden.

Neu war das Thema des Wahnsinns in der deutschen Literatur keineswegs. Nicht nur der Bibliothekar Schoppe in Jean Pauls Roman «Titan» erleidet dieses Schicksal, auch Tieck zeigte in einer Anzahl von Novellen solche Krankheitsbilder, und E. T. A. Hoffmann, der eigentliche Schilderer des Wahnsinns in der Zeit der Romantik, hatte sogar Studien im Bamberger Irrenhaus getrieben. Aber für diese Schriftsteller bedeutete der Wahnsinn nur eine Form des Irrationalen, in das sie einen tiefen und höheren Sinn hineingeheimnißten. Für den Materialisten Büchner war das gleiche Phänomen ein Teil der Wirklichkeit, eine leidvolle Geisteskrankheit, deren Prozeß er mit den Mitteln des rationalen Verstandes und materialistischer Ästhetik nachzuzeichnen versuchte und deren Ursache er in den gesellschaftlichen Verhältnissen sah. Eben deshalb liest sich seine Darstellung ergreifender als jede romantische Poetisierung. Sie erweist die Überlegenheit des Realismus.

Die Novelle erschien zum ersten Mal im Jahre 1839 in der von Karl Gutzkow herausgegebenen Zeitschrift «Der Telegraph für Deutschland». In Buchform wurde sie 1850 von Büchners Bruder in den «Nachgelassenen Schriften» veröffentlicht.

251 *Waldbach* – Waldersbach, Gemeinde im Unterelsaß in der Nähe von Schirmeck, der Pfarrsitz Oberlins.
Oberlin – Johann Friedrich Oberlin (1740–1826), evangelischer Pfarrer zu Waldersbach. Durch Verbesserung des Unterrichts, Gründung von Kleinkinderschulen,

Einrichtung von Leih- und Sparkassen, Förderung der Landwirtschaft und Einführung der Baumwollspinnerei und Weberei hob er die soziale Lage der einfachen Bauern und Waldarbeiter in seinen Gemeinden.

Kaufmann – Christoph Kaufmann (1753–1795), Schweizer Philanthrop und Arzt. Er galt als Apostel des Geniekults der Spätaufklärung und prägte das Schlagwort «Sturm und Drang».

255 *Sind Sie Theologe?* – Lenz studierte von 1768 bis 1771 in Königsberg Theologie; er brach aber das Studium ab, um sich der Literatur zu widmen.

259 *Stilling* – Johann Heinrich Jung Stilling, eigentlich Heinrich Jung (1740–1817). Bekannt durch seine volkstümliche, stark vom Pietismus beeinflußte Lebensgeschichte «H. Stillings Jugend» (1777).

260 *Medusenhaupt* – Haupt der Medusa, einer griechischen Sagengestalt, die jeden versteinerte, der sie anblickte.

261 *Apoll von Belvedere* – Bildwerk im Vatikan zu Rom, eine altrömische Kopie nach griechischem Original, das dem Bildhauer Leochares (4. Jh. v. u. Z.) zugeschrieben wird. Winckelmann sah in diesem Apoll «das höchste Ideal der Kunst unter allen Werken des Altertums».

Raffaelische Madonna – Ölbilder des italienischen Renaissancemalers Raffaelo Santi (1483–1520), am berühmtesten seine Sixtinische Madonna in der Dresdner Galerie.

Christus und die Jünger von Emmaus – Vermutlich ist das damals in der Darmstädter Galerie hängende Gemälde «Christus in Emmaus» gemeint, das früher Rembrandt zugeschrieben wurde.

262 *Lavater* – Johann Kaspar Lavater (1741–1801), Schweizer Schriftsteller und Pfarrer in Zürich; durch seine «Physiognomischen Fragmente zur Beförderung der Menschenkenntnis und Menschenliebe» (1775/78) hatte er großen Einfluß auf die junge Dichtergeneration seiner Zeit.

267 *Fouday* – Ort im Breuschtal.

268 *Pfeffel* – Gottlieb Konrad Pfeffel (1736–1809), Dichter und Erzieher, verfaßte volkstümliche Fabeln und Erzählungen mit aufklärerisch-pädagogischer Tendenz.

Friedrich Hebbel

Herr Haidvogel und seine Familie

Ehe Friedrich Hebbel seine Berufung zum Dramatiker erkannte, versuchte er sich bei der Begründung einer literarischen Existenz wiederholt auch auf dem Gebiet der Novelle. Nicht jeder dieser Erzählversuche ist geglückt; aber eine bitterernste Humoreske wie «Herr Haidvogel und seine Familie» ist sowohl durch ihren Gehalt an realer persönlicher Lebenserfahrung wie auch in formaler Hinsicht eine erfrischende künstlerische Leistung.

Der Dichter bietet ein Familiengemälde, das in der Schilderung des Elendsmilieus fern jeder biedermeierlichen Sentimentalität ein Stück echter Wirklichkeit spiegelt. Indes nicht Kleinstadtarmut schlechthin wird gezeigt, sondern eine durch den Leichtsinn eines verantwortungslosen Hausvaters heruntergekommene Kleinbürgerfamilie. Der romantische Glaube ans Wunderbare ist nun ganz aufs Banale reduziert, auf die Hoffnung des großen Gewinns in der Lotterie. Denn es ist mehrmals dieser Spekulantentraum gemeint, wenn Herr Haidvogel philosophiert: «Wir leben in einer Welt, worin einem Menschen plötzlich eine Königskrone auf den Kopf fallen kann, der bis dahin kaum eine wollene Mütze besaß ...»

Der stoffliche Gehalt der Erzählung ist stark durch autobiographische Bezüge bestimmt. Hebbel kam selbst aus einer Familie, die in Not und Elend geraten war; der Vater, vom Handwerker zum Tagelöhner abgesunken, hielt zäh an der kleinbürgerlichen Vorstellungswelt fest. Im Mittelpunkt der Erzählung steht das Charakterbild eines Deklassierten, der noch immer den «großen Mann» spielen möchte, der seine neue Situation nicht anerkennen will. Der Grundsatz: mehr scheinen als sein, bestimmt die Triebfeder seines Handelns. Bezeichnend ist für ihn, daß er sich von den letzten Pfennigen, die er in der Tasche hat, Glanzwichse kaufen will, um wenigstens auf diese Weise «glänzen» zu können. Man hat in diesem Charakter Hebbels Vater erkennen wollen. Die Prahlerei und Eitelkeit des Habenichts erinnern auch an Züge des jungen Dichters.

Das Charakterbild Haidvogels enthält indes mehr als die zufälligen realistischen Details eines Sonderlings. Der in die «niederen Stände» eingeschleppte Standesdünkel, verbunden mit dem Geist infantiler Liederlichkeit, trat in den kleinbürgerlichen Schichten der «Biedermeiergesellschaft» oft genug zutage. Hebbel führt bereits hier die durch die Verhältnisse bedingte Bösartigkeit der Kleinbürgerwelt vor, wie er sie dann in «Maria Magdalene» in aller Schärfe gestaltet hat. Eine Zauberposse wie Nestroys «Der böse Geist Lumpazivagabundus oder das liederliche Kleeblatt», die in den dreißiger Jahren in Wien großen Erfolg errang, zeigt in den armen Schluckern Knieriem und Zwirn ähnliche Typen unverbesserlichen Leichtsinns und frecher Liederlichkeit, gemildert durch Witz und Humor. Wenn bei Nestroy das Motiv des Lotteriegewinns die Fabel in Gang setzt, so bei Hebbel das Motiv des sterbenden Erbonkels.

Der spielerische Leichtsinn der Hauptfigur findet seine Entsprechung in der spielerischen Führung der Handlung. Sie wird durch zwei gegensätzlich verlaufende Kurzgeschichten gebildet. Die eine rankt sich um den Geldbeutelfund, die andere um den Erbonkel. Beide sind auf paradoxe unerwartete Wendungen hin erzählt. Die «Erbonkelgeschichte» beginnt mit dem Hinauswurf schlimm und endet mit der errungenen Erbschaft gut. Die «Geldbeutelgeschichte» beginnt gut und endet beinahe katastrophal. Haidvogels Eigenart ist durch beide Vorgänge einprägsam gezeichnet. Sein Charakter wird nicht umständlich beschrieben, sondern durch Vorkommnisse und Situationen enthüllt. «Der gute Erzähler zeichnet immer das Äußere und das Innere zugleich, eines durch das andere», vermerkt Hebbel am 13. April 1837 in seinem Tagebuch. Die gedrängte Form und der knappe, unterbrochene Dialog deuten auf das Studium der Kleistschen Novellen, die paradoxen Wendepunkte auf den Einfluß Tiecks.

Die Erzählung wurde zuerst 1848 in dem von Arnold Ruge herausgegebenen Taschenbuch «Poetische Bilder aus der Zeit» gedruckt. Entstanden ist sie vermutlich 1836 in Hamburg oder München; damals trug sie den Titel «Herr Weiß». Sie wurde 1855 in Hebbels Sammlung «Erzählungen und Novellen» aufgenommen.

279 *Haidvogel* – Sorglos in der Heide umherflatternder leichter Vogel.
Dekokte – Abgekochte Kräutergetränke.
287 *Atzung* – Fütterung, Beköstigung.
289 *Übergang über die Beresina* – Den Fluß Beresina überquerten vom 26. November bis 28. November 1812 die Reste der Großen Armee Napoleons I. auf dem Rückzug von Moskau.

Eduard Mörike

Lucie Gelmeroth

Die Novelle «Lucie Gelmeroth» ist eine psychologische Studie vor dem Hintergrund eines Kriminalfalles. Ein Verbrechen, ein angeblicher Mord, bestimmt den Verlauf der Handlung. Die Aufklärung des Falles bietet Schwierigkeiten. Die Kaufmannstochter Lucie Gelmeroth gerät in Verdacht zumindest der Mitwisserschaft, und sie führt den Untersuchungsrichter durch ein falsches Geständnis in die Irre. In einem Gespräch mit dem Erzähler, einem Freund ihrer Kindheit, werden schließlich die wahren Zusammenhänge des kriminellen Tatbestandes aufgedeckt.

Das ist das holzschnitthafte Profil der Handlung. Aber

auf sie kam es dem Dichter, wie der Verzicht auf alle starken Wirkungsmöglichkeiten einer Kriminalgeschichte zeigt, nicht an. Seine Fabulierfreude bleibt gedämpft, ein sachlicher, objektiver Stil wird bevorzugt. Ihn interessierte mehr die psychologische Situation des Falles, die ihm außergewöhnlich schien.

Das eigentliche Thema ist die wunderbare Charakterstärke einer Frau, die in einer Welt der Täuschungen, der Treulosigkeit und des Verrats ein Beispiel von Frauenwürde, sittlicher Kraft und Opferbereitschaft zu geben versucht und deren Gefühle sich dabei verwirren. Weil sie sich für die geistige Urheberin der Tat hält, bezichtigt sie sich selbst des Mordes, um den wirklichen Rächer der Ehre ihrer Schwester zu schützen. Diese Selbstanklage und Bereitschaft zum Märtyrertod bedeutet aber auch, sich als tätiges Subjekt gegenüber der Gesellschaft, die das Delikt verdammt, durchzusetzen, heißt die gegebene Ordnung ablehnen und ihre Hüter herausfordern. Auf diese Weise enthält ihre subjektive Auflehnung, die sich als Reflex der Frauenemanzipation jener Zeit deuten läßt, auch einen in der Novelle formulierten Protest gegen die von Männern vertretene bürgerliche Justiz.

Auch im Psychologischen lag dem Dichter nichts an einer Katastrophe. Seine Heldin leidet. Aber keine Welt erbebt unter ihrem Schicksal. Ihr Geschick bleibt ein bedauerlicher Einzelfall. Niemand atmet auf, als sich ihre Unschuld herausstellt. Im Gegenteil. Der Erzähler zieht das Fazit: «Die Welt verfehlte nicht, mir ein hämisches Mitleid zu zollen, als ich nach kaum zwei Jahren Lucie Gelmeroth als meine Braut heimführte.» Die reizvollen Kindheitserinnerungen, die in die Novelle eingeflochten sind, stellen der Ungerechtigkeit des Lebens in der gesellschaftlichen Gegenwart des Dichters das verlorene Paradies der Kindheit als das Märchenhaft-Strahlende und Bessere gegenüber.

«Lucie Gelmeroth» ist die einzige Novelle Mörikes mit «moderner» Thematik. Sie ist nach der Vollendung des Romans «Maler Nolten» und während der Planung eines neuen Romans, der den Arbeitstitel «Die geheilte Phantastin» trug, entstanden. Deshalb nannte sie der Dichter in einem Brief vom 8. Mai 1833 «eine skizzenhafte Zwischenerzählung, die auch zur Not für sich bestehen kann». Die ursprüngliche Fassung wurde in dem Taschenbuch «Urania» auf das Jahr 1834 unter dem Titel «Miß Jenny Harrover. Eine Skizze» abgedruckt. Mit verändertem Titel und bezogen auf deutsche Verhältnisse erschien sie in dem Sammelband «Iris» (Stuttgart 1839).

298 *Inquisitin* – Die Angeklagte.
302 *Inquirent* – Untersuchungsrichter.

Adalbert Stifter

Der Kondor

Die Novelle «Der Kondor» war die erste Erzählung, mit der Stifter vor das Publikum trat. Einer seiner Freunde berichtet über die Umstände, die zur Veröffentlichung dieses literarischen Versuchs führten. Stifter, als Hauslehrer in den schöngeistigen Wiener Kreisen bekannt, besuchte zu Beginn des Jahres 1840 die Baronin Münk, die unter dem Namen Sephine Gedichte publizierte. Aus Stifters Rocktasche sah eine Papierrolle hervor, und die Tochter der Gastgeberin zog sie, ohne daß der Besucher es bemerkte, heraus, las ein wenig darin und rief dann enthusiastisch: «Mama, der Stifter ist ein heimlicher Dichter; hier fliegt ein Mädchen in die Luft!» Nun ließ es sich nicht vermeiden, Stifter mußte sein Manuskript vorlesen. Die Baronin bestand darauf, daß er die Studie alsbald fertigstellte, und vermittelte, daß Friedrich Witthauer, der Herausgeber der «Wiener Zeitschrift für Kunst, Literatur, Theater und Mode», die Arbeit zum Druck annahm. Damit war ein neuer Dichter entdeckt.

Die Beschreibung der Ballonfahrt hob die Erzählung aus

der gesamten Novellenproduktion jener Jahre hervor und wurde vom damaligen Lesepublikum als etwas ganz Neuartiges empfunden. Freilich, der junge Stifter war nicht der erste, der das Abenteuer einer Luftfahrt poetisch umsetzte. Schon im «Kampanertal» hatte sich Jean Paul am Schluß der Gespräche in einer Montgolfiere über die Erdoberfläche in kühnem Flug erhoben und dann in den Aufzeichnungen des verwegenen Luftfahrers Gianozzo in großartiger Steigerung titanischen Weltgefühls eine solche Fahrt beschrieben. Stifter war zweifellos von Jean Paul angeregt. Aber wo sich dieser von einem grandiosen Naturgefühl und einer visionären Endzeitperspektive inspirieren ließ, stützte sich Stifter auf den Schatz naturwissenschaftlicher Kenntnisse seiner Zeit.

Eine neuartige Ausgestaltung erfuhr das Motiv der Ballonfahrt bei Stifter vor allem dadurch, daß es mit dem Problem der damals aktuell werdenden Frauenemanzipation verknüpft wird. Die kühne Cornelia unternimmt den Versuch in der bewußten Absicht, «ob man nicht die Bande der Unterdrückten sprengen möge» und «an sich wenigstens ein Beispiel aufstellen wollte, daß auch ein Weib sich frei erklären könne von den willkürlichen Grenzen, die der harte Mann seit Jahrtausenden um sie gezogen hatte».

Drei ganz unterschiedliche Menschen sind dem Höhenerlebnis ausgesetzt: ein entschlossener Abenteurer, der junge Lord, der den «Kondor» führt; ein Mann der Wissenschaft, der ganz auf seine Beobachtungen konzentriert ist; und Cornelia, die die Eindrücke nicht rational zu verarbeiten vermag, weil ihr dazu die Kenntnisse fehlen; sie ist ausschließlich als fühlender Mensch den auf sie einstürmenden Ereignissen ausgesetzt. So kann sie dem ungewöhnlichen Erlebnis nicht gewachsen sein und ruft aus: «Ach, ich bin doch nur ein armes, schwaches Weib.»

Das ist eine verständliche, in der Entwicklung der Mädchenerziehung jener Zeit begründete subjektive Reaktion. Von den Zeitgenossen wurde das Mißlingen einer selbstauferlegten Prüfung als Absage an die Gleichberechtigungsforderungen der Frau verstanden. So schrieb Eichendorff in den «Historisch-politischen Blättern» 1846: «Aller mannstollen Emanzipation zum Trotz weist er in der schönen Novelle ‹Der Kondor› eine hohe Frau durch die Unzulänglichkeit der Weibsnatur meisterhaft in ihre natürlichen Kreise zurück.»

Für die Fabel der Novelle hat die «Vermessenheit» Cornelias eine andere Funktion. Sie begründet die Zerstörung einer Liebe. Der Maler Gustav, der seine Schülerin Cornelia liebt, aber in der Vorstellung befangen ist, daß die Frau dem «mütterlichen Grund der Erde» verhaftet bleiben muß, kann den in seinen Augen frevelhaften Übermut nicht vergessen. Das eigentliche «Ereignis» der Novelle liegt in der Abschiedsszene. Cornelia verbirgt ihm ihre Liebe nicht, doch zwischen beiden steht noch immer die Ballonfahrt. So mangelt es ihnen an Unbefangenheit; keiner vermag frei von Herzen zu sprechen. Sie trennen sich: der junge Maler, ein «Europamüder», geht wie andere Zeitgenossen nach Amerika in die Urgebirge der Kordilleren – Cornelia nach Paris, wo sie in den Salons eine gefeierte Schönheit wird.

Die seltsamen Kapitelüberschriften in der Manier Jean Pauls sind eine Huldigung an diesen Dichter, für den sich Stifter damals begeisterte. Das Motiv des Katers Hinze im ersten Kapitel ist von E.T.A. Hoffmanns «Kater Murr» angeregt. Die Erzählung wurde, stark überarbeitet, in den ersten Band der Sammlung «Studien» übernommen, der 1844 in Pesth und in Leipzig erschien.

Anmerkungen Adalbert Stifters zum Kondor:

Es wurde im zweiten Kapitel gesagt, daß den Luftschiffern die Erde in goldnem Rauche erschien, daß die Sterne sichtbar wurden und daß der beleuchtete Ballon in schwarzem finsterm Raume hing. Für Nichtphysiker diene folgende kleine Erklärung:

1. Da das von der beleuchteten Erde allseitig in die Luft geworfene Licht *blau* reflektiert wird, so ist das hinausgehende (nach der Optik) das komplementäre *Orange*, da-

her die Erde, von außen gesehen, golden erscheint, wie die andern Sterne.

2. Das Licht selbst ist nicht sichtbar, sondern nur die von ihm getroffenen Flächen, daher der gegenstandslose Raum schwarz ist. Das Licht ist nur auf den Welten, nicht zwischen denselben erkennbar. Wäre unsere Erde von keiner Luft umgeben, so stände die Sonne als scharfe Scheibe in völligem Schwarz.

3. Daß wir am Tage keine Sterne sehen, rührt von dem Lichtglanze, den alle Objekte ins Auge senden; wo dieser abgehalten wird, wie z. B. in tiefen Brunnen, erscheinen uns auch die Sterne am Tage.

323 *Waldland* – Der Böhmerwald, Stifters Heimat.

324 *die große lasterhafte Stadt* – Wien, wo sich Stifter sei 1826 aufhielt.

Cherub – Engel, Wächter des Paradieses.

325 *römische Namensschwester* – Cornelia, aus dem berühmten altrömischen Geschlecht der Cornelier, Tochter des Zerstörers von Karthago, P. Cornelius Scipio, Mutter der beiden Gracchen. Muster einer vornehmen gebildeten und begabten römischen Frau.

326 *Famulus* – Helfer eines Hochschuldozenten.

327 *Coloman* – Damals in Österreich gebräuchlicher Vorname nach Colomannus, dem christlichen Heiligen, der 1012 auf der Pilgerfahrt nach Jerusalem in Stockerau bei Wien umgebracht wurde.

328 *Namensgenossen* – Gewaltiger Geier in den Anden; Spannweite der Flügel 3,60 m.

329 *umgekehrten Passatstrom* – Gegenströmung zu dem äquatorialwärts gerichteten Wind.

341 *Notre-Dame* – Berühmte gotische Kathedrale in Paris, 1163 bis erste Hälfte des 13. Jahrhunderts erbaut.

Mousard – Vermutlich ein erfundener Name.

Salon – Die jährliche Pariser Kunstausstellung von Werken lebender Künstler.

342 *Straße St.-Honoré* – Im 14. bis 17. Jahrhundert angelegt,

eine der Hauptverkehrsadern von Paris auf dem rechten Ufer der Seine.

Kordilleren – Hier: die südamerikanischen Kordilleren, meist Anden genannt.

Annette von Droste-Hülshoff

Die Judenbuche

Die Kriminalgeschichte von dem verwahrlosten Büdnersohn Friedrich Mergel, der einen jüdischen Händler erschlug, hatte die Dichterin als Kind vom Großvater gehört, und ihr Oheim, August Haxthausen, hatte bereits im Jahre 1818 in der Göttinger literarischen Zeitschrift «Wünschelrute» einen Bericht über diesen Vorfall, der sich im Paderbornschen zutrug, unter dem Titel «Geschichte eines Algierer Sklaven» veröffentlicht. Als die Droste im Jahre 1837 daranging, aus diesem kargen Tatbericht eine westfälische Dorfgeschichte zu gestalten, behandelte sie diesen Stoff – wie der Vergleich mit der Veröffentlichung des Onkels zeigt, sehr frei und erweiterte ihn in vieler Hinsicht, um der Erzählung das Gepräge eines «Sittengemäldes aus dem gebirgichten Westfalen» zu geben. Die in den Text der Novelle eingestreute Bemerkung: «Aber dies alles hat sich wirklich zugetragen, ich kann nichts davon- oder dazutun», ist also nicht wörtlich zu nehmen. Sie ist vielmehr ein Hinweis auf die von ihr vertretene Auffassung, Kunst nicht als etwas zu verstehen, was außerhalb und unabhängig von der Wirklichkeit existiert oder, wie sie es formuliert, daß die einfache Wahrheit immer schöner sei als die beste Erfindung.

Die Genrebezeichnung «Sittengemälde» deutet dem Leser an, daß der Dichterin neben dem interessanten Ereignis vor allem die Darstellung des Milieus, der Sitten und Gebräuche einer bestimmten gesellschaftlichen Schicht in einer bestimmten Provinz wesentlich war. Nicht zufällig blieb «Die Judenbuche» die einzige vollendete Novelle Annettes. Das umfangreiche Heimatbuch «Bei uns zu Lande auf dem Lande», in dem sie das westfälische Land und Volk darstellen wollte, blieb Fragment.

Die Erzählung beginnt mit einer allgemeinen Charakteristik der ländlichen Lebensverhältnisse in der Gegend des Teutoburger Waldes gegen Ende des 18. Jahrhunderts. Die geschilderten Jagd- und Holzfrevel enthüllen dabei den versteckten Kampf zwischen Bauern und Gutsherren. Dieser gesellschaftliche Hintergrund war damals von großer Aktualität. In demselben Jahr, 1842, in dem die Novelle erschien, veröffentlichte Karl Marx in der «Rheinischen Zeitung» seinen dritten Artikel zu den Debatten des Rheinischen Landtags über das Holzdiebstahlsgesetz, in dem er die brutalen Maßnahmen der Gutsbesitzer gegen das arme Volk brandmarkte und zugunsten der Besitzlosen die Aufrechterhaltung des Gewohnheitsrechts forderte, das das Sammeln von dürrem Holz gestattete, eines Rechts, «welches das Gewohnheitsrecht der Armut in allen Ländern ist». Im Jahre 1836 waren in Preußen 150000 solcher Vergehen bestraft worden; sie betrugen 77 Prozent sämtlicher Strafuntersuchungen.

Mit dem Kampf um die letzten Überreste des kollektiven Bodeneigentums, in dem «die Begriffe der Einwohner von Recht und Unrecht einigermaßen in Verwirrung geraten», sind die äußeren sozialen Umstände skizziert, die ungünstig auf die Entwicklung der Hauptfigur einwirken. Dazu kommen mißliche Familienverhältnisse: die Trunksucht des Vaters vergiftet die kleinbäuerliche Familie und bringt sie in materielle Verelendung. Noch ist der Junge nicht demoralisiert. Aber unter dem Einfluß des abgebrühten und hinterhältigen Onkels, eines ebenso rücksichtslosen wie schlauen dörflichen Kleinunternehmers, wird aus dem eher schüchternen ein eitler und tückischer Junge. Es geht um den Versuch, einem in Schuld und Elend verstrickten Menschenleben Gerechtigkeit widerfahren zu lassen, indem die Lebensgeschichte, die Herkunft, Erziehung und Entwicklung aufgerollt wird. Die Droste-Hülshoff hat ein ähnliches Anliegen wie der Dramatiker Georg Büchner im «Woyzeck», die Abhängigkeit des Menschen von den Umständen, die außer ihm liegen, zu zeigen sowie dessen Ohnmacht, aus diesen Bindungen auszubrechen.

Der zweite Teil der Erzählung bringt die eigentliche Kriminalgeschichte: den Mord an dem jüdischen Händler aus verletzter Eitelkeit, die Flucht ins Ausland, die Rückkehr aus der Sklaverei und die überraschende Selbstjustiz. Erst jetzt tritt auch das Sinnbild auf, das der Novelle den Namen gegeben hat: ein verrufener Baum, die Judenbuche, in die vor achtundzwanzig Jahren die Glaubensbrüder des Erschlagenen einen «Zaubertext», einen Fluchzauber, einritzten. Da sich der Mörder Friedrich Mergel an dieser Buche erhängt, obwohl nach weltlichem Recht seine Tat längst verjährt ist, erfüllt sich der Fluch. Die Dichterin hat diesen romantischen Schluß balladenhaft gesteigert durch das eigentümliche Dunkel, das bis zuletzt über der Figur liegt, die sich erst durch Selbstmord als Friedrich Mergel entpuppt.

Der Ausgang war als eine verbürgte lokalgeschichtliche Tatsache vorgegeben. Aus sozialem Verantwortungsbewußtsein und aus christlichem und humanitärem Mitgefühl mit den Mühseligen und Beladenen fordert die Dichterin Veränderung für ein elendes Menschenlos, das zu seiner Entfaltung nicht die richtigen Vorbedingungen fand. Sie sieht in dem Schicksal des deklassierten Bauernjungen Friedrich Mergel keinen bloß novellistischen Ausnahmefall, sondern weithin sozial Bedingtes. Es ist der tiefere Sinn der Einführung des rätselhaften «Doppelgängers» Friedrichs, der Figur des Johannes Niemand, dem Leser zu zeigen, daß es in der Welt des Dorfes durch sozial bedingte Entwicklungen und besondere Umstände entwurzelte und deklassierte Menschen in großer Zahl gibt, um die sich niemand kümmert und deren Lebensgrundlage auswegloser Armut immer wieder zu Rechtsverletzungen herausfordert, sei es auch nur ein Butter- oder Holzdiebstahl. Die soziale Seite der Analyse wird durch dieses Doppelgängermotiv wesentlich vertieft.

Die endgültige Fassung erhielt die Novelle im Sommer 1841. Am 30. Juni jenes Jahres schrieb Annette an ihre Schwester: «Ich habe jetzt eine Erzählung fertig von dem Burschen im Paderbornschen, der den Juden erschlug, von der Junkmann aber sagt, die Paderbörner würden mich auch totschlagen, wenn ich sie herausgäbe.» Trotz dieser wenig verheißungsvollen Prognose erschien die Novelle im Jahr 1842 in den Ausgaben des Stuttgarter «Morgenblattes» vom 22. April bis 10. Mai und erwies sich als ein die Zeit überdauerndes Werk.

345 *geschichtlich merkwürdigen Gebirges* – Teutoburger Wald, geschichtlich bekannt durch die Schlacht, in der der römische Feldherr Varus im Jahre 9 von den Germanen unter dem Cheruskerfürsten Arminius vernichtend geschlagen wurde.

Ulysses – Bei den Römern Name für Odysseus, eine der wichtigsten Gestalten aus dem altgriechischen Sagenkreis um den Trojanischen Krieg; hier Anspielung auf seine Irrfahrten.

346 *in dem kleinen Staate* – Bistum Paderborn, damals selbständiges Fürstentum.

eines Flusses, der in die See mündet – Die Weser.

349 *Fest der Heiligen Drei Könige* – Der 6. Januar.

352 *Werl* – Stadt im Kreise Soest.

378 *ad libitum* – (lat.) nach Belieben, in frei angepaßter Begleitung.

379 *Wischbader* – Wischlappen.

388 *Le vrai n'est pas toujours vraisemblable* – (franz.) Die Wahrheit ist nicht immer wahrscheinlich.

393 *in Freiburg ... von den Österreichern anwerben* – Die Stadt Freiburg im Breisgau gehörte damals zur Habsburgermonarchie.

395 *Äquinoktium* – Tagundnachtgleiche, Herbstanfang.

398 *im September des Jahres 1788* – Da Mergel Weihnachten

1788 in seine Heimat zurückkehrte, handelt es sich bei dieser Jahreszahl offensichtlich um ein Versehen. Das Manuskript, das als Druckvorlage diente, ist nicht mehr vorhanden.

Franz Grillparzer

Der arme Spielmann

Gottfried Keller sprach im Hinblick auf Grillparzers «Armen Spielmann» von der «Gewalt der absolut reinen Seele über die Welt». Das ist freilich nur der eine Aspekt einer sehr ambivalent angelegten Figur. Dieser Bettelmusikant aus der Wiener Brigittenau zeigt sich in seiner Lebensgeschichte als Sonderling und versponnener Träumer, der in seiner romantischen Weltfremdheit ohne alle Menschenkenntnis ist, doch in seiner wundersamen Menschlichkeit seine Umgebung weit überragt. Man könnte in ihm einen Verwandten des armen Schulmeisterleins Maria Wuz sehen, der in der engsten Beschränkung seines «Glücks» teilhaftig wird, wenn wir nicht wüßten, daß Grillparzer gerade die Dichtungen Jean Pauls abgelehnt hat. Denn dieser Wiener Humanist aus der Verfallszeit der Habsburgermonarchie war ein Gegner aller Romantik und ihrer idealisierten Traumgestalten. Darum führt er seinen in Kunst- und Lebenspraxis so fragwürdigen Spielmann in grausamer Doppelbeleuchtung vor.

In der Selbstbiographie schreibt Grillparzer: «In mir leben zwei völlig abgesonderte Wesen. Ein Dichter von der übergreifendsten, ja sich überstürzenden Phantasie und ein Verstandesmensch der kältesten und zähesten Art.» Dieses Selbstbekenntnis eröffnet auch einen Zugang zur vorliegenden Erzählung. Die Lebensgeschichte des Spielmanns ist in eine Rahmenerzählung eingebettet, in der von dem armen Geiger ein ganz anderes und distanzierteres Bild entworfen wird. Da ist er ein illusionistischer Narr, der von den höchsten Stufen der Kunst spricht und «nicht imstande war, den leichtesten Walzer faßbar wiederzugeben», ein auf der Geige stümpernder Dilettant, der das, was allen Hörern wie eine höllische Katzenmusik klingt, für jene Schönheit hält, die zur «Veredelung des Geschmacks und Herzens» beiträgt und die noch unter den trostlosesten Verhältnissen den Glauben an den Menschen aufrechterhält. Es gehört zum Realismus Grillparzers, daß er den Don-Quixote-Charakter seines Träumers mit der Wirklichkeit kontrastiert und daß die Erfahrungen dieser Wirklichkeit den Maßstab für die Beurteilung setzen. Der arme Spielmann ist kein verkanntes Genie und seine Umwelt kein banausisches Publikum – das wären die Antipoden einer romantischen Novelle gewesen –, er erscheint vielmehr als skurril-komische Randexistenz der Gesellschaft, deren unbeholfenen Kunsteifer sogar die Kinder verspotten. Dieses Publikum ist nach Grillparzers Meinung durchaus kompetent; es ist, wie er einmal sagt, kein Richter, aber eine Jury, «es spricht sein Verdikt als Gefallen oder Mißfallen aus». Das eigentliche Thema der Erzählung «Der arme Spielmann» befaßt sich mit der Widersprüchlichkeit von subjektivem Lebenstraum, seiner Verwirklichung und der gesellschaftlichen Realität.

Die Erzählung geht auf ein Erlebnis Grillparzers zurück. Dem Wiener Journalisten Frankl berichtete er: «Ich speiste viele Jahre hindurch im Gasthause Zum Jägerhorn in der Spiegelgasse. Da kam häufig ein armer Geiger und spielte auf. Er zeichnete sich durch eine auffällige Sauberkeit seines ärmlichen Anzuges aus und wirkte durch seine unbeholfenen Bewegungen rührend komisch. Wenn man ihn beschenkte, dankte er jedesmal mit irgendeiner kurzen lateinischen Phrase, was auf eine genossene Schulbildung und auf einstige bessere Verhältnisse des greisen Mannes schließen ließ. Plötzlich kam er nicht mehr und so eine lange Zeit nicht. Da kam die große Überschwemmung im Jahre 1830. Am meisten litt die Brigittenau, wo ein berühmter Kirchtag, ein lustiges Volksfest, jeden Sommer gefeiert wurde. Ich wußte, daß der arme Geiger dort wohnte, und da er nicht mehr aufspielen kam, so glaubte ich, daß auch er unter den Menschenopfern in der Brigittenau seinen Tod gefunden habe. Ich wurde eingeladen, für ein Taschenbuch eine Novelle zu schreiben, und so versuchte ich eine solche, in welcher mein armer, guter Bekannter als Held figuriert.»

Wiederholt hat man darauf verwiesen, daß der alte Spielmann Grillparzer ähnelt: in der Statur, in der altmodischen Gravität und Höflichkeit, im Verhältnis zum Vater, in der Tätigkeit als unbesoldeter Schreiber, darin, wie seine Wäsche durch ein fürsorgliches, ihn liebendes Mädchen betreut wird, und ebenso auch im hagestolzen Einspännertum. Aber auch in dem Lebensproblem des Spielmanns und darin, wie sich der Dichter in seiner Situation empfindet, zeigen sich Parallelitäten. Grillparzer litt ähnlich wie der alte Geiger unter dem Zwiespalt von Wollen und Können, und er meinte, von den Mitmenschen nicht verstanden zu werden. Allerdings ein Selbstporträt Grillparzers oder auch nur ein «Schreckbild» ist der alte Spielmann nicht. In der Rahmenerzählung steht das Bekenntnis: «Man kann die Berühmten nicht verstehen, wenn man die Obskuren nicht durchgefühlt hat. Von dem Wortwechsel weinerhitzter Karrenschieber spinnt sich ein unsichtbarer, aber ununterbrochener Faden bis zum Zwist der Göttersöhne, und in der jungen Magd, die, halb wider Willen, dem drängenden Liebhaber seitab vom Gewühl der Tanzenden folgt, liegen als Embryo die Julien, die Didos und die Medeen.» In demselben Sinne liegt in dem Bettelmusikanten keimhaft der Dichter Grillparzer.

Auch in der Liebesgeschichte mit dem Mädchen Barbara klingen Erlebnisse aus dem Leben des Dichters an, sowohl die Liebe von Marie Piquot, die im Testament den Ihrigen ihren geliebten «Tasso» empfahl, der «so gut wie allein stehe in der Welt», als auch der traurige Brautstand der Katharina Fröhlich, der schließlich in einer abgeklärten Freundschaft endete. Die Krämerstochter Barbara durchschaut die Selbsttäuschungen ihres scheuen Anbeters, wird aber von der Sehnsucht nach dem Hohen und Reinen, die sich darin verinnerlicht ausdrückt, so stark angerührt, daß sie in sein Leben eingreifen möchte. Die Erbschaft, die dem Geiger zufällt, hätte das Fundament für das kleinbürgerliche Inselglück sein können. Doch der schüchterne Träumer ist so sehr «reiner Tor», daß er auch seine Erbschaft rasch an die Spekulanten der Wiener Kapitalistenwelt wieder verliert. So resigniert sie und heiratet einen Fleischer. Barbaras Überlegenheit besteht darin, daß sie sowohl die bürgerliche Lebenspraxis als auch die Illusionen ihres Freundes richtig einschätzt. Sie weiß, daß sie eine prosaische Zweckehe eingeht, und bleibt zugleich entschlossen, ihren Traum von einem höheren Glück jenseits der gemeinen Wirklichkeit zu bewahren. Die Tränen, die ihr nach dem Tode des alten Spielmanns «stromweise über die Backen liefen», bezeugen, daß ihre Liebe nie aufgehört hat.

Daß Grillparzer seinen Spielmann mit unzureichendem musikalischem Können ausstattet, hat noch eine andere Funktion. Im Sinne des Dichters macht das musikalische Unvermögen den armen Geiger zu einer Symbolfigur der Zeit. Denn nach Grillparzers Einschätzung befindet sich die Kunst nicht mehr auf der Höhe Mozarts und Beethovens, Goethes und Schillers, sondern im Zustand des Epigonalen. Was sie gegenüber der Glanzzeit der Klassik noch zu bieten hatte, ist ein schwacher Abklatsch, Unvollkommenes und nur noch Verkrüppelung. Für ihn befindet sich nicht nur die Gesellschaft im Verfall, sondern auch die Kunst. Diese Meinung hat er in dem talentlosen Gekratze des Geigers ins Groteske gesteigert. Was bleibt dann von dem großen Humanismus der Klassik, die sich einmal zutraute, eine ganze Gesellschaft umzuwandeln? Ein Lied, das als novellistisches Leitmotiv durch die Erzählung zieht und an das eigentliche Mysterium der Kunst erinnert. Die aus der Überschwemmung geretteten Kinder, die demonstrieren, was es mit der gesellschaftlichen Ethik wahrer Kunst auf sich hat. Die unerschütterliche Liebe Barbaras, die bezeugt, daß Kunst auch noch in ihrer Deformation den Menschen zu läutern vermag. Die unverkäufliche Geige als Sinnbild dafür, daß es Werte im Leben gibt, die nicht mit Geld zu erwerben sind.

Mit der Ausarbeitung der Erzählung hat Grillparzer bereits 1831 begonnen. Abgeschlossen hat er sie vermutlich im Jahre 1844. Veröffentlicht wurde sie im Revolutionsjahr 1848 in dem Almanach «Iris». An den Herausgeber, den Grafen Johann Majlóth, schrieb der Dichter die für ihn bezeichnenden Worte: «Daß Ihnen die für die Iris bestimmte Erzählung gefallen hat, freut mich ungemein, und ich wünsche nur, daß es mit dem Publikum derselbe Fall sei. Aber da von Deutsch-Einheit, deutscher Flotte und deutscher Wehrmacht nichts darin vorkommt und der darin vorkommende Landsmann von jener Tatkraft gar nichts hat, die der Nation auf einmal über Nacht angeflogen ist, so erwarte ich einen nur sehr geringen Beifall. Indes da das Ding geschrieben ist, sei es gedruckt.»

401 *Augarten* – Park im Wiener Stadtbezirk Leopoldstadt.
Prater – Der größte Naturpark Wiens, südlich vom Augarten.
Brigittenau – Wiener Stadtbezirk, nördlich des Augartens, heute bebaut.
saturnalisches Fest – Anspielung auf die «Saturnalien», das altrömische Winterfest, das zu Ehren des Gottes Saturnus in karnevalistischer Art gefeiert wurde.

402 *Hierophanten* – Altgriechische Oberpriester, weihten in die Mysterien ein und hatten bestimmte Privilegien im alten Rom.

403 *Status quo* – (lat.) Gegenwärtiger Zustand.
pays de cocagne – (franz.) Schlaraffenland.
Matador – Spanischer Stierkämpfer, der den Stier niedersticht.
Plutarch – (46–120), griechischer Schriftsteller, verfaßte Biographien bedeutender Griechen und Römer.

404 *Julien* – Anspielung auf die Figur in Shakespeares «Romeo und Julia».

Dido – Sagenhafte Gründerin Karthagos.
Medea – Frauengestalt aus der griechischen Sage, Heldin von Grillparzers Trilogie «Das goldene Vlies».
405 *Propyläen* – Antike griechische Eingangstore.
Moltonüberrock – Kleidungsstück aus weichem, beidseitig gerauhtem Stoff.
406 *sunt certi denique fines* – (lat.) es gibt schließlich doch gewisse Grenzen; Zitat aus dem Werk des Dichters Horaz (65–8 v. u. Z.).
410 *Gärtnergasse* – Im südöstlichen Stadtbezirk «Landstraße».
413 *Gleicher* – Äquator; gemeint ist der Kreidestrich.
416 *Loqueris latine* – (lat.) Sprichst du Lateinisch?
417 *Applikatur* – In der Musik: Fingersatz.
418 *Cachinnum* – (lat.) Gewieher, Gelächter.
Ce gueux – (franz.) Dieser Strolch.
421 *Nota sesibilis* – Innerhalb der Tonleiter die Septime, der siebente Ton.
421 *Fuga* – Eine musikalische Form.
Punctum contra punctum – Kontrapunkt, eines der wichtigsten Formprinzipien beim Komponieren.
Canon a duo, a tre – Kanon für zwei oder drei Stimmen.
422 *Feilschaften* – Waren zum Feilbieten.
Griesler – Händler mit Grieß und anderen Lebensmitteln.
433 *Knoppern* – Galläpfel zum Färben.

Joseph von Eichendorff

Libertas und ihr Freier

Die Welt kann in vielen Stilen und mit den unterschiedlichsten künstlerischen Mitteln dargestellt werden. Auch die Parabel oder das Märchen ist eine Art der künstlerischen Auseinandersetzung mit der Realität. Wer den Briefwechsel des Dichters mit dem Oberpräsidenten Theodor von Schön, seinem ehemaligen Vorgesetzten, der zu den Reformern von 1813 gehörte, mit Aufmerksamkeit liest, wird ein für allemal das Klischee von Eichendorff, dem weltfremden Träumer, ins Reich der Legende verweisen und erkennen, daß diesen Dichter das politische Geschehen seiner Tage durchaus nicht gleichgültig ließ und er zu erstaunlicher Weltkenntnis gelangte. Er verleugnete nicht seinen konservativen Standpunkt, doch ließen ihn seine Träume von einer besseren Wirklichkeit nie zum bornierten Reaktionär werden. Selbst die Revolution von 1848 hat er nicht verteufelt. In einem Brief an Schön stehen die für ihn bezeichnenden Worte: «Das Pöbelregiment ist dumm, das Säbelregiment noch dümmer.» Und in seinem Buch über den deutschen Roman sprach er dem Revolutionsjahr «historische Bedeutung» zu. «Es nützt ... gar nichts, mit den Revolutionen zu brechen, sondern mit dem, was die Revolution erzeugt, und gegen unsichtbare Gedanken mit Bajonetten fechten ist allezeit eine Donquixoterie; sie gehen wie ein Miasma durch die Luft über die Bajonette aller Sanitätscordons hinweg und lassen sich nieder, wo und wann ihnen die Atmosphäre eben zusagt.»

Mit welcher Aufmerksamkeit Eichendorff die Kämpfe des Jahres 1848 verfolgt hat, zeigt auch das satirische Märchen «Libertas und ihr Freier». Wozu kein bürgerlicher Erzähler damals in der Lage war, das hat der «letzte Romantiker» Eichendorff zumindest versucht: das allgemeine Geschehen des Revolutionsjahres in eine dichterische Verallgemeinerung zu erheben. Im Januar 1849 schrieb er an Schön: «Wir alle stehen den Dingen noch allzu nah, um sie poetisch aufzufassen und ruhig gestalten zu können.» Nach einem Brief vom 7. März desselben Jahres hatte sich inzwischen das geplante Drama «Libertas» in ein Prosamärchen verwandelt. Und am 1. August 1849 meldete er, daß die Arbeit «längst» abgeschlossen vorliegt, also wohl unmittelbar nach dem Maiaufstand in Dresden beendet wurde, den Eichendorff miterlebte.

Zu diesem Zeitpunkt war es noch nicht möglich, das revolutionäre Geschehen in seiner historischen Bedeutung einzuordnen und ihm somit gerecht zu werden. Eichendorff verfremdet es zu einem Waldmärchen. Daß der Dichter den Wald als Schauplatz wählt, ist auch durch seine Herkunft bedingt. Ihm stand das Landvolk näher als der städtische Arbeiter, und da interessierten ihn die Bauernaufstände mehr als die Barrikadenkämpfe in Berlin oder Dresden. Wenn er den Kapitalismus kritisierte, dachte er weniger an die städtischen Textilfabrikanten der Rheinlande, sondern eher an die Schwerindustriellen in Oberschlesien, deren Unternehmen sich weit in das bäuerlich oder großagrarisch bewirtschaftete Gebiet ausdehnten; sie lagen oft, wie es im Märchen heißt, «mitten im Walde», und man hörte «bei Tag und Nacht beständig ein entsetzliches Rumoren, Seufzen, Stöhnen und Zischen». Die Schloßherren sind längst keine Feudalherren mehr, sondern geadelte Bankiers und Fabrikherren. Wie der Großbankier Rothschild, der ein Gut und Schloß in Eichendorffs engstem Heimatbezirk hatte und 1822 in den österreichischen Freiherrenstand erhoben worden war, so ist auch der Trödeljude Pinkus im Handumdrehen zum Baron emporgestiegen und fordert nun – genau wie die preußischen Reaktionäre zur Zeit von Jena und Auerstedt –, daß Ruhe die erste Bürgerpflicht sei. Insofern darf der Autor sagen, daß die Uhr über dem Schloßportal fünfzig Jahre zu spät ging.

In den Augen Eichendorffs hat die preußische Großbourgeoisie keine innere Beziehung zu den Freiheitsideen der Zeit. Sie vertritt den alten, wieder aufgefrischten Polizei- und Beamtenstaat, eine Auffassung, die sich merkwürdig mit Äußerungen von Karl Marx in einem Artikel der «Neuen Rheinischen Zeitung» vom 31. Dezember 1848 deckt. Als die schöne Frau Libertas, eine märchenhafte Allegorie der Freiheit, vor dem Schloßportal erscheint, ruft Pinkus die bewaffnete Macht zu Hilfe und befiehlt, «die gefährliche Landstreicherin im Namen der Gesittung zu verhaften». Sie wird gefesselt, in eine Zwangsjacke gesteckt und in das Arbeitshaus gebracht. Mögen bei der Schilderung dieser Episode auch Ressentiments eines verarmten Adligen gegen die neue Klasse im Spiele sein, der Dichter zieht die Konsequenzen aus den Ereignissen des Jahres 1848. Eichendorffs Hohn über die Vertreter der Geldmacht, wie sie sich im Ministerium Hansemann enthüllte, verdeutlicht sich in der Szene, die Baron Pinkus in seinem chinesischen Lusthaus mit einem ungeheuren patriotischen Polizeistaatszopf dekoriert zeigt, während die Tritonen seines Rokokogartens auf ihren Muscheln aus Leibeskräften die Preußenhymne «Heil dir im Siegerkranz» anstimmen.

Als bewegende Kraft erscheint in der Erzählung das radikale Kleinbürgertum, verkörpert in der Figur des Journalisten und Antiromantikers Dr. Magog. Der Prediger von Glaubens-, Rede-, Presse- und vielen anderen Freiheiten fühlt sich berufen, Libertas, die Göttin der Freiheit, aus dem Gefängnis zu befreien. Aber dieses Vorhaben ist für Eichendorff nur der Anlaß für eine Posse. Denn dieser kleinbürgerliche Revolutionär nimmt zwar das große Menschheitsideal, die Freiheit zu erkämpfen, für sich in Anspruch, verfolgt indes nur seine kleinen persönlichen Interessen. Er will die Libertas als «reiche Partie» heiraten, hofft durch sie Macht und Reichtum zu erwerben und letztlich die Stelle von Pinkus im Fabrik- und Staatsschloß einzunehmen. Ihr Wesen bleibt ihm fremd. Er verwechselt sie mit einer zigarrenrauchenden, sich emanzipiert gebenden Amazone, der Pinkusschen Silberwäscherin Marzebille, mit der er schließlich nach Amerika flieht, «wo er wahrscheinlich die Marzebille noch heute für die Libertas hält».

Die Ableitung des Namens Magog vom Demagogen, den das Volk irreführenden Aufwiegler, ist kennzeichnend für Eichendorffs Haltung zur revolutionären Bewegung von 1848. Als Romantiker befand sich Eichendorff in entschiedener Opposition zu der sich entwickelnden arbeitsteiligen Bourgeoisgesellschaft und erkannte das verkündete Reich der Freiheit allzu bald als Reich der neuen bürgerlichen Klasse, wenn er auch die wahren Zusammenhänge der auftretenden Widersprüche nicht zu erkennen vermochte.

Die Rolle des einfachen Volkes bleibt nicht ausgespart. Der intellektuelle Kleinbürger Magog, selbst unfähig zur Tat, sucht nach einem Verbündeten, der den Sturm auf Pinkus' Staatsschloß ausführen kann. Er findet ihn in dem Riesen Rüpel, der das arme Landvolk repräsentiert. Eichendorff wußte, daß im September 1848 das Landproletariat das Schloß des Barons Rothschild zu Hultschin und im benachbarten Beneschau das Besitztum des Bankiers Lejeune gestürmt hatte. Es ist möglich, daß diese Vorgänge die Darstellung mitbestimmt haben. Revolutionäre Potenzen sah Eichendorff im Landvolk allerdings kaum. Nach seiner Meinung trägt es zwar die Freiheit unerkannt im Herzen, aber zu begreifen vermag es sie noch nicht. Deshalb läßt es sich von Demagogen wie Magog mißbrauchen und hält genau wie dieser die Marzebille für die wahre Libertas.

Dieses Märchen war gewiß ein Experiment und der Versuch einer Selbstverständigung über ein Problem der Zeit. Daß es dem Dichter mit den Mitteln romantischer Satire und Spottdichtung gelang, einige Wesenszüge der Revolution von 1848 sichtbar zu machen und Konturen einer bewegten politischen Gegenwart zu zeichnen, war mehr, als man romantischer Erzähltechnik zutrauen durfte. Unter wahrer Freiheit verstand Eichendorff schlicht die Hoffnung auf einen menschlicheren, sinnvolleren Lebenszustand, als ihn seine Gegenwart bot, und man kann ihm darin zustimmen, daß sich in der gescheiterten Revolution die Freiheitssehnsucht des Volkes nicht verwirklicht hatte, daß sie unter dem Säbelregiment der Reaktion nicht zu finden war und sie «einstweilen bei den Elfen im Traumschlosse wohnt».

Eichendorff hatte geplant, das Märchen in der «Brockhausschen Urania» zu veröffentlichen. Das erwies sich als undurchführbar. Der Hohn auf den Polizeistaat und das kapitalistische Großbürgertum machte es wohl unmöglich, das Märchen in jener Zeit herauszugeben, und so «schmachtete» es weiter «im Pult». Erst nach seinem Tod erschien es im 3. Band der «Sämtlichen Werke».

451 *Libertas* – (lat.) Freiheit.

454 *In diesen heil'gen Hallen* – Anspielung auf die Baß-Arie Sarastros in Mozarts «Zauberflöte», in der es um Veredlung des Menschen geht.

Und Ruhe ist vor allen die erste Bürgerpflicht – Sprichwörtlich gewordene Parole des Gouverneurs von Berlin nach der Niederlage von Jena und Auerstedt 1806.

Nekromant – Wahrsager, Geisterbeschwörer, Zauberer.

Nicolai – Friedrich Nicolai (1733–1811), Romanschriftsteller, Kritiker und bedeutender Verleger der Spätaufklärung in Berlin, von den Romantikern verspottet.

455 *Tugendusen* – Tugendbolde.

Ultramontanei – Wortneubildung zu Ultramontanismus, jener politischen Richtung in der katholischen Kirche, die sich in besonderer Abhängigkeit vom Vatikan befand.

456 *zu Benjowskys Zeiten bis nach Kamtschatka* – Anspielung auf ein Drama von Kotzebue «Graf Benjowsky oder die Verschwörung auf Kamtschatka» (1799).

460 *da schoß ihm plötzlich das Blatt* – Da gingen ihm plötzlich die Augen auf.

461 *Stockprügel* – Das Prügeln und Spießrutenlaufen waren Hauptmittel der preußischen Militärdisziplin bis zur Reform 1808.

Alteration – (lat.) Aufregung.

Wir bringen dir der Treue Zopf – Parodie auf den Brautjungfernchor aus C. M. von Webers Oper «Der Freischütz» (1821) «Wir winden dir den Jungfernkranz». Der Zopf galt als Symbol für alles Überholte, Tote und Mechanische.

462 *Ziergarten* – Park im französischen Rokokostil, bei Eichendorff Symbol schablonenhafter Unnatur.

marmorne Herkules … der geigende Apollo – Diese Figuren waren in allen barocken Gärten zu finden.

Tritonen – Mythologische Meergestalten, halb Mensch, halb Tier.

Heil Dir im Siegerkranz – Anfangsvers der preußischen Nationalhymne.

464 *Parasol* – (franz.) Sonnenschirm.

Haubenstock – Gestell für Hauben und Perücken.

465 *embrassieren* – (franz.) umarmen.

Distinktion – (lat.) Vornehmes Wesen.

468 *Kalabreser* – Breitkrempiger Filzhut.

472 *Schnappsackspringer* – Straßenräuber.

473 *Bärenhäuter* – Deutsche Sagenfigur; anknüpfend an eine kleine Schrift von Grimmelshausen, verfaßte Clemens Brentano die Erzählung «Geschichte und Ursprung des ersten Bärenhäuters».

476 *Elen* – Elch.

485 *Schwibbogen* – Zwischen zwei Mauerzügen gespannter Bogen.

salvieren – (lat.) retten.

490 *inkurable* – (lat.) unheilbar.

resolviert – (lat.) entschlossen.

Verzeichnis der Textvorlagen

Den Texten, die der modernen Rechtschreibung behutsam angeglichen wurden, liegen folgende Ausgaben zugrunde:

E.T.A. Hoffmann, Märchen und Erzählungen, Aufbau-Verlag Berlin und Weimar 1967.

Hauffs Werke in zwei Bänden, hg. von Leopold Magon, Band 2, Aufbau-Verlag Berlin und Weimar 1967.

Ludwig Tiecks Schriften, 21. Band, Novellen, Verlag von Georg Reimer, Berlin 1853.

Heinrich Heine, Werke und Briefe in zehn Bänden, hg. von Hans Kaufmann, Band 4, Aufbau-Verlag Berlin und Weimar 1961.

Karl Gutzkows ausgewählte Werke in zwölf Bänden, hg. von Heinrich Hubert Houben, Band 5, Max Hesses Verlag, Leipzig 1938.

Georg Büchner, Werke und Briefe, Neue durchgesehene Ausgabe, hg. von Fritz Bergemann, Insel-Verlag, Leipzig 1958.

Friedrich Hebbel, Schnock und andere Erzählungen, Greifenverlag Rudolstadt 1974.

Mörikes Werke, hg. von Harry Maync, Band 3, Bibliographisches Institut Leipzig 1914.

Stifters Werke in vier Bänden, hg. von Joachim Müller, Band 1, Aufbau-Verlag Berlin und Weimar 1964.
Annette von Droste-Hülshoff, Werke und Briefe, hg. von Manfred Häckel, Band 2, Insel-Verlag, Leipzig 1976.
Grillparzers Werke in drei Bänden, Band 1, ausgewählt und eingeleitet von Claus Träger, Aufbau-Verlag Berlin und Weimar 1967.
Joseph Freiherr von Eichendorf's sämtliche Werke, Voigt & Günther, Leipzig 1864.

Inhalt